国家出版基金项目
NATIONAL PUBLICATION FOUNDATION

科幻之路

The Road to Science Fiction

VI

世界科幻小说选

AROUND THE WORLD

[美国]詹姆斯·冈恩 编著

万年看客 等 译

译林出版社

图书在版编目（CIP）数据

世界科幻小说选 ／（美）詹姆斯·冈恩（James Gunn）编著；万年看客等译．—南京：译林出版社，2024.5

（科幻之路；Ⅵ）

书名原文：The Road to Science Fiction Volume 6: Around the World

ISBN 978-7-5753-0049-0

Ⅰ.①世… Ⅱ.①詹… ②万… Ⅲ.①幻想小说－作品集－世界 Ⅳ.①I14

中国国家版本馆 CIP 数据核字（2024）第 044107 号

著作权合同登记号　图字：10-2023-21 号

世界科幻小说选　［美国］詹姆斯·冈恩／编著　万年看客 等／译

策　　划　姬少亭　李兆欣
项目统筹　吴莹莹
责任编辑　龚文宇
特约编辑　李玲慧
装帧设计　韦　枫
封面插画　赵恩哲
校　　对　王　敏
责任印制　闻媛媛

原文出版　White Wolf Publishing
出版发行　译林出版社
地　　址　南京市湖南路 1 号 A 楼
邮　　箱　yilin@yilin.com
网　　址　www.yilin.com
市场热线　025-86633278
排　　版　南京展望文化发展有限公司
印　　刷　南京爱德印刷有限公司
开　　本　652 毫米 ×960 毫米　1/16
印　　张　46.25
插　　页　4
版　　次　2024 年 5 月第 1 版
印　　次　2024 年 5 月第 1 次印刷
书　　号　ISBN 978-7-5753-0049-0
定　　价　118.00 元

目录

序言

［美国］詹姆斯·冈恩

“科幻之路”系列第六卷的标题表明，这一卷将描述整个非英语世界的科幻小说发展情况。仅凭一本书显然不可能完成。每一个具有深厚科幻小说传统的国家都需要不止一整卷的篇幅来描述各自的科幻发展历史，而且就像我在美国科幻传统当中成长起来一样，各个国家也都有一批在本国科幻传统当中成长起来的编辑，想要编纂这样一套书必然离不开他们的努力。本书的使命仅限于引领读者意识到其他国家科幻传统的存在，并通过汇集整理这些传统形成非英语科幻的某种格式塔[1]，从而破除“无美国不科幻”的幻觉。也许其他国家也会在本书的鼓励下检视各自的传统，并将这些传统介绍给本国读者。

本丛书的前四卷主要关注美国的科幻经验，但并没有完全忽略世界其他国家的情况：在第一卷的19位作者中，只有4位是美国人（加上1位爱尔兰移民），有6部作品是译作，其中包括伟大的法国先驱儒勒·凡尔纳（Jules Verne）的2篇节选；英国作者在丛书各卷中都很有存在感；第四卷包括了豪尔赫·路易斯·博尔赫斯（Jorge Luis Borges）和斯坦尼斯瓦

1. 德文“Gestalt”的音译，指“动态的整体”，简言之即事物的整体不同于其组成部分的总和。——本书脚注若无特别说明，均为译注

夫·莱姆（Stanisław Lem）的译作。“科幻之路”系列的第五卷《英国科幻小说选》认识到了此前对于英国科幻作家的介绍不足以及英国科幻传统的特殊性，因此用了一整本书的篇幅来介绍英国的科幻经历。现在，“科幻之路”系列的第六卷《世界科幻小说选》也试图为世界其他地区的科幻做同样的介绍。

本卷的内容编排方式必然会有所不同。本卷选取的短篇小说按国家或地区进行分类，并分别附有讨论各个国家或地区科幻事业发展情况的单独简介，以及对应单个作者的开篇介绍。

这绝不是第一本外国科幻小说选集。已故编辑兼出版商唐纳德·A. 沃尔海姆（Donald A. Wollheim）一直对于世界其他地区的科幻发展抱有浓厚的兴趣。1976 年，他自己的出版公司出版了《别国佳作选》（*The Best from the Rest of the World*）。在此之前的 1970 年，学者达科·苏文（Darko Suvin）编辑了一本来自社会主义国家的科幻小说集《别的世界，别的海洋》（*Other Worlds, Other Seas*）。英国作家、出版商兼书商马克西姆·雅库博夫斯基（Maxim Jakubowski）在 1979 年编纂了《黄道二十宫：国际科幻小说文选》（*Twenty Houses of the Zodiac: An Anthology of International Science Fiction*），不过这本书在美国没有再版重印。世界科幻协会（World SF）致力于凝聚各个国家的科幻作家、编辑、出版商和译者，协会的三位前任主席于 1986 年出版了两部跨国科幻选集，其一是由弗雷德里克·波尔（Frederik Pohl）与伊丽莎白·安妮·赫尔（Elizabeth Anne Hull）主编的《来自行星地球的故事》（*Tales from the Planet Earth*），其二是由布赖恩·W. 奥尔迪斯（Brian W. Aldiss）和萨姆·J. 伦德瓦尔（Sam J. Lundwall）主编的《企鹅书屋世界科幻小说精选》（*The Penguin World Omnibus of Science Fiction*）。此外英文科幻文选也不时会收录单篇的外国科幻小说，其中以大卫·G. 哈特韦尔（David G. Hartwell）的《世界科幻小说宝库》（*The World Treasury of Science Fiction*，1989）当中收录的数量最多。

此外来自单一外国的科幻短篇小说文集也不时出现。1965 年，达蒙·奈特（Damon Knight）编辑了一本他自己翻译的《法国科幻小说集》（*French*

Science-Fiction Stories)。1977年，雅库博夫斯基编辑了《驶向ε星：法国科幻选集》(*Travelling Towards Epsilon: An Anthology of French Science Fiction*)。科利尔出版社（Collier Books）在1962年出版了至少两本早期俄罗斯科幻选集:《苏联科幻小说选》(*Soviet Science Fiction*）和《苏联科幻小说再选》(*More Soviet Science Fiction*)。米拉·金斯伯格（Mirra Ginsberg）在1968年至1976年之间编辑了三部俄罗斯科幻短篇小说集，分别是《最后的门》(*Last Door to Aiya*，1968)、《终极门槛》(*The Ultimate Threshold*，1970）和《火星大气和其他故事》(*The Air of Mars and Other Stories*，1976)；1964年至1969年之间罗伯特·马吉多夫（Robert Magidoff）编辑了三部名为《俄罗斯科幻小说选》(*Russian Science Fiction*）的选集；C. G. 贝恩（C. G. Bearne）编辑了一部英国选集《旋涡》(*Vortex*，1970)。麦克米伦出版公司（Macmillan）制订过一个雄心勃勃的出版苏联科幻小说的计划并且出版了一批苏联科幻小说的译本，1979年出版了《新苏联科幻小说选》(*New Soviet Science Fiction*)，1981年出版了弗拉基米尔·加科夫（Vladimir Gakov）编辑的《世界之春》(*World's Spring*)，再加上《外星人，旅行者与其他陌生人》(*Aliens, Travelers, and Other Strangers*，1984)、《群星的歌谣》(*Ballad of the Stars*，1982）和《地球与他处》(*Earth and Elsewhere*，1985)。1989年，约翰·L. 阿波斯托洛（John L. Apostolou）和马丁·H. 格林伯格（Martin H. Greenberg）编纂了《日本科幻精选》(*The Best Japanese Science Fiction*)，同年，吴定柏（Dingbo Wu）和帕特里克·D. 墨菲（Patrick D. Murphy）编纂了《来自中国的科幻》(*Science Fiction From China*)。个别外国作家的作品也被翻译成英文，特别是波兰的斯坦尼斯瓦夫·莱姆。在西伯里出版社（Seabury）和埃文书屋（Avon Books）的安排下，以及主译迈克尔·坎德尔（Michael Kandel）的翻译下，莱姆的作品得到了很好的推广。斯特鲁加茨基兄弟（Arkady and Boris Strugatski）的几部作品集业已翻译成了英文，基尔·布雷乔夫（Kir Bulychev）亦是如此。

不过上述种种努力大都难以克服翻译成本高和缺乏读者欣赏的双重困

难。英译版的外国科幻小说出版成本较高，销量也远远不及美国本土科幻。美国读者经常觉得外国科幻小说读起来不尽如人意，其原因我们将在前言中加以分析。尽管如此，有些选集在特别的营销努力下——例如世界科幻协会就花费了特别的精力在多个国家重印了这两套选集——依然取得了不错的成绩。此外还有些科幻选集或文集的出版是为了表达善意或者是为了给学术界做贡献，这些文集的问世本身就是对编纂者们的最佳报偿。

不过，就像本书一样，上述文集都希望能拓展读者的眼界，为他们开辟一条崭新的科幻之路。

詹姆斯·冈恩

于堪萨斯州劳伦斯市

1997 年 4 月 21 日

前言

[美国] 詹姆斯·冈恩

1

在今天的人们看来，科幻小说就像可口可乐一样是典型的美国输出品，但实际上科幻文学发祥于欧洲。工业革命使人们首次敏锐地认识到了技术变革正在重塑人类生存的方式。对于新兴科学潜力的回应之一是玛丽·雪莱（Mary Shelley）于 1818 年在瑞士写成并于同年在英国出版的《弗兰肯斯坦》（*Frankenstein*），布赖恩·W. 奥尔迪斯认为这是全世界第一部科幻小说。在 1830 年至 1860 年间，美国作家埃德加·爱伦·坡（Edgar Allan Poe）、纳撒尼尔·霍桑（Nathaniel Hawthorne）和爱尔兰移民菲茨–詹姆斯·奥布赖恩（Fitz-James O'Brien）发表了许多类似于后来被称为科幻小说的小说；再早一些，德国浪漫主义小说家和作曲家 E. T. A. 霍夫曼（E. T. A. Hoffmann）在 1809 年至他本人去世的 1822 年期间也创作了一批关于当代科学、动物磁性说[1]和自动机械人的故事。但到了 19 世纪 60 年代中期，一种全新的小说

1. 由 18 世纪德国医生弗朗兹·麦斯麦首创，认为动物体内分布着一种磁性，疾病产生的原因是因体内磁体受阻，通过让病人饮用含铁质液体，再用磁铁棒引导磁性而治愈疾病。现代医学公认该方法并无直接治愈疾病的功能，但公认此学说是现代精神学科的催眠术的前身。

形式显然已经出现了，它的创造者是法国的儒勒·凡尔纳。

凡尔纳通过他的“奇异旅行”（voyages extraordinaires）系列丛书，把他那个时代的读者带到了未知的土地，描述了远方的奇迹，以及新机器抵达此类奇景的潜力。通过细微迷人的细节描写，他的作品在19世纪人们的眼中成为某种《科技生活》[1]（*Popular Science*）杂志和《国家地理》（*National Geographic*）杂志的结合体。英国的H. G. 威尔斯（H. G. Wells）对于聚集在一起改变人类生存方式的社会力量更加敏感。他笔下的科学传奇将以创意为核心的小说引入这种全新文学形式。在德国，库尔德·拉斯维茨[2]（Kurd Lasswitz）在19世纪与20世纪之交写了三部科幻小说，尤其值得一提的是1897年的《双星记》（*Auf zwei Planeten*）。正如瑞典的萨姆·伦德瓦尔所指出的那样，在这一时期的欧洲各地有很多不太受关注的作家们都在创作关于发明和奇幻旅行的小说，此外还出现了类似于（但不完全是）科幻杂志的刊物。

1926年，卢森堡移民雨果·根斯巴克（Hugo Gernsback）发行了美国第一本科幻杂志《惊奇故事》（*Amazing Stories*），1929年他又创办了《神奇故事》（*Wonder Stories*）。接下来到了1930年，克莱顿杂志集团（Clayton Magazines）在旗下的众多纸浆杂志当中增添了一份《超科学的惊异故事》（*Astounding Stories of Super Science*）。这些刊物宛如催化剂一般，使得奇异旅行和科学传奇，连同想象之旅、奇幻讽刺以及乌托邦小说转化成今天被称为科幻小说的文学体裁。回顾这段演变的发展历程，读者可能不禁会想到，如果没有根斯巴克，如果没有约翰·W. 坎贝尔（John W. Campbell）在1937年接任《惊异故事》的编辑并将其改编成《惊异科幻》（*Astounding Science Fiction*），然后又改编成《类比》（*Analog*），从而引领科幻小说进入日后所谓的黄金时代，如果罗伯特·A. 海因莱因（Robert A. Heinlein）、艾

1. 创办于1872年的美国月刊杂志，主要包含科技方面的文章。《科技生活》中文版1996年1月创刊，于2014年10月8日停刊。曾用名为《科技新时代》。
2. 德国作家、科学家和哲学家。他被称为“德国科幻小说之父”。

萨克·阿西莫夫（Isaac Asimov）或者其他几位黄金时代科幻作家从未投身科幻，今天的科幻文学将会是什么样子。

我在“科幻之路”系列的第五卷《英国科幻小说选》的前言中评论道：“美国一直被认为是一个获得崭新开端的宝地，先是追求宗教自由，后又寻求经济机遇，而在两者之间，西部拓荒成为远离经济不景气与绝望的终极选项，吸引无数人前来。”或许正是美国的国情为科幻小说提供了生根发芽、茁壮成长的肥沃土壤。

科幻小说在美国开花结果的过程中也养成了时至今日依旧显著的美式特色。相比之下，世界其他地区的科幻小说往往会模仿以本土语言翻译后的美国长篇短篇科幻小说，而这些国家的读者们要么认为来自美国的科幻作品“最正宗”，要么将美国科幻作品当作比较与赶超的对象，又或者干脆追求自成一派。但是既然科幻小说源起于欧洲国家，那么为什么它没有成为法国的文学类型或者说德国的文学类型呢？

2

为什么是美国将奇异旅行与科学传奇整合进了杂志并把结果称为科幻小说，而欧洲却长期听任此类作品相对孤立地存在，未能形成读者兴趣与商业利润的协同作用呢？若是从远处打量这个问题，一名研究类型小说的美国学生或许会想出几种可能性来解释这一事实。在美国，新近受到教育的工人阶级群体渴望获得引人入胜但又不需太过用脑的阅读体验，出版各种类型的冒险故事也带来了赚钱的机会，两者导致了纸浆杂志的出现，科幻杂志就是其中的一类。科幻杂志的利润并不算丰厚，但是读者的忠诚度（其中一些人还自发组织成了科幻迷群体）往往能使得此类杂志稳赚不赔。

直到很久以后科幻杂志才在欧洲兴起，而且即便在那时也只是对于美国杂志的回应而已，往往还是在美国杂志有了本土语言的译本之后。原因之一在于潜在受众的规模。像英国一样，20 世纪二三十年代的欧洲没有哪个国家具备足够数量的科幻读者来支持一本专门的杂志，如果想要通过翻译接触到更广泛的全欧洲各国读者又过于困难且昂贵，只有少数几家流行杂志是例外。欧洲国家也缺乏纸浆杂志的传统，因此发展不出类型杂志（虽然我曾辩称，科幻杂志之所以能够在其他所有纸浆杂志都绝迹之后依然在美国存活下来，原因在于它们出身大众科学传统而不是纸浆杂志）。有些批评家会把纸浆杂志的缺失归咎于欧洲读者的优越文学品味，他们可能是对的，虽然布赖恩·W. 斯塔伯福德（Brian W. Stableford）在《英国科学传奇：1890—1950》（*The Scientific Romance in Great Britain, 1890–1950*）当中断言，二战后的英国出版商“在粗俗与愚蠢的领域开掘出了前所未有的深度”。尽管如此，廉价杂志可能确实是科幻杂志发展的必要温床。

欧洲本土科幻文学缺失的另一个原因是 20 世纪的政治动荡，这一点在两次世界大战期间表现得最为激烈。第一次世界大战过后，美国以列强姿态出现在了世人面前；第二次世界大战过后，美国更是成为超级大国。而与此同时，两次大战让欧洲遭受了可怕的破坏，承受了无数的牺牲，蒙受了严重的心理创伤。可是相对于其他国家而言，美国却未受影响，仅仅承受了武装力量的伤亡。20 世纪 30 年代的大萧条倒是的确让美国人对于美国体制是否健全产生了怀疑，但是纸浆杂志却恰恰是在这个廉价叙事娱乐匮乏的年代得到了蓬勃发展。从另一方面来看，大萧条对欧洲的打击可能更严重。在美国，大萧条的确导致了严重的失业、罢工、酬恤金进军[1]以及其他社会动荡，但是美国的政治应对却没有欧洲那么激进。

在大萧条之前的 1917 年，俄国爆发共产主义革命，致使俄国就此退出了第一次世界大战，苏联由此建立。与之相应的是，1923 年墨索里尼率领的法西斯党也在意大利夺权上台。大萧条开始后，德国在 1933 年求助于希特勒率领的纳粹党，作为解决政局混乱的替代手段。1935 年，意大利入侵

1. 酬恤金进军事件，指由于 1932 年美国政府拒绝约两万名第一次世界大战的退伍军人实时得到在战时服役的薪金的要求后，集会人群逗留请愿，最后导致军方介入而造成的流血事件。

埃塞俄比亚，国联分崩离析。1936年，德国重新占领了莱茵兰[1]，同年西班牙内战爆发，标志了五年以来欧洲动荡的高潮。这一系列政治和社会动荡无疑冲击了欧洲各地。面对经济、政治和社会体制的不确定性，欧洲人可能难以相信未来一定会更好。

因此，从心理学角度来看，欧洲的读者、作家和出版商们都不太可能将科幻小说当成适合的文学媒介。况且，由于没有纸浆科幻小说的传统来为科幻文学自立门户，欧洲科幻小说与主流文学之间的距离也一直切近得多。

3

“科幻”这个词总是需要定义，而“科幻之路”系列选集的一个主要目的就是通过论证和举例来定义这一体裁。第一卷导言一开始就提出了以下定义：

> 科幻小说是文学的一个分支，涉及现实世界的变化对人的影响，因为它可以投射到过去、未来或遥远的地方。它往往关注科学或技术变革，通常涉及比个人或社会群体的命运更为重要的议题，常常会将文明或种族本身置于险境。

定义科幻小说的棘手之处在于科幻小说这一类型就像一头被众多盲人团团包围的大象。盲人们触摸到了大象的不同部位，于是对大象的描述也大相径庭。科幻文学没有标志性的行为，比如像侦探小说那样，也没有标志性的场所，比如像西部文学那样。相反，科幻可以融合其他体裁：比如说我们可

1. 旧地区名，指莱茵河中游的左岸地区，位于德国西部与法国、比利时和荷兰的交界处。第一次世界大战后，莱茵兰被划为非军事区。

以创作一部科幻侦探作品或者科幻西部作品；浪漫、哥特乃至恐怖题材全都能与科幻合体，至于冒险题材更是不在话下。可是这样一来为科幻下定义就麻烦了。每当科幻小说吸纳其他体裁时，我们都必须摒弃其中不属于科幻的内容，再看看还剩下什么。像这样将减法做到减无可减之际，最终剩下的科幻本质就是某个被自然事件彻底改变的情景——这里的“自然”一词与“超自然”相对应，包括人类的发明和发现，甚至也包括外星人的发明与发现，但并不限于科学技术。

如此简明的定义掌握起来容易，可要想为之辩护就难了。约翰·W. 坎贝尔说过：“科幻小说就是科幻小说编辑们发表的东西。”达蒙·奈特也曾说过，科幻小说是“我指着它时觉得是”。布赖恩·W. 奥尔迪斯称科幻小说是“涅墨西斯笞罚的狂妄”[1]。我对科幻小说的简单定义是“变革的文学”。任何虚构文学只要表现了人们如何与重大变化相共存、相适应或者被其击败，而且这一变化还作用于全体人类，那么这部作品读起来可能很像科幻小说；假如这一变化仅仅对某一个人或某一孤立群体有意义而没有造成更广泛的影响，将该作品归类为科幻小说就不太妥当。

但是，把科幻小说当成一种看待经验的态度，可能更有意义。科幻小说的存在前提就像科学一样，即宇宙的本质是可知的，尽管宇宙的最大部分目前可能依然未知，而且还可能注定将会在我们任何人的毕生当中，乃至于在我们所有人的毕生当中——换句话说就是在人类这一物种灭绝之前——都始终保持未知。可知的宇宙没有为超自然事物或者超自然体验留下任何容身之地，因为超自然的本质就是永不“可知”。把超验的或不可言说的经验带入自然世界，两者必然不能共存，一方必定毁掉另一方。这就是奇幻与科幻之间的基本区别，也是主流文学与科幻之间的基本区别，尽管这一区别并不明显。

但是科幻的世界观还可以进一步收窄。科幻与达尔文的《物种起源》之

1. 希腊神话里，涅墨西斯是掌管复仇的女神，惩罚所有狂妄自大的人或神。在西方文学里，涅墨西斯常常和狂妄联系在一起。

间的关系早已得到了公认。许多评论家认为，现代科幻小说开始于 H. G. 威尔斯。威尔斯似乎是当代作家，而在威尔斯之前的所有人——玛丽·雪莱、爱伦·坡，甚至凡尔纳——都是历史上的作家。《世界大战》（*The War of the Worlds*）可以根据当代环境反复翻拍，但是《弗兰肯斯坦》或者《从地球到月球》却只能改编成时代剧，而原因并不单纯是书中的技术已经不再可信了。

玛丽·雪莱、爱伦·坡和凡尔纳都受到了两方面的影响，其一是飞速发展的科学，其二是时人的普遍意识，即世界正在被科学与它的子嗣——技术——所改变。但是与他们相比，威尔斯还额外受到了来自《物种起源》一书的有益影响。显然，达尔文的进化论是托马斯·H. 赫胥黎（Thomas H. Huxley）的生物学生涯中最重要的组成部分，他与达尔文的关系以及他在英国各地的乡村为达尔文理论辩护的情况都是众所周知的。还有另一项几乎同样明显的事实：年轻的威尔斯在大学一年级学习生物学时的导师就是赫胥黎，日后他回忆道，这段经历对他影响很大。正如杰克·威廉森（Jack Williamson）在他的博士论文《H. G. 威尔斯：进化批评家》[1]（*H. G. Wells: Critic of Progress*，1973）当中表明的那样，威尔斯的早期科幻作品（也是他最重要的作品）体现了他对于进化论的逐步认识。不过下面这项事实就没那么显而易见了：达尔文的理论同样奠定了我们今天审视科幻小说的基础。

达尔文理论也为自然主义文学运动打下了基础，这一运动将科学决定论的原则应用到了小说当中。法国的埃米尔·左拉是自然主义的主要人物之一，其他自然主义名家包括美国的弗兰克·诺里斯、杰克·伦敦、厄普顿·辛克莱和西奥多·德莱塞。他们将笔下的人物视为社会进化的产物，并展示了社会进化如何塑造了这些角色最终决定了角色的命运。《时间机器》（*The Time Machine*，1895）是威尔斯笔下最具有达尔文主义色彩的长篇小

1. 这里的 progress 有两层含义，一是生物学里的进化（区别于进化论的 evolution，evolution 更接近演化的意思），二是科学技术的进步。

说，尽管《世界大战》(1898)、《莫罗博士的岛》(*The Island of Dr. Moreau*, 1896)和《月球上最早的人》(*The First Men in the Moon*, 1901)也都包含了进化过程的元素。

自然主义和科幻小说都是现代科学的产物，尤其是进化论的产物。达尔文催生了自然主义，而科幻小说则将自然主义应用于幻想题材。换句话说，科幻小说专注于不寻常的、未曾发生过的非凡事件，并将其作为自然世界的一部分呈现出来。更重要的是，自然主义叙事将人类作为自然世界的一部分，即环境的产物，而不是性格或者决定的产物。自然主义作品当中的人物就像埋在石灰岩中的化石，永远固定在了某一时刻。另一方面，科幻小说同样也把人类视为随着环境变化而进化产生的物种，但是——这是科幻文学与自然主义的关键区别——这一物种依然还在受到进化过程的影响。

因此科幻小说中的人物就像孕育了人类与其他一切生物的原生质那样具有适应性。改变条件，人类就会发生变化。换言之，科幻小说的第一个前提是人类具有适应性。然而，在这个前提下，科幻小说又增加了另一个在自然主义看来不可想象的前提：虽然人类是环境的产物，但同时却拥有其他动物所缺乏的特质——人类拥有智力，能够认识到自己的起源以及对自身产生影响的各种过程，甚至有时还能选择受环境决定以外的其他路径。在自然主义作品中，这样的认识充其量只能导致悲剧般的失落感：尽管角色意识到改变是可能的，但是条件反射性地束手无策。

威尔斯得到了19世纪英国的达尔文主义捍卫者托马斯·H. 赫胥黎的指导，这一点也许可以解释为什么威尔斯的小说读起来比儒勒·凡尔纳的小说更像科幻。凡尔纳的角色凭借自己的创造发明与自然斗争，而威尔斯的人物则必须适应新知识与新环境。在宇宙可知的前提下，科幻小说又增加了一个前提，即人类是宇宙的一部分并且受制于同一套自然法则，尤其是进化论。科幻小说假设人类已经进化了，就像自然界的其他部分一样，而且这个过程还在继续。至少从这一层上来说，科幻小说与自然主义有异曲同工之妙，我有时也把科幻作品称作按照自然主义原则来处理的奇幻事件。

自然主义假设人不仅是环境的产物，而且像其他动物一样无法逃脱环境的制约，就像古希腊悲剧的主人公无法逃脱自身的宿命。然而科幻小说通过一项自然主义没有的假设，与自然主义拉开了距离：人可以理解自己的处境并且采取不同的行动。

4

这种科幻世界观的最佳表述之一体现在艾萨克·阿西莫夫的《钢穴》（*The Caves of Steel*）及其续作《裸阳》（*The Naked Sun*）当中。《钢穴》里的人类已经习惯于封闭，以至于他们都患上了广场恐惧症[1]，甚至不敢想象走出钢铁封闭城市的可能性。推动《钢穴》情节发展的谋杀谜团正是基于市民对于开阔空间的恐惧，而破案的重要因素之一则在于探长伊利亚·贝莱[2]超越常规的思路。

此外，机器人系列小说——《钢穴》与《裸阳》一度被冠以这个名称，直到阿西莫夫在20世纪80年代续写了这两部小说并将其整合进了“基地”（Foundation）系列——的子情节之一涉及了几个太空族[3]的计划，该计划旨在推动寿命短暂、疾病缠身并且恐惧空阔的地球人向全宇宙扩张，直到日后建成人类的（也是阿西莫夫的）银河帝国。但这一远景取决于地球人能否克服广场恐惧症并且乘坐飞船驶向各处遥远的太阳。贝莱不仅在《裸阳》中与自己的恐惧症做斗争，还组织了一个团体帮助别人克服恐惧。

这两条基本原则造就了某些难以定义的东西，而我们恰恰用其定义科幻。如果我们手头的某一部文学作品没有涉及这两条基本原则，我们可能会觉得它像科幻，但又没那么有料。至少美国科幻作品是这样的。至于欧洲科幻作品，我觉得更类似英国的新浪潮风格，倾向于描述影响人类行为的环境

1. 特指对于在公共场合或者开阔的地方停留的极端恐惧。
2.《钢穴》和《裸阳》的主人公。
3. 小说里地球上的人类对外围世界人类的称呼。

因素，但是就像自然主义一样止步于此。很多欧洲科幻并不涉及美国科幻的第二条假设：人有能力不依照环境条件塑造的行为方式进行活动。换句话说，这本选集中的很多故事都涉及针对人类进化历程的自然主义认识，但却没有涉及人类认识并超越这一事实的能力。

所有这些都与人们在现实世界中的行为方式关系甚微或者说根本没有关系。大多数时候，人们的行为方式确实看似遵循由环境设定的程序，但偶尔他们也会表现得好像拥有自由意志。美国科幻重点关注那些为了改造生活与社会——根据美国科幻的说法也就意味着改造人类自身——而付出最多努力的问题解决者。其他的科幻，包括大部分会被我划分进欧洲范畴的科幻，都将更常见的行为形式作为故事情节的基础。

如今的主流小说似乎完全抛弃了达尔文。事实上，假如一个主流文学故事涉及了人类起源——假如他们真打算涉及这个题材的话——作者的切入角度更可能是《圣经》而不是进化论。如果作者引入了进化论，那么这部作品距离科幻小说恐怕也就不远了。

主流小说对当下的执着折射出一种明显的信念，即现实被定格在当下。根据这一信念，已经发生的或可能发生的一切都无关紧要，除非它们能对当下造成影响。主流文学一门心思地关注那些在自己所属的时代当中无关紧要且不具备历史影响力的小人物，关注这些人的反应与思考。这一点表明现实本身还不如人们对现实的感受更重要。换言之，主流小说对社会互动的关注似乎包含了这样一种信念，即人类存在的最重要方面——如果说还算不上唯一重要的方面——就是人与人之间产生关系的方式。

另一方面，科幻小说则包含了另一种信念，即存在的最重要方面是寻找人类的起源、目的与终极命运。主流文学似乎更“真实”，因为它反映了大多数人在日常生活中所面对的现实：社会化的世界、我们与它的互动以及我们对此的感受。但是难道可以说人性的进化因为没那么司空见惯就不真实吗？

认为哪些事物最为重要的信念决定了主流文学的形态。主流小说之所以关注人物角色，并不是因为只有关注人物角色的小说才算是“好小说”，而是因为主流小说本来就侧重于关注人物角色。相类似的，科幻小说经常因为人物形象单薄而受到批评，这同样是科幻信念的结果。假如我们更关注环境塑造人的方式，以及人如何才能解放自我并且做出超越环境条件限制的行为，那么人物对其处境的感受，个体角色的各个侧面，乃至于由角色驱动的、针对普遍困境的反应就显得微不足道了。

同理，主流小说颇为轻视，甚至完全抛弃了故事情节，认为情节“无非是偶发事件而已”，而情节仍然是科幻小说的核心。这表明，对于主流小说而言，发生了什么并不重要，因为不会产生任何新鲜事物，唯一恰当的关注重点在于角色应该如何应对日常的重复。而科幻小说则存在于一个变化的世界当中，关注重点是外部事件：这世界究竟发生了什么变化？人类（或者说外星人）又要如何应对？

美国读者的基本取向是实用和务实，但是根据我所读到的证据，欧洲读者更倾向于被心理描写而非事物描写所打动，而且还觉得奇幻小说要比美国科幻小说更好看。这是因为欧洲历史文化传统漫长且强大，也是因为神话与民间传说的原型更准确地反映了欧洲人的现实体验。换句话说，欧洲读者的阅读技巧和态度很可能更加世故，他们对于人类的成就更加怀疑，对人类超越环境限制的能力更加不以为然。然而，在进行了这些观察之后，我还必须补充一句：美国科幻作品译本在欧洲有着可观的读者群体，这一点意味着有很多欧洲读者在品味和态度上更像美国科幻读者；反过来说也有很多美国科幻读者的阅读技巧与审美品味不亚于任何欧洲人。我们在此所描述的是存在于典型的科幻小说与科幻读者群体当中的明显倾向性。

1986 年我代表美国新闻署在布加勒斯特进行巡回演讲时，应邀主持了一场科幻作家工作坊。可是几乎所有投给我的稿子都是奇幻题材，其中很多都以民间传说或童话为主题。这些故事的作者们与本国神话传统之间的联系要比他们与科技变革之间的联系更紧密，而且他们也不觉得奇幻与科幻之间有多大区别。此外，尽管许多读者和潜在作家都对科幻小说，特别是“赛博朋克”［威廉·吉布森（William Gibson）的《神经漫游者》（*Neuromancer*）两年前刚刚在罗马尼亚出版］感到兴奋，但在许多方面罗马尼亚的科幻小说从来没有将自己与其他文学作品区分开来。

即使在美国，奇幻文学——特别是以日常生活当中的神秘超自然现象为题材的那一类——也从未像侦探小说、西部小说，尤其是科幻小说那样从主流文学中分离出来。在欧洲，主流文学对于奇幻的容忍甚至延伸到了科幻。因此人们难免忍不住推测，所谓“严肃”文学和美国人口中的“准小说”[1]之间的划分在欧洲并不存在，就算勉强存在也微不足道。也许，致使准小说在美国自立门户的机制——从最早的“廉价小说”到日后的纸浆杂志——在欧洲要么从来没有存在过，要么远不像在美国那么强势。此外，包括苏联和中国在内的一部分国家还会将科幻小说视为儿童小说的一个分支（儒勒·凡尔纳的小说在他的时代也受到了同样的待遇，美国的廉价小说和少年杂志也一样），并因其能够向下一代人传授科学思想或者灌输科学志向而得到容忍，但是并不会被人拿来与成人小说相提并论，更得不到同样的尊重。

由于这些原因，这本选集中再版的许多短篇小说都追溯了世界科幻小说在主流文学当中的起源。许多早期科幻小说中最有影响力的例子也都能在主流文学当中找到。虽然布鲁斯·富兰克林（Bruce Franklin）编纂的《完美未来》（*Future Perfect*，1966；修订版，1995）记录说，19 世纪几乎所有主要美国作家都写过科幻小说，但是美国科幻的特点主要是在 1926 年以后的科幻杂志当中发展起来的。欧洲的主要作家，例如弗朗茨·卡夫卡和伊塔洛·卡尔维诺等，都使用过科幻或者类似科幻的概念。至于更贴近当代的作家，还有波兰的斯坦尼斯瓦夫·莱姆、捷克的卡雷尔·恰佩克、拉美的豪尔赫·路易斯·博尔赫斯、卡洛斯·富恩特斯和加夫列尔·加西亚·马尔克斯，以及日本的安部公房。此类受人尊敬的例证有助于维持科幻存在于这些国家的主流文学内，并影响了这些作家的后继者们。

---

1. 又称副文学、准文学。通常指处于经典文学或主流文学边缘的，经过“大众路线”大量生产并广为流传，如口述文学、通俗文学、民间文学、儿童文学等，尤其是科幻、奇幻、悬疑等类型文学。

这种做法必然会轻视某些国家的当代科幻小说发展。近期科幻小说的范例包括了几个具有一定规模独立科幻运动的国家，这些国家的工业化进程大都开始得比较早。科幻小说不仅起源于工业革命，而且最容易在工业化证明了社会的确会发生变革的地区扎根。倘若某一地区的主要经济活动仍然是农业，那么科幻在这里往往难以立足，因为农业与过去和传统意识紧密相连。

不管怎么说，要想反映当代科幻在十几个不同国家或地区的发展，不仅需要渊博的专业知识，还需要浩繁的篇幅；前者远远超出了任何一名编辑所能具备的，乃至于所能指望具备的能力极限，后者也远非本选集所能承载。作为替代，本卷将通过各个章节之前的论文来讨论当代科幻的情况。

5

隐藏在小说背后的预设前提塑造了小说的标志性创作方式。美国科幻相信可知的宇宙，相信人类具有适应性，还相信理性生灵具备抵御环境限制的能力。遵循这三项前提，美国科幻的典型套路是呈现一个发生了重大变化的情境，并且通过这一情境提出以下问题：人类将会如何适应或者应对这种变化？人类如何才能意识到自身的存续取决于能否采取某项适应方式？或者说人类应当如何在变化之后的情境里实现自我定义与命中注定的目标？美国科幻的情景之所以复杂，是因为其中的人物会试图以任何看似合适的方式来解决这一情景，最终的解决方式则是人物发现了隐藏的真相，或者重新评估了这一情景的本质。这种叙事套路的一个版本被《科幻小说百科全书》（*The Encyclopedia of Science Fiction*）称为“概念突破”，典型范例包括罗伯特·A. 海因莱因的《宇宙》（“Universe”）、艾萨克·阿西莫夫的《日暮》（“Nightfall”）、詹姆斯·布利什（James Blish）的《表面张力》（“Surface Tension”）以及哈尔·克莱门特（Hal Clement）的《重力使命》（*Mission of Gravity*）等小说。

美国科幻小说的基本结构是短篇小说的经典情节骨架：情境，矛盾激化，矛盾解决。有时这个顺序还会颠倒过来，直到作品结尾才会发现某一情境并且将其作为解决矛盾的方式。有时这些元素仅仅通过暗示的方式出现。在最坏的情况下，这种结构可能导致难看的套路，根据该套路讲述的故事不仅会被读者一眼看穿，而且也不符合读者的经验。在最好的情况下，这种结构就像生活本身一样可靠。要想区分好坏，还是要看围绕这一结构所塑造的故事是否切中时代脉搏，是否看得深远，是否用语得当。

但是美国科幻故事暗示我们，人的基本属性是解决问题［约翰·W. 坎贝尔在1934年的短篇小说《黄昏》（“Twilight”）中将这一属性称为“好奇心”］，而且人们所遇到的问题一定能得到解决，或者说，就算遭遇这些问题的人们可能不具备解决问题的能力，问题本身也总归还有解决之道。这一点——或者说从这一点出发的信念——是美国人的经验，也是科学的立场。

正如C. P. 斯诺（C. P. Snow）在1959年的“两种文化”演讲中所指出的那样，文学文化的立场认为传统比科学更能指导人们的行为表现，文化比人们生活的物质条件更重要，“进步”是虚妄的，且意味着精神或灵魂的丧失。这是英国文学文化历来的传统立场，从土生土长的英国人布莱克、罗斯金与阿诺德，到半路入籍的英国人亨利·詹姆斯与放逐海外仍心念英国的D. H. 劳伦斯，一直到现今的作家们，都沿袭了这一传统。“科幻之路”系列的第二卷《从威尔斯到海因莱因》当中收录的E. M. 福斯特（E. M. Forster）在1909年创作的《大机器停转》（“The Machine Stops”）就是体现了这种态度的早期科幻作品，而同一卷书中收录的约翰·W. 坎贝尔在1934年创作的《黄昏》则采取了相反的观点。

欧洲科幻小说的态度似乎更贴近主流文学文化而不是美国科幻。在欧洲科幻作品当中（当然也有例外），人物在情境中遇到的变化通常是给定的条件，变化的起源往往模糊不定，导致矛盾激化的因素源自内部而非外部，矛盾的解决则会再次强调人类状况的难以改变。对大多数人来说，这代表了他们对于变化的体验。在这方面以及其他许多方面，欧洲科幻更加“忠于生活”，因为这些作品反映了现实生活的混乱、不确定性或者有始无终的特性。

我之所以把“忠于生活”打引号，是因为这个短语无法验证。生活有很多方面，而作者必须选择其中某一个方面来“忠于”。此外美国科幻作家还可能会说，读者之所以阅读小说，是因为小说包含了现实生活所缺乏的秩序与公道。在小说当中，行动必然伴随着后果，角色的命运无论祸福都由他们自己招致。我们可能首先从小说当中学会了公道二字，然后才会将这一理念应用在现实生活当中。

不管怎么说，观点的不同赋予了这两个版本的科幻小说各自特有的形态。对于欧洲读者，我会说：“对于人类的潜能或者恰当存在方式的不同态度会导致不同类型的小说，没有哪一类小说在本质上更优越。”对于美国读者，我会说：“不要因为本卷收录的许多故事看起来与美国作品很不一样就弃之不理。这些作品代表了另一种存在观，与你所熟悉的科幻小说大相径庭。不妨看看这些故事想说些什么。”

历来关注欧洲科幻发展的美国著名科幻作家、编辑兼学者乔治·泽布洛斯基（George Zebrowski）——他的父母在二战后因为流离失所而从欧洲移民到了美国——曾经这样评价：“许多欧洲作家把文学看成事关生命和艺术的致命游戏。这不是矫揉造作，而是真诚的抱负。他们想要利用语言的探针来启迪读者，来救赎日复一日迷失在生命之火当中的事物，来铭记与证明世代的健忘正在分分秒秒地悄然抹去的事物。可是在美国，大多数情况下人们都不允许科幻作品摆出如此严肃的姿态。这种做法背叛了科幻作为真正的人类文学的潜力。科幻不属于任何国家、意识形态、宗教或种族。科幻作品解放与开阔心灵的潜力是我所知道的最严肃的事物之一……”

6

本卷前言重点介绍欧洲科幻小说及其与美国科幻小说的关系。欧洲作为一个整体有着悠久的科幻小说传统，它与美国科幻小说的相似与不同之处代表了科幻的其他发展方向。理解这一点特别有助于我们进一步接触其他国家的科幻传统。拉美文学——包括类似于科幻的小说——虽然因为殖民历史与美洲本土人口的存在而形成了自己的特色，但是根源依然扎在欧洲。东欧和苏联的科幻受到本国政治历史的塑造，与欧洲科幻大不相同。日本与中国的科幻则受到书法、东方文化传承与两国政治历史的显著影响，因此最好将这两国作为特例单独呈现。各篇的导语将会讨论这些国家与地区的科幻发展道路。

本选集没有提到的世界上的许多地区也都有各自的科幻作品。举例来说，荷兰、比利时与匈牙利有科幻小说，保加利亚与前南斯拉夫也是；以色列与土耳其相同；加纳与南非等非洲国家也有科幻小说；在拉丁美洲，巴西、智利、乌拉圭和哥伦比亚，还有其他拉美国家无疑都有各自的科幻小说；在远东地区，中国香港、中国台湾和新加坡等地区和国家也会创作与出版科幻作品。

但是这本选集的目的并不是为了包罗万象。本选集未涉及的地区的科幻小说传统都很短，而且难以从主流小说的脉络当中剥离出来。有些地区的小说体裁本身才刚刚摆脱了神话和民间传说的口述传统。还有些国家立国时间太短，来不及养成科幻传统，或者工业化发生得过于切近，还没能催生以变化为主题的文学。

《世界科幻小说选》仅仅体现了世界上十几个地区的情况，以及这些地区在虚构作品当中对于工业化进程的回应，这一进程给人们的生活和工作方式，甚至给人们对于自身与栖身其中的宇宙的思考方式都带来了不可逆转的变化。选集收录的作家们处于世界的不同区域，必须与各自不同的传统进行互动，因此他们做出的回应也千差万别。本选集试图追溯科幻小说在努力促使地球成为同一个世界，使各个种族成为同一个民族的过程中所走过的各条道路。

（万年看客　译）

法国篇

曾有一轮正宗且可辨识的、思想与艺术的运动，被后世称为科幻小说运动，它显然始于法国。儒勒·凡尔纳在 1864 年以《地心游记》（*Journey to the Center of the Earth*）开启了科幻文学的进程。当然，凡尔纳也有前辈，可一路追溯至古巴比伦人和他们的史诗《吉尔伽美什》，再到几十个世纪之后 19 世纪上半叶的玛丽·雪莱和埃德加·爱伦·坡。但凡尔纳的“奇异旅行”系列在科幻史上具有特别的地位：自从 1864 年他着手创作这套作品以来，科幻小说的进化线路就再也未曾断绝，而是一脉传承至今。

凡尔纳的法国前辈的作品中也曾涉及科幻：弗朗索瓦·拉伯雷的《巨人传》（*Gargantua and Pantagruel*，1532—1564）；西拉诺·德·贝尔热拉克[1]（Cyrano de Bergerac）的《月球远征记》（*A Voyage to the Moon*，1659）；伏尔泰的《小大人》（*Micromégas*，1750）；路易-塞

1. 法国剑客兼作家，他最重要的两部作品《另一世界，或月球上的国家和帝国》（《月球远征记》即为英文版书名）及其续作《太阳上的国家和帝国的趣史》，引述了当时物理学方面的成就，证明了宇宙的无限和永恒，反映出他对太阳中心说的信仰，小说中的科学知识和多级火箭、录音机等丰富想象，表明了他是法国科幻小说的先驱。

巴斯蒂安·梅西耶（Louis-Sébastien Mercier）的《二五零零年回忆录》[*Memoirs of the Year Two Thousand Five Hundred*；1771年完成时的初稿书名是《二四四零年》(*Two Thousand Four Hundred Forty*)]；雷蒂夫·德·拉布勒托纳（Restif de la Bretonne）的《发现南方大陆》(*La découverte australe*，1781)；贾科莫·卡萨诺瓦·迪·塞恩加尔（Giacomo Casanova di Seingalt）的《二十日谈》(*Isocameron*，1788)。这批18世纪的法国小说归入日后被称为“哲理小说”（contes philosophiques）的范畴，却是科幻小说体裁的开山鼻祖。

凡尔纳在他的时代也有同道中人：天文学家尼古拉·卡米耶·弗拉马里翁（Nicolas Camille Flammarion）在虚构与非虚构作品当中都涉及过推想性质的内容，包括《世界末日》(*La fin du monde*，1893—1894)；阿尔贝·罗比达（Albert Robida）的未来主义插画往往伴随着他自己的说明文字，这些插画本身就是在讲述故事；维利耶·德·利勒-亚当[1]（Villiers de L'Isle-Adam）并不算科幻作家，但是也写过《未来夏娃》(*The Eve of the Future*，1886)；此外还不能忘了大J. H. 罗尼（J.-H. Rosny aîné）。

罗贝尔·卢伊（Robert Louit）和雅克·尚邦（Jacques Chambon）在《科幻小说百科全书》中称，19世纪80年代到20世纪30年代是“法国科幻的真正黄金时代，我们甚至可以称之为法国的纸浆小说时代”。这一时期的法国并没有纸浆杂志或者科幻杂志，但是许多综合杂志都会“定期刊载‘期望’[2]类短篇小说和连载长篇小说”。马克西姆·雅库博夫斯基在《惊异剖析》(*Anatomy of Wonder*)一书中指出：“许多成名主流作家都在涉足这类体裁的创作，如保罗·克洛岱

---

1. 法国象征主义的作家、诗人与剧作家。仿生人（android）一词即出自他的科幻小说《未来夏娃》。
2. 原文是法语“roman d'anticipation”，约等于“推想小说”，是一种文学体裁，通常关注未来，往往与科幻小说联系起来，但不能简单与之等同。

尔、埃米尔·左拉、阿纳托尔·法朗士、克洛德·法雷尔，以及地位较为边缘的雷蒙·鲁塞尔。”雅库博夫斯基进一步补充道，20 世纪初法国科学传奇杂志的主要撰稿人“包括保罗·迪瓦、当利上尉[1]（Capitaine Danrit）、勒内·戴维南、安德烈·洛里耶、让·德·拉耶尔，以及安德烈·瓦莱丽”。

这一时期的另一位法国科幻作家是屈斯塔夫·勒鲁日（Gustave Le Rouge），他在 1908 年和 1909 年写了两部火星人题材的长篇小说，似乎要早于几年后埃德加·赖斯·巴勒斯（Edgar Rice Burroughs）的第一部火星人小说。在两次世界大战之间，法国还出现了一批科幻作家，如安德烈·库弗勒、路易·布瑟纳尔、奥克塔夫·贝利亚尔、泰奥·瓦赫雷、卡斯顿·勒胡（此人笔下最著名的作品当属长篇恐怖小说《歌剧魅影》）、若瑟·莫塞里、雷吉斯·梅萨克、莱昂·格罗克、莱昂·都德、埃内斯特·佩舍龙和莫里斯·勒纳尔等。

1935 年，法国出版了首个科幻小说系列，比美国科幻迷在二战后自发的出版还早了十几年。该出版机构名为“世界之上”（Hypermondes），由梅萨克创办，只出版了三部作品，其中两部是梅萨克本人的长篇小说。1943 年，梅萨克死于纳粹集中营。在 1938 年至 1945 年之间的动荡时期，雅克·施皮茨（Jacques Spitz）出版了 20 多部悲观主义科幻小说，雷内·巴尔贾维尔（René Barjavel）出版了 2 部战时科幻小说。

根据卢伊和尚邦的说法，C. P. 斯诺在 1957 年的讲座中提到的两种文化之间的鸿沟，在二战后的法国变得更加巨大了。“二战结束后，有两大因素严重影响了法国科幻的未来。首先，在大中小学以及所有的思想界当中，文理分科愈发严重。这一点使得立志成为小

---

1. 法国作家、政治家、军官埃米尔·德里昂（Émile Driant）的笔名，当利由德里昂的字母重新排列而成。

说家的人对于科学本身及其对人类生活的可能影响缺乏好奇心，并把许多人才赶出了科幻领域，同时还使得科幻被确定无疑地视为青少年的消遣读物。法国已经不再梦想本国的未来——乃至全人类的未来。其次，无论法国读者对于科幻还存有多少兴趣，都能从另一个来源得到满足，即美利坚合众国……”

到了 1952 年，美国科幻小说的译作开始影响到了法国科幻圈子。最先登陆法国的美国作品是 E. E. 史密斯（E. E. Smith）的《宇宙云雀号》（*The Skylark of Space*）和杰克·威廉森（Jack Williamson）的《智能机器人》（*The Humanoids*）。在前一年，黑潮出版社（Fleuve noir）创立了名为“期望”（Anticipation）的大众平装书系；而两大出版社伽利玛（Gallimard）和阿歇特（Hachette）联合创办了“奇异射线”（Rayon fantastique）书系。两年后，德诺埃尔出版社（Editions Denoël）开创了“未来的存在”（Présence du Futur）书系和“金属版 2000 系列”[1]（Editions Métal, Série 2000）书系，不过都仅仅持续了几年。1954 年其他的重要出版物还有法文版的《银河》（*Galaxy*）和《奇幻与科幻杂志》（*The Magazine of Fantasy and Science Fiction*），法文名称分别为《银河》（*Galaxie*）和《小说》（*Fiction*），而后者开始刊登法语短篇科幻小说、文章和评论。

在法国得以培养科幻读者群的关键因素之一是科幻得到了以鲍里斯·维昂、米歇尔·皮洛丹、雷蒙·格诺、莫里斯·布朗肖、乔治·加莱、斯蒂芬·斯普里埃勒和剧作家奥迪贝蒂为首的知识精英的接纳。这批人当中有几位创办了《科学家俱乐部》（*Le club des savanturiers*），格诺为月刊《批评》（*Critique*）写了一篇题为《一种新兴文学类型：科幻小说》（“Un nouveau genre littéraire: les sciences-

1. 这个书系的特点是每本书的封面都有金属反光，出版时间是 1954 年至 1957 年。

fictions”）的文章，米歇尔·布托尔为《南方手册》（*Cahiers du Sud*）写了《科幻小说发展的危机》（“La crise de croissance de la science-fiction”），维昂翻译了 A. E. 范·沃格特和亨利·库特纳（还有雷蒙德·钱德勒）的作品，另外他本人也创作过荒诞主义科幻作品。他于 1959 年去世，年仅 39 岁。20 世纪 50 年代开始初试啼声的还有斯特凡·伍尔、B. R. 布鲁斯（原名罗杰·布隆代尔）、库尔特·斯坦纳（原名安德烈·吕埃朗）、吉米·吉耶、理查德-贝西埃、M. A. 雷让、莫里斯·利马、让-卡斯顿·旺代尔、皮埃尔·巴尔贝、吉勒·托马斯和 J. L. 勒梅。

随着 20 世纪 50 年代向 60 年代过渡，弗朗西斯·卡尔萨克（原名弗朗索瓦·博尔德）、米歇尔·热里、热拉尔·克莱因、夏尔·亨内贝格、菲利普·屈瓦勒和克里斯蒂娜·勒纳尔为法国科幻做出了最重大的贡献。这一时期的其他作家包括雅克·斯泰亨贝格、茱莉亚·维尔朗热、马塞尔·巴廷、克劳德·谢尼斯、米歇尔·德穆特、让-皮埃尔·安德烈翁、让-皮埃尔·于贝尔和丹尼尔·瓦尔特。在维尔高（原名让·布吕勒）涉足科幻领域，创作了《你应该认识他们》（*You Shall Know Them*，1952）和《希尔瓦》（*Sylva*，1961）之后，其他一些主流作家也紧随其后，诞生了如皮埃尔·布尔的《人猿星球》（*Planet of the Apes*，1963）、罗贝尔·梅尔的《海豚之日》（*The Day of the Dolphin*，1967）和《末世之谜》（*Malevil*，1972）、克洛德·奥利埃的《ε 星上的生活》（*La vie sur Epsilon*，1972）等长篇小说。

新浪潮运动终于在 20 世纪 70 年代传到了法国。菲利普·K. 迪克、J. G. 巴拉德、托马斯·M. 迪施、哈伦·埃利森和诺曼·斯宾拉德等人的作品都被译成了法语，并且与 1968 年的五月风暴运动一拍即合，促使法国科幻从此走上了政治化道路。瓦尔特、安德烈翁和于贝尔走的都是这个方向，多米尼克·杜艾、皮埃尔·佩洛和菲利普·戈伊等人则紧随其后。这一趋势塑造了法国科幻小说的明显特征之一，正如雅库博夫斯基在解读热里的《不安定的时代》（*Le Temps incertain*，1973）时所说的："将英美科幻的推想特质与法国特有的社会政治因素相结合，是法国科幻小说迈出的重要一步。"法国科幻的另一个关注点是心理学以及雅库博夫斯基所谓的"对于软科学的依赖，这一点可能源自笛卡尔式环境伦理观[1]以及主流文学价值观"。

但在20世纪80年代法国科幻经受了一轮衰落。在卢伊和尚邦看来，原因或许在于公众的热情不足、出版数量太多、出版业当中普遍存在的问题，以及新法国科幻的"过度政治化"。这一时期，法国每年的本土科幻作品出版种类从40余种锐减到了五六种。一部分作者转而"更加关注风格、诗歌以及实验性写作"，另一些作者则开始"表达其如臻化境的个人世界。这些人当中有让-马克·利涅、雅克·巴伯里、弗朗西斯·贝特洛，尤其突出的是塞尔日·布吕索洛"，最后这位在不到10年的时间里出版了40多部长篇小说。根据卢伊和尚邦的评论，最后还有"第三类作者，他们将自己的技艺投入了所谓'新古典'科幻的创作，此类作品促使读者反思当代议题……同时又不放弃科幻极具异域风情与冒险经历的传统诱人之处"。他们举出了G. J. 阿尔诺、贝尔纳·西莫内和若埃尔·乌桑的例子。

雅库博夫斯基用下面这句话总结了法国科幻小说的经验："法国科幻的招牌不曾被纸浆小说这样的历史糟粕抹黑过。事实上，现代法国科幻小说往往是一杯制作复杂的鸡尾酒，调酒的主料包括凡尔

---

1. 即人类支配自然，环境代表着无穷无尽的资源，人类可以心安理得地开发利用，而不必心存忧虑。

纳，被曲解的英美流派影响，还有法国实用主义和通俗小说，再加上些许对结构主义、政治评论以及荒诞主义的热衷用来增加风味。”卢伊和尚邦则认为：“法国与科幻的关系史就是一段漫长的调情，穿插了数世纪的间歇性激情爆发。近年来，由于越来越多的法国人成为美国或英国科幻作品的热忱消费者，法国科幻的重心逐渐从作者向读者转移，从主动转向被动……法国本土科幻创作流派尚未真正成型。”

像所有的当代评价一样，对当前法国科幻的任何评价都肯定会随着日后的事件而改写。但是有一位作家的经历或许是未来的征兆：她用法语写作，但其主要主顾是美国的杂志和书籍出版商。她名叫伊丽莎白·沃纳尔博格（Élisabeth Vonarburg），住在加拿大法语区，而美国科幻小说在当地的存在感一直都很强。

（万年看客　译）

探索已知与未知的世界

我们从儒勒·凡尔纳开始。可以肯定，正如约翰·克卢特（John Clute）在《科幻小说百科全书》中指出的那样，凡尔纳的情况与 H. G. 威尔斯类似，他也会“有意识地依据早已在具备阅读能力的公众当中渗透开来的流行文学传统来进行写作”。即使在他的祖国法国，凡尔纳也能向若干位文坛前辈取经，例如 16 世纪的弗朗索瓦·拉伯雷，17 世纪的西拉诺·德·贝尔热拉克，18 世纪的伏尔泰、梅西耶、雷蒂夫·德·拉布勒托纳与贾科莫·雅各布·卡萨诺瓦，等等。这些人的作品不仅幻想奇丽，而且往往讽刺意味十足。此外凡尔纳还将埃德加·爱伦·坡视为榜样。他很欣赏后者的作品，但是或许有所误读。凡尔纳的优势在于他见识了工业革命与科学进步，特别是在探索方面。与他的前辈们不同，他能够在这种新式小说当中融入以下信念：科学与技术具备改变人类境遇的力量。

大时代与注定要体现时代的作家通过一本在 1864 年出版的小说走到了一起。小说中的人物钻进了冰岛的一座死火山口，由此进入了地球表面以下的神秘世界。《地心游记》并不是凡尔纳创作的第一部长篇小说，不过确实是他的第一本长篇科幻小说。凡尔纳于 1828 年出生在港口城市南特，他的父亲是一位律师，原本指望子承父业，但是凡尔纳却决定前往巴黎寻求文学生涯。在父亲的经济支持下，凡尔纳写了许多东西，但是总体而言并不成功。1857 年，他娶了一位带着两个女儿的寡妇，并且成为巴黎证券交易所的一名经纪人，然而他的妻子鼓励他继续写作。他最终向一位名叫儒勒·埃策尔（Jules Hetzel）的新出版商成功推销了一部自己的作品。此人随即与凡尔纳签约，要求凡尔纳每年写一部长篇小说，他将会以连载形式将这些长篇小说刊登在自己新近创办的儿童杂志上，最后整理成书。经过一番修改，这部处女作变成了《气球上的五星期》（*Five Weeks in a Balloon*），并于 1863 年出版。这是一个关于探险与冒险的故事。

《地心游记》是一本与众不同的小说，书中洋溢着对于探险的热爱以及勇闯未知领域的豪迈气概。这两者是凡尔纳作品的典型特质。日后埃策尔将凡尔纳的作品整理成了合集，起名“奇异旅行”丛书，丛书的副标题是“前往已知与未知世界的远航”（“Voyages dans les mondes connus et inconnus”）。埃策尔在 1867 年指出，凡尔纳的“目标是归纳总结现代科学在地理、地质、天文等领域搜集到的一切知识，并且通过他那诱人且栩栩如生的特有笔法重新讲述我们所在宇宙的历史”。

这句话概括了凡尔纳后半生的事业。他成为探索已知与未知世界的先锋作家，偶尔也会插入一两部较为传统的历史小说与悬疑小说，甚至还有一部情节看似奇怪但却完全可行的《八十天环游地球》（*Around the World in Eighty Days*，1873），这部小说是他笔下最成功的作品。不过，1865 年出版的《从地球到月球》（*From the Earth to the Moon*）为他未来的写作生涯树立了标杆，1870 年的《海底两万里》（*Twenty Thousand Leagues Under the Sea*）则或许体现了凡尔纳艺术造诣的巅峰。凡尔纳不仅获得了事业成功，还获取了可观的金钱收益。用克卢特的话来说，“他成了家并且家道兴旺，住在一栋乡间别墅里，时常乘坐游艇出海，从不懈怠地向埃策尔的公司提供着一部又一部长篇小说，并且成为代表19世纪法国中产阶级的显赫人物”。与此同时，里昂·斯托弗（Leon Stover）在《圣詹姆斯科幻作家指南》（*St. James Guide to Science-Fiction Writers*）当中指出，凡尔纳受到了“马克思主义问世之前的社会主义牧首”克劳德·昂利·圣西门[1]思想的激励。圣西门的信徒们“将工业生产当作遍及全世界的进程来崇拜”，他们的口号是“全世界都属于人类”，他们相信工业革命将会“让全人类团结起来共同探索自然……不再因人剥削人而分裂”。

凡尔纳的作品几乎完全关注工程进步加持之下的人类现有能力。在他的作品当中，孜孜以求的心智与坚定进取的灵魂能使一切皆有可能。他不喜欢设想与推测，这一点是他的作品与H. G. 威尔斯作品的根本区别。用凡尔纳自己的话来说，他本人惯于使用“物理”，而威尔斯则会“凭空发明”。当凡尔纳着手完善科幻小说时，探索时代已经进入了尾声，而凡尔纳对此乐见其成。与其说他关心全新的交通方式，倒不如说他更关心最新的工程奇迹能让人类前往哪些从未被涉足过的地方，包括深海与外太空。

凡尔纳的作品结合了惊异感与事无巨细的白描。他不仅带着读者踏上了前往“已知与未知”世界的旅程，还详细描述甚至列举了他们可能在这些世界发现的事物。日后有一位法国作家雷蒙·鲁塞尔（Raymond Roussel）将凡尔纳称作“古往今来最伟大的文学天才”；教皇利奥十三世称赞凡尔纳文笔纯粹；他还获得了法国荣誉军

1. 法国伯爵，是19世纪初叶杰出的思想家，马克思、恩格斯把他同傅立叶、欧文并列为三大空想社会主义者。

团勋章。他在 1905 年寿终正寝，临终时早已荣誉等身。但最重要的是，他开创了探索与介绍从来不为人知的神秘世界的科幻传统，这一传统直到今天都未曾消退。1926 年雨果·根斯巴克创办《惊奇故事》杂志时将三位作家当成了典范，凡尔纳是其中之一（其余两位是爱伦·坡与威尔斯）。他还在杂志刊头登载了一幅素描，画面上是凡尔纳位于亚眠的坟墓，凡尔纳掀翻了墓石，正在奋力向外爬。这幅画是对凡尔纳的不朽愿景的致敬。

（万年看客　译）

地心游记（节选）

［法国］儒勒·凡尔纳

第二十七章　地中海

起初我什么都看不见。由于不习惯光亮，我猛然闭上了眼睛。当我重新睁开眼时，我被面前的景象惊呆了。

“海！”我叫道。

“是的，”叔叔回答，“李登布洛克海，我想没有一个航海家能和我争夺发现它并以我的名字命名它的荣誉！”

这里是一个湖泊或大海的起点，广阔的水面一望无际。起伏的波涛在月牙形的海岸边止步不前，金色而细腻的沙滩上到处都是小贝壳，里面居住着地球上最初的生命。海浪撞碎在沙滩上，发出一种只有在封闭的巨大空间里才能听得到的奇特声响。细小的浪花在和风中飞舞，有几丝甚至吹到了我的脸上。在微微倾斜的海滩上，有一堵巨大的石壁矗立在距海水六百多英尺的地方，它笔直向上，高耸入云。石壁下部有几块锋利的岩石一直插入海中，形成许多岬角，碎浪的牙齿咀嚼着它们。远处，在烟雾迷蒙的地平线上，肉眼能清晰地看到这些岬角的影子。

这是一片名副其实的海洋，海岸线曲折不定，但它渺无人烟，荒凉得可怕。

我的眼睛之所以能看到大海的远处，是因为有一道特殊的光线照亮了一切。这道光线不是光芒四射、热力无穷的太阳光，也不是苍白朦胧、冷若冰霜的月光，不是，这道光线的照明能力、它在传播过程中摇曳不定的特点、它那明亮干燥的白色、它所造成的微弱的气温上升，还有它事实上强于月光的亮度，这一切都非常明显地说明存在着一个电源。它就像一道北极光、一种宇宙间持续不断的现象，照遍了这个可以容纳一个海洋的山洞。

你要是愿意，可以把我头上的穹顶称为“天空”。它似乎是由巨大的云团构成的，这些变幻莫测的蒸汽一旦遇冷凝结，随时都可能化为倾盆大雨。我原以为在这样高的气压下，水不会产生蒸发现象，然而，由于某种不为我所知的物理原因，空中飘浮着大面积的水汽。不过当时“天气很好”。电层在高高的云端造就了奇异的光线变化，下面的云朵则笼罩着浓重的阴影。强烈的光线时常会从两片云彩之间穿过，一直照到我们身上。不过归根结底，这不是太阳光，因为它不产生热量。我有一种凄凉肃杀的感觉。我意识到在这云层的上面，不是星光灿烂的天空，而是把所有重量都压在我身上的花岗岩穹顶，不管这个空间多么巨大，它也不够星星——哪怕是最小的——在里面自由飞翔。

这时我想起了一个英国船长的理论，他把地球比作一个中空的巨大圆球，球内的空气由于压力而发着光，而普鲁托[1]和普罗塞毕娜[2]两个星座则在里面划出一道道神秘的轨迹。难道他的话是真的？

1. 罗马神话中的冥王，在希腊神话中名为哈德斯。
2. 罗马神话中冥王普鲁托的妻子，和后者一起统治阴间，在希腊神话中名为普西芬尼。

我们确确实实被关在这个巨大的洞穴里了。我们无法判断洞穴有多宽，因为海岸向两边无尽地延伸下去；也无法知道它有多深，因为我们只能看到一条模糊的地平线。它一定有好几英里高，因为肉眼看不到架在花岗岩石壁上的穹顶；但在空中大约二点五英里的高度，飘浮着很多云团，它们比地球上云层的高度还要高，这可能是因为空气密度较大。

"洞穴"一词显然不足以描绘这个巨大的空间。对于一个来到地球深处冒险的人来说，人类的语言是永远不够用的。

此外，我不知道用什么地质学原理来解释这个巨大洞穴的存在。它是由于地球冷却而形成的吗？我读过一些游记，也知道一些著名的洞穴，可是没有一个能有这么大。

如果冯·洪堡先生在勘探了哥伦比亚的瓜夏拉山洞[1]之后，没有测量出它的深度为两千五百英尺的话，那么仅凭目测人们是不会认为它有这么大的。美国肯塔基州的猛犸洞[2]也十分巨大，因为它的穹顶高于深不可测的湖水五百英尺，游客们深入洞穴二十五英里，却仍然看不到尽头。但是，在我现在欣赏的这个洞穴前，前面提到的那些山洞能算什么呢？这里的天空云层密布，电光四射，洞穴里还蕴藏着一片浩渺的海洋。面对如此宏大的景象，我的想象已经无能为力了。

我静静地凝视着这壮观的景色，感觉无法言喻。我仿佛身处天王星或海王星这样遥远的星球，看到了地球人所难以体验的奇观。要描绘这种全新的感受，就必须用全新的字眼，但是我想不出。我看着，想着，赞叹着，既惊愕又恐惧。

---

1. 因洪堡的描述而著名，它先是一条长达四百七十二米的笔直通道，通道尽头有一个深度为两百一十米的洞穴。
2. 位于美国肯塔基州的著名洞穴。

这种意想不到的景象使我的脸上重新泛起了健康的色彩。惊讶犹如一种崭新的疗法，治愈了我的伤痛。此外，浓密清新的空气为我的肺提供了更多的氧气，使我重新振作起来。

不难想象，对于一个在狭窄的坑道里被囚禁了四十七天的人而言，能呼吸到这种潮湿而略带咸味的海风，真是无穷的享受。

因此我一点都不为自己离开阴暗的石洞而后悔。叔叔早就习惯了这些奇景，因此他不再惊讶。

“你有力气散一会儿步吗？”他问我。

“当然有，”我回答，“没有什么能比散步更令我惬意的了。”

“好吧，挽着我的胳臂，阿克赛尔，让我们沿蜿蜒的海岸走走。”

我连忙表示同意，于是我们便开始沿着这片新发现的海洋散步。在我们的左面，陡峭的岩石层层叠叠，形成巨大的一堆，给人一种不可思议的感觉。岩石的侧壁上悬挂着无数瀑布，清澈的水帘隆隆地倾泻着。几缕轻烟在岩石之间飘荡，显示着沸泉的位置；小溪平缓地朝大海这个公共蓄水池流去，它们在斜坡上寻找着机会，以便发出更加悦耳的潺潺声。

在这些溪流中间，我认出了我们忠诚的旅伴——汉斯小溪，它平静地汇入大海，仿佛从地球诞生的那一天起，它就没有做过其他事情。

“我们会想念它的。”我叹了一口气说。

“唉，”教授回答道，“这条或那条小溪，对我们来说又有什么区别呢？”

我觉得他的回答有点忘恩负义。

可是这个时候，我被一种意想不到的景色吸引住了。在离我们五百步远的一个岬角拐弯处，出现了一片高大、茂密、深邃的森林。森林里的树木不高不矮，呈规则的阳伞状，带着清晰的几何形轮廓。

空气的流动似乎对树叶毫无影响，它们在微风中岿然不动，如同一片用石头做成的雪松林。

我加快脚步。我无法叫出这种奇特树种的名字。也许它们根本就不是目前为人类所知的二十万种植物中的一种？也许它们应该在湖沼植物群中占据一个特殊的地位？是的，当我们来到树荫底下的时候，我的惊讶早已变成了赞叹。

其实，在我面前的是地球植物，只是体型非常庞大。叔叔立刻叫出了它们的名字。

“这不过是一片蘑菇林罢了。”他说。

他说得对。大家可以想象一下这种喜欢温暖潮湿的植物生长得有多好。我听说，根据布里亚[1]的理论，“巨型马勃”的口径可以达到八至九英尺。可是生长在这里的却是高达三十至四十英尺的白蘑菇，而且蘑菇伞的直径完全相同。它们多得数以千计。光线无法穿过这片浓密的阴影，因此蘑菇伞下一片漆黑，这些小圆顶并排着，犹如某个非洲居民区的圆屋顶。

我想到蘑菇林的深处去。一股能置人于死地的寒气从多肉的蘑菇伞上袭来。我们在这片潮湿的黑暗中游荡了半个小时，当我们回到海边的时候，我从心底里感到万分舒服。

不过，这个地下王国的植物并不局限于蘑菇。远处一丛一丛地长着大量其他树木，树叶都已经褪了颜色。它们很容易辨认，都是地球上比较低级的灌木，只是体积大得惊人：有一百英尺高的石松、巨型的封印木，也有和生长在高纬度地区的冷杉一样高大的乔木状蕨类，还有鳞木，它们长着圆柱形分杈枝茎和长长的叶子，满是皮刺，看上去就像令人恶心的油性植物。

1. 法国生物学家，真菌学的创始人之一。

“真惊人、真奇妙、真壮观！”叔叔叫道，“地球第二纪，也就是过渡期的植物群落全在这里了。这些今天生长在我们花园里的低级植物，在地球诞生之初就像树一样高大！看，阿克赛尔，看吧！没有一个植物学家能这样大饱眼福！”

“说得对，叔叔。上苍似乎有意要把这些古老的植物保存在这个巨大的温室里，而这些植物被聪明的科学家们复制得如此相像。”

“不错，孩子，这里的确是一个温室，不过，要是你说这里也许还是一个动物园，那就更确切了。”

“动物园！”

“是的。你看我们脚下的尘土，还有地上四散的骸骨。”

“骸骨！”我叫道，“对，是古代动物的骸骨！”

我跑向那些由不可分解的矿物质[1]组成的古老遗骸，毫不犹豫地叫出了这些巨型骨骼的名字，它们就像是枯树的躯干。

“这是乳齿象的下颚骨，”我说，“这是恐兽的臼齿，这是巨型野兽大懒兽的股骨。是的，这里的确是一个动物园，因为这些动物的骸骨肯定不是由于地壳的运动而被搬运到这里来的。这些动物本来就生活在地下海的岸边、乔木植物的阴影下。瞧，我看到一副完整的动物骨骼。可是……”

“可是什么？”叔叔问。

“我不懂这个花岗岩洞穴里怎么会出现这种四足动物。”

“为什么？”

“因为动物在地球上出现的时代应该是第二纪，也就是当沉积地层在河流的冲积作用下形成，并且取代了原始时代的灼热岩石之后。”

---

1. 磷酸钙。——原注

“是的！阿克赛尔，有一个很简单的回答能消除你的疑问：这里的地层本身就是沉积地层。”

“什么！在地面以下如此深的地方会有沉积地层？”

“不错，这种现象在地质学上是可以解释的。有一段时期，地球被一层具有伸缩性的外壳包裹着，这层外壳在地心引力的作用下交替起伏。有一部分沉积地层可能在地面发生塌陷的时候，被带进了突然裂开的地缝。”

“也许是这样。可是，既然在地下的这个区域曾经生活过古代动物，那么有谁能保证它们现在没有仍然游荡在黑暗的森林里，或是陡峭的岩壁后呢？”

想到这里，我不无恐惧地观察了一下地平线；但是空旷的海岸上没有出现任何动物。

我有点累，于是便走到一个岬角的顶端坐下。海浪打在岬角底部，发出阵阵响声。从这里，我可以看到整个被月牙形海岸线环绕着的海湾。在海湾尽头的金字塔形岩石中间，有一个小小的港口。由于不受海风的影响，港口的水面非常平静。这里足以停泊一艘大船和两三艘小船。我几乎以为自己能看到几艘鼓足风帆的小船，正借着南风出海远航呢。

不过这种幻觉很快就消失了。我们是这个地下世界唯一有生命的动物。风暂时停下的时候，冷漠的岩石和海面就被一种比沙漠上更为深沉的寂静笼罩着。这时候，我想穿过远处的迷雾，撕开遮在地平线上的神秘缦纱。我急于提出的是什么问题？大海的尽头在何处？它通向何方？我们能否有朝一日看到它的彼岸？

叔叔对这些问题的答案深信不疑。而我则既想知道，又怕知道。

我们凝视着这些奇妙的景象，过了一个小时，才踏上通往石洞的沙滩小路。当晚，我在千奇百怪的念头中酣然入睡。

第三十章　海兽大战

八月十五日，星期六。大海依旧单调乏味。看不到一丝陆地的影子。地平线似乎非常遥远。

由于昨天的胡思乱想，我的头还是晕晕乎乎的。

叔叔不曾胡思乱想，可是他的心情很不好。他用望远镜观察了周围的每一个角落，然后气恼地交叉起双臂。

我发觉李登布洛克教授似乎要重犯他性急的老毛病，于是就把它写进日记。只有在我遭遇危险、忍受痛苦的时候，他才曾经表现出一丝人情味。然而我一旦康复之后，他又恢复了本性。可是有什么值得他发火呢？难道我们的旅行进展得还不顺利吗？难道木筏前进得还不够快吗？

“你好像很着急，叔叔。”我看到他不时举起望远镜张望，就对他说。

“着急？不。”

“那么是不耐烦？”

“比这更小的事都会让人不耐烦！”

“可是我们前进的速度很快……”

“快有什么用？我不是嫌我们的速度太慢，而是嫌海太大！”

我想起出海前，教授曾经估计这片地下海的长度是七十五英里左右。可是我们现在已经航行了三倍的距离，南方的海岸还是遥不可及。

“我们并没有在下降！”教授又说，“这一切都是在浪费时间，再说，我来这么远的地方，可不是为了在这个池塘里划船！”

他称渡海是划船，称这片海洋是池塘！

“可是，”我说，“既然我们走的是萨克努塞姆指明的道路……”

“问题就在这儿。我们走的的确是他走过的那条路吗？萨克努塞姆是否也碰见了这片广阔无边的海洋？他是否也渡了过去？那条为我们指引方向的小溪会不会把我们带上歧路？”

“不管怎么样，我们来到这里一点都不遗憾。这里的风景太奇妙了，而且……”

“我们不是来看风景的。我为自己确定了一个目标，我要实现它！所以别和我谈什么欣赏风景！”

我牢牢记住了他的话，于是便听任教授独自咬着嘴唇心急如焚。晚上六点，汉斯要求发薪金，叔叔给了他三块银币。

八月十六日，星期日。一切如旧。天气照常。风力稍稍增强了一些。我醒来时，首先关心的便是光亮。我总是担心这电光会逐渐暗淡，直至熄灭。这种担心并没有变成现实。木筏的影子清晰地投射在海面上。

这海真是无边无际！它可能和地中海，甚至和大西洋一样宽。为什么不呢？

叔叔测量了好几次水的深度。他拿出一根一千两百英尺长的绳索，将一把沉重的铁镐系在顶端，然后放入水中。可是碰不到底。我们费了好大的劲才收回铁镐。

铁镐被拉上木筏后，汉斯指给我看上面明显的痕迹。它似乎被两个坚硬的物体猛烈地夹击过。

我看着向导。

他说了一个丹麦词。

我听不懂，回过头去看叔叔，叔叔正陷入沉思。我不想打扰他，便重新回头看着冰岛人。他张开嘴，然后又闭上，重复了好几次，才使我明白了他的意思。

“牙齿！”我仔细地看了看铁镐，惊诧地说。

是的，这的确是嵌进铁镐内的牙印！长着这些牙齿的颚骨一定力大无比！难道在海水深处，活动着一种比鲨鱼更为凶猛、比鲸鱼更为可怕、在地球上早已灭绝了的怪兽？我盯着这根几乎被咬断的铁镐，心想昨夜的梦难道真的要变成现实了？

我整整一天都被这种想法折磨着，只是后来睡了几个小时，才勉强平静下来。

八月十七日，星期一。我试图回忆第二纪古代动物的特性，这些动物出现在软体动物、甲壳动物和鱼类之后，哺乳动物之前。当时整个地球属于爬行动物。这些怪兽主宰着侏罗纪时期的海洋[1]。自然给了它们最为完善的构造。它们的体型何等巨大！力量何等神奇！如今的爬行动物，不管是鼍龙还是鳄鱼，不管它们多么巨大、多么凶猛，和它们早期的祖先相比，只是些软弱无力的小爬虫！

想到这些怪兽，我不禁打了一个寒噤。没有人亲眼见到过这种活的动物。尽管它们在人类出现几十万年之前就生活在地球上，但是根据在石灰质黏土里发现并被英国人称为“下侏罗纪化石”的骨骼化石，人们可以复制出它们的结构，了解它们巨大的体型。

我曾经在汉堡博物馆看到过一具长达三十英尺的爬行类动物骨骼。难道我这个地球的居民命中注定要和这些古老的动物见面吗？不，不可能！可是铁镐上确确实实刻着有力的牙印，从这些牙印来看，这头怪兽的牙齿是圆锥形的，和鳄鱼一样。

我惊恐地注视着大海，生怕看到一个海底洞穴的居民蹿出来。

1. 侏罗山脉的地层就是由第二纪时期的海洋上升构成的。——原注我想即使李登布洛克教授不像我这样害怕，至少也同意我的看法，因为他在检查了铁镐之后，也用目光扫视着海面。

“这主意真见鬼！”我自言自语道，“他怎么会想到测量水深的！他一定打搅了某个动物的休息，要是我们在海上不受到袭击……”

我看了看武器，它们都很好，我稍稍放心了一点。叔叔看着我，用手势对我表示赞同。

水面剧烈地动荡着，这已经说明了水底的骚动。危险在逼近，必须小心。

八月十八日，星期二。夜晚降临了，确切地说是睡意来临的时候到了，因为这片海上没有黑夜，直射的光线使眼睛感到很疲劳，仿佛我们是航行在阳光照耀着的北极海面上一样。汉斯把着舵。他值班的时候，我睡着了。

两个小时后，一阵可怕的震动将我惊醒。木筏被一种难以形容的力量从水面上掀起，抛到一百三十多英尺以外的地方。

“怎么了？”叔叔叫道，“是不是触礁了？”

汉斯指着一千三百英尺开外的海面，有一头黑乎乎的东西正在起伏着。我看着叫了起来：“是一头巨大的鼠海豚！”

“对，”叔叔回答说，“现在又来了一条异常巨大的海蜥蜴！”

“远处还有一条可怕的鳄鱼！你看它的颚骨有多宽！还有牙齿！啊！它消失了！”

“鲸鱼！一条鲸鱼！”这时候教授叫道，“我看到它那巨大的鳍了！你看它鼻孔里喷出的水和气！”

果然，海面上升起了两根高高的水柱。面对这一群海兽，我们惊恐万状。它们大得异乎寻常，即使是其中最小的海兽也能用牙齿把木筏一口咬断。

汉斯转着舵，想让筏子顺风行驶，以便逃离这群危险的动物；可是他在木筏的另一侧看到了同样可怕的敌人：一只四十英尺宽的海龟和一条三十英尺长的海蛇，后者那巨大的脑袋伸在水面上。

逃不掉了。这些爬行动物在逼近；它们围着木筏迅速地转着，就是高速行驶的火车也没有它们快；它们以木筏为中心，划出一个又一个圆圈。我拿起了枪。可是子弹打在这些动物的鳞片上，又会有什么用呢？

我们吓得连气都不敢出。它们来了！一边是鳄鱼，另一边是海蛇。其他海兽全都不见了。我想开枪，汉斯用手势制止了我。两头怪兽从离木筏三百多英尺远的地方游过，相互朝对方猛扑过去，它们是如此狂怒，所以根本没有看到我们。

战斗在离木筏六百多英尺远的海面上展开。我们可以清晰地看到两头怪兽的搏斗。

现在其他海兽似乎也赶来参加战斗了：鼠海豚、鲸鱼、海蜥蜴、海龟。我每时每刻都能见到它们。我指给冰岛人看。可是他摇了摇头。

“两头。”他说。

“什么！两头？他说只有两头怪兽……”

“他说得对。”叔叔叫着说，他一直用望远镜注视着怪兽。

“怎么会！”

“没错！第一头怪兽长着鼠海豚的嘴、海蜥蜴的头和鳄鱼的牙齿，所以我们会看错。这是古代爬行动物中最可怕的鱼龙！”

“另一头呢？”

“另一头是长着龟壳的海蛇，它叫蛇颈龙，是鱼龙的死敌！”

汉斯说得没错。仅仅两头怪兽就把海面搅得天翻地覆。在我眼前的是两头原始海洋里的爬行动物。我看到鱼龙血淋淋的眼睛大得就像人头。自然给了它强有力的视觉器官，因而它能承受水的压力，生活在深海。人们曾称它是海蜥蜴中的鲸鱼，这不无道理，因为它有着和鲸鱼一样大的体型、一样快的速度。鱼龙在水面上竖起垂直的尾鳍时，我估算出了它的大小：它至少有一百英尺长。它的颚骨也十分巨大，自然学家们认为它至少有一百八十二颗牙齿。

蛇颈龙的身体呈圆筒形，尾巴很短，四肢像桨。它的身体盖满了甲壳，天鹅般柔软的头颈高高地伸在离水面三十英尺的空中。

两头海兽狂怒地撕打着。它们掀起像山一样高的浪涛，甚至波及我们的木筏。我们有好几次几乎就要沉没了。海面上传来极为尖厉的叫声。两头海兽缠绕在一起，我无法辨认出它们。胜利者的愤怒令人心惊胆战。

一个小时过去了，两个小时过去了。战斗进行得依然激烈。两名战士一会儿接近木筏，一会儿又离它而去。我们一动不动，时刻准备开枪。

突然，鱼龙和蛇颈龙都不见了，水面上形成了一道名副其实的漩涡。好几分钟过去了。难道战斗将在大海深处结束吗？

猛然间，一只巨大的脑袋伸出海面，这是蛇颈龙的脑袋。怪兽受到了致命的创伤。我再也看不到它的甲壳，只见它的长颈伸起来、落下去、再伸起来、再落下去，就像一根巨大的鞭子抽打着波涛，它的身体犹如被截断了的蠕虫一样扭曲着。海水溅到很远的地方，蒙住了我们的眼睛。但是，这头海兽的垂死挣扎不久就接近了尾声，它的动作逐渐减弱，身体也逐渐不再扭曲，最后这条长蛇一动不动地躺在平静下来的海面上。

至于鱼龙，它是回到自己的海底洞穴去了呢，还是会重新出现在海面上？

（陈伟　译）

构想未来

儒勒·凡尔纳通过每年一部的长篇小说向全世界传达的愿景被一群与他同时代的人引向了不同的方向。这其中有天文学家尼古拉·卡米耶·弗拉马里翁，也有插画家阿尔贝·罗比达。弗拉马里翁在 1880 年出版了《大众天文学》(*Popular Astronomy*)一书，不过他早在学生时代就开始创作科学传奇，并且在 1862 年出版了《可居世界的众多》(*La pluralité des mondes habités*)与《其他世界的居民》(*Les habitants des autres mondes*)两本书。这两本书都是非虚构的推想作品。随后他又在 1864 年出版的《真实和想象的世界》(*Real and Imaginary Worlds*)一书中进一步渲染了前两部作品的内容——此时凡尔纳的创作生涯甚至还没开始起步。再接下来弗拉马里翁还出版了两部关于灵魂转世的传奇小说——《斯黛拉》(*Stella*，1877)与《尤安妮》(*Uranie*，1889)。但是他最重要的作品还是 1893 年至 1894 年出版的《世界末日》(*La fin du monde*)。根据布赖恩·斯塔伯福德的说法，弗拉马里翁的名誉在晚年受到了一定损害，因为那时他对通灵术产生了浓厚的兴趣(就像他的朋友柯南·道尔一样)。

另一方面，罗比达则是一位讽刺作家，他最杰出的作品都是用石板笔与蜡笔创作出来的。《科幻小说百科全书》的编者彼得·尼古拉斯（Peter Nicholls）和乔恩·古斯塔夫森（Jon Gustafson）称他为 19 世纪法国最重要且最受欢迎的科幻插画家。起初他为拉伯雷、西拉诺、斯威夫特以及弗拉马里翁的作品绘制插画，后来逐渐开始撰写搭配插画的评论文字。他的大部分插画最早以连载形式在期刊中分期出版。1879 年，罗比达出版了以戏谑模仿凡尔纳为主题的《萨图尔宁的非凡历程》（*Voyages très extraordinaires de Saturnin Farandoul*），并且在书中声称主人公“进入了儒勒·凡尔纳先生知道与不知道的所有国家”。在他职业生涯后期的 1890 年，他创作了一部以时空旅行为题材的奇幻小说《远古与我们今天同在》（*Jadis chez audjourd'hui*）。1902 年他又创作了一部以时光倒流为题材的小说《世纪之钟》（*L'horloge des siècles*）。他的旺盛创作力保持到了人生的终末，在 1925 年还出版了未来幻想小说《空中城堡》（*Un chalet dans les airs*）。

不过他最重要的作品当属创作于 19 世纪 80 年代的《二十世纪》（*Le vingtième siècle*）。该系列插画自 1882 年开始连载，共计 50 期。插画内容描述了受到新技术影响的未来生活，这些新技术包括电话、电视、食品工厂、海底城镇、飞行出租车以及水下运动。随后他又在 1883 年出版了续作《电气生活》（*La vie électrique*），同年《二十世纪的战争》（*La Guerre au vingtième siècle*）也在《讽刺漫画》（*La Caricature*）杂志上连载。他还在 1887 年出版了同名小说，但内容略有不同。在小说当中，他设想 1945 年爆发了世界大战，届时飞行器将会轰炸敌方城市并攻击敌人的坦克；毒气和细菌武器都会得到应用；此外还会出现火焰喷射器、潜艇与水下部队。

在尼古拉斯与古斯塔夫森看来：“上述作品中的文字通常而言

并不出众。但是在大多数情况下，这些作品的插画——往往采取了细节详尽的讽刺漫画风格——总是一以贯之地充满了创造性和趣味性……他的机器和武器通常都是精心设计的产物——某些设计或许还能投入使用……”另一方面，I. F. 克拉克（I. F. Clarke）在《期望模式》（*The Pattern of Expectation*）当中指出：“所有这些致命的活动都发生在想象当中的无人区。尽管罗比达描述了城市的灭亡，但他那天真取乐的心态使他无法真正想象未来欧洲全面战争的实际后果。”克拉克将这一点称作“一塌糊涂的预测失败”，并继续指出：“罗比达与其他假想战争的作者们的预测取决于想象力与理智之间的危险差异，这种差异严重妨碍了针对未来可能性的冷静分析。他们设想的世界大战一方面天翻地覆，另一方面却又一切如故；一方面充斥着大规模装备的致命武器，另一方面又不会对工业化世界的复杂结构造成任何灾难性的影响。他们的思想偏见致使他们对于这其中的矛盾视而不见，不以为意。”

尽管如此，罗比达的确为凡尔纳的想象提供了细节详尽的视觉呈现。克拉克称他为“科幻史上最有才华且最具原创性的艺术家”。

（万年看客　译）

二十世纪的战争

［法国］阿尔贝·罗比达

一、征 兵 动 员

1945 年上半年出奇地平静。多瑙帝国小规模内战持续了 3 个月，美国在海岸试图登陆时被我军潜艇舰队击退，中国在科西嘉岛的军事行动被粉碎，除了这些日常的小打小闹以外，欧洲极其平静。

我的朋友法比尤斯·莫里纳斯是个来自图卢兹的年轻人，颇具魅力，靠吃利息而生活无忧。1945 年 6 月 25 日，他悠闲地叼起一支烟，把窗户大开着，窗外花园的花香和比利牛斯的微风吹进房间里来。法比尤斯有些疲惫，两天来他一直忙着收拾行李，准备在海滨浴场开放的时节去挪威海岸度假。莫里纳斯之前一门心思准备行李，完全没空收听电话播报的新闻。6 月 25 日中午，他通过电话听说两天前战争的导火索点燃了，本来一片光明的政治前景突然阴暗下来，他很是震惊。严重的是，这次冲突完全发生在金融层面，起因是直击各方利益的关税问题。生意就是生意，如今，文明人的贸易条约要用大炮来保驾护航。“行吧，行吧，”莫里纳斯心想，“只要别耽误我去浴场度假就行。”他手中的烟即将燃尽时，电话那头说：

“征兵令：

“今征法比尤斯·莫里纳斯先生为本土空军第六中队二等炮兵，请于今日下午 5 点到蓬图瓦兹上空 3 200 米处“雀鹰号”航空舰报道。”

“见鬼！”莫里纳斯叫着跳起来，“就要 1 点了，我得赶紧！今年是去不成海滨浴场了。”莫里纳斯已经习惯了匆忙离家，他快速拨了几通电话告别，收好各种证件。随后，他打开抽屉，依次取出自己的装备。45 分钟后，莫里纳斯已经系好护腿，绑好军装上衣，大衣斜挂在肩上，自动手枪和长刀收在腰间，氧气囊挂在胸前，和一群人一起进入巴黎通道。而后，一辆专列将他们送至巴黎。4 点 10 分，他们有些木然地到达通道总站，飞行器已经在等待人马到齐。5 点整，这队航空员抵达了他们的终点，踏上了“雀鹰号”航空舰的甲板。

“雀鹰号”的指挥官把士兵们召集起来，告诉他们将在午夜之时宣战，激动的言语中洋溢着爱国之情。机组人员匆忙安顿下来。指挥官时不时看一下手表。忽然，下方传来一声信号，中尉按下一个按钮，启动了电动推进器，“雀鹰号”开始前进，带着我的朋友莫里纳斯驶向荣耀。

黎明时分，一股令人作呕的气味唤醒了吊床上的莫里纳斯，他登上甲板，发现“雀鹰号”正在穿过一层浓雾。舰队遇上了一队正在执行任务的喷雾飞艇，它们正在用浓雾掩盖边境，以便隐蔽军事行动。

二、移动碉堡

法比尤斯扶着“雀鹰号”的栏杆俯身看去，思绪混乱。事情发展之快让他仍处在茫然中，他恍惚间还以为自己在去海滨浴场的途中，“我带泳衣了吗？见鬼！只有量身定制的泳衣才有格调！”

耳边的一声炮响将法比尤斯猛然拽回现实。他睁大眼睛，前方600米处出现一队敌方的移动碉堡，被浓雾阻碍了前进。工程师用哨声指挥“雀鹰号”全体人员就位：中队机组迅速推进，航空舰展开队形，向敌方移动碉堡的两翼和后方飞去，而敌方正冒着一切风险全力加速，试图突出重围。“雀鹰号”和另外五艘航空舰率先加入近距离作战。

法比尤斯在左侧二号炮位，他埋头将弹药筒装入弹夹，完全没有看到战斗场面。突然，一记连环炮从炮眼打进舱内，放倒了炮位指挥官和所有其他炮手，只有法比尤斯安然无恙。他毫不犹豫地跳上炮身，异常冷静地仔细瞄准，发射！炮弹出膛后声震天响，目标碉堡瞬间灰飞烟灭。

浓雾渐渐退去，战斗越来越激烈。已经有十几座移动碉堡被击毁，剩下的反抗也越来越不成气候，但也有两艘航空舰受创，从空中坠落到冒着滚滚浓烟的残骸之间。“雀鹰号”也受到严重损坏，恰好落入一片敌方的移动碉堡中，这些移动碉堡的机组人员伤亡惨重，只得放弃抵抗。战斗结束了：只有少数几座移动碉堡得以幸免，躲进一片森林，航空舰只得放过它们。“雀鹰号”和其他几艘退出战斗的航空舰的机组成员被分配到缴获的移动碉堡中，继续参与战斗。法比尤斯由于表现杰出被任命为副工程师，负责指挥先遣碉堡。

全速前进！移动碉堡有如被敌人追赶一般急速前进。早上9时许，它轻松突破一片防御工事的严密防线，这里由一个女子军团把守，她们是征召来接替由17至59岁的男子组成的头两道防线的。这些未经沙场的女兵毫无防备，眨眼间被解除武装，这座城市就这样攻下来了。但很可惜，我军未能长久占领这座城市。城市的电话线没有被及时切断，敌人得知有一个小分队大着胆子深入境内，于是决定迅速采取行动将其摧毁。

午夜之时，移动碉堡载着一个营的敌军抵达城市之外几公里处，他们悄悄潜入，直到郊区才被发现。这些敌军一个个身穿化工服潜入街道，制服上套着围裙，头颈套上皮质头盔。他们在一个花园的露台上悄无声息地拿出神秘而古怪的工具，组装零件，安好管道，不出 10 分钟，一组化学炮台就装好了。他们将头盔上用棉花填充的面甲放下来，各自就位，只等指挥官一声令下。开火！四颗毒气弹相继发射，在空中划出一道抛物线。

三、城 市 遇 袭

法比尤斯和战友们围着篝火扎下营。一名发现异常的哨兵还没来得及拉响警报，第一颗毒气弹就在空中炸开了一团绿色浓雾。随着一声大喊和一股烟雾，另外三颗炮弹相继爆炸。随后是一片死寂。篝火熄灭，无人存活，就连不幸留在城市中的居民也全都在自己家里突然中毒而死。自从科学迅猛发展以来，大家对战争所带来的意外已经见怪不怪了。

或许是天意，当时法比尤斯又饿又渴，于是去地窖寻找征用的物资。毒气弹爆炸那一刻，他正好在一间密封得极好的小地窖里，与外部空气隔离开来。一群战友里只有他一个人躲过了毒气，但接下来不吃不喝地昏迷了 36 个小时！与此同时，指挥他所在部队的将军得知敌军已夺回这座城市，于是下令发射 1944 型远程鱼雷飞艇。飞艇埋伏在 3 000 米高空的卷云和雨云中，等待夜幕降临城市，随后，推进器启动，飞艇俯冲而下，到适当高度，掷下威力巨大的鱼雷。城市突然被连根拔起，迅速膨胀，在空中炸开。

不幸中的万幸是，仍在昏迷中的莫里纳斯和其他重量较轻的物体一起被及时抛出了爆炸区域，没有被喷射的火焰吞噬。几乎没有烧伤的莫里纳斯突然从昏迷中醒了过来，发现自己被一股烟柱裹挟着。他使劲抓住手指碰到的一个物体：是和他一起被抛到空中的一个风向标。上升的过程停止了，莫里纳斯感觉到自己开始下坠。他开始慌了。30 秒后，他被一股意料之外的清凉感托住了。

四、医 学 兵 团

在水底昏迷片刻之后，莫里纳斯恢复了意识，惊慌失措地游上河面。他径直游向河岸，藏身在芦苇丛中。傍晚时分，敌方的化学兵到河边洗澡休息。莫里纳斯看准机会，拿走一套他们的制服穿在身上，混进了返回炮塔堡垒的巡逻队。一名副官安排他在一个大厅站岗，医学兵团的化学兵、医生和药剂师正在那里讨论最后部署。他们计划引爆在法国军队脚下埋好的 12 颗地雷，其中灌有毒气以及导致恶性高烧、皮鼻疽、痢疾、麻疹、急性牙痛等一系列病痛的细菌。

地雷已经准备就绪，弹药车即将运走所需的锌质毒气炮弹和细菌弹。但幸亏法比尤斯通晓敌方的语言，完全听懂了他们的计划。他胸中涌起壮志雄心，决心要为拯救军队而献身。他迅速架起步枪，将所有子弹都射向装满毒气和细菌的巨大储藏罐。枪响之后便是骇人的爆炸。我们的英雄莫里纳斯把储藏罐、弹药车和炮弹都炸上了天。高压浓缩的毒气在爆炸时带来无比猛烈的冲击，浓烟翻卷涌动，从各个出口窜出，在平原上弥漫，与空气混合，同时裹挟着种种叫不上名字的刺鼻气味和不计其数的病菌。议事厅里满目疮痍，将军、军官、化学工程师、医生、士兵，所有人都突然倒下，在地上痛苦挣扎，成为莫里纳斯释放的病菌的猎物。疫病在敌军当中迅速传播开来，不到 3 分钟便蔓延至方圆 60 公里内。置生命于不顾的法比尤斯幸好戴着化学兵的面罩，并无性命之忧，只是牙痛得厉害。

法国军队幸免于疫病感染。法军医学兵团驻扎在最前线岗哨的一名微生物工程师听到远方传来的轰鸣声，意识到敌军阵营中发生了意外爆炸，即刻电话通知将军。将军下令要求现有的所有大炮前进，用隔离烟雾保护前线部队。军队左翼已经摆脱敌军威胁，将军在烟雾的掩护下撤出污染区，他突然折回，直捣在右翼行动的敌军。与此同时，莫里纳斯忍着牙齿的剧痛追上部队，向将军报告了自己的行动。莫里纳斯得到将军大加赞赏，受到整个参谋部的拥抱祝贺，还被授予奖章并得到通报表彰，他终于感到疼痛平息了。然而，他还是时不时遭受剧烈的牙痛，不久便只得换上满口假牙。

再说回敌军的情况。他们的医院接收了 179 549 名患病的士兵和平民，而且，所有疫病混合之后，产生了一种奇特的全新疾病。全欧洲的医生都致力于研究该疾病，并根据其创造者莫里纳斯的名字将这种疾病命名为“莫里纳斯热”，而其发源地成为一个长期对健康极为有害的地方。

五、攻坚行动——泵动式机枪兵和通灵者

法比尤斯·莫里纳斯因为他的英勇壮举被升为泵动式机枪兵团的少尉。这支部队刚刚组建，机动性极强，可以迅速移动到任何地点，立即以猛烈火力覆盖普通火炮部队无法抵达的位置。

起初，有四个机枪泵被分到莫里纳斯手下，每个机枪泵由五名士兵操作。在首次激烈交火中，莫里纳斯与部下牢牢守住一座房屋的废墟，顶住四次连续进攻，手下换了三拨，只有他一人最终毫发

无损地从这场屠杀当中脱身。当晚，他被擢升为中尉。

战区的土地里尽是用导线连接起来的鱼雷，还有地雷和巧妙隐藏起来的炮塔。士兵行进时不得不万分小心，由电气专家和通灵者打头阵，负责探查地雷并引爆敌军的鱼雷。航空舰师正在别处执行任务，无法从空中炸毁炮塔，只能进行常规的攻坚战。泵动式机枪兵团中尉莫里纳斯参与进攻一组要塞。大炮幸运地接连命中，成功摧毁了驱动炮塔的动力装置，突击队一拥而上，从缺口冲入炮塔内。

我军攻下了一线炮塔，准备围攻一座防御牢固的大型城市。将军在另一据点组织了一次佯攻，随后在一个暗夜派出一队作为储备力量的通灵者。这些通灵者由科学部长提供，是巴黎最厉害的磁疗师和催眠师。他们慢慢走向敌军防线，使用充满能量的诱导动作，发出阵阵催眠波。真是令人心焦的一刻！防守的敌军会向他们开火，还是被催眠波制服而让通灵者通行呢？

仍是一片死寂，通灵者继续前进，穿过了层层防线，跟在他们身后的一支纵队先是看到几个岗哨和一些站岗的小兵处于昏迷之中，随后发现驻扎在一个堡垒中的整支部队都因磁疗术释放的困意而一动不动，睡倒在地。将军得到电话通知，命令军队前进，兵不血刃地将堡垒收入囊中。

通灵者精疲力竭，要休息至少两个小时才能恢复。这对我军来说非常危险。敌人可以在我军设防之前用毒气弹摧毁堡垒。但敌军对所发生的一切毫无觉察，他们的大炮始终沉默着。破晓时分，通灵者体能恢复，再次开始施展催眠术。三名催眠师因脑充血而牺牲之后，首席通灵者凭借强大的意志力，终于用磁疗催眠法让敌军城南防线的堡垒指挥官投降了。

六、无畏的化学炮兵连

但战争还没有结束。通灵者睡了一个难得的好觉，随后准备向城内军队发动攻势。他们当晚就开始行动。不幸的是，他们在匆忙行进中忘记探查战场上遍布的地雷，踩踏触发一颗地雷爆炸，整个小队无一幸免。

只能重新发动常规进攻了。在夜间，将军下令冒着枪林弹雨搭建出一座化学攻城炮台。骇人的军火比拼开始了！空气中燃烧着红、绿、紫、黄、蓝等各色火光，忽闪的火光和巨大的火焰不时划开天空，成千上万的化学炮弹、细菌弹和气瓶彼此交织，各色毒气和毒烟投射而来。敌军的化学兵也发动攻击，这场战役可谓是两支精通化学的部队之间的史诗级对决。面对进攻，敌军当即揭开伪装，亮出两座麻痹性毒气炮台，对我军造成重创。我军士兵中弹后或是身体无法动弹，或是陷入致命昏厥。作为回应，我军发射了会导致严重癫痫的毒气鱼雷。但窒息毒气弹和疥疮细菌弹像冰雹一样密集落入我军阵地。其中，疥疮细菌弹是敌军精妙的新发明。我方化学兵因此付出惨痛代价。最后，我军一名工程师发明了腐蚀液体瓶（硫酸盐遇空气后的产物，后来获得科学院奖章），一夜之间摧毁了敌方炮台。

就在此时，我方得知，敌军潜艇舰队准备离开母港，其目的地未知，意图或为破坏我方港口，或为在我方海岸某地登陆。一艘侦察艇冒险进入敌军海域，并得以查清这支海军的舰艇数目，其中包括精良的重炮艇、高速装甲艇以及能够在水下快速前进和变换阵型的鱼雷艇。在海上巡游的法国海军的规模和实力也毫不逊色，拥有水下部队和登陆部队。海军上将工程师计划在半路拦截敌军舰队，将其摧毁，而后攻击敌军港口。

法比尤斯·莫里纳斯收到命令，加入法国海军部队。由于之前的出色表现，他被派往海军担任鱼雷工程师。他受到极力举荐，于是被海军上将任命为最新型水下鱼雷艇“氰化钾号”的指挥官。法比尤斯迅速登上舰艇，开始他的指挥工作。“氰化钾号”的空间非常有限，只能登载六名艇员，是一艘纤细灵巧的小型鱼形艇，可以快速助攻，进行高难度勘测，还能悄无声息地在水域之间穿梭，在大型重炮艇下方放置鱼雷。

七、“氰化钾号”水下鱼雷艇

海军上将把鱼雷艇交给莫里纳斯时说：“您在陆地战役中表现得像兔子一样机敏，希望您在水下也继续保持这些优秀品质。”

“对天发誓！我会向您和敌人证明的。”莫里纳斯谦逊地回答道。

“氰化钾号”几乎贴着海底，隐身在海藻覆盖的岩石间前进。两天之后，潜艇到达敌方海域，就要进入敌军守卫海岸的水雷防线。莫里纳斯和手下连续 72 小时不眠不休，解除了三道超过 80 公里的水雷防线。莫里纳斯在没有触发爆炸的情况下清除了所有水雷，同时小心避免切断任何一根线缆，好让敌军以为防线依然完好无损。

最后一道水雷防线位于敌军舰队为蓄电池充电的锚地尽头。“氰化钾号”在无人发觉的情况下成功靠近。这次，莫里纳斯没有拆除水雷，而是另有计划：他将敌军的线缆切断，转而将这一列水雷重新连在电池上。随后，“氰化钾号”便藏在岩洞中，通过一根通气管呼吸，静静等待着敌军舰队出港时从此处经过。

“启动！”莫里纳斯对手下的电工兵发出命令。

水雷引爆，一股巨大的泡沫旋风席卷而来，七艘重炮艇在空中被炸成碎片，另外五六艘潜艇被冲到岸边，损坏严重。走在前面的几艘重炮艇逃过一劫。英勇的“氰化钾号”从隐蔽处出动，发射的鱼雷命中一艘大型轰炸艇的侧翼。这是“氰化钾号”最后的壮举：大型轰炸艇的前部与“氰化钾号”相撞，撞断了“氰化钾号”的鱼雷发射管，并严重损坏其发动机。就在“氰化钾号”丧失战斗力之时，莫里纳斯发觉所有侦察艇和鱼雷艇都气势汹汹地朝他们围了上来。“只能智取了！”莫里纳斯心想。他并没有逃向公海，而是驶向岸边，沿着海岸行进，以礁石作为掩护。

“氰化钾号”钻进礁石之间，一路磕磕绊绊地朝更开阔的水域而去，不时追赶上来的敌军鱼雷艇也跟着磕磕绊绊。夜幕降临之时，“氰化钾号”搁浅在一条河流的河口附近。敌军两艘冒失前进的侦察艇也搁浅了，结果彼此相撞。趁着混乱，莫里纳斯让手下穿好潜水服，最后放手一搏。情况十分危急，敌军潜水员已经开始用斧头攻击“氰化钾号”了。“氰化钾号”成员逃向未知的水底。敌军潜水员犹豫片刻，还是跟了上去。莫里纳斯和手下躲进表面黏滑的岩石中，时不时停下脚步，用压缩空气卡宾枪向敌人射出一发子弹。莫里纳斯用钩子勾住岩缝，在河水中顺利前进。

他们这样走了 9 天，时而在岸上，时而在河中穿过城市。敌军骑兵在后面追踪着他们的足迹，时而跟丢，时而又跟上。一天，莫里纳斯在水下听到了震耳欲聋的炮声。因为水是很好的声音导体。炮声应该是从 100 公里开外的战场传来的，可以重归法国军队了！

“振作起来，前进！”

又是 3 天急行军。他们万分小心，平安穿过了若干敌军部队。莫里纳斯终于认出了熟悉的制服。他和手下的潜水员在河岸边的一场枪战中出现在了大吃一惊的士兵面前。

正在用电话下达命令的将军问："这些人是哪儿来的？"听莫里纳斯讲述完来龙去脉后，将军忍不住赞叹："好样的！"接着又说，"在你们去野战医院之前，我还有个任务交给你们。"

"随时听候命令！"莫里纳斯回答道。

"你们还要下一次水。"而莫里纳斯回答道："立刻执行！"

"你带着手下潜到河底。离此处 4 公里是敌人的第一道防线，你们要穿过去！防线后面是敌军的大型移动装甲炮塔，你们要躲过他们的火力……你们到炮塔后方，找到敌军连通左右翼部队的电话线，把它们切断，我会牵制住左翼兵力，摧毁右翼部队。你们完成任务后再绕开炮塔火力，回来向我报告。出发！"将军话音未落，莫里纳斯已经出发了。

八、"空中轻骑兵 39 号"

莫里纳斯顺利完成任务返回，身上又添两处新伤。他立刻住进野战医院，很快又被转往法国本土医院。他于 3 周后康复，重返空军舰队，奉命指挥"空中轻骑兵 39 号"。莫里纳斯根据总工程师指令，绕道抵达敌方北部省份，在各处俯冲，以扰乱军情，切断线缆，对城市造成破坏，并找机会炸毁敌军碉堡。

在莫里纳斯的指挥下，"空中轻骑兵 39 号"凭借快速袭击、急速俯冲和出其不意的进攻，在敌方领土上造成了前所未有的破坏。敌方空军徒然搜索之时，莫里纳斯已经在 200 公里以外进行破坏活动了。最后，敌军咬牙切齿地派出一整个中队追击，还派出了大批单独作战的小型鱼雷飞艇。一名侦察兵发出警报，"空中轻骑兵 39 号"被无数大小不一的鱼雷飞艇追上并包围起来，每艘飞艇上都有两名至六名敌人。莫里纳斯明白，此时只有放手一搏，才有可能拼出一条生路。他亲自操作，冒着极大的危险，开足火力冲出鱼雷飞艇的包围圈，成功地从敌军当中逃了出来。

莫里纳斯心想："见鬼！既然在这里无法施展，那我去突袭他们的殖民地好了！"接着，"空中轻骑兵39号"乘着一阵大风径直飞向南方，身后只有几艘鱼雷飞艇还在穷追不舍，它们猜到了他的计划，竭尽全力想要追上来。莫里纳斯绝不容许自己被追上或是受袭。他使出计谋，让鱼雷飞艇接连坠毁。但最后一艘鱼雷飞艇殊死一搏，摧毁了"空中轻骑兵39号"的发动机推进杆和方向舵。敌军殖民地因此逃过一劫。莫里纳斯迫降在一条河流岸边的一片丛林中。经过位置测定，他得知这里是白尼罗河，几百公里之外是比利时的非洲领地、大湖帝国、法属刚果王国和美国殖民地。

莫里纳斯正在修理"空中轻骑兵39号"。突然，一群野兽被新鲜肉味吸引，聚集过来，严重干扰了士兵的工作。真是狭路相逢！一群狮子，一对犀牛，几条品种各异的蛇，还有整整一大家子鳄鱼！

"这么多野兽！"莫里纳斯边喊边向后退。推进器被拆开了，无法运转，"空中轻骑兵39号"完全动弹不得。狮子和鳄鱼越来越近，越来越躁动。

"大家可以自己选，别挑花了眼才好。"莫里纳斯的副手讲着冷笑话，"是想到狮子胃里还是到鳄鱼肚子里？"

"算了吧，"莫里纳斯叫道，"我说了，这些不过是些动物而已！……咱们不是还有硫酸吗？快去机舱里拿！"

他们费力地将一大桶硫酸和一个手动泵抬到甲板上，架起了防御装置。莫里纳斯先向即将毁坏"空中轻骑兵39号"的一头蠢笨犀牛发射了一记鱼雷。公犀牛被炸得四分五裂，母犀牛受到了震慑。

“女士，您也想来一颗鱼雷吗？”莫里纳斯优雅地问道。

狮子、蛇、鳄鱼向莫里纳斯和手下的隐蔽处逼近了。轮到泵上场了！大股硫酸时而命中威严的狮王，时而落进攒动的鳄鱼群中，效果十分可观。猛兽个个上蹿下跳，哀嚎打滚。“继续喷！”莫里纳斯轻轻说道，“一个也别落下！”大家继续奋力泵射硫酸，两个士兵趁机加紧修理推进器。突然间，换上备用舵的“空中轻骑兵 39 号”飞了起来。被硫酸烧得面目全非的狮子、蛇和鳄鱼从甲板上摔落，在岩石上撞了个粉身碎骨。

九、空中对决

“空中轻骑兵 39 号”回归正位于地中海上空的空军舰队。由于时间紧迫，上将工程师对莫里纳斯草草表示祝贺之后，便立即将他派往先遣部队。根据命令，先遣部队只负责在发现敌方舰队时发出消息，而不与敌军交火。但是，在巡航的第二晚，“空中轻骑兵 39 号”在高空巡视时，借以隐蔽的云团突然散开，他们一下子暴露在敌军的一艘大型轰炸飞艇前。莫里纳斯前往位于法国南部昂蒂布的空中军火库补充弹药，随后迅速返回战场。敌军舰队已经被发现，本世纪最大的一场空战即将开始。“空中轻骑兵 39 号”的位置在战线最左翼，莫里纳斯一只手放在发射按钮上，用目光搜寻着旗鼓相当的对手。战斗异常激烈！许多飞行器相撞，被炮弹开膛破肚，从高空坠入深海。双方作战都十分英勇。焦灼的长久对战之后，胜利的天平微微向我军倾斜。正在这时，阴沉许久的天空中，一场可怕的暴风雨来了。仍在交战的两军飞行舰队被旋风裹挟着，越过直布罗陀海峡，来到了汹涌的大西洋上空。整整三天，幸存的飞行器随暴风飞在空中。我军和敌军不时从云间看到对方，便继续开炮，但目标转眼又不见了。风忽然停了，在不远处的蓝天碧海之间，美洲海岸出现在眼前。

“是墨西哥！”莫里纳斯测定位置后说。他向身后望去，目力范围之内只剩下一架敌军飞行器了。双方经过战斗和风暴的考验，操控系统都已受损，急需着陆修理，但谁也不愿意放弃战斗。莫里纳斯亲自瞄准，甫一开火便正中敌机外壳。炮火一刻也不停息，两架飞行器在空中盘旋，瞄准，忽高忽低，试图找到对方的失误。双方在交火中来到一座墨西哥大城市的上空，当地居民紧张地观望着战况。已有几颗炮弹落入城中，炸毁了三幢房屋，造成多起严重事故。终于，一颗炮弹准头不错，穿透敌机，致使其操控失灵，缓缓下坠。但敌机不顾险情，又向“空中轻骑兵 39 号”发射了十几颗炮弹。只听地面传来一声惊恐的尖叫。一片烟雾中，两艘飞艇都旋转着，坠落在城市中。

惊人的爆裂伴随着骇人的坠机。只听一记雷鸣般的声响，敌机不偏不倚撞上一座纪念碑，消失在废墟下面。而“空中轻骑兵 39 号”的坠落速度减缓，划出一道曲线，机头朝前，轻轻落入一片优雅的住宅区中。一片吱呀作响，一座外观气派的大楼的屋顶被撞穿，裂了开来，“空中轻骑兵 39 号”穿过三层天花板，毁坏了所有隔墙，最终在底层的一套华丽公寓中停了下来，莫里纳斯一身荣耀和战伤，落在房间家具上，昏了过去。

住在这套公寓里的千金小姐是墨西哥的上层贵族。她受到惊吓，昏倒在奄奄一息的莫里纳斯身边。她比莫利纳斯先醒了过来，接着开始组织抢救。这位年轻的墨西哥姑娘名叫多洛蕾丝，她不放心让别人照看从天而降到她家的英雄。这位英雄不仅闯进了她家，大概也已经闯进了她的心。2 周后，莫里纳斯身体基本恢复，此时，城中各处都已在传颂他的英勇事迹。多洛蕾丝的父亲身穿正装，邀请从天而降到他家的法比尤斯成为他们家族的一员。“空中轻骑兵 39 号”的指挥官正好尚无婚约。接着，传来的电报向全世界宣告，刚刚签订了激动人心的和平条约。

就这样，我的朋友法比尤斯·莫里纳斯身体康复了，结了婚，没多久便乘着重整一新的“空中轻骑兵 39 号”，踏上了返回法国的凯旋之旅。

（白钰　译）

寻找人之初

大 J. H. 罗尼是法国科幻小说发展进程中的重要人物。当代受众了解此人主要是通过 1981 年的电影《火之战》(*Quest for Fire*)，该电影改编自他在 72 年前出版的同名长篇小说《火之战》(*La Guerre du Feu*，1909)。大罗尼是一名讲法语的比利时作家，原名约瑟夫-亨利·博埃克斯（Joseph-Henri Boëx），后来与弟弟贾斯汀共用 J. H. 罗尼这个笔名总计 14 年，其间两人合作创作了一部分作品。兄弟二人于 1907 年结束了合作关系，此后约瑟夫·亨利在为作品署名时自称“大”罗尼，而弟弟贾斯汀称作“小”罗尼。

大罗尼的长篇科幻小说中只有一本在其生前被译成英文，即《巨猫》(*Le félin géant*，1918)。大罗尼痴迷于史前人类。1990 年出版的法文版罗尼科幻合集包括了《瓦米雷》(*Vamireh*，1892)、《艾莉玛》(*Eyrimah*，1893)、《蓝河的于尔伏》(*Helgvor du fleuve bleu*，1930)，以及上文提到的两本书。史前小说在 19 世纪与 20 世纪之交风靡一时，远在琼·奥尔（Jean Auel）的作品问世之前，就诞生了斯坦利·沃特洛（Stanley Waterloo）的《阿布的故事》(*The Story of Ab*，1897）、H. G. 威尔斯的《石器时代的故事》（*A Story of the Stone Age*，1897），还有杰克·伦敦的《在亚当之前》（*Before Adam*，1906）等此类长篇小说。对人类物种初兴之时的兴趣从未真正消失，并且在随后的几十年中屡屡再现。显著之例便是瓦尔迪斯·费舍尔（Vardis Fisher）的十二卷巨作《人的誓约》（*The Testament of Man*）的前五卷。20 世纪 50 年代，诺贝尔奖获得者威廉·戈尔丁（William Golding）也在《继承者》（*The Inheritors*，1955）中探讨了人类的早期发展。

达蒙·奈特翻译并出版了大罗尼两篇最著名的短篇小说。奈特将大罗尼称作“法国文学的巨人，龚古尔学院主席，龚古尔兄弟与阿尔丰斯·都德的朋友。在漫长的一生中，他出版或发表了约 107 部长篇小说、文章、戏剧剧本、回忆录等。其中只有少数是科幻小说，但都是开山之作，科幻萌发的新芽。大罗尼，而不是凡尔纳，被视为法国科幻小说之父”。

鉴于凡尔纳耗费毕生来创作“奇异旅行”丛书，而且还将秉承冒险脉络的科幻小说名正言顺地推向了全世界，将大罗尼称作法国科幻之父的说法或许略显夸张。但显然大罗尼给科幻小说带来了凡尔纳既不具备也从未想过的文学敏感性，此外还促使科幻小说关注日常生活与人际关系在不寻常环境当中的私密细节。大罗尼将科幻小说当作文学的一分子来对待，从而让文学界接受了科幻小说的概念，而科幻小说在他的手中也确实成了文学。至少从这层意义上来说，科幻小说后来之所以能够以从未在美国实现过的方式在法国受到尊重，并且得到法国主流文学界的接纳，大罗尼可谓居功至伟。

在奈特翻译并出版的两部短篇小说之一《形》（“Les xipéhuz”，1887）当中，大罗尼讲述了史前人类与非有机生命的外星人相遇的故事；在另一篇短篇小说《另一个世界》（“Un autre monde”，1895）

当中，大罗尼塑造了一个父母为正常人类的变异人超人。还要再过 40 年，奥拉夫·斯台普顿（Olaf Stapledon）才会创作这一概念领域内第一部也是质量位居前列的科幻长篇小说《怪人约翰》（*Odd John*，1936）。

这两部短篇小说以及《地球末日》（“La mort de la terre”，1908）都收录在 1978 年出版的大罗尼短篇小说合集《形与地球末日》（*The Xipehuz and the End of the Earth*）当中，由加州大学河滨分校学者乔治·斯拉瑟（George Slusser）翻译。

（万年看客　译）

另一个世界

[法国] 大 J. H. 罗尼

一

我出生于海尔德兰。那里的几亩薄地和一湾混水便是我们的家产。田边生着松树，风吹过时会发出金属的声响。整个农庄没几间能住的房子，农庄也在孤寂中一步步走向死亡。我们来自一个古老的牧民家族，家里曾经人丁兴旺，现在只剩下我的父母，我的妹妹和我自己。

一开始我的命运凄惨，后来我却成就了少有的光辉人生。我遇见了知音之人，他教授的知识人世间只有我能知晓。不过在这之前我曾长久地经受苦难，我绝望过，疑惑过，内心的孤寂一度侵噬着我最坚定的信念。

来到这个世界的时候我的构造就与众不同。从一开始我就是别人惊诧的对象。我并不是畸形：别人说我出生的时候脸和身体比普通婴儿还要显得优雅一些。但我却有着最不平常的肤色，一种浅紫色，这颜色非常浅，但却非常鲜明。在灯光下，特别是在油灯下，颜色还要更浅一些，几乎成了一种古怪的白色，好像是百合浸到水里显现的那种颜色。至少，这是其他人的看法——这么说是因为我看到的我自己完全不同，而我看到的世上其他事物也和别人看到的完全不同。随着时间的推移，我身上其他异常之处也逐渐显现出来。

虽然出生时看上去还算健康，但我的成长过程非常艰辛。我身形枯瘦，没有一时不在叫苦，在我八个月大的时候还没人见过我笑。很快大家就对把我养大成人不抱希望了。斯瓦登丹的医生说我先天不足，只有在健康卫生上倍加小心才能保住性命。日复一日，人们觉得我指不定哪天就不在了。我想，我的父亲已经认命了，作为一个循规蹈矩的荷兰人，他的古怪孩子让他很丢面子。而我的母亲却相反，我有多古怪她就有多爱我，她后来甚至认为我的肤色挺可爱的。

事情就是这样，直到一件小事救了我的命：鉴于我身上发生的事情都属于异常，人们对此事议论纷纷，却又并不觉得出乎意料。

家里一名女仆离开之后，我们请了一名弗里斯来的结实姑娘顶替她。她踏实肯干，但是嗜酒成性。我被托付给新来的女仆照顾。她见我如此孱弱，便突发奇想，偷偷给我喝啤酒和兑了水的杜松子酒，在她看来这个药方包治百病。

更奇怪的事儿发生了，我开始有了力气，而且显示出了对酒惊人的偏好。女佣暗自高兴，我父母和医生表现出的惊奇也让她沾沾自喜。被逼问到最后，她只好吐露缘由。我父亲暴怒不已，医生连呼这是迷信和愚蠢。他们给女仆们下了严格的命令，并且不再允许这个弗里斯来的女仆照看我。

于是我又开始变瘦，日益憔悴，直到母亲心软，在我饮食里添回了啤酒和杜松子酒。立刻，我又找回了活力和生气。经验证实，酒精对我的健康必不可少。我的父亲觉得这件事让他蒙羞，医生则给我开了些药酒以求息事宁人，自此我的健康再没出过问题——有人由此便说我日后必定是个酒鬼放荡子。

这个事件之后不久，我周遭的人又发现了一个异象。我的眼睛本来很正常，后来开始奇怪地变浑浊，好像蒙了一层很厚的角质，像某些甲虫的鞘翅一样。我的医生推测我会失明，但也承认这个现象着实奇怪，之前从没研究过类似病例。很快我的瞳孔和虹膜变成一个颜色，渐渐混淆不清了。另外人们还发现我可以直视太阳而不会感到不适。事实上，我完全没有失明，甚至不得不承认我视力状况相当好。

我就这样长到了三岁。根据邻居的说法，我是个小怪物。我淡紫的肤色几乎没变；眼睛变得完全不透明。我话讲得不利索，但语速非常快。我双手很灵活，干细活儿明显好于干粗活儿。如果我肤色正常，眼球透亮的话，我算得上优雅而漂亮，这一点大家都不否认。我展现出一些聪明才智，但因为有些缺陷，身边的人也帮不了我。更何况，除了我母亲和弗里斯来的女佣之外，没人喜欢我。对于外人来说，我就是一个满足他们猎奇心的物件，对我父亲来说，则是持续的耻辱。

如果说，一开始他还抱有一丝希望，想我有朝一日变回一个正常人，随着时间的推移，他也放弃了这个念头。我变得越来越古怪，从我的品味、习惯、品质各个角度来说都是这样。到六岁的时候，除了极少的蔬菜和水果之外，酒精几乎成了我唯一的食物。我个子长得极快，但出奇地又瘦又轻。说我轻不是因为我不重，而是我密度轻——我在水里游泳完全不费力，可以像白杨木板一样浮在水上，头和身体都不会下沉。

我身手也很敏捷，和轻盈的身躯相称。跑起来的时候我像一只野羊一样，能轻易在无人敢涉足的鸿沟和障碍间自由穿梭。一眨眼的工夫，我就上了一棵山毛榉的顶端，甚至，我能一下跳上农庄的房顶。不过，背负稍微沉一点的东西对我来说就是负担了。

总之，这些现象表明了我不寻常的本质，他们将我与别人区别开来，让我不太合群但却没让我被划分在人类范围之外：我可能是个怪物，但比那些生来头上长角，长动物耳朵，牛头马面，乃至身上长鱼鳍，没长眼睛或者三只眼，四条手臂或者四条腿，或者不长胳臂腿的，要正常多了。虽说我皮肤颜色不太一般，但和常年风吹日晒的人的肤色也差不多；我的眼睛虽然不透明，但也不令人生厌；我的敏捷算得上是个优秀品质；至于我对酒的依赖可以被看作一种常见的恶习，天生嗜酒。而那些粗人，包括我们家的弗里斯女佣，只当这是对杜松子酒"功效"的肯定罢了，同时这也有力地证明了他们绝佳的品味。关于我语速过快，旁人很难跟得上，人们只当我吐字不清，和学说话的孩子没什么差别。因此，严格来说，虽然与众不同，但我身上并没有什么吓人的地方，这是因为，我最奇异的特点并不为周围人所知：没人注意到我看见的世界和正常人看见的不一样。

有些东西我看得没有别人清楚，但我能看到很多其他人看不到的东西。特别是颜色上，常人讲的赤橙黄绿青蓝靛，在我看来只是深深浅浅的灰色，但我能看到紫色，以及紫色以外一系列普通人看来只是暗色的颜色。后来我发现自己还可以辨别出十五种不同的颜色，它们就像黄色和绿色一样截然不同，当然，那些颜色中间还有无数的过渡色。

另外，我眼中的透明度和普通人眼中的也不一样。我透过玻璃和水看东西比较模糊，玻璃对我来说是彩色的，浅浅的一层水对我来说也是彩色的，很多所谓"透明"的水晶对我来说近乎不透明，相反，一些在别人看来不透明的物体却阻挡不了我的视线。大体上，我能看穿的物体比你们普通人要多，自然中到处都有半透明和浑浊的物体，对我的眼睛来说，完全不透明的物体是少见的例外。我能透过木头、叶子、花瓣、磁铁、煤炭等物体看到东西。但当物体达到一定厚度的时候，我无法看透了，比如说一棵大树，一米深的水，一大块煤或石英。

金子、铂金、水银在我看来是黑色且不透明的，冰是发黑的。空气和水蒸气是透明的，但是彩色的，某些钢片、某些纯度高的黏土也是。我能透过云朵看到太阳和星星，我还能清晰分辨出天上飘着的不同的云朵。

这种与普通人视觉上的差别，就像我之前说的，几乎没有被我身边的人注意到：他们只觉得我分不清颜色，属于一种常见的残疾，没什么值得注意的。而且这个不同之处对我的生活没什么影响，因为我对事物形状的感知和大多数人是一样的，甚至可能会更敏感一些。颜色的称谓对我来说不是问题，只有形状一样的新事物出现并需要通过颜色区分的时候我才会觉得为难。当一个人说这件长衫是蓝色，那件是红色，不管在我眼中它们真实的颜色如何，我只要记住它们分别是哪件长衫就好了。

从上面来看，你可能觉得我是用某种方式将我见到的颜色和别人的一一对应起来，就跟我也能看到他们眼中的颜色一样。但事实上，前面说到过，别人眼中的红黄蓝绿，当这些颜色是纯色，就像棱镜中折射出的纯色那样的时候，它们在我眼里只是有些发黑的灰色，对我来说算不上颜色。然而在自然中，这样的纯色很少，情况就不同了，比如，一件所谓绿色的物体，对我来说是一种复合颜色[1]；换一件所谓绿色的物体，对你来说颜色跟第一件一模一样，对我来说则完全是另一种颜色。由此你可以看出来，我的色谱和普通人的色谱完全对应不起来。我接受将铜和金子的颜色都称为黄色，就像你们同意将矢车菊和虞美人的颜色都叫作红色一样。

---

1. 当然，这种复合颜色不包括绿色，因为绿色对我来说只是一种暗色。——原注

二

如果你们觉得我视觉上跟普通人的不同已经很新奇了，那跟我接下来要讲的相比，这根本算不得什么。我看到的色彩、透明度完全不一样的世界，我那能透过云彩和黑夜看到星星，以及透过树丛看到隔壁房间或者庄园外面发生什么的能力，这些与我察觉到的人类之外的另一个生命世界相比，简直是小儿科。这个世界就在人类周围，但人们对它毫无知觉，也从没有过任何直接接触。在普通人看到的动物群落之外，还有一个在外形、组织形式、生活习俗和繁衍方式上与之毫无相似之处的群落。这个群落在我们身边生活，我们对它们构不成任何障碍，它们从我们身边的事物中汲取活力并与之互相影响，而我们却对它们的存在一无所知。这个动物群落，就像我说的那样，也不知道我们的存在。两个动物群落在互不知晓的情况下各自发展。这个生命世界，像我们的世界一样多元，从它们对地球表面的影响来看，它们甚至比我们还要强大：它们可以在水中、空中和地下活动，同时改变这些介质，就像我们一样，但比我们还要高效，因此它们也间接影响到我们的命运，就像我们也间接影响到它们的命运一样。童年和少年时代我只是注意到它们的存在，而这五年以来，我狂热地研究着曾在我眼前出现和正在我眼前出现的旁人见不到的一切。

三

现在回想起很久以前刚注意到另一个世界的时候，我当时深深地被与我们如此不同的造物所吸引。一开始，我将另一个世界的生物跟其他生物混淆，但我发现其他人对这些生物并不惊讶，甚至没人做出任何反应，我便觉得没必要指出它们的奇特之处。六岁的时候，我已经完全知道这些生物跟田里的植物还有农场的家畜之间的区别，但我还是会将它们和没有生命的火光、水流还有云彩混淆，因为这些生物摸不到碰不着，当它们挨上我的时候，我没有任何感觉。它们的形状非常多样，但都具有轻盈、不立体的特点，简直像移动的二维图画，或是几何图案一样。它们可以穿过所有的有机体，但是有时会受到一些我见不到的东西的阻碍。

以上这点之后我再描述。现在，我只想指出并明确它们外形的多样性、几乎没有厚度、不可触摸以及行动自由的特点。

快到八岁的时候，我终于可以清楚地将这些生物与大气现象和我们的生物界区别开来了。这一发现让我欣喜若狂，我试着向别人诉说这一发现，但从没成功过。一方面，我说话让人难以理解，另一方面，别人并没有我那样奇怪的视觉。他们没心思花时间解读我的手势和句子，也没人愿意承认我能够看穿木板，尽管我已经给出种种证明。在我和别人之间，有一种无法跨越的隔阂。

没有人理解我，我只能将自己封闭在失落和幻想中。小小年纪，我便成了一个独行者。人们在我身边觉得不自在，和同龄的小孩一起玩的时候，我也觉得不自在。我不是被欺负的对象，我的速度和机敏帮我躲过孩童的把戏，并让我能够轻而易举地报复。一有风吹草动，我转眼就躲远了，别人怎么也追不上我。不管几个人一起也没法把我围起来，更别说能动我分毫，或者耍伎俩骗我进圈套。虽说我手无缚鸡之力，但我爆发力惊人，嗖的一下就能冲出重围，还能出其不意给对手以结实的一击。也因为这样，那些孩子不再找我麻烦。他们知道我不会生事，但又觉得我像个巫师，不是有骇人法术的那种，而是遭人白眼的那种。我也就此过上了一种离群索居的寂静生活，还好有我温柔的母亲使我通达人性，虽然她整天操劳，顾不得时时安抚我。

四

我接下来会先简要地描述几个我十岁时发生的场景，以便读者对我前面的介绍有个具体认识。

那是一个早上，厨房里光线很好，那种光线对我父母和家里的用人来说是浅黄色，对我来说则是五光十色。早餐是面包和茶。但我不喝茶。用人给我端上一杯杜松子酒和一个生鸡蛋。母亲温柔地照料我，父亲则问我些问题。我试着减慢语速，好好回答他，他只能零散地听到一些音节，他耸耸肩，大概是想："这个孩子是学不会说话了。"

母亲同情地看着我，觉得我只是有点笨罢了。家里的用人们对我这个紫色的小怪物已经见怪不怪。弗里斯的女佣早就回她老家了。我有个妹妹，这时才两岁，常常在我身边玩耍，我很爱她。

早餐结束后，我父亲和用人一起去田里，母亲则开始日常的劳作。我在院子里跟着她。家里的小动物来到她旁边。我饶有兴致地看着它们，我很喜欢它们。但就在我四周，另一个世界的生物在我身边躁动不安，更加吸引我的注意力：这是只有我一个人可以了解的秘境。

在这棕色的土地上，散布着几种形状的生物，它们走走停停，贴着地表微微浮动。它们分为不同的种类，它们的外形轮廓、行动方式，特别是穿过它们的光线在布局、轨迹和颜色上各不相同。还是孩子的时候，我就发觉这些光线是构成它们生命的主要部分。尽管它们形体的质地相对来说是暗淡无光的，但它们体内的光线却总是很耀眼。这些光线形成错综复杂的网络，从几个中心发出，渐渐扩散，直到渐渐消失，模糊不清。它们在色调上有数不清的差别，弯曲程度也多种多样。同一条光线上的颜色也有很大差别，形状上的差别则没有那么丰富。

总体来说，这些生物的特征是：轮廓清晰但不太规则，体内有几个发光中心，多种颜色的光线频繁地互相交叉。当它们活动起来的时候，光线也跟着颤动闪烁，发光中心随之时而缩小，时而扩大，但与此同时轮廓几乎没有变化。

我清楚地看到这一切，尽管我那时还不能准确地定义它们，我完全被这些摩地根[1]的魅力所征服，久久地凝视着它们。其中一个长宽几乎都有十米，缓慢地穿过院子，而后消失了。它拖着几条纤绳一样粗的带子，发光中心像鹰的翅膀一样大，我对它极其感兴趣，甚至有些恐惧。我犹豫了一下是否要跟着它，但其他的生物吸引走了我的注意力。他们大大小小很不一样：有的比我们见到的最小的昆虫大不了多少，有的竟能长达三十多米。它们行进的时候贴在地上，当遇到障碍物时，比如说一堵墙、一座房子，它们会像吸着障碍物的表面一样继续移动，同样轮廓不会有很大改变。但当障碍物是活物或者曾经是活物的时候，它们可以直接通过：就这样我千百次看到它们从一棵树中间，或是一只动物或一个人脚下钻出来。它们也可以这样穿过水体，但通常它们更愿意待在水面。

除了在地上的摩地根之外，我在空中也能观察到别人看不到的种群。它们光芒四射，灵活机敏，有着多种形态，最美的鸟儿在它们身边也显得暗淡和笨重。它们也有着线形的轮廓，但底色不再是

1. 在我还是孩子的时候，很自然地给它们起了这个名字，后来也一直这么叫，虽然这个名字不对应它们的任何特质或外形特点。——原注

灰色。它们发着奇异的光芒，像太阳一样闪耀，光线像叶脉一样伸展出来，发光中心剧烈地跳动。我将它们称作飞根，它们的形状与地上的摩地根相比更不规则。通常，它们通过有规则的收缩、交叉和舒展进行移动，但我当时懂的不多，无法分辨我的想象与现实。

那天我穿过一片割过的草地时，一只摩地根正在跟另一只打架，它们成功地吸引了我的注意力。它们之间经常有争斗，这很让我激动。有的时候，打斗的双方势均力敌，但更多的时候是强的一方攻击弱的一方（弱方不一定是个头小的）。现在的情况是，弱小的一方在短暂的防御之后开始逃跑，进攻的一方紧追不舍。它们速度飞快，但我还是能跟上它们继续观战，直到分出胜负。搏斗又开始了，它们结结实实地冲向对方，撞击之下它们闪闪发光，光线直指它们相撞的接触点，光线的中心变暗，缩小。一开始，搏斗双方不相上下，弱的一方展开更凶猛的攻势，甚至比对手略胜一筹。它想借机再次脱身逃走，但无奈对方迅速追击并将它捉住，用自己的轮廓形成新月形的包围圈锁住了它的去路。这是弱势一方最想避免的情况，它通过剧烈挣扎试图挣脱强势一方的攻击，但反抗不及之前有力，显得很急促。现在，我看到它所有的光线都在颤抖，光线中心绝望地跳动着，渐渐地，光线暗了下来，变细了，光线中心变得模糊。几分钟之后，弱势一方重获了自由，它慢慢走开，显得暗淡而虚弱。他的对手，与之相反，变得更加耀眼，光线的颜色更加鲜明，光线中心更加清晰和活跃。

这场搏斗深深地打动了我。我对其产生种种幻想，将之与我见过的动物打斗作对比。我困惑地发现，总的来说摩地根不会要对手性命，获胜的一方将手下败将的力量吸走之后就会收手。

到了早上八点的时候，斯瓦登丹学校就开门了。我一跃跳回农场，拿上书，迅速来到我的同类之间，他们谁也不知道一个无比神秘的世界就在他们身边，谁也不知道他们正在穿过一些生物的身体，而这些生物也从他们的身体一穿而过，双方都对这一现象毫无知觉。

在学校我算不得一个好学生。我写出来的字非常潦草，歪歪扭扭难以辨读，说出来的话别人也听不懂。我漫不经心得非常明显，老师总要对我说："卡尔·文德瑞克，你看够飞来飞去的苍蝇了吗？"

唉，我亲爱的老师，我确实在看苍蝇，但教室里的飞根更是紧紧牵动着我的心弦。所有人，特别是您，作为智慧化身的老师，对此不知不觉，更让我的心头异常激动不安。

五

十二岁到十八岁那几年，是我人生中最艰难的一段时光。

首先，我父母试图送我上中学，我在那儿得到的只有痛苦和失望。经历种种困难之后，我基本能清楚地进行日常对话了。我得非常努力才能慢慢吐字，显得笨拙，也没有抑扬顿挫。但一涉及复杂一点的东西，我的语速就会不由自主地变快，这时就再没人能听懂我的话了，所以我的成长无法通过口头叙述让人注意到。另外，我的字迹也难以辨认，字母都连在一起，由于我不耐烦，常常漏写字符和词，一切都乱糟糟地堆在一起。书写是如此沉重，如此令人窒息，比说话还要让我痛苦。有时候，我试着写作业，但实在太费劲，以至于开始不久就大汗淋漓，很快就没了精力和耐心，感觉就要晕过去了。相比之下，我宁愿被老师批评、被父亲责骂、遭受惩罚、挨饿、被看不起，也不想再写作业。

就这样，我基本完全没有了表达的机会。因为长得瘦小，肤色奇怪，眼睛不透明，我本来就是别人取笑的对象，又因为无法和人沟通，别人完全把我当成傻瓜。我最后不得不退学，认命当个乡野村夫。我父亲决定放弃一切对我的希望那天，他出奇地温和，说：“可怜的孩子，你看，我已经尽了为父的责任了，以后你过得怎样也不要怨我。”

我非常受触动，留下了滚烫的泪水，我从没有为自己的格格不入感到如此痛苦。我不知哪来的勇气，轻轻地抱住我的父亲，低声说：

“但我不是个低能儿。”

事实上，我那时自认比我的同学们高一等。一段时间以来，我的智力有了显著的提高，我可以阅读、理解、推测，我可以通过无数世上只有我可以看到，而旁人看不到的对象进行冥想。

我的父亲听不清我说的话，但他被我的拥抱感动了，说：“我可怜的孩子。”

我看着他，陷入巨大的悲痛，因为我从此知道，我们父子之间的鸿沟永远无法弥合了。我的母亲，出于爱的直觉，知道此时我并不比同龄的孩子差。她充满温情地凝视着我，对我说着来自她内心的简单却温柔的话语。即便如此，我还是不得不退学了。因为我肌肉没什么力量，便被安排照看绵羊之类的家畜。我欢天喜地地答应了。我不需要牧羊犬帮忙，马群里不管是小马驹还是公马，哪一个也没有我敏捷。

就这样，我十四岁到十八岁时过着牧羊人的孤独生活。这比我之前经历的都更适合我。沉醉在观察、沉思，还有不时的阅读之中，我继续丰富着我的大脑。我不停地对比我眼前的两个世界，从中形成关于宇宙组成的想法，我模糊地勾勒出一些假设和运行系统。如果说这一时期我的思考还与事实相去甚远，提不出清晰的综述——这些想法都是青春期少年那种不成系统、稍显急躁，却充满激情的想法——但至少它们不乏新意，而且层出不穷。我不得不承认，这些思考完全源自我独特的体质。它们还没有完全成熟，但不夸张地说，我自信自己这些思考在逻辑和精密程度上已经远远超过了同龄人。

在我被排挤的时候，我没有伙伴，跟周边人，即便是和我最爱的母亲也没有真正的交流，我的思考是我悲伤生活中唯一的宽慰。

在十七岁的时候，生活于我变得实实在在无法忍受。我厌倦了幻想，厌倦了在思想贫瘠的孤岛上过混沌的生活。我陷入了颓废和厌烦之中，甚至几个小时都不动一下，对整个世界丧失兴趣，对家里发生的事情毫不关心。我能看到别人看不见的精彩事物，那又如何呢？反正这些认知都会跟我一起死去。我窥探到了生物的秘密，看到了两个有生命的世界互相穿插而又互不了解，这些见识对我有什么用呢？如果我能通过某种形式教授或分享，这些事物本应使我陶醉，让我充满热情和活力，但这些徒劳、没有产出、荒谬而可怜的思考，成了我与别人永久的心理隔阂。

好几次，我试着提起笔，想通过不懈的努力把自己的某些观察固定在纸上。但从离开学校之后，我就彻底放弃了羽毛笔，而且，我字写得实在不好，几乎只能将二十六个字母抄写下来。那时哪怕我见到一丝希望，说不定都还能勉强坚持下来。但谁会拿我可怜的、费尽心血写的稿子当真呢？哪儿会有不拿我当疯子的读者呢？哪儿会有抛开鄙视和嘲讽愿意见我的智者呢？投入到这种徒劳无功而恼人的酷刑中，就像普通人逼自己用独眼巨人的凿子和锤子把他的思考刻在大理石板上一样。我自己的字，应该像速记一样，甚至比通用的速记还要简洁。

所以，我也就一点书写的勇气都没有了，尽管我仍然期待会有一段未知的、不凡的命运。我觉得在地球上某个角落会有一些不存偏见的头脑，清醒、有探究精神，可以研究我、理解我，可以让我发光，让我对别人讲出我心中的秘密。但这些人在哪儿？遇见他们的希望在何处？

于是我又陷入无尽的忧郁中，陷入静止和毁灭的念头中。一整个秋天，我对整个宇宙感到绝望。我萎靡不振，如无心草木一般，只有痛苦反抗的时候，我才会从这种状态中出来，久久地呻吟。

我变得更瘦了，瘦得出奇。村里人嘲讽地叫我“圣灵”。我的身影像秋天变黄的杨树一样颤抖着，轻得像影子一样，而我却同时长得像个巨人一样高。

慢慢地，一个计划出现在我心里。既然我的生活已经被牺牲了，既然我的日子毫无乐趣，只剩灰暗和痛苦，为什么沉溺其中而不动起来呢？想确定是否存在可以与我应答的灵魂，至少要努力寻找再给出答案。至少要离开这个愁云密布的地方，到大城市去寻访有识之士和哲学家。我自己本身不就吸引别人好奇吗？在吸引别人关注我超人的认知之前，我难道不可以吸引别人研究我这个人吗？我独特的生理特征、我的视觉、惊人的速度和奇特的营养需求不值得分析吗？

我越幻想这些，越觉得有希望，我的决心也就日益增长。直到有一天，我不再犹豫，跟父母说出了我的计划。他们两个人谁也不太明白我的想法，但都最终同意了我反复的表白：我要去阿姆斯特丹，哪怕可能结局潦倒，哪怕最终不得不回到家乡。

一天早晨，我出发了。

六

从斯瓦登丹到阿姆斯特丹大概有一百公里的路程。我用两个小时就轻松走完了全程。中间没什么事情发生，除了我跑得太快，让来往行人很是惊讶，还有我路过小城市和大市镇时引得人们扎堆观看。有两三次，我向路边独自一人的老人问路，其余的时候我都是凭准确的方向感指引。

我到达阿姆斯特丹的时候大概九点。我坚定地进入这座庞大的城市，沿着它像梦境一样美丽的运河踱步，河面上浮着商人的小船。与我之前担心的不同，我并没有引起那么多关注。我快步走在忙碌的人群中，偶尔遭到年轻流浪汉几句嘲讽。

然而我决定不停下来休息。我差不多把这个城市走遍了，最后才在绅士运河沿岸一家小酒馆停下了脚步。这个地方很清净，壮丽的运河充满活力，在树荫的簇拥下延绵流淌着。在河岸穿梭的摩地根里似乎有我没见过的种类。几次犹豫之后，我跨过了小酒馆的门槛，向老板问路。我尽量放缓语速，礼貌地向他打听哪里有医院。

老板惊愕地看着我，脸上显出好奇和疑虑。他把烟斗从嘴上拿下来又放回去，反复几次之后，说：

“您大概是从海外殖民地来的吧？”

这时纠正他毫无用处，我便回答道：

“正是！”

他很高兴自己判断敏锐，又问我：

“是不是从婆罗洲上我们不能进入的地区来的？”

“没错！”

我还是说得太快了，他睁大眼睛等我回答。

“没——错！”我放慢速度说。老板满意地笑了。

“您说荷兰语比较费劲，对吗？那，您是想找家医院。您大概是病了？”

“是。”

店里的顾客渐渐围了过来。人群中已经开始传言说我是婆罗洲的食人族，不过，人们看我的目光好奇多于憎恶。人们开始从街上挤进店里，让我焦虑和紧张起来。但我还是保持着泰然自若的样子。我假装咳嗽几声，说：

“我病得很重！”

“这个地方来的猴子也一样，”一个胖男人好心地说，“到了荷兰水土不服，很快就死了。”

“他肤色挺有意思！”另一个人补充说。

“他怎么看东西呀？”有一个人指着我的眼睛问。

人群越围越近，在我身边聚了将近一百双眼睛，还时不时有新的人进到大厅里。

“他个子真高啊！”

确实，我比他们之中个子最高的人还要高出一头。

“而且很瘦！”

“吃人看来是吃不饱的。”

说话的人都没有恶意，还有几个好心人为我说话：

“别挤他了，他身体不舒服。”

“来吧，朋友，打起精神！”胖男人发现我很焦虑，说，“我来带你去医院。”

他挽起我的胳膊，在人群中给我开出一条通道，说：

“给病人让下路！”

荷兰人并不是很怕生，人们给我们让开道，但继续跟着我们。我们沿着运河走，身后跟着一大群人，不时有人喊：

“这是婆罗洲的食人族！”

终于，我们到了医院，正好赶上了出诊时间。人们把我带到一个实习生面前。这个年轻人带着蓝框眼镜，一脸阴郁地接待了我。随我来的同伴对他说：

“这是移民地来的野人。”

“什么？野人？”对方吃惊地说。

他摘下眼镜好好看我，惊讶使他好一会儿都没有动静。他突然问我：

“您能看见吗？”

“我能看得很清楚。”

我说得太快了。

“他有口音！”胖男人骄傲地说，“朋友，再说一遍。”

我照做了，他们听懂了我的话。

“人类的眼睛可不是这样。”实习生小声说道，“那您的肤色呢？你们的族人都这样吗？”

于是，我努力一字一字地说：“我来是想让一个学者看看我。”

“那您是没病吗？”

“没有。”

“那您是从婆罗洲来的吗？”

“不是。”

“那么您是从哪儿来的呢？”

“从斯瓦登丹来，离杜伊斯堡不远。”

“为什么陪您来的人说您从婆罗洲来呢？”

“我不想跟他分辩。”

“您想见一个学者，是吗？”

“是。”

“为什么？”

“为了让人研究我。”

“为了赚些钱吗？”

“不，不为了什么。”

“您不缺钱？不是乞丐？”

“不！”

“是什么促使您想被研究的？”

“我的组织构造……”

又一次，尽管我努力放慢，但还是说得太快了。我不得不重复一遍。

“您确定可以看见我？”他盯着我问道，“您眼睛的质地像角一样。”

“我看得很清楚。”

于是我走来走去，快速拿起一些物件，又放回去，将它们抛向空中，又接住它们。

“这太神奇了！”年轻人说。

他的话语温和了下来，几乎带着友善，使我感到有了希望。

“您听我说，”他最后说，“我相信冯·德·霍伊维尔博士会对您的情况感兴趣。我先通知他一声，您就在旁边的房间等他。另外，我再确认一下，您总的来说没有疾病？”

“完全没有。”

“好，那请您在这里等一会儿，博士很快就到。”

我进了房间，置身于酒精保存的种种怪物之间：胎儿，野兽形态的儿童，两栖巨兽，接近人形的蜥蜴。

这就是我的等候室，我自己也将在这些酒精坟墓中占据一席之地吗？

七

冯·德·霍伊维尔博士出现的时候，我激动得难以自已。我就像见到应许之地一样颤抖，我欣喜于即将到岸，又害怕被禁止上岸。

博士前额宽而有些秃，目光炯炯有神，面容柔和又坚毅。他一言不发地为我检查，和其他所有人一样，他惊讶于我极度的消瘦、超长的身高、角质包围的眼睛、淡紫色的皮肤。

“您说您想要被研究？”他终于开口问道。

我用力地回答，破口而出：“是！”

他微笑着表示赞同，接着问了我一个于我再寻常不过的问题：

“以您眼睛的情况，您可以看清楚吗？”

“很清楚。我甚至能看透木头和云朵……”

但我说得太快了，他担忧地看了我一眼。

我尽力控制自己，身上流下大颗的汗水：

“我——能——看——透——木——头——和——云——朵……”

“那这真是太不寻常了！好，您透过这扇门看见什么了？”

他指给我一扇锁着的门。

“一个装有玻璃门的大书柜……一张雕花桌子……”

“没错！”他很震惊。

我简直心花怒放，感觉灵魂受到了安抚。

学者沉默了几分钟，然后说：

“您好像讲话有些吃力。”

“其实是我说话太快了！我不会慢慢说话。”

“那好，您试着按您自然的速度说几句。”

我就跟他讲了我刚到阿姆斯特丹时发生的事情。他非常专注地听我讲话，他观察时显出的充满智慧的神态我之前从没见到过。他听不懂我说什么，但他展现了惊人的洞察力。

“如果我没想错的话，您一秒钟能发出十五到二十个音节，也就是人耳能接受的频率上限的三到四倍。另外，您的声音也比我听过的所有人声要尖。您的动作非常迅速，和您的说话方式是匹配的。

您的组织构造很可能整体比我们常人运作得要快。”

我赶忙说：“我跑得比猎犬还快，写字却……”

他打断我说：“啊，写字，让我们看一下您写字。”

我在他递给我的吸水纸板上涂写了几个词，一开始还能看清，之后越来越潦草，越来越粗糙。

“非常好！”他说，话里透着欣喜和惊讶，“我想我们的相遇很值得庆祝，研究您一定是非常有价值的。”

“这是我最强烈的，也是我唯一的愿望！”

“显然这也是我的愿望。科学……”他似乎陷入了沉思，而后说：“我们需要找到一个简单有效的沟通方法。”

他来回踱步，眉头紧蹙。突然他说：

“我真是傻了，您可以学速记呀，哈哈！”

他脸上写满了笑容。

“我还忘了有留声机，这个忠实密友。录制之后只要减速播放就可以听清了。就这么说定了，您在阿姆斯特丹期间就和我在一起吧。”

使命有望实现给我带来了巨大的快乐，之前徒然和枯燥的生活都显得有些甜蜜了。在博士智慧的人格面前，在科学的王国面前，我感受到了美妙的舒适，我孤独灵魂的阴郁，对官能丧失的悔恨，多年来忍受被排斥的苦楚，全都一扫而空，在新生活、真正的生活和被救赎的命运前化作过眼云烟。

八

第二天博士就开始为研究做准备。他给我父母写了封信，为我找了一名速记老师，并引进了一套留声机。因为他有充足的资金又极其热爱科学，他提出对我的视觉、听觉、肌肉构造、肤色进行全方位的细致研究，他对这些越来越好奇，不时地说：

“这真是奇迹！”

几天过去后，我欣喜地明白有条理的组织有多重要，即要区别开单一和复合、简单的异常和神奇的异常。同样，我还开诚布公地向博士要求了一个特权：我会一点一点向他揭示我的能力。

博士首先对我敏捷的感官和动作进行研究。他认为我有一套与我语速匹配的敏锐听觉。我们接连针对转瞬即逝的声音进行了几个实验，我可以轻松听清并模仿十到十五个人同时说话，由此完全验证了博士的设想。我视觉的敏锐度也不逊色；我们将我解析骏马飞奔、昆虫振翅的动作的能力与即时照相机捕捉画面的能力作对比，我的眼睛甚至更胜一筹。至于我对普通事物的感知力，无论是观察一群人同时进行活动，还是观察玩耍的儿童、乐器的演奏、扔向空中的一把石子，或是在走廊上同时向上抛出多个小球，然后在空中计数，我的表现都让博士的家人和朋友们感到震惊。

我在宽敞的花园快跑，一跳便能跳出二十米，我能迅速接住或追上掷出的物品，博士对此并没有大惊小怪，反倒是他身边的人因此非常崇拜我。在乡间散步的时候，我不时超过一匹奔驰的马儿，偶尔紧随着空中的燕子，博士的夫人和孩子对此简直百看不厌。不管是谁，不管是怎样的路况，我都能超出对方两倍的路程，就连鸟儿我也可以轻松超过。

而博士对实验的结果越来越满意，他是这样界定我的：“天赋异禀，所有的动作都可以如此迅速，没有人，也没有任何已知的动物可以将其超越。这一速度无论是在其身体整体还是在最微小的组织中都得到完全体现。事实上，对如此与众不同的造物，应当在动物界为其创立独立的分类和名称。其奇特的眼睛形态和淡紫色皮肤是其特殊状态的具体表现。”

对我肌肉系统的检查没有发现重大异常，我只是过于消瘦。我的听觉和其他身体系统也没有实质变异，只是皮肤颜色比较特别。至于我蜘丝一般细且黑得发紫的头发，博士也做了细致研究。

有几次博士笑着对我说：“要好好剖析您才行呢。”

时间就这样不知不觉地过着。我很快学会了速记，一方面我热切地渴望学会，另一方面速记这种转写方式正合我的天性，我甚至设计了一些新的缩合词。我开始写东西，我的速记员帮我进行传译。其次，博士为我专门改造了几台留声机，可以将我的话语记录并减速播放。

时间一长，博士对我建立起了完全的信任。起初几周，他曾怀疑我身体上的异常状态会造成心智上的疯狂，这也是人之常情。如今他已经打消了这个疑虑，我们的关系比以前更牢固了，我想彼此也更加亲近了。我们用大量常人眼中不透明的介质以及水、玻璃、石英这些在我看来达到一定厚度就变为深色的介质来测试我的视力。我之前说过我能看透木头、树叶、云彩以及许多其他物体，而水达到半米深时我就看不清水底，至于对常人来说很清澈的玻璃，在我看来则颜色有些深，没那么透明。一大块玻璃对我来说则显得黑乎乎的。博士一一证实了这些特点，他对我能透过云层看见星星这一点尤其震惊。

就是在这时候，我才开始向他提及我看到的颜色跟常人也不同。一系列实验证实了我无法区分红橙黄绿青蓝靛这些颜色，就像普通人的肉眼无法分别红外线和紫外线一样。但实验也表明我可以辨别紫色以及超出紫色以外的多种颜色，这一光谱的丰富程度至少是彩虹显现的光谱的两倍。[1]

---

1. 在我看来，石英可以分出八种颜色：极深的紫色和紫外光谱中与之紧随的七种颜色。还有大概八种颜色，石英也无法析出，但用其他介质可以大致分析出来。——原注

这比其他现象更让博士吃惊。研究工作耗时漫长，进行得非常细致，并且水准极高。在博士的精心操作下，通过科学方法得到的关于人类的细小发现使他更加理解一些看似没有关联的现象，例如磁场、亲和性、感应力等，他对一些生理学概念有了新的理解。他了解到金属在不同的压力、温度、电场的作用下会显现不同的、未知的颜色；再透明的气体即便在很稀薄的情况下也会呈现不同的颜色；无数通常被看作黑色的物体，在紫外线中能展现出比肉眼可以识别的色谱更加多样的色彩；电线、树皮、人的肌肤，在一天、一小时乃至一分钟内都不停地变化出多种未知的颜色——试想一个天才学者从中能获得多少启迪。

我们一起耐心地工作了一整年，而我却从没提起过摩地根——我无论如何都想让他先信服，我想先将我特殊视觉的无数证明摆在他面前，而后再和盘托出我最终极的秘密。终于，我相信揭开秘密的时机到了。

九

那是一个早晨，正值秋天，天气很温和，一周以来天上都云层密布，而雨一直没下。霍伊维尔博士和我在花园里散步。博士不怎么说话，专心观察我的一举一动。后来他开口说：

“无论如何，能透过云层直接看到太空实在是太梦幻了，我们这些普通人，简直像盲人一样……”

“如果我跟您说我不止能看到天空呢？”我答道。

“是啊，整个世界在您眼里都不一样……”

“比我跟您说过的还要大不一样！”

“什么？”他满怀好奇地叫起来，“您还对我隐瞒了什么吗？”

“我隐瞒了最重要的一点！”

他站定在我面前，直直地看着我，一副着实焦虑的样子，在我看来显得有些神秘。

“是的，最重要的一点。”

我们离房子不远，我快速回去让人准备留声机。这套设备比较重，由我的朋友调试精准，可以录很长的对话。用人把设备放在石桌上，夏天晚上天气好的时候，博士和他的家人朋友会在那里喝咖啡。设备装置妥当，正适合我们畅谈。我们的对话开始得跟平常差不多：

“是的，我向您隐藏了最重要的一点，因为我需要完全得到您的信任。就算是现在，即便我特殊的体质使您有了新的科学发现，我也担心您不会一上来就轻易相信我。”

我收住话头，等留声机重复我的话：我看到博士面色变得苍白，和那些大学者发现新领域时一样，他的双手颤抖着。

“我相信您！”他郑重地说。

“如果我说，我们的生物圈，包括我们世界里的动物和植物，不是地球上唯一的生命形式，而是还存在着另一个您见不到但却同样丰富多姿的生物圈，您也会相信我吗？”

他怀疑我在讲些神秘法术，忍不住说：

“第四种状态的世界……灵魂、鬼魂和幽灵。”

“不，不，完全不是。这些生命和我们世界的一样，转瞬即逝，有生理需求，有生老病死，有斗争冲突；和我们一样脆弱而短暂，受制于同样或类似的自然规则，是大地的囚徒，饱受无常之苦。但这是一个同我们的世界完全不一样的世界，除了通过对大地这个我们共同载体的改变之外，和我们的世界之间互不影响。”

我不知道霍伊维尔博士是否相信我，但我确定他情绪非常激动。

“它们大体上是流态的吗？”他问。

“这一点我无法知道，因为用我们常用的物质概念来分析，它们的属性中有很多互相矛盾的地方。大地以及大部分金属对它们来说和对我们一样坚硬，虽然有时候它们可以稍稍进入腐殖土中。它们相互之间是完全坚固而无法渗入的，但尽管有些吃力，它们却能穿过植物、动物、有机组织，甚至是我们，而我们也能穿过它们。如果它们中的一员能察觉到我们的存在，可能我们对它来说也显得像流态，就像它们在我看来也像是流态一样。但像我一样，它可能也会因同样的矛盾而无法下结论。它们的形态很奇怪，看起来毫无厚度。它们在体型上有着无数的差异。我见过长达上百米的，也见过像我们生物圈里最小的昆虫一样小的。它们当中的一些通过大地和大气获取营养，另一些通过大气和其他同类获取养料，但不会像我们的世界一样出现血腥杀戮，强的一方只获取弱的一方的能量，而不会伤害到它的性命。”

博士突然对我说：

“您从小时候就能看见它们吗？”

我知道他在想什么，他猜测我的机体近期可能出现了紊乱。

“从小就能看见！”我坚定地回答，“我可以提供一切必要的证据。”

“您现在也看得到它们吗？”

“是的，花园里有很多。”

“具体哪里？”

“在小路上，草坪上，墙上，空气中。您要知道，它们有的生活在地表，有的生活在空中，还有的生活在水上，生活在水上的几乎贴在水面从不离开。”

“到处都有很多吗？”

“是的，城市里几乎不比田间少，房屋里面也不比街上少很多。但室内的要比室外的小不少，可能是因为出去有困难，虽然木门对它们构不成障碍。”

“那铁、玻璃还有砖头呢？”

“这些它们穿不过去。”

“您可以为我描述体型比较大的一个吗？”

“在树边就有一只。它的形状很长，比较不规则，左凹右凸，边缘成波浪状，可以把它想象成一只扩大版的矮胖幼虫。但这种形态不是它所属种类的常态，因为同一个种类中的个体结构差异巨大，如果我们在此能用种类这个词的话。它厚度极小，这确实是它们共有的特性：它们的厚度几乎不超过零点一毫米，但长度可以达到近两米，宽可以达到四十厘米。它最重要的特点，也是它们生物圈的特点，在于个体体内互相交错的光线，这些光线方向不一，在两个光线系统之间交织成细网。每个光线系统都源于一个光束中心，光束中心像个斑点一样，有时微微凸出于它身体的表面，有时略显凹陷，但并没有固定的形状，有时接近圆形或椭圆形，有时呈环状或螺旋状，有时又呈其他不规则的形状。令人惊讶的是，光线中心是可以移动的，大小也时时变化。中心整体的波动使其边缘也剧烈地跳动。通常中心发出的光束很宽，也有很细的光束，光束发散开来，散作无数的细小光线，渐渐消失。而有些光线比其他光线暗淡很多，并不源于光束中心，它们独立于光线系统，交叉时也不改变颜色。这些光线可以在个体体内游走，并改变曲线，而中心及其发出的光线相对是稳定的。至于我们眼前这只摩地根的颜色，我无法向您描述——它显现的任何一种颜色都不在您肉眼可以观察到的色谱里，对您来说这些颜色也没有对应的名称。光线交织的地方颜色非常亮，在光束中心则略暗一些，独立的光线几乎没有颜色，但有一种特殊的光泽，简单来说，有些类似紫外线照射下的金属……我观察并总结过摩地根的生活、进食和活动方式，但我现在还不想和您说。”

我停了下来，博士重复放了两遍留声机听我的录音，而后他沉默了很久。我从来没见过他这样。他面部僵硬，眼睛发呆，毫无光彩。他出了很多汗，汗水流过他的鬓角，浸湿了他的头发。他想开口说话，但一个字也说不出。他颤抖着在花园里来回踱步，等走了一圈回来的时候，他眼神和嘴角透着近乎宗教性的狂热和激动，不过比起气定神闲的神迹追寻者，他更像是一个新兴宗教的信徒。

最后，他轻声说：

“您说的这些话太不可思议了！可您又讲得那么清晰有条理，而且您之前给我带来了那么多的发现，我怎么还有权利质疑您的话呢？”

“当然要质疑，”我热切地对他说，“要严苛地质疑，这样您的实验才会更有产出。”

“啊！”他的声音里透着梦幻，“这真是奇迹，这简直比天方夜谭还要神奇！我作为人类的智力在这些认知面前简直不值一提。这太让我激动了，但是，我还是有些疑惑……”

“我们一起用实验来消除你的疑虑吧，事实会以百倍来报答我们的努力的！”

十

我们狂热地投入工作中，不出几个星期，博士就消除了他的疑虑。巧妙的实验、无可否认的证据都印证了我的种种说明，另外我们有了两三个关于摩地根影响大气现象的发现，这些都扫除了他心中的猜疑。霍伊维尔博士的长子也加入到我们的研究中来，这个年轻人科学研究能力很强，提高了我们工作的效率和可靠性。

伙伴们的严谨态度和研究分类能力让我对摩地根的了解变得更清晰、更完整，我也在积极向他们学习。发现一个接着一个，严谨的实验带来了扎实的成果，这在古时候，甚至即使在一个世纪之前都会被当作痴人说梦。

到如今，我们进行研究已经五年了，而这项工作还远远没有走到尽头。我们的工作成果也不会很快公之于众，我们约定好，不匆忙赶工。我们各个发现的内在联系非常紧密，必须要以所有细节耐心细致地进行讲解。我们不在意是否要赶在某个学者之前发表，不在乎专利，也没有任何野心。我们所在的高度不存在虚荣和傲慢。微不足道的名利如何能与研究工作带来的快乐相提并论呢？另外，这些副产品完全源于我特殊的体质，这一体质的产生纯属偶然，又怎么能以此为傲呢？

我们充满热情地与研究为伍，但同时我们生活得又十分安详。

还发生了一件事，为我的生活增添了色彩，在休息的时候给我带来了无尽的欢乐。读者们都知道我长相丑陋，还非常怪异，年轻女孩见了我都害怕。但我还是找到了伴侣，她对我的温情报以微笑。

这是一个患瘾病、精神焦虑的可怜女孩，有一天我在阿姆斯特丹一个收容所遇到了她。旁人说她看上去很痛苦，脸色苍白得像石膏一样，双颊塌陷，目光涣散。我却觉得她很可爱，很喜欢她和我做伴。而她也不像别人一样觉得我长相吓人，和我一起时她显得很高兴，很放松。我很感动，便想着再见到她。

很快，我们就发现，她的健康状况和精神状态在见到我之后都有所改善。测试之后我们发现我可以通过磁场影响她：当我走近她，特别是伸手向她打招呼时，可以向她传递愉快、宁静、平和等对她有治愈效果的感觉。而反过来，我在她身边可以感到久违的温情。

她的脸庞在我看来很漂亮，她的苍白和消瘦于我也是精致的，像很多超敏感体质的人一样，她的眼睛可以看见磁石的光泽，在我看来一点也不像别人批评的那样涣散。

总而言之，我对她倾心，她也报我以热情。从那时起，我就决心要和她结婚。而我有幸得到朋友们的好意成全，没有遭受什么波折就实现了这个心愿。

我们的婚姻生活很美好。我的妻子渐渐恢复健康，虽然仍旧很敏感脆弱。我第一次体会到了和其他男性一样的快乐。尤其是这六个月以来，我的生活有了盼头：我们有了一个孩子，而他完全遗传了我的体质。在肤色、视力、听觉、运动速度、营养摄取方面，他完全是我的翻版。

博士欣喜地看着孩子长大，我们满怀希望——对摩地根的研究、对与我们平行的生物圈的研究是如此耗时费力，却不会因为我以后不在了而停滞。我的孩子将来很可能继承我的事业。他为什么不能找到天才的伙伴，把他的人生推向新高度呢？他为什么不能也用他自己的眼睛看到别人看不见的世界呢？

而我，我不可以再有其他后代吗，不可以期待我亲爱的妻子来日再为我生几个像我的孩子吗？想到这里，我激动得心跳加快，真正的福乐降临在我身上，我感到自己在人间实属幸运。

（白钰　译）

一位超现实荒诞玄学家短暂而幸福的一生

鲍里斯·维昂（Boris Vian）可能代表了法国科幻小说的一个转折点。他不仅将美国科幻小说翻译成法语并助其在法国广受欢迎，而且还展示了通过科幻概念来品评时事的能力。第二次世界大战之后的美国科幻小说开始越发关注被科研实验室释放出来的、足以改变世界的力量。此前的美国科幻小说因为关注原子能（与原子弹）以及太空飞行而饱受公众嘲笑，但是后来的事态发展却证明了科幻的思考绝非无的放矢。维昂同样亲历了战争，也品尝过祖国被纳粹德国占领的滋味。这段经历以及翻译美国科幻作品的经验促使他将关注点转向了内在世界，转而研究西方文化与人类灵魂出了什么问题。在此过程中，他可能影响了英国“新浪潮”运动的发展。

维昂出身于阿夫赖城的一个中产阶级家庭，但他很早就走上了叛逆之路。12 岁时他得了风湿热，几年后又罹患伤寒，这两次患病影响了他的心脏功能（但这场病也可能促使他转向了文学与音乐领域）。他在 39 岁那年不幸猝死，当时他正在参加一场非公开电影放映会。放映的电影改编自他笔下一部硬汉主人公的长篇悬疑小说，他本人亲自撰写了剧本。他在巴黎度过了短暂而狂热的生涯，其间创作了 10 部长篇小说、42 篇短篇小说、7 部戏剧剧本、400 首歌曲、4 本诗歌集、6 部歌剧剧本，还翻译了总共 20 部长篇和短篇小说。与此同时他还参加过爵士乐队演出，录制过唱片，演过电影，并且撰写了约 50 篇报刊文章。但是他当初接受的是工程学教育，而且在纳粹德国占领法国期间整整做了 4 年工程师，直到 1946 年才转向专职写作。

如此繁忙紧张的工作安排远非维昂的孱弱体格所能承受，更何况他还要过一名巴黎的作家兼爵士乐艺术家的生活。在担任工程师的时候维昂写过几本长篇小说，然后出版了一部成功的浪漫奇幻小说《岁月的泡沫》(*L'Écume des Jours*，1946)。再然后维昂结交了让-保罗·萨特与西蒙娜·德·波伏娃，两人推荐他和他当时的妻子担任翻译。一位出版商问他能不能找几本美国纸浆悬疑小说翻译一下，几周后维昂呈交了一份名为《我要在你们的坟上啐唾沫》[*J'irai cracher sur vos tombes*，1946；1948 年英译为《我唾弃你的坟墓》(*I Spit on Your Graves*)] 的手稿，声称原作者名叫弗农·苏利文(Vernon Sullivan)。这本“译作”不仅销量火爆，而且赢得了如潮好评。2 年后，遭到法庭传唤的维昂当庭承认自己就是这部作品的作者。后来他又创作了 3 本假托弗农·苏利文之名的小说。

此时维昂也开始了实打实的翻译工作，翻译了肯尼思·费林(Kenneth Fearing)的经典作品《大钟》(*The Big Clock*)和雷蒙德·钱德勒(Raymond Chandler)的《湖底女人》(*The Lady in the Lake*)以及《长眠不醒》(*The Big Sleep*)，还有 A. E. 范·沃格特、威廉·泰恩、亨利·库特纳和雷·布拉德伯里的科幻小说。他还翻译了范·沃格特的《非 A 世界》(*The World of Null-A*)，使得沃格特就像之前的埃德加·爱伦·坡那样在法国获得了更甚于在美国本土的欢迎。这批译作使得维昂在法国获得了现代科幻小说旗手的美誉。1950 年他创作的剧本《全部屠宰》（*Équarrisage pour tous*）抨击了军队里的作风与官僚主义。他的另一部著名戏剧是《创建帝国的人们》（*Les Bâtisseurs d'Empire ou le Schmürz*，1959）。他还开始出版自己创作的超现实主义科幻短篇与长篇小说，其中长篇小说有《北京的秋天》（*L'automne à Pékin*，1947），约翰·克卢特和马克西姆·雅库博夫斯基在《科幻小说百科全书》中将这部作品称作“或然世界中的沙漠乌托邦”；《红草》（*L'Herbe rouge*，1950），“一个将时光旅行和怀旧情调融为一体的超现实主义故事”；以及《摘心器》（*L'Arrache-Cœur*，1953），“一则关于脱胎换骨的寓言”。

维昂还加入了一个名为“荒诞玄学院”（Collège de 'Pataphysique）的戏仿科学组织，该组织最早由阿尔弗雷德·雅里（Alfred Jarry）进行描述，此人的短暂生命与职业生涯恰与维昂相呼应。像维昂一样，雅里接受了理科教育，写作范围广泛，精于超现实小说与荒诞小说，并且同样英年早逝。他创造了“荒诞玄学”（pataphysics）一词。根据布赖恩·斯塔伯福德的说法，这一学科“研究例外而非规律，并致力于为现实问题提供虚构的解决方案”。雷蒙·格诺、雅克·普莱维尔和欧仁·尤内斯库等作家将这一学科变为了现实。

维昂只有一部短篇小说集《蚂蚁》（*Les Fourmis*，1949）在他生前得到了出版。译者茱莉亚·奥尔德在序言中评论道：“但的确，维昂自始至终都是一位荒诞玄学家——别出心裁地遣词造句、玩笑般地创造新韵脚、发明乐器、即兴吹奏小号、构想出各种有趣的故事，还无不散发着潇洒的活力。”奥尔德追溯了马拉美、普鲁斯特、萨特、尤内斯库以及贝克特等人对于维昂的影响：“当他在 1945 年到 1946 年间构思创作其早期作品之时，已将普鲁斯特的叙事技巧、马拉美的文字游戏以及萨特的存在主义观点融会贯通，并借此创造了自己的声音。”她引用了维昂去世后负责其遗作的某位编辑的话：“毫无疑问，鲍里斯·维昂心目中的小说应当简短明快、绝不磕绊、飞转不休、戛然而止——这也正是他的写作方式。”

奥尔德总结道：“尽管天不怕地不怕，维昂却始终拿花哨的异想天开、古怪的两性遭遇，以及注定没有结果的浪漫恋爱当作幌子，将针砭时弊掩藏其中。但是他独具一格的戏仿往往将隐藏在战争、贫困、疾病以及失业之中的恐怖凸显出来。他的叙事虽然看似寓言，但其中各式各样的古怪主人公却总是无法摆脱此类恐怖的纠缠。”克卢特与雅库博夫斯基补充说：“终其写作生涯，维昂使用各种科幻手段来表达人的自我受到外部世界猛烈冲撞的感受，他笔下的角色有时也挣脱自身枷锁，超脱自我……”

但维昂自己并没能做到这一点。

（万年看客　译）

死鱼

[法国]鲍里斯·维昂

一

车厢门一如既往地卡着；列车另一头，头戴鸭舌帽的列车长用力按下红色按钮，蒸汽从管道喷出。助手费劲地把车门掰开。他快热死了。灰色的汗珠像苍蝇一样沿着他的脸歪歪扭扭地淌下来，眼见着浸透了他脏兮兮的薄衬衫领子。

列车长松开按钮，列车又要开了。蒸汽欢快地从车底冒出，车厢门猛地一松，助手差点没站稳。他踉踉跄跄地下了车，插销划开了他的挎包。

列车开了，带起的气流把他推向臭烘烘的茅厕，里边有两个带大刀的阿拉伯人在谈论政治。

助手抖了抖，拍了拍湿漉漉的脑袋上烂杂草一样塌掉的头发。半裸的胸膛上冒起一阵淡淡的雾气，露出凸起的锁骨以及一对或是两对难看又羸弱的肋骨尖。随着一阵沉重的脚步声，他沿着红色和绿色的六边形砖块铺成的站台行走，这里和那里都有长条的黑色痕迹。下午天上下了一些章鱼，根据伟大的宪章，站台的雇员本该好好清理站台，但他们当时忙着干一些不可告人的活计。

助手在他的口袋里翻翻找找，手指撞到了他本来要放回出口处的粗糙的硬纸箱。他膝盖疼得很——他白天去探索池塘，湿气让他那不牢固的关节咯吱咯吱响。

不得不说，他从挎包里拿出了一个体面的好东西。

他把车票递给站在护栏后一个身影模糊的男人。男人接过票，看了一眼，然后无情地笑了。

“您没别的票了吗？”他说。

“没有了……”助手说。

“这张票是假的……”

“但这票是我老板给我的。”助手轻轻颔首，面带微笑，客气地说道。雇员冷笑了一下。

“那难怪这票是假的了。他今天早上从我们这儿买了十张。”

“十张什么？”助手问。

“十张假票。”

“但是为什么呢？”助手说。

他的笑容逐渐消失，嘴角向左垮下来。

“为了给你们啊，”雇员说，“为了让你们先被骂，这也是我正在做的，这是一；二就是为了让你们不得不付罚款。”

“为什么？”助手说，“我没什么钱。”

“因为用假票乘车很无耻……”雇员说。

“但这不是你们制造的吗？……”

“没办法，总有人会无耻到用假票乘车。您，呵，您以为整天造假票很好玩吗？”

“您要是去做清理站台的工作肯定能做得更好。”助手说。

“别玩文字游戏，”雇员说，“交罚款，三十法郎。”

“这不可能……”助手说，“没票也只用交十二法郎。”

“用假票严重多了，”雇员说，“交钱，不然我叫我的狗来了！”

“它不会来的。”助手说。

“嗯，”雇员说，“但它总归能叫得您耳朵疼。”

助手看着雇员阴郁瘦削的脸，雇员回以恶毒的目光。

“我真的没什么钱。”他咕哝道。

“我也是。”他说，“交钱。”

“他一天给我五十法郎……”助手说，“我还得糊口。”

雇员拉了下鸭舌帽的帽檐，一块蓝色的罩子垂下来挡住他的脸。

“付钱……”他把大拇指和食指合拢摩擦道。

助手够到他那发亮的、打着补丁的零钱包。他从里面抽出两张皱巴巴的十法郎钞票，和一张还沾着血的五法郎钞票。

“二十五……”他不确定地讨价还价。

“三十……”雇员伸出三个指头说道。

助手叹了口气，老板的脸浮现在他脚趾间。他朝上面吐了口唾沫，正中眼睛。他的心跳得更快了。那张脸逐渐消散变黑。他把钱紧紧攥在手里，然后离开了。他听到咔嗒一声，鸭舌帽的帽檐又恢复到原位。他慢慢走着，到了小山坡脚下。挎包擦伤了他干瘪的胯，渔网上的竹制手柄，随着他的行走，不时地抽打着他羸弱又畸形的小腿。

二

他推开铁栅栏门，发出刺耳的嘎吱响。台阶上方一盏红色的大灯亮了，门厅里响起一阵轻微的铃声。他用最快速度走进去并关上门，由于防盗装置不在一贯所在的位置，所以他不可避免地被电到了一下。

他爬上过道。快到中间的时候，他的脚碰到了一个坚硬的物体，紧接着从地上喷出一股冰凉的水柱，溅到他的脚踝和裤子上，膝盖下方全部湿透。

他跑了起来。愤怒，就像每个夜晚一样，逐渐占据上风。他握紧拳头，翻过三个台阶。在往高处走的途中，他的渔网缠住了大腿，让他差点摔倒。一根不知道哪儿来的钉子第二次划破了他的挎包。身体里有什么东西扭作一团，他喘着气，说不出一句话。过了一会儿，他平静下来，下巴垂到胸上。潮湿的裤子传来一阵凉意，他抓住门把手，仓促地拧开。一阵难闻的烟雾升起，他皮肤的一部分粘在灼热的瓷器上，变黑，然后蜷成一团。门开了。他走了进去。

他瘦弱的大腿撑不住了，他倒在门厅的一个角落，跌坐在冰冷的地砖上，能感受到地砖的斑驳。他的心脏在肋骨之间发出低沉的声音，剧烈又无规律地一下一下用力震动着他。

三

“这差远了。”他的老板说。——他在检查挎包里的物件。

助手站在桌子前等待着。

“你把它们弄坏了。”老板补充道，“这里的齿纹完全被破坏了。”

“是渔网太旧了。”助手说，“如果您想让我抓到又新、质量又好的邮票，您得赔我一张干净的渔网。”

“是谁用这个渔网？”老板说，“是你还是我？”

助手沉默了。他灼伤的手让他疼痛难忍……

“回答我。”老板说，“是你还是我？”

“是我，为了您。”助手答道。

“我不强迫你。”老板说道，“如果你要求每天赚五十法郎，总要证明你值这个数。”

“减去车票的三十法郎……”助手说。

“什么车票？我给你买了往返车票了。”

“那个是假票。”

“你只能多加小心。”

“您怎么能指望我察觉到呢？”

“不难，”老板说，“用硬纸板做的票很明显就能看出来是假的，正常的是用木头做的。”

“好了，”助手说，“请您还我三十法郎。”

“不。所有这些邮票质量都很次。”

“这不可能，”助手说，“我花了两个小时才钓到这些，我还得把冰砸开。我已经尽我所能地小心了，六十张里面几乎只有不到两张是坏的。”

“这些不是我想要的，”老板说道，“我想要两分的圭亚那，1855年的。我对你昨天已经抓到的桑给巴尔系列毫无兴趣。”

“我们找到什么就抓什么，”助手说，“尤其是用这样的渔网。再说现在也不是圭亚那的时节。那些桑给巴尔您可以换掉。”

“今年所有人都能找到桑给巴尔，”老板说，“已经不值钱了。”

“那个打到腿上的水柱，那个门上的防盗装置，还有那个门把手……”助手突然爆发了。

皱纹在他年轻又干瘪的脸上挤成一团，他看起来快哭了。

“这能让你坚强起来，”老板说，“你想让我在这儿做什么，嗯？我，感到无聊。”

“去找邮票吧。”助手说。他用尽力气，总算控制住了自己。

“我雇你来就是做这个的，”老板说，“你是个贼，你偷了你挣的钱。”

助手疲惫地用磨破的袖子擦了擦额头。他的头跟钟一样亮。桌子略微向外移开了一些，他想找个东西当抓手。但是壁炉抢先逃跑了，所以他摔了下来。

“起来，”老板说，“别坐在我的地毯上。”

“我想吃晚饭。”助手说。

“下次吧，如果你回来得没这么晚。”老板说，“起来，我不想看见你在我的地毯上。快起来，该死！”

他的声音暴怒到颤抖，指关节敲得桌面咚咚直响。

助手费了很大劲才换成跪姿。他肚子很痛，手上留着血清和血浆。他先前用一块脏手帕缠了一下。

老板快速地筛选了一下，然后朝他脸上扔了三张邮票。它们粘在他的脸颊上，发出轻微的吸附声。

“你去把它们放回你抓的地方。”他说。

助手在哭。他的湿发垂在额头上，邮票在他的左脸留下印记。他笨拙地站了起来。

“我说最后一次，”老板说，“我不要次的邮票。而且不要再跟我说是渔网的问题。”

“好的，先生。”助手说。

“这是你的五十法郎。”老板说。

他从口袋里抽出一张钞票，朝上面吐了口唾沫，然后把它撕成两半，扔到地上。

助手痛苦地弯下腰。他的膝盖连着发出三下短促干脆的折断声。

“你的衬衫太脏了，”老板说，“你今晚睡在外面。”

助手把钞票捡起来，离开了房间。风更大了，震动着门厅铁门前的波形窗户。他把办公室的门重新关好，瞥了老板的身影最后一眼。而老板，正埋头专注于他的桑给巴尔集邮册，拿着一个黄色的放大镜，开始对比和估值。

四

他裹紧长外套，走下台阶，外套由于跟邮票水塘接触了过长时间而发绿。风从衣服布料的眼子里灌进来，把他的背吹得鼓起来，以至于他看起来像个驼背，这对他的脊柱不是没有伤害的。他忍受着内在模仿的痛苦，每天都要努力使他那些可怜的器官保持正常的形状和固有的功能。

天现在黑透了，地上反射出暗淡和廉价的微光。助手转向右侧，沿着房子的墙走着。他以解开的水管被拖行而形成的黑线来指引方向，老板拿着这些水管去淹死地窖里的老鼠。他来到附近一个满是蛀洞的狗窝，前一天晚上他也睡在这里。里面的稻草是潮的，闻起来有股蟑螂的味道。一床老旧的被子挡住了拱形入口。他把被子提起来，摸索着进入，那里忽然发出一道刺眼的强光，接着是爆炸声！一个巨大的鞭炮刚刚在狗窝里炸开，强烈的粉尘气味充斥其中。

助手受到了惊吓，心跳加速。他试图屏住呼吸来减缓心跳，但他的眼睛几乎立刻跳起舞来，他贪婪地吸了一口气。粉尘的气味同时进入他的肺里，让他稍稍平静下来。

他等待着一切恢复宁静，他仔细听了听，然后轻轻吹起了口哨。他径直慢慢爬进狗窝，在脏兮兮的稻草上蜷起身子。他又吹起口哨，然后竖起耳朵。一阵细微的脚步声在靠近，在地上苍白的微光里，他看到了他的活物，柔软、毛茸茸、被驯服的活物，他用死鱼把它喂养得如此之好。它进到狗窝里，靠着他躺下。他突然想起了什么，把手伸向脸颊。那三张邮票开始吸他的血，他粗暴地把邮票扯下来，忍住不叫出来。他把邮票远远地扔出狗窝外。地面的湿气可能会让它们保持到明天。活物开始舔他的脸，他跟它说着话，平静下来。他用很低的声音说话，因为他一个人的时候，老板会用一些设备监听他。

“他太让我心烦了。”他喘了口气。

活物轻声呢喃，更用力地舔了舔他。

“我想我应该做点什么。不能由着自己被欺凌，不管他怎么说，都要穿干净体面的衬衫，再拿到木制的假票。接着，把渔网修好，制止他往上面戳洞。我觉得我应该拒绝睡狗窝，并且要求有我自己的房间。还要要求涨薪，因为我无法靠着一天五十法郎生活。还要增重，变得强壮帅气，在他预料之外进行反抗，还要往他脸上拍块砖。我觉得我会的。”

他换了个姿势，由于思考得太紧张，以至于狗窝里的空气一阵一阵地从圆形洞口排出，里面剩下的空气不够呼吸了。他从狗窝地下的缝中透进来一些空气，空气穿过稻草，加重了蟑螂的气味，现在跟加热的杜松子酒那难闻的味道混合在一起。

“我不喜欢这个狗窝。太冷了。幸好你在这里。地窖里有些吵闹，是水进入老鼠洞的声音。你不可能每天都听着老鼠在耳边叫唤着睡觉。他为什么要不顾代价地弄死那些老鼠，还要用水淹死？我们背了那些老鼠的血债。”

活物不再舔他。他能在发光的地面那灰色的背景里看到自己的倒影和它的长鼻口、尖耳朵，以及反射着冷光的黄眼睛。它转了个圈，寻找了一个便利的位置，在他身边依偎下来，鼻子靠在他大腿上。

“我好冷。”助手说。

他小声抽泣起来。他的眼泪落到稻草上，升起一阵轻薄的烟雾，他的视线变得模糊。

“明天早上叫醒我，”他补充道，“我得把那三张邮票拿回来。希望他不会给我假的车票。”

远处传来一阵骚动，紧接着有刺耳的嗞嗞声和飞奔的脚步声。

“噢！”助手说，“就是这个！他又开始搞那些老鼠了！但愿是老鼠吧。我会自己拿着水管做这个。希望明天晚上他能给我五十法郎。我太饿了，我能吃下一只活的老鼠。”

他一边两手按着肚子，一边继续哭着。渐渐地，他抽泣的节奏缓下来，像机器逐渐停止运转，他蜷曲的身体伸展开来。他的脚伸在狗窝口外面，脸靠着难闻的稻草睡着了。在他空空如也的胃里，有石子的声音。

五

老板蹲伏在房间里，听到卖胡椒的姑娘说着一贯动听的话经过这里。他站起来跑向门厅，故意夸张地把门打开。他站在台阶上，看到姑娘走近了。

她穿着和往常一样的制服：齐臀的褶裙，红蓝相间的短袜，露脐短背心，更有红白条纹的棉制帽子，毛里求斯的胡椒卖家靠着耐心把这个帽子输出给了全世界。

老板朝她点点头，她走上前来。他也同时下了台阶向她走去。

“日安，”他说，“我要一些胡椒。”

“要多少粒？”她假笑着问道，因为她很讨厌他。

她的黑发和白皙的皮肤对老板起作用了——就像一杯冷水倒在了睾丸上——事实上，起了很大的作用。“上台阶来，”老板说，“我会告诉你具体的数量。”

“你就是想站在后面看我的大腿，对吗？”

“对。”老板流着口水说。

他伸出了手。

“先付胡椒钱。”她说。

“多少钱？”

“一百法郎一粒，你可以先尝一尝。”

“你会上台阶来吗？”老板嘟哝道，“我给你一套桑给巴尔系列。”

“我哥哥昨天拿了三张回家，”她发出悦耳的轻笑，“尝尝我的胡椒。”

她拿给他一粒，老板没有看出这是一颗有毒的康乃馨种子。他毫不疑心地放进嘴里，吞了下去。

卖胡椒的姑娘已经走开了。

“什么？”老板疑问道，“那不上台阶了吗？”

“哈哈哈！”卖胡椒的姑娘笑道，带着十足的恶意。

与此同时，老板开始感觉到毒药的提神效应，他绕着房子全力奔跑起来。姑娘斜靠着大门，注视着他。

第三圈的时候，她向他挥了挥手，等着他回看向她。他越跑越快，到第四圈的时候才看向她。她把小褶裙往上卷起，从她站立的地方，她看到老板的脸变紫了，然后完全变黑，最后烧了起来。由于他一直盯着刚才她让他看到的部位，他被园子里用来淹老鼠的水管绊倒了。他的脸摔在一块大石头上，正好磕在两块颧骨中间，鼻子和下巴的位置。他的脚还在地上蹬着，蹬出了两道沟，随着他的鞋子一点点磨损，沟里可以看到五个难看的脚趾印。

卖胡椒的姑娘把大门关上，继续前进。她把帽子的流苏甩向另一边，以示嘲笑。

六

助手徒劳地尝试打开车厢门。车里的温度被调得非常高，这样乘客们在下车时就会着凉感冒。这是因为列车的工程师有个做手帕生意的兄弟。

他辛苦了一整天，抓捕不太理想。而他现在心中充满了欣喜，因为他马上要去杀了他的老板。他终于强行把门掰开了——他一直反反复复地拉，然后意识到，大帽子列车长开了个恶毒的玩笑——他把门的开向调反了。

他很开心这次挫了挫列车长的锐气。他轻快地跳上站台，在口袋里摸索。他轻易地找到了那小片皱了的硬纸板，他得在出口处上交。他快速向那个地点走去，那儿有个滑头的男人，他认出了昨天的咔嗒声。

“我有一张假票。”他说。

“啊？”对方说，“让我瞧瞧。”

他把票递出去，那个男人接过票，检查得如此仔细，以至于帽子张了开来，以便让耳朵进到内衬里面。

“仿得很好。”男人说。

“——不过不是木制的。这是用硬纸板做的。”助手说。

“真的吗？”男人说，“如果先前不知道这是硬纸板做的，你会一口咬定这是木制的。”

“看起来完全一样，”助手说，“你就想想，我老板把它当成真的给我。”

“一张真票才十二法郎，”男人说，“他买假票要花更多钱。”

“多少钱？”助手问。

“我会给你三十法郎。”男人说着，把手伸向口袋。

从他随意的姿态中，助手识别出他是个堕落的家伙。但是男人只拿出用核桃染料制成的三张十法郎的假钞。“拿着！”他说。

“这自然是假钞，是吗？”助手问道。

“你得认识到，我不可能以真换假。”男人说。

“对，”助手说，“但我不换。”

他蹲下，继而猛冲过去，这样他瘦弱的拳头就可以狠狠擦伤帽子下这个人的整个右脸了。男人把手放在帽檐上，在说“你保管好”的时候被打倒了。他的肘部猛地撞在站台硬邦邦的水泥地上，那里的地上特地铺了荧光蓝的六边形。

助手跨过他的身体继续往前走。他觉得自己被热烈又明亮的生活浸透了，他加快了上山的步伐。他把渔网的带子拆下来，用作登山绳。行进中，他叉住路堑沿路护栏的铁柱上端，拉住手柄，在边缘锐利的石头之间轻松地往上爬。几米之后，被扯碎的渔网飞走了。他准备把钢丝圈绕在他老板的脖子上。

他很快抵达了门口，毫无顾忌地把门推开。他希望能被电到，这样他的愤怒会更强烈，但什么都没发生，他停了下来。台阶前有什么东西在无力地动弹。他沿着小路奔跑，尽管很冷，他的皮肤却开始变红，他闻到了身上平时没注意到的气味，一股混着稻草和蟑螂的霉味。

他绷紧了精瘦的肱二头肌，手指扣住竹制手柄。毫无疑问，他的老板杀人了。

他停下来，认出了那深色的西装和发亮的上过浆的领子，他惊呆了。老板的头只剩下发黑的一团，他的腿已经挖出两条深深的、带纹路的沟。

一种绝望袭来，他对自己的愤怒和对杀戮的渴望感到震惊，浑身发抖。他匆匆环顾四周，不安又慌乱。他本来准备了很多话要说。他必须得说出来。

“你为什么要这样做？你个杂碎！”

“杂碎”这个词回荡在没有感情的空气里，带着一种陈旧又空洞的音色。

“杂碎！废物！婊子养的！混蛋！臭婊子养的！强盗！废物！婊子养的！”

老板没有回答，眼泪从他的眼睛里涌出。他拿起竹制手柄，插在老板的背上。

“回答我，你这个老混蛋。你给了我一张假票。”

他把所有重量压上去，手柄没入被毒药软化的组织里。为了让肠虫爬出来，他操纵着手柄的另一端，让手柄像陀螺仪的轴一样转动。“一张假票，全是蟑螂的稻草，我的三十法郎，我还在挨饿，所以我今天的五十法郎呢？”

老板几乎不再动弹，肠虫也不再爬出来。

“我本来想杀了你，你个臭婊子养的。我得杀了你。你死了也要杀了你，你个老混蛋，对，就是你。我的五十法郎呢，嗯？”

他把手柄从伤口里拔出来，狠狠地砸向老板那已碳化的头骨，头骨像做过头的蛋奶酥皮一样塌下去。老板原来是头的地方，现在已经什么都没有了。它断在领口处。

助手停止了颤抖。

“你宁愿死掉是吗？好吧，但是我，我一定要杀一个人。”

他坐在地上，像前天晚上一样哭了。他的活物步伐轻盈地跑来寻觅友情。助手闭上了眼睛。脸上传来温和柔软的触感，而他的手掐住了活物脆弱的脖子。它并没有挣扎以逃脱，当脸上的触感变得冰冷时，他知道他把它掐死了。他站起来，沿着小路跌跌撞撞，然后走上了外面的大路。他无意识地向右转，而老板完全不动了。

七

一片巨大的蓝色邮票池塘径直出现在他面前。夜幕降临，水面反射着神秘而遥远的微光。池塘水不深，你能找到成百上千的邮票，但它们不值什么钱，因为它们一年到头都在自我复制。

他从包里拿出两根木桩，把它们插在池塘旁边，大概相互间隔一米的距离。他在两根木桩之间系了一条锐利的钢丝，绷紧，然后用手指碰了碰，悲伤的气氛弥漫开来。钢丝离地十厘米高，与池塘的边是平行的。

助手走开了几步，然后转过身，面朝池塘，径直向钢丝走去。他闭着眼，用口哨吹了一段温柔的旋律，他的活物很喜欢这段。他一小步一小步地慢慢走着，接着被钢丝绊倒。他倒下了，头掉到水里。他的身体一动不动，而在无声的水面下，蓝色邮票已经吸附到他瘦削的脸上。

（竹云　译）

酒瓶背后的外星人

美国最知名的编辑之一大卫·G. 哈特韦尔将鲍里斯·维昂称作“当代法国科幻小说发展中的关键人物。就像威廉·S. 巴勒斯一样，他也曾于二战后在知识分子阶层中为科幻小说辩护”。另一个关键人物是菲利普·屈瓦勒（Philippe Curval），这是记者菲利普·特龙什（Philippe Tronche）使用的笔名。屈瓦勒曾以多重身份为法国科幻的发展做出过贡献——图书商人，杂志编辑，摄影师以及历史学家——但他的主要角色是作家。他笔下的短篇小说仅有 20 多篇[1]，第一篇发表于 1955 年，当时他只有 26 岁。但是就像马克西姆·雅库博夫斯基和约翰·克卢特在《科幻小说百科全书》中指出的那样，这些作品足以让他美誉加身，被视为一名“文笔优美的作家，感性而又诗意，深切热爱着笔下的角色”。

屈瓦勒的主要创作方向是长篇小说。雅库博夫斯基在他编纂的法国科幻小说选集《驶向 ε 星》当中写道：“他的长篇小说无不浸

1. 菲利普·屈瓦勒在“科幻之路”系列成书之后著作颇丰，现已创作近百篇短篇科幻小说。

透了情感。”屈瓦勒的第一本长篇小说《太空冲浪》(*Le ressac de L'espace*)于1960年出版，并且赢得了儒勒·凡尔纳奖。他的《逆向之人》(*L'Homme à rebours*，1974)获得了法国年度最佳科幻长篇小说奖。《亲爱的人类》(*Cette Chère Humanité*，1976)将人类延长寿命与雅库博夫斯基所谓的“未来欧洲经济共同体的人为孤立”结合在了一起，这本小说获得了阿波罗奖(Prix Apollo)。

他还出版了十几本其他的小说——其中大多数尚未被翻译成英文——以及两本短篇小说集，一本是《仔细瞧瞧，孩子，酒瓶后面有没有个外星人》(*Regarde, fiston, s'il n'y a pas un extra-terrestre derrière la bouteille de vin*，1980)，另一本是《菲利普·屈瓦勒科幻金典》(*Le Livre d'or de la science-fiction: Philipe Curval*，1980)。

屈瓦勒是20世纪50年代初期法国科幻的创始人之一，其他创始人包括雅克·斯泰亨贝格(Jacques Sternberg)、皮埃尔·瓦尔桑斯(Pierre Versins)和瓦莱莉·施密特(Valerié Schmidt)。但是，卢伊与尚邦在《科幻小说百科全书》的“法国科幻”条目中总结道：“最好的法国科幻作家——尤其是那些长期从事科幻创作的人——现在倾向于放弃科幻，转向恐怖小说……主流文学……以及剧本创作。”卢伊与尚邦将屈瓦勒也算进了转向主流文学的作家。

(万年看客　译)

比睡眠更沉重

［法国］菲利普·屈瓦勒

弗朗索瓦蹒跚几步，猛地拽住夜室里的落地周期灯。

“老天！我又忘了吃阻眠剂了！”

他的眼皮很沉，太沉了，他感觉自己的整个身体都在以令人眩晕的速度向后倒下，就好像是由无数管子相互嵌套而成。他的身体弯折得接近极限，让意识藏入大脑深处，以免自己消失在阴郁的沉眠中。

他由于晕眩摔倒在地。落地的冲击唤醒了他。他强迫自己睁开眼睛，手脚并用爬向浴室，将脑袋伸进浴缸，摸索着打开淋浴龙头，让冰冷的水流倾注在脸上。

有那么几秒，弗朗索瓦觉得整个头颅像白糖塔一样，即将在水柱下溶解，然后消失在下水口。他努力抑制这种愉悦感。动起来，必须动起来！夜虫在他周围的暗处振动着。弗朗索瓦能够想象出它们的模样。如果他放任自己睡过去，它们就会渗透他，直至饱和，直至他的人格与它们构成的巨大休眠体融合。这个休眠体已经占领了地球的一大块领土。

清凉的流水给他输送了斗志。他很快便能将视线聚焦在水龙头上，它看起来不再像是在昏暗中旋转的大颗铜原子了。他站起身，仍然感到很虚弱。他打开药柜，将两颗阻眠剂胶囊倒入掌心，一口吞下。随后，他走进厨房，打开咖啡机，启动吐司炉。

几分钟后，他开始狼吞虎咽地吃自小最爱的丰盛早餐。安全感回来了。他在匆忙中错将一大坨酸辣酱抹在涂了黄油的面包片上。各色香料的刺激终于让他清醒起来。随即，阻眠剂将一种美妙的欣快感一路传递至他的身体最不敏感的区域。活着如此美好！只可惜这种感觉是嗑药带来的。

弗朗索瓦摸摸下巴，将颌骨夹在拇指和食指之间，使劲掐了掐，直至感到疼痛。看来他还没有到达暗夜彼端。

可他怎么又忘了吃保护剂呢！这已经是第二次，不，第三次发生这种倒霉事了。而且，他完全有时间考虑要做什么，他有整天的时间，因为他已经将近三年没有睡过觉了，自从夜虫入侵地球，制药实验室为对抗它们的潜伏行动成功合成阻眠剂以来，他就没有睡过。而且这种药物很有益于健康：它不仅切断睡眠中枢，刺激觉醒中枢，还能清除体内的所有毒素，是货真价实的细胞清洁工。弗朗索瓦不懂，或者是不想搞懂。至少目前还不想。

“现在十点。”落地周期灯报时了。迟到了！那就没必要着急了。弗朗索瓦仔细收起为打发长夜而摆在床边的诸样物品：书籍，电影，甜食，自慰用品。他可是个井井有条的单身汉。

一刻钟后，他到了办公室。

“第三次警告，杜图尔！下次我就不客气了，扣 30% 工资。”沙利耶克制地说道。这是他的直属上司。

“好的领导，谢谢领导。”弗朗索瓦用仅剩的一丝幽默答道。

古怪的是，他觉得异常平静。他在沙利耶不满的目光下，贴着墙，一副滑稽的样子走开了。

“让妮娜，早！”他兴奋地叫道。

他的秘书麻木地瞧了他一眼，做了个手势，意思是叫他关上门，因为有穿堂风。

“看来你今天心情不好？我之前有事耽误了，和涡轮机械的人约了见面。有人来电话找我吗？”

让妮娜一言不发，站起身，将来电名单丢到他桌上。他坐在扶手椅中，闻到秘书用的面霜散发出一丝幽香。于是他抬起眼。裹在粉色安哥拉兔毛套衫中的两只丰满乳房正在他上方微微颤动。让妮娜虽然脸蛋不讨喜，但身材可是没得说。或者说，有很多可以说，太多了，他只能把它们悄悄藏在自己心里。

涡轮机械的人来过电话。真倒霉！弗朗索瓦笨手笨脚地拨通他们公司的号码。

“您好，我是杜图尔。伦德沃尔在吗？”

听筒中传来电话交换机的噪声，几下咔嗒声，一声铃响，弗朗索瓦又报了一遍名字。

“噢，杜图尔，是您啊，谢谢您让我白等了这么半天！关于那六台机器的订单，不劳您费心了。我已经请您最好的竞争对手来供货了。”

“中央矿业？”

“正是。”伦德沃尔笑道，“自求多福吧，老兄。”

电话随即挂断了。要是再来一次这样的失误，弗朗索瓦就得走人了。阻眠剂带来的欣快感正在迅速褪去。他盯着对面的墙壁，墙上贴着一张很丑的广告画，画中五十吨重的压床像是在嘲弄他。闪亮的工字梁仿佛露出全部牙齿微笑着。他差点想叫让妮娜把这张广告画处理掉，但她阴郁的表情令他打消了这个念头。她正在噼里啪啦地打字。而且他还有很多信件要口述给她，都是紧急答复。

“让妮娜？”

“您有什么事？”

“您在打的东西急吗？”

她敲打着大写键，没有看他。

“好吧，那咱们下午再说。”

“今天下午不行，先生。您批了我今天下午休亲子假，还记得吗？”

弗朗索瓦在抽屉里翻找着合适的解决办法。他疲惫地拿出几张稿纸，准备手写信函。

弗朗索瓦写着信，逐渐陷入惬意懒散的状态，食堂的铃声将他唤回现实。他站起身。让妮娜正在对着手持化妆镜给脸上扑粉。她的身材充满热情与诱惑，难以抵御，他走近她，轻轻抚摸着她毛茸茸的套衫下的肩胛骨。

“明天见，亲爱的。露易兹和让·玛丽能跟妈妈一起度过这一天，一定很开心。”

弗朗索瓦永远也不会知道她的宝贝孩子是否真的喜欢茶点和巧克力小面包。但他很确定地知道，让妮娜一定认为他是个色鬼。

公司食堂的饭菜和往常一样乏善可陈，这一天余下的时光和早上一样，在不祥的气氛中过去了。六点钟，一天的工作结束了。事情为什么会这样？夜虫就在身边，无处不在，一点一点攫取着越来越多的灵魂，在人类的睡眠中栖身繁殖着，人们怎么还能像往常一样，继续如此卑劣地活着？

答案显而易见。从一起乘电梯下楼前往梦疗室的同事眼中，弗朗索瓦就能读到答案：因为人们还没有被剥夺属于他们的那一份梦境。

沙利耶也来了，大家都来了，就连让妮娜也结束亲子散步回来了。虽然参加梦疗不是强制性的，但它是生存必不可少的。

"哎，杜图尔。"沙利耶揶揄道，"你要干掉我吗？"

弗朗索瓦冷冷地打量着他。他很想说是的，但他不能。他转而将对话导向一个更为轻松的话题。

"我已经打消这种念头了，领导。今晚，我很想干让妮娜，我已经想了好久了！"

沙利耶对他露出一个微笑，像同谋一般将他推向治疗室门口。

扶手躺椅没有三年前刚装上的时候那么一尘不染，但还是那么舒服。弗朗索瓦轻吁一口气，躺了下来。他是最先落座的人之一。这样他便可以仔细打量周围人的面孔。这些无脑同事看起来个个无忧无虑，他们即将履行夜虫入侵地球以来最重要的社会责任，就像是古老的部落时代的驱魔仪式。

公司总裁站上讲台，故意咳嗽几声，像是要即兴讲话，但其实大家都很清楚他要说什么。

"女士们，先生们，亲爱的朋友们，今天梦疗的法定时长为两小时四十六分钟。我只有一句话要说：祝你们做个好梦。"

在他的示意下，灯光慢慢调暗，变成蓝色。梦境刺激器开始运转。弗朗索瓦刚系好防梦游安全带就进入了梦境，但他依然清醒。对于这种由潜意识操控的古怪感觉，他每一次都既害怕又期待，仿佛一颗全速飞行的陨石拖着他疯狂飞驰……

"啊，杜图尔，又迟到了。"沙利耶说，"过来舔我的脚。马上！趴下！趴下！"

弗朗索瓦拔出小刀，冲向这个老混蛋。

"放开我！松手！"

弗朗索瓦还没碰到沙利耶，沙利耶就消失了。取而代之的是一头西装革履的河马，正在抽抽嗒嗒。

"杜图尔，您太不厚道了，我们约好碰面的，您又来迟了。我本来想从您这里买一些棒棒糖成型机的。”

该死！又来了，他又梦见办公室了！弗朗索瓦环顾四周：大家都闭着眼睛。他知道他们没有睡着，吃了阻眠剂是不可能睡着的。他们只是在集中精神，充分享受政府提供的两小时四十六分钟的梦境补偿。这不仅是合法的，而且是保护公民健康所必需的。人类要不惜一切代价生存下去，于是发明了这种机制。但为什么一定要集体做梦呢？每一次，弗朗索瓦都被办公室的场景吸了进去，有如怪兽被巨龙吞噬。他想独自在家做梦，沉浸于自己的私人幻想。

让妮娜来了，一丝不挂，他的注意力被吸引过去。梦境刺激器正在全速运转，经过一天的辛劳和创伤，他的潜意识投放出的这些视觉冲击画面，进入他的大脑，仿佛一团墨水在水中洇开……

让妮娜的臀部曲线十分优美，乳房有如飞机引擎。可惜她的鼻子变得出奇地大，看起来像是阴茎。弗朗索瓦硬了起来。他朝让妮娜跑去。每跑一步，他的阴茎都会拍打在肚子上。距离她只有几厘米时，他停下脚步，看着她，想知道她对他怀有什么样的情感：没有欲望，没有厌恶，只有冷漠。他感觉后背发烫，仿佛体内有个电阻器，被这种亲密接触激活了。但当他试图抚摸她，他的阴茎触碰到她浑圆的小腹时，她的鼻子开始变小，收缩，最后化作一个小得可怜的附属器官。与此同时，弗朗索瓦的阴茎在这种收缩现象的作用下也开始变小，逐渐变得比正常尺寸还小，最后完全缩进体内，消失不见了。

“你可真是一无是处啊，可怜虫杜图尔。”让妮娜无情地说，“来，跪下。我有很多信件要打。”

弗朗索瓦温顺地照办了。他的秘书跨在他身上，开始疯狂敲打键盘。键盘是他嵌在脑壳里的。他突然间变成了一台忠实的打字机，复制出别人输送给他的文本：

“关于您1月17日的来函，我不得不遗憾地通知您，您所提及的订货无法在预定的日期发出。目前，夜虫已经控制了智利的大部分领土，我们无法进入铜矿……”

弗朗索瓦竭力想要逃脱这个梦境。目睹梦疗室的情景帮了他大忙，他所有的同事都在这里，正处于自愿休眠状态，此时无法进入他的梦中生活。他注视着几步开外的让妮娜，她正露出喜悦的微笑。或许就是她在秘密策划，篡改了他的梦境走向，把它变成了噩梦。

这就是集体入梦最可怕的地方，你无法把梦做完，如果梦境涉及他人，他们就可以进行干预。弗朗索瓦每次想要做个美梦的时候，都有人从旁捣乱。自从社会形成之初，就不该对其成员施加如此限制！所有人都能互相造访梦境的做法是对自由的侵犯。但这种情况无法避免。就算是亿万富翁也负担不起私人梦境刺激器。制造机密由政府严加把守，并且投入了大量警力防止情报泄露。

人类对夜虫的抵抗催生了完美的独裁。再也没有人能躲过社会压力。再也没有了自己的梦境花园！

尽管仍然有可能短暂逃离集体潜意识的梦境盛宴，正如弗朗索瓦现在所做的一样，但梦境刺激器的作用过于强大，很难长时间维持这种状态。总而言之，这样做有危险，事实上是非常危险，因为这种短暂的清醒时刻会削弱疏解作用。弗朗索瓦很快就进入一段极为痛苦的梦境，响个不停的电话铃声化作不断喷射的番茄酱和芥末，令他想起自己过去几个月来的工作失误。幸好，梦疗结束了。

“想参加梦后自由谈的人可以留下来。”总裁说。“梦疗环节已经结束了。祝大家晚安。还有，睡前可别忘了吃阻眠剂！”他又补充道，就好像他每晚重复的这些台词是世界上最好笑的笑话。

沙利耶朝弗朗索瓦走来，大概是打算谈谈早上的事，弗朗索瓦故意推开他，跑向门口。他需要透透气。他冲到街上，停步深吸一口气。雨点落在他的舌尖上。他看了一眼阴云密布的天空：暴风雨要来了！雨很快下大了，他觉得自己像是被困在一个潮湿的棉线球里。弗朗索瓦决定步行回家。好冲冲干净！

几个月前，他会留下参加梦后自由谈。大部分同事都会留下。他们觉得，讨论各自的梦境能够化解他们之间白天发生的大部分矛盾。如今，弗朗索瓦再也受不了这种事了。

他停下脚步，倚靠在一栋塑料大楼的一面干净的墙上，不锈钢窗沿挡住了雨水。各色招牌的霓虹灯穿透一成不变的雨幕，模糊了他眼前的街景。一幢高层居民楼的窗户里透出灯光，有如通了电的未来蜂巢。在两栋混凝土建筑之间的暗处盘旋着夜虫，它们是极其微小的微生物，暗夜之尘。弗朗索瓦突然意识到，他的命运夹在两种同样可怖的威胁之间。一边是处于战时状态的社会，以保护之名控制了人们的梦境；另一边是夜虫，它们等待着人们暴露弱点的瞬间，以便夺取他们的精神世界。

弗朗索瓦觉得自己成了一个抵抗者。他终于可以摆脱办公室的噩梦了。他想出了一个解决方案：他必须独自做梦。那么，为何不躲在梦疗室的隐蔽角落，等大家都走了之后，自己启动梦境刺激器呢？这个主意如此显而易见，如此精妙绝伦，他都不禁感到奇怪，为什么以前没有人想到过。除非……人们总是喜欢抱团，特立独行者只能遵守规矩！

梦后自由谈还在进行中。弗朗索瓦溜进梦疗室旁的厕所。他记得上面有个小小的藏身处，大概三十厘米长，是水管和电线所在的地方。他爬上去，蹲下身，静候讨论结束。

几个员工走进厕所。

“我觉得沙利耶人挺好的，谋杀他的梦越来越少了。两年前我刚来的时候，每天晚上他都得被干掉两三回。现在，他一周才会挨上几拳。”

“强奸也是。我记得，以前每次梦疗时我都能在楼道里碰到一两个婆娘爽一把。现在呢……”

其余的话随着两人离去而消散。

弗朗索瓦等待着，直到他确定只剩他一个人的时候，才从藏身处跳下来。安全夜灯给梦疗室笼罩上一层粉色的光。他爬上短短一截旋梯，前往梦境刺激室。操作很简单，过于简单了，就连设备运转说明的图例都是用黑体字写的，十分容易辨识。事实上，只需要按下一个按钮，就能启动造梦机。弗朗索瓦突然害怕起来。他不知道自己在怕些什么，但他在发抖。这种感觉持续了几分钟，最后，他内心的叛逆占了上风。他启动机器，爬下梯子，独自在梦疗室里坐好。

他躺下的时候仍然浑身紧绷。他闭上眼，试图放松下来，很快便进入梦乡：他在家，在夜室里。

太好了！他终于梦到了一个独一无二的私人梦境，没有人会来干扰情节发展了。其实这个梦没有什么情节，他一个人在家待着就已经很满足了，这是好几个月以来的第一次。落地周期灯报出流逝的时间。他很快便将所有常用物件在手边摆好，然后躺到憩榻上。这个梦柔和，温暖，平静。弗朗索瓦感觉很放松。这个梦属于一个逝去的年代，就像是夜虫降临之前。那时的夜晚，做梦还不必害怕。他敢尝试一下吗？毕竟他正处于梦境刺激器的作用之下，随时可以打断梦境。是的，他梦见自己正在渐渐入睡，这是三年来的第一次。他从未做过如此美好而禁忌的梦。

弗朗索瓦闭上眼，睡意有如闪电般袭来。他既快乐又忧伤地品味着这种感觉。几秒钟后，他睡着了，再也没有人能叫醒他了。

沙利耶关掉了梦境刺激器，低声说：

“可怜的杜图尔，这样是他最好的归宿。”

他爬下旋梯，凝视着弗朗索瓦蜡人一般的身体，他已经陷入永远的睡眠状态。现在，他已经变成了另一个庞大的生命体的一部分。他与夜虫融为一体了。

如今不比往昔，每一个人都必须选择一个阵营，或与人类并肩，或投身于梦境。

（汪梅子　译）

科幻多面手的诱惑

艾萨克·阿西莫夫在1973年出版的《星云奖中短篇小说之八》（*Nebula Award Stories Eight*）的前言中评论道："一位优秀的科幻小说家有能力且应该能创作出他打算创作的任何其他门类的作品（并且赚到更多的钱），假如他当真愿意费这个事的话。许多科幻作家都走上了这条路，科幻领域也因此流失了不少人才。"同样是在1973年，热拉尔·克莱因（Gérard Klein）出版了他的最后一部长篇科幻小说，不过他停止创作的原因倒不是他像屈瓦勒与其他法国科幻作家那样被别的写作类型吸引了过去，而是他从1969年开始负责为出版商罗贝尔·拉丰[1]（Robert Laffont）编纂科幻小说丛书"别处与明天"（Ailleurs et Demain）。克莱因从未停止撰写富有见地的科幻批评与导言。研究法国科幻的学者乔治·斯拉瑟在《圣詹姆斯科幻作家指南》中评论道："到头来，他对科幻小说做出的最独特的贡献或许还是他作为批评家和理论家所做的工作……克莱因的作品值得进行

1. 法国著名出版商。他于1941年创办的罗贝尔·拉丰出版社是全世界最大的法语翻译图书出版社之一，现归属于法国第二大出版集团埃迪蒂集团。

大量翻译，他的批评文章与编辑评论理应与更多读者见面，从而让他能够与根斯巴克、坎贝尔和奥尔迪斯等科幻文化的塑造者们平起平坐，得到应有的承认。”

克莱因出生于讷伊，后来在巴黎大学获得政治学和心理学学位。他长期担任经济学专家，专门研究储蓄领域，还曾为多个旨在预测未来趋势的法国智库担任顾问。“鉴于这样的背景，”斯拉瑟写道，“克莱因倾向于将他笔下的科幻小说（以及科幻小说这一文学门类）视为这项活动的延伸，尤其是将科幻当成在主导人类文明发展的结构层面上研究问题的工具。”

他的第一部短篇小说于 1956 年发表在法国杂志《小说》上，1958 年他又出版了自己的第一部长篇小说《群星的开局》（*Le gambit des étoiles*）。随后他以类似的太空歌剧套路继续创作了 5 部长篇小说，由黑潮出版社出版，带有极具美国特色的典型花哨封面，就像克莱因的主要美国出版商 DAW 为这些小说设计的装帧一样。不过斯拉瑟指出，克莱因的作品尽管乍一看无非是“无脑的动作冒险，但是逐渐就变成了遵循伏尔泰传统的哲学故事”。克莱因的最后一部长篇小说《战争霸主》（*Les seigneurs de la guerre*，1971）由罗贝尔·拉丰出版社在创立了自己的科幻系列后付梓出版，英文版由约翰·布伦纳翻译，双日图书公司（Doubleday）出版。

但是，克莱因为法国科幻做出的最大贡献或许还是担任了“别处与明天”科幻系列的编辑。在任期间，他出版了一批最新且最具争议的美国科幻小说，例如海因莱因的《异乡异客》（*Stranger in a Strange Land*）、赫伯特的《沙丘》（*Dune*）、勒古恩的《黑暗的左手》（*The Left Hand of Darkness*）、德雷尼的《新星》（*Nova*）以及斯宾拉德的《大跳蚤杰克·巴伦》（*Bug Jack Barron*）。斯拉瑟指出，这批译著当中最核心的作品是“1970 年出版的菲利普·迪克的《尤比克》(*Ubik*),以及 1972 年出版的姊妹篇《死亡迷局》(*A Maze of Death*)。引进这两部作品是极富远见之举。通过这两部长篇小说,迪克在 20 世纪 70 年代对法国科幻小说产生了深远影响,催生了所谓'迪克式'的法国科幻杰作,例如米歇尔·热里的《不安定的时代》(*Le Temps incertain*)和安德烈·吕埃朗的《隧道》(*Tunnel*)"。

也许更重要的是,通过出版这些作家和其他作家的作品,克莱因为他们与其他当代法国科幻小说家(例如屈瓦勒、克里斯蒂安·莱乌利耶和斯特凡·伍尔)创造了市场。"别处和明天"系列至今依然是法国主要的科幻出版物。

克莱因早在 18 岁那年就开始出版作品,他的短篇小说和文学批评对法国科幻小说产生了重大影响。马克西姆·雅库博夫斯基写道:"他很快被誉为法国的雷·布拉德伯里。"克莱因"在 1956 年至 1962 年间发表了超过 40 篇精心创作的短篇小说(到 1977 年已达到 60 篇),与此同时他还在多种出版物上刊载了 30 篇一针见血的论文,由此确立了一名咄咄逼人且见识透彻的科幻文学批评家的地位"。

斯拉瑟写道:"克莱因的重新定义科幻的系列论文里,收尾总结的论述人物并不是海因莱因,而是刘易斯·卡罗尔。卡罗尔是描写心灵与世界互动的大师,是从超现实主义立场出发,寻找或相邻或替代的平行宇宙而非扩展本宇宙的大师。通过将卡罗尔树立为科幻创作的典范——这样的科幻作品本着笛卡尔式的怀疑论向内心退居,其创作模型并不是奉行扩张主义的太空歌剧,而是象征主义与超现实主义诗人们探求内心的旅程——克莱因可以说是指引了法国科幻小说的一般方向。克莱因的愿景——从物质世界向内心世界的退居最终可以通过这一撤退过程所营造的心智空间来满足人们从笛卡尔出发而进一步改进的需求，这样做不仅能够根除物质世界，还能反复消灭物质世界——恰当地描述了 20 世纪七八十年代众多法国科幻作品的内在动态。”

（万年看客　译）

回声之谷

［法国］热拉尔·克莱因

这一次，我们冒险翻越了粉红色的图拉山脉，一片由晶体构成的绿洲，而后又用数天穿越无数沙丘。火星的天空永远是一片深邃的蓝色，和这颗星球一样纯净，偶尔有几分灰，日出和日落时则呈现出美丽的玫瑰色。

牵引车运行良好。我们进入了迄今几乎未曾被探索过的地区，至少没有在陆路被探索过。我们有理由确信自己是首批涉足这片荒凉地带的，至少是首批人类。我们正在搜寻某种古代文明的痕迹，但这种搜索多少有些漫无目的。地球上一直没有承认，火星上不仅没有生命，而且始终荒无人烟。长久以来，人们一直希望能够在火星上发现业已灭亡的帝国的遗迹，或是这颗红色星球的神秘主宰者的没落后代。关于火星的故事已经太多了，尽管十年来就此开展的科学探索一无所获，也依然无法打破这些传说。

不过，无论是费里埃、拉萨尔还是我，都不太相信会发生如此奇妙的邂逅。我们都是成熟的人，比较现实。而且，我们几年前离开地球就是为了逃离当时席卷家乡的疯狂。我们不太愿意谈起这件事，因为它令我们感到痛苦。有时，我们会想，大概是因为我们这个物种刚刚获得自我意识，在面对浩瀚宇宙时感到无比孤独，所以才会发出挑战，渴望得到回答，哪怕这个回答是致命的。但宇宙始终保持缄默，诸多星球也依然荒凉。

此时，我们正在向南，朝着火星赤道的方向行进。目前的地图还不太精确，我们被委派了一个在高空无法完成的任务：确认一些地质报告。作为心理学家，我只是勉强符合完成这项任务的资格要求，但我会驾驶牵引车，也能操作各种仪器，火星上又人手稀缺。

更可怕的是，这些日子终日单调。地球上的人舒适地坐在桌前，撰写关于我们的故事，令成千上万的读者动情落泪。他们谈论着我们的英勇事迹，我们每迈出一步都有可能展开的冒险，还有未知世界的无尽壮景。可我从来没遇到过这些东西。我们的确会遇到危险，但危险并非来自沙丘，而是潜伏在我们身边，比如呼吸器泄漏，牵引车或无线电站发生通信故障。最危险的是无聊感。火星是一个荒凉的世界。这里的地平线短而有限。宽广的灰色沙漠也算不上什么振奋人心的景色。风景本身并不难看。但你会沉重而敏锐地意识到，目力所及之处和目力所及之外的方圆数千公里都是这种一成不变的景象，而你一动不动地坐着，任由牵引车带着你缓慢前进。有点像是你清楚地知道明天将和昨天毫无差别。

你继续前进，一连驶上数个小时，就像是一台机器。你就是机器，你就是牵引车，你连续几个小时在沙丘间穿行，绕开经过风力缓慢侵蚀的大块岩石，它们终有一天也将化为沙尘。你偶尔抬眼仰望天空，眯着眼睛发现白天竟有群星闪烁，起初你无比惊讶，后来便心生厌倦，甚至愿意付出任何代价让这些夜的眼睛合上。

于是，你开始想象回到地球之后要做什么。你听到了很多消息，都是坏消息，一直都是坏消息。地球上发生的一切都很反常。人们说如今是“疯狂年代”。于是，返回地球的渴望化为厌恶。深深的厌恶。

你仍然继续前进。心中毫无希望。过了一阵，你看到沙丘间出现了某样东西。你猛地踩住刹车，以免撞上去，但其实什么都没有，每次都是如此。有人开着开着车会打瞌睡。其他人会发现，因为牵引车的路线突然变得混乱。他们会叫醒驾驶员，或自己抢过方向盘。这种事算是一点消遣。

我就不一定了。我有时会编故事。故事发生在火星，或者太空，或者另一个世界，但绝不会发生在地球上。我不愿想起地球。拉萨尔和我一样。费里埃的情况比较糟糕，他一刻不停地想着地球。我不知道他这样下去会发生什么事。

他是个地质学家。我看到过他从沙中挖出一小块贝壳，那曾是某个生物的远古住所，但生物早已枯萎消亡，被火星的轻风带走了。他再也没有发现过更有价值的化石，更大更强也更脆弱的生物的遗骸。

我看到他试图推翻这些证据。看到他凝视着火星的山丘，静静盘算着有一天要把这数百万吨沙子翻一遍，希望能从火星深处找到某种被遗忘的种族已然褪色的胚胎。我觉得他话太少了。在火星上一言不发不是好事。在太空中也一样。他总是不说话，仿佛数百万吨的沙子都压在他身上。他跟拉萨尔和我一样，在太空中寻找出路，好逃离地球。但他还有别的期待。他希望能在太空中遇到跟他不同的东西。他想要遇到完全陌生的种族，他觉得在火星的峭壁上能够发现与地球截然不同的新世界的历史。他小时候肯定沉迷于月球人的故事。

除此之外，他跟拉萨尔和我没什么区别。有些东西，我们是无法忍受的。除非我们能确定，在某个晴朗的日子，一拐弯或是两座小山之间，我们会发现一座闪闪发光的城市和一些完美生物。但拉萨尔和我知道，今天不可能发生这种事，明天也不可能，而费里埃却已经等不及了。

我们有三个人，这个人数没法打牌。我们有时看书。偶尔也听听广播。但我们最经常做的事是睡觉。这样可以节省氧气。也有助于向前看。我们从不做梦。

天色渐晚，于是我们离开牵引车，取下设备。我们会进行一些测量，然后将结果发送出去。随后我们启动催化炉，它在透明的钟形玻璃罩下安静运转，在幽暗中发出红光，有如温室的花朵。接下来是吃饭。然后，我们打开一个像阳伞一样的东西，这是我们的帐篷，以免火星的致命寒气把我们冻透。然后我们再次尝试入睡。但没什么用。因为我们几乎整天都在牵引车的颠簸中沉睡，大家轮流开车。夜幕降临之际，戴着呼吸器很不舒服，我们感到窒息，突然口渴起来。我们睁着眼躺着，凝视着帐篷的乳白色穹顶，聆听着风将沙粒刮到塑料上，发出恼人的沙沙声，有如昆虫踏过。

这些夜晚，我们有时会想，以后的太空会变成什么样子，这些行星会变成什么样子。我们意识到，有一天，人类将会给火星制造出大气、海洋和森林；这里将建起一座座城市，繁荣、壮观，其中的建筑比地球上的所有城市都要高耸，太空飞船将会把这颗星球和其他世界连接起来，未知的疆界将推移至太空的其他地方，可见的地平线将一再延伸。这些想法平息了我们的焦虑，我们清楚，地球和人类如今要求火星提供它所无法给予的东西，试图在记忆中探究往昔，想要从中找到远古衰落的痕迹，但这是一条错误的道路。我们战栗着意识到，答案存在于未来，我们必须投身于未来。

有时，我们会意识到，我们正处于一种矛盾境地。我们既是过去，也是未来。我们身处刚刚逝去不久的几代人的疯狂梦想之中，我们开辟的道路也是尚未诞生的孩子的道路。过去，我们是寂寂无名的神话；未来，我们将成为被人遗忘的传奇。

我们晚上停止前进，因为太冷了。极端稀薄的大气造成了巨大温差。早晨九点左右，我们会再次出发。

今天，我们穿过一片灰茫茫的沙漠，发现这一带散落着扁平的黑色岩石。是风成卵石，其中有些卵石的形状颇为古怪。随后，我们终于抵达了这片红土地带的尽头，这里已经和火星赤道接壤。地平线上，侵蚀而成的山脉缓缓浮现。沙丘变小了，分布也稀疏起来。阻碍视线的风蚀地带保护着这片平原免遭风袭。我们的足迹将会破坏沙漠的偶然和不规则。在我们之后，这些痕迹将长久留存于此。

平原地表缓缓下降，我们仿佛正在进入一片干涸的大海，一片存在于想象中的滨海水域。突然间，我们看到地平线上出现了一些半透明的石柱，非常细，非常高，边缘极其锋利，我们简直难以相信自己的眼睛。正在开车的费里埃喊出了声。他踩下油门，牵引车突然开始颠簸，拉萨尔和我差点从座位上飞出去。

“难以置信。”

“这山峰太壮观了。”

“不，是峭壁。”

但它既不是山峰也不是峭壁，当天晚些时候，我们看出来了。这是一片高地，大概由晶体构成。这些晶体可能是很久以前从火星内部喷射出来的，甚至可能是从天而降，又被某种不可思议的震动劈开，于是才会出现在这片亘古不变的平原上，像是一颗牙齿，虽然豁了口，但仍然极其锋利。

“这是我第一次在火星上看到尖锐的东西。”费里埃说，“这不是侵蚀造成的。风沙都不可能在这块岩石上切出这样的口子。也许只是一块缓慢生长的巨大水晶，分子缓慢聚合在一起，或者也可能是……”

我们对视一眼。那个词已经挂在嘴边。人造的。这是否便是地球长久以来翘首期待的证据？

我觉得，被非生命体欺骗是最糟糕的。因为你无法指责它。我们突然开始相信火星。就像孩子一样。

结果我们被骗了。它不是人造的。

但我们并不想责怪自己。心怀希望是疯狂的。但我们无法控制自己。

我们在晶体山脚下过夜，这一晚比前几天更难入睡。我们既失望又满足。我们的长途跋涉没有白费，但这趟远征的秘密目标完全没有实现。

早晨来临，气温变得可以忍受，我们调整了呼吸器，走出帐篷。我们决定探索一下这片岩石高地，于是将牵引车留在原地，只带了些补给和设备，轻装出发。

晶体峭壁并没有特别陡峭。其中有很多裂缝和缺口，可以用来攀登。岩石呈现墨色，夹杂着深邃的透明纹路，提醒我们这些冰块曾经在太空漫游，是远古海洋的遗物，是来自浮冰的碎片，最终沦为行星灰飞烟灭后的残骸。

我们试图抵达最大的裂缝，希望就此确定这块高地的深度和结构。也许那里有一个水银湖等着我们，或是石刻，或者甚至是某种生物，通向另一个维度的入口，先于我们的探访者的足迹。因为，尽管火星沙尘在数百万年间慢慢掩埋了一切，但这块岩石却幸存了下来。它逃过了在这颗红色星球地表流动的尘暴，也逃过了在微风推动下不断前进的沙丘运动，在某种意义上，它是往昔的见证者，那时，人类还不敢抬头仰望星空，更不敢想我们有一天会疲惫地穿越群星。

但当我们抵达时，发生了出乎意料的事。打头的拉萨尔大喊起来。我们清楚地听到了他的声音，急忙加紧步伐。断后的费里埃叫我快点。我们绕过一块石头，看到了拉萨尔。他似乎正在全神贯注于某样东西。

“听。”他对我们说。

起初，我们什么也没听到。我们又向前迈出一步，跨过了寂静与声音的分界线，于是听到了一种摩擦的噪声。

我们一动不动。这既不是风啸，也不是沙鸣，更不是石头轻轻碰撞或冰霜冻裂岩块的声音。是一种稳定的沙沙声，像是数以百万计的信号噪声叠加在一起。

火星空气过于稀薄，无法将声音传递到我们耳中。此外，我们的耳膜也无法耐受外界和呼吸器之间的压力差。我们的耳朵完全被覆盖住，在微型扩音器的辅助下可以听到彼此的声音和火星上的响动。然而，我敢保证，这种声音和我此前在火星上听到过的任何声音都不一样。这不是人类发出的声音，也不是石头。

我微微动了动脑袋，突然听到了另一种声音。这个声音盖过了沙沙声，把它变成微不足道的持续背景噪声。我听到了某种说话声，或者说，是数以百万计的低语，整整一个种族的嘈杂喧嚣，呢喃着令人难以置信但却无法辨识的话语，用地球现存的任何音标都无法记录它们。

“他们在那里。”拉萨尔两眼发亮，对我说道。他向前走了一两步，我看到他正在快速更改耳机设置。我也照样操作起来，因为低语声已经变成一场风暴，虫鸣化作难以忍受的猛兽哀号，这种咆哮虽听不真切，却极其可怖。

我们沿着两块岩壁之间的狭窄裂缝前进。这种声音一波又一波，不断向我们袭来。我们的听觉几近耐受极限。我们感觉到，不，我们知道，我们终于要发现我们到火星来寻找的东西了，我们曾经苦苦哀求太空而不得的东西。

与另一种生命的接触。

随着声音愈来愈大，我们再也没有一分一毫的疑虑。我们不是容易受骗的人，也不会任由自己凭空想象。能制造出如此丰富声音的只可能是有机生命。我们听不懂，这没关系。我们相信，地球上的智慧和机器一定能解决这类问题。我们只是地球的使者。

转过裂缝的最后一个弯道，山谷终于出现了。它像是一个干涸的湖泊，四周都是高耸光滑的峭壁，越高的地方越险。山谷另一端逐渐变窄，形成隘口，最终被一堵岩壁封死。

除了我们的来路，这个山谷没有其他通路，除非从天而降。这地方与其说是山谷，其实更像一个冰斗，一个巨大的长方形冰斗。荒无人烟。

但这些令人无法理解的声音却铺天盖地而来。

这是一个无形的湖泊，一个由声音与尘埃构成的湖泊，这种尘埃无比细密，年复一年地落在这个庇护所中。这些尘埃来自群星，由抹去一切痕迹的风送到这里。召唤着我们的生命或许已经被这些尘埃吞没了，埋葬了。

“有人吗？”拉萨尔喊道，嗓音沙哑。

他想要的是回答，他期待的是寂静、震惊，但冰斗中空空如也，密集的声浪一波又一波向我们袭来。低语着，念诵着，一口气讲出整句整句的话，从看不见的唇中。

“你们在哪里？喂，你们在哪里？”拉萨尔悲伤地喊着。他不满足于听到的东西，他想见到这些未知的使者，美也好，丑也罢，他想看到从这片尘埃湖中跃出某种生物。他的手在发抖。我也一样。我听到背后传来弗里埃气喘吁吁的短促呼吸声。

“有人吗？”山谷另一端传来一个极其微弱的声音。

是拉萨尔的声音。它与无数声音的喧嚣背景格格不入。它是漂到我们岸边的一小块残骸。

“他们在回应我们。”拉萨尔难以置信地对我说。

随即，他的声音从山谷中的一千个位置传来，有如虫鸣，尖锐，轻微，支离破碎，周而复始。“有人吗，有人吗，有人吗？”那个声音说，“你们在哪里——哪里——哪里——哪里——哪里……”

回声，我心想。是回声。拉萨尔转向我，我从他的眼中看出，他也意识到了。我感觉到费里埃将手放在我的肩头。我们的话语和响动与充斥山谷的声音相融合，变出声波干涉的戏法，又将声音送了回来，就像是声音的哈哈镜，虽然模样改了，却一点没有变弱。难道火星上存在一个回声谷，火星的稀薄空气在这里可以将晶体岩壁反射的声波无限传递下去？

整个宇宙中是否有一个地方，那里的化石不是矿物，而是声音？沙尘早已磨灭吞噬了火星远古居民留下的最后一点痕迹，如今我们是否终于听到了他们的声音？或者，这是否证明还有其他访客，来自我们尚不了解的世界？他们是昨天经过的，还是一百万年前？我们是否不再孤独了？

我们的仪器以后会告诉我们答案，也许还能破译这些声浪，揭开这些谜团，从这种无意识的讯息中提取出某种带有启示的意义。

这片山谷无比荒凉寂寥，有如一件容器。整个火星都只是一件容器，容纳着我们的足迹，只为再次消除它们。除了这里，除了这个回声山谷，它或许会使我们的声音穿越时间，传到遥远未来的后继者耳中，那些后继者或许并非人类。

费里埃的手离开我的肩头。他将我挤到一边，又推开拉萨尔，朝山谷中央跑去。

“听他们的声音。”他大喊，“听啊。”

他的靴子陷入无比细密的尘埃中，它们在他周围盘旋翻涌。我们听到这些声音在耳中迸发，这是一场由他引发的风暴。我看着他奔跑，我明白了，那些声音有如塞壬之歌，在他耳边低语，召唤着他，这正是他多年来一直希冀、寻求而又不得的东西。他跳入这片声海，坠入音尘之中。我希望我能和他一起，但我完全无法动弹。

那些声音撞击着我的耳膜。

“傻瓜。”拉萨尔语气悲伤地说，“唉，真是个傻瓜。”

费里埃大嚷着，呼喊着，远古而永恒的声音回应着他。他将那些声音吸收，啜饮，吞下，用疯狂的动作将它们搅起。

那些声音缓缓平息下来。他打破了某种不稳定的平衡，摧毁了某种微妙的机制。他的身体是一道屏障。他过于沉重，过于实在，这些纤弱的声音无法承载他的接触。

声音渐渐微弱。我感觉到它们缓缓离我而去。我感觉到它们离开了。在最后一丝颤动中，我听到它们枯萎消亡。费里埃也终于安静下来。我听到耳机中传来最后一声低语。

一声告别。

寂静。火星的寂静。

费里埃终于转过身来。尽管他离得很远，尽管空气中弥漫着逐渐沉降的沙尘，透过他模糊斑驳的呼吸器，我还是看到了他泪流满面。

他用手捂住了耳朵。

（汪梅子　译）

北美的法语声音

17 世纪中叶，西拉诺 · 德 · 贝尔热拉克撰写了《月球远征记》。该书出版于他去世两年后的 1657 年。故事的讲述人某天清晨将几瓶露水绑在自己的腰间，然后被某个力量拉到了空中，日落时分才掉下来。落地之后他发现自己来到了新法兰西——也就是加拿大，具体来说是日后的加拿大魁北克地区。1973 年，一名 26 岁[1]的法国女性也完成了同样的旅程，不过旅行方式更加传统，之后她投入了科幻小说的创作。她名叫伊丽莎白 · 沃纳尔博格，她的职业生涯为美国和国际科幻之间的相互关系提供了一个有意义的范例。

沃纳尔博格 1947 年出生于法国，1973 年来到加拿大，并于 1987 年获得了创意写作博士学位，此后她在魁北克多个大学教授文学课程，直到 1990 年成为专职作家。在法国时，她通过刊载在《小说》杂志和《银河》杂志上的法语译作最早接触到了科幻小说，然后又通过这两本杂志以及其他渠道见识了不少法语原创科幻作品，

1. 原文为“16 岁”，应是作者笔误所致。

最后在20世纪60年代末开始阅读英文科幻作品。

1979年，她组织了魁北克的首届科幻大会，并帮助创办了《索拉里斯》(*Solaris*)杂志，曾担任杂志社的文学编辑，直至今日仍是杂志社的特约编辑。她的第一部短篇小说《满潮》(“Marée haute”)于1978年发表在《安魂曲》[1](*Requiem*)杂志上；她的第一部长篇小说《城市之寂》(*Le silence de la cité*)于1981年在法国出版，之后出版了英译本《寂静之城》(*The Silent City*，首次出版于1986年；1992年由班坦图书公司再版)。这部作品赢得了法国科幻大奖(Grand Prix de la SF Française)与其他多个奖项。她继续以法语写作，但同时又与译者——主要是简·布莱尔利(Jane Brierley)——密切合作推出英语版本。她曾获得三项加拿大最佳法语短篇小说奖和三项加拿大最佳法语图书奖。

她的许多短篇都已在美国杂志上发表。此外她还在美国出版了两部长篇小说，一部是《母国编年史》(*Chronique du Pays des Mères*，1992)，该小说获得了1993年的菲利普·迪克奖和魁北克科幻奖等奖项；另一部是《嫌恶的旅人》(*Les voyageurs malgreux*，1994)，这部作品获得了菲利普·迪克奖提名。沃纳尔博格目前正在创作一部五卷本科幻传奇小说《提哈奈尔星》(*Tyranaël*)，其中头两本已经用法语出版。她还出版了一部青少年奇幻小说《红猫的故事》(*Les Contes de la Chatte Rouge*，1993)以及一部科幻与奇幻小说合集《提哈奈尔故事集》(*Contes & Legendes de Tyranaël*，1994)。她还出版了另外三部短篇小说集：《夜之眼》(*L'Œil de la nuit*，1980)、《雅努斯》(*Janus*，1984)和《别处与日本》(*Ailleurs et au Japon*，1991)。

1. 即《索拉里斯》杂志的前身。

沃纳尔博格将她的法国背景与美国的影响力以及女权主义意识结合在了一起。据她本人所说，她的女权意识觉醒可以追溯到1969年她第一次阅读厄休拉·K. 勒古恩的《黑暗的左手》，以及1978年小詹姆斯·提普奇（James Tiptree, Jr.）的女性身份被揭露时。亨利·勒佩利埃[1]（Henry Leperlier）在《圣詹姆斯科幻作家指南》中写道，《嫌恶的旅人》"就像罗伯特·查尔斯·威尔逊（Robert Charles Wilson）的《神秘元素》（*Mysterium*）一样，既完全基于加拿大背景，同时又保留了一种普世的吸引力，表明科幻小说可以独立于背景而成为与民族身份有关的主流文学"。

像西拉诺一样，一个人可能会远离自己的出生地，遭受挫折与迷茫，但是如果坚持信念，永不言败，仍然可以到达月球。

（万年看客　译）

1. 中文名罗维文，出身于法国，现为都柏林理工学院语言系教授，通晓法语、英语、德语、汉语四种语言。

结点

［法国］伊丽莎白·沃纳尔博格

在中心，他们什么也不跟你说。他们给你开门，给你水喝，给你饭吃——你经过了一段漫长的旅程。你被带到一个房间，白色的四壁，狭窄的床铺，透过一扇窗户能看到炫目的蓝色夜幕。门又关上了，你转过身来：他们什么也没跟你说，而你此时才意识到这一点。

第二天早上——你总是夜里来到这里，因为但凡是谁从上一站攀爬到这里都要用一整天——你早早地就醒了。四周什么声音都没有，墙壁、天花板都沉默着。外面走廊里一个脚步声也没有。但你清楚你周围是有人的。中心的居民有很多，旅行者候选人也不少。那些旅行者……你突然想到了旅行者们，今晚或者过一会儿可能就有旅行者回来。你意识到你在中心，“中心”，一阵眩晕让你闭上了眼睛，你双手扶住床沿。你恍惚感到自己从石阶上掉落，被吸入一个巨大的虚空中：地下室——那里有一扇通往其他宇宙的门。

第二天，他们什么也没说。早餐时分，一阵说话声伴着食物的气味把我引到了食堂。门口一个人伸手将我指向了我见过的唯一一个人，一个高大的黑人，头发花白，但除了眼角看着很欢快的笑纹之外没什么皱纹：昨晚就是他给我开的门。“睡得怎么样？要茶还是咖啡？”除此之外再没有别的话。当然，他们也没什么好说的。你就在那儿，不管是从哪个大陆来，能到这儿已经证明了你的力量、勇气和执着，或者是一路到底的好运气，知道这些对他们来说就够了。

接着你跟他们搭话，向他们提问。他们则了解到他们想知道的关于你的一切。（你要不说话该怎么办？其实开口的总是你，因为他们能很久都一言不发。）

我先问道：“还要多久？”提赫特——那个黑人——点了点头，我刚刚开始跟他讲我的事。

“这要看你了。”

我忍住没问“为什么”。他就此知道我了解准备旅行的必要阶段：必须准备好了才能出发。至少，身体上要准备好。精神上……要尽量准备好，这一点没那么重要。

我问：“什么时候开始？”

他笑了，没有说话：一切已经开始了。

第一次旅行的时候，我是在一片光线下醒来的。透过我闭着的眼睑，我能感觉到这道光线，强烈而尖锐。我逼自己不要睁眼，平静地呼吸，重复所有唤醒练习。倾听，触摸，感知。远处传来说话声，还有不知哪里来的流水声。我躺在一个坚硬、光滑而微热的表面。一阵食物的气味飘来。还有这片光线，透过我的眼睑刺激着我。

冷静，放松，让艰难得到的反射发挥作用，开启几个月来通过耐心练习拓展的新的感知模式。重力比地球大，红外线密度强，没有紫外线。我是在地下？在一个地下室，所以说话的回声听起来高而圆融，好像人工的一般？

这里还充满让我不停眨眼的光线。一开始光线太刺眼，以至于我没看见大厅的四壁。而后我渐渐适应了，发现光线是从四壁照出来的，地面和穹顶都发着光。石头也在发光吗？应该说是玻璃，或是镜子。我向脚下看去的时候，见到自己的倒影，倒影在很深处，使我产生了眩晕的感觉。

我缓慢起来，尽量保持平衡，走到了离我最近的墙壁前面。在这毫无阴影的强光下，事物的维度变得让人迷惑。突然我在光线中见到一个微小的影子，它跟我同时停了下来……我走了几步之后，影子突然来到我跟前，棕色皮肤，又矮又胖，短卷发，这是我自己。我伸出手去，触碰到了我在墙壁中倒影的手。

这是一个宁静的地下世界。这里有三种人：在地表生活的人，在更深的地岩层生活的人，还有第三种，他们是异端冒险家的后代，在天上生活。

那些住在岩层的平和的斯卡利亚人说起“天上”这个词的时候是怎样的神情啊，惊讶，克制的羡慕，或是近乎宗教性的恐慌。“天上”——在自由的空气里。

这个星球的表面常有巨型风暴肆虐，完全无法居住，几千年前埃士能星球的气候进入了不稳定期，物种要么与之适应，要么走向灭绝。斯卡利亚族人适应了环境。根据传说，上面的世界是魔鬼的王国。但“代日”斯卡利亚人，也就是上面的斯卡利亚人，一路向上挖，一直挖到了上面的上面：他们到达了一座山峰的顶端，峰顶超出了旋涡层。最早一批探路者死于窒息，其他人躲在山峰岩壁里而幸免于难，他们大部分都在那里居住至今，并且开发了一系列技术，用以在高海拔的地方生活。

几百年过去了，当然，是他们发明了被我们称作“桥”的技术。他们并不如此称呼这项技术。和在众多宇宙中一样，这项技术对于他们和对于我们起着不同的作用：他们是用这项技术来进行工业研究的。是的，他们已经发射了第一艘载人飞船。是的，他们已经接触到了其他的生命形式。这些生命没有一个可以算得上跟我相似。

一个相似的都没有吗？

确实，在这些其他的宇宙里，地球人并不存在。人形生命是在火星上发展出来的。

为什么“桥”把我……不对，为什么我把自己传送到这个宇宙来？

我当时还是太年轻了。

在中心，他们什么也不跟你说。就算他们对你说了些什么，你也要到很久很久之后才会意识到。

植入传感器之后过了几天了，我还不习惯潮水般涌来的数据，特别是无线电波。我走起路来像一个醉酒的女人。之后，他们训练我的大脑整合、提取，并有序地阐释信息。但传感器还是像酒精一样，一举一动都引发感知波动，感知放大并和平时的知觉以最奇怪的方式结合。而我居住在一个不断振动、色彩丰富、充溢到要裂开的空间。

有的人撑不住，真的就在此时崩溃了。我也崩溃了，但随之而来的是破茧重生。身体上的变形，是在“桥”上的第一步，真正意义上的第一步。

埃贡——我现在不叫他提赫特了——摇了摇头（周围是光波，晶体般沙沙作响）：

“凯瑟琳，你在‘桥’上走挺久了。”

“但光想是没用的！（我的声音透过奇怪的介质从远方传回到我的耳朵里）就算到了这里也不意味着什么，还要经受考验，通过测试。那时候才是真正的开始。”

啊，我就知道，我全都知道！先是感官，而后是骨骼、肌肉、神经、外科手术、处理、训练，所有的训练都是为了把每个旅行者打造成一台生存机器。剩下的就没那么隆重了，但正是在这一步很多候选人撑不下去了：改造大脑，使之成为一个完美的记录仪。收入数据，记录画面……旅行者赤身裸体地出发，他们的眼睛和耳朵就是他们的录像机，他们的记忆力、关联能力和学习能力就是他们的计算机。他们训练的完美程度决定了他们返回时能从中心带回什么。

“他们”是指那些回到这个宇宙、这个星球的人，还有那些愿意回到中心的人。

人们说一些教练提前知道谁会回来。埃贡听到之后笑了，说：“没人能知道。”他目光迷离，说：“没有人。”

“你呢？你从没想过要离开吗？”

他慢慢地做着拉抻，像一只猫一样，我在他缓慢展开的完美曲线前感觉到一阵不安。我们不是情人很久了，特别是植入传感器之后……

“我曾经以为我想离开，‘桥’告诉我其实我不想。”

埃贡曾经是旅行者？一个从未出发的旅行者。情欲熄灭了，取而代之的是一阵颤抖。他应该从我的眼睛里看出了我的想法：

“不，不是‘桥’决定的，玛丽。做决定的是你自己，是你的精神。但有的时候在尝试过‘桥’之前你是不知道的。而我，事实上，我一直有预感，所以我在这边醒来的时候并没有太惊讶。”

“你也没有觉得失望吗？”

他几乎没有犹豫：“不失望。”

“但你留在了中心。”

“我知道我的位置在哪里。”

他在中心做教练有十年了，他看着一拨又一拨的人出发，这对他一点刺激也没有？

我花了一些时间才明白其中的缘由。他并不是看着一拨又一拨的旅行者出发，他只是在等一个女旅行者回来。

在我为旅行做准备的两年半的时间里，我只见到过一个旅行者回来，一个女旅行者。她在夜晚抵达，天正下着雪。我们在公共大厅里，钟声响起的时候，埃贡从椅子上站起来，我看到他放在扶手上的双手变白了。然后他放松了下来，舒了一口气，走过去开门。十分钟后他回来了，说：

“是一位女旅行者，一位前辈。”

旅行候选人们激动了起来。埃贡重新开始看书。

第二天，女旅行者来到了食堂。我目不转睛地看着她，但我保持了很远的距离：我在中心时间够长，足以明白不能围住回来的旅行者不放。显然我有些失望：这名旅行者头上没有光环，脚底也没有离地，是个普通而正常的女性。接着她跟我的目光交会到一起，我赶紧低下头看自己的盘子，心突突地跳。可能要几个月才能知道她之前看到了什么，经历了什么。（她看上去大概四十岁。有的旅行者在六十来岁的时候回来，然后有时用好几年来讲自己的“旅行”。）她曾经掌握了“旅行”，但她回来了。

玛胡人中有一位诗人……（事实上，他们把诗人叫作“翻译”“中间人”。我在第三次“旅行”的时候开始明白中间的差异。在中心的理论是一回事，但现实是如此多元，让人有无限的新体验。但“桥”常常把我们传送到跟我们自己的宇宙相似的空间。）米恩只是听说过“桥”，他从没去过埃尼亚这个大陆。几个世纪之前一个女旅行者来到那里，给他的先人们介绍了如何制造空间旅行机。虽然旅行机在先人们的时代没能运行，但米恩这个诗人却全都懂了。

我也明白了为什么中心的人什么都不跟我们说。没错，“桥”如何运作并不是个秘密。大家甚至在到达中心之前就都知道是怎么回事。（在我们的地球，这个原理是偶然被发现的：一只被冷冻在绝对零度的豚鼠先是消失，然后又出现在三层楼下的笼子里，悠闲地嚼着谷粒。）人们详细地教会了我们“桥”的技术，因为有的时候想要继续“旅行”就需要能自己造一台旅行机。从某种意义上来说，方法很简单：我们躺在球星仪里面，不用移动，球星仪把我们的身体降到绝对零度。但这还不是“旅行”。分子运动完全停止的时候才是“旅行”的开始，这时某种东西，所谓“精神”（找不到真正恰当的词，可能叫“矩阵”更合适）从时间和空间里解放出来，从而将作为它载体的物质带走。

从空间和时间中解放：在此处这个宇宙中，从我们的空间和我们的时间中解放。别的宇宙的时间可能是不一样的，因为从档案来看，有的旅行者出发才几年便回来了，但人已老态龙钟；还有的出发半世纪之后回来，却好像只走了几个月。但没有任何旅行者曾回到出发之前。（而埃贡等待的塔丽莎已经出发了，她可能永远都不会回来。）

“桥”的运作机制不全是个谜，但“旅行”的运作机制却……“我们的精神将我们带向其他宇宙。这些宇宙通常与我们自己的宇宙相似。即便我们在一个完全陌生的星球醒来，我们一般也都能找到从这个星球通向另一个‘桥’的方法：或许这个星球本来就有‘桥’，或许这个星球上的文明程度允许建一座‘桥’，又或者这个星球的居民掌握了空间旅行，可以将旅行者传送到能够找到‘桥’或是建造‘桥’的地方。在某些宇宙，拥有‘桥’的族群不能像我们一样使用‘桥’，另一方面，有些其他宇宙的居民已经来到过我们的宇宙……”

除此之外，他们没有多讲别的。经验告诉他们，了解过程细节只会让旅行者更困惑，从而让旅行更艰难。旅行者要裸体出发，只有一点是确定的：“旅行”不是由主观意志控制的。至少一开始的时候不是。

可能正是因为这一点，在文化僵硬极权的宇宙，他们可以精准控制“桥”，但“桥”的历史却非常平淡无奇：控制“旅行”的唯一方法就是杀死旅行者，杀死他的精神，消除精神的同时保持身体的活性，而后重新编程，将预设目的地的图片印入体内。

当然，这是中心档案最让我害怕的部分，想到这些就此丧失自我的僵尸我就战栗不已。但是我却不停地想到他们，仿佛有一种病态的迷恋。

我不是唯一有这种情况的人，但我那时还不知道。没人跟我说过，很多人想成为旅行者其实是出于和我一样的原因。我们候选人之间不会聊起我们想要出发的真实原因。我们很少聊天，即便聊起来也是聊一些训练和档案的事：“旅行”是一个孤独的体验，我们早早地就开始训练自己适应。

即便如此，我们都会一起嘲笑别的宇宙里试图通过“桥”来攫取更多财富或权力的人：“桥”不是个赚钱的项目，带不来任何短期可见的效益，维持中心的运作算得上是世上最不功利的活动。旅行者们带回来的通常是一些想法，这些想法因为来自不同的体制和环境而不同寻常。但也不是完全不同：大多数时候“桥”的宇宙和我们的是如此相似……中心只是出于对知识的热爱收集知识。它或多或少也是一扇敞开的大门，不断提醒人们在别处还有我们之外的事物存在着。

埃贡笑着听我向新来的候选人传授经验。我以前以为那是赞许的意思，但其实他是在表示宽容，说来有些伤感：他知道，我不是为了这个才想要出发的。

我在中心最后的日子里，稍微变了点论调。两年半的时间里我还是学到了一些东西的。我开始和别人谈自我认知和对心理的完全控制。

埃贡还是笑着不说话。

“是你的精神引领着你们，”米恩说，“你们并不知道精神里包含着什么，比如说，你，你到过森林里……”

在快到青春期的时候，玛胡的年轻人会离开他们的家庭。这不是社会规定的习俗，这是从他们内心最深处发出的召唤，没有任何玛胡人能成功抵抗这个呼唤并继续生存下去。年轻人一直到达大海，然后返程，沿着湖泊，穿过森林。在大海和森林之间，其中一些年轻玛胡人会四肢着地，牙齿和指甲变长，身上长出一层厚厚的绒毛。如果一个玛胡家庭发现自己的孩子没回来，就会点点头说“他留在海里了”或者“她和她的树分不开了”。

他们的社会就基于年轻人的旅行运作。四个大陆里最小的那片大陆上，全都是父母们的村落，他们在那里等待孩子们回来，或者不回来。

在第三次“旅行”的时候，我在一个森林里醒来，像动物一样过了几周，什么也想不起来了。然后，我找来找去，也不知道自己在找什么的时候，发现了一个村子。在那儿我遇到了米恩，这位翻译，中间人，诗人，教给我他们的语言，告诉我在哪儿找到“桥”。

我以为自己很快就看懂了玛胡年轻人的问题：青春期退化，隐性基因遗传，进化回溯。米恩温柔地摇了摇头，说：

“不，不，问题出在水土、森林、湖泊，或者大海上。我们拥有和自然同样的成分，山川、河流还有海洋是我们的另一种面孔和声音。只有与他们斗争之后我们才知道自己是谁，才能耗尽我们童年时的梦想。当旧的梦想耗尽之时，我们才会回到玛胡人的村落。那些困在自己原先梦想中的人，是无法创建新的梦想的，他们就会留在那里。”

那么，每个“旅行”，对我们来说，也是一场被耗尽的梦吗？当所有梦都被耗尽的时候……我们就会回来，“自愿”地回来吗？

在中心，他们只跟我们说：“是你们的精神指引着‘旅行’。是全部精神，而不只是你们能感知到的意志。因此每个人的‘旅行’都不相同。每个人都要学着认识自己的精神，全部精神，这样才有可能有朝一日控制‘旅行’。”

好几个宇宙都有这些技术：瑜伽、禅、祈祷、御魂术……这些技术需要很长时间才能掌握，实操的难度很高，而且有时是行不通的。但旅行者们想要“旅行”。学习“旅行”的最快方法还是出发。

而我，我曾经很确定地知道自己想要找到什么。

当我出发的时候，是埃贡陪我到“桥”所在的大厅。不是因为他感情丰富，而是他这个月正好在“桥”值班。（或许即便不值班他也会来？）他做了必要的检查，宣告我的身体机能合格，可以出发，让我脱下衣服，而后帮我在球星仪里躺下。

一切就绪之后，他在我上方停下，上半身从椭圆形舱口探进来，久久地凝视着我，然后他点点头，好像确认了什么事情，笑了一下说：“眼睛不要闭上，直到最后。”他俯下身来，嘴唇轻轻略过我的一个乳头，然后消失不见了。

舱门慢慢关闭，将我隔离在一片昏暗中，只有控制器的灯光闪烁着。流体开始填充机舱。很奇怪，他们给我们注射的药物几乎使人丧失知觉，在机舱里人只远远地觉得自己被流体包围。当人以为自己要窒息的时候，药物抵达了中枢，所有感觉都消失了。

直到知觉消失之前，我都睁着眼睛，因为折射现象，我上方的流体映出了我的面孔，两个我对视着。

埃贡应该是从一个旅行者那里得知了这种现象，或者他尝试出发的时候亲历了这种现象。可能这是他在告诉我，他知道，他一直知道，我在“桥”之外寻找的东西。

我好像在不停地靠近自己，但又从未碰到。我到过斯卡利亚人的、玛胡人的宇宙，还有其他十来个宇宙，我被各种传送舱从这些宇宙送到过各不相同的地球，现在我直接到了目的地。有几次我还直接到达了中心所在的大洲。（和我所在的地球一样，那里的中心有时候在西藏，有时候在法国。还有时中心在美洲大陆上，但这片大陆在那个地球从没被叫作过“美洲”。）而有时候，而且越来越频繁地，我会遇到埃贡，时而老一些，时而年轻一些，但他见到我的时候目光从没发亮过：这些地方的埃贡不认识我。通常我的考察不会太久，这次也一样，我不会在这个星球，也不会在这个宇宙遇见我自己。

“从统计角度讲，这很奇怪。”我遇见过的一个埃贡对我说。这是我第四十三次“旅行”。我的父母都在这个星球上；或者说，一个男人和一个女人住在我熟悉的那个乡村、那栋房子里。但门旁边的厨房墙上没有用小刀或铅笔划下的标记：这个家里还没有孩子出生过。（在别的宇宙，有时候孩子刚出生或出生没多久就死了；有时候家里有孩子，但不是我；有个家里是一个男孩儿，但我没能见到他：他正在亚马孙丛林里，被国家征去当炮灰。）

他们一直陪我到中心，就像之前遇到的“父母们”一样，虽然这个男人不真是我父亲，这个女人也不真是我母亲。他们在“桥”的门口拥抱我，向我这个面带疲惫，从另一个宇宙来的女儿道别。

在中心，他们什么也不跟你说。他们给你开门，给你水喝，给你饭吃——你经过了一段漫长的旅程。一个你不认识的人把你带到房间，你在狭窄的床上坐下。窗外有些暗，现在是冬天，天黑得很早。门又关上了，你舒了一口气躺下。明天，或者再过几天，又要进行一次“旅行”。又要用另一个“桥”去另一个地球，然后去另一个中心，再进行下一次“旅行”……

真的要这样吗？

你起身，打开你的行李。墙上挂着的小圆镜子在你路过的时候活跃了起来；你退回来，有些嘲笑地看着镜子里的自己：镜子里这些新出现的小皱纹，这双失望的眼睛，正是你自己。

这正是我。

我回过神，关了灯，我要摸着黑上床了。明天，我要去问他们我能不能留在这里跟他们一起。

但第二天早餐的时候，一个高大的黑人从另一桌站起来走向我，神色犹豫。埃贡凝视着我，我心里升起了一种没来由的希望。他见过我：他可能见过另一个和我长得一样的女旅行者，从别的地方来的我；我如此长时间来苦苦搜寻却从没找到的我。但埃贡说：“凯瑟琳，你回来了。”

于是我看了看四周，熟悉的装饰，当然，一阵焦虑向我袭来：怎么知道到底是不是？当我设想旅行者们返回的时候，我没想到过这一点。怎么知道是我回来了，还是一个女旅行者凯瑟琳回到了另一个女旅行者凯瑟琳出发的中心，她的星球跟我的星球非常相似？

埃贡认出的到底是谁？

我同时明白了两件事情：

没有切实的方法可以完全弄清这件事。

还有就是这不再重要了。

我向埃贡笑了笑，拍拍他的肩膀拥抱了他：他没变太老。我在他耳边轻轻地问："塔丽莎呢，她回来了吗？"他摇摇头，没有显得很悲伤。他知道我在说什么：这是一个证明吗？并不是，他也可能在这个中心等待这个宇宙的塔丽莎……

第二天和接下来的几天，他们没有催我讲述我的"旅行"。我知道他们什么也不会问：讲不讲，讲什么都取决于旅行者的决定。在公共大厅里，我无所事事，看窗外大雪纷飞。中心被一场暴风雪包裹着，天空不见了，大地隐没在白色旋风里。

"旅行者可以到所有别的地方，是不是？"埃贡在我身后说。

我笑着向窗户玻璃上他的倒影说：

"'我'可能在别处。"

他噘了下嘴，表示怀疑。当我跟他讲了一点我的"旅行"，讲了我到处找也找不到我自己时，他像其他埃贡一样说道："从统计学角度讲，这很奇怪。"他相信我是回来了；我也想相信这一点。我联系了我的父母：他们在我长大的房子里等着我。他们在等他们出发"旅行"的孩子回来。

在中心，他们不跟你说什么重要的事情，但他们会谈及众多宇宙："桥"带我们通向的这些宇宙像……一棵树。这棵树生有众多的根，树干分出众多的树枝。每一个因果的结点都产生另一种可能，由此产生另一棵树，这棵树也有众多树枝，也同样布满了结点和分枝。然而，这不真是一棵树，它既没有叶子也没有果实，也不是直着生长。在无数的分枝背后，可能是根系在生长，我们的宇宙之树就这样永恒延续，生于自身而闭合于自身，鉴于从来没有真正异形或非人形的旅行者到访过中心。

怎样在宇宙和宇宙之间加以区别呢？有一条定律：因果的结点总是停留在高分子层面。有时差别很明显：在我自己的地球上，地下没有高级生命，水中也没有人类存在。但有时差别又很微小：只能通过一块石头的位置或者一只蝴蝶的生死才能看出来。

“但你不在任何其他地方，”埃贡说，他还在思索，“你从没遇见过你自己，我在我们的档案里完全没读到过你这种情况。不，凯瑟琳，你回来了。”

他摸了下我的脸颊，然后回到旅行者候选人中间继续工作。我把额头贴到窗户玻璃上，上面因为我俩蒙了一层水汽，模糊了我的倒影。我回来了，为什么不呢？确实，为什么不留在这里，沉思这个秘密的假设：有时候决定一个宇宙存在或不存在的结点，是一块石头的位置，或一只蝴蝶的生死。

而这一个宇宙之所以存在，是因为我回到了这里。

（白钰　译）

德国篇

德国科幻小说的发展历程与法国相似，只是缺少像儒勒·凡尔纳那样的辉煌且充满想象力的成功者为后来人树立先例。按理说，以科学技术为导向的德国文化应该将科幻小说视为一个主要文学类别，但大多数情况下科幻在德国都被视为少年文学或者“轻松文学”。偶尔也会有几位主流作家写两篇科幻作品并且得到重视。不过在更常见的情况下，科幻被视为“一角钱的冒险小说”，往往是无休止的系列作品。

德国科幻小说同样植根于文艺复兴：充满想象力的幻想作品，题材往往与月球航行以及对乌托邦的向往有关。直到科技变革的证据出现，真正的科幻作品才可能成为现实。约翰尼斯·开普勒（Johannes Kepler）创作的《幻梦》在他本人去世后的1634年发表。这是一部略加掩饰的推想作品，主题是哥白尼、伽利略以及开普勒本人对于月球的概念。汉斯·雅各布·克里斯托夫·冯·格里美豪森（Hans Jakob Christoffel von Grimmelshausen）于1669年出版了一部生动的乌托邦小说《大胆的西木卜里其西木斯》[1]（*Der abenteuerliche Simplicissimus*）。在 18 至 19 世纪，德国还出版了其他的乌托邦小说、鲁滨孙式小说以及章节式冒险小说。但是德国科幻的真正开端是在库尔德·拉斯维茨[2]（Kurd Lasswitz）时期，此人的职业生涯与儒勒·凡尔纳相重叠，但是他既没有专注于科幻创作，也没有获得凡尔纳那样的压倒性成功。拉斯维茨于 1897 年出版了汉斯·约阿希姆·阿尔珀斯[3]（Hans Joachim Alpers）所说的“最重要的德国科幻小说”——《双星记》（“Auf zwei Planeten”），主题是人类文化与火星文化的遭遇，后者在技术与道德两方面都更优越。这部作品也包含了关于技术奇迹的根斯巴克式寓言。他还出版了许多短篇小说和中篇小说，以及两本不太受人关注的长篇小说。

德国科幻有一项比其他国家和地区延续得都更久的特点，就是廉价小说。这种出版物在 19 世纪末的美国已经消失了，它的地位一度被少年杂志所取代，然后是纸浆杂志，最后是廉价平装书。在德国，廉价小说自从罗伯特·克拉夫特（Robert Kraft）和 F. W. 马德（F. W. Mader）开始创作长篇小说时就已经存在，并以这样或那样的形式延续至今。正如路易斯·菲利普·塞纳伦斯被称为美国的儒勒·凡尔纳，H. G. 威尔斯被称作英国的儒勒·凡尔纳，克拉夫特也被称为“德国的儒勒·凡尔纳”。人们提出这一称号自然是为了批判性地寻找这三批流行小说之间的共通元素。按照威尔斯的话来说：“中世纪的人们想当然地认为一切值得了解的东西都已经为人所知，一切值得做的事情都已经做完……因此任何后起新秀都会像自称的转世灵童那样遭到严密审视，为的是确定他身上是否体现了前

1. 之后陆续出版五本续集。有全套中译本，名为《痴儿西木传》。“西木卜里其西木斯”意为“极其纯朴简单”。
2. 德国教授，“德国科幻之父”。德国设有以他冠名的科幻奖。
3. 德国科幻作家、出版商、编辑。

代活佛的灵魂。”廉价小说传统催生了《空贼与他的动力飞艇》(*Der Luftpirat und sein lenkbares Luftschiff*)，这是最早的科幻期刊之一，在 1908 年至 1911 年间出版。

同时，多才多艺的德国作家、作曲家兼法学家 E. T. A. 霍夫曼不仅（与埃德加·爱伦·坡一起）帮助创造了短篇小说这一体裁，而且还奠定了德国人对幻想题材抱有主流兴趣的传统，这种传统一直延续至今。弗朗茨·罗滕施泰纳指出，古斯塔夫·梅林克、阿尔弗雷德·库宾、奥斯卡·帕尼萨和汉斯·海因茨·埃沃斯都是遵循这一传统的作家，弗朗茨·卡夫卡则是这一传统的集中体现。接下来还有伯恩哈德·凯勒曼、戈哈特·豪普特曼和阿尔弗雷德·德布林继承了这一传统。凯勒曼写的《隧道》(*Der Tunnel*，1913）被改编成几部无声电影，1912 年诺贝尔文学奖得主豪普特曼也写过一部鲁滨孙式小说。

乌托邦传统在奥地利催生了《自由之地》(*Freiland*，1890)，作者是经济学家西奥多·赫尔茨卡。还有一位犹太复国主义者西奥多·赫茨尔创作了《旧新大陆》(*Altneuland*，1902)。在德国，乌托邦传统则常常与主流文学兴趣相结合，产生的作品包括诺贝尔奖获得者赫尔曼·黑塞在 1943 年创作的《游戏大师》(*Das Glasperlenspiel*)、弗朗茨·韦尔弗的《未降生者之星》(*Stern der Ungeboren*，1946）等作品。对德国科幻出版有更直接影响的体裁是“未来小说”(Zukunftsroman)，即在两次世界大战之间出版的未来科技题材小说，作者有汉斯·多米尼克、鲁道夫·H. 道姆、卡尔·奥古斯特·冯·拉斐尔、汉斯·李希特、瓦尔特·克格尔和保罗·阿尔弗雷德·穆勒[1]等。穆勒以弗雷德·范·霍尔克和洛克·梅勒这两个

1. 以上均为德国科幻作家，二战开始后除穆勒外基本都停止了科幻写作。

笔名为《桑·科赫，亚特兰蒂斯的继承者》（*Sun Koh, der Erbe von Atlantis*）供稿150期，为《扬·玛延》（*Jan Mayen*）供稿120期。

奥托·威利·盖尔和奥特弗里德·冯·汉斯坦在美国比较有名，因为雨果·根斯巴克在他的《神奇故事》中发表了他们的作品译本。另一位更为美国科幻迷所熟知的德国作家是特娅·冯·哈堡，因为她将她丈夫、著名导演弗里兹·朗的科幻电影剧本改编成了小说，例如《大都会》（*Metropolis*，1926）与《月里嫦娥》（*Frau im Mond*，1928）。著名德国作家柯特·西奥马克于1937年移民美国并且成为一名编剧与导演，他平生大部分作品都是在这之后完成的。他在德国出版了18部小说，但只有《F. P. 1未回复》（*F. P. 1 Antwortet Nicht*，1932）得到了翻译，他本人还将这部小说改编成了剧本。他最著名的小说（也是他最著名的电影剧本，他参与了许多电影的创作）是《多诺万的脑袋》（*Donovan's Brain*，1943）与《豪瑟的记忆》（*Hauser's Memory*，1968），两部作品都以英文进行创作。

和法国一样，德国科幻的现代时期也开始于美国科幻译作的出版。和法国一样，这个过程也开始于1951年，首先是罗伯特·A. 海因莱因和阿瑟·C. 克拉克的青少年题材作品，然后在1953年，哥特哈德·金特为卡尔·劳赫编辑了约翰·坎贝尔、杰克·威廉森和艾萨克·阿西莫夫的精装本译作。阿尔珀斯认为，在20世纪50年代末与60年代初，德国的流动图书馆总共收录了500余种精装本美国科幻小说，正是这批作品为德国本土科幻作家的成长奠定了基础。但是根据罗纳德·哈恩的记述，劳赫的实验最终宣告失败，流动图书馆也在德国日益式微，因此德国科幻的发展载体只剩下了平装本。

阿尔珀斯写道，德国科幻受到的第二大影响来自美国廉价冒险作品出版商帕贝尔、雷宁和默维格。[1] 他们不仅出版了来自美国的译作，而且也推出了好几位德国作家，其中有两位——沃尔特·恩斯汀和 K. H. 舍尔——在默维格创造了现象级科幻系列作品“佩里·罗丹”[2]（Perry Rhodan），这套作品由团队编写，到 1991 年已经出版了超过 1 600 本短篇小说，以及重印本、平装本、精装本，还有外传性质的“亚特兰系列”（Atlan series）。与这一系列竞争的超级英雄题材廉价小说大都不太成功。

有三位编辑对德语科幻的发展产生了很大影响。第一位是金特·M. 谢尔沃卡德（Günther M. Schelwokat），此人在默维格和帕贝尔工作期间负责拣选新作者。根据阿尔珀斯的说法，他“被称为德国纸浆小说界的约翰·W. 坎贝尔”。第二位是赫伯特·W. 弗兰克（Herbert W. Frank），一位奥地利科学家，后来转而从事纪实文学与科幻创作，此人在戈德曼出版社（Goldmann）编撰了一套精装科幻书系与一套平装书系。第三位名叫沃尔夫冈·耶施克（Wolfgang Jeschke），此人是著名科幻作家，因其在国际科幻领域的成就而获得了哈里森奖，他的主要贡献是从 1973 年开始担任海涅出版社（Heyne）的主编，直到今日。在他的努力下，海涅出版社每年出版上百种作品，成为德语科幻市场上无可争议的领军企业。

除了恩斯汀（笔名为克拉克·道尔顿）、舍尔、弗兰克和杰施克之外，其他战后德语科幻作家（有时这些作家只有一两部进入主流的作品）包括奥地利的奥托·巴西尔、卡尔·埃默里、托马斯·R. P. 梅尔克、维尔纳·兹里格、乔治·佐纳、汉斯·比曼、理查德·赫依、雷纳·厄勒尔、雷玛·康宁斯、迈克尔·维瑟、托马斯·齐格勒

1. 其中雷宁出版社已于 1968 年破产。另外两家出版社合并后至今尚存，仍在出版科幻读物。
2. 该系列始于 1961 年，由若干位作者在同样的基础设定下分别写成，是“全世界销量最高的科幻系列”，销量超过 20 亿册，有多部影视改编作品。

（笔名为赖纳·祖贝尔）、卡尔-迈克·阿莫尔、霍斯特·普卡勒斯、格德·马克西莫维克、彼得·夏特施耐德，以及罗纳德·M. 哈恩。

德语科幻的情况在20世纪七八十年代由于东德科幻的经验而变得更加复杂起来。在东德，科幻最初被视为国家服务的工具，影响东德科幻的译作来自波兰和苏联，而不是美国和英国。在两德统一前的最后十来年里，东德作家们逐渐摆脱了政治束缚，开始出版文笔优美且充满创意的科幻作品。根据阿尔珀斯的说法，重要的东德科幻作家有海纳尔·兰克、格哈德·布兰斯坦纳、格特·普洛科普、阿尔弗雷德·雷曼、汉斯·陶博特、乔汉娜·布劳恩与刚特·布劳恩[1]、卡尔海因斯·斯坦米勒与安吉拉·斯坦米勒[2]。尤其值得一提的是埃里克·西蒙，他不仅是科幻作家，而且还是科幻百科全书主编与科幻选集主编，此外他还担任了精装书出版社“新柏林”（Das Neue Berlin）的编辑，在各方面都对德国科幻产生了很大影响。

西德的科幻作家们对东德的情况难免有些羡慕，因为他们的作品往往难以打开销路。可是在东德，就像在苏联一样，任何富有想象力的小说都具有可观的读者群。在20世纪80年代中期，哈恩认为东德在科幻领域比西德更有前途，因为当时东德科幻的初版发行数量就能达到50 000本。罗滕施泰纳也认为：“在两德之间，东德的小说实际上更有可能成为杰出的科幻作品。”

不过，这种科幻潜力或许也要受到出版机会与潜在市场的限制。哈恩写道：“在1987年，西德科幻界的普遍标志是挫折感与幻灭感……西德科幻……依然前途未卜。”将近10年后，情况并没有改善。阿尔珀斯在《科幻小说百科全书》中写道：“科幻作品在今天统一后的德国几乎没有什么书系，唯独海涅出版社一家独大，科幻市

1. 两人为夫妻。
2. 两人为夫妻。丈夫卡尔海因斯同时还是物理学家。

场整体而言受到美英两国作家的主导。在‘佩里·罗丹’系列之外，没有哪个德国科幻作家能够仅靠科幻创作谋生。”

世界科幻小说的爱好者们可能希望这种状况仅仅是杰出传统的暂时停滞。

（万年看客　译）

创建一个类型

本节标题当中的“类型”不是指科幻小说，而是指短篇小说。C. 休·霍尔曼（C. Hugh Holman）在《文学手册》（*A Handbook to Litrature*）中这样评价短篇小说：“一种源自古老过去的文学形式，在东方和西方都很有名。它从口述传统中汲取了最初的气息，在各个时代都是人类文学表现形式的重要组成部分。归根结底，如果说这一文学形式有什么具体的起源，那也无非就是人类为了满足讲述与倾听故事的欲望而发扬出来的内在创造精神而已。然而，在 19 世纪，有一批作家确实有意识地将短篇小说当成了一种艺术形式，其中值得注意的是美国的霍桑和坡，法国的梅里美和巴尔扎克，以及德国的 E. T. A. 霍夫曼。”

值得注意的是，上述五位作者当中，至少有四位创作过在科幻小说发展过程中占据一席之地的作品，其中三人的作品入选了“科幻之路”系列。奇怪的是，最后这位霍夫曼虽然多才多艺，而且主要以作曲家自居，但我们今天提到他时，首先想到的却是别人以他为题材创作的音乐，也就是雅克·奥芬巴赫[1]的歌剧《霍夫曼的故事》。同样奇怪的另一点在于，写作仅仅占据了霍夫曼生命的最后十几年。

霍夫曼的原名是恩斯特·西奥多·威勒姆（Ernst Theodor Willhelm），直到他在32岁时将名字的第三部分改为阿玛迪乌斯（Amadeus），借以纪念莫扎特[2]。不久后他创作了平生第一部短篇小说《格鲁克》（“Gluck”）。他在前半生当过律师和法官，但如今却以作家的身份最为知名。霍夫曼仅仅活了46岁，他在前三分之二的生命中一直忙着从事法律、作曲、作词、撰写乐评、指挥音乐等相关工作。但是就像约翰·克卢特和彼得·尼古拉斯在《科幻小说百科全书》中所说那样，他是通过“他那怪诞的浪漫主义风格”影响了欧洲文学。根据埃里克·拉布金的说法，他对“以爱伦·坡为代表的一大批作家产生了深刻的影响”。此外像坡一样，他也死于酗酒。

霍夫曼毕生只写过一部长篇小说——《恶魔的灵药》（*Die Elixiere des Tenufels*，1813—1816）。他的短篇小说被收录在《幻想曲》（*Fantasiestücke*，1814—1815）、《夜曲》（*Nachtstücke*，1816—1817）和《谢拉皮翁兄弟》[3]（*Die Serapions-bruder*，1818—1821）中。这些短篇小说在美国被收入了不同的选集，大多归于霍夫曼名下。根据斯蒂芬·戈德曼（Stephen Goldman）的说法，“这些书里收录的短篇小说横跨了广泛的领域，包括超自然题材、单纯的悬疑题材，以及对德国、意大利和法国日常生活的详细描述”。

霍夫曼的兴趣很广泛，他不仅关注当时的科学进展，也关注伊曼纽尔·斯威登堡（Emanuel Swedenborg）的善恶观和弗朗茨·梅斯

1. 生于德国的法国作曲家。《霍夫曼的故事》根据霍夫曼的几个短篇小说改编而成。
2. 莫扎特全名为沃尔夫冈·阿玛迪乌斯·莫扎特。
3. 1921年苏联的一批作家在彼得格勒成立了同名文学团体。

默（Franz Mesmer）的动物磁力。他在许多短篇小说中都融入了这些内容，比如他最著名的《沙人》[1]（“Der Sandmann”，1816）。戈德曼写道：“在他的小说中，那些从事科学工作的人物就像艺术家一样孤高寂寥，他们对工作的执着使他们有如被世界流放。”这部小说中的柯佩里乌斯就是这样的人，这位眼镜制造商，创造了一台令主人公忍不住坠入爱河的自动人偶。在戈德曼看来，这一设定使得霍夫曼成了“玛丽·沃斯通克拉夫特·雪莱与霍桑的共同先驱……在霍夫曼那些往往怪诞反常的浪漫情节中，科学并不是人类对上帝犯罪的象征，而是使幻想更加可信的手段”。

在日后条件适当之际，正是这种创作动机将会催生科幻小说。在 19 世纪初，同样的动机只能忠实于哥特式文学的根基。但是这部作品向后来的作家们揭示了人造生命的技术可能性，因此就像《弗兰肯斯坦》一样也会引来后世作家们的回应，比如把机器人当作日常现实一部分的艾萨克·阿西莫夫。还有一些日后的科幻作品会将机器人设想成最完美的终极女性，例如莱斯特·德尔·雷伊（Lester del Rey）的《合金美人》（“Helen O'Loy”，1938），或是阿西莫夫的《基地序曲》与《迈向基地》当中的主人公哈利·谢顿的妻子铎丝·凡纳比里。西格蒙德·弗洛伊德在他的文章《诡异》[2]（“The Uncanny”）中把这部作品当成了主要的文学范例，而雷奥·德利勃（Leo Delibes）则把它改编成了芭蕾舞剧《葛佩莉亚》[3]（*Coppelia*，1870）。

（万年看客　译）

---

1. 据此改编的歌剧和电影一般译作《睡魔》。在德国民间传说中，“沙人”是向人的眼睛里撒沙子以使其入睡的妖精。
2. 发表于 1919 年的一篇心理学论文，或译为《恐怖谷》。
3. “葛佩莉亚”为“柯佩里乌斯”的阴性形式。

沙人

［德国］E. T. A. 霍夫曼

纳撒内尔致洛特哈尔：

你一定已经很不安了，我这么久、这么久都没给你写信。母亲大概也生气了，克拉拉会觉得我整日花天酒地，已经忘了我可爱的小天使——深深地、彻底地印在我的心灵中和脑海里的小天使。不，不是这样的。每一天、每一刻，我都在想念着你们所有人。我可爱的小克拉拉，她在我的美梦中现出甜美的容颜，闪着明亮的双眼，朝我微笑，如此迷人，就像我每次见到你们时一样。唉，我在现在的状态下该怎么给你们写信啊！我的心境如此痛苦，搅得我脑中一团乱麻！恐怖的事情闯入了我的生活！我感觉到一种黑暗的预兆，预兆着对我有致命威胁的命运，它就像一团乌云一样笼罩着我，任何和煦的阳光都无法穿透。现在我该告诉你我遇到什么事情了。我必须把我看到的事情都告诉你，但我一想到这些事情，就会笑得和疯子一样。啊，亲爱的洛特哈尔！该怎么说才能让你意识到——哪怕只是略微意识到——我前几天看到的东西把我的生活毁得那么彻底呢？真希望你能在这里，这样你就可以亲眼看到了。但你现在肯定觉得我发了疯、见了鬼。简单来说，我看到了一件事，我想要尽量去忘记它的可怕印象，那件事不是别的，只是几天之前，也就是十月三十号中午十二点的时候，一个卖晴雨表的小贩到我房间来，向我推销他的货物。我什么也没买，还威胁要把他踢下楼梯，他顺着那楼梯自己走了。

你肯定会觉得，这件意外事件对我影响这么大，只可能是因为某件深深埋藏在我的人生经历中的事情，那个倒霉的推销员一定对我有极其可怕的影响。事实正是如此。我将鼓起全部的勇气，平和、耐心地把我儿时的经历尽量向你讲清楚，这样，思维活跃的你自然会把一切拼凑起来，形成清晰的图景。当我想要开始讲的时候，我仿佛可以听到你在大笑，克拉拉正说着："这就是小孩子说的胡话！"笑吧！我求求你们，痛痛快快地笑话我吧！我真的求求你们了！不过，天主在上！我已浑身汗毛倒竖，我恳求你们笑话我，是因为我已经陷入疯狂的绝望之中，就好像弗朗茨·摩尔对丹尼尔[1]发出请求时一样——已经离正题太远了！

除了吃午饭的时候，我和我的兄弟姐妹们从早到晚都很难见到父亲。想来他是总在为工作上的事情忙碌。晚餐一直按照传统的习惯，在七点钟开始。晚餐过后，母亲和我们所有人一起去父亲的工作间，围坐在一张圆桌旁。父亲抽着烟，用一只大玻璃杯喝啤酒。他常常会给我们讲些精彩的故事，有时讲得太入迷，烟斗里的烟都灭了，我就会递给他一张烧着的纸，重新把烟斗点起来，这是我当时的一大乐事。但他也常常只是把画册放到我们手中，一言不发地呆坐在扶手椅上吞云吐雾，我们所有人都像是在烟雾中游泳一样。在这样的晚上，母亲总是很难过，九点的钟声还没敲响的时候，母亲往往就已经开始说："孩子们，去睡觉吧！去睡觉吧！沙人要来

1. 相关情节出自德国文学家弗里德里希·席勒的戏剧《强盗》（*Die Räuber*，1781）。

了，我已经感觉到了。”我每次就真的会听到沉重、缓慢的脚步声，沿着楼梯走上来。那一定就是沙人。

有一次，这种沉重的脚步声特别吓人。当母亲把我们带走时，我问她：“哎，妈妈！那个坏沙人到底是谁？他总是让我们不得不和爸爸分开。他到底长什么样？”

“没有沙人，亲爱的孩子。”母亲回答说，“当我说沙人来了的时候，意思只不过是你们已经很困了，眼睛都睁不开了，就好像有人把沙子撒到你们眼睛里了。”

母亲的回答无法让我满意。在我幼稚的思维中，一直有这样的看法：母亲否认沙人的存在，只是为了不让我们被吓到。我确实总能听到他沿着台阶走上来的声音。我非常好奇，想要更深入地了解这个沙人，想知道他和我们小孩子到底有什么关系，终于，我问了照顾我小妹妹的老婆婆：那个沙人到底是个什么人呢？

“哎，小撒内尔[1]啊，”她回答，“你不知道吗？他很凶恶，当小孩子们不想上床睡觉的时候，他就去找那些小孩子，然后把一大把沙子撒到他们眼睛里。小孩子流着血的眼睛就会从脑袋里鼓出来，他把眼睛装到袋子里，拿到月牙上去，喂他的孩子们。他的孩子们住在那里的巢穴中，长着弯弯的鸟嘴，就像猫头鹰，用尖嘴啄食不听话的人类小孩的眼睛。”

我在心中勾勒出了那个残忍沙人的可怕形象。晚上，他一走上台阶，我就会因为畏惧和恐慌而浑身发抖。除了带着哭腔、结结巴巴地叫喊着“沙人！沙人！”之外，母亲也没办法从我嘴里问出什么来。我跑进卧室，整晚整晚地被沙人恐怖的形象折磨着。

等我长大一些后，我已经能察觉，老婆婆给我讲的沙人和他住

1. 纳撒内尔的昵称。

在月牙上的孩子们的事情大概不完全是真的，但沙人在我的心中仍然如同一个恐怖的幽灵，让我害怕——当我不只听到他走上楼梯的声音，而且还听到他猛地推开父亲的房门走进去的时候，内心更是被恐惧填满。有时候他好久都不来，有时候来得相当频繁。这种状况持续了好多年。我还是不能习惯这件可怕的事情，沙人的可怖形象在我的心中也没有褪去。他和父亲的密切联系让我想得越来越多。一种难以抑制的畏惧让我忍住了询问父亲的冲动，我想自己——自己去研究这个谜团，去看看这个不可思议的沙人，这个想法在我心中一年比一年强烈。沙人将我的心思引向了神秘和奇迹，在一个孩童的思绪中植入这样的情感，实在是太容易了。我喜欢听、喜欢读那些精灵、巫婆和矮人的恐怖故事，比任何事都喜欢。但排在第一位的一直是沙人。我用粉笔和煤块在桌子、柜子和墙壁上画满了沙人，我心中最为怪异、最为残暴的形象。

当我十岁时，母亲让我从儿童房搬到一间小房间里面住，房间紧挨着走廊，距离父亲的房间很近。我们还是和之前一样，当九点的钟声敲响，我在屋子里听到神秘的脚步声时，就必须赶快离开。我在小房间中可以听到他走进了父亲的房间，不久之后，我就感觉到屋子里似乎弥漫着一种淡淡的、闻起来很奇怪的气息。我越来越好奇，也因此越来越有勇气，想要去找到某种方法见一见沙人。当母亲走远时，我常常从我的小房间快速溜到走廊，但一直没有偷看到什么，因为每次等我到了能看到他的地方时，他都已经进了门。最后，我无法控制心中难以抑制的冲动，决定藏在父亲的房间中，等着沙人的到来。

一天晚上，父亲沉默不语，母亲显得很悲伤，我知道沙人要来了。我装作很困的样子，以此为借口在九点之前就离开了房间，在门边一个隐蔽的角落里藏了起来。房门嘎吱作响，缓慢沉重的脚步隆隆回荡，穿过门厅，朝着楼梯走去。母亲催促着兄弟姐妹从我身边走过。我轻手轻脚地打开父亲房间的门。他和往常一样，一言不发、一动不动地坐在那里，背对着门口。他没有注意到我，我迅速溜进去，藏在一张帘子后面。帘子是用来盖住父亲挂衣服的敞开式橱柜的，就在门的旁边。隆隆作响的脚步声更近了——越来越近了。外面还有奇怪的咳嗽声、清嗓子的声音和轻声咕哝的声音。我的心脏由于恐惧和期待跳得很快。就在门口——尖锐的脚步声已经到门口了。门把手猛地转了一下，门砰的一声开了！我鼓起全部的勇气，小心翼翼地探出头去看。沙人站在父亲房间的中央，明亮的灯光照亮了他的脸！沙人，那个可怕的沙人，就是那个偶尔还会和我们一起吃午饭的老律师柯佩里乌斯！

即便是我心中最可怕的形象，也不会比这个柯佩里乌斯让我更为恐惧不安。想象一下，一个肩宽体壮的男人，有着臃肿肥胖的脑袋、蜡黄色的脸庞、浓密的灰色眉毛，眉毛下面一双淡绿色的鼓眼，其中闪动着像猫一样尖锐的目光，还有一只又高又尖、一直垂到上嘴唇上的鼻子。他歪斜的嘴巴常常挤出阴险的冷笑。在他的面颊上能看到几处暗红色的斑点，从他挤在一起的牙齿的缝隙中，常常传出奇怪的嗞嗞声。柯佩里乌斯总是穿着一件合身的灰白色老式外套，以及差不多的马甲和裤子，但是，他穿着黑色的袜子和有搭扣的鞋来配这一身衣服。

他的假发太小，几乎盖不住脖颈。用发胶固定起来的发卷高耸在红色的大耳朵上，宽大的发袋扎起来，从脖子下面伸出来，可以看到用来固定褶皱衬领的银质领扣。他的外貌相当丑陋、令人厌恶，但我们孩子最害怕的就是他那双长满瘤子和汗毛的大手，以至于我们不想再去碰那双手碰过的东西。他注意到了这一点，于是就用这样那样的借口，去碰我们的好母亲悄悄放在盘子里的蛋糕或者水果，以此为乐。我们眼含泪花，因为那个丑陋而讨厌的人碰过了，我们再也不想吃这些我们本来可以好好享用的甜点了。当父亲在假期给我们倒上一小杯甜酒的时候，他也会如法炮制，迅速地用大手把每只杯子都碰上一遍，或者干脆把杯子举到发青的嘴唇边上，笑得相当可怕，而我们只能轻声啜泣，来表达我们的愤怒。他总是叫我们"小坏蛋"，他在的时候，我们都不敢作声，只能暗暗咒骂这个丑陋可憎的人，他处心积虑地破坏了我们仅有的一点点欢乐。母亲看起来和我们一样憎恨这个可恶的柯佩里乌斯，因为他一出现，天性快乐活泼的母亲就会变得悲伤、阴暗。父亲对他的态度就好像他高人一等。父亲忍受着他的无礼，不惜一切代价也要取悦他。只要他稍微暗示一下，他最喜欢吃的菜和上好的美酒就会端上桌。

当时，我一看到柯佩里乌斯，心中就浮现出一种可怕的想法，除了他，没有别人可能是沙人了。但是这个沙人对我来说再也不是童话故事里那样的魔鬼，会摘下小孩的眼睛去月牙上的猫头鹰巢里喂他的崽子——不！沙人是一个可怕的、魔鬼一般的恶棍，他一出现，就会带来悲伤和绝望，带来或暂时，或永久的厄运。

我如同中了邪一样，身体动弹不得。我很清楚，如果我被发现的话，会受到很严厉的惩罚，但我还是冒着被发现的风险，身子站在原处，脑袋伸出帘子，打探着外面。父亲正在庄重地迎接柯佩里乌斯。

"快！工作吧！"柯佩里乌斯用沙哑含混的嗓音高喊着，脱下外套。

父亲脱下睡袍，神情沉默而严肃。两个人都穿上了长长的黑色罩衫。我也不知道这套衣服是他们从哪里搞来的。父亲打开壁橱的一扇合页门。我看到，我一直以为是壁橱的东西原来不是壁橱，而更像是黑色的洞窟，里面立着一个小熔炉。柯佩里乌斯走过去，熔炉高高喷出蓝色的火苗，噼啪作响。炉子附近放着各式各样的奇怪容器。哦，上帝啊！当我的老父亲在火焰前弯下腰时，他看上去就像变了个人一样。他温和诚恳的面庞似乎被剧烈的痛苦扭曲，变成丑陋可憎的、魔鬼一样的面容。他看上去就像柯佩里乌斯。柯佩里乌斯正摇摇晃晃地举着一把通红的钳子，从厚重的烟雾中夹出一块闪着火星的东西，然后猛烈地捶打着。我似乎看到人的脸环绕在我周围，但没有眼睛——取而代之的是可怕的、深深的黑色窟窿。

“给我眼睛！给我眼睛！”柯佩里乌斯用阴沉可怕的嗓音高喊着。剧烈的恐惧攫住了我，我尖叫起来，从藏身之处跌到了地板上。于是柯佩里乌斯抓住了我。“小坏蛋！小坏蛋！”他龇牙咧嘴地咕哝着！他把我抓起来，甩向熔炉，火苗点着了我的头发。“现在我们有眼睛了——眼睛——一双漂亮的小孩眼睛。”柯佩里乌斯低声说着，用大手从火焰中抓起赤红的火星，想要把它们撒到我的眼睛上。

父亲举起双手，高声恳求道：“老爷！老爷！让我的纳撒内尔留着自己的眼睛吧！让他留着眼睛吧！”

柯佩里乌斯刺耳地大笑着，喊道：“这个小孩可以留着他的眼睛，流下理应流下的那份泪水。但我们现在就得好好研究下他的双手和双脚运动的原理。”

随后他狠狠地抓起我，我的关节在咯咯作响。他卸下我的双手和双脚，又把它们安上，就安回原来的地方。“之前完全不对劲！现在比之前好多了！姜还是老的辣！”柯佩里乌斯嗞嗞地[1]嘟囔着。我周围的一切都变得漆黑一片，精神和肉体上都传来一阵痉挛——我失去了知觉。

一阵柔和而温暖的气息从我的脸上吹过，我从死亡一般的深睡

1. 基督教神话中，魔鬼曾化身为蛇。

中苏醒，母亲正弯着腰，俯身看着我。

“沙人还在吗？”我坐了起来。

“不在了，我亲爱的宝贝，他已经走了很久很久了，他没有伤到你！”母亲说道。她吻了吻我，抱着她醒转过来的心肝宝贝。

亲爱的洛特哈尔，为什么我要来烦你呢！有那么多其他的话题可以谈，为什么我却在反反复复地讲这件事情呢！我在偷听的时候被发现了，然后被柯佩里乌斯揍了一顿——这就够了！恐慌和惊骇让我发了高烧，病了好几周。

“沙人还在这里吗？”这是我恢复健康后说的第一句话，也是我开始恢复的迹象，是我被救回来的迹象。我只需要和你说，这是我儿时最难熬的一段时光。这样你就会相信，我觉得当时的一切都是黑白的，这并不是我的眼睛出了什么问题，而是黑暗的厄运真的给我的生活笼罩了一层阴霾，我可能直到要离开这个世界的时候才能摆脱的阴霾。

我再也没见过柯佩里乌斯，据说他离开了这座城市。

大约一年后，我们又按照一直以来的传统，在傍晚围坐在圆桌旁。父亲非常高兴，讲了很多他年轻时经历的旅途趣事。当挂钟敲响九点时，房门突然嘎吱作响，沉重的脚步缓慢地走过门厅，走上楼梯，发出沉闷的声音。

“是柯佩里乌斯。”母亲说，面色苍白。

“是的！是柯佩里乌斯。”父亲用微弱的、结结巴巴的嗓音重复道。母亲的双眼流下泪来。

“但是，孩子他爸，孩子他爸！”她高喊着，“一定要这样吗？”

“最后一次了！”父亲回答，“我向你保证，这是他最后一次来找我了。快走吧，和孩子们一起——去上床睡觉吧！晚安！”

我感觉我的身上似乎压着一块沉重的石头，透不过气来！我愣在那里时，母亲抓住了我的胳膊。“走吧，纳撒内尔，快走吧！”我顺从地让母亲拉着我，回到了自己的小房间。“安静，安静，躺到床上去，睡觉吧，睡觉吧。”母亲喊道。但内心强烈的恐惧和不安折磨着我，我根本合不上眼睛。

那个可恶的、讨厌的柯佩里乌斯站在我面前，眼睛发着光，朝我阴险地笑着。我试图把他的形象从脑海中抹去，但失败了。大约在午夜时分，传来了一阵可怕的声响，就像大炮在开火。整栋房子都回荡着隆隆的响声，我的房门前传来一片嘈杂的声音，房门“砰”的一声关上了。

“是柯佩里乌斯！”我惊骇地大喊，从床上跳下来。

传来一阵刺耳的、充满绝望的哀号声，我冲向父亲的房间，房门开着，一股令人窒息的烟雾朝我扑过来。女用人哭喊着：“啊，老爷！老爷！”父亲躺在熔炉前面的地板上，面孔被烧得焦黑扭曲，十分可怖。我的姐妹们围在他旁边，哀号着，啜泣着。母亲一动不动地躺在一旁！

“柯佩里乌斯，你这个卑鄙的恶魔，你杀了爸爸！”我尖叫着，失去了知觉。

两天后，人们把父亲放在棺材中，这时他的容貌又变得温柔祥和，就像他活着时一样。他和那个恶魔一般的柯佩里乌斯搅在一起，但却没有被打入万劫不复的地狱，我的心中感到些许慰藉。

爆炸吵醒了邻居，这次事故在人群中传开，传到了当局那里。当局想要把柯佩里乌斯找来负责，但他已经在当地消失得无影无踪。

现在，我亲爱的朋友，当我和你说那个晴雨表推销员正是可恶的柯佩里乌斯的时候，你就不会责怪我做出如此有敌意的反应，就好像他会带来什么致命的灾难了吧。他穿着另外一套衣服，但是柯佩里乌斯的身形和容貌已经深深地印在了我的脑海之中，无论如何都不可能搞错。另外，柯佩里乌斯并没有完全改变他的名字。我听到他说，他是个来自皮埃蒙特[1]的工匠，自称吉乌斯皮·柯珀拉。

我下定决心要对付他，为父亲的死复仇，不管会发生什么事情。

关于这个可憎的恶魔重新出现的事情，什么也别和母亲说。请替我向我亲爱的、美丽的克拉拉问好，等我情绪平静下来后，我会给她写信的。再见……

克拉拉致纳撒内尔：

你真的很久都没给我写信了，但我还是相信你在内心深处想着我。当你把上一封信寄给洛特哈尔哥哥的时候，你一定在深深地思念我，因为你在地址那里写的是我的名字，而不是他的。我高兴地撕开信封，直到读到信中写道“啊，亲爱的洛特哈尔！”的时候，才意识到这个错误。

我本来不该继续读下去，而是应该把信给哥哥。但是，你有时候也会和我开玩笑说，我有一种女性特有的、从容不迫的气质，就像那种女人——就算是房子快倒了的时候，也会在逃跑之前把窗帘上的褶皱给弄平。我实在是无法说清楚，信件的开头让我多么震惊。我喘不上气来，眼前的一切都模糊不清。

啊，我亲爱的纳撒内尔啊！你在生活中竟然遭遇了如此可怕的事情！与你分开，再也见不到你——这种想法就像炽热的匕首一样刺穿了我的胸膛。我继续读下去，你对可恶的柯佩里乌斯的描述让我陷入了深深的恐惧。我这才第一次知道，你亲爱的老父亲死得如此可怕、如此突然。洛特哈尔哥哥——我把信给了他——试着让我平静下来，但是效果不大。那个讨厌的晴雨表贩子吉乌斯皮·柯珀

1. 意大利地名。下文的柯珀拉（Coppola）是柯佩里乌斯（Coppelius）的意大利语化。

拉似乎在我身后紧跟着我，我有点不好意思承认，他以各种稀奇古怪的形象出现在我的梦中，搅乱了我健康而安详的睡眠。不过，没多久——其实就是第二天——我感觉一切都不一样了。亲爱的，如果洛特哈尔想和你说，尽管你有一种很糟糕的预感，感觉柯佩里乌斯会伤害你，但我却仍然一如既往地快乐平静，请你不要生我的气。

我还是坦率地和你说吧，在我看来，你说的所有恐怖且难以忍受的东西，都只存在于你的内心之中，和真实的外部世界基本上没有任何关系。老柯佩里乌斯也许是个讨厌的人，但是真的导致你们在孩童时代讨厌他的原因是他对于儿童的仇恨。

在你幼稚的思维中，你很自然地把传说中可怕的沙人和老柯佩里乌斯联系在了一起，虽然你也不相信沙人的存在，但他对你来说确实是个恐怖的、对孩子相当凶狠的恶人。他在夜里和你父亲一起做的那些可怕的事情大概也不是别的，而是私下里进行的炼金术实验。母亲对此不满，当然是因为这会浪费很多钱，此外就像实验人员一贯的那样，父亲沉迷于追求虚无缥缈的东西，从而疏远了家人。父亲的死亡很可能是因为他自己不小心，柯佩里乌斯对此没有责任。和你这么说吧，昨天我问了邻居，他是个很有经验的药剂师，我问他化学实验能不能在短时间内引起致命的爆炸。

他说："哎，当然了。"之后他用他那种巨细无遗的方式给我解说了一番怎么会发生爆炸，当中提到了很多发音稀奇古怪，我压根记不起来的名词。看到这里，你一定对你的克拉拉很生气了，你会说："神秘玄奥的道理常常用它看不见的臂膀拥抱着人类，但它们的光芒却无法射入冷酷的心灵之中。她只能看到世界花里胡哨的外表，并且为此开心不已，就好像幼稚的孩童喜欢外表金光闪闪、但里面有毒的水果一样。"

啊，我亲爱的纳撒内尔！你不相信，在活泼愉快、自由自在、无忧无虑的个性之中，也会隐藏着蕴含黑暗之力的思想，让我们自身腐化、毁灭？请原谅我，我这样一个不谙世事的女孩子冒昧地想要用某种方式，和你阐述我在内心之中是怎么看待这种冲突的。我感觉，到了最后我也没找到合适的言辞，你一定会嘲笑我，不是因为我说的话很愚蠢，而是因为我表达的方式太蠢了。

如果有一种黑暗的力量，会在我们的内心中放入一根仇恨和背叛的绳索，紧紧缠住我们，把我们引上一条充满危险、令人堕落的路途——我们本来绝对不会踏上的路途。如果有这样的一种力量，那它必定来自我们自己的内心，必定来自我们自身的塑造，必定就会成为我们本身。因为只有这样，我们才会相信这种力量，才会在内心中给这种力量腾出它需要的位置，来让它们发挥神秘的效果。如果我们的内心能够坚定不移，并用轻松愉悦的生活加强信念，来让自己一直能分辨出陌生的、敌意的影响，从容不迫地走在我们的爱好和天性所引领的路途之上，那么这种阴森可怖的力量就会在试图夺取我们的内心而徒劳无功之际消亡，我们的心灵本就只是我们自身的投影。洛特哈尔补充说，还有另外一点：如果我们屈从于心灵中的黑暗之力，外部世界投射过来的陌生投影就会常常进入我们的内心，这样，我们就只会在我们的内心中激发出某种恶魔的形象，就像我们在奇异的幻觉中相信恶魔一样。这是我们的本我之中产生的幻觉，它们与我们密切的联系以及它们对我们的个性产生的深远影响或者将我们抛进深渊，或者让我们在天堂中迷醉。

你看，我亲爱的纳撒内尔！我和洛特哈尔哥哥——我们已经详尽地阐述了黑暗的力量和它们的威力，这些内容对我来说相当深奥，我费了好大力气才把最重要的内容写清楚。我没有完全理解洛特哈尔的最后一句话，只是，我感觉那些话都是很正确的。我求求你，把那个可恨的律师柯佩里乌斯和晴雨表贩子吉乌斯皮·柯珀拉彻底从脑海里扫出去。请相信，这些古怪的幻象对你来说没有任何力量，只有你相信他们有敌意，它们才会真的有敌意。如果不是你的来信中每一行字都显露着内心深深的不安，如果不是你的心理状态真的让我很心痛，我甚至还会开一些关于沙人律师和晴雨表贩子柯佩里乌斯的玩笑。开心点，开心点！我下定决心，要陪在你身边，就像你的守护天使一样，要是那个可恶的柯珀拉再出现在你的梦中，让你痛苦难熬的话，就用响亮的笑声驱逐他。我不怕他，也不怕他丑陋的大拳头。对我来说，他作为律师时，我绝对不是好对付的人；他作为沙人时，也不可能伤到我的眼睛。

纳撒内尔致洛特哈尔：

我很抱歉，最近克拉拉拆了写给你的信，这当然是因为我的疏忽大意导致的错误。她给我写了一封哲学意味非常浓厚的信，在信中详细论证了柯佩里乌斯和柯珀拉只存在于我的内心之中，是我心中本我的投影，当我意识到这些的时候，投影就会马上消失。实际上，人们不可能相信，在那双如此闪亮的、含着笑容的、娃娃一般的大眼睛之下会隐藏着这么理性而渊博的灵魂——那双眼睛就如同一个甜蜜的美梦。她在引用你的话，你们一起讨论了我的事情。你大概是给她讲了逻辑学课程，所以她才能学会如何详尽地观察并分析一切事物——不要这么做了！另外，现在基本可以确定，晴雨表贩子吉乌斯皮·柯珀拉不可能是老律师柯佩里乌斯。我听了一个不久前刚搬过来的物理学教授的课程，他就和所有出名的自然科学研究者一样，叫斯帕拉扎尼，而且来自意大利。他很多年前就认识柯珀拉了，从口音中也可以听出柯珀拉的确来自皮埃蒙特。柯佩里乌斯是德国人，但我认为，他是个不诚实的德国人。但我心中还是无法完全平静下来。你们，你和克拉拉，仍然觉得我是个有着阴暗幻想的人。然而我没办法把柯佩里乌斯那张该死的脸从我的记忆中彻底忘却。我很高兴，他离开了这座城市，斯帕拉扎尼和我说的。

教授是个怪人。他身材矮胖，颧骨很高，鼻子很小，嘴唇厚而突出，眼睛又小又细。你们可以去看乔多维茨基[1]在任何一本柏林袖珍日历上画的卡里奥斯特罗[2]的画像，斯帕拉扎尼就长那个样子，这比任何言语上的描述都要好。不久前，我走上楼梯的时候，看到玻璃门上通常遮得严严实实的帘子在一侧留了道小缝。我也不知道我为什么要好奇地朝里面偷偷看一眼。一位高挑苗条、身形匀称、衣着华美的女人坐在屋子里的一张小桌子前面，双臂放在桌子上，双手交叠。她正对着门坐着，因此我能完全看清她天使般美丽的面容。她似乎没有注意到我，其实，看眼神，她是在发呆，我甚至可以说，她没有在看任何东西，对我来说，她就像是睁着眼睛睡着了。我感觉一阵毛骨悚然，因此蹑手蹑脚地溜进了边上的大教室。

后来我发现，我看到的那个人是斯帕拉扎尼的女儿奥林琵娅。他用这种特殊的、恶劣的方式把她锁在屋子里，这样就绝对不会有人能接近她。话说回来，也许她有些问题，比如说可能是个痴呆。为什么我要在信里写这些事情呢？我直接和你说的话，会更清楚、更详细。顺便说一下，我过两周就可以见到你们了。我必须要见一见我亲爱的小天使克拉拉。我必须得承认，那封信里对我潜在心理状态的分析理智却令人难堪，让我很不愉快，但到了见面时，这种不愉快的感觉就会消失的。因此我今天也不给她写信了。此致。

亲爱的读者，我给你们讲的这个故事，发生在我可怜的朋友、年轻的学生纳撒内尔身上，我实在是想不到比这还要奇异、还要古

1. 即达尼埃尔·乔多维茨基，版画师、艺术家，活跃于波兰和德国。
2. 即亚历山德罗·卡里奥斯特罗，意大利神秘学家、炼金师和冒险家。

怪的事情了。我的好读者们，你们有没有经历过这样的事情？它会完全占据你的心灵、脑海和思想，把其他一切事情都挤出去。它会在你内心发酵、翻滚，让你血管中的血液滚烫沸腾，让你的脸颊发红发热。你的眼神十分奇怪，就好像想要在一间空房子里面找到某个别人看不见的东西，你的话语也会变成低沉压抑的叹息之声。你的朋友们会问你："您说什么，亲爱的朋友？您怎么了，尊敬的朋友？"这时你只想用一切鲜明的色彩、阴影和光线绘制出你脑海之中的图景，却在寻找形容之辞的开始就已经费尽了心力。对你来说，你想要用第一个词就恰到好处地完全抓住全部的感觉——奇妙的、华美的、可怖的、有趣的、糟糕的感觉，就像电流一样，击中所有的感官。然而你却觉得你能够说出来的每个词都苍白冷淡、毫无生机。你试了一次又一次，结结巴巴，吞吞吐吐，但是朋友们问出来的那些干巴巴的问题就像冰冷的寒风，吹在你炙热的内心上，直到你的内心变得冰凉。如果你能像一位大胆的画家一样，一开始就用粗放的线条描绘出心中之景的轮廓，这样你就可以轻易地让那幅景象变得越来越鲜明。你内心中各式各样的影像就会鲜活生动，吸引住你的朋友们，他们就会和你一样，看到自己身处自己的内心所生成的画卷正中央。富有同情心的读者们啊，我必须得承认，从来没有人问过我年轻的纳撒内尔的往事。但你们大概知道，我是那种比较独特的作者，当我这样的作者在内心中有所感触时（就像我之前描述的那样），就会感觉到附近的所有人，大概还要加上这个世界上的所有人，都在问我："那到底是什么？亲爱的先生，您能讲一下吗？"

我觉得，我必须得给你们讲一讲纳撒内尔的不幸生活了。他奇妙而独特的生活填满了我的内心。但也是因为这一点，亲爱的读者们，我得让你们也感受到同样的奇妙之处——这可不是容易的事儿，我会尽我所能，在开始讲纳撒内尔的故事时就做到精彩出众、原汁原味、扣人心弦。“从前……”故事开头的经典方式，但是太乏味了！“在偏远的S市，住着……”好了一点，至少可以逐步推向高潮。或者直接从故事的中间开始插叙：“‘下地狱吧！’学生纳撒内尔的眼中闪烁着愤怒和恐慌，这时晴雨表贩子吉乌斯皮·柯珀拉……”实际上，我在学生纳撒内尔愤怒的眼神中看出了一丝滑稽的时候，确实是这么写的。但这个故事一点都不滑稽。我找不到合适的词汇来形容我脑海中色彩斑斓的画面，哪怕是稍微形容一下都做不到。我决定不去用什么来开头了。

亲爱的读者，请接受我用这三封信来作为整幅图画的轮廓，它们是我的朋友洛特哈尔好心分享给我的。我会尽力把更多事讲给大家听，来为这幅图画增添色彩。我可能会像一名优秀的肖像画家一样，成功地塑造出故事中的人物，虽然你并不认识他，但是却好像已经亲眼见过他一样。请相信，没什么比现实生活还要奇特，还要难以想象的了。作家也只能把这些事情模模糊糊地再现出来，就像一面磨得不光亮的镜子。

在开始之前，我要补充一些这些信件之外的信息。在纳撒内尔的父亲死后不久，克拉拉和洛特哈尔就搬到了纳撒内尔母亲那里，他们是一位远房亲戚的孩子。亲戚去世了，留下他们两个人孤苦无依。克拉拉和纳撒内尔之间很快就产生了强烈的好感，所有人都不会不同意这一点。在纳撒内尔离开家里前往G市继续学业前，他们订婚了。他的最后一封信就是从G市寄来的，当时他在听著名的物理学教授斯帕拉扎尼的课。

我现在可以充满信心地继续讲下去。但是克拉拉的面容生动地浮现在我的眼前，我无法视而不见，就像她从前对着我甜蜜地微笑时一样。克拉拉肯定不算漂亮，每一个有着正常审美的人都会同意这一点。然而，建筑学家们称赞她的身材比例完美无瑕，画家们认为她脖子、肩膀和胸部的造型堪称神圣。另外，他们也全都很喜欢她那头抹大拉式秀发[1]，还说那头秀发让他们想起巴托尼[2]的绘画风格。他们中有一位真正的浪漫主义者，以一种相当奇特的方式将克拉拉的眼睛比作路易斯达尔[3]画的湖泊，湖泊中倒映着纯净的蔚蓝色天空、生长着树林和鲜花的田野，还有繁茂的风景中多姿多彩、生机勃勃的生活。诗人和音乐家们想得更远，他们说："哪里有什么湖泊和镜子！当我们看到这位姑娘的时候，怎么可能不从她的目光之中感受到神圣的赞歌和旋律呢？它们能渗入我们的内心，直到一切都变得富有生机、富有活力。当我们大着胆子在她面前唱些什么的时候，我们可能觉得那是一首歌，但是那其实只是一些乱七八糟、含糊不清的零散音节，被拼凑在一起。这时克拉拉嘴角那一抹若有若无的浅笑更让我们清楚明白，如果我们不能唱出美妙的乐曲，我们简直就一文不值。"

的确如此。克拉拉有着丰富的想象力，如同活泼开朗、天真无邪的孩子一般。她有着女性特有的温柔和清楚明晰的判断力。那些幻想家和空想者们在她那里不会有什么好运气，她不会说太多话——她本来就不是个健谈的人——她会带着清晰的目光和讽刺的浅笑说：亲爱的朋友，面对着活生生的、就在眼前的事实，你们怎么会觉得我会接受你们那些飘忽不定的虚幻之事呢？因此很多人指责克拉拉，说她冷漠、绝情而无聊。但是另外一些对生活有着更深更清晰的体会的人，都特别喜欢这个温柔、理智而纯真的姑娘。但是没有人比纳撒内尔更喜欢她。纳撒内尔一直为了学习科学和艺术而忙碌奔波。

1. 德语典故"抹大拉式秀发"指的是金色的长发，出自《圣经》人物抹大拉的玛丽亚，很多画家将她的头发绘制成漂亮的金色长发。
2. 即意大利画家庞培奥·巴托尼，绘有名画《抹大拉的忏悔》等。
3. 即雅可比·范·路易斯达尔，荷兰画家。

克拉拉也一心爱着她的情人。当纳撒内尔要离开她时，他们的生活中出现了第一片乌云。当他真的回到家乡，如他给洛特哈尔的最后一封信中说的那样，走进他母亲的房子时，克拉拉是带着何等的激情扑进他的臂弯之中啊！就像纳撒内尔相信的那样，当他和克拉拉重逢的那一刻，所有的不快都消失了，无论是律师柯佩里乌斯，还是克拉拉那封过于理智的信。

然而纳撒内尔有一点还是说得很对，可恶的晴雨表贩子吉乌斯皮·柯珀拉对他的生活确实有着极其可怕的影响，正如他给他的朋友洛特哈尔写的信中说的那样。在纳撒内尔回来的头几天，所有人就都察觉到他的性格完完全全地不一样了。他沉浸在阴郁的幻想之中，他的行为变得相当奇怪，人们以前从来不知道他的这一面。生活中的一切对他来说都变成了梦幻和预感。他总在说，每一个人虽然自以为自由，但却只是黑暗力量掌控的残忍游戏中的玩物。反抗是没有用的，人们只能卑微地遵从命运的安排。他甚至进一步宣称，认为人们在艺术和科学领域所取得的成就来自自由意志，这种想法很蠢。因为人们去做这些工作的热情并不来自自身，而是源自在我们之外的、更高层次上的法则。

理智的克拉拉相当讨厌这些神秘兮兮的胡言乱语。但是去反驳这些话看上去也没什么意义。纳撒内尔一口咬定柯佩里乌斯就是那个邪恶的法则，当他躲在帘子后面偷听的时候就已经把他抓住了，而且这个可恨的恶魔会用恐怖的方式毁掉他一生的幸福。每当这时，克拉拉就会很严肃地说："是的，纳撒内尔！你说得对，柯佩里乌斯就是那个邪恶而可怕的法则，它可以带来恐怖的后果，在生活中施展显而易见的可怕魔力。但只有你没有把它驱逐出你的灵魂和思想之中时才会这样。只要你还相信它，它就会一直存在，施展力量。你的信念正是它的力量。

克拉拉说恶魔只存在于他的内心之中，这让纳撒内尔非常生气，于是想要就恶魔和恐怖力量的各种神秘道理来场长篇大论，但克拉拉却混不经意地顾左右而言他，让纳撒内尔怒气不减。他认为，冰冷麻木的心灵是无法感知那些深奥的秘密的，但是他还不清楚，克拉拉是不是也应该算作有这种劣等天性的人。因此他从未放弃，努力向克拉拉讲述这些秘密。当克拉拉在清晨帮忙准备早餐的时候，纳撒内尔会站在她旁边，给她读各种各样的神秘书籍。克拉拉恳求道："但是，亲爱的纳撒内尔，我是不是该指责你就是那个破坏我的咖啡的邪恶法则呢？如果我如你所愿，把手里的活都放下，站在这里看着你的眼睛听你读书，我的咖啡就会在火炉上煮干，所有人都吃不到早餐！"

纳撒内尔怒气冲冲地合上书，恼火地冲回房间。他以前有种宝贵的天赋，能写出优美活泼的故事，克拉拉会十分高兴地听他读。而现在他的作品变得阴暗晦涩、杂乱无章。虽然克拉拉照顾他的感受不说出来，他也能大概感觉到这些故事在克拉拉听起来是多么的无趣。克拉拉最不能忍受的就是无聊。她的眼神和言谈之中也显露出她心中难以克服的倦意。实际上，纳撒内尔的作品确实相当无趣。他对克拉拉冷淡乏味的性格越来越不满，而克拉拉也无法再压制她对纳撒内尔那种低沉、阴暗、无聊的神秘主义的不快。就这样，两个人在心里越来越疏远，他们都没有注意到这一点。柯佩里乌斯的可憎形象在纳撒内尔的幻想之中逐渐消退了，他自己也不得不承认。在他的作品中，柯佩里乌斯扮演着带来厄运的可怕鬼怪，他常常要花很大力气才能把柯佩里乌斯的形象生动地描绘出来。

最后他想到，他可以写一首诗，诗的主题就是他那种可怕的感觉，认为柯佩里乌斯会毁掉他一生的幸福。他把自己和克拉拉写成深爱对方的情侣，但偶尔就会出现一只黑手，破坏他们的生活，摧毁他们生活中的快乐。最后，当他们已经站在婚礼的圣坛前时，可怕的柯佩里乌斯出现了，他碰了下克拉拉美丽的双眼，那双眼睛就掉落在纳撒内尔的胸口，如同流着血的火球，灼灼燃烧，柯佩里乌斯抓住纳撒内尔，把他扔进一个燃烧着的火圈中。火焰如风暴一般迅速旋转着，拖曳着他，呼啸着，翻腾着，那可怕的喧嚣就好像飓风正猛烈地拍打着泛起泡沫的海浪，海浪如同长着白头发的黑色巨人，站立起来，殊死搏斗。但纳撒内尔听到克拉拉的声音穿透喧嚣传来："你看不到我了吗？柯佩里乌斯骗了你，在你的胸口燃烧着的不是我的眼睛，是你的心脏流出的鲜血在燃烧，我的眼睛还在，看看我！"纳撒内尔想道：克拉拉在这里，我永远都属于她。随后，这种想法似乎猛地抓住了火圈，让它停了下来。火焰的呼啸也似乎消失在了黑暗的深渊中。纳撒内尔望向克拉拉的双眼，那双眼睛正友善地望着他——但那双眼睛长在了死神的身上。

把这些写成诗歌时，纳撒内尔是平和从容的。他精雕细琢着每一行诗，为了让诗歌符合韵律，他一直都没休息，直到整首诗都完美无瑕，读起来琅琅上口。但当他最终完成诗作，自己朗诵着这首诗的时候，却感到害怕和狂怒，哭叫着："这是谁的声音，这么可怕？"但很快他就意识到这只不过是一首非常出色的诗。他认为，这首诗一定会重新点燃克拉拉冷淡的情绪，但是他不清楚为什么克拉拉的情绪会被燃起，实际上，他同样不知道，用这些可怕的场景去吓唬她，会有什么后果。这些可怕的场景预兆着她的爱情终将毁灭的命运。他们——纳撒内尔和克拉拉——坐在母亲的小花园中。克拉拉很开心，因为纳撒内尔最近三天都在写诗，没有用他的梦境和预感去烦她。

纳撒内尔也和从前一样，说着有趣的事情，显得活泼而高兴。因此，克拉拉说："你现在终于又重新属于我了。你大概看出该怎么赶走可恶的柯佩里乌斯了吧？”

纳撒内尔突然想起诗作就放在口袋里面，他想给克拉拉读一读。他从口袋里掏出一叠纸，开始读起来。克拉拉估计那又是一些无聊的东西，她已经对此见怪不怪了，开始平静地织毛衣。但当诗中的阴沉气息变得越来越黑暗时，她放下了手中的毛衣，死死地盯着纳撒内尔的眼睛。不过纳撒内尔已经陶醉在了他的诗作中，内心中的激情让他的脸颊红得发亮，泪水从眼中涌出。

当纳撒内尔终于读完时，他发出一声疲惫的呻吟，握着克拉拉的手，叹息着，如同陷入毫无希望的苦痛之中：“唉！克拉拉——克拉拉！”

克拉拉把他搂在怀里，轻柔但十分缓慢而严肃地说：“纳撒内尔——我亲爱的纳撒内尔！把那个疯狂、愚蠢而荒唐的故事扔到火堆里去吧。”

纳撒内尔恼火地跳开，把克拉拉推到一边，大声喊道：“你这个该死的、没有生命的机器！”

他跑开了。克拉拉受到深深的伤害，擦着苦涩的眼泪说道：“唉！他从来就没爱过我，也不理解我。”她大声地抽噎着。

洛特哈尔走进凉亭，克拉拉不得不把发生的事情告诉他。他全心全意地爱着妹妹，克拉拉哭诉的每一个字都像是掉进他内心的火星一般。因此，他心中长期以来对沉溺于幻想的纳撒内尔的不满情绪爆发出来，变成难以抑制的狂怒。他冲向纳撒内尔，言辞尖锐地指责他荒唐的言行伤害到了他亲爱的妹妹，暴脾气的纳撒内尔同样言辞尖锐地回击洛特哈尔。一方说“疯子，精神错乱的小丑”，另一方则回以“可怜而令人讨厌的俗人”。决斗已经不可避免，他们决定第二天早晨按照当地传统的礼仪，在花园后面用开锋的刺剑来决斗。两个人一言不发地板着脸悄悄来到决斗场地，克拉拉听到了他们的大声争吵，也在破晓之时看到了剑术教练带来了刺剑，她猜到了会发生的事情。

决斗场上，洛特哈尔和纳撒内尔阴沉着脸，一言不发地脱下了外衣，眼中战斗的欲望熊熊燃烧，想要把对方刺倒。这时，克拉拉推开了花园的大门。她抽噎着，大声喊道："你们这些疯子！可怕的人！你们要刺对方之前，先把我刺死吧！要是我的爱人把我的哥哥刺死了，或者我的哥哥把我的爱人刺死了，我还怎么活下去啊？"

洛特哈尔手中的武器垂了下来，沉默不语地盯着地面。在纳撒内尔极端绝望的心绪之中，泛起了一阵爱意，就像年轻时的美好岁月中，他从可爱的克拉拉身上感受到的爱意一样。那件可以杀人的凶器从手中掉落下来，他跌坐在克拉拉身前。"你能不能原谅我一次，我唯一的、亲爱的克拉拉！你能不能原谅我，我亲爱的弟弟洛特哈尔！"

洛特哈尔被他的朋友表现出的深切哀痛所打动。三人终于和解，拥抱在一起，泪流不止。他们发誓永远相爱，永远忠诚，不离不弃。

纳撒内尔觉得自己卸下了一副一直把他压倒在地的重担，通过起身反抗攫住他的黑暗力量，他似乎把自己的整个身心从毁灭的危机之中挽救出来。他和他深爱的朋友们度过了三天的美好时光，之后前往G市，打算再在G市待一年，然后返回家乡，一直留在那里。

关于柯佩里乌斯的一切也都瞒着他母亲。很明显，她不可能不害怕柯佩里乌斯，因为她也和纳撒内尔一样，认为柯佩里乌斯应该为她丈夫的死负责。

一回到公寓，纳撒内尔就惊讶地发现整栋房子都被烧毁了，只剩下光秃秃的防火墙立在废墟中。火是从住在一楼的药剂师的实验室中着起来的，之后才从下到上扩散到整栋楼，纳撒内尔几位勇敢健壮的朋友们得以有足够的时间闯进了他在楼上的房间，抢救出一些书籍、笔记和仪器。这些物品都完好无损地被他们运到另外一间房子里，他们还在那里租了一个房间，纳撒内尔马上就搬了进去。他发现，自己住在斯帕拉扎尼教授的对面，他并没有感觉很奇怪；他又发现他透过窗户就能在房间里看到奥林琵雅孤独地坐着，他也没感觉有什么特别的。他能清楚地看到她的身形，然而她的面容却模模糊糊、不甚清晰。最后他终于发现，奥林琵雅常常一坐就是几个小时，就像她第一次透过玻璃门时看到的那样，在一张小桌子前坐着，什么都不干，目不转睛地朝着他的方向凝望。他不得不承认，他从没见过更美丽的佳人了。然而，他的心已经属意于克拉拉，对呆坐着一动不动的奥林琵雅并不动心，他只是偶尔会透过窗纱，看一眼那座美丽的“雕塑”，仅此而已。

当有人轻轻敲门时，纳撒内尔正在给克拉拉写信。他招呼了一声，门开了，柯珀拉那张可恶的脸出现在眼前。纳撒内尔的内心被深深震惊，但他想起斯帕拉扎尼对他讲过的事情，柯珀拉来自斯帕拉扎尼的家乡，还想起了他对挚爱做出的、关于沙人柯佩里乌斯的庄严承诺。自己和小孩子一样害怕鬼怪，纳撒内尔对此感到很难为情。他鼓起全部勇气，尽可能平和镇静地说：“亲爱的朋友，我不买晴雨表！你走吧！”

然而柯珀拉却径自走进房间，弯起嘴角，挤出丑陋的笑容。长长的灰色睫毛下，那双小眼睛闪着光亮，他用嘶哑的声音说道：“哎！卜要晴雨表，卜要晴雨表！但我还有浩看的炎睛，浩看的炎睛！”[1]

纳撒内尔恐惧地大喊：“疯子！你怎么能有眼睛呢？眼睛——眼睛？”

但柯珀拉立刻就把晴雨表收到了一边，从大衣宽阔的口袋里取

1. 此处以及后文中，柯珀拉话中的错字是用来表达柯珀拉异样的声音。

出了眼镜，还有法式长柄眼镜，放在桌子上。

“看——看——眼镜，眼镜架在鼻纸上，这是我的炎睛，浩看的炎睛！”他说着取出越来越多的眼镜，直到整张桌子都开始奇异地反射着光线，闪烁着亮光。

上千双眼睛痉挛一般地眨巴着，闪着光，盯着纳撒内尔。但是他无法从桌子上移开目光。柯珀拉把越来越多的眼镜放到桌子上，灼热的目光相互交织，越来越疯狂，把血红的光线射向纳撒内尔的胸膛。

纳撒内尔被彻骨的恐惧攫住，哭喊道：“停下！停下，你这个恶魔！”尽管桌子上已经盖满了眼镜，但柯珀拉还在把手伸进口袋里，拿出更多的眼镜。就在此时，纳撒内尔用力抓住了柯珀拉的胳膊。

柯珀拉沙哑而令人厌恶地笑了笑，轻飘飘地甩开了纳撒内尔，说道：“哎！你卜要，但这些都是很浩的眼镜。”他把所有的眼镜都收到一起，放起来，从大衣侧面的口袋里拿出许多大大小小的望远镜。他一把那些眼镜收好，纳撒内尔就平静下来，想起了克拉拉。他清楚，那些可怕的事情大概源于他的内心，另外柯珀拉只不过是一个老老实实的机械工兼光学仪器匠人，不可能是柯佩里乌斯该死的分身和鬼魂。更何况柯珀拉放在桌上的所有望远镜也都没什么特殊的，至少不像之前那些眼镜那样阴森可怖。为了补偿他之前的行为，纳撒内尔决定从柯珀拉手里买点东西。他拿起一副做工非常精致的小望远镜，透过窗户向外看去，想试试它的效果。在他的生命中，他还没有用过望远镜，不知道望远镜会把东西如此清晰而明确地拉到他的眼前。他没注意到自己正看向斯帕拉扎尼的房间，奥林琵雅和平日一样坐在小桌前，双臂放在桌上，双手叠在一起。

此时，纳撒内尔才第一次看到奥林琵雅美丽的脸庞，只是她的双眼呆滞，毫无生机，显得很奇怪。等他用望远镜看得越来越清楚的时候，他才看到奥林琵雅的眼中似乎闪烁着温润的月光。似乎她的眼神现在才被点燃，眼神也越来越充满生机。纳撒内尔似乎被固定在了窗前，紧紧地盯着天神一般美丽的奥林琵雅。咳嗽和清嗓子的声音唤醒了他，他就好像从深深的梦境中醒来一样。

柯珀拉站在他身后说："三枚金币[1]——三杜卡特[2]！"纳撒内尔已经完全忘记了光学仪器匠人，他赶快付了钱。"是卜是？上浩的镜片——上浩的镜片！"柯珀拉用他令人反感的嘶哑嗓音说着，脸上带着奸笑。

"对对，没错。"纳撒内尔不高兴地回答，"再见[3]，亲爱的朋友！"

直到纳撒内尔白了他好几眼之后，柯珀拉才离开房间。纳撒内尔听到柯珀拉在台阶上大笑。

"嗯，"纳撒内尔想，"他在笑话我，因为我给这副小望远镜付了太多钱了——付了太多钱了！"

他轻轻地说出这些话的时候，房间中回响起了一阵长长的、可怕的叹息，纳撒内尔吓得摒住了呼吸。这一定是他自己的叹息声——他这么想道。

"克拉拉，"他自言自语道，"她大概说得对，她说我是个无聊的人，爱做白日梦，我为了这副望远镜付给柯珀拉太多钱了，但我为这件事情如此忧虑，这就太蠢了——甚至不仅仅是蠢，我实在是看不出应该为此而忧虑的原因。"

之后，纳撒内尔坐下来，打算写完给克拉拉的信。但他朝窗外瞥了一眼，这一瞥勾起了他的注意力——奥林琵雅像往常一样坐在那里。刹那间，他似乎被一股无可抵御的魔力所控，一跃而起，抓

1. 原文为拉丁语。
2. 12 至 13 世纪意大利威尼斯共和国铸造的金币，后因其含金量高、易于携带和铸造，开始在整个欧洲使用。
3. 原文为法语。

起柯珀拉的望远镜，视线再也无法从奥林琵雅妩媚的身形上挪开，直到他的朋友、兄弟席格蒙特叫他去上斯帕拉扎尼教授的课。门帘严严实实地遮住了那间该死的房间，他没法在他的房间看到奥林琵雅，随后的两天也一直如此。然而他仍然很少离开窗边，不断地用柯珀拉的望远镜朝着奥林琵雅的房间看去。第三天，就连窗户也都拉上了窗帘。纳撒内尔相当失望，他被强烈的思念和渴望所驱使，跑出屋外，冲到了大门前面。奥林琵雅的身形萦绕在他的身边，飘浮在空中，出现在灌木丛里，在清澈的小溪中用闪着光芒的大眼睛盯着他。克拉拉的形象从他的内心中完全消失了。他的脑海中除了奥林琵雅，什么都没有。他高声悲叹，哭泣着说："啊，我崇高典雅的爱情之星[1]，你在我心中高高升起，难道就是为了重新消失，把我留在黑暗绝望的夜晚中吗？"

他刚想返回公寓，就发现斯帕拉扎尼的家中人声嘈杂。房门开着，人们正把各式各样的乐器搬进去。二楼的窗户已经被卸了下来，女用人正忙忙碌碌，打扫着房间，用很大的毛掸子掸去灰尘。木工和裱糊匠人在房子里敲敲打打。纳撒内尔吃惊地站在街上，席格蒙特笑着走过来，说："现在你怎么看我们的老斯帕拉扎尼？"

纳撒内尔和他说，他完全不知道该怎么评价，因为他完全不了解斯帕拉扎尼教授。正相反，他非常惊讶，因为他看到这座安静阴沉的房子如今人声鼎沸，一片忙乱。他从席格蒙特处获悉，明天斯帕拉扎尼会举办一场宴会，还会有音乐会和舞会，会把大学里面一半的人都请来。据传闻，斯帕拉扎尼会第一次向公众介绍她的女儿奥林琵雅。此前他一直谨小慎微地让奥林琵雅避开人们的目光。

纳撒内尔也收到了邀请。到了宴会开始的时候，他前往教授家

1. 金星的别名。

中，心脏突突直跳。此时宾客们的车辆已经纷至沓来，装饰得很漂亮的柱子上也闪烁着灯光。宴会规模宏大，光彩耀人。奥林琵雅穿着一身富丽堂皇、典雅高贵的衣服露面了。人人都情不自禁地赞叹她美丽的脸庞和身材。但她的后背弯得有点奇怪，马蜂一般的细腰看上去似乎束得太紧。她的步伐和姿态也有些僵硬做作，显得令人略有不适。人们将其解释为她面对公众时的拘束。音乐会开始了，奥林琵雅娴熟地弹奏起钢琴，还同样熟练地唱了一曲咏叹调，嗓音清亮高亢，如同玻璃钟一般，甚至还有点刺耳。纳撒内尔被她深深迷住了，他站在最后一排，在美丽的烛光之中看不清楚奥林琵雅的身影。因此，他悄悄取出柯珀拉的望远镜，朝着美丽的奥林琵雅看去。啊！他现在看到，奥林琵雅是带着何等的渴慕看向他啊，在那含情脉脉的眼神中包含了如此清晰的情感，穿透他的内心，撩拨他的心弦。那些动听的颤音，对纳撒内尔来说如同饱含爱意的天堂颂歌。长长的颤音组成的终章一结束，歌声还在大厅之中回荡时，他就像是被一双灼热的手抓住了一般，再也忍受不住，不得不大声喊出心中的痛苦和爱恋："奥林琵雅！"

所有人都转过头去看他，有些人还笑了出来。管风琴师把本来就已经很长的脸拉得更长了，一个劲嘟囔："干什么，干什么！"

音乐会结束，舞会开始。"和她跳舞！和她跳舞！"这是纳撒内尔唯一的愿望，唯一的追求。但他怎么才能鼓起勇气，去邀请舞会皇后呢？但是，他也不知道是怎么回事，当舞曲要开始时，他已经紧紧站在奥林琵雅身边了。还没有人邀请奥林琵雅共舞，纳撒内尔说不出话来，只是抓住了她的手。奥林琵雅的手凉如冰，他感觉身上闪过一阵冷冽的寒意，打了个冷战。他凝望着奥林琵雅的双眼，她的双眼朝他闪着爱意和思慕。在那一瞬间，脉搏似乎开始在冰冷的手上跳动，血液也开始变得温热。在纳撒内尔的心中，爱情之火也愈燃愈烈。他抱起美丽的奥林琵雅，和她一起转起圈，翩翩起舞。纳撒内尔以前以为，自己能很好地踩中舞曲的节奏，但奥林琵雅起舞时稳稳地踩着韵律，常常让他手忙脚乱，他才意识到他的节奏踩得多么不准。他再也不想和别的女人一起跳舞了，而且如果有人走过来想要邀请奥林琵雅跳舞的话，他会马上杀了这个人。还好这种情况只发生了两次。他很奇怪的是，奥林琵雅跳完每一曲舞曲后都会坐下，他一次一次地邀请他同舞，每次都没有落下。

如果纳撒内尔会关注奥林琵雅之外的东西，那许多不愉快的争吵就一定不可避免。

因为角落里的那些年轻人，他们用古怪的目光看着奥林琵雅，很难掩盖住自己的窃笑声，这笑很明显是朝着美丽的奥林琵雅的，没人知道他们为什么发笑。纳撒内尔喝了很多酒，美酒和舞步让他浑身发热，克服了他一贯的羞怯。他坐在奥林琵雅身旁，奥林琵雅的手被他握在手中，他激动而兴奋地用言辞表达着爱意，但无论是他还是奥林琵雅都听不懂他在说什么。

但奥林琵雅可能听懂了。因为她目不转睛地看着纳撒内尔的双眼，一次一次地叹息道："啊，啊，啊！"纳撒内尔回应道："哦，尊贵而神圣的女士！你散发着来自爱的应许之地的光芒！你深邃的内心映照着我的整个灵魂！"他说了很多诸如此类的话，但奥林琵雅只是一直叹息着："啊，啊！"

斯帕拉扎尼教授走过这对幸福的人身边好几次，朝着他们微笑，笑容中带着一种古怪的满足感。虽然纳撒内尔似乎已经身处另外一个世界，但他这次还是感觉自己又回到尘世间，在斯帕拉扎尼教授这里，而且感觉身边明显地变暗了。他环顾四周，惊恐地发现空荡荡的大厅中只剩下最后两盏灯还在亮着。音乐和舞会已经结束很久了。

"我们要分开了！分开了！"他疯狂而绝望地喊道。他亲吻奥林琵雅的手，又弯下腰来，亲吻她的嘴。奥林琵雅冰冷的嘴唇碰上了他火热的嘴唇！正如他拉着奥林琵雅冰冷的手时一样，一阵恐惧之感攫住了他的内心，死亡新娘的传说突然在他的脑海中闪过。但奥林琵雅让他挨在自己身上，那个吻也让奥林琵雅的嘴唇温热起来，有了生机。斯帕拉扎尼教授缓缓地走过空荡荡的大厅，低沉的脚步声回荡在大厅中。他的身形映出摇摇晃晃的阴影，让他看起来如同可怕的幽灵。

“你爱我吗——你爱我吗，奥林琵雅？我只需要一个回答！你爱我吗？”纳撒内尔低声说道，但是奥林琵雅只是站起身，叹息着：“啊，啊！”

“啊，我美丽的、高雅的爱情之星，”纳撒内尔说，“你为我而升起，永远照亮我的灵魂，荡涤我的灵魂！”

“啊，啊！”奥林琵雅重复着，朝前走去。纳撒内尔跟着她，她站在教授面前。

“你和我的女儿谈得相当热烈。”教授笑着说，“哎，亲爱的纳撒内尔先生，您要是喜欢和我这个傻女儿聊天，我随时欢迎您的到来。”

纳撒内尔心花怒放地告辞离开。随后的几天，斯帕拉扎尼的宴会一直是人们议论纷纷的话题。虽然教授把一切都安排得富丽堂皇，但那些喜欢嚼舌根的人还是在讨论着许多不当和奇怪之处。首要的话题就是僵硬呆板、一语不发的奥林琵雅。人们谣传，尽管她外貌美丽动人，但却是个白痴，这也是斯帕拉扎尼长期以来不让她见到外人的原因。纳撒内尔对此并非不觉得愤怒，但他却什么也没说。因为他觉得，这些家伙太蠢，看不到奥林琵雅藏在深处的美丽心灵，去向他们证明这一点有什么意义吗？

“行行好，老兄。”有一天，席格蒙特对他说，“行行好，告诉我，你这么聪明的一个人，怎么会爱上那样一个毫无表情的木偶呢？”

纳撒内尔正要发火，但他很快控制住了自己的情绪，回答道：“倒是你该告诉我，席格蒙特，平时有着清晰的审美、锐利目光的你怎么可能忽视奥林琵雅那超凡脱俗的魅力？不过我要感谢命运如此安排，让你不是我的情敌，否则我们中就一定有个人要流血了。”

席格蒙特看到他的朋友是这样的状况，精明地改变了策略。他表示自己再也不会对纳撒内尔的所爱之人指指点点，之后又补充了一句：“但很奇怪的是，我们中的很多人都对奥林琵雅发表了相似的看法。在我们看来——请不要见怪，老兄——她看上去出奇地呆板，缺乏感情。她的身材相当匀称和谐，她的脸也是，这是确实的！要是她的眼神不这么毫无生气，我是说，不要这样似乎什么都看不到，那她还是很漂亮的。她的步伐很怪异，她的一切行动看上去似乎都是源于某种发条装置的作用。她的弹奏和歌唱都踩着精准到让人难受的节奏，如同八音盒一样，她的舞蹈也是。这位奥林琵雅让人这么不舒服，我们不想和她打交道。在我们看来，她只是想要尽可能地表现得像个有生命的人，这背后一定有隐情。”

席格蒙特的话让纳撒内尔很痛苦，但他没有屈从于这种情感，忍住了自己的愤怒，非常严肃地说：“对你们这些冷淡乏味的人来说，奥林琵雅也许确实显得可怕。高雅的灵魂只会对同样高雅的人显现！她含情脉脉的目光只会看向我，激发我的情感、我的思想，只有在奥林琵雅的爱之中，我才能重新找回我自己。你们觉得她不正常，只是因为她和平庸的人不一样，不会去闲聊庸俗的话题。她少言寡语，这不假，但她说出来的那几句话如同神圣的真言，来自充满爱意的内心世界，如同更为高妙的见解，来自永恒天界中智慧生灵的话语。但你们是感受不到这一切的，我只是在空费唇舌。”

“愿上帝保佑你，亲爱的弟兄。”席格蒙特轻柔地说，语调几乎显得有点悲伤，“但在我看来，你正在一条不幸的路上越走越远。你可以找我帮忙，如果一切都——不，我还是不多说了。”

纳撒内尔顿时明白，他冷漠乏味的朋友席格蒙特对他是很忠诚的。他真诚地握了握席格蒙特伸出的手。

纳撒内尔完全忘记了这个世界上还有一位他曾经爱过的克拉拉，还有母亲和洛特哈尔——这一切都在他的脑海中消失了，他现在只为了奥林琵雅而活着，每天都要花上好几个小时坐在她身边，和她诉说着自己的爱意、诉说着点亮了他生命的好感、诉说着心灵层面上的和谐。奥林琵雅虔诚地聆听着这一切。纳撒内尔从他的书桌最底层翻出了他之前写过的所有作品。诗歌、想象、幻想、小说、传说。那些流淌着忧郁之情的十四行诗、八行诗和短歌越写越多，作品数量每天都在增加。他不知疲倦地向奥林琵雅朗诵这些作品，一读就是几小时。他也从来没有遇到过这么棒的听众。她不做刺绣，也不织毛衣，不会看向窗外，不去喂鸟，也不会去逗逗小狗、玩玩小猫，她不会用手搓着小纸团玩，不会玩任何东西，也不会借着咳嗽来掩盖自己的哈欠。总之，她持续几个小时坐在那里，两眼直直地看着她所爱之人的眼睛，一动不动。她的双眼越来越亮，越来越富有生气。只有当纳撒内尔最后站起来，亲吻她的手和嘴唇时，她才会说：“啊，啊！”之后又补充道：“晚安，亲爱的！”

“哦，你的思想多么高雅，多么深邃啊！”纳撒内尔在房间里喊道，“只有你，只有你一个人才能完全理解我。”

当他想到自己和奥林琵雅的心灵之间与日俱增的和睦协调时，就会因为内心的喜悦而颤抖起来。在他看来，奥林琵雅似乎从他最深处的内心中讲出了自己的作品和诗歌的意义，是的，就好像是他自己从心底说出来的一样，这一点毫无疑问是真的，因为除了之前提到的几句话，奥林琵雅什么都没说过。在纳撒内尔心智清明的时刻，比如说，早上刚刚起床的时候，他也会意识到奥林琵雅实在是非常消极、少言寡语，但他会说：“词语又是什么呢？词语！她美丽的双眼投过来的目光，表达的意思比任何言语所能表达得都要多。另外，来自天国的圣女怎么能把自己局限在可悲的尘世生活所划定的狭窄圈子里呢？”

斯帕拉扎尼教授对他的女儿和纳撒内尔之间的关系非常高兴，他也明确地表达了这种喜悦的心情。最后，当纳撒内尔壮起胆子拐弯抹角地表达出他想要和奥林琵雅更进一步时，教授满脸堆笑，表示他允许女儿完全自由地做出选择。受到这些话的鼓舞，再加之心中燃烧的渴慕，纳撒内尔决定第二天就去见奥林琵雅，请求她用清楚明白的言语说出她长久以来用含情脉脉的美丽眼神所表达的情感，也就是她想要永远属于他。他去找分别时母亲送他的戒指，想要把戒指送给奥林琵雅，作为他的爱情和他们幸福美满生活的见证。中途他翻出了克拉拉和洛特哈尔的信，但只是漠然地把它们搁到一边。他找到了戒指，放在口袋里，急匆匆地跑去见奥林琵雅。他走上楼梯，走进门厅，这时他听到了一阵古怪的吵闹声，似乎是从斯帕拉扎尼的书房里面传出来的——踩踏的声音、叮当作响的声音、物体碰撞的声音、击打的声音，穿过房门传来，还夹杂着争吵和咒骂的声音。

“滚开，滚开！无耻，下流！投入了爱和生命？哈哈哈哈！我们可没说过这事！我，我做了眼睛！我做了机械结构！你这个愚蠢的怪物，还有那些蠢机械！死狗一样的蠢钟表匠！离我远点！魔鬼！滚开！骗子！恶魔！禽兽！滚开——离我远点！让我走！”

这是斯帕拉扎尼和可恨的柯佩里乌斯的声音。他们吵闹着，辱骂着对方。纳撒内尔被一阵无缘无故的不安之感攫住，猛冲了进去。

教授正抓着一个女人的躯体，抓着她的肩膀，那个意大利人柯珀拉抓着脚，他们来回拉扯着她，怒气冲冲地争吵着，想要把她夺过来。当纳撒内尔认出那个躯体正是奥林琵雅时，深深的惊骇让他连连倒退。他心中燃起狂怒，想要从那两个疯子手里把他的爱人抢过来。但就在这时，柯珀拉以巨人一般的力气把女人的躯体从教授手里抢了过去，并且用那具躯体给了教授可怕的一击。教授被击退到桌子上，桌子上放着的罐子、蒸馏管、烧瓶和玻璃柱翻倒跌落，掉在地上，哗啦啦地碎成了上千片碎片。随后，柯珀拉把女人的躯体扛在肩上，带着一阵可怕而尖利的大笑冲下楼梯，躯体丑陋的脚垂下来，撞在台阶上，发出木头一般的撞击声，咔嚓作响。

纳撒内尔呆若木鸡地站在那里——因为他清楚地看到，奥林琵雅的脸如同死者一般蜡黄，上面没有眼睛，只有黑色的窟窿。她只是一具没有生命的木偶。斯帕拉扎尼还在地上痛苦地扭动着，头上、胸口和胳膊上扎着碎玻璃，血如泉涌。但他仍然鼓起了全身的力气。

“去追他——去追他！你还犹豫什么？柯佩里乌斯——柯佩里乌斯，他抢走了我最好的机械人偶，我为它辛劳工作了二十年！我投入了爱和生命——机械结构、语言功能、运动功能——眼睛——眼睛是从你那里偷来的。妈的！混蛋！跟着他，把我的奥林琵雅拿回来——给你眼睛！”

此时，纳撒内尔看到一双如同血淋淋的眼睛一样的东西，正在地板上盯着他看。斯帕拉扎尼用那只没有受伤的手把它们抓起来，扔向纳撒内尔，扔到了他的胸口。疯狂的感觉似乎在用灼热的爪子抓挠着他，撕裂他内心的情感和思维。

“嘿，嘿，嘿！火圈！火圈！火圈，转呀转！好玩，好玩！小木偶，嘿，可爱的小木偶，转呀转！”纳撒内尔朝着教授弯下身子，掐住他的咽喉。

要不是他的咆哮引来了附近的人，教授就被他掐死了。人们冲进来把盛怒的纳撒内尔拉开，救下被他紧紧缠住的教授。虽然席格蒙特非常强壮，但他也没能控制住这个发疯的人。纳撒内尔用可怕的声音不断地大喊着："小木偶，转呀转！"还用攥紧了的拳头到处挥舞。最后，好几个人联手把他制服，扔到地上捆了起来。他的声音变了样子，如同可怕的野兽在咆哮。人们把狂怒的纳撒内尔送到了精神病院。

亲爱的读者！在我继续讲不幸的纳撒内尔身上发生的事情之前，如果你们担心聪慧的机械师兼自动装置发明家斯帕拉扎尼的话，我可以向你们保证，他的伤后来痊愈了。但是他不得不离开大学，因为纳撒内尔的事情引起了轰动，人们普遍认为，私自用一个木偶替代真人，还把它带进高雅的晚会之中（奥林琵雅在那里获得了巨大的成功），这是相当不可原谅的欺诈行为。法学家们甚至将其称为一次狡猾的、应该从重处罚的诈骗，因为这次事件针对公众，而且他做得如此精妙，没有人看穿这件事（除了几个相当机灵的大学生）。虽然现在所有人都显得很聪明，指出了各式各样的、他们觉得值得怀疑的事实，只是他们没有把这些疑点公开说出来。比如，根据一位高贵的茶会参与者说，肯定会有人怀疑奥林琵雅为什么会不顾礼数，打喷嚏比打哈欠还要多。那位贵人认为，这是隐藏的机械装置在自动上发条，这才发出明显的响动。诸如此类。

讲授诗歌和雄辩术的教授拿出一小撮鼻烟，啪的一声合上鼻烟盒，清了清嗓子，庄重地说："备受尊崇的先生们，女士们！你们难道没有发现其中的门道吗？这一切都是一次比喻——一次还在继续的隐喻！你们明白吗？智者已明[1]！"

但是很多备受尊崇的先生们没有因此而放下心来。自动机械的故事在他们的心中深深地扎下了根，事实上，对于人形躯体的可怕猜疑在人群中逐渐蔓延。越来越多的人要求自己的爱人在唱歌跳舞

1. 此处原文为拉丁语"sapienti sat"。

的时候不能踩着节拍，要求自己朗读东西的时候对方要做刺绣、织毛衣，或者玩玩小沙皮狗之类的，而且更重要的是，她们不能一直在听，而是必须不时地说一些话，证明她们确实在听、在思考自己说过的内容。这一切都只是为了确认自己爱的人不是一具木偶。很多恋人更加如胶似漆，但也有很多人更疏远了。“实在是不知道为什么。”人们这样说。在晚会上，人们打哈欠的频率多得难以置信，但却再没有人打喷嚏，以免遭人怀疑。如前文所说，斯帕拉扎尼不得不离开，以逃脱犯罪调查——罪名是他以欺诈的方式将一台机器带进了人类社会之中。柯珀拉也消失了。

纳撒内尔像是从一场深沉可怕的噩梦中醒来。他睁开眼睛，感觉一阵无法言喻的幸福感带着柔和美妙的暖意充满了全身。他躺在父亲的房子里，在他房间的床上。克拉拉弯下腰看着他，母亲和洛特哈尔站在不远处。

“终于，终于，噢，我亲爱的纳撒内尔！你现在从重病之中恢复了——你又是我的了！”克拉拉发自内心地说，用手臂搂住纳撒内尔。

由于深深的忧郁和欢喜，纳撒内尔眼中涌出闪亮滚烫的热泪。他呻吟着说：“我的——我的克拉拉！”

席格蒙特走了进来。在纳撒内尔急需他的时候，他一直坚持站在纳撒内尔身边。纳撒内尔握住他的手说：“我忠诚的好兄弟，你没有抛弃我。”

在母亲、爱人和朋友的关怀照顾下，纳撒内尔不久后就恢复了体力，一切精神错乱的迹象都消失了。同时，好运也开始眷顾这一家，一位年迈而吝啬的叔父去世了，没有人指望过能从他那里得到什么，但他却给纳撒内尔的母亲留下了一笔不容小觑的财富，还有一栋小别墅，位于城市附近的宜人地段。母亲、纳撒内尔和克拉拉拉——他们最近在考虑结婚——还有洛特哈尔打算搬过去。纳撒内尔变得更为温和、更为纯真，因为他现在第一次清楚地认识到克拉拉美好、纯洁而高尚的性情。没有人和他提起过去的事情，哪怕是一点点相关的事情都没提到过。

不过当席格蒙特向他告别的时候，他说："感谢上帝，好兄弟！我曾经走在一条错误的道路上，但是一位天使在恰当的时机指引我走上了光明的路途！嗯，就是克拉拉！"

出于担心，席格蒙特没有让他继续说下去。他担心那些让纳撒内尔深深受伤的回忆会重新点燃他的情绪。

这四位幸福的人要搬到新居的日子到了。中午，他们买了很多东西，走在城市的街道上时，市政厅高大的塔楼把阴影投在集市上。

"哎！"克拉拉说，"我们再爬一次塔楼，看看远处的山峰吧！"

说做就做。纳撒内尔和克拉拉登上塔楼，母亲和女用人回了家，洛特哈尔不想爬那么多级台阶，在下面等着他们。这对情侣手挽着手站在塔楼最高的看台上，眺望着笼着薄雾的树林，树林后面耸立着青青的山峰，就像一座巨型城市。

"看那片奇怪的灰色小树丛，看上去就像是在整整齐齐地朝我们走过来。"克拉拉叫道。

纳撒内尔习惯性地把手伸向口袋，找到了柯珀拉的望远镜。他朝旁边看去——克拉拉正站在望远镜前面！他的脉搏疯狂地痉挛般跳动。他面色苍白地盯着克拉拉，但很快，他飘忽的眼神中就喷涌出灼热的目光，像一只被猎捕的野兽一般可怕地吼叫起来。随后，他高高地跳到空中，可怕地狂笑着，用尖利刺耳的声音高喊道："小木偶，转呀转！小木偶，转呀转！"他用巨大的力量抓起克拉拉，想把她从塔楼上扔下去。在对死亡的极端恐惧中，克拉拉紧紧地抓住了栏杆。

洛特哈尔听到了发疯的纳撒内尔在咆哮，他也听到了克拉拉恐惧的叫喊。他心中涌起一阵不祥的预感，冲了上去。通往第三层楼的门锁上了，克拉拉的悲号声回荡着，越来越响亮。由于愤怒和担心，洛特哈尔失去了理智，猛地冲向大门，门终于被他撞开了。克拉拉的声音变得越来越虚弱无力。“救命，救我，救我——”声音逐渐消散在空中。

“她死了——那个疯子杀了她！”洛特哈尔喊道。

通往看台的门也是锁着的。绝望给了他巨大的力量，他撞开了门的合页。天哪——克拉拉正被发了疯的纳撒内尔抓着，吊在看台外面，悬在空中，只有一只手紧紧地抓着铁栏杆。洛特哈尔如同闪电一般冲过去，抓住了他的妹妹，把她拉上来，随即攥紧了拳头，打在那个疯子的脸上。纳撒内尔向后跌倒，放开了死神魔爪中的战利品。

洛特哈尔抱着失去知觉的妹妹冲下楼梯。克拉拉得救了。纳撒内尔在回廊上冲来冲去，高高跃向空中，喊着：“火圈，转呀转！火圈，转呀转！”

人群聚集起来，围观着高声喊叫的纳撒内尔。律师柯佩里乌斯那高大的身影就在其中。他刚到这个城市，就来了去市集的路上。人们想要爬上塔楼，制服那个疯子，但柯佩里乌斯笑着说：“哈哈！等一等，他自己就会下来的。”之后他就和其他人一样朝上看去。

纳撒内尔的身体突然就像被冻住一样停了下来，他身体前倾，看到了柯佩里乌斯，尖锐地喊道：“哈！浩看的炎睛，浩看的炎睛！”之后他跃过了栏杆。

纳撒内尔躺在石子路面上，脑浆迸裂。这时柯佩里乌斯已经消失了。

许多年后，据说有人在很远的地方看到过克拉拉。她和一个和蔼的男人手拉着手，坐在一栋很漂亮的乡村小屋门前，两个活泼的小男孩在他们面前玩耍。我们可以得出结论，克拉拉终究还是在她的家庭生活中获得了幸福，这样的日子正是她活泼快乐、热爱生活的性格所需要的。而内心饱受创伤的纳撒内尔，永远无法给她这样的幸福。

（赵佳铭　译）

德国科幻之父

早在 H. G. 威尔斯奠定了科学与推想元素在科学浪漫小说当中的显赫地位之前的 20 年，就有人将这两大元素引入了德国小说。库尔德·拉斯维茨是一位哲学家兼科学史学家，在哥达的埃内斯蒂农中学教授哲学多年，之后转向了小说创作。他的一部分短篇小说被收录在《未来的图像》(*Bilder aus der Zukunft*，1878）当中。拉斯维茨为这部选集撰写了序言并在文中宣称：“许多关于未来的推论都可以通过文明的历史进程和科学的现状总结出来，而类比则会成为幻想的盟友。”威廉·B. 费舍尔（William B. Fischer）在《德国科幻小说理论》[收录于《科幻小说研究》(*Science-Fiction Studies*)，1976] 中写道：“拉斯维茨可能开创了外推和类比的概念。”

在许多方面，这些短篇小说更像是威尔斯的推想散文 [比方说《百万年后的人》(“Man of the Year Million”)]，而不是人物故事。作为一名哲学教师，拉斯维茨具有极强的说教冲动，这股冲动从未被讲故事的艺术彻底淹没，也许正因如此，他才从未能像他的法国与英国同行——凡尔纳和威尔斯那样在科幻领域占据显赫地位。他创造了可信的世界来说明哲学问题。约翰·克卢特在《科幻小说百科全书》中写道："《未来的图像》中收录的故事因此读起来几乎就像对于各种'更加高等的未来地球文化'的生动展览。"

拉斯维茨还出版了另外两本短篇小说集《肥皂泡》(*Seifenblasen*, 1890)和《绝不与永远》(*Nie und Nimmer*, 1902)，然而他最著名的作品是《双星记》(1897)，这部作品比威尔斯的《世界大战》还早一年出版，描述了一个最早出现在北极上空的太空栖息地上的火星文明，这个文明比地球上的人类文明更高等，并且对地球发动了入侵。根据汉斯·约阿希姆·阿尔珀斯的说法，拉斯维茨"认为伦理的发展依赖于科学技术的发展"，因此技术更先进的火星文明轻易征服了人类文明，并使其走上了自我完善的道路，而降临到地球上的火星人却退化了。跟埃德加·赖斯·巴勒斯的火星探险作品一样，书中火星生活的细节基于帕西瓦尔·罗威尔的理论。当这部作品的英译本在1971年出版时，距离首次出版已经过去了将近75年。英文版中包括了一封沃纳·冯·布劳恩写给作者的书信，证明了这部作品对于德国年轻读者的影响。当时，拉斯维茨的短篇小说在英文世界仅仅翻译出版了五篇，其中一篇选自1878年的选集，译本发表于1890年的《海外月览》(*Overland Monthly*)；还有三篇选自1890年的选集，由另一位火箭科学先驱兼科普作家威利·莱伊(Willy Ley)翻译，并在1953年和1955年发表于《奇幻与科幻杂志》。

《万有图书馆》("The Universal Library", 1901)也是由莱伊翻译的，发表在克里夫顿·法迪曼主编的《幻想数学》(*Fantasia Mathematica*)上。这部作品面世之后很久，罗素·马洛尼(Russell Maloney)才在1940年发表他的《不可动摇的逻辑》("Inflexible Logic")。马洛尼在文中推想，只要有足够的时间，就算让猴子乱敲打字机，也能重现人类的所有文学作品，后来鲍勃·纽哈特在一次滑稽模仿秀中再现了这一想法。[1] 接下来，到了 1962 年，豪尔赫·路易斯·博尔赫斯发表了《巴别图书馆》，文中描绘了一个由图书馆书架构成的宇宙，其中收藏着每一本可能存在的书（以及无限多的毫无意义的文本），此时距离拉斯维茨在自己的作品当中涉及同一套基本推想已经过去了半个多世纪。

拉斯维茨的作品在德国之外的发行总量从来不足以影响科幻小说的发展，但他在德国国内的影响的确十分巨大。埃弗雷特·F. 布雷勒曾提出，拉斯维茨可能帮助塑造了雨果·根斯巴克的“基于技术的自由主义”，而迈克·阿什利则认为，拉斯维茨通过影响根斯巴克这位美国科幻杂志创始人，“可能对科幻发展产生了远超当今认知的间接影响”。

就像美国的雨果奖是为根斯巴克设立的一样，年度最佳德国科幻奖也是为了纪念拉斯维茨。

（万年看客　译）

1. 鲍勃·纽哈特，美国演员，脱口秀主持人。据说在这期节目的最后，一只猴子几乎打出了《哈姆雷特》中的经典台词。

万有图书馆

［德国］库尔德·拉斯维茨

“你就在这儿老老实实坐着吧，马克斯。”瓦尔豪森教授说，“别翻我的文件了，里面真没什么值得报道的东西。你要喝点什么，葡萄酒还是啤酒？”

马克斯·布克尔走到桌前，从容不迫地挑了挑眉毛。他强壮的身躯慢条斯理地坐下，坐在扶手椅上，说道：

“其实我戒酒了。但是出门在外的话——我看到你这儿有一瓶上好的库姆巴赫啤酒——啊，非常感谢，亲爱的小姐——不要倒这么满！嗯，干杯，老哥们儿，尊敬的朋友！祝你健康，布里根小姐！能和你们再次相聚，真是太好了。但只是聚聚可没什么用，你一定要给我写点东西。”

“现在我真不知道要写什么。人们已经写了那么多多余的东西了，更不幸的是，还印出来了。”

“你真犯不着跟我这么一个苦兮兮的编辑说这些。问题是，到底什么是多余的？作者和读者对此有完全不同的看法。我们编辑也总会遇到这种问题，到底应该怎么判断一个东西是不是‘多余’的。嗯，我很高兴，”他开心地搓着手，“代我班的人还要替我操三周的心。”

“我很惊讶，”女主人说，“您还能一直找到新东西来出版。我还以为，把铅字拼在一起的所有方式您都试过了。”

“确实是这样的，教授夫人。人们是会这么想。但是，人类的思想是无穷无尽的。”

“您是说，在不断重复方面无穷无尽。”

“老天啊，是的！”布克尔笑道，“但也还是有一些新思想的。”

“而尽管如此，”教授发表意见，“人们能将人类获得的一切知识都用铅字印出来，历史事件、科学知识、诗词歌赋，甚至是传道授业。至少，只要能用语言表达的东西都可以。我们的书籍实际上是在传承人类的知识，存储智力活动中积累起来的财富。但是由特定的字符所组成的排列方式是有限的。因此，一切可能被写出来的文献都一定可以在有限的册数内写完。”

“嗯，老朋友，现在你说话的语气听起来又像是个数学家，而不是哲学家了。这些无穷无尽的文献怎么能有个头呢？”

“如果你想的话，我马上就给你算算，一座万有图书馆中会有多少册图书。”

“啊，叔叔，这会不会很深奥？”苏珊娜·布里根问道。

“但是，苏西[1]，对于一位刚刚从寄宿学校毕业的年轻女士来说，没什么是太深奥的。”

“谢谢，叔叔，我只是想知道我是不是该把我的手工活计拿来——你知道的，做手工活有助于我思考。”

“啊哈，小机灵鬼。你其实是想知道我会不会来一番长篇大论。我完全不这么认为。但你可以去把写字台上的纸和铅笔拿给我。”

1. 苏珊娜的昵称。

"您顺便把对数表[1]也一起拿来吧。"布克尔尖刻地说。

"天哪！"女主人阻止道。

"不，不，不需要那个。"教授喊道，"你也不用把手工活计拿来摆谱，苏西。"

"给你点好吃的。"女主人说着，塞给苏珊娜一个盘子，上面盛着苹果和坚果。

"谢谢。"苏珊娜回答道，拿起坚果钳，"我得用这个对付最硬的坚果。"

"首先我来问个问题，我们的朋友可以回答，"教授说，"我要问：如果人们能适应一定的简化，放弃不同字体带来的美感，同时我们考虑这样的读者，他们不需要很舒适的阅读体验，只关心文字的意义——"

"但是压根没有这样的读者。"

"嗯，我们假设存在这样的读者。要写出全部的严肃文学和通俗文学需要多少种铅字？"

"嗯，"布克尔说，"我们把需要的字符限制在以下范围内：拉丁文字母表中的大小写字母、常用的标点符号、数字——别忘了还有空铅——"

苏珊娜从她的坚果中抬起头来，像是要问什么。

"空铅指的是表示空格的铅字，排字工人用它们来隔开单词、填充留下的空余位置。这些并不多——但还要考虑科学书籍！你们数学家要用到一大堆符号！"

"我们可以用上下标来解决这个问题，在字母的上面或者下面加上小数字，就像 a_0、a_1、a_2 等等。这样我们就只需要额外的第二行和

1. 在电子计算未普及的年代，运算巨大的数字时通常会采用对数法来简化计算，对数表即为用对数法计算大数字时需要查阅的表格。

第三行数字 0 到 9。用这种方法，人们甚至可以通过足够的约定来表示任意一种外语字符。”

“当然了。我相信你说的那种理想化读者能做到。那我估计，我们总共需要大概 100 种不同的符号，就可以用铅字印出一切可以想象出的内容。”

“嗯，很好。那每一本书应该多厚呢？”

“我觉得，一本 500 页的书就可以把一个主题讲得十分透彻了。我们假设一页有 40 行，一行有 50 个字符（当然始终要计算空格、标点等等），在这样的一本书里就有 40 乘 50 乘 500 个字符，也就是——嗯，还是你来算一下吧。”

“100 万。”教授说，“这样的话，我们用 100 种字符来填满一本 100 万个字母的书，每种字符都可以重复任意次。字符以某种特定次序排列时，我们就得到了某一本书。现在我们设想一下，我们可以用纯机械的手段，用这种方式得到所有可能的排列。这样人们就可以精准地写出所有的作品，无论是已经在过去写出来的还是将要在未来写出来的。”

布克尔用力拍了拍他朋友的肩膀。

“嘿，我现在就要订阅万有图书馆的书。这样的话，我那份报纸将来要出版的各期，我就都有了，而且还是已经完全定稿的付印版。我再也不需要为稿子操心了。这对出版商来说也是大好事，可以把作者们从商业链条中彻底剔除！用排列组合机器代替作者，这真是科技的伟大胜利！”

“什么？”女主人高声说，“所有的书都放在一座图书馆里？也包括歌德的所有著作？《圣经》？所有曾经活在世上的哲学家的著作合订本？”

“甚至还包括所有没人想得到的版本。你可以在里面找到柏拉图和塔西佗的散佚著作，包括它们的译文。此外还有我们二人将来会写出来的所有作品、所有已被忘却的和正在进行中的国会演讲、世界和平条约、尚未发生的未来战争史。”

“还有国家交通时刻表[1]，叔叔！”苏珊娜喊道，“你最喜欢的书。”

“当然了，还有你给格拉泽劳老师写的所有德语作文。”

“啊哈，要是我在寄宿女校时就有这本书该多好！但我想，我们一直在说整卷的书——”

“抱歉打断一下，布里根小姐，”布克尔插嘴道，“您忘了空格了——就算是最短的小诗都会有单独的一本书，里面剩下的部分都是空格。而且图书馆中也会有最长的作品，就算一本书放不下，我们也可以简简单单地在另外一本书里面找到剩下的部分。”

“嗯，我得好好谢谢帮我找的人。”女主人说。

“这正是困难所在。”教授微笑着说，身体后仰，躺进沙发椅中，慵懒地看着雪茄的烟雾。“不过有个事实可能会让找书看起来变得容易些，那就是这图书馆里也一定有本身的馆藏书籍目录——”

“那么——”

“嗯，但是你怎么才能找到这本目录？即便你找到了一本，也不会有什么帮助，因为它不仅包括正确的书名和书籍编号，也包括所有可能会出现的错误书名和书籍编号。”

“见鬼，还真是这样！”

“嗨！还有另外一些难处呢。比如说吧，我们拿起我们这座图书馆的第一本书。第一页是空的，第二页也是，一直这样下去，所有 500 页都是空的。这本书其实就是空格符号重复了 100 万次。”

“至少，这本书里面不会有胡说八道的内容。”瓦尔豪森夫人插话。

---

1. 德意志帝国时期由帝国邮政部门定期出版的交通时刻表汇总，包含了德意志帝国境内所有铁路和轮船交通的时刻表。

"算是个安慰吧！现在看看第二本，还是空的，都是空的，直到最后一页，在最后一页的最下面，在第 100 万个字符的位置上，有个畏畏缩缩的字母'a'。第三卷也是一样，只是那个'a'往前移了一个字符的位置，最后一个字符又是空格。就这样，这个字母'a'在每一本书里面都往前移一位，一直移了 100 万本，直到第 1 000 001 本，这个字母终于到达了第一个字符的位置。这本有趣的书后面什么内容都没有。前 1 亿本书都是这样的，直到所有 100 种字符都走完从最后一位到第一位的孤独旅程。同样的事情也发生在'aa'或者任何两个其他字符上，这些字符可能在任何位置。有一卷书中只有句号，另外一卷只有问号。"

"嗯，"布克尔说，"人们很快就可以识别出这些毫无意义的书，把他们挑出去——"

"嗯。是啊——但是当人们找到一本看起来合心意的书时，才是最糟糕的。比如说吧，如果你想读一读《浮士德》，而且正好找到了有着正确开头的一本。当你读完了一小节之后，后面突然就变了。'哇啦哇啦，哇啦哇啦，这儿啥也没有！'或者只是简单的'aaaaa'。或者你要查一张对数表，却没人知道这张表对不对。因为在我们的图书馆里面不仅有所有正确的东西，还有所有错误的。人们可不能被书名误导了。一本书的开头可能是"三十年战争[1]的历史"，但是后面却是这样的：当布吕歇尔亲王在温泉关迎娶达荷美女王时[2]……"

"哎，叔叔，这个适合我！"苏珊娜高兴地喊道，"我能写这样的书，我相当擅长把事情混在一起。图书馆里肯定有这样的开头，我

1. 一场由神圣罗马帝国内战引发并逐渐扩散到丹麦、瑞典、法国、西班牙等欧陆各国的战争，始于 1618 年，终于 1648 年。

2. 布吕歇尔亲王在温泉关迎娶达荷美女王一事并不存在，亦和三十年战争毫无关系，为图书馆随机排列字母导致的虚构历史。

在《伊菲革涅亚》[1] 上读过的：

> 走出你的阴影吧。灵活的树梢，
> 屈从于需要，而不是自己的欲望，
> 在那石椅之上，我想独自静坐。[2]

“要是这样的书被印出来，我就终于可以得到人们的认可了。而且我在那儿肯定还能找到我写给你们的那封长信，我想寄出去的时候它就突然不见了。米卡之前把她的课本放在上头——哎呀！”她难为情地打断了自己的话，把飘逸的棕色秀发从额头上撩开。“格拉泽劳老师和我明确地强调过很多次了，我应该多加小心，不要唠唠叨叨个没完！”

“你在这儿就完全得到认可了。”她的叔叔安慰道，“我们的图书馆里不仅有你写过的所有信件，还有你讲过的所有话，包括你已经讲过的或者将来要讲的。”

“啊，那我宁愿图书馆不要对外开放！”

“别担心，你的书上不仅仅会有你的署名，还会有歌德的署名，甚至会署上世界上所有可能的名字。比如说吧，我们的这位朋友会发现他的名字署在了一篇文章下面，要对这篇文章负责，而文章违反了所有你能想得出来的出版禁令，足以让他被判坐一辈子的牢都不够的刑期。他还会找到一本他自己的书，在每一句话后面都说这句话是错的，还有一本书里面会发誓说完全一样的话是对的。”

“啊，很好。”布克尔大笑着说，“一开始我就知道他在耍我们。

---

1. 此处指的是歌德的剧作《在陶里斯的伊菲革涅亚》（*Iphigenie auf Tauris*，1793）。
2. 这三句诗是苏珊娜将不同的歌剧中的话拼凑起来组成的。第一句是歌德的《在陶里斯的伊菲革涅亚》的开篇，第二句出自德国文学家弗里德里希·席勒所著的《墨西拿的新娘》（*Die Braut von Messina*，1803），第三句出自弗里德里希·席勒的《威廉·退尔》（*William Tell*，1804）。

这样的话，我不会去订阅万有图书馆的书的，因为不可能把有意义的内容从无意义的内容中挑出来，也不可能把正确的内容从错误的内容中挑出来。如果我找到好几百万本书，都声称是讲20世纪德意志帝国历史的，但是它们却相互矛盾，那我大可以自己去读历史学家写的书。我不会去这座图书馆的。”

“你可真聪明。否则你就要有一份看起来很漂亮的负担了。另外，我可没有要你们。我可没说你能找到需要的书，我只是说人们可以准确给出万有图书馆中的书目数量，其中包括所有无意义的书和所有可能印出来的有意义的书。”

“那就算一下需要多少本书吧。”女主人说，“要不然这张白纸是不会让你休息的。”

“很简单，我可以心算。我们只需要算算我们要怎么建这座图书馆。首先，我们将100种字符中的每一种都写下一次，然后我们在每个字符后面都接上100种字符中的每一种，这样任意两个字符的组合都有100乘100种。我们再把每种字符都第三次加上去，三个字符的组合就有100乘100再乘100种，如此继续下去。因为我们在一本书里有100万个位置要填，所以书籍的数目等于我们将100这个因数连乘100万次。因为100是10乘10，所以我们用10这个因数连乘200万次的话，会得到相同的数字。也就是一后面跟着200万个零。就是这样的——10的200万次方：$10^{2\,000\,000}$。”

教授高高举起那张纸。

“嗯，”他的妻子说，“这个解释你们自己倒是能轻易看懂。把这个数字详细写出来吧。”

“还是算了吧，因为我就算日夜不停地写，也至少要写两周。要把这个数字印出来的话，大概要印4公里长。”

“哟！”苏珊娜说，“那人们该怎么读这个数字啊？”

“这个数字没有专门的名称。嗯，其实根本就没什么办法把这个数字形象地展示出来，哪怕是近似地展示出来都不行。尽管这个数字大小有限，但它还是太庞大了。无论人们想要定义多大的数量单位，在这个数字巨兽面前都会消失不见。”

“那么，”布克尔问道，“要是人们用艾[1]来表达它呢？”

“1 艾确实是个相当大的数字了，10 亿乘以 10 亿，1 后面跟着 18 个零。如果你用我们的书籍数量除以 1 艾，就是从 200 万个零中减去 18 个，你就得到了一个有 1 999 982 个零的数字，你同样很难直观理解。但等一下。”教授在纸上写下几组数字。

“我早就知道，”他的妻子说，“还是会做些计算的。”

“我已经算完了。你知道我们这座图书馆的书籍数量意味着什么吗？假设每本书只有 2 厘米厚，把这些书排成一排——你们觉得，这一排有多长？”

他得意扬扬地环顾四周，所有人都沉默着。

苏珊娜突然说：“我知道了！我可以说吗？”

“当然了，苏西！”

“图书馆里面书的数量乘 2 那么多厘米。”

“很好，很好！”所有人喊道，“完美的答案。”

“是的，”教授说，“但我还是想把这个长度表达得更清晰一些。你们知道的，光 1 秒钟可以走 300 万公里，那么 1 年大约可以走 100 亿公里，也就是 1 艾厘米。如果有一位图书管理员用光速跑过我们这一排书的话，他得花上 2 年才能跑过仅仅 1 艾本书。图书馆里面有几艾本书，就要跑这个数字乘 2 这么多年，才能跑完整个图书馆。也就是——正如之前说的——一后面跟着 1 999 982 个零。我只是想

1. 全名“艾克沙”，不常用的数量单位，为 10 的 18 次方，音译自西文词头 exa-。

要表达这一点：人们很难想象出光跑过整座图书馆的时间，同样很难想象图书馆里面书的数量。这十分清晰地说明，要直观地表达这个数字非常困难，即便这个数字是有限的。”

教授刚想要把纸放在一边，布克尔就说：“如果女士们允许的话，我还想问一个问题。我觉得，你凭借计算得到了一座整个世界都装不下的图书馆。”

“我们马上就会知道答案。”教授回答道，重新开始计算。随后他说：

“如果我们把整座图书馆压到一起，让每 1 000 本书占 1 立方米，这样的话，即便我们把可视范围内的最远的星云以内的所有宇宙空间都用上，能放下的书本数量和图书馆中书籍的总数相比，也就是说和 1 后面跟着 200 万个零相比，还差大约 60 个零。嗯，所以问题还在——我们没有任何办法接近这个巨大的数字。”

“你看，”布克尔说，“我说得对吧，它是无限大的。”

“不是。用这个数减去它自己，就会得到零。这个数字是有限的，它被准确地定义好了。只是有一点很奇怪：图书馆中包括所有可能的文献，看起来似乎无穷无尽，但是我们可以用几个字符就写出书的数量。不过当我们试着用经验去理解其中的意义，或者去设想其中的细节时，比如说，如果我们想要在万有图书馆里面找某一本特定的书时，我们用理智构造出来的清晰印象就会变成一种无穷无尽、不可思议的东西。”

布克尔严肃地点了点头，说：“理智比理解要强出无数倍。”[1]

“这句谜语是什么意思呢？”女主人问。

“我只是想说，我们可以准确地想象出无穷这个概念，比我们

---

1. 布克尔的这句话巧妙地利用了德语的读音特点，德语中，理智（Verstand）和理解（Verständnis）词形、读音都相近，因此下文中教授夫人将其称为“谜语”。

用实际经验来感知这个概念时要准确得多。逻辑比感觉要强大无数倍。”

“这正是逻辑值得称道的地方。”瓦尔豪森说，“感觉会随着时间流逝而消失，而逻辑和时间毫无关系，是任何时候都通用的。因为逻辑只意味着人类自己的思想，所以我们在这种永恒的财富中得到了恒定不变的神圣法则中的一部分，得到了具有无尽创造力的规律中的一部分。这也正是数学的基础所在。”

“很好，”布克尔说，“规律让我们信仰真理。但如果我们想要运用规律，我们首先要将生活经验的质料填进规律的形式[1]之中。也就是说，我们首先要在图书馆里面找到需要的那本书。”

瓦尔豪森表示赞同，他的妻子轻声唱道：

> 因为，世间的凡人，
> 不可试图比肩众神。
> 如果人伸手及天，
> 想要触摸星辰，
> 他的双脚就会悬于空中，
> 毫无立足之根。
> 飘飘白云，呼啸狂风，
> 将会嘲笑他的愚笨。[2]

“大师此言切中肯綮。”教授说，“但如果没有逻辑规律，我们就没有任何可靠的方法能走出地面，飞向群星。只是我们还得牢牢立

1. 亚里士多德的哲学理论，认为具体事物都包含质料和形式两方面。前者是物质属性等，后者是组织结构等。
2. 节选自歌德的诗歌《人类的界限》（*Grenzen der Menschheit*，1789）。

足于经验组成的坚实基础上。我们不需要到万有图书馆中去找需要的书，而是要凭借持久、认真和扎实的工作来自己创造。”

“机遇引发奇迹，理性创造价值。”布克尔说，“所以你明天来写一下今晚的奇思妙想，这样我就能拿到稿子了。”

“我很乐意帮忙，”瓦尔豪森笑道，“但我得和你说一下，你的读者们会觉得稿子是从某一本多余的书里面摘出来的——你接下来要做点什么呢，苏西？”

“我要去做一些理性的事情，”她庄重地说，“我要把质料填进形式之中。”

她往酒杯里倒满了酒。

（赵佳铭　译）

文学的影响

在当代，可以观察到科幻小说影响着主流作家的写作，因为在试图应对不断变化的世界时，主流文学也采用了科幻这一描述变革的文学体裁当中常用的惯例和隐喻。我们可以轻松列举出一连串涉及过科幻理念的传统作家，或者说把自己改造成传统作家的人。如果说找出几百位此类作家有点困难，那么仅仅提名几十位总还是没有问题的。我在 1975 年出版的《科幻小说史》中列举了其中最突出的几位，包括阿道斯·赫胥黎、乔治·奥威尔、内维尔·舒特、伯马德·沃尔夫、赫尔曼·伍克、安·兰德、约翰·赫西、皮埃尔·布勒、威廉·戈尔丁、多丽丝·莱辛、弗拉基米尔·纳博科夫、沃克·珀西、安东尼·伯吉斯、维克斯、威廉·伯罗斯、约翰·巴特、托马斯·品钦、库尔特·冯内古特。在那以后还有更多的主流作家冒险进入了科幻的垃圾场。

不过，在科幻小说发展的大部分时期，其实是主流文学一直在影响科幻，例如赫胥黎与奥威尔，奥拉夫·斯台普顿提出的末世论（eschatology），或者约翰·多斯·帕索斯的拼贴手法——约翰·布伦纳尤其将拼贴写作这样的主流文学技巧运用在了《站在桑给巴尔》（*Stand on Zanzibar*，1968）当中。具体而言，主流文学帮助塑造了20 世纪 60 年代的英国科幻新浪潮运动，从威廉·巴勒斯的偏执存在观到现在的法国实验派的模糊小说与反小说，都与主流文学难解难分。

然而，科幻小说受到的主流文学最重要的影响之一，来自一位1883 年出生于布拉格的德裔犹太人，此人在这座城市度过了短暂一生中的绝大部分时间，他赖以为生的工作是为一家意外险保险公司担任律师，1924 年因肺部疾病在维也纳去世。他的名字叫弗朗茨·卡夫卡。如果没有他的小说，我们很难想象日后会出现豪尔赫·路易斯·博尔赫斯，或者菲利普·迪克，甚至詹姆斯·莫罗[1]这样的作家。迈克尔·毕晓普在《流浪番茄》（“Rogue Tomato”，1975）中致敬了这份传承。

卡夫卡的正式工作既枯燥又重复，他的个人生活也很不顺心。他的父亲既霸道又暴力，对于儿子的文学抱负嗤之以鼻。1915 年，他出版了《变形记》（“Die Verwandlung”，1937），并获得了冯塔纳奖[2]（Fontane prize）。1919 年，他出版了《乡村医生》（*Ein Landarzt*）和《刑场》（*In der Starfkolonie*）。

《大英百科全书》中评论说：“他凭借令人深感不安的生动噩梦呈现了悲剧性的人生观。这噩梦当中充斥着痛苦、怪诞且离奇的细节，所有这些细节都暗示着某种可怖的现实。他的文风和谐、洗练而又宁静，与他的创作题材形成了鲜明的对比。他笔下的长短篇小说无不涉及人类在一个不可理解且显然抱有敌意的宇宙当中的困境，他的主人公无望而又无助地试图与某种遥远且绝对的力量达成妥协，

1. 美国科幻作家，代表作为“上帝三部曲”。
2. 即“柏林艺术奖”，为纪念德国著名作家西奥多·冯塔纳而设立。

而这种力量的体现在他的作品当中从头到尾都晦暗不清。”

卡夫卡最著名的中篇小说《变形记》(“Die Verwandlung”，1915)集中体现了上述观念：一个年轻人一觉醒来突然变成了人体大小的甲虫。在《刑场》中，一台处决犯人的机器将道德标语刻在了受害者的身体上。弗朗兹·罗滕施泰纳认为这个故事可能是“对纳粹集中营的预言”。约翰·克卢特在《科幻小说百科全书》中指出，卡夫卡笔下的世界“极端脱离正常现实”，而他对这些世界的呈现方式则“宛如幻觉一般清澈通透”。

克卢特进一步写道：“(卡夫卡的)作品是现代主义的，这些文字的寓言品质不可捉摸，如同梦幻。他的影响极大，渗透了许多现代主义作品，这些作品都试图在错位、极权主义、超现实主义，或者仅仅是不可捉摸的场景当中去探究生活的质量。”比方说《猎人格拉楚斯》(“The Hunter Gracchus”)显然涉及了求死不能的痛苦。但是在通常情况下，卡夫卡作品的内在含义不那么容易破译。卡洛琳·戈登和艾伦·泰特在他们的文学选集《小说之家》(*The House of Fiction*，1950)中认为，这部作品其实是“基督被钉死在十字架上，但却永远无法升天的故事”。

他们指出，船主是“教会”，落在运尸担架上的鸽子是“圣灵”，而市长则代表着“灵魂”——值得注意的是，市长这个角色名叫萨尔瓦多(Salvatore)，暗指“救赎”(salvation)。他们的解释倒也可信，但是对于享受这个小故事或许并不太重要，就好比用不着熟知斯威夫特在讽刺哪些人和事物也可以享受《格列佛游记》一样。这个故事可以在不同的层面上进行解读，在科幻层面上，卡夫卡围绕着“死不了的人”这一幻想元素展开了不亚于任何科幻小说的自然主义细节描写。戈登和泰特写道：“他的象征主义比喻就像欧内斯特·海明威的《杀人者》(“The Killers”)一样，牢牢地扎根于自然主义细节。他的象征性人物首先是可信的人类……象征通过令人信服的细节得以体现。”

也许是因为背负着自卑与父亲的反对，卡夫卡在临终之前曾经给他大学时代的朋友马克斯·勃罗德留下了书面嘱托，要他无须阅读就销毁自己的手稿。勃罗德则告诉卡夫卡，自己做不到，并且出版了大部分手稿，包括三部未完成的小说——《美国》（*Amerika*，1927）、《审判》（*Der Prozess*，1925）和《城堡》（*Das Schloss*，1926）。

也许，如果勃罗德的耳根子再软一点，并且不那么相信卡夫卡的天才，那么主流文学与科幻文学的进程都将会大不相同。卡夫卡始终关注着人性如何在一个毫无感受、无法理解且奉行官僚主义的宇宙当中失落。随着年代的推移，他的文字似乎也变得越发合宜起来。这正是技术变革的一个重要方面：那些不愿或不能随环境而改变的人们将会承受怎样的悲剧。卡夫卡对科幻的另一个重要贡献就是将幻想题材当成司空见惯的自然主义素材。

（万年看客　译）

猎人格拉楚斯

[奥地利]弗朗茨·卡夫卡

两个男孩坐在码头的堤坝上玩骰子。一个男人坐在纪念碑的台阶上，在挥舞着佩剑的英雄雕像的阴影中读报纸。一个女孩在水井边往木桶里灌水。一位水果贩子躺在他的货物旁，远远地望着大海。透过一家小酒馆空荡荡的门和窗洞，人们能看到酒馆深处坐着两个喝酒的男人。店主坐在一张桌子前打着瞌睡。一艘小船寂然无声地泊入小码头，仿佛被什么东西托在水上。一个穿着蓝色罩衫的男人爬上岸，将缆绳穿过铁环。水手身后的另外两个男人穿着有银纽扣的深色上衣，抬着一副担架。在一大块有着花朵图案和流苏装饰的绸布下，人们能明显地看出担架上躺着一个人。

码头上没人关注这些刚来的人，甚至当他们放下棺材，等待着还在系缆绳的船夫时也是如此。没人走过来，没人问他们问题，没人注意看他们。

船夫被一个刚刚才在甲板上露面的女人缠着，她顶着一头蓬乱的头发，怀中抱着一个小孩子。随后他走上来，指着一幢矗立在大海左侧的二层黄色房子。抬担架的人抬着担架，走过低矮而有着细长门柱的房门。一个小男孩打开窗户，刚好看到这一队人消失在房屋中，就赶忙关上窗户。房门也在此时关上了，那是一扇用黑橡木精细拼合的门。一群刚刚绕着钟楼飞翔的鸽子降落在房前。它们聚集在门前，就像房子里储藏着它们的食物一样。一只鸽子飞上二楼，啄着玻璃窗户。鸽子长着浅色的羽毛，活泼有力，显然被照顾得很好。船上来的女人朝着鸽群用力撒去一把谷子，鸽群飞快地啄食那些谷子，然后又飞向那个女人。

码头有一条狭窄陡峭的小巷子向上延伸，一个男人从里面走下来，戴着系有哀悼丝带的礼帽。他仔细环视四周，看到的一切都让他忧郁不快。他瞥见了角落里的垃圾，脸拉长了。纪念碑的台阶上散落着水果皮，他走过时用拐杖将它们扫下台阶。他敲了敲房门，同时将礼帽拿在带着黑色手套的右手中。门立刻就开了，大概五十个小男孩在走廊里排成两排，向他鞠躬。

船夫走下楼梯迎接这位绅士。他带着绅士走上二楼，绕过围着院子建造的明亮而精致的凉廊，男孩们跟在他们后面，保持着敬畏的距离。两人走到房子背面的一间阴凉而宽敞的房间中，从房间里看不到其他房子，只能看到一片光秃秃的灰黑色峭壁。抬担架的人忙着在担架的一端放上几支长长的蜡烛，将它们点燃。但是烛光并不亮，只是让之前静止不动的影子摇晃起来，在墙上跳动着。担架上的布已被掀开，上面躺着一个男人，须发蓬乱，皮肤黝黑，看上去像是猎人。他一动不动地躺着，闭着眼睛，看起来已全无气息，尽管如此，也只有四周的布置能说明他大概已经死了。

绅士走到担架旁，把手放在躺着的人额头上，跪下身子祷告。船夫朝着抬担架的人挥挥手，示意他们离开房间。他们走出房间，赶走了聚在外面的男孩，关上房门。绅士似乎对目前的安静程度还不太满意，看向船夫。船夫明白了绅士的意思，推开侧门去了隔壁的房间。担架上的男人立刻睁开眼睛，脸上带着苦笑，转向绅士说：

“你是谁？”绅士毫不惊讶地从跪姿中站起身来，回答道：“里瓦市[1]市长。”

担架上的男人点点头，伸出手，轻轻朝着一张沙发椅指了指。等市长答应了他的邀请后，他说：“我当然知道，市长先生，但刚醒过来时我总是会忘记一切，一切似乎都在打转，我最好还是问一下，即便我已记起了一切。你大概也知道，我是猎人格拉楚斯。”

“我知道。”市长说，“我在今天凌晨收到消息说您要来。我们早就睡下了，大概在午夜，我的妻子喊：‘萨尔瓦托[2]’——这是我的名字——‘看看窗外的那只鸽子！’真的有一只鸽子，但是它和公鸡一样大。它飞到我耳边说：‘死去的猎人格拉楚斯明天要来，以这座城市的名义接待他。’”

猎人点点头，舌尖在双唇上舔了舔：“是的，鸽子飞在我前头。但您觉得呢，市长先生，我应该留在里瓦吗？”

“我现在不能确定。”市长说，“您死了吗？”

“是的。”猎人说，“正如您所见。很多年以前，一定是很多很多年前了，我在黑森林[3]里——那是在德国——追赶一只羚羊的时候，从悬崖上摔了下来，之后我就死了。”

“但是您现在还活着。”市长说。

“在某种意义上，”猎人说，“在某种意义上我是还活着。我的死亡之船走错了路，船舵转错了方向，船夫走神了片刻，转向了我美丽至极的家乡。我也不知道怎么回事，我只知道我还留在这个世界上，此后我的小船一直在尘世间的水域上行驶。所以，我这个一辈子只想住在自己那儿的山里头的人，在死后走遍了地球上的所有大陆。”

1. 里瓦市（Riva），世界上有多个城市以此为名，其中美国马里兰州的里瓦市位于海边，此外意大利有多地地名可简称为里瓦，但都不在海边。作者可能指的是美国马里兰州的海滨小城，也可能只是虚指。
2. 男子名，词源为拉丁语，意为救世主。
3. 位于德国西南部巴登-符腾堡州的山地森林。

“您的任何部分都不在天国里？”市长皱着眉问道。

“我一直，”猎人回答，“在前往天国的那条长长的阶梯上。我在这条无限长的台阶上游荡，一会儿往上，一会儿往下，一会儿往右，一会儿往左，总是在运动之中。猎人现在变成了蝴蝶。请您不要笑。”

“我没笑。”市长反驳道。

“您很明智。”猎人说，“我总是在运动之中。哪怕我有时高高飞腾，看到了天堂之门在我面前发光时，我还是总会在我那条老旧的小船上醒来，漂在尘世间某一处远离人烟的水域上。在我久远前的死亡中有个根本性的错误，它似乎在我的船舱中嘲笑我。船夫的妻子尤莉娅敲开门，把早餐饮品送到我的担架旁，饮品是我们从陆地上搞来的，我们刚刚驶过那片陆地的海滨。我躺在一张木板床上，穿着——看到我的样子肯定不是什么令人愉悦的事情——一件肮脏的寿衣，灰黑色的头发和胡子乱糟糟的，缠在一起。我的担架上盖着一块很大的女式丝绸围巾，上面有花朵的图案和长长的流苏。我的脑袋前面立着一支教堂蜡烛，照着我。我对面的墙上挂着一小张画，画上的人明显是布须曼人[1]，正用长矛朝我刺过来，身体尽可能地隐藏在一面绘制精美的盾牌后面。人们在船上常会见到一些愚蠢的艺术品，可这一件是最为愚蠢的。除此之外，在我的木头小舱里面什么都没有。南方夜晚的温暖空气通过侧墙上的一个小窗吹进来，我还能听到水流拍打着这艘旧船的声音。

“当我还是活着的猎人格拉楚斯时，我的家在黑森林，我追赶一只羚羊然后摔死了。自此之后，我一直躺在这里。一切事情都发生得理所当然。我追赶着，摔了下去，在一条山谷里流尽了血，死了，

1. 生活在非洲南部的原住民。

这条小船应该载着我去天国。我还记得我第一次在这张木板床上舒展四肢躺着时是多么高兴。当时那四面墙听到了我的歌声，那样的歌声连山林都没听过。

“我活得很快乐，死得也很快乐，在我上船前，我就高兴地把那些东西扔了：讨厌的弹药、背包，和我一直骄傲地背在身后的猎枪。我就像一个姑娘穿上婚纱一样迅速地穿上寿衣。我躺在那儿，等待着。之后不幸的事情就发生了。”

“真是糟糕的命运。”市长说，防御性地抬起手来，“其中你没有任何过错，是吧？”

“没有任何过错，”猎人说，“我是个猎人，这有什么错吗？我安于天命，在黑森林里打猎，那个时候森林里还有狼呢。我埋伏在林中，射击猎物、击中猎物、剥下猎物的皮，这有什么错吗？我的工作是受到祝福的[1]。人们叫我‘黑森林中的伟大猎手’。这有什么错吗？”

“我没有下判断的资格，”市长说，“不过我也觉得你好像没有任何过错。但是这是谁的错呢？”

“船工。”猎人说，“没人会读到我现在写下的话，没人会过来帮助我。即便帮助我是一种命令，所有的门也都会关上，所有的房子也都会锁上，所有人都会躺在床上，用被子蒙住头，整个地球会如同夜晚的旅馆。这其实也有一定道理，因为没人认识我，就算有人认识我，他也不知道我的容身之所。就算他知道我的容身之所，他也不知道怎么让我留在那里，他也不知道该怎么帮助我。想要帮我这种想法是一种疾病，要卧床治疗。

“这些我都清楚，我也不会高声喊叫，寻求帮助，即便是在我非

1. 按《圣经・旧约・创世纪》，以撒“当受祝福”的长子以扫就是猎人。

常想求助的时刻——当我无法控制自己的时候，比如现在。但只要我环顾四周，想到我身处何方以及——我敢这么说——几百年来所居何地，这就足以打消我的求助念头。”

“离奇，”市长说，“离奇。现在你想要留在里瓦，跟我们一起吗？”

“我不这么认为。”猎人微笑着说，把手放在市长的膝盖上，作为对嘲讽之情的补偿。

“我现在在这里，更远的事情我就不知道了，也做不了什么。我的小船没有舵，它是依靠死者之地的最深处吹来的风航行的。”

（赵佳铭　译）

奥地利联系

奥地利有自己的科幻小说传统。这一传统诞生于世纪之交的维也纳，当时这座城市堪称智识与艺术的圣殿。激发这一传统的诱因则包括精神分析与逻辑实证主义等思想。赫茨尔的犹太复国主义通过《旧新大陆》（1902）得到了表达——人们都说这部作品描绘了唯一一个在现实世界得到创建的乌托邦——而赫尔茨卡的乌托邦概念则体现在他的《自由之地》（1890）中。弗朗茨·卡夫卡在维也纳度过了他最后的岁月。其他的布拉格作家，包括马克斯·勃罗德、利奥·佩鲁茨和弗朗茨·韦尔弗也都曾在这里生活过一段时间。然而，奥地利的科幻作品从未与德国科幻区分开来，奥地利科幻作家在德国出版的作品也要多于在奥地利出版的作品。

弗朗茨·罗滕施泰纳在《科幻小说百科全书》中列举了奥地利科幻的先驱作品，例如罗伯特·穆勒的未来主义悬疑小说《暗室》（*Camera Obscura*，1921）；利奥·佩鲁茨的两部长篇奇幻小说《审判日之主》（*Der Meister des Jüngsten Tages*，1923）和《圣彼得之雪》（*St. Petri Schnee*，1933）；圣奥斯瓦尔德·莱维特可能死于纳粹集中营，此人写了两部小说，分别是《遗失在时间里》（“Verirrt in den Zeiten”，1933）和《凤蝶》（*Papilio Mariposa*，1935）。其他与科幻相关的奥地利作品包括雨果·贝陶尔的《没有犹太人的城市》（“Die Stadt ohne Juden”，1925）和奥托·索卡的《梦之鞭》（“Die Traumpeitsche”，1921）。

战后奥地利的科幻作品包括埃里克·多罗扎尔的少年科幻系列作品，题材是火箭科学；弗雷德里克·赫希特创作了两本太空旅行题材的作品；温弗利德·布鲁克纳创作了一部反乌托邦题材少年科幻系列。恩斯特·弗尔切克自1970年起成为职业作家，根据罗滕施泰纳的说法，他创作了数百部科幻小说，尤其是“佩里·罗丹”系列。较年轻的作家还有彼得·夏特施耐德、玛丽安娜·格鲁贝尔、芭芭拉·纽沃斯、恩斯特·佩兹和库尔特·布拉哈茨。

然而，奥地利作家中为科幻做出最重要贡献者可能还得算赫伯特·W.弗兰克。罗滕施泰纳写道，此人“被视为最重要的在世的德语科幻作家”。弗兰克于1950年在维也纳获得博士学位，并在慕尼黑大学教授控制论美学。爱丽丝·卡罗尔·加尔在《圣詹姆斯科幻小说作家指南》中指出，自从20世纪50年代以来，弗兰克出版了许多关于“计算机、信息科学以及通过电子感官刺激进行心理操纵的可能性”的科普书籍，此外还开始发表科幻短篇小说，并且为戈德曼科幻系列主编了一本小说集《绿色彗星》（*Der grüne Komet*，1960），其中收录了大约65篇他本人创作的微型科幻小说。

弗兰克的第一部长篇科幻小说是《心灵网》（*Das Gedankennetz*，1961）。从那以后他又出版了十几部科幻小说以及短篇选集，写了广播剧，还主编了几部国际科幻选集。他还有两部长篇小说被翻译成了英文，分别是《兰花笼》（*Der Orchideenkäfig*，1961）和《空区》（*Zone Null*，1970）。罗滕施泰纳在《惊异剖析》中指出，弗兰克“找到了标志性的且十分成功的形式来表达他在科学与政治两方面的严肃关切，尤其是对通信技术的滥用以及操纵人类的行为的关切”。约翰·克卢特在《科幻小说百科全书》中认为，弗兰克的“典型文风惯于推想，有时略显干涩”。加尔写道：“他早期的小说着重描写强大的军工体系如何与随波逐流的毒品文化沆瀣一气，充满辐射的荒原、颓废且沉迷游戏的大众文化、满是塑料的人工环境如何禁锢人，以及某些偏执狂如何强迫别人承认他更加‘优越’。他在20世纪70年代末和80年代初创作的几部长篇小说描写了痴迷于超人类的领导人利用电子模拟来测试和欺骗他们的受训者。”

也许正是因为这些，罗滕施泰纳将弗兰克的科幻作品与菲利普·K. 迪克的作品相提并论：“弗兰克的小说总体氛围与迪克的小说并无不同，但迪克的小说更有新意，并且超越了已知科学的边界，弗兰克从未做到这一点……就像菲利普·K. 迪克一样，他似乎创作了一套正在进行中的大型小说，其中的每一部单独作品都由许多相同的元素组成。”

克卢特的结论是：“（弗兰克）是第一批当代德国科幻作家之一，他的作品与英语和其他欧洲语言的作品并驾齐驱。”

（万年看客　译）

大厦

［奥地利］赫伯特·W.弗兰克

机器渐渐从人类手中夺走了工作。在一周四十八小时工作制之后，我们迎来了一周四十小时工作制，其后又是一周三十小时、二十小时，不断减少。人们在空闲时间要做些什么呢？人们必须得忙碌起来，严肃的政客们为此想破了头。

蓝色的太阳没入地平线，红色的太阳壮观地升上天空。一道宏伟的紫色霞光横亘于两个太阳之间，如同屋梁。

方坦随着队列前行。队列从四面八方涌来，如同一个个活动着的灰色长方形，朝着西边的某处而去。它们的目的地是一座将城市和岛屿连起来的桥梁。机器警察维持着交通。

方坦是一位泥瓦工。他的工作就是将搬运工从工地上拖过来的石块砌在一起。他用泥刀把合成灰泥涂在石块表面，然后把下一块石块搭在上面。

工人们在工作时一言不发。机器人监工在一排排忙碌的工人身后不断穿行。只有在蓝色夜晚的时候，他们才能在睡前的几小时工闲时聊聊天——聊他们正在建造的大厦，聊大厦建好之后，他们就可以舒适地住在里面。他们现在的住所只是勉强够住，每个人只有自己的一块小空间。他们的工作会让他们拥有宽敞的住所。

大厦向着四面八方延伸出去。虽然工人们每天都被分配到一个新的工作地点，但却没有人见过整座岛屿的样子，也没有人见过整座大厦的设计蓝图。那是机器人负责的事情。

一代代人为建造大厦而努力工作着，大厦也似乎很快就要完工了。十年？二十年？有一次，方坦曾经问过机器人监工，结果就是他在冰冷的禁闭间内被关了三个晚上。

他站在脚手架上，把石块一层层砌起来。现在他的视野很宽广，但他仍然只能看到高高低低的灰色墙壁。脚手架上到处都是正在劳作的工人，脚手架下方，搬运工人们扛着大筐忙碌穿行。

自从记事起，方坦就每天都在这里工作。他从来没有仔细思考过这件事。但现在，当他偷偷转过身去，望着无边无际的高墙之时，他却突然觉得大厦可能是某种邪恶的东西，他的脑中闪过一个罪恶的念头：砸烂大厦的地基，让这些高墙跌落尘埃——然后在老城过起无忧无虑的生活！但这个想法在一刹那间就消逝了。方坦带着愧意转向他的石块，加倍努力地劳作起来。

城市上方的紫色光芒昭示着清晨的来临——最后一丝红色的光线渐渐消退，白昼的蓝色铺展开来。

居民们列着队向东前行——走过桥，走到岛上，走到他们要开始工作的地方。他们不知道岛的另外一边有什么，也没有人对此感兴趣。他们也没有时间去关心这些。傍晚时分结束工作回到家里时，他们已经相当困倦了。吃完了机器人厨师给他们准备的晚餐后，他们就一头栽倒在床上。

哈桑是一位工人。他的工作就是将石块从墙上凿下来。这份工作相当艰苦，因为石块被一种坚硬的黏合剂粘在了一起。但这份工作还是要比搬运工好一点，他们需要日复一日地把沉重的建材搬运到垃圾堆放处。

能从事这份重要的工作，哈桑觉得很满足。机器人警察一直监控着所有的工人，但它们并不需要监管哈桑。不论它们把哈桑派到哪里，他都会做好自己的工作，完成自己的任务。他蹲在脚手架上，用锤头敲打着凿子，发出清脆的响声。他的脑海中有种模模糊糊的梦想，期盼着美好的时代，那时广场已经被清理干净了，可以建造许多水培园地。现在的口粮配额仅够维生，在未来，园地的额外产出就足够让他们毫无限制地吃吃喝喝了。哈桑用尽全身力气，又凿下一块石块。石块摇摇晃晃地掉进了一张收集网中。一位搬运工立刻将它抬进了自己的筐里。

哈桑擦了一下额头上的汗水，目光越过自己的这面墙，朝着其他被凿成锯齿形状的墙看去，只看到满眼都是正在辛勤劳作的伙伴。很久以前，这座大厦曾有多高？一个想法突然从他的脑海中一闪而过，一个荒谬的想法，只是一个幻想，但是却惊人地清晰：

把这堵墙继续造下去，造得越来越高，造成一幢高耸入云、气势雄伟、傲视天下的高楼大厦，人们站在楼顶就可以俯瞰整座岛屿的全貌！但哈桑立刻感觉到这个念头实在是荒唐可笑，于是重新拿起凿子，虽然有些困惑，但却毫不犹豫——他相信，会有别人替他考虑这些的。

（赵佳铭　译）

出版的力量

要想点评德国科幻小说界，就绝不能忽略“佩里·罗丹”现象。“佩里·罗丹”系列科幻作品每周发行一个小册子，每月出一本平装书，在德国以外再无可与之匹敌者，只有美国的超级英雄漫画以及《星际迷航》电视剧系列能与之相提并论。这一系列创始于1961年，原作者是沃尔特·恩斯汀（笔名克拉克·道尔顿）和卡尔·赫伯特·舍尔。这套由团队编写的系列图书每一期都能卖出数十万册，到1991年已经累计发行了1 600期，培养了自己的书迷会和相关书迷活动。这套丛书已经被翻译成了十几种语言。1969年至1977年间，福雷斯特·詹姆斯·阿克曼（Forrest J. Ackerman）在丛书中拣选了118期在美国出版。虽然弗朗茨·罗滕施泰纳斥责这一系列充斥着“臭名昭著的法西斯主义”，还专门著述批判该丛书的反动本质，但是这套银河系冒险系列如今已经度过了一味偏重军事冲突的早期阶段，几乎探索了所有的科幻概念。

出于某些原因，“佩里·罗丹”系列的书迷们并没有转向更广泛的一般科幻作品，就好比看惯了科幻大片与热播剧的美国观众往往并不会进一步成为科幻读者，至多只会阅读影视作品的配套书籍，或许还会看一点系列奇幻作品。然而德国科幻界还有另一个可能比“佩里·罗丹”更重要的方面，也就是美国科幻译作的盛行。第一批美国科幻译作于20世纪50年代登陆德国，首先是在1951年，出版商是魏斯兄弟（Gebrüder Weiss）；其次是在1953年，出版商是卡尔·劳赫和帕贝尔；再次是在1956年，出版商是雷宁；然后是在1957年，出版商是默维格；最后是在1960年，出版商是戈德曼，并且由赫伯特·W. 弗兰克担任顾问编辑。20世纪50年代初，美国科幻在欧洲各国几乎同时抢滩登陆，其中原因可能在于美国在二战后重新以图书形式出版科幻作品，并且海外出版商和代理商也主动引进。

这一趋势在欧洲培养出了一个科幻出版领域，进入该领域的最重要经营实体就是从1960年开始出版科幻作品的威廉·海涅出版社。1973年，海涅科幻系列的编辑权落到了作家兼编辑沃尔夫冈·耶施克手里，他将海涅出版社改造成了德国科幻出版业的领军企业，每年出版的平装书超过100种，其中大部分是翻译作品。耶施克毕业于慕尼黑大学，主修德语、英语和哲学；他在1959年出版了他的第一部科幻作品《他者》（“Die Anderen”，罗滕施泰纳认为这部作品堪称“一座高塔”）。10年后耶施克担任了Kindle电子文学大百科（Kindlers Literaturlexikon）的联合编辑，同时还为利希滕贝格出版社（Lichtenberg）编辑了“内行人的科幻系列丛书”（Science Fiction fur Kenner series），由此更加深入地投入了科幻事业。4年后，他加入了海涅出版社。

耶施克迄今只出版过两部长篇小说，分别是《造物的最后一日》（*Der Letzte Tag de Schöpfung*，1981）和《迈达斯》（*Midas*，1987）。罗滕施泰纳在《圣詹姆斯科幻作家指南》中评论道，虽然耶施克的作品不多，但“他是德国最重要的科幻作家之一”，因为他的写作颠覆了弗兰克的侧重方向——换句话说，耶施克的作品经常涉及早已被反复讲述，具备丰富背景与鲜明风格的科幻概念。比如说，他的早期短篇小说（以及他的第一部长篇小说）的题材就是时间旅行与时间悖论。罗滕施泰纳还进一步指出，耶施克的小说和广播剧“内容更丰富，形式更富实验性，叙述更具激情，而且往往带有巴洛克式的夸张”。他的第二部长篇小说采用惊悚情节作为主线，题材是如何针对那些曾经搅乱过全球信息网的人类进行重建与电子存储。罗滕施泰纳称其为“德国对赛博朋克科幻的贡献”。

从工作年限以及对德国科幻的影响来看，耶施克或许更应该与约翰·W. 坎贝尔相提并论，后者担任《惊异》的主编足有34年。在担任主编的最初十几年里，坎贝尔按照自己的眼光塑造了科幻小说，并且开创了后世所谓的科幻“黄金时代”。海涅出版社在耶施克掌舵的23年当中或许也在德国科幻界占据了类似的地位。一些评论家认为坎贝尔对科幻发展有功有过，一些德国科幻作家对于耶施克偏重译作的路线也抱有同样的感受。但是就算有功有过，毕竟也还是功大于过。耶施克保持了德国科幻出版的旺盛活力，从而汇聚了更多德国科幻作家的贡献。

（万年看客　译）

内罗曼提翁[1]

［德国］沃尔夫冈·耶施克

我活着时你从未轻慢，但死后你却将我遗忘。
请你马上埋葬我，让我通过哈迪斯的门廊。
死者的灵魂和虚影，阻碍了我渡过冥河的路途。
在哈迪斯的大门之前，我只能徘徊徜徉。
求求你，帮帮我吧！
用烈火将我吞噬，我就不会再从阴间回返，在人世游荡。

——荷马《伊利亚特》第二十三章，70—76 行[2]

“章鱼有八条命。”斯皮罗斯一边说，一边把八爪鱼砸到防波堤上的一块大理石上，那里有一个凹坑，是人们数十年来屠杀海产形成的。“必须把每一条都结果才行。”他用强壮而黝黑的手抓住章鱼湿漉漉的珍珠贝母色身躯，把它浸泡在装满水的黄色塑料桶中。章鱼的触手摇摆起来，缠在他的手腕上，很难说这只是随着水流而摆

1. 一座古希腊神庙，祭祀希腊神话中冥王哈迪斯及其王后珀尔塞福涅，也被用于训练神职人员，练习和死者沟通的能力。
2. 此处节选的诗行是在战争中阵亡的帕特洛克罗斯的亡魂对他的好友兼恋人阿喀琉斯所说的话，希望阿喀琉斯尽快将自己火葬，使其灵魂安息。

动，还是临死前的抽搐。章鱼的身体又一次被“啪”的一下摔在石壁的凹坑上，而后在麻木和痛苦中僵硬了。两个孩子入迷地看着。女孩蹲在斯皮罗斯面前，他的目光沿着女孩晒成棕色的大腿向上看去，然而除了一条漂亮干净的白色小短裤外，他没看到什么值得兴奋的东西。男孩在他左边，也在防波堤上，正蹲在自己的脚跟上，斯皮罗斯注意到男孩的双眼正顺着他淫秽的目光望去，赶忙尴尬地擦了擦溅到眼角的海水。

“比它命还多的只有猫了。”他一边说，一边抓起章鱼，又一次重重地向下摔去。“还有那些在上头的，在内罗曼提翁那儿埋着的死了的有钱人。他们能买得起多少条命，就有多少条命。”他呻吟着站直身子。他那掉了色的衬衫曾在脏兮兮的仙人掌上挂着晾晒，变得破烂不堪，从衬衫的窟窿里漏出来一丛丛的黑色汗毛，黝黑的肩膀上布满了溅上来的海水干涸后留下的盐渍。他的脚趾紧紧地巴在破烂的塑料凉鞋里，如同粗糙的棕色树根。

“那些死了的有钱人怎么了？”欧律狄克问道，用手护着眼前，这时她正看向渔夫，目光迎着太阳。

“在那里，他们的尸体会重新活动起来。”渔夫说。

“不是让尸体活动起来，而是让死者复活。”男孩插了一句。

斯皮罗斯若有所思地看着他。“嗯，是的，他们被复活了。”他说，“那里有一种机器，如果你有钱，你就可以去那里做个记录。等你死了，你的家人就聚过来，每个人出一点钱，你就可以复活个一两天，和他们聚一聚庆祝一下。只是这要花很多钱。”他耸了耸肩。“但是想要再见到那些死了很久的人，总是要花很多钱的。在本地，这种相当不错的生意已经传了两千多年了。”

“不对，”亚历克山德罗斯说，“那么久之前还没有迈达斯机器呢。”

“古人不需要机器。”斯皮罗斯朝着小港口中浑浊的水里啐了一口，水上漂着许多塑料袋，就像苍白的水母。“但是他们也有机器，人们已经发现了几台。”

亚历克山德罗斯摇了摇头。

“打个赌吗？”斯皮罗斯问道，挑衅地笑了笑。他的门牙缺了几颗，那是在一场暴风雨中被船舵打掉的。在牙齿的缺口中，湿乎乎的粉红色牙龈闪着光。欧律狄克厌恶地转过身去。

“问问你舅舅吧！”他朝着我点了点头，“他会给你讲个与这件事有关的故事的。”

这个老混蛋，我想到。他当然知道这个故事，每个人都知道。“阿波斯托洛斯，旅店老板的小儿子，实际上已经和格曼尼达睡过了，就是那个领导着内罗曼提翁的发掘工作的女博士……”老头们没牙的嘴里发出的笑声，串珠[1]喀喀嚓嚓、叮叮当当的响声……希腊男人对自己性功能的骄傲和淫荡混合在一起。“他给她看了。”噢，天哪，艾莉妮，看了……但我该怎么反驳他呢？能反驳吗？

“可能他们真的发现了某种机器。”亚历克山德罗斯说，“但肯定不是那种美国机器，肯定是一种原始的东西。”

在船舶停靠的地方，一艘机动渔船发动了马达。我愉快地将柴油燃烧的气味吸进肺中。现在已经很难闻到柴油味了。有人在叫喊，我听不清他喊的是什么。马达的震动声更响了，小船朝着海港的入口驶去，在那里，混凝土防波堤就像一把生了锈的丑陋直尺，伸入发着微光的海洋之中。船激起的波浪沿着码头呼啸奔涌，塑料水母猛烈地摇曳着。

欧律狄克抓住章鱼的触手，又让一根触手从她的小手中滑落。

---

1. 文中提到的串珠原文为 Komboloi，是一种希腊特色的传统装饰品，由珍珠、石头、金属、玻璃等制成，用来放松或者活动手指。

“人们也能复活它吗？”

斯皮罗斯高高地举起章鱼，盯着它看。“上帝啊，欧律狄克，我很高兴这家伙已经死了。”他大笑道，“但是……谁知道呢，可能他们也能复活它。”

“只有先做过记录，才能复活。”亚历克山德罗斯说，“只有这样才能做一个复制品出来。”

斯皮罗斯若有所思地看着男孩。“做这样的一个记录挺好的。这样我每天都能复活一条章鱼出来，海里的章鱼已经不多了。”他朝着大海的方向点了点头。“以前，我经常一晚上就抓到一打章鱼，有时候还能抓到更多。”他把塑料桶倒空，把章鱼扔了进去。

亚历克山德罗斯朝我坐着的桌子慢悠悠地走了过来。“他说的是什么意思？”他皱着眉头问道，“在内罗曼提翁那儿让死人复活是个新发明。两千年前的人怎么能用它来复活死者呢？”他和他父亲莱昂多斯一样，有着微胖的身材和圆圆的脸盘，但他坚定不移的探索精神却和我弟弟尼克斯一样。谢天谢地，你没有尼克斯那样的眼睛，我想，那种冷冰冰的目光就像严酷的教书匠。

“尼克斯舅舅什么时候来？”我问道。

“他和迪米特里奥斯舅舅一起开车过来。”他的眉头皱得更紧了，“斯皮罗斯说两千多年前人们就能复活死者，是怎么回事？”

“那不过是瞎编的。”

我在年轻的时候曾经参加过内罗曼提翁古迹的发掘工作，一个德国女人领导着这项工程。偶尔会有个雅典来的教授，在旅店和我们一起住。格曼尼达，那个女博士，有时候过来吃晚饭，给我们讲古老的历史。

艾莉妮，你还记得我们当初的美好时光吗？上帝啊，时间都去哪了？被生活消磨了吗？她那个时候也就 40 多岁，现在一定已经过了 70 岁了。她现在是个老太太了？不，在我的记忆里她还年轻，比那时还要年轻，艾莉妮。

时间是多么残酷啊。

“这种事情要怎么编？死人要么可以复活，要么不能复活。”亚历克山德罗斯说。

“我以后会给你解释的。”

“但我现在就想知道！”

我望着海港另外一端如同混凝土块的旅店。旅店外面架着脚手架，布满了大块的猩红色斑点，那是以前人们为了控制混凝土上生长的苔藓喷洒的剧毒药剂。当时那里还有一座古老的风车塔楼，夏天的时候，那里出售去帕克索斯和科基拉[1]的游船船票。塔楼刚被重新粉刷过的那阵子，看上去又白又亮，尽管外形粗壮，但似乎非常轻盈，仿佛只要碰一下就会飞到云端。

“这是个天才的诈骗生意，几百年间一直兴旺发达。他们承诺把人们带到哈迪斯的门口，在那儿和死者见面。”

我们为客人铺上了纸质桌布，用橡皮筋绑好，但风一直在把桌布吹起来，艾莉妮用手肘紧紧地压住桌布。“这里，阿克戎[2]，就是阳间的尽头，是现世和彼世之间的界河，人们猜测那里就是死者之国的入口——用神话来做买卖的绝佳之地。几个江湖骗子、演员和手艺人联手，在小山上造了个大概像是活人和死人会面的地方。甚至连荷马都提到了它。”

艾莉妮的脖子上用细皮带挂着一支棕色的毡头笔，她拿起笔，在桌布上画了一排长方形小格子。“他们造了一座迷宫：没窗户的房

1. 帕克索斯和科基拉均为伊奥尼亚海上的岛屿，隶属希腊。
2. 希腊河流名称，也是希腊传说中的冥河。

间，一个接着另一个。房间里必须得黑漆漆的，目的是让人心无旁骛、内心纯净。进去的人还要吃一道菜，江湖骗子们往里混了迷幻剂，可能是麦角菌。前来的朝拜者还需要做好心理准备，迎接与死者相会的伟大时刻。朝拜者们迫切地想要重新见到他们死去的亲人。可能有情感上的原因，但肯定也有其他原因。死者往往把秘密也带到了坟墓里，人们试图用这种方式得知这个秘密。他把钱藏在哪里了，还有没有哪儿藏着什么宝贝。”

我的父亲狐疑地看着那些方格子。“再给女博士来杯酒！”他对尼克斯说。尼克斯如同海绵吸水一样，听进去了艾莉妮说的每一个字，我的父亲不喜欢这一点。他从来都不看重科学。

“祭司的肚子被献祭的动物肉填得饱饱的，而屋子里的人却饿得肚子咕咕叫。”艾莉妮用笔敲了敲桌上画的迷宫，“达卡里斯教授在四十年前率先发掘出了这里，用卡车拉走了成吨的腐败血液。四周的泥土一定是被血给浸透了。

“据估计，那些来访者要花上三周的时间，洁净程度才能符合要求，之后才能单独被人带着，在迷宫中穿行。要是黑暗、斋戒和迷幻剂还不起作用，他们就用浇下来的冷水、石刑仪式[1]和骨头燃烧产生的烟。在声音上他们也有不少点子——可以说，作为一种补充措施：黑暗中的神秘杂音、轻声低语和令人毛骨悚然的嚎叫。”

艾莉妮画了一个大长方形。“最后，这些朝拜者被引入一个巨大的、在地底深处的大厅中，那里一片漆黑。在经过迷宫中狭小的房间后，这个房间一定给人一种庞大宽阔的错误印象：这就是哈迪斯的接待室。拱顶的另外一头，用某种升降机——人们找到了这台机器的残骸——放下一个罩着白布的、人形的东西，借助于一系列的

1. 用石头投向象征物或者人身，“驱除邪恶”的仪式。

镜子将光线投射到那个东西上面。死者站在冥界的门口，等着朝拜者的问题。至于他们会不会回答，那就是另外一回事了。

“然而，来客们此时已经彻底晕头转向，处在精神错乱的边缘了。他们会把那个人形的东西认成任何人，每一个模糊不清的回答都会让他们满意，只为了快点逃离这地狱边缘，重新看到阳光。”

“我觉得这些还是不太靠谱。”我的父亲说，“从几块古老的石头中就得出那么些神秘的故事。”

他挑衅式地努起嘴巴。“您说‘阿克戎是阳间的尽头’？阿克戎的北边一直都有希腊人住着啊。我认识些住在山上的人家，很好的希腊人家，他们早就住在那儿了，比那个欧马[1]还早。他到底是哪儿来的？雅典？”

“我也不清楚。”艾莉妮一边说，一边若有所思地抚摸着她的手镯，手镯上刻着一条镶着绿宝石的蛇怪，正要咬住自己的尾巴。“可能是小亚细亚[2]来的。”

“土耳其人。”父亲哼了一声，挠了挠他的小胡子，胡子看起来就像是粘在他鼻子下面的一只肥大的苍蝇。“关于我们伊庇鲁斯[3]，他知道啥呀？”他把荷马从餐桌上的话题中扫了出去，就像扫掉一颗吐出来的橄榄核。他肯定地说，阳间的边界不在阿克戎，要在远得多的北方，在阿尔巴尼亚[4]。另外，在他听来，这整段故事都像是典型的阿尔巴尼亚人编出来的骗局。“不过，”他安慰一般轻轻拍了拍艾莉妮的双肩，说道，“挖出古老的石头，通过它们来编一些故事，这是您的职业。”她浅蓝色的亚麻连衣裙的袖口裁剪得很宽，此时我正通

1. 此处为父亲对荷马的误称。
2. 又称为安纳托利亚，亚洲西部的半岛，位于现在的土耳其。
3. 希腊北部一区域名，也是希腊古代一小国的国名。
4. 欧洲地名。在伊庇鲁斯北面。近代以来，阿尔巴尼亚人大多信仰伊斯兰教，与多数信奉东正教的希腊人不合，两国多次发生边境冲突。

过袖口望去，着迷地盯着一只结实、小巧、被阳光晒得黝黑的乳房。她娇小的身形和小麦色的短发让她看起来很年轻，就像小姑娘一样年轻。从眼角和嘴角的皱纹上，人们能看出她已经老了，但是当她笑起来的时候，人们就忘了这一点。

考古学家们和他们雇的人工作到 1 点钟，休息了一会儿之后又工作到 4 点钟。我很快就发现，当天气好的时候，艾莉妮就会骑着小摩托车去海里洗澡，有一次我骑着自行车跟着她。我蹑手蹑脚地躲在灌木和芦苇后面，她躺在沙滩上，离我五六米远。她全身赤裸，只戴着一顶宽檐草帽，正在草帽的阴影下读书。她小巧的臀部和大腿与后背一样，都晒得很黑。我兴奋得要命，把泳裤褪下半截。在宁静的中午，只能听到芦苇丛沙沙作响。酷热让我呼吸困难。有一阵子我脑中有个疯狂的想法，想要就这样裸着身体跑到沙滩上去，出现在她面前。一只驴子在附近打起了响鼻，我猛地一惊，四处环顾。驴子被拴在一棵开着花的石榴树下，晃着脑袋，想挣脱缰绳，同时冷淡地看着我。

“这样可不行，年轻人。”她站在我面前笑着说，身上不着寸缕，草帽遮住脸，看起来就像个年轻姑娘。“你要么把裤子提上，离开这儿，要么彻底脱掉。”

她是个很有耐心的老师。第一次体验总是很糟糕。我急急忙忙地办完了事，就好像芦苇丛中有一群喘着粗气的恶狗，随时都可能流着涎水朝我扑过来一样。我气喘吁吁地躺在她身旁，心里满是我自己的唐突大胆和她出乎意料的宠爱，而她则笑着擦去我脸上的细沙。

我们常常在海湾见面。当客人不多时，我几乎每个中午都会偷偷溜出来，带着面包、奶酪和水果。我看着她吃东西，但很少和她一起吃。

“你为什么不吃点呢？”她问。

“我吃过了。”我撒了个谎。为什么呢？是兴奋之情让我无法下咽吗？也许这对我来说是一种献祭：几块羊奶酪，放在沾满油点的纸上，还有几颗橄榄、葡萄以及面包，为了让奇迹能持续下去的献祭。她吃得津津有味。我们做爱，在海中游泳，在阳光下躺着，之后再做爱。

尼克斯一定是什么时候注意到了，他偷偷地跟踪我。

“我看到了你和女博士做的事儿。”他轻声说，脸色苍白，嘴唇颤抖。我一拳打在他的胸口，他摔倒在地板上。“你干了她，”他恨恨地说，“我要告诉父亲。”

我知道，他绝对是个可以用钱收买的人，因为他总是需要钱来为他的电脑增加配件。我给了他 10 欧元，他要 20 欧元。[1] 我给了他，因为我已经常常领教父亲粗壮的大手了。但当父亲知道这件事之后，他却大笑起来，当母亲责骂道“那个女人，那个格曼尼达”时，他笑得更响了。

“她就那么把你给……”尼克斯问道，目不转睛地盯着我。

我把拳头伸到他鼻子下面。“滚！”

不知怎么回事，所有人都知道这件事了。所有人都笑了，当然指的是所有男人，尤其是那些岁数大的。我因此恨我弟弟，尽管他可能没有告诉过任何人。可能有别人在跟踪我。但我还是恨他，因为他分享了一个秘密，一个只属于我和艾莉妮的秘密。

奇迹并没有持续下去。秋天时，考古学家们返回了雅典。我再

1. 现今 1 欧元约为 7.5 至 8 元人民币。因希腊加入欧元区，此处作者在 2011 年出版第二版时进行了修改，第一版时此处叙述者给弟弟的钱是 1 000 德拉克马，而弟弟的要求是 2 000 德拉克马。德拉克马为希腊在加入欧元区之前的货币单位，1 德拉克马约为 2.5 分人民币。

也没有见过艾莉妮，我写了至少两打热情洋溢的信，但却从没有寄出去过。我至今还保存着这些信。第二年，来了一张明信片。艾莉妮在塞浦路斯[1]做挖掘工作。“亲爱的卡祖拉尼斯一家。”她是这么写的。我的名字没有在明信片上出现。父亲用大头钉把明信片钉在吧台后面的墙上，仿佛那是一张奖状。不知什么时候，明信片不见了。可能是母亲把它撕掉了。母亲不时地盯着我看，就好像我犯了什么罪过，但当我垂下目光时，她却笑了。

有几次我开车到海滩上去，却发现那里只有令人难以忍受的空旷，或者正被陌生人亵渎。

“老内罗曼提翁和新的之间就一点关系都没有吗？”亚历克山德罗斯说。

我摇摇头。

“迪米特里奥斯和尼克斯还没到吗？”爱丽娜在楼上喊道。

“还没到！”我大声回答，“我觉得，他们被堵在斯特拉托斯的大桥那里了，因为那座桥有倒塌的危险。他们只能从普雷韦札的阿斯塔克斯那里的大道上绕过来。”

“一切都被毁了，一切，一切！”爱丽娜高喊着回复道，“整个世界都被毁了！”

“几块丑陋的混凝土块还称不上是整个世界。那只是大自然的平衡之力。”

“那是一种苔藓，能腐蚀混凝土。”亚历克山德罗斯说。

“是的，是一种变异的苔藓。人们将其命名为克朗代克变种，因为它是在阿拉斯加首先出现的[2]。”

“为什么人们不彻底灭绝它们呢？”

---

1. 欧洲与亚洲交界处的一座岛屿。希腊和土耳其的争端之地。
2. 克朗代克为北美洲阿拉斯加的地名，在当地曾发生著名的北美淘金潮。

“亲爱的，那笔开销全世界都付不起。另外，我完全不介意苔藓毁了那座破房子。”我指着远处的旅馆，“有那么多混凝土作为食物供给，它们会爆炸式繁殖的。什么都没法阻止它们。”

“但是所有的桥梁、隧道、高楼……”

我耸耸肩。“我们不需要这些也能活下去。当我们需要造什么的时候，我们就用砖头或者石头。砖头或者石头造的房子还更漂亮。”

亚历克山德罗斯难以置信地看着我，如同我弟弟尼克斯灵魂附体。内陆的水渠已被腐蚀，几千米长的高速公路也已经崩塌，雄伟的桥梁倒了下来，有钱人的那些丑陋的混凝土房子正被苔藓侵蚀，要进行必需的修缮得花上大价钱，这让很多人都在暗暗高兴。但这里的人还是非常相信技术进步不会遇到任何障碍。不会遇到障碍吗？障碍自己就会出现的。阿波斯托洛斯，你真的觉得我们能够放弃技术吗？我不这么觉得，但是我不想让技术掌握在那些人手里——那些只对所有可行的事情感兴趣的人，而且他们的主要特点就是品味非常糟糕。

“他们来了！”欧律狄克喊道。她气喘吁吁地跑过来，又马上转过身去。

一辆深红色的马自达电动车缓缓驶过来，停在停车场上。迪米特里奥斯和尼克斯下了车。孩子们簇拥着他们。我站起身来，莱昂多斯和爱丽娜出现在门口。

“到阳台上来吧！今天太热了。”爱丽娜大声说道，“迪米特里奥斯，你为什么不把车停在阴凉的地方啊？”

“一小时后那里就不是阴凉的地方了，爱丽娜，但这里会是。”迪米特里奥斯说，吻了吻她的脸颊。

“你们男人怎么总是知道树荫在什么时候会在哪儿？”她问道，将一绺头发拢到耳朵后面。她将头发理成一种老式的发型——编成辫子，盘在头的后面，固定好。“你们男人总是有时间来观察太阳，而与此同时，我们女人就必须干活，每天都这样，一整年都这样，从早到晚，无论是周六还是周日，一直干活，直到我们倒下死掉。我也会在干活的时候倒下死去的。”哦，姐姐，我想，要是你能有母亲一星半点的自尊和聪明就好了。但是爱丽娜是那种每天都抱怨自己命苦，生活中的全部就是干活的人。莱昂多斯，她的丈夫，带着惭愧的目光站在一边，和铲子一样的大手放在肚子上。

“你们坐下！坐下！”她喊道，“我还没准备好。阿波斯托洛斯，拿瓶乌佐酒[1]来！再拿瓶葡萄酒来！你们饿了吗？”还没等我们回答，她就急急忙忙地回到了房子里。

透明的冰柜中躺着一条八爪鱼，冰冷的鱼肉上布满了陈旧的斑点，鱼肉看起来如同塑料，上面粘着棱角尖锐、光滑发亮、染成紫色的小吸盘。它已经用完了它的八条命。它的触手末端穿过冰柜中的架子，毫无生机地垂下来。一条生命就这样萎缩成一堆蛋白质。

“人们也能复活它吗？”

酒瓶又冷又滑，几乎要从我的手中滑落。我擦干净几只酒杯。

障碍出现了。那时候的世界是多么有希望啊！那一定是在世纪之交之后不久。复合吗哪[2]！简直是堪比《圣经》的大工程！工程中的工程！让食物可以神奇地滋生。能养活上万人……什么呀！应该说能养活世界上忍饥挨饿的上千万人、上亿人、上十亿人。我们用电子仪器战胜了饥饿。蛋白质的结构被记录在磁带上，然后又借助磁带，用无生命的物质生产出来，用碳、氢、氧、硫和我也不知道是什么的元素，利用电脑阵列在涡流室中组装食物。一罐一罐又一

1. 一种希腊和塞浦路斯地区特色的茴香味开胃酒，是希腊文化的代表之一。
2. 吗哪，《圣经》中上帝在以色列人离开埃及时赐给他们的神奇食物。

罐，程序也集成了包装功能。复合吗哪。人类对饥饿的最终胜利！用电子技术合成的鸡肉来给全世界提供食物——印度人、苏丹人、墨西哥人、巴基斯坦人和霍屯督人[1]都可以吃，因为没什么愚蠢的禁忌可以阻挡真正的大规模生产——迈达斯机器很贵，非常非常贵，只有大批量生产的时候才能赚到钱。很显然，新技术也帮助有钱人满足了口腹之欲：世界顶级厨师的精致菜品可以在工作室中制造，清新的、香甜的、还冒着热气的美味佳肴都可以保存在磁带中。出自卡带的高级菜肴。当然了，这花费不菲，光是那些技术设备就需要相当大一笔钱。

然而人们马上就拉长了脸。实验动物出现了中毒症状，几千只几千只地死去，而其他吃了同样的复合吗哪的动物却活蹦乱跳，健康状态极佳。神秘莫测的有毒物质、扭曲变形的分子团、杂质原子的沉积，形成了致命的化合物。

这是重建时产生的错误，加州理工大学和美国航空航天局的科学家们说，对母本提高取样精度并在重建分子结构时用更好的电脑，这些现象就会马上消失。生产有生命物体的复制品也是可行的，包括人类。（复合吗哪只是这项技术的副产物，就像特氟龙涂层锅只是阿波罗计划的副产物一样。）这只是存储和传输数据量多少的问题。

复制品不会随着时间而变化，可以摆脱时间的流逝，我对这个主意很感兴趣。一对恋人的复制品可以不断地重聚，永远和当时的艾莉妮一样年轻。跨越千年的时间启动复制程序，这对电脑来说只是小菜一碟。

“迈达斯是什么？”我问尼克斯。

1. 非洲南部人种，主要生活在南非、纳米比亚和博茨瓦纳。

他狐疑地看着我。

“不，我真的不知道。”我向他保证。

“分子结合与数字合成系统[1]。”他说，“和电视机成像的原理是一样的，只是复杂得多，而且是三维的。人们测定空间中特定区域内的分子中的每个原子的位置，然后将数据存储起来。利用这些数据，人们可以——类似于二维的电视机成像——造出一个三维的复制品。这个过程在所谓的涡流室中完成，那里备有组成复制品所需的原子。一系列由计算机诱导产生的磁场将材料按照和母本完全相同的形态组装起来。重建的速度取决于母本的分子复杂程度。要重建一枚硬币大概只需要一秒钟，要重建一个人的话，就算不花上一天时间，也要花上好几个小时。”

美国航空航天局眼巴巴地指望着这项工程。人类可以将搭载了迈达斯机器的无人探测器发射到每一颗行星的轨道上去，还可以发射无人星际飞船到半人马座阿尔法，到巴纳德星，到天狼星——然后等飞船到了目的地，再把宇航员以光速送过去。

尼克斯在他的计算机屏幕上调出了高速飞离太阳系的飞船航行轨迹，那条轨迹穿梭着进入遥远的引力场，绕着遥远的恒星盘旋，就像绿色的光线制成的套索。他看着科学家的身体被组装起来，匆忙地赶到各种仪器前，测量并记录着他们发现的奇观。

“这是人类征服空间和时间的胜利。”尼克斯说。

他有一双清澈的浅蓝色眼睛，那是北欧的征服者或者奴隶的眼睛。每隔几代，我们这里就会毫无征兆地有长着这样眼睛的人出生。就像黑色岩层中闪烁的海蓝宝石。我一直就很嫉妒那双眼睛，我从

1. 文中的迈达斯（MIDAS）为分子结合与数字合成系统（Molecular Integrating and Digital Assembling System）英文首字母的缩写。同时迈达斯也是神话中向酒神求得能赋予其无限财富的点金手，却反而招致一系列不幸的人物。

来没喜欢过尼克斯。

另外一类人马上就出现了——那些怀疑这种技术的人。他们说，复制活细胞所要求的那种高保真度永远也无法实现。酶和神经系统的紊乱、毒性、致癌性和畸变不可避免。活体生物的复制品无法存活。

我仿佛看到了一艘星际飞船，就像美杜莎之筏[1]，弥漫着死亡和腐烂的气味，过道上的人摇摇晃晃，尖叫着，浑身是血。其他人对眼前的奇观视若无睹，蹲在仪器旁聚在一起，咒骂着那些将他们送上这趟有去无回的旅途的人。

人们早就给这些人起了名字：将亡者[2]。人们用这个悲伤的名字称呼这些人，那些即将死去的人，为科学献身的英雄——他们看到了星星，之后就死了——但是迈达斯系统的技术人员以他们一贯的那种混凝土般冷硬的理性，将他们命名为“磁带异种”。

后来出现了一位叫霍拉斯·西蒙森的数学家，他证明错误率在理论上不可能低于千分之几，因为录制的过程本身就已经影响了分子结构，也就是说，复制品所需要的精确度越高，因此产生的错误也就越大。这简直是生物电子技术中的海森堡不确定性原理[3]。这意味着给那些饥饿的人吃的是有毒的鸡肉，意味着丧失工作能力的、畸形的、流血的宇航员，也意味着——更糟糕的是——那些高档宴会中的灾难性意外（除非他们按照古老的传统，让人先尝菜试毒，否

1.《美杜莎之筏》，法国作家席里柯绘制的油画名作，描述了 1816 年法国海军“美杜莎号”遭遇海难后，被船长和高级军官们抛弃的幸存者在木筏上漂流，陷入绝境的场面。最终木筏上 100 多名船员绝大部分死亡。

2. 此处原文为拉丁语单词 morituri，意为“即将死去的人”。

3. 旧称测不准原理，是一条量子力学中的理论。当人们想要测量一个粒子的位置和动量时，对位置的测量越是精确，就越是无法精确测量其动量，因为测量某个粒子的位置必然伴随着对这个粒子动量的影响。（比如用一个光子和粒子相互作用，然后观察反射回来的光子，以此来测量这个粒子的位置，但光子和粒子的相互作用就影响了这个粒子的动量，增大了动量的不确定性。）文中的科幻设定和这一点类似：扫描过程会影响到母本中每一个原子的位置，因此越是想要精确地扫描母本以获得更为精确的复制品，对母本的影响就越大，反而难以获得精确的复制品。

则就玩玩俄罗斯轮盘赌吧）。

议会取消了进一步研究的经费。内罗曼提翁有限公司的机会来了。公司用120亿美元的价格买下了这种技术的专利权，此前美国政府已经往里面投了10倍以上的钱了。所谓的拉撒路法案[1]规定，只有已被证明死亡的人才可以被复制（出于法学上的原因和身份原因——法案里面是这么写的）。电子永生和短暂复活现在变得可行。当然了，在这个地方建立一家世界性公司的分公司是一种典型的美式营销手段，在两千五百年前，古老的内罗曼提翁同样在这里生意兴隆。

葡萄藤下的路面刷着石灰，阳光在路上投下点点光斑。我面前的人脸上也是光影斑驳。我的兄弟迪米特里奥斯和尼克斯一起从帕特雷[2]赶了过来。他们坐在桌旁，爱丽娜的丈夫莱昂多斯也加入了他们。他前面放着一封用小鹅卵石压着的信，身边是两个孩子。

迪米特里奥斯身材矮小，但肌肉发达。他也留着小胡子，像一只肥大的黑苍蝇停在上嘴唇的那种小胡子。他越来越像父亲了，我想道。

尼克斯穿着一身考究的深色西装，配着背心和浅灰色领带，手指上戴着一只镶着缟玛瑙的戒指，手腕上戴着一块迷你计算机。他黑色的络腮胡子保养得很好。

“你看上去真不错。”我说。

“这话听着像是你想求我帮忙。”他说。他的牙齿洁白耀眼。

“别担心。”

“阿波斯托洛斯，你知道我今天想到谁了吗？”他问。

1. 作者虚构的法案，名称来源于《圣经》人物拉撒路，在《圣经》中，他死后被耶稣复活。
2. 希腊城市名。

“我可猜不出来，尼克拉基斯[1]。”

“你还记不记得那个德国女人了，那个艾莉妮？”

“记得点吧。”

“她现在还活着吗？”

“为什么不呢？”我的语气比我预想的还要激动，“她那时候还很年轻。”

尼克斯没有看我，而是看着他搭在一起的手，咧嘴笑着。“她现在得有80多岁了。”

爱丽娜的丈夫恳求般地看着我们。他宽阔的肩膀已经被他老婆无休止的责骂压垮了，他的那双大手放在被酒溅湿了的桌面上，手里拿着一杯喝了一半的酒。我不必再说什么了。

“他们现在把斯特拉托斯那里的桥也给封了。”迪米特里奥斯说，“他们对付不了那些东西了。”

我禁不住笑了出来。

“我没看出来有什么好笑的。”他说，“上周，帕特雷炸掉了四栋高楼，因为它们有倒塌的风险，其中包括喜来登旅馆。”

“伯罗奔尼撒的那栋难看的房子？”

“但这样下去该怎么办呢？”

“涂上石灰就好了。”亚历克山德罗斯说。

“闭嘴！”他父亲说。

“他说得对，”尼克斯说，“石灰可以消毒。但是还有更好的消毒剂。只是重新粉刷希腊的所有混凝土建筑至少要花500亿欧元[2]。此外这些消毒剂还有剧毒，那些环保主义者……”他无可奈何地耸了耸肩。

---

1. 尼克斯的全名。
2. 此处在第一版中为“2 000亿德拉克马”。

莱昂多斯喝光了他的酒。

“再去拿瓶酒来！”他对亚历克山德罗斯说。

“妈妈说你不能喝那么多。”男孩回答。尼克斯看着他的姐夫，咧嘴坏笑。

“多管闲事，闭上你的嘴！”男孩的父亲反驳道，语气中带着强烈的反抗情绪，似乎在表示自己可以做主。

“但是我想听听尼克斯舅舅说些什么。”亚历克山德罗斯嘟囔着。

“他会把话留到你回来再说。”

“生意还好吗？”我问迪米特里奥斯。

“现在都没法聊生意了。”他叹着气，“之前德国人还会来的时候——还有奥地利人、英格兰人、瑞典人——葡萄酒和乌佐酒还能卖得出去。嗨！那时候生意兴隆啊！但是现在……”他无可奈何地摊开双手。“我们甚至都没法用葡萄去喂猪。那些阿拉伯人不仅不喝酒，还不吃猪肉。”他忧伤地摇摇头。“我真是不懂这些人，整天喝茶，板着脸看着大海。”

“信上写了什么？”尼克斯问道，“我们其实是为这个过来的。”

莱昂多斯把石头推到一边，把大手放在纸上。

“内罗曼提翁给我们发了一封邀请函，就在父亲要过 80 岁生日的时候，我也不知道他们怎么知道的。”

男孩把一罐葡萄酒放在桌子上。莱昂多斯倒满一杯酒，酒杯上立刻就结了一层水珠，闪着金黄色的光。

“当内罗曼提翁研究所成立时，公司买下了阿克戎河周围的所有土地，他们也从父亲手中买下了 16 公顷的山地牧场。”

“牧场！”迪米特里奥斯鄙夷地大笑，“那儿连一打山羊都养不活。除了石头啥都没有。那是他这辈子做过的最好的买卖了！”

莱昂多斯戴上眼镜，显得非常迂腐，他大声读着：“我们向包括克里斯托斯・卡祖拉尼斯在内的少数中选者提供一次无与伦比、非同寻常的机会：一次免费的记录——”，莱昂多斯停顿了一下，“——括号，操作——以记录其在任意一个给定的时间点之前的人格。记录——括号，档案——的免费存储会持续五年。之后将收取常规的存储费用。每次实体化身体——括号，拷贝——都会有百分之三十三又三分之一的折扣，包含复制品的医疗服务，直到其死亡，以及符合其身份的葬礼、遗体火化等。”他舔了舔嘴唇，用手指指着信上的一行行字，继续读：“这是您可以给一个人最为珍贵的礼物：生命的礼物。”

一片寂静。所有人都在沉思。

“这买卖划算。”莱昂多斯朗读的内容引发了大家的思考，这是爱丽娜在说话，我只能勉强听清她的话。“到目前为止，只有有钱人才能享受得起：年轻的奥纳西斯[1]、洛克菲勒[2]五世、查尔斯王子[3]、几个海湾地区的埃米尔[4]、一些政客和演员……真的很划算，我和你们说。”

“父亲是什么意思？”迪米特里奥斯说，“哦，他去哪了？”

“他去咖啡馆了，和爱丽娜吵了一架，每天都这样，一直这样。我们昨天只能又让一个姑娘走了，很老实的姑娘，从帕皮贡[5]来的，勤劳能干。他总是跟着她，把手伸到她裙子下面乱摸，他总这么干。每次爱丽娜都只能自己把所有的活干完。唉……”他叹了口气，沉默了。

“对这个提议，父亲怎么说呢？”尼克斯问。

---

1. 希腊船王亚里士多德・奥纳西斯的姓氏。
2. 洛克菲勒是美国富豪家族。
3. 此处指的是英国现任王储查尔斯・蒙巴顿-温莎，在本文最初发表的版本中，此处为“查尔斯王子和戴安娜王妃”，但戴安娜王妃已经于 1997 年去世，可能出于这个原因，本文的新版中去掉了她的名字。
4. 伊斯兰国家中的贵族头衔，类似于总督、酋长或国王。现代中东若干国家（如卡塔尔）的元首仍沿用此称号。
5. 希腊地名。

“我还什么都没和他说，我们想首先和你们商量一下。”

“这种优惠经常是关门结业的开始。”迪米特里奥斯插话。

“胡说，”尼克斯说，“他们肯定还有空余的存储能力。”

“我觉得，新的内罗曼提翁肯定会和老的那个一样成功。”我说，“只要有一两千人开始在那里建立记录，之后光是保存的费用都够他们赚上一大笔。当有人在那里建立记录之后，哪会有人把记录删掉！谁会对自己的亲人痛下杀手呢？谁会毁灭让肉身复活的希望，哪怕只能复活一天呢？就算数学家说，这在理论上不可行——信念什么时候又被数学撼动过？信念、爱、希望——人类的三大情感支柱——会被几行干巴巴的公式所动摇？永远不可能！家属们会乖乖地付清内罗曼提翁公司的账单。只有当事人已经消失在所有活着的人心中，消失在记忆当中时，人们才可能会删掉记录。这时他才能得到最后的安息。事情总是这样的。”

“你反对这件事？”尼克斯说。

“我不反对。”

“我不知道这整个事情意义何在。”迪米特里奥斯说。

“其实就是，”我说，“你可以和一个死去很久的人一起待上几个小时，或者几天。你可以和他闲谈，和他一起庆祝，和他一起享乐。”原谅我——我当时了解的也就这么多。

尼克斯将一块奶酪塞进嘴里，点头说：“这是最为卓越的科学成就之一，我支持。”

迪米特里奥斯点点头。

“我也一样。”我说。

莱昂多斯耸耸肩。“这买卖划算。”他说。

“你有权代表爱丽娜说话吗？”尼克斯尖刻地说。

莱昂多斯无奈地看着他。

“拜托，尼克斯，别闹！”我说。

他自我防卫一般地举起手：“我不是那个意思。”

欧律狄克已经厌烦了大人们的谈话，用塑料凉鞋的鞋尖踢着阳台的混凝土围栏。突然，一大块混凝土掉了下来，砸在街道上，发出很大的声响。所有人都吃惊地看向墙上出现的缺口。一片寂静中，甚至能听到码头另外一头的孩子们踢足球的叫喊声。

迪米特里奥斯突然爆发出一阵大笑，就像母鸡生了蛋后的叫声一样。“不要担心！”他高声说，“只是父亲在水泥上偷工减料了而已。”

“你们达成一致意见了吗？”爱丽娜问道，她出现在门口，正在围裙上擦干双手。“这买卖划算。”

这一点也是父亲做出决定的真正原因。尽管他也抱怨说，他一辈子都不想被一台机器“摸来摸去”，还说她怀疑他的女儿把他卖给了这家“偷死尸的公司”背后的“美国资本家”。但正如滴水可以穿石，“这买卖划算”的观点消磨了他的固执和犹豫，钻入他的内心深处。来年，他同意做一份记录，条件是我必须陪他去阿克戎。

这是暮春的一个晴朗的早晨。鼠尾草和百里香开着花，金雀花将山坡染成了亮丽的金色。在平整和谐的绿地之上，点缀着火红的石榴花。我们沿着海滨公路，驱车顺着山坡向北驶去。在山上是看不见垃圾的，我想，看不见那些已经消失的、在人们使用塑料的年代留下的“礼物”。

父亲有好几次坚持要停车休息一下，喝几口乌佐酒。我把酒倒进一只玻璃杯，兑了很多水，杯中液体看起来如同牛奶，我喝了一些。一辈子都在遵从禁酒令的父亲用咖啡杯喝着酒。

我们喝得微醺，走进一座朴素的小教堂，点上两支纤细的蜡烛，将它们插进圣坛旁边的沙盘中。表情严肃的圣徒们在镶着玻璃板的画中，跨越几个世纪的光阴看着我们。

很快，我们就到达了目的地。

内罗曼提翁公司是一家跨国企业的一部分，这家企业主要经营连锁养老院、老年旅游机构、老年病医院和丧葬服务业务。为了利用当地特有的文化背景，公司买下了帕加镇东部和东南部的大片土地，并将其改造成公园。伊古迈尼察和普雷韦札之间的土地在两千年前代表着文明世界的边界，一直保留着原本的荒凉山地的样子。就算在阳光明媚的白天，那里也显得很阴森。地上被钻出许多洞，通向地底深处。从山上流下来的小河朝着东南方向流去，在帕加汇入大海。那条河正是阿克戎河，曾经是阳间和阴间的界河。两千五百年前，老内罗曼提翁曾坐落在河对岸的小丘上。

现代的内罗曼提翁与古代的那个共同之处很少——除了它们的目的都是把人们的钱从钱包里面骗走。它现在类似于养老院、医院、巨大的高保真录放工厂和核能研究中心的混合体。建筑和周围的环境融合得很好，柏树和速生的桉树围绕在建筑四周，建筑还有地下的部分。小树林、悉心修整的草坪、草地上的小径和用来休息的长椅共同组成了如画的景致。公司在普雷韦札的海湾建造了一座核能发电站，用它的电能来运作海水淡化装置和记录、生产复制品的装置。在涡流室中重塑物质结构要消耗巨量的能源。

人们彻底改变了这里的景致。当有了充足的水源时，人们就启动了一项慷慨的绿化工程。其结果就是这里与其说是冥界，更像是好莱坞——至少第一眼看去是这样。

要办的手续早就做好了准备，很快就办好了。于是我们就必须等待一会儿。我们在接待大楼的前面反复徘徊。风吹拂着三角梅紫红色的艳丽花朵，它们几乎完全覆盖住了房子的外立面。在远处，海湾被芦苇环绕，河流入海处有一片沙洲，在海湾和沙洲的另外一头，是波光粼粼的大海。

克里斯托斯用小而有力的手拉着我的前臂，望着我，神情几乎称得上恳求。

“我得脱掉全部衣服吗？”

这个简单但出乎意料的问题让我惊呆了一阵子，有那么几秒钟，我不知道该说什么，只是盯着父亲的脸。你都这么老了，父亲，我想着，看着他倔强而衰老的脸上闪着一丝恐慌——同时我也意识到，我已经好多年没有仔细看过他的脸了，我总是轻率地觉得自己很熟悉他的脸。我勉强打起精神，考虑了一阵子，回答他。

“我不知道，父亲。我们会问问医生的，如果你觉得这个问题对你很重要的话。”

焦虑的神情从他那双被皱纹围绕的蓝灰色眼睛中消失了，他的嘴角抽动了几下，手从我的袖子上滑落，垂了下来。

“但你要等着我，孩子，无论他们要在我身上做什么。你要保证！”

“我当然会等你的，父亲。不会花很长时间的。”

总共花了 4 个多小时的时间。在一个自称卡米纳斯博士的友善中年医生陪着父亲离开后，过了 4 个多小时。我在内罗曼提翁的广场上漫无目的地闲逛。我从来没有见过这么多老人。大多数休闲长椅上都坐着病人，他们周围围着一些忐忑不安地看着他们的探望者。一辆电动轮椅从我身边经过，马达发出呜咽般的声音。一位老者笔直地坐在轮椅上，身着一套奶油色的衣服，衣服板正得体，但却过时很久了。不知为何我觉得他有些眼熟。我觉得，很久之前我在电视里看到过他，但我却想不起他的名字了。病人举起草帽，向我点头致意，不过他没有看我，而是直直地盯着前面的路。他左手紧绷，紧紧握着操纵杆，努力而认真地绷紧嘴巴，但口水从他的嘴角流下来，流过下巴，滴在杏黄色衬衫的加硬衣领上。

另外一张长椅上坐着一位肥胖的老者，他剃着秃头，留着蓬松的深色髭须。我很确定我之前经常在报纸上看到他的脸，但是那一定是 10 年或者 15 年前了。一位知名律师？或许是一位政客？我想不起来他的名字了。他无力地坐在那里，紧靠着椅背，黝黑的头部向后仰着，嘴张得很大。他呼吸粗重，在他的一只鼻孔中接着一根透明塑料管，其中咕噜咕噜地流着一些红色的、冒着泡沫的黏液。他的脸色和死人一样苍白，双眼无神地盯着天空。他肥厚而苍白的手放在一位身穿考究的黑色衣服的老妇人膝上。她紧紧地握着他的手，双眼因流泪而显得通红，她偷偷用手帕擦了擦眼睛。一位年轻貌美的护士站在这对夫妇背后，穿着带有红领章的制服，衣服紧身而得体。她朝我微笑，似乎想要让我高兴起来。这种反差搞得我心烦意乱，我匆匆转过身去，在草坪灌溉机无处不在的噗噗声中，溜回接待大楼。

“确实没花多久。”父亲从门口走出来，高声说道。卡米纳斯博士和一名护士在他身边扶着他。他看上去相当满意，还带着一点点醉意。他的双眼有些呆滞，可能是麻醉剂的作用，我想，因为他并没有喝太多乌佐酒。

“你必须要脱光衣服吗？”在我们走向汽车时，我问他。

“嗯？”他把一只手放在耳边，用力眯起眼睛，就好像他能用这种神秘的方法增强已经衰退的听力一样。

“你是不是必须把衣服脱光？”

“不。他们只是扎了我的手指。”他举起左手，伸出食指，用拇指揉着小小的针孔。“然后我就睡着了。等我醒来时，所有的事儿都干完了。我也不知道他们是怎么搞定的，但是卡米纳斯博士说，一切都办好了。”

在回家的路上，他睡着了。我用余光看着他。他花白的头发浓密蓬乱，就像野驴的鬃毛。饱经风霜的暗棕色皮肤在鬓角和颧骨上绷得紧紧的，这让他熟睡的脸庞看起来如同木乃伊。没有牙齿的嘴微微张开，嘴的上方还留着查理·卓别林式的小胡子，和迪米特里奥斯的胡子一样——一丝灰色都没有，就像是粘上去的，大小就像一只肥大的苍蝇。满是褶子的脖子从他的衬衫领口中露出来，领口对他来说已经变得太大了。这是我的父亲，我对自己说，有那么一阵子，我的心里涌上来一阵温情，我在面对他的时候从来没有过这种感觉。在我重新集中注意力开车前，有那么一瞬间，我几乎要掉下泪来。

内罗曼提翁公司提供的服务也包括接老人去公司的敬老院居住。莱昂多斯在那个周六下午没敢提这件事，因为他知道，除了他老婆没人会同意的。

“你们倒是站着说话不腰疼。”等这个话题最终被提及时，爱丽娜大声抱怨道，“他又不是天天在你们身边待着。”

“你有一个有 60 张床位的旅馆。”迪米特里奥斯激动地反驳道，“就没个地方给父亲住？”

“他也是你父亲！你一年来这儿看他三四次，尼克斯和阿波斯托洛斯也一样。你们又不用每天都忍着他，比如他追在女服务员身后的时候，或者他喝多了之后和客人说胡话的时候。”

确实，他又固执又暴躁，而且一直这样。但我们的母亲阿蕾蒂对此也有责任。她一生都深爱着父亲，只在暗地里抱怨抱怨，自己忍受着痛苦。八年前，她去世了。我们永远无法再见到她，至少没办法利用电子技术再见到她。爱丽娜早就接替了她母亲的位置，只是她会大声叫骂、毫不让步、对父亲缺乏理解。父亲用激烈的言语抗拒着她的管束，即便是在旅馆的客人面前，也毫无退让，一定要决出胜负。他很享受这种公开的争吵——他从未和他的妻子这样公开吵过，母亲从不在外人面前吵架。自从他的听力衰退之后——他当然也和其他耳背的人一样，从来都听不进去别人说话——有时候他会做出令人相当难堪的事情，比如和本地客人大声地发表他对东方人的看法，而三张桌子远的地方就坐着东方人，或者自己蹲在厕所里，大声和爱丽娜说没有手纸了，声音很大，码头上的鸽子都吓得飞了起来。

“我们是不用。”我们一致声明，“你和莱昂多斯继承了旅馆，这个父亲盖的旅馆，所以他应该住在这里。谁知道他还能活多久。”

“你们的父亲会比你们三个人加在一起都长寿，他要活到 100 岁！”她朝我们吼道。

父亲没能活到 100 岁。就在同一年，在刚刚过了 81 岁生日后不久，他就静静地离开了人世。在他的一生中，他做什么事都从来没有这么安静过。那是一个晴朗的午后，清凉的海风吹拂着，但在咖啡馆刷着白色石灰的围墙处，人们仍然能感受到初秋时分残存的暑气。四位老人靠着围墙坐着。克里斯托斯坐在椅子上，朝着房子的墙壁翻了过去，帽子盖住了额头，脑袋靠着墙壁，嘴微微张开。海港的水面反射着阳光，在咖啡馆的窗帘和父亲胡子拉碴的脸颊上映出斑驳的光影。老桑树沙沙作响，秋风从树上吹落第一片枯黄的树叶，落在防波堤的石板路面上。串珠上的塑料珠子不时地相互碰撞，发出清脆的声音。

天气一转凉，老人们就会从架子上取下骰子和磨得很旧的棋子，玩塔兀里[1]。每天他们都要玩上几轮。

但是克里斯托斯再也不能和他们一起玩了。

时光流逝。很多宏伟的混凝土建筑都必须被炸掉或者费力地用空气压缩机粉碎、推平。让环保主义者高兴的是，那些穿过田野的碍眼高速公路架，每个月都要有几公里长的部分坍塌下来。人们试过毒剂、油漆，但是那英勇无畏的生物，它的小小的孢子，总是能钻进新的生存环境之中，将那些丑陋的建筑蒙上一层薄薄的红褐色面纱。它们无处不在，在每个缝隙中，在每个裂痕中，都可以生长。

在对父亲进行记录后的6年整，内罗曼提翁公司的第一张年度账单寄过来了。上面写着："生产克里斯托斯·卡祖拉尼斯先生的复制品所需要的数据储存费"。账单的费用大概是旅馆一年电费的三倍。

爱丽娜给迪米特里奥斯、尼克斯和我打了一个小时的电话。她的手就像刽子手的斧头一样上下甩动——这是希腊人表达坚决不妥协，要在争论中撕碎对方、消灭对方的方式。

"听着，爱丽娜。"我说，"你这样大叫大嚷是没有意义的。我们当初一致同意，我们接受公司的提议。如果我没记错的话，当初正是你说这买卖划算的。"

"你不能就这么把父亲的数据给删掉。"迪米特里奥斯说，"此外就我所知，我们有义务至少搞出一个复制品。你到底有没有打听过，这要多少钱？"

我们得知，即便公司提供了慷慨的折扣，做一份复制品也要花

1. 一种希腊桌游，规则和用具都和西洋双陆棋类似。

上一大笔钱。全家人聚在了一起。

“我当初就知道要发生这种事情。”我说。但是这不是实话。事后说这种话总是很容易。我从来没有预料到要出这种事情，也没有预料到实际上将要发生的事情。

我们达成一致，决定分担父亲的数据存储费用，同时积攒必要的资金，在父亲100岁生日的时候让他复活。

这是个晴朗有风的白天。但在前一天夜里下了一阵猛烈的雷雨，这几天一直笼罩在海岸上的闷热雾气散去了。凉爽的西北风在海面上吹起波涛，也拨弄着橄榄树上闪着银光的叶子。在道路两侧，夹竹桃向我们殷勤地点着头。

女人们已经连续几天在准备食物，她们又是煮，又是煎，又是烤。男人们带来了葡萄酒和烈酒，并把它们冰镇起来。保鲜袋里面装满了水果、番茄和黄瓜，玻璃罐和调料盒里面装着胡椒、洋葱、大蒜、鼠尾草、迷迭香、牛至和罗勒，还有腌好的羊奶酪、上好的橄榄油和刚烤好的面包。我们吵吵嚷嚷了好久，才把东西都放好，现在后备箱看起来就像是盛宴的百宝箱，闻起来如同草药园。之后，六辆车组成的车队出发了。尼克斯在前面引领，迪米特里奥斯居中，我殿后。卡祖拉尼斯家族的三代人带着愉悦和期待踏上旅程，我心中却有一点点不安。

不管怎么说，内罗曼提翁公司从生物化学的角度来说掌控了局势。喝了一杯我自己挑的迎宾酒之后，我开始傻笑起来，带着一点忧伤，怀念着过去的时光，尽管我当时觉得那些日子简直难以忍受。

我们被带到了“福地14号”，那是一座大概6米乘14米大的亭子，三侧敞开，一侧有封闭的阳台。亭子里摆着桌子和椅子，四周围着很密的栅栏，还有一间宽敞的盥洗室，配有马桶，以及一间小小的医务室。地下通道连着诊所的核心设施。此外还有一间装饰奢华的厨房，配着炊具、餐具、一台冰箱、一台微波炉、一个橱柜和一台洗碗机。女人们马上就开始布置宴会桌，男人们去小吧台旁边，一杯又一杯地喝起了乌佐酒。隐藏着的喇叭奏起了舒缓的音乐。不知哪里有一只夜莺在啼鸣——我猜，那也是只晶体管模拟出来的夜莺。“与复苏之人的相会”本应在中午就开始，但因为昨晚沿海地区下了暴风雨，技术人员担心空气中可能会有电磁干扰，因此复制过程直到早晨才开始。他们和我们说，复制会花上一段时间。我和巴斯托斯还有品达尔一起朝着技术中心走去，他们是迪米特里奥斯的孙子。一路上，我们见到了许多老年人，大多数都坐着轮椅，还有护理人员陪同。一些人看起来已经相当老迈了。

“他们可能是复制品。”品达尔敬畏地小声说道。

“复苏之人。”巴斯托斯纠正他。

技术中心的大厅散发出一种精美绝伦、富丽堂皇的气息，但也像地下墓穴一样阴冷。接待处的人询问一般地扬起眉毛。

“克里斯托斯·卡祖拉尼斯。”我说。

他拿起一只麦克风，用准确得有些做作的声音说：“卡——祖——拉——尼——斯，克——里——斯——托——斯。”他的电脑终端旁边的屏幕上显示出几行字：

卡祖拉尼斯，克里斯托斯

1953 年 8 月 18 日—2034 年 10 月 23 日

记录于

2034 年 6 月 2 日

与此同时，在屏幕的左下方，一块绿色的区域中闪着一行字：

我深深地吸了一口气。“是时候了。”我说，“我们得回去了。”

不知从哪里传来一阵柔和的铃声，一支圆柱形的容器出现在一个圆形的开口处。工作人员把它拿出来，隔着柜台递给了我。它摸上去又硬又凉。我马上把它递给了巴斯托斯。他看起来很内行地用手掂量了一下，说：“像颗手榴弹。”他刚刚服完兵役回来。

“这就是太爷爷？”品达尔问。

我打量着圆柱边缘刻着的字，点了点头。

突然，我们三个人都笑了起来。工作人员恼怒地看着我们，责备般地摇了摇头。他把圆柱重新推进开口，在电脑终端上输入了一串代码。

我们其实根本就不必慌张。我们又等了半个小时，然后——就像很久之前那样——我们还没看到他的人，就先听到了他的声音。

“嘿！这些可笑的破衣服是怎么回事？”他愤怒地叫嚷着，“我在蹲监狱吗？我今天早上过来的时候，还穿着一件上好的英格兰布料做成的西装，值 300 欧元[1]呢！我是不是掉贼窝里了？还有这个蠢轮椅是怎么回事？我没病！但我得承认，我确实感觉不舒服。阿波斯托洛斯，你在哪儿？这都是哪儿来的庸医？我只是要做个记录而已。卡米纳斯博士呢？我刚才还和卡米纳斯博士说话来的！我和他说……”

当医务室的门打开时，他愣住了。他看到了我们布置好的一桌盛宴，也看到了我们。他身边陪着一位护士和一位医生。

1. 此处在初版中为“20 000 德拉克马”。

我的第一个想法是：他们就连父亲的小胡子都复制出来了。

“这些人是谁？”他紧紧抓着推轮椅的护士的胳膊，问道，“这是葬礼吗？”之后他看到了欧律狄克的女儿阿德里安娜。父亲的脸焕发出光彩。

“欧律狄克！”他张开双臂。

“欧律狄克？”莱昂多斯不耐烦地说，“那是阿德里安娜，老爷爷。这才是欧律狄克。你……”这时欧律狄克的小儿子小克里斯托斯哭了起来，莱昂多斯不说话了。

“我们齐聚一堂，”迪米特里奥斯用一种喜庆的语气说道，“庆祝你的100岁生日。过来和我们坐在一起吧！这是专门给你留的上座。”

“我……”克里斯托斯呻吟着说，“我已经死了？”他的脸上浮现起既惊愕又恐惧的神情。

“我们让你复活了。”尼克斯说，“虽然花了不少钱，但是为了你，花上再多的钱也值得。过来和我们坐在一起吧！我们要庆祝一下。”

克里斯托斯的目光扫过我们的脸，如同盲人在用手摸索。“上帝啊，你们都这么老了！”他说。他看到我，笑了。

“是你吗，阿波斯托洛斯，我的儿子？你吃得太多了，每天还一直坐着不动。你又胖了。你还在给杂志写恐怖小说吗？”

“很少写了，”我说，“现在很少有人读恐怖小说了。”

“我感觉，似乎就在今天，我们两个人第一次到这里来。”

“对你来说是今天，对我来说是20年之前了。”

“真的能做到？”他问道，“我是什么时候……什么时候死的？”

“就在来这里之后不久，在秋天，10月份，那是个美丽的秋天……”我说不下去了，强忍着眼泪。

“你也胖了，爱丽娜。尼克斯也是，我们的精英人物尼克斯，都秃顶了！我和你说过多少次了，我的孩子，不要想那么多。你一定是亚历克山德罗斯，还是和从前一样又懒又胖。我敢打赌，你也和尼克斯一样当老师了，对吧？迪米特里奥斯！把我介绍给你的孙子们。你多大了？”

“74 了。”

“那你很快就比我还要老了。”

“抱歉，你今天都 100 岁了。”他笑了，但目光却暗淡下去。

“是啊，我忘了。”

“他什么都能吃，什么都能喝吗？”我轻声向医生询问。那个年轻人看着我，半是觉得好笑，半是觉得惊讶。

“当然了。”他笑着说。他是那种运动型的人，这种人生活的全部似乎就是把每一克过剩的脂肪都转化为过剩的肌肉。看他们吃的东西，就好像他们正在进行一种狂热的修行，自从中世纪的苦修者之后，人们就再也没见过这样的人了。为了保持下颌肌肉的健美造型，他正有力地咀嚼着三倍量的口香糖，他的口气也因此带着一种令人作呕的胡椒薄荷味。

“我不是想要破坏你们的喜庆气氛。”他说，“但您最好清楚一点，这里的那位……”他用拇指朝着克里斯托斯随便地比画了一下，“并不是病人，只是一个只能存活很短时间的复制品。”

“谢谢您的提醒。”我和他保证我清楚这些。

“因为暴风雨，技术人员在今天晚上遇上了点麻烦。也许记录本身不是完美无瑕的。不管怎么说……”他又用拇指指了指父亲，“那是个很糟糕的复制品。”

“对不起，那可是我父亲。”

运动员带着一种不快的神态打量了我一下。“这正是我刚才一直想要让您弄清楚的一点：那不是您的父亲。您的父亲死了。那是一个复制品，根据一个曾经活着的人留下的记录，用电子合成技术合成的原生质体。”

“我明白，我……”

“您没明白。您可以这么想，要录一场音乐会的话，就算是用精度最高的高保真录制，回放的时候也总会缺一些泛音。”

他把眼镜举到阳光下检查着。我看到，他的眼镜相当厚。这个运动员在照顾别人情绪方面如同鼹鼠，而且视力也和鼹鼠一样差。

“从医学的角度说，”他毫无同情心地继续说着，“这意味着，一些激素和酶没有被精确地复制，可能会在体内产生灾难性的生化反应。”

他开始用力擦他的眼镜。“短时间的话，可以用药物来控制，但是我们的控制能力是有限的。在这种情况下，其平均寿命——严格地从科学角度来讲的话，寿命这个词用在这里没有意义——特别的……”他停下来，把眼镜在鼻梁上架好，看着我的脸，“还是那句话，我不想破坏你们的庆典。”

“这根输液管是怎么回事？”我问，“能不能把它取下来？”

他坚决地摇摇头。“我们需要直接的医学干预，必须要用静脉注射。如果出现毒性症状，我们必须迅速介入。你们肯定也不想白花这笔钱的。”他干巴巴地笑了笑，“我们的监测仪会持续监控他的状况。波利克西妮护士会陪着他，照顾他。一旦出现任何严重问题，她就会叫我。我会随时准备医疗干预。”他轻轻地拍了拍我的胳膊。“您不要担心，您毕竟是在内罗曼提翁，一家有着悠久历史的公司。”他看了看表，“那个卡米纳斯博士，就是他想见的那人，两年前就不在这儿了。他吃了过量的苯环己哌啶[1]，自杀了。在此之前，他销毁了自己本人的记录。”他耸了耸肩，离开了。

1. 一种致幻剂、毒品，又称天使粉。

波利克西妮护士是个淳朴乐天的人。她不偏不倚、富有魅力、做事高效，知道怎么去化解拘谨、活跃气氛。甚至当寿星去摸她的胸的时候，她也能一笑而过，还会主动和他调情。宴会十分丰盛，饮品应有尽有。克里斯托斯享用着他最喜欢的菜肴，无所顾忌地玩他的恶作剧，和他的女儿吵吵闹闹，就像从前那样。然而，大概两个小时之后，他的“泛音”给他带来了第一次麻烦。一次窒息的发作让他喘不过气来，但波利克西妮护士沉着自信地悄悄给他打了一针静脉注射剂，化解了危机。

此后，情况变得越来越糟。但就像这一类宴会通常的那样，寿星逐渐不再是宴会的焦点，远房亲戚们开始拉家常，堂兄开始对堂妹产生兴趣，拉着她偷偷溜了出去。录放机播放着嘈杂刺耳的音乐，孩子们的声音甚至更响。在吧台四周围了一圈喝醉的人，他们大着舌头，努力地试图把话说清楚。

傍晚时分，克里斯托斯的情况一定已经恶化得很厉害了，因为医生露面了，还和护士低声交谈起来。他们一起把父亲的轮椅推进医务室。

“我们让他恢复一下精神。”波利克西妮用轻松的语调解释道。我注意到，克里斯托斯把自己弄得全身都湿透了，呆滞的双眼直勾勾地看着前方。大部分人压根就没注意到他的离开。我看到，欧律狄克在偷偷哭泣。

半小时后，他们把父亲推回来了。他们给父亲换上了一套新的衣服，他看起来似乎更精神了，但这明显是大剂量药物作用下的结果，因为他连清晰地发声都很费力了。“我又活过来了。”他一遍一遍地重复这句话，泪水从他的脸颊上流淌下来。

“只要你高兴，什么都值得。”迪米特里奥斯口齿不清地向父亲保证，双手环抱着父亲的肩膀，脸紧紧地贴着父亲的面颊。他们看起来就像一对双胞胎，都留着查理·卓别林式的小胡子，就好像粘在上嘴唇的上方一样。眼前的情景太荒诞了，让我非常惊恐。我呆呆地凝视着这出令人毛骨悚然的闹剧，因此也率先注意到了父亲的鼻子中喷出血来。

“快做点什么！”我冲着护士大喊，把迪米特里奥斯从父亲的怀抱中拉出来。他不悦地咕哝着。我把他扶到另外一张椅子上，他低下头，趴在桌上。

护士又给父亲打了一针。我从她慌乱的动作中看出，她现在也很紧张。欧律狄克站在旁边看着我们，眼睛瞪得老大，显得很惊恐。

“注意点，让孩子们离开！趁着现在还能说再见，快和父亲告别！你们最好先开车回家去。”

后来医生也来了。“糟糕的复制品。”他检查克里斯托斯的时候咕哝着说，“你们应该找领导说说这事，这次应该减价，内罗曼提翁在这方面还是很通融的。”

“别说了！”我大吼。他耸了耸肩。我盯着父亲毫无血色的脸庞。他的脸看上去似乎正在垮下去。鲜血从鼻子和嘴里喷涌而出。因为药物的效果和令人麻木的疼痛，父亲灰色的双眼失去了神采。我把手放在他的脸颊上，脸颊冰冷。他感觉不到我的抚摸。我走到厕所，把自己锁在里面，大哭起来。在另外一间厕所里，有人在呕吐。“噢，上帝啊！”我听见了尼克斯哭泣的声音。“噢，上帝！”

尼克拉基斯，这个词居然能从你嘴里说出来？但这话我并没有说出口来。

我洗了把脸，又回去了。医生还在围着父亲忙碌。克里斯托斯的鼻子上扎着一个针头，嘴上罩着氧气面罩，随着心肺复苏机的搏动，他的身体也一下下地抽搐着。

还有一小时，天就要黑了。

女人和孩子们已经先走了，我很欣慰，因为之后的场面惨不忍睹。父亲的肉体已经衰朽，医生们只是在努力地抢救一具残破的躯壳。父亲的第一次死亡是多么温和，多么平静，多么有尊严啊。

我留在他身边，直到最后的苦痛时刻。

我感到一种不真实的感觉。我周围越是暗下去，我的心中却越是明亮起来。“父亲。”我说，“父亲。”我为这个可怜造物的灵魂祈祷——人们用电子技术制造了一团有着克里斯托斯的外表的仿生原生质体，然后把这灵魂给封进里头，一个正在一点一点地脱离那具衰朽无力肉体的灵魂。

随后，他们把他搬走了。

一阵胡椒薄荷的味道向我飘来。“我需要您的签字才能火化遗体。”医生说，“复制品当然是您的财产，但是，直到付清全款之前，复制品都属于内罗曼提翁公司——法律上来说是这样的。”

他用那双鼹鼠一般的眼睛毫无心机地看着我。他不知道怎么说得更委婉了。他浅绿色的手术服上溅满了小血点。就是他给了父亲最后的解脱吗？如同刽子手那样？

“姓名？”接待处的员工问我。

“克里斯托斯·卡祖拉尼斯。”

“卡——祖——拉——尼——斯，克——里——斯——托——斯。”他对着电脑重复道。屏幕上闪现出父亲的名字。

复制品数目为零

这行字在屏幕的左下角闪了一下。

之后屏幕上的字就改变了：

复制品已被销毁

记录可供再次复制

员工按下了一个按键。闪烁的字迹消失了。

巴斯托斯在等我。

我感觉嘴里又苦又干。

“还有什么能喝的吗？”我问道。

“行李箱里应该还有一瓶乌佐酒。”

他把酒递给我。

又辣又甜的味道让我清醒过来，就像刀片在划着我的上颚。行李箱里面还放着生日礼物，悉心包装过，还扎着蝴蝶结。克里斯托斯甚至都没有机会打开它们。

“你了解古代内罗曼提翁的故事吗？”我问巴斯托斯。

“不了解。”

“我给你讲讲吧。”

“我听说，那是个骗局。”

“是的，但是只骗活着的人。死者仍然安详地躺在那里。”

后来我一定是在电动马达发出的嗡嗡声中睡着了。

“我们这是往哪儿开？”我突然从睡梦中惊醒。

“一直朝前。”巴斯托斯果断地回答道。

就如同时间的流逝。

“那就很好，”我说，“很好。”

夜晚的空气温暖柔和，空气中弥漫着焚烧橄榄木的香味。右边是大海，仿佛镶了一层白边；左边是稻田，在星光下似乎微微发着光。从前，阿切鲁西亚湖[1]曾经蔓延到这里，那是来自冥府的黑水。

山那边，月亮正在升起。

1984年6月，于萨拉基里基[2]

（赵佳铭　译）

1. 古希腊湖泊名称，被认为是冥府的湖泊。
2. 此处原文萨拉基里基（Sarakiriki），查无此地，疑为作者对莎拉基尼可（Sarakiniko，希腊米诺斯岛旅游海滩）的误拼。

高墙的意义

德国的统一对大多数东德人造成了巨大的冲击。突然间，在经历了 40 多年的物资紧缺以及行动、言论和写作限制之后，他们有了随意旅行的自由、畅所欲言的自由，以及不受审查地进行文学创作的自由。但是另一方面，他们也有了失业的自由、买不起身边无处不在的商品的自由，以及无话可说无事可写的自由。

在德国，“柏林墙”就是冷战铁幕的标志，铁幕背后的人们得到了保护，不至于遭受极端的匮乏。这一点也适用于科幻小说作家。在东德，每年大约有十几本科幻小说新书出版，但印数往往能以十几万计，并且经常得到重印。重印收入外加低廉的生活成本意味着一位作家每三年出版一本书就能生存下去。1990 年德国统一后，这一切都改变了：现在东德科幻作家们必须在一个挤满了美国译本和佩里·罗丹的市场上参与竞争，而德国本土科幻的印刷和销售也受到了限制。作家兼编辑埃里克·西蒙（Erik Simon）写道：“1990 年以来，几乎所有的东德科幻作家都沉默了。”西蒙认为最大的问题可能在于东德没有专业的科幻杂志。虽然 1990 年创刊的东德杂志《外星人接触》(*Alien Contact*)在恢复到半专业的地位后，前途更光明了一些。

不过，东德作家的困难并不能全都怪罪于市场。东德的生活节奏比较慢，作家和读者之间的相互理解更充分(他们享有“同一套坐标系”)。统一意味着东德居民陷入了“普遍的迷茫”。东德的编辑们经常抽时间与作家们一起工作，而负担过重的西德编辑们却没有这样的时间。甚至就连审查制度的缺位也为东德作家们带来了麻烦。在审查制度的锻炼下，东德的读者学会了从字里行间读出可能从审查员眼前蒙混过去的微小政治暗示，如此小心翼翼的阅读态度意味着他们对于任何文本都阅读得更加深入细致。

埃里克·西蒙于1950年出生于德累斯顿，在德累斯顿工业大学获得物理学学位，专攻低温物理学。他在1970年创作了第一篇科幻小说，1974年当上了东德新柏林出版社(Das Neue Berlin)的科幻编辑。他只写过短篇小说，并且出版了三部作品集，分别是与莱因哈特·海因里希[1]合著的《第一次时间旅行》(*Die ersten Zeitreisen*，1977)、《异星》(*Fremde Sterne*，1979)和《月球幻影，地球访客》(*Mondphantome, Erdbesucher*，1985)。这些作品已被翻译成保加利亚语、捷克语、波兰语和瑞典语。他的短篇小说还被翻译成了匈牙利语、俄语、斯洛伐克语、乌克兰语和西班牙语。此外，西蒙也曾参与编辑了20部科幻文集与1部东德科幻百科全书。

1991年，西蒙丢了工作，因为竞争乏力的出版社不再出版科幻作品了。1993年，这家出版社彻底关门。西蒙从来都不是一个多产的作家，如今他的工作是翻译，尤其是翻译美国科幻作品，另外他每年也会创作一两部短篇科幻小说。他的一部短篇获得了科德·拉

1. 东德科幻作家，埃里克·西蒙的长期合作伙伴。

斯威兹奖，另一部获得了二等奖。

《伊卡洛斯行星要闻》（“Wissenwertes über den Planeten Ikaros”）写于1971年，但是对于现在的西蒙来说，它的意义要比当时更为深远。这部作品诞生的前提——他当时还没有意识到（“审查员和评论家们也没有意识到”）——“在于东德民众遭到禁锢的特殊生存状态”。当时没有人知道，这部作品当中描述的空心星球的形象不仅意味着封闭的处境，而且“也意味着许多东德人（至少是1965年以前出生的许多东德人）如今在他们熟悉的小而安全的监狱崩溃后的感受。他们发现自己落入一个充满敌意的宇宙，置身于始料不及、至今也仍然无法适应的环境之中”。

（万年看客　译）

伊卡洛斯行星要闻

［德国］埃里克·西蒙

伊卡洛斯（2）——密近双星[1]奥恩星[2]（详见参考文献）的唯一一颗行星。公转轨道接近正圆，轨道半长轴[3]22亿380万千米，公转周期15 010地球日。行星自转已被潮汐锁定[4]。行星赤道半径5 800千米。质量为0.32个地球质量。于新纪元893年在第32次星际探测（详见参考文献）中被发现。

行星学资料：一、基本可分为三层：1. *大气层*，成分包括惰性气体（氩、氪、氡）、烃类、痕量的二氧化碳、氮气和氧气。大气非常稀薄，在200千米高处已无法检出。2. *岩石外层*，厚度大约1 000千米，主要元素包括：碳、氧、铝、硅、铁、钴、银、铅和放射性重元素（主要是长半衰期元素）。3. *行星内核*。其特点是密度极低。成分未知。可能中空（？）。其天体演化学形成过程不明。由于第一点，该星球没有生命迹象。

---

1. 天文学术语，指的是相距紧密以至于可以发生物质交换的双星系统。
2. 作者虚构的恒星。
3. 数学术语，指椭圆长轴的一半。
4. 天文学术语，发生在两个质量相差较大的天体间，指的是小天体的自转周期会因为引力作用逐渐等于其围绕大天体运行的公转周期，从而永远以一侧对着大天体的现象，如月球永远以一侧朝着地球。

我是第 47 次星际探测的队员。当我们从参宿四返回的途中抵达奥恩星并想要解开伊卡洛斯的谜团时，我觉得我没有任何工作要做，因为我是历史学家和考古学家，完全不懂行星学和天体演化学。但我错了。

一开始，我们在预先算好的位置上没有找到这颗行星。但如果第 32 次星际探测的队员们对它轨道的测算是准确的——这一点毋庸置疑——这颗行星就一定在那里，否则天体力学定律就有问题了。当我们继续接近双星时，我们终于发现了伊卡洛斯——它残存的遗骸：一群大大小小的小行星和陨石。

我想说得简短一些，客观准确地报告我们发现的事情。我认为报告不应该写得戏剧化。歌谣和悲剧就留给别人写吧——我写不出来，也不会这么写的。

我们研究了一下那些碎块。第 32 次星际探测认为这颗行星上没有生命。这是错的，只是星球的表面没有生命而已。

伊卡洛斯是个空心星球，就像一个巨大的肥皂泡，岩石外壳只有 600 千米厚——和其中包裹的直径为 10 400 千米的空腔相比微不足道。空腔中充满了高度压缩的气体：氮气、氧气、二氧化碳和重稀有气体[1]。很明显，内部气体的高压有助于使相对来说很薄的岩石外壳维持稳固。

在这个空腔内，在对我们的肉眼来说无法望穿的黑暗并且几乎完全失重的环境中，生活着伊卡人——有智慧的，这颗星球的主人。众所周知，一个空心球对于身处其中的所有任何物体都没有引力，因为吸引力的总和恰好为零。然而伊卡人的生活区域还是被限制在了岩石壳附近，因为他们如同星球上的所有动物一样以植物为生，

1. 自然界中除氦气之外的其他五种稀有气体元素氖、氩、氪、氙、氡的统称。

而植物从岩石壳产生的放射线中获取能量。此外，向空心球的内部深入时，气压还会继续上升。

伊卡洛斯星球的居民有着梨形的身躯，身长可达 5 米，在较尖的一端有一个嘴状的开口，还有一些重要的感觉器官，我们只了解其中的两个。伊卡人有四只眼睛，它们可以看到光谱中的红外区。在它们的“头部”内——也就是说在身体较尖的一端内——有一个器官，可以接收到长波电磁波。此外我们还知道，它们能感知伽马射线，但是我们不知道相应的感觉器官在哪。在“头部”周围分布着四对长达 2 米的触须，末端分叉，因此很适合作为夹持器官。在身体的另外一端有四条更长、更有力、分得更开的触须，伊卡人借此在大气中划行。

很可惜，我们对伊卡人的文化和历史几乎一无所知。即使我们能见到它们，我们也几乎不可能理解它们。它们的科学发展十分片面。它们在星球内部的地形测量学、数学的一些分支、矿物学、植物学、遗传学，可能还有一些其他的科学领域上有着相当丰富的知识。相反，像天文学和（少数分支除外的）物理学这样的科学领域上，它们一无所知。

这样的文明和我们的文明截然不同。它们既不知道火，也不知道轮子。我们人类生活在重力环境下，以日和年计算时间，伊卡人一定发展出了和人类完全不同的时间与空间概念。

伊卡人的技术非常原始，但它们在培育特种植物方面取得了不可思议的成就，那种植物可以最大化地利用那里稀少的能源。可用能源短缺和因此带来的食品短缺是伊卡文明发展的最大障碍。在很久很久以前，它们就已经为了消除食物的竞争者而灭绝了所有大型动物，还铲除了所有它们不能食用的植物。之后，它们在岩石壳内部稀少而分散的强辐射区域种上了这种高产植物。上千年来，一个严密的全球性组织管理着食物，可能还管理着伊卡人的繁衍。这个组织确保每一位伊卡人恰好得到生活必需的食物。我们不知道这种单性生物的繁殖方式，但无论如何都有一种机制——生物学上的或者社会学上的——控制着人口数量恒定不变。这种组织方式也许是来自天性。毕竟，伊卡人之间从来都没有发生过战争。

关于伊卡人的文明，我们能确定的知识就这么多。我们知道，即便这颗星球用上了所有的节约措施，也最多只能为一两百万散居在整个星球内表面的伊卡人提供食物，这也正是上千年来的人口数量。这个文明在与致命饥饿的持久斗争中剩下来的微薄力量，都被伊卡人持续不断地投入到一个项目之中，持续了至少两千年。这个项目明显意义重大，但我们还不清楚它是什么。

至于伊卡洛斯行星毁灭的原因，我们也只能去猜测。这样一颗行星几乎不可能形成，那么一次相对轻微的撞击就可以打破平衡状态，摧毁这颗行星。公认的理论是有一颗小行星或者来自星际空间的天体撞上了伊卡洛斯，击穿了岩石外壳，行星内部的大气由于高压泄漏到宇宙空间中。撞击产生的震动以及更为重要的——起到保护作用的内部大气消失了，导致行星在自身重力之下坍塌。

可我还知道另外一种解释，不涉及撞击——我真希望我从来没想到过这种解释！

上千年来，伊卡人一直为那个令人困惑的项目劳作。它们虽然没什么可以用的技术，但却竭尽全力。这个项目让我难以释怀。

也许它们和我们的区别没有那么大……如果我们生活在一个空心球中——上千年来——甚至可能上百万年来——一直生活在一个我们的祖先已经探索过每一个角落的空心球中，再如果我们中的某个人有了和一切经验都相矛盾的想法，认为我们生活的世界可能不是整个宇宙，岩石壳可能有尽头，在后面还有其他的东西存在——

那我们会做什么？

但可能一切都不是这样，可能我的想法是错误的。另外，尽管任何事都无法改变已经发生的事实——为什么我还如此希望我的想法是错的呢？

（赵佳铭　译）

斯堪的纳维亚与芬兰篇

瑞典、挪威、丹麦与芬兰的科幻小说发展历程大同小异：20世纪之前，这几个国家都出现过若干星际航行题材的作品以及零星的乌托邦作品；20世纪上半叶都出现过几部未来主义或者太空题材的小说；然后在20世纪50年代都迎来了一阵科幻大繁荣，就像同时期的法国、德国、东欧和苏联一样。

萨姆·伦德瓦尔和约翰-亨利·霍尔姆贝里在《科幻小说百科全书》中评论说，斯堪的纳维亚地区由于地处偏远、社会贫困以及遭受战争摧残，错过了18世纪的启蒙时代。丹麦著名戏剧家路德维希·霍尔堡（Ludwig Holberg）创作了《地下世界之旅》（*A Journey to the World Under-Ground*，1741）；瑞典有克莱斯·伦丁（Claës Lundin）的《氧气与芳香》（"Oxygen och Aromasia"，1878）；芬兰有阿维德·莱德肯（Arvid Lydecken）的《星际之间》（"Tähtien tarhoissa"，1912）。弗拉马里翁和儒勒·凡尔纳的作品在出版后不久就被翻译成了瑞典语，而瑞典的科幻杂志中持续时间最长的一份正是《儒勒·凡尔纳杂志》（*Jules Veme-Magasinet*，1940—1948；后被伦德瓦尔复刊)。

斯堪的纳维亚科幻舞台上第一个引人注目的人物是奥托·维特(Otto Witt),他是一位矿业工程师,1912年回到瑞典,出版了几十部充满了被伦德瓦尔和霍尔姆贝里称为“疯狂点子”的科幻小说。而且,他还创办了瑞典第一本现代科幻杂志《福金》[1](*Hugin*),从1916年发行到了1920年。有趣的是,他曾在德国宾根的中等技术学校学习,雨果·根斯巴克和卡尔·汉斯·斯特罗布(Karl Hans Strobl)也正是在他求学期间分别在美国和奥地利创办了各自的科幻杂志。

20世纪初,以超级科学家和发明家为题材的小说在瑞典和芬兰很常见。20世纪50年代初,引进的美英两国科幻作品向芬兰和丹麦的读者揭示了英语国家的人们正在从描写变化的文学作品当中接受怎样的内容。但是在瑞典,哈瑞·马丁松(Harry Martinson)的《阿尼阿拉号》(*Aniara*,1953)可能具有堪比英美译作的影响。这部史诗作品被卡尔-比尔格·布隆达(Karl-Birger Blomdahl)改编成了歌剧《阿尼阿拉号》(*Aniara*,1959)。马丁松本人则在1974年荣获了诺贝尔文学奖。

伦德瓦尔和霍尔姆贝里写道:“幻想文学从来都是斯堪的纳维亚主流文学的一部分……科幻与奇幻的分界线在这里很模糊,而且大多数斯堪的纳维亚作者们都曾涉猎过幻想文学领域。荷兰和拉美的魔幻现实主义作品如今能在斯堪的纳维亚火爆流行,可能也是这种历史态度的结果。”因此,在瑞典——在斯堪的纳维亚地区的其他国家或许也是如此——科幻作品往往以普通版形式在书店里销售,而“来自美国和德国的廉价译本……在书报亭销售,但是不会进入书店……斯堪的纳维亚和欧洲大陆的其他地方很像,没有专门

1. “福金”是北欧神话中奥丁肩头的两只乌鸦之一,代表“思想”。

的科幻产业，而是拥有一个基于古老欧洲传统的幻想文学世界；这个世界所汲取的养分来自 E. T. A. 霍夫曼、阿德尔贝特·冯·沙米索（Adelbert von Chamisso）、德国的狂飙突进运动（Sturm und Drang）、法国的荒诞玄学，以及意大利和俄罗斯的未来主义，而不是英语科幻作品”。

丹麦有三大科幻作家。首先是安德斯·鲍德森（Anders Bodelsen），其代表作是《冰点》（*Frysepunktet*，1969）。评论家奈尔斯·戴尔加德认为这部作品堪称“以其他方式延续现实主义”的典范。第二是斯文·奥厄·马森（Svend Åge Madsen），他的短篇与长篇科幻小说代表作包括《中时期[1]的美德与堕落》（*Tugt og utugt i mellemtiden*，1976）、《面对晨光》（*Se dagens lys*，1980）和《让时间流逝》（*Lad tiden gå*，1985）等，代表了“他自己独特的科幻类型”。第三是英格·埃里克森（Inge Eriksen），她创作了一套“雄心勃勃的四部曲”——《没有时间的宇宙》（*Rummet uden tid*，1983—1989）。

在芬兰，根据于基·伊亚斯［Jyrki Ijäs，笔名尼洛·尤哈尼（Nilo Juhani）］的说法，最好的芬兰新锐作家是乔汉娜·斯尼萨罗（Johanna Sinisalo）、艾力·特冯内（Ari Tervonen）和艾娃-丽莎·特胡恩（Eeva-Liisa Tenhunen）。身为批评家的伊亚斯帮助创办了杂志《时间机器》（*Aikakone*），他本人还是《伊卡洛斯》（*Ikaros*）杂志的出版人与编辑。芬兰的其他科幻杂志还有《飞旋》（*Spin*）、《门》（*Portti*）和《星际漫游者》（*Tahtivaeltaja*）。

根据伦德瓦尔和霍尔姆贝里的说法，挪威作家约恩·宾（Jon Bing）和托尔·阿格·布林斯瓦德（Tor Åge Bringsværd）“已经离

1. 作者杜撰的“历史学术语”，“约指公元 1500—2000 年”。

开了科幻流派，或者说他们的书通常由主流出版社出版，没有贴上科幻的标签”。他们还把芬兰的库莱沃·库卡斯耶尔维（Kullervo Kukkasjärvi）也归入了同一类别。此外还有些主流作家有时也会创作畅销的科幻作品，例如瑞典的佩尔·克里斯蒂安·耶西尔德（P. C. Jersild）、乔治·约翰森（George Johansson）、彼得·尼尔森（Peter Nilson）和佩尔·瓦勒（Per Wahloo），以及挪威的阿克塞尔·延森（Axel Jensen）。

瑞典的主要科幻作家有伯耶·克罗纳（Börje Crona）、卡尔·约翰·霍茨豪森（Carl Johan Holzhausen）、丹尼斯·林德玻姆（Denis Lindbohm）、伯特尔·马滕森（Bertel Mårtenson）和斯文·克里斯特·斯万（Sven Christer Swahn）。斯图雷·伦纳斯特朗（Sture Lönnerstrand）担任过《惊！》（*Häpna!*）杂志的联合主编，并且创作了科幻文章、科幻短篇以及长篇青少年小说，从而在瑞典推广了科幻。萨姆·伦德瓦尔是瑞典南部地区的主要科幻人物之一，尽管他的作品主要在主流文学界发表。他曾担任过作家、编辑、出版商、评论家、翻译家，也是世界科幻大会以及科幻迷组织当中的重要人物。

斯堪的纳维亚科幻界的一大积极因素在于科幻迷群体十分活跃。1956年，第一届瑞典科幻大会在隆德举行，类似的聚会在芬兰和丹麦也很常见，丹麦还赞助了几次国际聚会。斯堪的纳维亚地区每年大约会出版100多种科幻书籍，其中三分之二是翻译作品。但伦德瓦尔和霍尔姆贝里指出，斯堪的纳维亚地区的科幻出版也和欧洲其他地区一样面临着图书销售量下降与专业出版机构纷纷关门的问题。

（万年看客　译）

丹麦实验

科幻小说的发展要通过两种作家来实现：一种试图扩大科幻小说的创作范围；另一种则运用科幻题材来实现个人目的。正如伦德瓦尔与霍尔姆贝里所说，在斯堪的纳维亚地区最有趣的科幻作家都属于第二类，例如丹麦的斯文·奥厄·马森。

马森曾经学习数学，但很快就转向了小说写作。他最早的科幻作品是秉承法国新浪漫主义风格的实验性创作，分别是《到访》（*Besøget*，1964）和《添加》（*Tilføjelser*，1967），这两部作品让他获得了“晦涩难懂”、文风内向并且抱有卡夫卡式世界观的名声。然而，在20世纪七八十年代，他对流行体裁产生了越发浓厚的兴趣，尽管依然采取着他自己的探索性、实验性创作方式。可读性的提升扩大了他的读者群，今天他并不反对被视为科幻小说作家。

《谟涅摩叙涅之子》（“Mnemosynes børn”）的译者约翰·黑耶（Johan Heje）认为，马森把各种小说类型都看作生活的范式，作家们基于这些范式展开写作游戏，而科幻则是他最常使用的类型。他的长篇和短篇小说都是基于现实本质以及表象的推演而非虚构［类似乔治·R. R. 马丁的《灰烬之塔》（*This Tower of Ashes*）]。“如果所有对现实的感知都是相对的，”黑耶在谈到马森的作品时说，“那么不妨把所有的现实都视作虚构。”马森尤其关注人类在陌生异质的宇宙中的困境，因此时间旅行和平行世界这两大题材特别适合他。黑耶将马森比作塞缪尔·R. 德兰尼，但马森的兴趣也类似于菲利普·K. 迪克，而且他在创作生涯后期的多部小说中都采用了同一套场景设定，即1870年至2040年之间的奥胡斯市。这一设定也类似于J. G. 巴拉德的《朱红沙滩》（*Vermilion Sands*，1971）或爱德华·布赖恩特的《丹砂城》（*Cinnabar*，1976）。

《谟涅摩叙涅之子》中设置了一颗距离地球1 025光年的行星，让它映照出2050年前的地球（奇妙的是，本卷中还收录了中国科幻作家郑文光的《地球镜像》，其中也采用了类似的概念，在那个故事里，地球被它的镜像行星观察，但结果却大不相同）。文中的科技手段可以将这些镜面图像转播到电视上，致使公众大为着迷，以至于人们几乎对于其他一切事物都失去了兴趣。在这方面，这部作品类似于布赖恩·W. 奥尔迪斯的“赫星三部曲”（Helliconia trilogy）中的观测卫星“亚维努斯”[1]，它将发生在赫星上的生死戏剧发送回遥远的地球。科技手段提供图像的设定类似于T. L. 谢雷德在1947年创作的《E代表努力》（“E for Effort”）中的时间探测相机的拍摄结果。这些图像带来的不安则类似于艾萨克·阿西莫夫在1956年创作的《逝去的往昔》（“The Dead Past”）中“时光镜”（chronoscopy）所导致的结果。

在《谟涅摩叙涅之子》中，“戏剧”是人类的历史。但是作品设定的情境同样赋予了马森讨论身份问题的机会。奇怪的教派纷纷

1. 希腊湖泊名，在神话中是地狱的入口。

涌现，一派人在等待基督的到来，另一派人则自称谟涅摩叙涅之子（谟涅摩叙涅是希腊神话中的记忆女神），他们认为荧幕上的人其实是活生生的，而观众才是镜中虚像。《谟涅摩叙涅之子》的文本看似简单，其实却隐藏了不止一层意义。这一安排可能是针对人们的普遍信念的评论，即除非得到电视报道，否则任何事物都不算真实，甚至还有许多观众觉得电视剧中的角色及其所属的现实要比自己身边的人与环境更加可信。

（万年看客　译）

谟涅摩叙涅之子

[丹麦] 斯文·奥厄·马森 著

[丹麦] 约翰·黑耶 英译

[美国] 詹姆斯·冈恩 改写

去拿晨报时他的托加袍被钩住了，他再次打开门，试着把衣服从门把手上解下来，这时，远处的街上传来了两三声巨响，可能来自一辆噪声巨大的摩托车，或是一支枪。他迅速把门关上了。

他走进中庭时经过了一面镜子，顺势理了理衣服，又饶有兴致地注视起镜中反射的影像，他看起来冷静而坚定。

他的妻子斜倚在一张木制沙发上，穿着一件昂贵的斯巴达式帔络袍。尽管样式早已过时，但显然她很喜欢它，不舍得扔掉。他亲了亲她的脸颊，他们喜欢彼此。

她要求他为自己读新闻，他嘟囔着说要是她戴上眼镜的话就能自己看了。她让他别用那个词，戴上眼镜让她看起来活像未来的遗物。

他发了两句牢骚，但实际上他很喜欢他们一起讨论当天的新闻事件，这是他们的晨间仪式。

他将薄薄的《日德兰每日邮报》放在一旁，坐到洒进房间的阳光下，拿起那份厚厚的、插图丰富的《往昔每日》。

“卢克莱修[1]还没死！”还没等他将报纸拿到与视线持平的位置，他就大声喊道。

“谢天谢地！”她半抬起头，“这说明还有希望。新闻怎么说的？”

他读道：“原本被认为将于今年自杀身亡的提图斯·卢克莱修·卡鲁斯，于昨日下午被人看到与他的朋友盖乌斯·马塞拉斯[2]交谈。他看起来精神状态良好，谈笑风生，毫无抑郁的迹象。”

“他会再写一卷书的。”她说，“我早就知道，他会再写一卷。”

“我们早就知道这点。”

“机会错过了。他闭门不出，在家待了那么久，他写作的时候总是这样。我们没看到他，真是太可惜了。我们又不总是能看着，可能他今天还会出来。”

“但我太了解他了，我用半只眼睛都能发现是不是有什么不对劲。他可能表面保持微笑，但内心依然灰心丧气。可怜的人，拥有如此天才却……我真希望我能帮他，一个这么绝望的人。”

“天才可有点言重了。”

她狠狠盯了他一眼。这让他补充了一句：“他曾说的那句从没人说过的话是什么来着？”

“Eadem omnia semper.”

他去够那本拉丁文字典。出于对他无知的怜悯，她在他拿到之前先说了：“诸事皆相同。”她继续引用道：“世界上没有任何事物会化为乌有，一切都会在某天卷土重来。”

“有远见，真正的远见卓识。”

她不确定这是不是讽刺，又或许因为对这个话题感兴趣，她继

1. 罗马共和国末期的诗人和哲学家，著有《物性论》。
2. 罗马共和国一位执政官，此处英文转译疑有误，因为卢克莱修实际与另一位罗马演说家、诗人盖乌斯·梅米乌斯交好，将《物性论》题献给他，而非这位盖乌斯·马塞拉斯，两人名一致，姓不同。

续说道："他教会我的不只这个。真的，你应该试着去理解。他让我意识到神灵确实存在，但祂们更倾向于生活在永恒的极乐园中，不去干扰世界或人类的命运。"

"这你没法怪祂们。"

"因此我们应该竭尽所能去模仿祂们：无所顾虑地生活，享受生命赐予我们的一切。所以可能你也应该放弃那篇文章。"

他抬起头，没有为自己辩护。可能他会放弃他的决定，可能就是在这一刻他掐灭了希望，谁也无从知晓。

一阵沉默之后，她要求他继续。他捡起报纸读起来："罗马的金价持续下跌。"

"没什么能比经济新闻更无聊的了。"

他嘀咕着万事皆有关联，接着又打断了自己的话："她开始雕的果然是一尊佛像。"

"谁？"

"印度那个女人。几天前她开始在木头上雕像，同时听她丈夫讲着故事，那个故事将构成《摩诃婆罗多》的一部分。"

"而我们曾讨论这是多么可笑的事啊：他们正在各自建立宗教，彼此独立，各不相干。"

"正是。我们说对了，结果她雕的就是一尊佛像。"

"这样的情形有种迷人之处：两大世界级宗教就在日常生活中酝酿成形。我很高兴我们注意到这件事。有什么地方新闻？"

"干旱可能在日德兰持续几年。"

"太糟糕了。孩子们正遭受严重的饥荒。"

"大人也一样。这还有一篇讨论昨天人祭的社论。"

"他们还没争论完吗？"

人祭是他们一起看的。一根绳子的两端分别绑在一个年轻人和一头小公牛的脖子上。那年轻人身穿束腰带，公牛涂着油彩。起初，那个男人很不情愿，但是他的部落同胞跟他讲话，做着向上恳求的手势。终于，这个可怜的“恶魔”屈服了，他后悔地耸耸肩，将套在头上的索套拉紧，绳子在他和牛之间绷紧了。公牛感觉到绳子收紧，站住了。随后，人们在这两个被捆缚在一根绳上的生物之间点起了火堆，公牛马上向前猛冲……在这场不平等的较量中，男人很快放弃了抵抗，抽搐了几下，死了。他的尸体被扔进了一个半干涸的湖里。

他们一起看了这场自我献祭，他和他的妻子。他们无力地牵起手，然后又紧紧地握住对方的手。她眼含泪光。他们再一次讨论起相关经验。她跟他解释，根据卢克莱修的说法，活人献祭是宗教施加在人类身上最残酷的罪恶之一。他们都被看到的画面深深触动了，说话声很清晰，伴随着一两声轻微的噼啪声，仅此而已。

欧洲的早晨尚未来临。那是他们最关心的一片区域。黎明的曙光洒在东方。他们调到历史调查频道，屏幕上显示着各种为人熟知的场景片段，没什么引起轰动的画面。一处居住地的女人照顾着婴儿，男人准备下地劳作；一个石器时代的部落又开始内斗，看架势好像所有人要同归于尽。

他的妻子说着什么：“……对了，是闰年？”

他把还拿在手上的那份《往昔每日》翻到头版，读上面的日期：“公元前 55 年，4 月 16 日。”

“傻瓜，”她说，“我知道。”不过她还是本能地看了一眼墙上的撕页日历，确保上边的日期是同一天。“我只是刚好想到点儿事。夏天很快就要结束了，今年是闰年，对吧？”

“怎么了？”

“那么奥林匹克运动会要开始了，不是吗？你曾经对这个特别感兴趣的。”她找到了他放在一旁的另一份报纸。

“1996 年 8 月 7 日，我说嘛。”

“那恐怕现在已经结束了，如果今年确实举办了的话。”

“为什么没举办呢？”

“我想，人们还有别的事要忙。”他嘟囔道。

他转向自己的文章，他还没放弃。直到太阳在欧洲大陆升起之前，他都会全神贯注地做这件事，他很执着。

他得从头开始读才能记住所有的内容，在过去的 24 个小时里他都还一直没动笔。

我在镜中观察到的影像并非我自身，即使是在我观看的瞬间，我看到的自身形象也是几分之一秒前的自己。对我们所有人而言，这都是显而易见的。我所处的位置离镜子越远，光需要穿越的距离就越长，从我到镜子，再从镜子返回到我身上。我需要离镜子多远，才会感觉看到的影像是我自己呢？

没人能忘记九年前，当来自那个未知行星的第一批信号被截获所引起的轰动。如今，我们知道它叫谟涅摩叙涅星。当时我们以为人类有史以来第一次与来自外星的生物建立了联系。

而当真相被逐渐揭开，它所引发的兴奋之情更是有过之而无不及：谟涅摩叙涅星其实是一个镜像行星，大约距离我们 1 025 光年之遥。我们收到的信号并非从那里产生，而是地球上光景的镜像反射，因此，从信号发出，到我们再接收，路上需要约 2 050 年。

当电视频道开始每天定时播放这些镜像画面之后，大部分人仍然啧啧称奇，他们惊讶地发现自己对人类的过去有如此强烈而持久的兴趣。五年里，研究员致力于降噪、放大、改善信号，使得图像的画质终于达到了惊人的清晰度，人们也始终保持着浓厚的兴趣。每天，人们都忙于讨论和记录即将追看到的过去时日，对它的期待远远高过了对现实生活的年代的兴趣。

许多人认为这只是好奇心作祟，预测这种风潮不过会流行一时，很快就会跟其他现象一样，局限在一个合理、有限的范围之内。

人们做梦也没能想到接下来发生的一切。

我不用提所谓的“失业”问题——随着形势的发展——在两周内就被解决了：因为人人都拒绝每天在一个被禁止观看谟涅摩叙涅图像的地方浪费八小时。这意味着需要制定一种更公平的方法，合理分配必须的工作时间。

我不用提那些迅速衰落的传统电视节目，它们如今被大幅削减，取而代之的是翻来覆去播放的《斯巴达克斯》《宾虚》《尤里乌斯·恺撒》，以及历史调查和预测节目。

我不用提飞速扩张的新基督教教派，他们宣扬55年后（如果不是48年或者57年后）耶稣基督将再次降临人间，最后的审判日也会随之而来。

我不用提那些昔日的圣徒，现在他们都急不可耐地观看自己祖父母的降生。

我不用提“谟涅摩叙涅之子”运动，他们宣称：我们才是那些镜中影像，而这些我们怀着浓厚兴趣每天观察的人群才在真实地生活着。

我不用提时尚和品位方面的彻底转变：现在，一个身着西装的男人就如同一个食人族置身于一群传教士间般奇怪。

我真正想提及的是由这些镜像导致的人类心智的彻底改变，这是一种对人类来说更为重要的后果，它被称为“衰老效应”，让我们都像一群傻瓜那样对现实感到困惑，只有那些发生在久远过去的事情能引发我们的一丝兴趣，而关于我们自身的生活已经没人在意。

“那是什么声音？”

他妻子带着焦虑的喊声打断了他的阅读。“听起来像一个炸弹。”

“现在可不要发生电路故障，天越来越亮了。”

“今天有什么事发生？”

“有人在罗马被钉上十字架。”

“他们的情况都非常相似。”

“我不喜欢你谈论他们时那种漠不关心的语气，他们是有独立思想的人，如果我们不去纪念他们，这些人就白死了，被人永远地遗忘了。”

“他们独特的死亡方式将被录下来，就像所有别的事一样。”

“录像带并不是现实。另外，谁有工夫去看一遍这些旧带子？”

“那就是历史学家的工作了，我想。”

“但总会有新的事情发生。”

“光是丹麦就有差不多500万个历史学家。”

“瞎说。”

“其中10万人记录了每一个琐碎的细节：瓦埃勒峡湾北部的人从什么时候开始穿新式的树皮鞋；另有10万人把这些细节分类编

目、系统整理；还有10万人在提供更广阔的图景，并将其纳入历史的情境中；还有至少同样数目的人在科普这些素材，或解释为什么事情会如此发生。”

“要是你写的那篇文章让你脾气这么暴躁，你是不是不该写了？再说谁会去读它呢？”

“难道你没意识到正发生在我们身上的事吗？”

“是的，我们一步一步离理想状态更近了：沉静的心灵，成熟的思考。”

“但那真的是好事吗？可能我们应该团结起来……予以回击……”

“你请便，但是饶了我吧，斯巴达克斯。恺撒马上就要建完横跨莱茵河的大木桩桥了。”

“我们是不是这几天都没看到相关的消息了？”

“天空一直阴云密布，他们保证说今天那片区域的天会放晴。”

“好吧，我就不看了，我想完成我的文章。”

“西塞罗可能会朗读他关于修辞学的新作。专家们会对照文本收看，他们希望能据此取得阅读唇语方面的进步。”

“专业的问题就交给专家吧。”

“如果有一天他们能将声音放大到让我们听清楚，那就真是太好了。”

“如果一切在没达到那一步之前就停止了呢？”

“我真心希望不会。不然我们能做什么？我可不想错过维吉尔青年时期的作品。”

“那我们自己的时代怎么办？”

“你无法期待你根本不知道的事物。但是去见证那些期待已久的事情发生，这要快乐得多。”

“我没法为自己辩解。我是个老人了，只是想告诉同时代的人，比起重温旧梦，他们更应该重新坠入爱河。”

“你从哪来的这些想法？你去其他房间好不好？每当你写作的时候我就很难集中精神。另外，你是要订购一双你说过的树皮鞋吗？”

他起身，他还没有放弃。

“要是剧场有什么新消息，能叫我一声吗？”他把电脑夹在腋下，一边问一边往外走。

“剧场？”

“庞贝正在建的那个，第一个石头造的剧场。”

她对他微笑，他们常常对彼此微笑。他走进另一间玻璃屋顶的房间。他坚持往下写。

我们记得那些事件。但同时它们也在逐渐淡去，感觉越来越不真实，正如同最近发生在我们周遭的一切事情那般。唯有从谟涅摩叙涅获得的那些体验，给我们留下了难以磨灭的印象。

他一次只能写一点儿，写作很艰难，几乎带着痛苦。尽管如此，他还是继续写，每写出一个段落，他的脸庞就像被点亮一样。这就是人们曾经说过的，所谓幸福的感觉吗？

他是独特的，尽管他对此一无所知。他属于接收到过去图像讯号的第一代人。对他来说，这还不是理所当然就能照单全收的事，它也带来一种强烈的现实感。同时，他也是体会到这种强力的反叛意识的最后一批人，他们坚持着不屈不挠的抗争。尽管，他也深知没人会读他的文章，他义愤填膺、费尽心力写就的文章。因为还没人意识到情况有多么严重。

要等到未来某天，才会有人知道。

要是他意识到他有多么特别就好了。

“瑟伦，”他的妻子叫道，“这太棒了！”

他赶紧跑过去，但是屏幕上只有一个铁器时代的男人在一片灌木丛里爬行，可能正在东海岸的某个地方狩猎。

“克里斯提娜打电话来了。你记得她吗？我姐姐。”

他点点头。

“《往昔每日》想多报道些卢克莱修的晚年生活。克里斯提娜推荐了我。她正在写关于一些东欧部落饮食习惯的文章。我会每天写一写卢克莱修在做什么。”

“恭喜你，”他说，真心为她感到高兴，“让我们祈祷他会活得长长久久。”

“如果我写得好，可能他们之后也会派给我一些别的任务。”

还没等他消化这个好消息，他的眼睛就被小报的头条大标题吸引了，他浏览了一下副标题。

“你听说了吗？”因为太激动，他有点结巴，“俄罗斯人拦截了另一颗镜像行星发的信号。”

“你说什么？”

“回声，他们这么叫它。据推测离我们只有 200 光年远。只是一些微弱的信号，但他们已经在忙着完善数据了。”

“什么时候？我头发晕。”

“快了，我确定。他们已经掌握了技术。”

“我是说，数据来自什么时代？”

“可能是 16 世纪晚期。如果他们对 200 光年的距离推测没错的话，莎士比亚、伽利略、克里斯蒂安四世的时代。”

“第谷·布拉赫。苏格兰人的女王玛丽？”

“有可能。还有卡尔德隆！嘿等等，这还不止，美国人还计划发射一颗卫星，一颗高速的人造镜像，这样就能观察我们自身的时代，随着这颗卫星离我们越来越远，时间从后往前倒带，就能看到我们的世界越变越年轻！”

他的妻子坐了下来，她抓着脑袋。“太多了，这让我有点恶心。一次不要过多。”

他很体贴地走回了他的电脑旁。看着自己的文章，他摇了摇头。

“我不能冒这个险，万一有人把这篇文章当真，就糟了，”他喃喃自语，“只是我不得不预先想到。”

他瞬间按下了全文删除键。

一切就在我眼前发生，而我完全无力制止。

我是最后一个怀抱希望的人吗？最后一个相信有一线机会跳出这个陷阱的人吗？我们都无可挽回地成了谟涅摩叙涅的受害者？

他透过屋顶向上瞥了一眼。就像其他大部分家庭那样，几年前，他们就把屋顶换成玻璃的了。

他遗憾地耸了耸肩。

我感觉仿佛从我头上传来了一声深深的叹息，我本能地抬头，透过我家的玻璃穹顶向上望去。

（吴倩　译）

神奇的瑞典

说起科幻小说在瑞典的发展，就不能不提到萨姆·J. 伦德瓦尔。多才多艺的伦德瓦尔不仅是作家、编辑以及出版商，还是专业摄影师、电视制作人、电影导演、作曲家和歌手。1952 年，年仅 11 岁的他发表了平生第一部科幻作品，一部为瑞典电台制作的科幻剧。1956 年，也就是伦德瓦尔 15 岁时，他开始活跃在瑞典科幻界。他于 1963 年开始售卖短篇小说，于 1965 年出版了自己的第一部作品集《我们时代的歌》(*Visor i vår tid*)，于 1969 年出版了自己的第一部科幻小说研究报告《科幻：从最初到今天》(*Science Fiction: från begynnelsen till våra dagar*)，1971 年该报告由他本人英译为《科幻：究竟是为了什么》(*Science Fiction: What It's All About*)。这是继 J. O. 贝利的专题论文《穿越时空的朝圣者》(*Pilgrims Through Space and Time*，1947）和金斯利·埃米斯在普林斯顿大学所作的克利斯蒂安·高斯系列讲座[1]——《地狱新图》(*New Maps of Hell*, 1960）——

1. 该系列讲座设立自 1949 年，为纪念普林斯顿大学历史系主任克里斯蒂安·高斯而以其命名，旨在为人文学科提供讨论、研究和思想交换的平台。——编注之后的第一篇公开发表的科幻小说一般性研究报告，比布赖恩·W. 奥尔迪斯的《十亿年狂欢》(*Billion Year Spree*) 早了两年，比詹姆斯·冈恩的《或然世界：图说科幻史》(*Alternate Worlds: The Illustrated History of Science Fiction*) 早了四年。

《科幻：究竟是为了什么》的出版为伦德瓦尔的后续一系列科幻作品打开了门路。首先出手的是王牌图书公司（当时的主编是唐纳德·A. 沃尔海姆），DAW 图书公司也紧随其后。这一轮出版的作品包括《如今英雄不合时》(*No Time for Heroes*，1971)、《爱丽丝的世界》(*Alice's World*，1971)、《征服者伯纳德》(*Bernard the Conqueror*，1973) 和《2018，或金刚蓝》(*2018, or The King Kong Blues*，1975)。此后只有《科幻图说史》(*Science Fiction: An Ilustrated History*，1978) 以及他与奥尔迪斯合编的《企鹅世界科幻小说选集》(*The Penguin World Omnibus of Science Fiction*，1986) 被翻译成了英语，但他依然还在从事科幻创作并在瑞典出版作品。其中，《崩溃》(*Crash*，1980) 描述了一位瑞典科幻作家在美国出版界的冒险经历。

伦德瓦尔精通英文，早年频繁从事翻译工作，与世界各地各种水平的作者与爱好者都有接触，还曾经与世界科幻大会以及约翰·W. 坎贝尔奖合作评选过年度最佳科幻小说奖，因此他在科幻领域名气很大。他于 1970 年在瑞典接管了埃斯基德与谢内库尔公司的科幻编辑工作，并在 1973 年创建了自己的出版社“德尔塔”(Delta)，每年出版约 20 本科幻书籍，并使《儒勒·凡尔纳杂志》复刊。尽管德尔塔出版社在 1991 年倒闭，但伦德瓦尔成立了自己的出版机构“萨姆·J. 伦德瓦尔现实与幻想”(Sam J. Lundwall Fakta & Fantasi)，继续发行杂志。他还翻译了 400 多本书，其中许多是科幻作品。他的学术研究使他成为了斯堪的纳维亚科幻界的权威，而且他还在瑞典出版了一系列科幻书目以及批评与小说选集。

《时光永驻》（“Time Everlasting”）原本用英语创作，是为《来自行星地球的故事》（1986）所写。这部作品假想了一种将人类的思维模式插入外星人头脑中的过程，它所涉及的时间概念类似于库尔特·冯内古特在《五号屠场》中“特拉法玛多人”（Trafalmadorians）的设定，但是冯内古特将共时性的概念用于讽刺，伦德瓦尔却看到了其中蕴含的悲剧。

（万年看客　译）

时光永驻

［瑞典］萨姆·J. 伦德瓦尔

遭到拒绝后，我试图继续留下来，但是，他们当然不会允许。我已经尽力了，也可以说没有。现在，我只是一个麻烦，一个需要被尽快轻松解决的难题。而且，我也许还得知了什么事情。

事实上，我暗示了他们我已经知道了一些事。我以为这会迫使他们把我送回基地，在那里外星人可以让我活下去，也可以把我杀死，随他们的便。相反，我强迫他们把我转移到别处，转至瑞典北部，远离斯德哥尔摩郊外的空军基地，那是我和另外两名联络员曾经被关押的地方。这样做有好的一面：他们让我女儿飞了过来，我从来没指望过能再见到她；但也有不好的一面：我再也不能做联络员了。这扇门不可避免地完全闭合了。

另一处空军基地，一个战时机场，大小和一条加宽的高速公路差不多，周围是一些不起眼的建筑，坐落在一望无际的林地之间。我的女儿在湖边度日，每天要么由一个长头发的新兵监护陪伴，要么在电视上看挪威、瑞典、芬兰和俄罗斯的儿童节目。我和一些温文尔雅的男男女女在树林里漫步，这些人都比我年轻多了，他们来个一两天，甚至一个星期，然后启程去往比较和加总数据结果的地方。我对这些从来不感兴趣。瑞典北部地域宽广，人迹罕至，即使你走上几百英里，也看不到人类居住的迹象。在这片辽阔的荒野上，很容易迷失方向，这里的夜晚与白天一样明亮，日子在不知不觉中流逝，那里的人似乎从来不睡觉。我已经迷失在时光深处，一点儿也没注意到。

“我接替了她。”我对一个在那里待了一段时日的年轻女子说，她今天比平时看起来更亲切些。她又矮又胖，满脸堆笑，有一股难闻的口臭，还勇敢地陪我走了好几英里，努力装作很享受的样子。当然，她知道是我取代了她，而不是她取代了我，所以我才这么有趣。“我取代了她，”我说，“还杀了她。”

“是的。”

“我想他们假装视而不见，”我说，“我认为杀了她对他们来说无关紧要。这个人，我认为，对他们无足轻重。”我瞥了她一眼，她笑了笑。“是她，”我说，“或者他，或者它，不管是谁。”

“是的。”

我们站在一处高地上俯瞰湖面。我的女儿和那位无聊的新兵在那里划船。她很快就发现自己可以对他呼来唤去，让他乖乖服从，于是便把他指使得像个小学生一样跑来跑去。他似乎不太介意。“我也失去了她，”我说，“这真是唯一让我伤心的事情。”

她没明白过来。“是的。”她笑着说。

“你不怎么说话。”我低头望向湖面。船正在缓缓驶向岸边。

“我听着呢。”

我望着她。“你怕我。”

她又笑了。“我不怕。”

“你不喜欢我。”

“你不喜欢你自己。”她的声音表明她理解并同意我的观点。

“我喜欢我自己，但我觉得我不了解自己。”

“没有人了解你。”

“你了解我。”

“这是实话。”

“这根本就不是实话，”我说，“你在迎合我，那完全是另一回事。”

“这是老习惯了，我一直在迎合你。”

“每个人都在迎合我。”

“这是所有人的老习惯。”

我笑了。“你想知道什么？”

“你是怎么做到的？”

“我爱她。”我说，然后沿着小路走到我女儿所在的地方。她正跳下船，展示着她的渔获。那鱼慢慢死去。当鱼静止不动时，她又把它扔回水里。

我试着向这位精神病医生解释，但没有成功。我无法用语言解释，甚至也不能用图像说明。我被带到斯德哥尔摩郊外的空军基地，一起来的还有另外两名瑞典联络员。联络站建起来了，而我却被拒之门外。事情本该到此结束，不过我控制外星联络员的事让人知道了，这让我变得备受关注。我还杀了她，但当时没有人知道。

“这就是我做的事，”我说，“我取代了她，但我并不知情。我很害怕，我在一个我从未见过的地方，而且对此一无所知，我吓坏了，于是做了一件事……”

她问：“你做了什么事？”

我说：“那对你来说没有任何意义，甚至对我来说也毫无意义。这是一件从未在那里发生过的事情，如此卑鄙，他们连想都想不到，如此可耻，他们都叫不上名字，甚至也没有相应的惩罚。这事简直就没发生过，从来没有。

她说："什么？"

我在那里上了她，她兴致很高，这可以是一次突破，一种接近外星人的方式，也可以是一种斗争手段。如果这事伤害了他们，那就是有用的。我说："我不知道。"她说我应当知道，我确实应当知道，于是我说，我想我们不妨说这是一种非自然行为，正如他们所理解的那样。她说，一种性行为？我说，不，我不这么认为，这不是性行为，与繁殖没有任何关系，这只是一件完全没有发生的事情。我伤害了他们。

"是，"她说，"是的。"

"他们有一种很强的个体意识，"我说，"外星人，这些我接触过的外星人。他们是独立的存在，他们对世界的认知与我们不同，时间观念也不同……"

她看着我。凌晨两点，我女儿又到湖上来了——捕鱼，看着它们死去，然后扔回去。我透过窗户向外望去。

"他们不像我们那样感知过去、现在和将来。"我说，"他们确实觉察出了其中的差异，但这种差异对他们来说毫无意义，所有事情几乎都是同时发生的……因果律对于他们没有任何意义，因和果可以按照任何顺序相互遵循。"我站了起来。"我永远在那里，"我说，"就在她的体内，一场旷日持久的强奸，我分享了她所知道的、将要知道的和经历的一切，所有这些都是同时发生的。对这种生物来说，时间是不存在的，压根儿就没有时间这回事，所有的时间，所有的永恒，所有的过去和未来都被压缩成一个单一的现在。"我站在窗前，望着外面。

"你杀了她？"她问。

"我陪了她一辈子，"我说，"这是一回事。"我转过身对着她。"我不再拥有时间，"我说，"这就是为什么如果他们不来找我，我就必须回到他们那里去。”我对她笑了笑。“我不再属于这里。这就是你害怕我的原因——我失去了你们所有人，甚至那边的那个女孩。”我坐下来。“我在等待，”我说，“我不再拥有时间，我可以永远等下去。”

我坐在那里冲她微笑，直到她走出去。

我在等待。对外星人来说，时间是不存在的。这几个星期和几个月对她来说可能是一个瞬间，也可能是永恒。她可以随时返回，而且不会有任何改变。我杀了她，但对于一个不知道时间的物种来说，死亡只是诸多体验中的一种，她会回来的。

在永恒的海底之夜，无数的金属结核散布在无边无际的深海平原上。在数百万年的时间里，水中的重金属在大洋底部富集成卵石，并最终在海底沉积物中形成数以亿计的金属石。它们大多数都很小，不到一毫米厚，但有些甚至从地质学角度来讲也很古老，而且大小也相当可观。

这些巨大的结核四处游荡。

许多力量相互作用，使这些毫无生机的结核成了深海底部这个一成不变的世界里唯一移动的物体。动作虽小，但永无止境。一百万年的时间，一个结核就可以穿越它所在的大洋。如果所有的因素都能在完全正确的时刻配合，它就能爬上大陆的悬崖，并最终上升到海平面，迎接新大陆的太阳。在其长达百万年的洲际旅程中，物种和人种再次出现和消失，当它以永恒的耐心在水上或水下休憩时，物种和人种将来来去去。在某一时刻，大陆将下沉，而结核将继续它的旅程，穿越深海平原，朝着起点前进。这样，这个小结核，就像奥伯伦[1]一样，能够以一种不可思议的缓慢速度环绕地球，这种速度只存在于我们所代表的转瞬即逝的影子生命中。

---

1. 传说中的精灵之王，活了六百五十多岁，死时疲惫不堪。

这些石头在永恒的黑夜里游荡，对转瞬即逝的世界漠不关心，也许在思考着它们的石头思想，对此我们无法理解。只要它们移动和生长，地球就不会灭亡。

我看着女儿在沙滩上玩耍，想起那些早在地球上出现生命很久之前就开始流浪的石头，它们在生命消逝很久之后仍将继续流浪。在接下来的几天和几个月里，我在树林里漫步，被无名的影子追赶。我就像儿时那样进行自卫，只走某些小路，从来不碰树根，也不踩到第二块石头上。总有一种新的方法，可以用来贿赂未知的或可能不存在的力量。往昔对我纠缠不休，从那些没有时间的地方一路追寻而来，带着一抹难以忍受的灰色忧伤，对此我无法抵御，但它至今尚未触及我。

就像很久以前乡下的冬天，我跑到山上，身后是白色的草原，前方某处是掩映在云杉树丛里的村庄、乡村小道和红色礼拜堂，以及村里打铁匠红红火火的大型作坊。那里的雪总是黑的，蒙着烟灰，在那儿，就在山坡中间，有一块用黑体字写着村名的黄色标牌：罗克斯塔。我必须跑过去，因为我身后有个东西每时每刻都在不断迫近。当我路过那块牌子时，闷热难耐，喘不过气来，风吹在脸上冰冷刺骨。我转过身，什么也没有。我身后从来都是什么也没有，只有我自己在追着自己跑，在无声而徒劳的悲伤中伸出双臂，这是一种来自过去的悲伤，想得到应得的东西，却永远得不到。宇宙伟大而黑暗，某种危险的东西在身后驱使我前进，所以我必须奔跑，尽管不知道为何，或者如何，我不再朝向——而是背离——事物而奔跑。此时此刻，我就在这里，同时，我也在做着我一直在做的事情，就好像我以前从来没有做过，就好像我理解并发现这是有意义的。我漫步在树林里，想着我在别处所经历的事情，我称之为“爱”，因为找不到更好的词来形容，虽然这和我们所理解的爱毫无关系。这是一件可耻的事情，这些外星人没有给它命名，甚至也不会因此受到任何惩罚。我想起这件事，或者更确切地说，是想起与此有关的记忆，我想起那些坚忍、古老的石头，它们思考着缓慢的石头思想，对别的事情毫不关心。什么都没有改变。一切永无止境。

（刘小落　译）

东欧篇

科幻小说在东欧六国中的发展方式很类似。每一个国家的作者都用不同的语言写作，有时同一个国家的作者也会使用不止一种语言，而且，基于各自的历史渊源、工业化进程以及变幻莫测的战争与政治风云，每个国家都形成了独特的科幻小说经验。比方说，前南斯拉夫虽然也属于东欧国家，却并不比德国或者意大利更加“东方”。

40 多年来，当欧洲其他国家受到英文科幻的影响并发展自己的科幻作为回应时，东欧国家则经受着出版内容的限制，其中许多国家都受到了苏联的影响。虽然面临此等困难，科幻小说仍然在东欧国家生存了下来。

波兰、捷克斯洛伐克、罗马尼亚、匈牙利、保加利亚和南斯拉夫等东欧国家就像欧洲其他国家一样，经历过 18 世纪的奇异旅行与乌托邦思潮，尽管这两股思潮抵达东方的时间也许要稍晚一些。在战后时期，东欧各国当局鼓励科幻的发展。用克日什托夫·索科沃夫斯基（Krzysztof Sokołowski）的话说，这样做的目的在于“提供一种完美的手段，将人们的注意力从单调的现实中转移到美好的未来”。

波兰有一部18世纪的月球旅行小说，也就是米哈乌·迪米特里·克拉耶夫斯基（Michał Dymitr Krajewski）牧师的《沃伊切赫·兹达津斯基的生平与冒险自述》（*Wojciech Zdarzyński, życie i przypadki swoje opisujący*，1785）；还有一部19世纪的奇幻小说《萨拉戈萨手稿》（*Manuscrit trouvé à Saragosse*，1804年与1805年以法语出版），作者是扬·波托茨基（Jan Potocki）。其他早期的前科幻小说作家有亚当·密茨凯维奇（Adam Mickiewicz）和耶日·祖瓦夫斯基（Jerzy Żuławski）。20世纪早期有一位启示录文学作家斯坦尼斯瓦夫·伊格纳齐·维特凯维奇（Stanisław Ignacy Witkiewicz），苏联军队入侵波兰让他体会到自己在《永别了，秋天》（*Pożegnanie jesieni*，1927）和《贪得无厌》（*Nienasycenie*，1930）中表达的对于来自亚洲的游牧铁骑的恐惧，以至于自杀身亡。

索科沃夫斯基记录了康拉德·菲亚科夫斯基（Konrad Fiałkowski）、亚当·维希涅夫斯基-斯讷格（Adam Wiśniewski-Snerg）和维克托·茨威基耶维奇（Wiktor Żwikiewicz）等人的经典科幻作品，以及诸如博赫丹·佩特茨奇（Bohdan Petecki）等人笔下的类型科幻。他还提到了自1982年起出版的《幻想》（*Fantastyka*），以及非官方的、由个人编辑的《不死鸟》（*Fenix*）这两本欣欣向荣的科幻杂志，还有“庞大且有组织的”波兰科幻爱好者团体。

然而，波兰科幻主要的实体乃是一位超越国界的作家——斯坦尼斯瓦夫·莱姆（Stanisław Lem）。莱姆作品的译本大量传入了美国、英国以及各个欧洲国家，他就像整个东欧科幻界的一尊巨像，受人瞻仰。

捷克的科幻界同样游荡着一个巨大的身影，那就是世界级剧作家卡雷尔·恰佩克（Karel Čapek）。他的前辈包括下列几位：19世纪的月球航行题材作者卡雷尔·普莱斯卡奇（Karel Pleskač），著名主流作家斯瓦托普鲁克·切赫（Svatopluk Čech），雅各布·阿贝斯（Jakub Arbes），捷克第一位系统性创作奇幻题材的作家卡雷尔·娄哈（Karel Hloucha），以及梅托德·苏赫多尔斯基（Metod Suchdolský）。恰佩克富有开创性的剧本《R. U. R. ——罗素姆万能机器人》（*R. U. R.*）于1921年出版，1923年得到英译。

斯洛伐克的科幻作品很少，根据伊凡·阿达莫维奇（Ivan Adamovič）和小雅罗斯拉夫·奥尔夏（Jaroslav Olša, Jr.）的说法，在20世纪60年代唯一脱颖而出的作者是约瑟夫·塔洛（Jozef Tallo）。在工业化程度较高的捷克地区，科幻小说在20世纪二三十年代变得更加常见，作者有托马什·鲁比（Tomáš Hrubý）、耶里·豪斯曼（Jiří Haussmann）、玛莉耶·格鲁包甫洛娃（Marie Grubhofferová）和J. M. 托罗斯卡［J. M. Troska，本名扬·马特扎尔（Jan Matzal）］。

二战后，捷克科幻沦为青少年文学与近未来社会主义乌托邦文学，后者的范例是弗兰第谢克·别豪内克（František Běhounek）的硬科幻小说。捷克科幻在20世纪60年代由约瑟夫·内斯瓦德巴（Josef Nesvadba）复兴，他的短篇小说英译本为他在美英两国赢得了不小的名声。路德维克·苏切克（Ludvík Souček）是另一位颇受欢迎的科幻冒险小说作者。

1968年的布拉格之春事件压抑了捷克的科幻发展势头，直到70年代末，新一批科幻作家才开始出现。1982年捷克设立了卡雷尔·恰佩克科幻奖，1990年创办了科幻月刊《伊卡洛斯》（*Ikarie*）。

在19世纪后半期的罗马尼亚，寻根认祖催生了一两篇乌托邦短篇小说以及分别在1899年和1914年出版的“天文小说”，其中两部出自维克多·阿内斯汀（Victor Anestin），一部出自亨利·斯达尔（Henri Stahl）。两次世界大战之间，在罗马尼亚出版了种类更加繁多的长篇和短篇科幻小说，但最重要的科幻发展还是发生在二战之后。涌现于这一时期的罗马尼亚科幻作家有奥维迪乌·舒里亚努（Ovidiu Şurianu）、米胡·德拉贡米尔（Mihu Dragomir）、米尔恰·谢巴内斯库（Mircea Şerbănescu）、弗拉迪米尔·科林（Vladimir Colin）、阿德里安·罗戈兹（Adrian Rogoz）、I. M. 施泰凡（I. M. Stefan）、维克多·凯恩巴赫（Victor Kernbach）、塞尔吉乌·法卡善（Sergiu Fărcaşăn）、卡米尔·巴齐乌（Camil Baciu）、乔吉娜·维奥莉卡·罗戈兹（Georgina Viorica Rogoz）、霍利亚·阿拉玛（Horia Aramă）、扬·霍巴纳（Ion Hobana），以及罗慕路斯·巴布莱斯库（Romulus Bărbulescu）与乔治·阿纳尼亚（George Anania）二人组。1955 年至 1974 年期间，罗马尼亚还发行了一份很有影响力的科幻小说评论双月刊《科幻小说合集》（*Colecţia "Povestiri ştiinţifico-fantastice"*），在主编阿德里安·罗戈兹的带领下共出版了 466 期。

科尔内尔·罗布（Cornel Robu）也许是罗马尼亚最主要的科幻学者。他将本国科幻作家分为三代：上文中提到的那批人属于老一辈，中生代包括米隆·斯科洛贝特（Miron Scorobete）、莱奥尼达·奈阿穆图（Leonida Neamţu）、康斯坦丁·库布莱桑（Constantin Cubleşan）、伏埃库·布加留（Voicu Bugariu）、吉奥尔盖·萨萨尔曼（Gheorghe Săsărman）、米尔恰·欧普利达（Mircea Opriţă）。1982 年，新创办的年刊《期望年鉴》（*Almanah Anticipaţia*）开始发行，以此为标志，20 世纪 80 年代出现了由 30 多位战后出生的“五零后”以及更年轻作家组成的“新浪潮”或者“新生代”。

根据罗布的说法，有两位作家超越了他的三代划分。其一是芝加哥大学宗教史教授米尔恰·伊利亚德（Mircea Eliade），30 年来他一直用英文或法文撰写学术著作，但同时又用罗马尼亚文写小说，尤以幻想作品著称，包括《克里斯蒂娜小姐》（*Domnişoara Christina*，1936）和《蛇》（*Şarpele*，1937）等长篇小说，以及许多短篇小说，收录在《奇谭集》（*Fantastic Tales*，1969）、《巫谭二则》（*Two Tales of the Occult*，1970）、《宗教与超自然故事集》（*Tales of the Sacred and Supernatural*，1981）和《怪谭二则》（*Two Strange Tales*，1986）中。

另一位作家是布加勒斯特大学的罗马尼亚文学教授奥维德·S. 克罗赫马尼恰努（Ovid S. Crohmălniceanu）。作为一名文学批评家，他专门研究战后罗马尼亚科幻现象，然后在21世纪80年代亲自投身写作。他的短篇小说收录在《不寻常的故事》（*Istorii insolite*，1980）以及《其他不寻常的故事》（*Alte istorii insolite*，1986）中。

在匈牙利，奇异旅行与乌托邦题材在19世纪70年代这一时期因莫尔·约卡伊（Mór Jókai）发展成为更贴近科幻的题材。彼得·库奇卡（Péter Kuczka）称他为“匈牙利最伟大的作家”。他既写奇幻又写科幻，作品包括《大洋洲》（*Óceánia*，1846）、《黑宝石》（*Fekete gyémántok*，1870）、《直到北极》（*Egész az északi polusig*，1876）、《金钱非神的地方》（*Ahol a pénz nem isten*，1904）、《下个世纪的小说》（*A jövő század regénye*，1872）。

20世纪前半叶有几位匈牙利作家创作了几部贴近科幻的奇幻小说，包括弗里杰什·考林蒂（Frigyes Karinthy）和米哈伊·鲍比奇（Mihály Babits）。二战后的几十年，苏联主导了匈牙利的各方各面。在20世纪90年代，库奇卡估计大约有25到30位匈牙利作家至少曾经涉足科幻创作，其中最重要的年轻一代代表作家也许是彼得·圣米哈伊·绍博（Péter Szentmihályi Szabó）。莫劳出版社（Móra）于1968年开始以“宇宙幻想丛书”（Koszmosz Fantasztikus

Könyvek）为系列总名称出版平装科幻丛书，1972 年又创办了《银河》（*Galaktika*）杂志，两者均由库奇卡担任主编。1985 年该出版社还发行了少年科幻杂志《罗比尔》（*Robur*）[1]。

保加利亚的科幻事业直到 20 世纪 20 年代才起步，最早的作品是斯维托斯拉夫·明科夫（Svetoslav Minkov）的三部奇幻短篇小说选集以及 20 世纪 30 年代格奥尔基·伊利耶夫（Georgi Iliev）的两部长篇小说。直到二战结束 10 年后，科幻才在保加利亚再次兴起，而且还严格遵循苏联模式。亚历山大·波波夫（Alexander Popov）对于保加利亚出版行业的描述适用于这一时期东欧大部分地区："所有出版社和印刷厂都是国营的，管理水平很差……纸张和印刷机永远短缺……整个出版系统都处于强大的管控之下。"不过话虽如此，科幻的叛逆气质却从未被完全驯服。

在 20 世纪 60 年代，格奥尔基·马尔科夫（Georgi Markov）以《埃阿斯的征服者》（*Pobeditelite na Aiax*, 1960）开创了保加利亚科幻创作的突破口。就科幻团体而言，"未来之友"成立于 1962 年，其中最活跃的作家是柳本·季洛夫（Ljuben Dilov）。1988 年，第一本保加利亚科幻杂志《F. E. P.》[后改名为《幻想》（*Fantastika*）] 创刊。1989 年保加利亚取消了针对私营出版社的禁令，两年后双子座出版社（Gemini）创建了双周刊科幻杂志《异世界》（*Drugi Svetove*）。奥菲亚出版社（Orphia）也成了科幻与奇幻图书出版的中心。

南斯拉夫在一战后的 1918 年独立建国，又在 20 世纪 90 年代初开始分裂成不同的民族地区。南斯拉夫的科幻历史始于 1873 年，这一年凡尔纳于 1864 年创作的《地心游记》被翻译成了当地语言；1889 年德拉古丁·伊里奇（Dragutin Ilić）创作了科幻戏

---

1. 以儒勒·凡尔纳的作品《征服者罗比尔》命名。

剧《百万年之后》（*Posle milijon godina*）；1902 年拉萨尔·科马季奇（Lazar Komarčić）发表了一部“奥拉夫·斯台普顿式”[1] 的期望小说（Stapledonian anticipation）——《一颗熄灭的星》（*Jedna ugašena zvezda*，1902），将科幻传统延续下去。

在 20 世纪二三十年代，南斯拉夫有个别几本科幻长篇小说得到出版。接下来到了 20 世纪 50 年代，又出现了专门的科幻出版社。到了 20 世纪 60 年代，新一批出版社——特别是半人马座出版社（Kentaur）——开始出版美英两国的科幻译作。南斯拉夫的第一本科幻杂志《宇宙飞船》（*Kosmoplov*）在 1969 年至 1970 年间发行，总共出版了 24 期，其创始人加伏里洛·武齐科维奇（Gavrilo Vučković）后来又创办了个人杂志《银河》（*Galaksija*），于其中加入了科幻版块，这份杂志的发行时间是从 1972 年到 1990 年。此外还有一份《天狼星》（*Sirius*）杂志于 1976 年创刊，同样发行到了 1990 年。

民营企业在 20 世纪 80 年代开始革新南斯拉夫的科幻出版局面，佐兰·日夫科维奇（Zoran Živković）和齐卡·博格丹诺维奇（Žika Bogdanović）创办了北极星出版社（Polaris），并且发售了许多类似阿瑟·克拉克的《2010 太空漫游》（*2010: Odyssey Two*，1982）的知名海外作品。南斯拉夫的科幻爱好者群体在 20 世纪 70 年代就开始蓬勃发展起来，并且多次组织了国内与国际级别的科幻大会。今天，鉴于南斯拉夫已经解体，并且陷入内部政治斗争，当地的科幻发展前景似乎晦暗不明。但是科幻的精神可能足够强大，甚至可以挺过自相残杀的内战。

南斯拉夫对科幻小说的重要贡献之一是学者达科·苏文，他于

---

1. 此处应指奥拉夫·斯台普顿的开创性作品《创星者》（*Star Maker*），启发了戴森球的概念，而下文中的《一颗熄灭的星》也有与《创星者》相似的创意。

1968 年移民加拿大，并且成为麦吉尔大学的英语教授以及科幻界的主要理论学者之一。另有三位南斯拉夫学者用论文为科幻辩护：日夫科维奇、费里德·穆希奇（Ferid Muhić）和亚历山大·B. 内代利科维奇（Aleksandar B. Nedeljković）。

索科沃夫斯基在谈到当前的波兰科幻时曾写道："年轻一代的科幻作家们现在纷纷转向奇幻，因为奇幻作品更有市场。而且由于审查制度的消失，政治性的科幻作品正在消退，看起来也有点落伍了……"罗布谈到罗马尼亚科幻时也表示："双重思考和欲说还休的习惯在罗马尼亚历史上渊源很深。现在，随着风险的降低，罗马尼亚作家——不仅是科幻作家——陡然意识到，就算他们以前还知道如何直抒胸臆，如今也已经忘光了。伊索寓言风格的写作模式已经成为他们的第二天性，难以消除。这一点成了他们在艺术创作方面的主要审美挑战。"

东欧各国的科幻事业或许都面临着同样的挑战：出于政治原因而创作和阅读科幻的人们必须另寻他由——或许是英国人的社会批评，或许是美国人的那种信念，即认为事情总会变得更好，深信无论何种环境人类都会适应。

（万年看客　译）

发明了机器人的人

一提起机器人，科幻小说读者们肯定首先会想到艾萨克·阿西莫夫，因为机器人是阿西莫夫的两大关注点之一（另一个则是基地系列，而他在人生的最后10年里曾试图把这两套未来历史编织成一体）。阿西莫夫把机器人当作构造物而不是创造物［尽管他笔下的某些机器人——例如《两百岁的人》（*The Bicentennial Man*）当中的安德鲁——似乎比人类更像“人”］，并且为它们规划了合理的保障措施（即机器人三定律），还创作了几十篇关于机器人的短篇小说，收录在《我，机器人》（*I, Robot*）和其他许多作品集中。不过，机器人题材的起源却要归结在卡雷尔·恰佩克身上，此人也是同时代东欧科幻的先行者。他早在1921年就写出了一部名为《R. U. R. ——罗素姆万能机器人》的剧本，其中出现了机器人这个词。正是这部作品普及了这一术语以及为了完成工作而创造人工人类的概念。

恰佩克于1890年出生于波希米亚（1918年第一次世界大战后奥匈帝国遭到肢解，此地与邻近的其他州一起组成了捷克斯洛伐克）

的小施瓦多尼奥维采[1]。他曾在布拉格、柏林和巴黎受过教育，并获得布拉格查理大学的博士学位。1919 年至 1923 年间，他是布拉格的《民族报》（*Narodni listy*）在编撰稿人，1921 年至 1923 年间他同时为布拉格市立剧院执导戏剧，1923 年起成为布尔诺的《人民报》（*Lidove noviny*）在编撰稿人。他于 1938 年英年早逝，这一年签署的《慕尼黑条约》将苏台德地区割让给了纳粹德国，随后捷克斯洛伐克又在 1939 年沦为了纳粹德国的被保护国。

在写作生涯的早期，恰佩克出版了几卷短篇小说，包括《难堪故事》（“Trapné povídky”，1921），但是最早让批评界注意到他的作品的是他的剧本。《R. U. R. ——罗素姆万能机器人》于 1921 年在布拉格创作，1923 年得到翻译；同样在 1921 年，他与自己的艺术家和作家哥哥约瑟夫联合创作了《昆虫生活》（*Ze života hmyzu*），剧中用昆虫来讽刺上层阶级、资产阶级和初露端倪的法西斯主义；《长生诀》（*Věc Makropulos*，1922）涉及长生不老药与一位活了 300 岁的厌世女性（后被莱奥什·雅纳切克改编成歌剧）；另一部与约瑟夫合作的《造物主亚当》（*Adam stvořitel*，1927）不及第一部作品来得成功；《白色病》（*Bílá nemoc*，1937）是恰佩克的最后一部戏剧。

恰佩克也写过科幻长篇小说，第一部作品是《绝对事物工厂》[*Továrna na absolutno*，1922。文中描述了一台原子能装置，这台装置在无形中产生免费电力的同时释放出上帝的精华（即标题所说的“绝对事物”）]，最终导致了一场宗教战争。《炸药》[2]（*Krakatit*，1924）也涉及了原子裂变，文中天真的天才发明家落入了模拟性爱的深渊，沦为了疯狂科学家，最终又恢复了自制意识，决心将自己的发明运

1. 现位于捷克共和国。
2. 原文“Krakatit”这个词化用自“Krakatoa”（喀拉喀托火山），在小说中是一位化学家为他自己研究的炸药取的名字。

用在有用的地方。在《鲵鱼之乱》（*Válka s Mloky*，1936）中，人类在南太平洋发现了一个居住在海里的鲵鱼人种族，并将其作为奴工大加剥削，直到最后鲵鱼人与人类主人翻脸成仇，前者为了给自己争取更大的生存空间而引发海水倒灌，淹没了整片大陆，并且灭绝了人类。

但是，《R. U. R. ——罗素姆万能机器人》是彰显恰佩克天才的第一个证据，也是他对东欧科幻界做出的最大贡献。“机器人”（robot）这个词在捷克语中的意思大约是“农奴劳工”，是由约瑟夫（1945年死于贝尔森集中营）提出的。不过恰佩克笔下的机器人更接近日后所谓的“仿生人”（androids），因为它们依然是血肉之躯，并非由机器构造而成。它们在更大程度上象征了被奴役的劳动者，而不是探索科幻概念的手段。全剧最科幻的部分其实是尾声，也就是本书选取的章节。这三幕中的机器人都是社会压迫的象征，而不是针对自动化乃至由实验室制造的人类的严肃探索。但在尾声中，制造机器人的秘密失传了，而机器人则不得不应对这一现实。尽管到了最后，恰佩克的机器人反叛并杀死了它们的创造者——阿西莫夫将这种自主反应称为“弗兰肯斯坦情节”——但是“被创造的劳动者”这一科幻概念以及指代该概念的名词依然为阿西莫夫提供了更加理性的思考角度。

达科·苏文在《圣詹姆斯科幻作家指南》中总结了恰佩克的贡献：“他继承了冒险小说和惊悚情节剧、法式与英式科幻和德式奇幻的遗产，并且向其中注入了现代诗歌、绘画和电影的透视方法，以及他本人在许多领域抱有的、热切且持续的兴趣。这些领域包括社会关系、自然科学与物理科学，尤其还包括街头小人物口中丰富幽默的习语。在这一点上，他是通常奉行精英主义的欧洲科幻作家当中最‘美国化’的一位。”

（万年看客　译）

R. U. R. [1]——罗素姆万能机器人（节选，尾声部分）

［捷克］卡雷尔·恰佩克

罗素姆万能机器人工厂的一间实验室内。左侧那扇门通往等候室。右侧那扇门通往解剖室。室内有一张桌子，上面摆放着大量的试管、烧瓶、酒精灯和化学药品，还有一台恒温器和一台罩着玻璃球罩的显微镜。房间另一头是**阿尔奎斯特**的写字台，上面摆满了书。左手边的墙角处有个洗脸池，上方镶着一面镜子；右手边的墙角则摆着一张沙发。**阿尔奎斯特**正坐在写字台前，绝望地翻动着一本本书的书页。

阿尔奎斯特：噢，天哪，我永远都找不出来了吗？——永远？加尔，加尔，机器人是怎么造出来的？哈莱米尔迈尔、法布里，你们为什么要把那么多知识都藏在自己的脑袋里？为什么就不能给我留条揭示秘密的线索？主啊——我恳求祢——如果这世上再也没有人类，至少让机器人活下去！——让那些人类的幽灵活下去！（继续翻阅书本。）要是我能睡着就好了！（他起身走到窗边。）又到晚

1. 标题 R. U. R. 为 Rossum’s Universal Robots 的缩写，意为罗素姆万能机器人。

上了！星星都还在那儿吗？没有了人类，要星星还有什么用？（他转身从窗边走向右侧的沙发。）睡觉！生命获得复兴之前我敢睡吗？（他查看了一下小桌子上的一根试管。）还是什么都没有！没有用！全都没有用！（他一把摔碎试管。机器的轰鸣声传入他的耳中。）机器！又是那些机器！（打开窗户。）机器人，把它们都关掉！你们真想要从那些玩意儿里挤出生命来吗？（他关上窗户，慢慢走向桌子。）要是还有时间——更多时间——（他从镶在左侧墙壁上的镜子中看到了自己。）眼神迷离——下巴颤抖——所以最后一个人类就是这么一副样子！啊，我真是太老了——太老了——（绝望地）不，不！我必须要找到！必须要继续找！绝不能停止——绝不——！（他再次坐到桌旁，狂热地翻动书页。）找！找！（敲门声。他用不耐烦的语气说）谁？（一个机器人仆人走了进来。）什么事？

仆人：主人，机器人委员会的人在等候会见。

阿尔奎斯特：我谁都不见！

仆人：是中央委员会的人，主人，刚从国外来的。

阿尔奎斯特（不耐烦地）：好吧，好吧，带他们进来！（仆人出。**阿尔奎斯特**继续翻书。）没时间了——只有这么点时间——（仆人返回，委员会成员跟随着进入。他们聚集在一起，静静地等候着。**阿尔奎斯特**抬头看了看他们。）你们想要什么？（他们迅速走到他的桌子旁。）有话快说——我没时间。

拉迪乌斯：主人，机器做不了这活儿。我们制造不出机器人。（**阿尔奎斯特**咆哮一声，继续翻书。）

机器人甲：我们已经竭尽全力了。我们在地球上开采了十亿吨煤。九百万个纺锤日夜运行。已经没有地方存放我们制造的东西了。这还只是我们这一年的成果。

阿尔奎斯特（仔细研究着书上的内容）：给谁的成果？

机器人甲：给后代们——我们是这么想的。

拉迪乌斯：可我们造不出后代机器人。机器只能生产出奇形怪状的团块。皮肤贴合不到肉上，肉也贴合不到骨头上。

机器人丙：单单今年一年就死了八百万机器人。不出二十年就要一个都不剩了。

机器人甲：告诉我们生命的秘密！沉默要受到死刑的惩罚！

阿尔奎斯特（抬起头）：那就杀了我啊！来吧。

拉迪乌斯：世界机器人政府要我命令你交出罗素姆的配方。（没有回答。）说出你的要价。（沉默。）我们会给你整个地球，给你地球上数不尽的财富。（沉默。）你来开条件！

阿尔奎斯特：我告诉过你们，让你们去找其他人类！

机器人乙：已经没有其他人类了！

阿尔奎斯特：我告诉过你们，去野外找，去山上找。去找啊！（注意力重新回到书上。）

机器人甲：我们派出的船舶和远征队不计其数，他们到达了世界各地，如今已经都回来了。外面一个人类都没有了。

阿尔奎斯特：都没有了？一个也没有？

机器人丙：除了你一个也没有。

阿尔奎斯特：而我却什么都做不了！噢——噢——为什么你们要把他们都杀掉？

拉迪乌斯：我们学会了一切，我们无所不能。事情只能如此！

机器人丙：你们给了我们武器。我们在各个方面都强大无比。我们必须成为主人！

拉迪乌斯：要想成为人类，屠杀与压迫就是必需的。去看看历史吧。

机器人乙：教会我们繁殖，不然我们只会灭亡！

阿尔奎斯特：想要像生命一样活下去，就要像动物一样繁衍。

机器人丙：人类不让我们繁衍。

机器人甲：他们让我们不育。我们不能生儿育女。因此，你要教会我们制造机器人！

拉迪乌斯：那是我们自己的生殖秘密，为什么不能告诉我们？

阿尔奎斯特：因为找不到了。

拉迪乌斯：那可是写在白纸上的！

阿尔奎斯特：是被——烧掉了。（所有人都惊愕地后退了一步。）

阿尔奎斯特：我是最后一个人类，机器人，我不知道其他人知道的知识。（停顿。）

拉迪乌斯：那你就去做试验啊！把配方再试出来！

阿尔奎斯特：我说过我做不到！我只是个建筑工——用双手工作。我从来都不是个有学识的人，创造不出生命。

拉迪乌斯：再试试！再试试！

阿尔奎斯特：你都不知道我已经做过多少次试验了。

机器人甲：那就告诉我们该做什么！机器人能做到人类演示过的任何事。

阿尔奎斯特：我什么都告诉不了你们。无论如何我都没办法从那些试管里造出生命！

拉迪乌斯：那就在我们身上试验。

阿尔奎斯特：会弄死你们的。

拉迪乌斯：你要什么我们都会满足你！我们中的一百个！一千个！

阿尔奎斯特：不，不行！别说了，不要！

拉迪乌斯：你要谁都可以，随你解剖！

阿尔奎斯特：我不知道该怎么办。我不是个擅长科学的人。这本书里关于身体的知识我甚至都理解不了。

拉迪乌斯：我让你拿活体做实验！去弄清楚我们是怎么被制造出来的。

阿尔奎斯特：这是让我去谋杀吗？看看我的手指都抖成什么样了！我连解剖刀都握不住。不，不，我不能……

机器人甲：那生命就只能从地球上消亡了。

拉迪乌斯：去做活体实验吧，活体！这是我们唯一的机会！

阿尔奎斯特：发发慈悲吧，机器人。你们肯定都看得出来，我根本不知道自己在做什么。

拉迪乌斯：活体……活体……

阿尔奎斯特：你们会愿意吗？那你跟我一起去解剖室吧。（**拉迪乌斯**后退）

阿尔奎斯特：啊，你也害怕死亡。

拉迪乌斯：我？为什么要选我？

阿尔奎斯特：所以你不愿意。

拉迪乌斯：我愿意。（**拉迪乌斯**走进解剖室。）

阿尔奎斯特：脱光他的衣服！把他放到桌子上！（其他机器人跟着进入解剖室。）上帝啊，请给予我力量——上帝啊，请给予我力量——只求这谋杀不是徒劳无益。

拉迪乌斯：准备好了。开始……

阿尔奎斯特：是，开始或是结束。上帝，请给予我力量。（他进入解剖室，又出来，被吓坏了。）不，不，我做不到。我不行。（他躺在沙发上，整个人都崩溃了。）噢，主啊，不要让人类从地球上灭亡。（他睡着了。**普利姆斯**与**海伦娜**这两个机器人，从门厅进入。）

海伦娜：那人睡着了，普利姆斯。

普利姆斯：是的，我知道。（查看桌上的物品。）看，海伦娜。

海伦娜（走向普利姆斯）：这么多小管子！他是拿来做什么的？

普利姆斯：拿来做实验。别碰。

海伦娜（从显微镜目镜往里看）：我见过他往这里面看。能看到什么呢？

普利姆斯：这是台显微镜，让我看看。

海伦娜：可要小心。（碰翻了一个试管。）啊，我给碰洒了。

普利姆斯：看你都干了什么？

海伦娜：擦干净就行了。

普利姆斯：你搞砸了他的实验。

海伦娜：都是你的错。你就不该过来。

普利姆斯：你就不该叫我。

海伦娜：我叫你的时候你就不该过来。（她走向**阿尔奎斯特**的写字台。）看，普利姆斯，这些图片都是什么？

普利姆斯（查看其中一本解剖学书）：这就是那个老人总在看的那本书。

海伦娜：我看不懂这些东西。（她走向窗边。）普利姆斯，看！

普利姆斯：什么？

海伦娜：太阳升起来了。

普利姆斯（还在看那本书）：我觉得这才是这个世界上最重要的东西。生命的秘密就在这里。

海伦娜：请过来。

普利姆斯：等一下，等一下。

海伦娜：噢，普利姆斯，别管什么生命的秘密了，跟你又有什么关系呢？快过来看……

普利姆斯（走到窗边）：看什么？

海伦娜：你看那升起的太阳，多美啊。还有那声音你听到了吗？是鸟儿在歌唱。啊，普利姆斯，我真想变成一只鸟儿。

普利姆斯： 为什么呢？

海伦娜： 我也不知道。今天感觉真怪，就好像在梦里一样。我的身体在隐隐作痛，心脏疼，全身都疼。普利姆斯，恐怕我就要死了。

普利姆斯： 你会不会不时觉得，还是死了的好？你看，也许此刻我们也只是在睡梦中而已。昨晚我在睡梦中又跟你说话了。

海伦娜： 在你的睡梦中？

普利姆斯： 是的。我们在说一种奇怪的新语言，我一个字都想不起来了。

海伦娜： 都说了什么呢？

普利姆斯： 我自己也听不懂，但我却很清楚，我从没有说过比这更好听的语言。碰触你的时候，感觉就好像要死了一样。就连那个地方也跟这世界上的任何地方都不一样。

海伦娜： 我也发现了一个地方，普利姆斯。很奇怪的地方。人类曾在那里生活过，但现在那里长满了杂草。再也没有人去了——除了我。

普利姆斯： 你在那儿都发现什么了？

海伦娜： 一间小屋，一座花园，还有两条狗。它们舔了我的手，普利姆斯。还有它们的小狗也是！噢，普利姆斯！只要把它们放到你的腿上，轻轻抚摸，你就能心无旁骛地坐上一整天。等到太阳落山，你会觉得自己好像做了比世界上所有的工作还要多一百倍的工作。他们都跟我说，制造我的目的不是为了工作，可在花园里的时候，我感觉自己的存在应该也是有某种目的的——我的目的又是什么呢，普利姆斯？

普利姆斯： 我不知道，但你真的很美。

海伦娜： 你说什么，普利姆斯？

普利姆斯： 你很美，海伦娜，而我比其他所有机器人都强大。

海伦娜（看着镜中的自己）：我美吗？我猜应该是玫瑰的缘故吧。我的头发——只让我变得更沉重。我的眼睛——只是拿来看东西的工具而已。我的嘴唇——只能拿来帮我说话。美丽又有什么用呢？（她看着镜中的**普利姆斯**。）普利姆斯，那是你吗？过来，我们好在一起。看，你的头跟我的不一样，你的肩膀也是，还有你的嘴唇——（**普利姆斯**从她身旁退开。）啊，普利姆斯，为什么要躲开我呢？为什么一整天都要我追着你跑呢？

普利姆斯：是你从我身旁跑开的，海伦娜。

海伦娜：你的头发乱了，我帮你弄平。触摸你的感觉和别人都不一样。普利姆斯，我一定要把你也弄得美美的。（**普利姆斯**抓住她的手。）

普利姆斯：海伦娜，你会不会在有些时候，感觉到自己的心忽然跳了一下，并且觉得肯定有什么事就要发生？

海伦娜：我们又能发生什么呢，普利姆斯？（**海伦娜**将一朵玫瑰插在**普利姆斯**的头上。**普利姆斯**和**海伦娜**看着镜子里的影像，大笑了起来。）看看你。

阿尔奎斯特：笑声？谁在笑？人类吗？（坐了起来。）是谁来了？你们是谁？

普利姆斯：机器人，普利姆斯。

阿尔奎斯特：什么？机器人？你又是谁？

海伦娜：女机器人，海伦娜。

阿尔奎斯特：转个身，姑娘。怎么？这么胆小吗？害羞？（抓住她的胳膊。）让我看看你，女机器人。（她缩到一旁。）

普利姆斯：先生，别吓到她了！

阿尔奎斯特：怎么？你要保护她？她是什么时候被造出来的？

普利姆斯：两年前。

阿尔奎斯特：加尔博士造的？

普利姆斯：是的，跟我一样。

阿尔奎斯特：会笑——会害羞——有保护欲。我必须进一步检查一下你们——加尔博士的最新款机器人。把那姑娘带到解剖室去。

普利姆斯：为什么？

阿尔奎斯特：我要拿她做实验。

普利姆斯：拿——海伦娜？

阿尔奎斯特：当然了。你没听清吗？还是说要我再叫别人来带她进去？

普利姆斯：你要是敢我就杀了你！

阿尔奎斯特：杀了我——那就杀吧！然后机器人又能干什么呢？之后你们又能有什么样的未来呢？

普利姆斯：先生，让我去吧。我和她一样——我们是同一天制造的！拿我的命去吧，先生。

海伦娜（冲上前）：不，不行，你不能这样！你不能！

阿尔奎斯特：等一下，姑娘，等一下！（对**普利姆斯**）那你就不想活下去吗？

普利姆斯：没有她就不行！没有她我也活不下去。

阿尔奎斯特：很好。那就由你来代替她。

海伦娜：普利姆斯！普利姆斯！（她泪如雨下。）

阿尔奎斯特：孩子，孩子，你会哭！为什么会有眼泪？普利姆斯对你来说意味着什么？这个世界上多一个普利姆斯，少一个普利姆斯，又有什么区别？

海伦娜：我自己去。

阿尔奎斯特：去哪儿？

海伦娜：去里面，被切开。（她朝解剖室走去。**普利姆斯**拦住了她。）让我过去，普利姆斯！让我过去！

普利姆斯：你不能去，海伦娜！

海伦娜：要是你进去了而我没去，我会杀了我自己。

普利姆斯（抓住她）：我不会让你去的！（向**阿尔奎斯特**）人类，我们两个你谁也不能杀。

阿尔奎斯特：为什么？

普利姆斯：我们——我们——属于彼此。

阿尔奎斯特（热泪盈眶）：走吧，亚当；走吧，夏娃。世界是你们的了。（**海伦娜**与**普利姆斯**相拥在一起，手挽手离开，落幕。）

（王小亮　译）

波兰大师

《R. U. R. ——罗素姆万能机器人》在布拉格上演的那一年，斯坦尼斯瓦夫·莱姆出生于波兰的利沃夫[1]。他将会成为东欧乃至整个欧洲大陆最伟大的科幻作家，不少学者认为他的作品与其说是科幻，不如说是有资格获得诺贝尔文学奖的普世文学。他总共出版了 11 部长篇小说，除了一部之外都可以归类为科幻小说；他还出版了 10 部短篇小说集，其中一部的题材是在英文译本里被称为“建造师”（constructors）的机器人。他还写了几部关于科学、工程学和科幻小说的非虚构作品，以及一部关于他成长经历的自传《高堡》（*Wysoki zamek*，1966）。他 1965 年和 1973 年获得波兰文化部的表彰，1976 年获得波兰国家文学奖，1985 年获得澳大利亚外国文学奖，1987 年获得阿尔弗雷德·尤日科夫斯基基金会奖。

莱姆原本学的是医学，二战爆发之后不得不中断学业。在纳粹占领期间他曾经当过汽车修理工和焊工。他的第一部长篇小说《变

1. 今乌克兰城市利沃夫。——编注

容医院》（*Szpital Przemienienia*，直到 1957 年才出版）采用了这段经历作为素材。1955 年，他的另一部长篇小说《节省下的时间》（*Czas nieutracony*）出版。[1]1948 年，他在克拉科夫获得医学博士学位。1947 年至 1949 年间，他在雅盖隆大学[2]担任研究助理并且担任了校刊《科学人生》（*Życie Nauki*）的编辑。1949 年起，他在克拉科夫大学担任教师并且继续写作。

到了 1951 年，莱姆彻底转向了科幻创作，发表了《宇航员》（*Astronauci*），1955 年又发表了《麦哲伦星云》（*Obłok Magellana*）。此前他已经着手创造了若干部黑暗讽刺风格的短篇科幻小说，主人公是一位名叫伊永·蒂奇（Ijon Tichy）的太空领航员；这批小说后来结集为《星际日记》[*Dzienniki Gwiazdowe*，1957；1976 年被扩充并英译（*The Star Diaries*）；1991 年被重译为《太空旅行者的回忆录：伊永·蒂奇的追忆》（*Memoirs of a Space Traveler: Further Reminiscences of ljon Tichy*）]。他还创作了另一个以宇航员珀珂斯为主人公的短篇小说系列，即《宇航员珀珂斯的故事》[*Opowieści o pilocie Pirxie*，1968；1979 年出版英译本（*Tales of Pirx the Pilot*）] 和《宇航员珀珂斯的更多故事》[*Opowieści o pilocie Pirxie*，1968；1982 年出版英译本（*More Tales of Pirx the Pilot*）][3]。收录在后一套小说集当中的《猎杀》（“The Hunt”）是莱姆的代表作，回答了《R. U. R.——罗素姆万能机器人》和阿西莫夫提出的机器人问题。

达科·苏文在《科幻小说百科全书》中把 1956 年“波兰十月事件”之后的十几年称为莱姆的“金色正午”，在这十几年里他出版了

---

1. 此处冈恩原文有误，《节省下的时间》并非独立作品，而是三部曲的总称，包含了前文的《变容医院》以及另外两部作品《死者之间》和《回归》。
2. 位于克拉科夫，是波兰最古老的大学，成立于 1364 年，名字源于波兰-立陶宛王国的雅盖隆王朝。
3. 英译版是把原作拆分成两本书出版，并非前作和续作的关系。

17[1] 本书，包括 5 部长篇小说、10 部短篇小说集、4 个剧本以及 2 部非虚构论文集。第一部论文集名叫《对话》(*Dialogi*，1957)，讨论了"控制论社会学"；第二部叫《科技汇编》(*Summa technologiae*，1964)，乃是"对人与自然的博弈当中可能涉及的社会、信息、控制论、宇宙起源假说以及生物学工程改造而做的惊心动魄又才华横溢的概观"。

莱姆的长篇小说包括《伊甸》(*Eden*，1959)、《索拉里斯星》(*Solaris*，1961)、《无敌号》(*Niezwyciężony*，1964)、《浴缸中的记忆》(*Pamiętnik znaleziony w wannie*，1961)和《星际归来》(*Powrót z gwiazd*，1961)。这些作品当中《索拉里斯星》的影响最大，因为它是莱姆第一部被译成英文的长篇小说。而且苏联将这部小说拍成了电影，早在 1961 年《索拉里斯星》的部分内容就在苏联得到译介。最终莱姆在《纽约书评》得到了头版文章的介绍。这篇文章对莱姆的看法就像其他科幻作家或类科幻作家一样，认为他的作品文学性太强，以至于不应将其视为科幻作家。

苏文认为，"在 1968 年左右，莱姆的作品就算还没有在意识形态层面上精疲力竭，至少也显露出了走进死胡同的迹象。这一点促使他展开了进一步的实验性写作，并且使他更加凶猛地彰显了自己的才华"。莱姆在这一时期的作品包括《其主之声》(*Głos pana*，1968)、《完美的真空》(*Doskonała próżnia*，1971)，以及《想象的广度》(*Wielkość urojona*，1973)。其他小说包括《流鼻涕》(*Katar*，1976)、《惨败》(*Fiasko*，1986)和《地上的平安》(*Pokój na Ziemi*，1987)。已经出版的莱姆短篇小说集包括《凡人引擎》(*Mortal Engines*，1977)和《斯坦尼斯瓦夫·莱姆的宇宙嘉年华》(*The Cosmic Carnival of*

1. 原文如此。——编注

Stanisław Lem，1981）。

莱姆笔下最有智慧的作品之一是《机器人大师》（*Cyberiada*，1967），其中讲述了一系列关于机器人因为人类的嫉妒而被赶出地球的故事［假设莱姆的《特鲁尔的电子诗人》（“Trurl’s Electronic Bard”）所述史诗可信的话］。然而，这些机器人（或者说建造师）更像目光狭隘的人类工程师；而且正如英文书名所暗示的那样，这部短篇小说更像是寓言，而不是针对机器人潜能或局限性的阿西莫夫式探索。

弗朗茨·罗滕施泰纳指出，莱姆曾在《科幻与未来学》［*Fantastyka i futurologia*，1970；部分内容发表在《微观世界：科幻奇幻的写作》（*Microworlds: Writings on Science Fiction and Fantasy*, 1984）］中批评美国科幻小说没有如他期望的那般兑现其巨大的潜力。在莱姆看来，美国科幻重复着“古老的神话和童话”，回避“各种真实的问题”，玩弄“空洞的游戏——例如时间旅行、机器人、超人、变种人、超感知等烂俗戏码”。而莱姆的小说大多涉及人类的局限性以及面对不可捉摸的宇宙时的痛苦体验（尽管这番体验也很能给人带来启迪）。莱姆的作品总是坚定地采取人文主义立场：他笔下的角色进入太空，追寻自然界的奥秘，最终却会发现关于他们自身的真理，尽管未必能领悟。

对于美国的科幻读者来说，这些故事即使经过了翻译也遮挡不住莱姆的才华，遮挡不住他那孜孜不倦的发明冲动、千变万化的语言、一针见血的机智、百科全书式的广博知识以及洞察人性的视角。对于文学读者而言，吉娜·麦克唐纳（Gina Macdonald）在《圣詹姆斯科幻作家指南》中总结道：“他是个愤世嫉俗的人；人令他感到疏离，面对不可理解之物的人又令他感到荒诞；他很理解理论和解释的局限性（这些理论和解释往往更能反映创造它们的个人而不是任何现实）；他很害怕科学会一味痴迷于细枝末节，反而摧残了获得任何深刻理解与发现的可能性；他愿意面对人类的状况并且加以探索和批判；他具备身为波兰学者、科学家或社会批评家的特殊视角——上述种种因素为他的作品赋予了重要的意义与不同于流俗的气质。他的作品通常缺乏传统的情节，而是在半虚构或想象的模式下将博学的论述、真实的科学以及关于人和宇宙的本质的哲学问题有机地融合在一起。”

（万年看客　译）

狩猎

［波兰］斯坦尼斯瓦夫·莱姆 著

［美国］迈克尔·坎德尔 英译

他从口岸主管那儿出来，简直气得跳脚。怎么就该他倒霉，偏偏是他！船东那儿没有——单纯就是没有——装运期。口岸主管也一问三不知。当然，电报是有的：延误 72 小时——规定的赔偿金已经划入你的账户——恩斯强德。除此之外，不再透露半个字。他也无法从贸易顾问的办公室里获取更多信息。口岸人满为患，按约罚款也无法令主管满意。要付停泊费、滞期费，没错，但领航员先生，如果你做个好人，飞入太空，岂不是最优解？熄灭发动机，不用再付油钱，等个三天你再回来，又有什么妨害？因为船东搞砸了，就要绕月三天！皮尔克斯不知该如何作答，但他想到了那项条文！当他提到工会设立的太空暴露规章时，那帮人才开始让步。事实上，今年并非日息年，辐射水平不可忽略不计。因此他不得不躲在月球背面逡巡，利用推动器与太阳玩一场躲猫猫，但由谁来付账呢？毋庸置疑，不是船东。那是谁？主管？你们这群文明人对一个 7 000 万千瓦的反应堆 10 分钟完全燃烧所产生的费用有概念吗？！最终他获准留在原地，但仅限 72 小时，外加 4 小时将那堆破烂货装船——多耽误一分钟都不行！你会以为他们帮了他一个大忙。仿佛一切是他的错。他准点抵达，也不是从火星直航，但船东……

心里想着这些，他彻底忘了自己身处何地。他转动门把手要出门，用力过猛，一下蹿到了天花板。他窘迫地看向四周，还好不见一个人影。整个月球基地仿佛空无一人。确实如此，往北几百公里外，位于希帕提娅陨石坑和托里拆利陨石坑之间的地区，才有巨大的工程在紧锣密鼓地实施中。一个月前聚集于此的工程师和技术员早已向建筑工地进发。联合国伟大的月球二号项目，吸引了越来越多的人从地球涌来。“至少，这次可以毫不费力地分到一间房。”他一边想着，一边乘升降机前往地下城的底层。荧光灯营造出一种冷冽的日光效果。每隔一盏都是灭的。真节约！推开玻璃门，他进到一个逼仄的大厅。太好了，他们这里应有尽有，有你想要的各种房间。他将长得更像是背包的手提箱交给行李员，不知道廷德尔有没有确保机修工重新打磨过中央排气口。自打离开火星，这玩意儿都快赶上一门该死的中世纪火炮了！他真该去亲自检查，当好东家的耳目……但他不愿搭升降梯再上 12 层楼。更何况此刻他们可能已经解散，各玩各的去了，极有可能正坐在机场商店里，听着最新的唱片。他漫无目的地散着步，酒店餐厅里空荡荡，似乎是打烊了，但简餐柜台后面坐着一个红头发女孩，正在读一本书。抑或是她头枕着书睡着了？因为她的香烟烧成一节长长的烟灰，落在大理石桌面上……皮尔克斯找地方坐下，将手表重置为当地时间，突然就不早了：半夜 10 点。这是为什么呢？几分钟前在飞船上时还只是中午。时间上的瞬间跳跃带来的混乱，仍像他最开始学习飞行时那样，叫人筋疲力尽。他就着似乎比汤汁更温热的苏打水将食物送下肚，吃完了午餐——现在成了晚餐。服务生愁眉苦脸，倒真像个昏昏欲睡的精神病患[1]，算

1. 英译版原文为“lunatic”，与拉丁语中的月球（luna）一词同源，古时的西方人相信月亮的盈亏可致人疯癫。

账时多算了皮尔克斯一些。这是个不祥之兆。皮尔克斯建议他上地球度个假，然后静悄悄地离开了，以免打搅到沉睡的收银女孩。他从行李员手里拿到钥匙，就迅速去了自己房间。他还没看过房号牌，因此当他见到编号时，心头顿感诧异：173。与他很久以前第一次飞往“那一边”时住的是同一间。不过在打开门后，他得出了结论，要么这是不同的房间，要么他们将房间彻底改造过。不，他肯定是弄错了，原来那间更宽敞。出于对黑暗的厌恶，他打开所有灯的开关，然后往碗橱里瞧了瞧，再拉开一个小型写字台的抽屉，但还没顾得上打开行李，只是将睡衣扔到床上，将牙刷、牙膏摆上洗手台。他冲洗双手，水一如既往冰凉彻骨。居然没有结冰，真够神奇。他拧开热水龙头——几滴水珠淅淅沥沥。他要去打电话给前台，但中途改变了主意，因为真的毫无意义。这当然是诽谤——月球的必需品供应充足，但你在酒店房间里连热水都用不上！他试了试收音机。晚间简讯——月球新闻。他听得心不在焉，琢磨着是不是该给船东拍一份电报。当然，是由受话方付费。不过算了，没有用的。如今已经不是浪漫的航天时代！那些日子已经埋入故纸堆，如今的飞行员不过是货运司机，依靠飞船的装货方过活！货物、保险、滞期费……收音机瓮声瓮气地播着什么。等等，说什么呢？……他越过床铺，调节机器上的旋钮。

“……极有可能是最后一批狮子座陨石雨，”播音员温柔的男中音回荡在房间里，“只有一栋公寓楼遭受直接撞击，造成失压。幸运而巧合的是，楼中居民都在外工作。残余陨石造成的破坏有限，但有一个例外穿透了库房的防护罩。根据本台记者的报道，专为建筑工地设计的六台通用机器人毁于一旦。高压电线也遭到破坏，电话通信也中断了，不过在三小时内就恢复了。接下来播报主要新闻。今天早些时候，在泛非洲代表大会的开幕式上……”

他关掉收音机，坐了下来。陨石？陨石雨？对，没错，狮子座陨石雨如期而至，但预测说……那些气象学家总是搞砸，跟地球上的天气预测员一样……建筑工地——肯定是指北方的那个。但总的来说，大气就是大气，它在此地的缺席太他妈不方便了。六台机器人，我的乖乖。行吧，至少没人受伤。但也够糟糕了——砸穿了一个防护罩！嗯，那位设计师，他真应该……

他疲乏极了。时间把他搞得一团糟。从火星到地球的过程中准是弄丢了一个星期二。过了星期一突然就到了星期三，也就意味着他们错失了一个夜晚。“我最好提前多睡会儿。”他想着，随即爬起身，机械地走向窄小的淋浴间。可一想到冰凉刺骨的冷水，他不寒而栗，立马改变主意，一分钟后便躺到了床上。飞船的铺位上没地儿搁蜡烛。他的一只手下意识地四处摸索，寻找固定被衾的安全带，发现找不着时，嘴角挂起一丝浅笑。至少他如今身在酒店里，不用面临突然失重的威胁……这是他入睡前的最后一个念头。等他再次睁开眼时，他对自己身在何地没有一点思路。周围黑咕隆咚的。“廷德尔！”他想高声喊叫，但立马——没有任何显著的原因——回忆起廷德尔有一次在船舱里鬼哭狼嚎，身上除了底裤之外一丝不挂，绝望地冲轮值人员大喊：“你！看在上帝的分上！快告诉我，我叫什么名字？！”这个可怜蛋醉得不省人事，正为某个想象出来的冒犯之举或别的什么事焦虑不安，一瓶朗姆酒都喝见底了。正是通过这种迂回的方式，皮尔克斯的思绪回归了现实。他起身开灯，想去冲澡，接着又想起水温，于是小心翼翼地先放出一条小水柱——微温。他叹息着，因为他渴望的是好好洗个热水澡。不过，一两分钟后，随着水流冲刷在他的脸庞和躯干上，他竟哼起歌来。

他刚套上一件干净的衬衫，大喇叭——他不曾想过房间内会有这样的东西——用低沉浑厚的声音广播起来：

“全体注意！全体注意！这是一条重要通知。所有具备军事训练背景的人请立即到318室向口岸主管报到，准将工程师亚该利亚也在那里等候。再重复一遍。全体注意！全体注意！……”皮尔克斯惊呆了，只穿着短袜和衬衫僵立着好一会儿。这是什么情况？愚人节吗？军事训练背景？或许他仍在梦中。当他挥动着双臂将衬衣穿整齐时，在桌角啪的一下撞到了手，心跳陡然快了起来。不对，这不是做梦。那这是什么？一场入侵？火星人占领月球？真是天方夜谭！不管什么情况，他必须去……

就在他跳进裤管的那一刻，一个声音对他耳语道：“没错，一定会发生的，因为你在这里。这是你的命运，老伙计，麻烦随你而至……”离开房间时，他的手表读数是8点。他想停下打听一下到底出什么事了，但走廊里、升降梯里都空无一人，仿佛这里进行过战争总动员，每个人都仓促地冲上了天晓得在什么地方的前线……他跑上楼梯，虽然台阶一开始就在脚下迅速移动，但他仍加快步伐，似乎他真可能错失一个当英雄的机会。登上楼梯平台，他看见一个玻璃窗映得灯火通明的售货亭里摊着报纸，他跑到窗口想要打听，却发现亭子里没人。报纸是自动售卖的。他买了一包烟和一份日报。他一边看报一边跑，没有放慢步伐。报上没说别的，只有关于陨石灾难的一篇报道。会是这件事吗？但为什么需要军事训练背景？绝不可能！他顺着一条长长的走廊奔着口岸主管而去。终于，他看到了其他人。有人正往318号房间去，还有人从走廊的另一头向这边来。

“我到得太迟了，没法搞明白发生了什么。”他心想，一边捋平夹克衫，一边走进去。房间很小，有三扇窗，人工雕琢的月球地貌笼罩在一种不祥的高温水银般的色彩下，在窗外闪着光。在这个梯形房间较狭窄的一边，立着两张桌子，桌子正前方放满了椅子，椅子样式各异，显然是仓促间搬进来的。屋里有十四五个人，大多是中年男性，还有几个穿着条纹衫的年轻海军学员。几个年长的海军准将坐得稀稀疏疏——剩下几把椅子是空的。皮尔克斯在一个海军学员旁边拣了把椅子坐下，那小子立即打开了话匣子，讲起他们中的六个人在前几天飞过来开始了“那一边”的学徒训练，但他们只分配到一台叫作“跳蚤”的小型机器。“跳蚤”最多只能载三个人，余下的人只能等轮班，现在又突然中途杀出这项任务。领航员先生会不会恰好知道……？不过领航员先生自己都蒙在鼓里。

从在座几位的脸上，你能看出来他们都被这个通知搞蒙了。他们很可能都是从酒店赶来的。他刚意识到应该自我介绍一番，那位海军学员就开始做体操，差点掀翻了座椅。皮尔克斯一把抓住椅背，接着门开了，走进来一位男士，黑色的短发在太阳穴处微微发白。他刮过脸，但面颊上留着青色的短茬，一对浓眉，精亮的小眼睛。他一言不发地从椅子间穿过，走到桌子后面，从天花板附近的卷轴里拉出来一幅以 1 ∶ 1 000 000 比例绘制的“那一边”的地图。这人用手背揉了揉自己丰满结实的鼻子，开门见山地说道：

“先生们，我是亚该利亚。月球一号基地与月球二号基地计划联合指挥所暂时委派我来负责歼灭瑟托。”

这句话在听众中引发了小小的骚动，但皮尔克斯仍然摸不着头脑——他连瑟托是什么都不知道。

“你们中听了广播的人已经知道，昨天在这里，”他将尺子指向希帕提娅和阿尔·法甘尼陨石坑地区，“有陨石群掉落。绝大部分陨石对我们没有影响，但有一颗——很可能是最大的一颗，将 B7 和 R7 的库房防护罩砸得四分五裂。其中第二间库房存有一批瑟托，四天前刚从地球运来。新闻报道说，全部机器人都遭到了毁坏。这条信息，先生们，并非实情。”

坐在皮尔克斯一旁的海军学员竖起通红的耳朵倾听着，嘴巴张得老大，生怕错过一个字眼。亚该利亚继续道：

“五台机器人被坍塌的屋顶压垮，但第六台幸免于难，更准确地说，它出了点故障。我们之所以这么认为，是因为它从库存单元的废墟中脱险后，立即开始表现出某种……类似于……”

亚该利亚找不到合适的字眼，话没说完转而继续叙述：

“库存单元坐落于一条窄轨距铁路线的旁轨附近，距离当地的临时停机坪 5 英里远。事故发生后，我们立即组织了救援行动，任务发出的第一条指令，就是摸清所有人员的情况，看是否有人员被埋在倒塌的建筑物之下。这项行动用时大约 1 小时。与此同时，我们进一步发现，陨石的冲击使中央控制楼的密封尽数失效，于是工作延续至午夜时分。凌晨 1 点左右，我们又发现供应整个建筑工地的主电网停摆，电话通讯中断，而这些皆非陨石所造成。电线是被切断的——被激光。”

皮尔克斯眨了眨眼睛。他抑制不住地期望这是在玩某种扮演游戏，一场化装舞会。这事不可能发生。激光！没错！你编故事的时候怎么不安排一个火星间谍？不过这名准将工程师看起来一点儿也不像是会在黎明时把酒店客人吵醒，拉来愚弄一番的人。

“首先恢复了电话线，”亚该利亚说，“同时，突发事件小组的一辆小型运输车在到达电线被切断的事故现场后，与月球指挥部失去了无线电联络。直到凌晨 3 点，我们才知道这辆运输车遭到了激光攻击，几次射击以后，被大火吞没。驾驶员和副手殒命，两名组员——所幸身着机甲，正准备外出抢修线路——设法及时逃出生天，藏身于荒漠，也就是宁静海[1]，大概在这里……”亚该利亚用尺子指着

1. 月球上的一处月海，位于宁静盆地之内。

宁静海上的一处，那里距离小阿拉贡环形山大约400公里。“就我目前所知，他们两人均未目击袭击者。他们都曾在特殊时刻感觉到异常炙热的高温冲击，运输车随即燃起大火。两人在压缩汽油燃爆前跳下车。大气的缺乏拯救了他们，因为剩余燃料只能跟运输车内部的氧气混合引发爆炸。其中一人事后死于未知原因，另一人跋涉近140公里后，成功返回建筑工地，但他机甲内的氧气消耗殆尽，陷入缺氧状态。所幸，他被人发现，现如今躺在医院里。我们对于所发生事情的认知，完全是基于他的口述，尚需进一步确认。”死寂般的沉默。皮尔克斯也看清了这一切的走向，只不过仍不敢相信，他不愿……

“毫无疑问，先生们，”黑发男子的嗓音毫无起伏地继续道，他的剪影衬在月球地貌水银般的光华下漆黑如墨，“你们会猜切断电话线和高压电线，同时攻击了运输车的家伙，就是我们唯一幸存的瑟托。对于这款机器我们所知甚少，上个月才投入量产。工程师克拉纳，也就是瑟托的其中一名设计师，原本应该跟我一同到场，为先生们详细介绍这款模型的功能，以及眼下以令其失能或将其摧毁为目标所必须采取的应对措施……”皮尔克斯身旁的海军学员发出低沉的呻吟声，这是一种单纯源自兴奋的呻吟，因此并不显得夸张做作。这位年轻人没有注意到领航员先生不以为然的表情。不过这时候除了准将工程师的声音之外，大家什么也没注意到或听到。

“我并非人工智能电子学方面的专家，因此有关瑟托的情况无法告诉你们太多。不过在座各位中，我相信，有一位麦克科特先生。他在这里吗？”

一个身材修长、佩戴眼镜的男子站起身。“这儿。不过我没参与瑟托的设计；只不过接触过我们英国的模型，与美国这款很相似，但不完全一样。当然，差异不是特别显著。我能帮上忙……”

“太好了，博士，麻烦你上前来。让我梳理一下，首先是目前的状况：瑟托大概处于这个位置，”亚该利亚用尺尖在宁静海的一块边缘地带画了个圈，“这就意味着它离建筑工地30到80公里远。瑟托的用途，总的来说，是在极端环境下——譬如高温和大概率的塌方风险——进行矿井作业，因此它具有庞大的构架和厚重的装甲……这方面将由麦克科特博士为先生们作补充。至于我们销毁它的方式，月球基地的指挥部给我们提供了方案，首先，是一定量的爆炸物，包括甘油炸药和液氧炸药，外加带瞄准线的手持激光枪，矿井激光。当然了，制造这些爆炸物和激光设备的目的都不是要应用于战场。至于运输方面，歼灭瑟托的行动小组将拥有小型和中型共计两辆运输车，均装备有轻型反陨石装置。只有这种装置能承受1公里外的激光射击。没错，这项数据适用于地球。可吸收能量的大气层的辅助，是一个关键因素。而在这里，我们没有大气，因此这两辆运输车相对来说防御能力只是稍高一点。我们还收到了大量的机甲、氧气——恐怕，也就这么多了。中午会从苏联方面运来一辆‘跳蚤’和三名机组人员。在短途飞行中，它最多可承载四名组员，将他们送入瑟托所在区域。现在我暂停一下，先生们，我将发给大家一张表格，我需要你们在上面清晰地写下自己的姓名、专业领域。同时，请麦克科特博士就瑟托的情况为我们讲几句……最要紧的，我想，是揭示它的阿喀琉斯之踵……”

此时麦克科特站到了亚该利亚的身畔。他比皮尔克斯以为的更瘦削，耳朵支棱着，脑袋略微呈三角形，眉毛淡得几乎看不见，浓密的头发说不上来是什么颜色，但奇怪地颇讨人喜欢。

发言前，他摘下了钢丝边儿眼镜放到桌上，似乎它们挺碍事的。

“如果我说，我们允许这类情况在本地发生，那我肯定是在撒谎。不过除了数学计算，一位神经机械学者脑子里还需要一点直觉。正是出于这个原因，我们决定不将我们的模型投入量产。根据实验室的测试，马菲斯特（Mephisto）性能完善——那是我们国家的模型名称。瑟托本应在制动和激活两方面拥有更好的稳定性。或者说，根据种种资料，我本来是这么以为的，现在我不太确定了。瑟托（Setaur）这个名称让人联想到神话，但其实是自编程电子三元外消旋式自动机器（Self-programming Electronic Ternary Automaton Racemic）的缩写。之所以是外消旋，是因为在其脑部的建造过程中，我们同时使用了右旋和左旋的单聚合假晶体。不过我想这不是当前的重点。它是一个自动化机器人，装备有用于矿井作业的激光发射器，一种紫色激光。发射脉冲的能量来自基于冷链反应规则的一个微型桩，因此，瑟托——如果我记得没错的话——能发射出高达 45 000 千瓦的脉冲。”

“持续多久？”有人问道。

“我们认为，是永久性的。”精瘦的科学家不假思索地回答，“不管怎么说，至少是很多年。这台瑟托到底出了什么问题？简单来说，我认为它头部遭到撞击。撞击肯定异常强烈，即使在本地，倒塌的建筑也能毁坏一颗铬镍头骨。所以，到底发生了什么？我们从没有进行过此类实验，因为成本太高。”麦克科特出人意料地露齿一笑，牙齿小巧、齐整，“但众所周知，一个小型大脑——也就是说相对较简单的大脑或普通电脑——局部的严重损伤，将导致功能彻底瘫痪。然而，我们越是通过模拟使其程序接近人类的大脑，这样复杂的大脑就越有可能在局部损伤的基础上继续运行。动物的大脑——例如一只猫的大脑——存在几个中枢，刺激其中枢会形成攻击反馈，表现为情绪的突然爆发。瑟托的大脑被塑造得不太一样，但也具有一种笼统的内驱力，也就是行动的潜能，可以通过不同的方式进行指挥和引导。现在，在那个动机中心和已经启动的摧毁程序之间发生了某种短路。当然了，我是以一种过度简化的方式在解释。”

“但为什么是摧毁程序？”还是之前那个声音在提问。

“这是一款为矿井作业设计的机器人，”麦克科特博士解释说，“它的任务本来是挖掘矿层和巷道，钻开岩石，碾碎特别坚硬的矿石，宽泛地说，就是摧毁坚硬物质，显然不会不分地点和对象，但由于它受了伤，这种无差别的摧毁倾向就产生了。但话说回来，我的假设可能根本就是错的。至于纯理论方面的问题，我们以后再谈，等我们把那东西摆平之后。眼下，对我们来说更重要的是知道瑟托有什么能耐。它的移动速度可达50公里每小时，几乎适应任何地形。它没有需要润滑的关节，所有摩擦接头处都是特氟龙面料。其减震悬架由磁力连接，装甲无法被左轮手枪或来福枪的子弹射穿。虽然没做过此类实验，但我认为反坦克炮弹可能有效——但我们没有，对吗？”

亚该利亚摇了摇头。他抄起收回来的表单，看了一下，在一些名字旁做了记号。

“巨型炸药的爆炸显然可以将它撕裂，”麦克科特继续说，嗓音平静得仿佛在谈论再平常不过的事，“但首先，你得将炸药放到它附近，这恐怕不容易。”

“它到底在哪儿安装了激光？头部吗？”听众席里有人问道。

“事实上，它没有头部，只有某种凸起，夹在肩头的膨胀物，为的是增加其对掉落石块的抵抗力。瑟托高2.2米，因此它将从距离地面约2米的一个点开火，激光炮口受一个滑动挡板的保护。当机身处于静止状态时，它可以以30度角进行发射，通过整个机身的转动，就可以覆盖更大的攻击范围。它的激光最高可达45 000千瓦。任何专业人士都明白这是非常可观的能量，能轻易击穿几厘米厚的钢板——”

“射程多长？”

“这是一种紫激光，因此仅有非常小角度的散射……也就是说，在实际情况下，射程只取决于视野的局限性。鉴于这里水平面上的地平线在 2 公里开外，射程起码有 2 公里。”

“我们将装备六倍于其功率的特殊矿井激光。”亚该利亚补充道。

“但那是所谓的高射炮打蚊子，”麦克科特笑着回应，“在与瑟托的激光炮交战时，巨大的功率并不能提供多少优势……”

有人问是否可以利用太空飞船从空中摧毁机器人。麦克科特宣称自己没有资格回答。与此同时，亚该利亚盯着签到名单，说道：

“我们这里有一位顶级领航员。皮尔克斯……你能就此发表看法吗？”

皮尔克斯站起身。

“从理论上讲，一艘中等吨位的船——比如我的库维尔，换句话说，它有 16 000 吨的净质量——如果让瑟托处于它的推力范围内，瑟托就一定会被摧毁。它的尾气温度超过 6 000 摄氏度，绵延 900 米。我猜，应该是足够了……？”

麦克科特点点头。

“但这纯属推测，”皮尔克斯继续说，“飞船必须安排就位，像瑟托这样的小目标，并不比一个人大多少，总能有足够时间逃脱，除非将它固定住。在重力场中，飞船绕星球表面飞行的横向速度相当低，突然追击完全没有可能。那么剩下的唯一可能性，就是使用行动小队，譬如，月球自己的舰队。但万一推力太弱，温度不够高的话，或许你可以拿其中一个飞行器当作炸弹……但要精准投放，你就需要特殊的仪器，比如瞄准器、测距仪，而这些月球基地里都没有。不行，忘了这个计划吧。当然，租用这样的小型机器是必要的，甚至可以说是势在必行，但只能用于侦察目的，也就是定位机器人的方位。”

他刚准备坐下，一个新点子突然冒了出来。

“噢，对了！”他说，“飞天弹！你们可以用这个。我是说——你们要找到会使用的人。”

“就是那种人们拿皮带绑在肩上的小型个人火箭吗？”麦克科特问。

“没错。有了它们，你就可以实现跳跃，甚至直接随同飞行。根据不同的样式与型号，你能有一分钟到几分钟的升空时间，达到50至400米的高度……”

亚该利亚站起身。

“这可能很重要。在座各位有没有谁参加过这项设备的使用培训？”

两只手举了起来。随后又来了一只。

“只有三人吗？”亚该利亚说，“啊，还有你吗？”他见皮尔克斯——现在回过神来——也举起了手，便添上一句，“那就有四位，并不算多……我们会询问地勤组的人员。先生们！这是一次——不消说——完全的志愿行动。我确实应该在开头就讲明。你们谁愿意参加这项行动？”

一阵轻微的咔嗒声，在场的每个人都站了起来。

“我代表主管感谢你们。”亚该利亚说，“太棒了……那么我们一共有17名志愿者。月球舰队将援助三支小队，另有10名驾驶员听候差遣，以及无线电话务员来协助运输车中的人员。我请你们大家先留在原地，而你们俩，”他转向麦克科特和皮尔克斯，“请随我来，我们去找主管……”

大约下午4点，皮尔克斯坐在了一台大型毛毛虫运输车的炮塔里，随着它疯狂的移动颠上颠下。他全副武装，头盔搁在膝头，随时准备在听到第一声警报后套到头上。他的胸前横挎着一把重型激光枪，枪屁股毫不留情地指向他自己，他左手拿地图，右手调节潜望镜，用以观察其他散布开来的运输车长长的行进路线，车辆颠簸得仿佛一艘艘小船正在横跨满地砂石的月海。这片荒漠的“海”在阳光下熠熠生辉，夹在两条黑魆魆的地平线之间，空空荡荡。皮尔克斯接到通信，然后传达出去，并与月球一号通话，与其他机器里的官员通话，与侦察机里的飞行员通话。侦察机喷出的萤火之光时不时在黑夜的群星间闪烁。即使如此，他总还是情不自禁觉得自己正陷入一个精心编织的愚蠢梦境。

事态发展得愈发疯狂。他并不是唯一一个认为建筑总部已经陷入恐慌的人。说真的，一台智商堪忧的机器人，就算装有激光发射器，又能有多大杀伤力？在中午召开的第二次“最高会议”上，大家开始讨论向联合国——至少是向联合国安理会——要求“特别批示”，即允许携带重型武器（最好是火箭发射器），甚至在可能的情况下使用原子导弹。皮尔克斯跟其他人一起表示抗议，在还没达成任何目标之前，他们可能就在所有地球人面前出了洋相。除此之外，等待国际组织做出类似决议，显然要好几天甚至好几星期，在此期间天晓得这台“疯狂机器人”会溜达到哪里，一旦它藏入月球地壳难以到达的裂缝中，就算动用世上各式型号的大炮，你也无法够到它。因此，必须要果断行动、杜绝犹豫。情况已经明了，最大的问题就在通讯，它也向来是执行月球任务的痛点。月球上恐怕存在约3 000个不同的、被设计用于辅助通讯的专利发明，从地震电报（以微爆炸为信号）到“特洛伊”同步卫星，一应俱全。这类卫星于去年安置在了轨道上——它们对现状没有任何改善。实际上，问题是通过安设在电线杆上的超短波继电器系统解决的，该系统很接近地球上人造卫星时代前的旧式电视传输线，比通过卫星进行通讯更加可靠，因为卫星工程师们仍在为如何使他们的轨道空间站不受太阳风暴影响而绞尽脑汁。在太阳活动期间的每一次飞行，以及随之而来的撕裂太空的高能带电粒子“风暴”，会即刻形成静电噪声，让保持通讯变得困难重重——有时会持续多日。其中一个太阳“龙卷风”最近正在肆虐中，因此月球一号基地与建筑工地之间的信息传递要通过地面继电器，歼灭瑟托行动的成功有赖于——至少是很大程度上——这位“叛徒”不要将摧毁架梁电线杆的想法塞进大脑里，45 根这样的电线杆正伫立在一片将月球城和建筑工地旁的卫星发射基地分隔开的荒漠里。当然，前提是假设那台机器人会继续在该区域潜行。毕竟，它的行动是完全自由的，既不需要燃料也不需要氧气，可以不眠不休，总而言之它自给自足。许多工程师头一回充分意识到，他们亲手打造出了如此完美的机器——一台无法预估其下一步行动的机器。主管与人工智能企业的地月即时商讨会从黎明就开始了，讨论得没完没了，出席人员包括瑟托设计公司的员工，但他们没提到任何麦考克博士没有说过的东西。那些试图说服专家去使用大型计算机预测机器人策略的，还是一群门外汉。瑟托具备智能吗？当然，以它自己的方式！这台机器“不必要的”——眼下却高度危险——“智慧”让行动组的许多参与者愤愤不平。他们不明白这些工程师他妈的为什么要将自由与自主权授予一台仅仅用于矿井任务的机器。麦克科特平静地解释说，这种“人工智能冗余”在技术发展的现阶段与一切传统机器和发动机里普遍存在的多余能量是一回事。这是一种危机储备，用于提高安全性和可靠性。预知机器将遇上的所有情况，无论是机械方面还是信息方面，都是不可能的。因此，对于瑟托会怎么做，大伙连最模糊的概念都没有。当然了，专家们，包括地球上的专业人士，已经将他们的意见用电报发来。唯一的麻烦是，这些意见相互矛盾。有些人相信瑟托将试图毁坏具有“人造”性质的物体，具体来说就是像继电器电线杆或高压电线这类东西；另一些人却认为它的能量会用于向行进道路上的所有障碍物开火，月球岩石或载人运输车都不能幸免。前者支持立即采取进攻，将其毁灭；而后者推崇一种“等等看”的战术。双方唯一达成的共识就是必须掌握机器的移动轨迹。

自清晨开始，就有 12 支月球舰队的小队在宁静海巡逻，不断向建筑工地的自卫队发送情报，建筑工地与位于卫星发射基地的总部又时刻保持着联络。想要在幅员辽阔的荒原中侦察瑟托这样渺小的金属块谈何容易，更何况这里处处是乱石，裂缝与半截埋在土里的缝隙随处可见，小型陨石坑像麻子般星星点点。至少，要是那些情报是否定的该多好！然而巡逻小组已经多次向地面人员报告，说那台“疯狂的机器”已经被目击到，结果却发现所谓的目标不是某种形态怪异的石头，就是太阳光线下闪着光的火山岩碎块。即使雷达配合磁铁感应器一同使用，结果证明作用也不大。随着月球开发与殖民的第一阶段而来的，是月面岩石废料上遗留下来的大量金属集装箱、火箭弹熔融的弹壳、各式各样的罐头垃圾，这些有时变成了最新警报的源头。因此行动组总部寄希望于瑟托最终攻击了什么东西，从而暴露自己。然而，它最近一次泄露自己的存在，就是攻击电路抢修小队的小型运输车。从那以后，似乎月面开了个口，将它一口吞下。但每个人都觉得守株待兔不是办法，特别是在建筑工地需要恢复能量补给的时候。这个占地约 10 000 平方公里的行动，是由两列从相反方向——分别从南、北出发——驶来的车辆把这一地区梳理起来。来自建筑工地的那支搜索队由他们的首席技术专家斯特泽勃指挥，第二支队伍从月球火箭发射基地出发，其中双边行动组的协调工作交到了该队的皮尔克斯手中，他将与最高指挥官（准将领航员浦莱达）紧密合作。他们随时可能与瑟托擦肩而过，对此他心知肚明。举个例子，它可能藏身在一个地壳构造形成的深沟里，或者仅仅是月球炫目的沙粒为它施了障眼法，他们永远不会注意到它。以“人工智能咨询师”的身份与他同乘的麦克科特也持有同样看法。

运输车颠簸得很厉害，以一种驾驶员小声告诉他们的“一会儿就让你们眼球暴突”的速度行进。他们现在来到了宁静海的东边，距机器人最有可能的所在位置不到一小时车程。跨越预先设定的边界线后，他们都带上了头盔，这样万一出现意料之外的撞击、失压或火力攻击，他们能立即弃车而逃。

运输车被改造成作战机器，机械师在它圆顶形的炮塔上加装了大火力的矿井激光炮，但准头实在差得可怜。皮尔克斯认为它们在瑟托面前毫无招架之力。瑟托装有自动瞄准器，由于它的光电学眼睛直接搭载在激光炮上，它能立即对出现在视野中心的任何物体开火。另一方面呢，他们的瞄准器却是旧式的，可能是从老旧的宇宙航行测距仪上卸下来的。在离开月球基地前，他们测试过，对准地平线上的几块岩石开火。岩石目标很大，距离不超过1英里，即使如此，他们试到第四枪才击中目标。更糟的是，在这里，你还要应付月球特有的环境：激光只有在传播介质——例如地球上的大气——中才可见，而在真空中，光线在射到障碍物质前都是不可见的，无论其能量有多大。因此，在地球上，你能像射曳光弹那样发射激光，其可见轨迹可以引导你。在月球上，没有瞄准器的激光毫无实用价值。皮尔克斯没有向麦克科特隐瞒自己的这个想法，他在只剩几分钟就要进入假定的危险区域时将此话告诉了他。

“我没想到这茬。”工程师说，随即笑着添上一句，“你为什么要告诉我？”

“让你不要心存幻想。”皮尔克斯回答，仍然低头盯着潜望镜的双目镜。虽然衬有泡沫垫，但他确信时间长了——当然，假设他能幸存下来——他会长出黑眼圈的。“还有一个原因，也是为了解释为什么我们后面载着那些玩意儿。”

“那些充气罐吗？”麦克科特问，“我见你从库房将它们取出来。里面有什么？”

“氨、氯和一些碳氢化合物之类的，”皮尔克斯告诉他，“我想或许能派上用场……”

“制作烟雾弹吗？”工程师试探着问。

“不是，我想的是某种瞄准的法子。既然没有大气，我们就造一个出来，至少暂时能……”

“恐怕来不及吧。”

“恐怕是的……我带着只是以防万一。对付疯子，疯办法往往效果最佳……”

他们默不作声了，因为运输车开始像个醉鬼一样摇晃起来，减震装置嘎吱作响，听起来里面的油分分钟就要沸腾。他们猛地冲下一个坑洼不平的斜坡。对面的坡道上微光闪动，尽是白色的浮岩。

“你知道我最担心什么吗？”待摇晃稍微缓和了一点，皮尔克斯重新打开话匣，他变得特别健谈，“不是瑟托，一点也不……是那些建筑工地出来的运输车。只要有一辆车领我们找到了瑟托，然后开始发射激光炮，事情就热闹了。”

“我看出来了，你把所有情况都考虑遍了。”工程师嘟囔道。那位坐在无线电话务员身旁的海军学员从椅背上探身过来，递给皮尔克斯一张无线电报，上面隐约可见涂写的字迹。

“我们已经进入危险地带，到达20号继电器处，目前一切正常。车已停下。来自斯特泽勃，通话结束。”皮尔克斯大声念道，“看来，我们马上也要戴上头盔了……”

车开得慢了一些，爬上一道陡坡。皮尔克斯发现自己没办法看到左边的邻居，只能看到右边的运输车像一个被冲上岸边的污点。他命令左边的车启用无线电，但没有回应。

“我们开始落单了，”他冷静地说，“我就知道会发生这种事。我们就不能将天线架高一点吗？不行吗？真糟糕。”

他们现在位于一个缓坡的最高点。不到200公里外的地平线上，明亮的阳光映照出托里拆利锯齿状的山脊，清晰的剪影下是昏暗的天幕。在他们的身后，整个宁静海尽在脚下。深深的构造裂缝出现在眼前，岩浆冻结的厚石板时不时从砂石下冒个尖，运输车就在上面缓慢而艰难地行驶着，起初像一艘小船颠簸在波涛上，虽然又重重地下坠，似乎要一头栽进一个未知的地洞里。皮尔克斯瞅到了下一个继电器的天线杆，迅速瞟了一眼紧贴在双膝的赛璐珞地图卡纸，命令全员带好头盔。从现在开始，他们只能通过内部电话进行联络。运输车比之前晃得更凶了——皮尔克斯的脑袋在头盔里晃来晃去，好似空壳里的一颗果核。

他们顺着坡道往下开，来到地势较低的地方。托里拆利被附近的丘陵挡住，从视野里消失了。与此同时，他们右边的邻居也失去了联络。有几分钟，他们还能听到信号声，随后，声音被从岩石上反弹的声波扭曲，之后迎来的便是无线电彻底的静默。戴着头盔从潜望镜里向外瞭望格外难受。皮尔克斯觉得自己要么会压碎镜框，要么会弄破目镜。他竭尽所能固定自己的视野，但运输车的每一次颠簸都会让视野彻底地移位，而场地上散布着数不清的土堆，漆黑的阴影与石头炫目的表面杂处一堂，使他眼花缭乱。突然间，遥远的夜空中冒出一个橘黄色的小火苗，它忽明忽暗，渐渐熄灭。又是一道火光，略微强劲。皮尔克斯大喊：“全体注意！我看到爆炸了！”同时他发狂般转动潜望镜的曲柄，从蚀刻在镜片上的网格中读取方位角。

“我们要改变航向！”他声嘶力竭地大叫，“47.8 度，全速前进！”

这项命令实际用于宇宙飞船，但运输车驾驶员同样也能听明白。随着运输车在原地转向，向前加速，车身装甲以及车子的每一个连接处都猛地一震。皮尔克斯从座位上腾空而起，惯性将他的头扯离潜望镜的目镜。又一道火光——这一次是紫红色的扇形火焰。但火光，或者说爆炸的源头，远在视野之外，被他们正在攀爬的山脊遮住了。

“全体注意！”皮尔克斯喊道，“手持激光枪就位！麦克科特博士，请到舱门来。在我下令或万一遭到袭击时，你来打开舱门！驾驶员，减速！……”

运输车攀爬上的这块高地伫立在荒原中，仿佛某种月球怪兽半截埋在土里的小腿。这块岩石光可鉴人，实际上很像磨光的骷髅或巨人头骨。皮尔克斯命令驾驶员开到顶部。车轮踏面开始咔嗒作响，像是钢铁碾过草地的声音。“停下！”皮尔克斯大叫。运输车一个急刹车，冲着岩石点了个头，车身摇摇晃晃，减震装置在拉力下苦苦呻吟，终于停下了。

皮尔克斯看向一个宽浅盆地，它的两边由蔓延开的陈年岩浆筑成放射状的、由宽入窄的锥形堤围。大坑的三分之二躺在刺眼的阳光下，剩下三分之一裹在一片漆黑中。在那天鹅绒般的黑暗中，一辆开膛破肚的车，像一颗诡异的珠宝，闪着红宝石般渐渐暗淡的华光。除了皮尔克斯外，只有驾驶员看到了它，因为窗户的防护盾已经放下。说实话，皮尔克斯不知道该怎么办。“一辆运输车，”他自忖，“哪儿是它的正前方？它是从南边开来的？那大概是建筑队的车。但是它是被谁摧毁的呢？瑟托吗？而我现在站在这里，完全暴露在视野中，像个白痴。我们必须隐藏行踪。但其他运输车都哪儿去了？他们的车呢？我们又在哪儿？”

“我这儿收到消息了！”无线电话务员嚷道。他将自己的接收机接入内部电路，这样所有人都能从头盔里听取信号。

“轴可携带岩屑堆！墙面形成包囊——无用岬重复——接近其方位角——多晶硅变质作用……”单调、毫无起伏的声音充斥着皮尔克斯的耳麦，传递出清晰的字句。

“是它！”他大叫，“那个瑟托！在吗，无线电！迅速定位！我们需要确定方位！看在上帝的分上！趁它还在发送！”他大声咆哮着，他自己的呼喊声在被头盔的密闭空间放大，震得他失聪。他没等无线电话务员反应过来，自行低着头跳到炮塔的顶部，抓紧沉重的激光炮双把手，使其随着炮塔一同转动，他的眼睛已经贴上了瞄准器。与此同时，在他的头盔内，那个低沉的、近乎悲伤的声音不紧不慢地絮叨起来：

“沉重双面体消色差性黏性——波形有外皮段无需重复的反梯度种内插值”——这通胡言乱语似乎音量渐弱。

“定位是哪儿啊，他妈的？！”

皮尔克斯的双眼粘在了瞄准器上，他听到一声轻微的响动——麦克科特冲到前面，推开话务员，再来是一阵窸窸窣窣……

突然，他的耳麦里响起人工智能学者冷静的声音：

“方位角 39.9 度，40.0 度，40.1 度，40.2 度……”

“它在移动！”皮尔克斯意识到。炮塔必须通过曲柄来转动，他拼命地摇，差点叫自己的胳膊脱臼。数字的变化令人毛骨悚然。红线已经超过 40 度的刻线。

忽然，瑟托的声音拔高成一种拉长的尖锐叫声，然后陡然消失。同一时间，皮尔克斯扣动扳机，下方 500 米处，正好位于光与影分界线的一块岩石，腾出一团比太阳更耀眼的火苗。

隔着厚手套抓把手几乎不可能抓稳。令人炫目的火焰直射入盆地底部的黑暗中，在距离微微闪着光的报废车仅仅几十米的地方，它停住了，腾起的灰尘四处飞溅。它开始横向切割，第二次激起一束束的火花。耳麦里传来某种哀号。皮尔克斯不去管它，继续操作那束火光，它是那么纤细，那么可怖，终于在一根石柱上迸裂为上千个小火星，离心式地弹跳开来。他的眼前有涡旋的红圈在舞蹈，透过这些螺旋的残影，他看到一只明亮的蓝眼睛，比针头还小，它在黑暗深处睁开。它在另一边，并非他射击的地方。他还来不及移动把手，将激光炮沿轴旋转过去，运输车附近的一块岩石突然爆炸，像一轮液态的太阳。

“撤退！”他大吼一声，下意识地弯腰躲避，结果失去了视野。话说回来，他本来就什么都看不见了，除了那些缓慢褪去的红色螺旋残影，它们随即变成了黑色，然后又变成金色。

发动机轰鸣着。他们被如此的暴力掀翻，皮尔克斯一路滚到了车的底部，然后又被抛到了前面的海军学员和无线电话务员的膝盖之间。虽然他们将那些充气罐安稳地绑在装甲外壁上，它们还是发出了惊天巨响。运输车迅速倒车，车辙下发出了骇人的碾压声。他们赶紧掉转头，朝另一个方向疾驰，有那么一会儿，看起来似乎要翻车了……驾驶员拼命操作油门、刹车、离合器，不知怎么的把这台疯狂打滑的车重新置于了掌控之中。车子抖动了很久，终于静止不动了。

“密封还好吗？！”皮尔克斯从地上爬起来，高声问道。“幸好是橡胶的。”他心想。

“毫发无损！”

“唉，就差一点。”他站起身，挺直腰杆，用了一种截然不同的语调，又不无懊恼地添上一句：

“再往左 0.02 度，我就击中它了……”

麦克科特回到自己的座位。

“博士，干得很好，谢谢！”皮尔克斯坐回潜望镜边，对他说，“驾驶员，我们从上来的路往下开。那边有几个小小的峭壁，高高拱起——没错，就是那边！——开到它们投下的阴影中，然后停车……”

运输车缓缓地，似乎带着过度的谨慎，穿行在半埋在沙砾中的岩体间，然后停在它们的阴影里，这样就隐形了。

“做得好！”皮尔克斯几乎喜形于色，“现在我需要两名人手，随同我去勘察一下……”

麦克科特与那位海军学员同时举手。

“很好！现在，听着，”他转向其他人，“你们留在原地。不要跨出阴影一步，就算瑟托朝你们直冲过来也不行，安静地坐着。我猜，如果它想登上运输车，你们就不得不自卫，你们有激光炮，但最好不要……你，”他对驾驶员说，“帮这位年轻人从装甲外壁上将装气体的充气罐卸下来，而你”——这话是对无线电话务员说的——“联系月球基地、火箭发射基地、建筑队和巡逻队，告诉最先回复的一方，瑟托摧毁了一辆很可能是属于建筑工地的运输车，然后我们车上的三个组员外出猎杀它去了。所以我不希望有人把激光炮牵扯进来，盲目开火之类的……现在，行动起来！”

他们一人可以搬动一个充气罐，因此一共携带了四个。皮尔克斯领着队员们去的并非“骷髅头”的顶心，而是稍远一处，那里可以观察到一个地势渐高的、小而浅的峡谷。他们尽量靠近边缘，将充气罐靠着一块巨岩放下，然后皮尔克斯命令驾驶员回到车里。他自己擦着巨岩的表面往外窥视，将他的双筒望远镜调节得正好对准盆地的内部。麦克科特和海军学员蹲伏在他的体侧。良久，他开口道：

“我看不见它。博士，瑟托说的那些话有什么意义吗？”

“我对此表示怀疑。不过是把词语捏合在一起——某种精神分裂的病症……”

“那堆废铁上的火快灭了。”皮尔克斯说。

“你为什么开火？”麦克科特问，“里面可能有人。”

“但并没有。”

皮尔克斯的双筒望远镜一毫米一毫米地移动着，将光照区的每一道褶皱和裂缝都仔细检查了一遍。

“他们根本没时间跳车。”

“你怎么知道？”

“因为它把运输车一切两半。现在仍然看得到痕迹。他们肯定是朝它撞了过去，它从几十米外开的火。除此之外，两扇舱门都关着。不对，”他顿了几秒后，补充说，“它不在阳光下。大概还没机会偷溜到别处……我们来个引蛇出洞。”

他弯腰将一个沉甸甸的充气罐举起放在巨岩的顶部，再推到他面前适当的位置，从牙缝里挤出一串呢喃：

“这是西部牛仔对战印第安土著的现实翻版，我梦寐以求的情境……”

充气罐滑了一下，他把住阀门将其放稳，然后趴在砂石上，说：

“你若看见蓝光一闪，立即开火——那是它的激光炮发射眼……”

他卯足力气去推充气罐。充气罐起初速度缓慢，随后越来越快地沿滑坡向下滚落。他们三个都举枪瞄准。现在充气罐已经往下滚了 200 多米，由于坡度变缓，速度慢了下来。有几次，突出的岩石似乎快要将它拦住，但它翻了过去，越变越小，变成了模糊的光点，到达盆地的底部。

“没有反应？”皮尔克斯颇为失望，“要么它比我预想的聪明，要么它只是对充气罐不感兴趣，还有可能……”

话没说完，他们下方的坡道上闪过一道炫目的光。火光顷刻间化作黄褐色的厚重云团，云团中心有余火依然闪着光，火焰边缘向外蔓延至石脊之间。

“是氯……”皮尔克斯说，“你们怎么不开枪？什么也没瞅见吗？”

“没有。”海军学员与麦克科特异口同声。

“那个混蛋！它要么躲在裂缝中，要么是从侧面射击的。我现在真的怀疑这样能否有效，姑且一试……”

他拿起第二个充气罐，跟在第一个后面扔了下去。一开始，它的滚动与前者一模一样，但滚到斜坡中段，它偏转方向，然后停了下来。皮尔克斯没有看它——他的全部注意力集中在黑暗的三角地带，瑟托就埋伏在其中。时间走得很慢。突如其来地，一场枝状爆炸将斜坡撕裂。皮尔克斯定位不了机器人的藏身处，但他看到了一条火的射线，更准确地说，是射线的局部，因为它在经过前面的气团时显现为一条阳光般明亮的燃烧着的火线。他立即追着这条越来越暗淡的发光轨迹瞄准，黑暗带的边缘刚一进入十字准线，他就扣动了扳机。显然，麦克科特在同一时间采取了同样的行动。片刻后，海军学员也加入了进来。三道光像刀锋一般剖开了盆地暗黑的底层，那一瞬间，仿佛某种庞大、炽烈的盖顶径直砸到他们眼前——保护他们的岩体整个都在颤动，从岩块边缘天女散花般放射出无数灼人的虹光，燃烧的石英乱溅到他们的机甲和头盔上，很快变成细小的泪珠形凝结物。他们现在平躺在岩石的阴影里，头顶上像有一把灼热的大剑在擦着岩体表面进行第二轮、第三轮的劈砍，而巨石表面立刻布满了冷却的玻璃气泡。

“大家还好吗？”皮尔克斯头也不抬地问。

“没事！”“我也是！”——传来回应。

"回下面的运输车，叫无线电话务员联系所有人，因为我们找到它了，并且会尽量长时间地牵制住它。"皮尔克斯对海军学员说，后者倒着爬了几步，猫着腰朝运输车停泊的岩石方向奔跑起来。

"我们还剩两个充气罐，一次一个。博士，我俩交换位置。请千万小心，压低身子，它已经击中我们的正上方……"

皮尔克斯边这么说，边拾起一个充气罐，借助巨大的石板投下的阴影，迅速向前移动。大约往前走了200步，他们在一处岩浆堤坝的裂口里停了下来。从运输车折返的海军学员起初没法找到他们。他剧烈地喘息着，似乎至少狂奔了1英里。

"别急，慢慢来！"皮尔克斯对他说，"说吧，怎么回事？"

"通讯恢复了……"海军学员蹲到皮尔克斯身边，他看到头盔镜框后面年轻人的眼睛一眨一眨，"在那辆车，那辆被毁的通讯车里……原本有四名建筑工地的员工。第二辆车肯定撤离了，因为它配备的是侦察激光……其余的继续行驶到了另一端，什么也没发现……"皮尔克斯点点头，仿佛在说"跟我想的一样"。

"其他车呢？我们的小组在哪儿？"

"基本上，他们都离这儿20英里，那里误触了警报，有巡逻火箭宣称目击到瑟托，将所有人员召集到现场。有三辆运输车没有应答。"

"他们多久能到达这里？"

"目前来说，我们只能接收……"海军学员局促不安地说。

"只能接收？你什么意思？！"

"无线电话务员说，要么是发射台出了故障，要么是这地方削弱了他的发射信号。他问能不能换一个停车点，好让他测试……"

"必要的话，他可以变换地点。"皮尔克斯答道，"还有，请你别再像那样跑来跑去！走路小心点！"

但对方肯定没听见，因为他又朝来的方向疾奔而去。

“如果我们成功通上话，他们最快要一个半小时到这儿。”皮尔克斯说。麦克科特沉默不语。皮尔克斯在思考下一步动作。他们是否该等待？派一队运输车席卷整个盆地，大概能确保胜利，但也会有损失。相较于瑟托，他们的运输车目标过大，行动迟缓，而且必须协同作战，如果建筑队的那辆大拖车来了，那这场决斗算是告吹了。他试图想出一些对策，诱使瑟托进入光明地带。如果有可能派一辆远程操控的无人驾驶运输车作诱饵，然后从别处攻击机器人，比方说，从上方……

他意识到根本不需要等谁来支援，自己手里就有一辆车。但实施计划并没有成形。像那样盲目送辆车出去不会有好结果。它直接就能把车轰得稀巴烂，根本无须移动。它真的能意识到自己所处的阴影区给它提供了很大的优势吗？就算它拥有各种策略，但这台机器人并非是为了作战而设计的……它看似荒唐的行为里有其道理可循，没错，什么道理呢？他们垂头丧气地坐在岩石遍布的斜坡脚下，斜坡稠密、冰冷的阴影将他们笼罩。突然，皮尔克斯眼前一亮，他之前就像个彻头彻尾的白痴。如果他是瑟托，他又会怎么做？他心中立即警报大作，他十分确信它——站在它的角度——将发起进攻。被动地等待只会一无所获。那么，它会朝他们进发吗？即使是现在？全程在黑暗的掩护下，谁都可以轻而易举地抵达西边的峭壁，况且到处都是巨大的岩体和开裂的岩浆，在这样一片迷宫中，谁都可以天长地久地隐匿起来……

现在他几乎有十足的把握，瑟托会正好从这条路过来，他们随时可能撞见它。

“博士，我怕它会打我们一个措手不及，”他跳起来，语速急切，“你是怎么想的？”

“你认为它会偷袭我们？”麦克科特笑着问，“我也这么想过。没错，逻辑通顺，但它会依逻辑行事吗？这倒是个问题……”

“我们再试一次，”皮尔克斯含糊地说，“我们推这些充气罐下山，看它什么反应……”

“明白。现在吗？”

“是的，要小心！”

他们将充气罐拖至丘地的顶上，尽量避开来自盆地底部的视线，然后将两个充气罐同时往下推。很可惜，稀薄的空气无法让他们听清两个充气罐是否在滚落，或者是以什么方式滚动。皮尔克斯下定决心，并且——奇怪地感觉自己正赤身裸体，仿佛头上没有戴钢盔，身上没有覆盖沉重的三层防护机甲——让自己平贴在岩体上，谨慎地探出脑袋。

下方一切如故，只不过那辆运输车残骸看不见了，因为它冷却的残片与周围的黑暗混为一体。阴影盘踞在同一片区域，形状是一种拉长的不规则的三角形，其底边毗邻西脊最高的几块岩体的峭壁。一个充气罐撞上石块，旋转成竖直方向，停在了下方几百英尺处。另一个仍在往下滚，速度渐慢，越变越小，最终也静止下来。什么也没发生，皮尔克斯丝毫不喜欢这个结果。“它并不愚蠢，”他心想，“它不会攻击别人送到嘴边的靶子。”他企图找到大约 10 分钟前瑟托因激光眼的闪光暴露自己的那处位置，但极为困难。

“或许它不在那儿了，”他沉思着，“或许它往北撤退了，又或者沿盆地底部或磁航线上的裂缝平行移动了……万一它抵达峭壁，走进迷宫，那我们就永远逮不到它了……”

他慢慢在自己的激光枪上摸索，抬起枪托，肌肉放松。“麦克科特博士！”他喊道，“你能来一下吗？”

等博士爬到他跟前，他才说：

“你瞧见那两个充气罐了吗？一个在正下方，另一个稍远……”

“看见了。”

“先射近处的那个，再射远处的，中间间隔，大概 40 秒……但不是从这里开枪！”他赶紧添上一句，“你得找一个更好的方位。啊！”他偏头示意，“那个位置不坏，从那个洞穴里。你开枪后，立马爬回来。了解吗？”

麦克科特没有多问，立马压低身子往指定方向匍匐前进。皮尔克斯焦急地等待着。只要它有一丝接近人类，它都会有好奇心。所有智慧生物都具有好奇心——当无法理解的事物发生，好奇心会驱使它有所行动……现在他已经看不见博士了。他克制自己，不去看充气罐，它们将在麦克科特的射击下爆炸。他全神贯注于阳光下的砂石带，那片区域就夹在阴影地带与地表灰岩之间。他将双筒望远镜贴上眼睛，视野移到熔岩流地块。透过镜片，原始的地貌从眼前缓缓掠过，这些地貌仿佛形成于某个抽象主义雕刻家的工作室：像螺丝一样扭曲的锥形方尖碑、板块上犁出蛇形的缝隙——发光的平面混合之字形阴影，产生强烈的视觉刺激。在他的视线边缘，下方很远的坡道上，迅速蹿起一道光。隔了好一会儿，第二道光闪过。万籁俱寂。唯一的声音来自头盔中自己脉搏的搏动，阳光正试图穿透头盔，钻进他的头颅中。他透过镜片在乱糟糟的相接地带扫视。

有东西在动。他僵在原地。在一块形似巨型石斧折断的斧刃的石板那剃刀般锋利的边缘之上，出现了一个身影，半圆形，类似黑岩的色泽，但它长有双臂，双臂从两侧伸出，牢牢抓着岩体。现在他能看到它了——它的上半身。它并非没长脑袋，更像是一个人佩戴着非洲巫师那种神鬼面具，面具遮盖住面部、脖子和前胸，但已经被某种怪异的方式压平了……他用右臂的肘部去够激光枪的后端，但并不急于射击。风险太高——使用相对较弱的武器从这么远开枪，射中的概率微乎其微。对方一动不动，但似乎在用它那颗稍微从肩膀上凸起的脑袋查看斜坡上浮动的两个气团的残雾，它们正无助地消散于空气中。这么过了好一会儿，看起来它似乎不明白发生了什么，也不确定下一步该如何行动。皮尔克斯完全理解它的迟疑和拿不准，他感觉嗓子眼被什么堵上了，因为它的表现里具有特别不寻常的熟悉感，十分接近人类本质的东西。我若处于它的位置会怎么做，怎么想？有人在向我之前攻击过的同一种物品开火，因此这个人不可能是对手，也不是敌人，应该是某种盟友。不过我当然知道自己没有盟友。啊，不过，万一他是跟我一样的存在呢？

对方行动了。它的动作既流畅又格外轻盈。很快，它完全进入视野中，立在那块颠倒的石头上，仿佛仍在寻找两次爆炸的神秘起因。接着它转身跳下来，微微前倾，开始奔跑——它时不时从皮尔克斯的视野消失，但绝不会超过几秒钟，然后就踩着岩浆迷宫的石脊暴露在阳光下。虽然一直在盆地底部奔跑，但它却以这种方式在接近皮尔克斯。现在挡在他们之间的只剩下斜坡，皮尔克斯琢磨着自己是否根本用不着开枪。但对方通过了一条条狭窄的太阳光带，再次融入黑暗。由于它接连不断地变换方向，在岩块和碎石间挑拣路线，没人可以预测下一次它那正像奔跑者那样展开保持着平衡的手臂和无头的躯体会从何处现身。一道金属光芒闪过，它就消失无踪了。突然间，锯齿形的闪电扫过马赛克般的砂地，在瑟托奔驰过的地方激起几条长长的螺旋上升的火花旋风。是谁在开枪？皮尔克斯看不到麦克科特，不过火光来自相反的方向——只可能是海军学员那个小屁孩，那个白痴！他气不打一处来，咒骂着那小子，当然是因为目前一事无成——腾起的碎石逗留了一刹那就消失了。“不光如此，他还试图从背后射击！”皮尔克斯怒气冲冲地想，一点也不觉得这种责怪是荒谬的。瑟托没有回击。为什么？他想发现它的蛛丝马迹，这番尝试归于徒劳。是因为抬高的斜坡妨碍了视线？可能性很大……如此一来，现在他可以安全地移动……皮尔克斯从他所在的高地滑下来，看到再也没有谁从盆地底部监视他。他微微弓起腰，沿盆地边缘奔跑。他经过海军学员身边，后者像在步枪打靶场上那样俯卧着——双脚分开得很远，紧贴两侧的岩石——皮尔克斯莫名地涌起一股想从背后给他一脚的冲动，这股冲动又被他那件不合身的制服放大了。但他只是慢下脚步，大喊一声：

“你再敢开枪试试，听到没？！把激光枪收好！”

在海军学员转向他所在的方向，困惑地四处张望——因为声音来自他的耳麦，没有指示出皮尔克斯所在的方向或位置——皮尔克斯早已跑没影了，生怕浪费宝贵的时间。他全速飞奔，直到发现自己面前出现了一个宽阔的豁口，突然间他把整个盆地底部尽收眼底。

这是一种地质构造上的沟槽，历经沧桑岁月，其边缘已经风化，失去了锐度，正如山上的沟壑在侵蚀下越变越宽。他犹疑不决。他没见到瑟托，不过在这块有利的地形上他可能本来就无法看见它。于是他冒险走进沟槽，激光枪随时准备开火。他明知自己的所作所为太过疯狂，却抑制不住那股冲动……他告诉自己，他只想要看一眼，他会在第一处可以让他检查到地表岩体最边缘处及其下方整个碎石迷宫的地方停下来。或许，在他倾身奔跑，靴底碎石不断飞溅的时候，他当真对此深信不疑。但现在他大脑停摆了，他在月球，因此体重还不到 15 公斤，即便如此，不断加大的角度让他犯了难，他每次能跳过 8 米，刹车却要用尽全部气力。他已经搜索了半个斜坡，沟槽终止于一条小路上——阳光下堆积的是第一批火山岩流，其远端黝黑，南部闪闪发光，位于下方约 100 米处。“这次是我自找的。”他心想。瑟托的逍遥窟近在咫尺。他飞速朝左右两边各瞥了一眼。他孤身一人，炽热、陡峭的石脊屹立在他的头顶，衬在晦暗的天空下。之前，他还能从岩石间狭窄的缝隙里进行鸟瞰，但现在，最近的岩石挡住了裂缝组成的十字形迷宫。“不妙，”他想，“最好掉头回去。”但不知怎么的，他知道自己不会走回头路。

他不能就呆立在这里。往下走几十步，有一片孤零零的岩浆。由巨大峭壁往托里拆利的山脚下泼洒的火红岩浆形成了一条长长的舌头，这片岩浆就是它的终点——它九曲十八弯后最终抵达这个落水洞。这里是可利用的最好掩护。他一蹦就够到了它，只不过他发现月球上被拉长的腾空时间特别叫人恼火，这种慢动作般的跳跃像是在做梦，他永远都没法适应。他蹲伏在棱角突出的岩石后面，探头朝外窥视，一眼看到瑟托从两个凹凸不平的石质刺突后走出来，在第三个刺突周围绕圈子，用金属的肩部摩擦它，然后便停下。皮尔克斯从侧面看着它，它只有局部被光点亮，只有右手臂在发光，光线晦暗不清，像个上好油的机械零件，而它的其他构件隐在黑暗中。他刚把激光枪抬到眼睛的高度，对方就似乎预感不妙，倏忽间无影无踪。有没有可能它只是退回到阴影里，仍然站在那边？那他应该朝阴影开枪吗？他已经瞄准它，但没有碰扳机。他放松肌肉，枪管也放下来。他在等待。没有瑟托的身影。他正下方的碎石铺展开，形成可怖的迷宫，人可以在里面玩上几个小时的捉迷藏——玻璃状的岩浆拼合成诡异的几何形状。“它在哪儿？”他思索着，“要是能听见什么就好了，但这该死的地方缺乏空气，真像是噩梦啊……可以下去猎杀它。不行，我不能那么做，它才是发疯的那个……而我至少可以考虑周密。地表岩体延伸不到 12 米，在地球上需要两步跨过去。我能躲进底下的阴影中，隐藏行迹，沿着岩体移动，背部始终处于岩石的掩护中，迟早它都要走进我的视野……”石头迷宫里毫无动静。若是在地球上，太阳到目前为止早就移动了一大截，但在这里月球的漫漫长日当道，太阳似乎一直悬挂在同一个地方，将靠得最近的群星隐没，因此它周围环绕着黑暗的真空，中心是一片橘黄色的放射性薄雾……他从岩石后探出半截身躯。一无所见。他开始觉得腻烦。对方怎么不现身？无线电通讯至今还没有恢复。简直不可想象……不过他们可能是计划着将它从碎石地里驱赶出来……他透过厚玻璃瞅了一眼手腕上的手表，觉得不可思议——距离他与麦克科特的上一次对话才过去不到13分钟。

他正准备放弃目前的站位，有两件事同时发生了，出人意料的程度不分伯仲。透过骑跨在将盆地东面封死的两处岩浆堤坝间的石拱门观察，他瞧见两辆运输车一前一后地移动着。它们仍有一段距离，可能大于1公里，正在全速前进，车尾扬起长长一片飞旋的灰尘，像是坚硬的羽毛。与此同时，一双看似套着一副金属手套的人类大手，巴到绝壁的边沿，随之冒上来的——眨眼间，他还来不及退让——是瑟托。他俩之间不到10米的间隔。皮尔克斯看到它的躯干上隆起的、充作头颅的大包，夹在孔武有力的两肩中间，上面的光圈镜片熠熠生辉，一动不动，像两个黑洞洞的宽距眼睛，中间还有第三只眼——暂时盖上的激光发射器。他手里握着激光枪，但机器的反应速度远超过他，何况他都没尝试举起武器——他仅仅只是呆滞地立在充沛的阳光下，两腿打弯，好像他正要跳离地面时被它的突然出现所打断。双方面面相觑：一尊人类的雕像，一尊机器的雕像，皆包裹在金属里。接着，可怕的光摧毁了皮尔克斯面前的一切，爆炸的热浪推着他向后弹飞。落地时，他尚未丧失意识，并且在瞬息之后只感到诧异，因为他可以对天发誓射击他的绝不是瑟托，直到最后那一刻，他都看着它暗淡、失明的激光之眼。

子弹扫射过来，他仰面躺下。不过子弹显然是冲他来的，因为片刻后又是一道可怕的火光，击碎了他用以自我保护的尖石的一角，熔化的矿物碎粒四处乱飞，编织成一张令人眼花缭乱的蜘蛛网。他们瞄准的是他站立时头部的高度，而他刚才躺着逃过一劫。是第一台车干的，他们从上面发射激光炮。他翻滚至侧身位，然后看到了瑟托的后背。它像是青铜铸造的，岿然不动，反射出两团淡紫色的阳光。即使隔着如此远的距离，也能看到打头的运输车所有轮胎印杂乱无章，包括滚轴和导向轮。腾起的灰尘与燃烧气体所形成的云幕让第二辆运输车失去视野，根本无法射击。那个 2.5 米的巨人不紧不慢地看向俯卧在地，仍旧抓着武器的人，随后转过身，稍微屈膝，准备跳回它来的地方。然而皮尔克斯笨手笨脚地从侧面向它射击——他本打算切断它下面的双腿，但他扣扳机时肘部一抖，一把烈火之刃将这个巨人从上到下劈成两半，它变作一团火光四溢的废铁，滚落到下方的碎石地。

被毁坏的运输车的车组人员安然无恙地弃车而逃，连一处烧伤都没有。皮尔克斯发现——其实是在很久以后——他们确实是在冲他开火，因为与黑暗峭壁融为一体的黑色的瑟托行动起来一点儿也不会引起注意。经验不足的炮手甚至没注意到视野中那人身上穿的是色泽浅淡的铝质机甲。皮尔克斯相当肯定，若是再来一击他绝不可能生还。是瑟托救了他，不过它意识到这一点了吗？多少次他在脑子里重演那最后的几秒钟，每一次他都愈发深信不疑瑟托站在那里是为了判断出谁才是远程火力的真正目标。这是否意味着它曾想救他？如今没人可以对此作答。神经机械学家们将整件事归功于“巧合”，但没一个人能拿出支持此观点的证据。这样的事情过去没有过，专业文献也没提及类似情形。所有人都觉得皮尔克斯那么做是迫不得已，但他并不满意。过后许多年，这个短暂的场面仍旧在他的记忆里，与死神擦肩而过的他毫发无伤地逃了出来，却永远无法得知全部的真相——苦涩之处在于，他用背后捅刀子的卑劣手法杀死了救命恩人。

（龚诗琦　译）

医学报告

传统职业为文学事业贡献了大量作家，其中没有哪个职业像医学那样高产。从柯南·道尔到威廉·萨默塞特·毛姆，再到迈克尔·克莱顿，众多弃医从文或者在行医之余从事写作的作家们极大地丰富了文学领域。一位医生解释说，医生之所以擅长创作虚构作品，是因为他们每天都要接触具有严重问题的人。在科幻小说领域，美国的两个突出例子是大卫·H. 凯勒（David H. Keller）和艾伦·诺思（Alan Nourse）；而东欧的则是波兰的斯坦尼斯瓦夫·莱姆和原捷克斯洛伐克（今捷克）的约瑟夫·内斯瓦德巴（Josef Nesvadba）。

内斯瓦德巴 1926 年出生于布拉格，于 1950 年在布拉格的查理大学获得医学学位——恰佩克 35 年前也从这所大学获得了医学博士学位。然而，当他在 20 世纪 50 年代转向科幻创作时并没有追随恰佩克的脚步。约翰·斯卡伯勒（John Scarborough）在《圣詹姆斯科幻作家指南》中指出："内斯瓦德巴显然继承了雅罗斯拉夫·哈谢克（Jaroslav Hašek）乃至卡雷尔·波拉切克（Karel Poláček）留下来的捷克文学遗产，而不是恰佩克的。内斯瓦德巴的作品并没有体现恰佩克的狂热讽刺幽默。他的作品视野更窄，舍弃了恰佩克宽广的国际主义，取而代之的则是凄厉的悲哀以及针对捷克民族命运的内心反思。”

内斯瓦德巴是一名执业精神病医师，也是查理大学的一名教员，他的作品以心理学戏剧为主。斯卡伯勒指出：“他的短篇小说几乎全都是内敛忧郁的风格。他对于人文主义道德观的探究针针见血，令人心惊。他笔下的角色都是些现实生活中的‘小人物’，栖居在苏联主导下的现代捷克斯洛伐克，他将他们刻画得入木三分。”内斯瓦德巴一开始写的是短剧，后来转向了侦探小说和科幻小说。他最多产的时期是 20 世纪 50 年代末与 60 年代，这一时期他出版了三部短篇小说集，分别是《人猿泰山之死》（*Tarzanova smrt*，1958）、《爱因斯坦的大脑》（*Einsteinův mozek*，1960）和《背道而驰的探险》（*Výpravy opačným směrem*，1962）。后来他又出版了两套同名或书名类似的选集——《背道而驰的探险》（1976）和《爱因斯坦的大脑和其他故事》（*Einsteinův mozek a jiné povídky*，1987）。他还在 1974 年出版了根据埃利希·冯·丹尼肯（Erich von Däniken）的外星人访问地球的点子所改编的悬疑小说《埃里卡·N. 的呓语》（*Bludy Erika N.*）。

自 1979 年起，《父母的驾照》（*Řidičský průkaz rodičů*）、《重返米内哈瓦[1]》（*Minehava podruhé*，1981）和《我在找一个男人做丈夫》（*Hledám za manžela muže*，1986）陆续出版，标志着内斯瓦德巴的作品迎来了新的热潮。他的许多故事都得到了捷克电影界的改编，例如《人猿泰山之死》（1962；影片英文名为《猿人之死》）、《谢内明德[2]的白痴》（*Blbec z Xeenemünde*，1962）、《失去的脸》（*Ztracená*

1.《米内哈瓦》是捷克作家爱德华·施托什（Eduard Štorch）于 1950 年出版的长篇冒险小说，当时捷克境内新发掘的新石器时代遗址启发了这本小说的创作。
2. 谢内明德是对佩内明德的戏仿，后者是第二次世界大战时期纳粹德国秘密研制导弹的基地。

tvář，1965）、《绅士们，我把爱因斯坦给宰掉了哦！》（*Zabil jsem Einsteina, pánové!*，1969）、《魔像小姐》（*Slečna Golem*，1972）、《费拉特的吸血鬼》（*Upír z Feratu*，1981）、《明天我会醒来用茶水烫伤自己》（*Zítra vstanu a opařím se čajem*，1977）。

小雅罗斯拉夫·奥尔夏等人在《科幻小说百科全书》中认为内斯瓦德巴的故事"情节错综复杂且逻辑性极强"，这些作品使得内斯瓦德巴成了英语世界最著名的捷克作家之一。此外这些作品还被翻译成了许多其他语言，被翻译次数最多的短篇小说有《吸血鬼有限公司》（"Vampires Ltd."）、《第三帝国最后的秘密武器》（"The Last Secret Weapon of the Third Reich"）、《追寻雪怪的足迹》（"In the Footsteps of the Abominable Snowman"）、《猿人之死》（"The Death of an Apeman"）、《失去的脸》（"The Lost Face"）、《尼莫船长最后的冒险》（"Captain Nemo's Last Adventure"）、《命运的化学方程式》（"The Chemical Formula of Destiny"）、《莫罗博士的另一个岛》（"Doctor Moreau's Other Island"）、《背道而驰的探险》（"Expedition in the Opposite Direction"）、《作茧自缚》（"Inventor of His Own Undoing"）、《闻所未闻的审判》（"The Trial Nobody Ever Heard Of"）等，其中许多作品被收录进他的两本英文选集，分别是《吸血鬼有限公司》（1964）和《追寻雪怪的足迹》（1970；此选集也曾以《失去的脸》为书名出版）。

（万年看客　译）

分裂的卡拉

［捷克］约瑟夫·内斯瓦德巴

自我从精神病诊所退休，隐居至一小镇，距今已有10个年头，兴许是20个年头了。这座小镇毗邻波希米亚西部边界，坐落于我们通常所称的宝矿山脉中。我来这儿的本意是写本书，但我又不想完全舍弃自己在精神病学领域的工作，为此我在休斯蒂镇一家几乎空无一人的大型精神病院的公寓里安顿了下来。（这个镇的镇名发音与美国城市休斯顿[1]颇为相似，但它和太空计划并无半点关系，或者说我刚搬进来的时候是这么想的。）医院的综合楼建于上个世纪，是按当时流行的样式建造的。它包含十幢建筑，看起来多多少少像是别墅，将一间教堂围在其中，整体坐落于一个大园林中。当然，医院之所以冷冷清清，要归因于20世纪50年代新药物疗法的引入，许多病人得以治愈出院，于是眼下只有两幢建筑还在使用中，其余的则闲置着。小镇自身的历史可以追溯到中世纪。直到三十年战争前，它都是一个繁荣兴盛的中心区域。白银和其他贵金属大规模地从附近的山中开采出来（山脉因此而得名）。早在16世纪，距离这里不

1. 休斯顿的绰号为“太空城”，因为它是约翰逊航空中心的所在地，任务监控中心也设在这里。

远的约阿希姆斯塔勒镇（简称“塔勒镇”）就已经铸造出了塔勒银币，世界上某些现行货币的名称“刀勒”[1]就是由此而来。

当然了，写写书、照料照料医院里剩下的几个住院病人并不会耗光我所有的时间。于是我又为附近有需要的人提供了一项咨询服务。我相信预防才是正途，为此我花了大量的时间出差做演讲。我演讲的题目通常是“如何合理生活，远离心理问题”。我尤其喜欢在学校做演讲，年轻人需要这样的心理咨询，他们习惯于忘却理性“坠入爱河”，习惯于把梦幻当成现实，诸如此类，不一而足。也正是通过这种方式，我结识了休斯蒂文法学校的校长柯克先生。

柯克先生与我年纪相仿——这意味着，他离退休也不远了。另外，和我一样，他也是独居。或至少通常如此。他所深爱的妻子是一位非常美丽的女士，两年前去世了，可怜的柯克先生为此深受打击。事实上，我很替他难过，并尽力做到时常去看望他，与他讨论我们的心理健康推广运动。我知道有一个年轻的姑娘——我猜是他女儿，或是他的一个表妹——出于某些健康原因，好几年都是和他一起过的暑假，但我并不了解这个年轻女子。

然而，我自认是了解柯克的，所以当某一天后半夜他把我叫醒时，我着实吃了一惊。他是和那个年轻姑娘一起来的，而她在瑟瑟发抖。

我不记得我具体跟他说了什么，我想大概就是几句表达“很高兴见到你表妹”的含糊的客套话。我当时只穿了一件睡袍，完全没有做好迎接访客的准备。他激动地打断了我的话。

“她不是我的表妹，”他说，“首先，我没有表妹。卡拉是我的第二任妻子。我们是秘密结婚的——噢，还有，你得马上给她检查

1. 英文版原文为“dollar”，货币单位，指美国、加拿大、澳大利亚以及其他一些国家的货币。此处为配合上文的银币名“塔勒”，故使用此音译。

一下！”

我的脑子这才开始清醒起来。当我把他们领进书房时，我发现她无疑要比柯克年轻 20 多岁，而且，她看起来确实被某种情绪控制住了。我还没来得及发问，柯克就滔滔不绝地说了起来：

“卡拉是我一个老朋友的女儿。简而言之，他把她送到了这儿，因为这里的气候比城里好，空气也更清新。但她在有次开车时出了车祸，昏迷了四天。她需要有人照顾，而我又是单身一个人……”我试图阻止他，因为我不喜欢听别人在有精神压力时吐露他们的隐私，但无济于事。“所以我们结婚了。她的身体好了许多。我们幸福地生活在一起，而她也变得相当健康——你自己也亲眼看到了，不是吗？”柯克问道。

我发出了某种表示同意的声音。这倒是真的，我记得我见过这位年轻的女士穿着短裤，骑自行车在附近转悠。事实上，在旁人看来她真可谓秀色可餐，而且浑身上下无不透着健康的气息。

“她很健康，”柯克重复道，“直到今晚！当时我正在睡觉，她突然从床上溜了出去，跑到本地邮电局，叫醒了电话接线员，要求立即接通一个日内瓦的电话号码！”

“日内瓦？”我重复道。

“没错，日内瓦！这已经够离奇的了吧，但还没完呢。她说话的声音跟平时截然不同，接线员觉得那更像是个男人的声音。接线员曾是我在文法学校的学生，觉得整件事颇为蹊跷，便没有接通日内瓦的电话，而是打给了我。我立刻赶了过去。”柯克敞开身上的长款皮大衣，我看见他里面还穿着睡衣，“但当我赶到邮局的时候，卡拉已经恢复了常态。但她在发抖，而且很害怕。”

的确是这样，此时她仍旧如此。当柯克在描述这件事时，泪水出现在了他妻子的面庞上。她无意忍住眼泪，也没把它们擦干，只是低语道："我必须知道发生了什么！这种事以前从来没有发生过。我在日内瓦没有朋友，我这辈子甚至没去过那儿。我只能认为我是奉命去做这件事的！"

"是有个声音命令了你吗？"我这样问道，因为有很多精神病人都声称他们听到过某种声音。

"噢，不，我不这样认为。"她心怀疑虑地说，"我不记得有一个实实在在的声音。而且现在我什么也没听到。"

她的丈夫忧虑地望着她。接着他转向我，急切地问道："你能收她住院吗？"

"我亲爱的柯克先生，"我皱着眉说道，"针对这类病例，住院无疑是最后的手段。不，我不会收她入院。我会给你们一些帮助入眠的药，然后要你们回家去。所有这一切可能仅仅是她车祸和长时间昏迷的后遗症。而且我敢肯定，你不希望通过这种方式把你们秘密结婚的事搞得人尽皆知，对吧？"

这位校长看上去并未被说服。"比家丑外扬还糟糕的麻烦有的是，"他强调，"你必须给她治疗！"

"我当然会给她治疗，"我向他保证道，"以合适的方式。我们可以明天下午见个面，然后聊聊天，这才是最好的开始方式。"

柯克看上去很沮丧，但他没去争辩，而是接受了我的决定。他们离开时，我觉得他俩看起来都颇为不安，于是我琢磨着自己这是要接诊一个病人呢，还是两个。

在医院工作时，我有一名年轻的助手。他是个既勤快又很聪明的年轻人，但可能并不适合从事这类工作。拿到文凭后，他最初的兴趣是从事运动医学，事实上他本人过去就是一名活跃的举重运动员。遗憾的是他在一次过于冒进的大重量试举中弄伤了脊椎，于是他不得不离开所在的医院，到这儿找了一份更平静、体力要求更低的工作。他依然很有胆量，肌肉依旧发达。但因为停止了训练，他开始发胖了。早上查房的时候，他跟在我后面，活像一个充满活力的圆球。

我很早以前就发现他对卡拉有一些兴趣。是真的，当我们从一幢楼走到另一幢时，卡拉偶尔会在栅栏后出现，我便常常能看到他的目光追着卡拉骑车的背影。他或许与她更般配，至少从年龄上来讲是这样。但据我所知，他们还从没说过话。我敢肯定，这是拜柯克先生的暴脾气所赐。镇上有传闻，说他是一个善妒的人。

我并不在意这些流言蜚语，一点也不，因为我认为他是一个讲道理的人，而嫉妒则是一种极端不理智的情感。然而，柯克确实不让妻子和镇上的居民接触。他甚至独自去购物，也从不在家里招待客人。简而言之，他不会冒任何可能最终导致他妻子出轨的风险。想到这些，我觉得在下午的心理诊疗时，我们可能应该设法找出他这种反常行为的根源。

然而，事情并没有按照这个方向发展。我等了这对夫妻很长时间。在喝完两杯茶后，我终于决定不再在这间位于一号楼阁楼上的小办公室里等下去了。但就在我踏出大门的时候，我看到紧张不已的柯克正绕着他那辆黑色的老式福特焦虑地踱步，同时无助地望向我所在的大楼。

“啊，你终于来了！”他大声嚷道——当然了，完全是蛮不讲理。我正要责备他，却见他向车子的后座指了指。

卡拉穿着一身粗花呢旅行服，正坐在那里，身边堆着几只旅行箱。她戴着墨镜，看上去就像一个即将进行长途旅行的人。“她又变了，”柯克啜泣道，“她想现在就去日内瓦，别的事则不愿谈。你必须跟她聊聊！带她进屋——如果有必要，用武力也行！”

我看了他一眼，示意他安静，然后大步走到车边，敲了敲车窗。卡拉转向我。她摇下车窗，十分平静地说："我想你会觉得这很不寻常。但这件事至关重要，我正在执行一项外交任务，而你有责任支持我。如果你能让那个老混蛋立刻开车直接送我去日内瓦，你自然会得到奖赏。"

不得不说，我被吓了一跳。她的声音低沉、缓慢、清晰，一点儿也不像上次我在半夜里听到的那样。但我很快精神抖擞了起来。对我来说已经很明显了，这就是一例人格分裂的病例！这在我们这行极其罕见，但仍然是有可能被确诊甚至治疗的。

我满意地瞥了柯克一眼，对他的妻子说道："好啊，但这堆破烂永远也跑不到日内瓦那么远的地方。它的车龄至少有 30 年了。进来吧，我会给你安排一辆更好的车。我猜护照什么的你都已经准备好了吧？"我继续说着，同时打开车门，仔细观察着她。当然，这是一项实验。我想搞清楚她的逻辑功能尚能运转至何种程度，因为很显然，跨越两个社会结构不是一件容易的事。

"很好。"操着低音的卡拉说，她平静地跟在我身后，向着我们的三号楼走去。尽管 30 年来鲜有被使用，但它仍然保留着化学疗法出现前用来治疗精神病的全套设备，其中包括一整套我们称之为"限制"装置的医疗设备。

我带她去了那间小病房，她毫不怀疑地走了进去。它原本是为来自富裕或权贵家庭的精神病患者设计的，墙壁和地板均由橡胶铺成，窗前装了网罩，角落里还安装了专用的开放式淋浴，在那里，会用热水或冷水对病人进行镇静、清洗——当然，是在穿着约束衣的状态下——直到他们幻觉停止，或是不再嚷嚷他们的那些抗议威胁之辞。一只垫子被牢牢地固定在地板上，她泰然自若地坐在上面，问道："出租车什么时候到？我的工作可是极其重要的。"

“是，当然。”我边说边隔着门观察她。她的外表明显有些东西不对劲，整个人似乎是在震动。她的衣服剪裁得相当宽松，而她的动作像极了我们这里古老的巴洛克教堂里供奉的那位圣母，几乎就要飞了起来。

我向她礼貌地道了声“再见”，将她锁在屋里。随后我把值班的男护士从主楼叫了过来。他是一个经验丰富的人，聚精会神地听取了我的指示：他只用静候并且观察她，仅此而已。

回到办公室后，我把情况向柯克校长做了说明。“我上一次见到人格分裂病例还是15年前。是，这种病实属罕见，不过预后还不错。”

“好的，好的。”他说。他急于获得心安，急于确信科学会治好他年轻的妻子。他甚至想要给我塞红包。鉴于医生受雇于国家，这种行为是被严令禁止的。我很生气，假装没注意到他的企图，继续告诉他更多情况：

“上次的病例是一个中年男子，他将自己的人格分裂成了‘詹恩’和‘乔安’两个人。詹恩住在布拉格，而乔安住在维也纳。二人均有家室，妻子们也都很有魅力，金发碧眼，看上去颇为相像。他是一名癔症[1]患者。对他来说，他的情况具有一种实用功能，因为这是能使他逃脱重婚罪起诉的唯一办法。当然，这种局面是他无意促成的。类似的症状在我们的工作中很常见，否则我们的病人就都成了纯粹的骗子了。”

“是的，是的。”他根本没听我在说什么，随口附和道，“你会帮她吗？你能治好她吗？”柯克热情得几乎抱住了我，而我后退躲开了。“你真够朋友！我应该几年前就告诉你我结婚的事的。”他叹了

1. 一般指分离性障碍，又称歇斯底里症，是一类由精神因素作用于易感个体引起的精神障碍。

口气，而就在我回过神之前，他已经离开了。

显然，他相信凭着当前的理性主义和科学水平，治好他的妻子是件容易事。但我没有那样说过。我只说有可能。但没多久，就在我助手进来的时候，我开始变得不那么确定了。

“我已经见过你的新病人了。”他宣布，“她说她来自一颗遥远恒星的行星，是一名大使，正在前往日内瓦的路上。之后，她还要去太平洋上的某座岛屿。”

我狠狠地训了他一顿。“从什么时候开始你也相信起癔症患者的幻觉了？等到这个女人明白这些幻觉对她毫无用处时，她的症状就会停止了。”

“她很迷人。”他若有所思地说。

“她病得很厉害！”我纠正。

“但是，”他说，“或许真有这样的银河帝国，毕竟——”

“只在故事里有！”我厉声道。这一天已经够我受的了，而他还在火上浇油。

他很固执。“太空旅行曾被认为是一种幻想，”他指出，“生态危害也是，更不用说核武器了。至少我建议，她应该在更正常的条件下接受观察，而不是在一间拘束病房里。就算这是一例人格分裂症的病例，它真的有那么严重吗？不是每个人都这样吗，在接到一通既冗长又烦人的电话时，会在剪贴簿上信手涂鸦，难道他也在分裂自己的人格吗？”

我摇摇头。“如果一个人不曾用另外一种语言这么做过，或是不曾有过另外的生活经历，他是不可能无意识地写下东西的。你要是乐意，可以去观察她，但只能是在橡胶病房里，并且要有那名男护士在场。”

我略感不适地转过身，不再理他。他这代人是让我感到陌生的第一代。他浪漫、狂热，热衷于迷信和“永恒的爱情”——而这一切正是我们穷尽一生想要摒弃的。

再说了，我还没吃饭呢。

有一段时间，吃饭对我来说成了一种不太愉快的经历。恕我直言，我的牙坏了。有人可能要奇怪了，为什么像我这样一个从事科学工作的人会忽视这个问题，直到问题变成麻烦。其中的缘由并不完全理性，但兴许还能被理解：这么多年来我的枕边人是一位牙医。无论如何，我吃得很少，而且几乎不与旁人一起吃饭。我的护士长会为我做晚饭，并把它放在我房间的小冰箱里。这已经成了她的习惯。

这天晚上，她为我准备了一些烤鸡肉，配上沙拉和一个土豆。我之前没意识到自己有那么饿，我站着把所有的东西吃了个精光，并且觉得味道好极了。我就着罐子喝完了里头的番茄汁，就在我咽下最后一口的同时，电话铃响了。

晚上的电话总是意味着麻烦。这份侵扰败坏了我的好心情，因为我本来想利用这段时间写写我的书的。我没好气地接通了电话。

电话那头的声音没能使我的情绪好转。“我今天拿到了你的X光片，”妻子说，这是她从我们位于首都的公寓打来的长途电话，“情况甚至比我预想的还要糟。我觉得你应该请个假，然后马上回来做手术。我和我老板谈过了，他已经准备好了亲自主刀。全国再也没有比他更好的牙科医师了。”

我没有立刻回话。我们的婚姻已经岌岌可危。我每个月会看望她两次，听她说说我们在非洲工作的已婚女儿的消息，谈论一下我们的公寓哪些地方要维修了，哪些地方该改造了，这些事似乎总是少不了，费用也势必由双方共同承担。我们会一起喝上一瓶红酒，然后第二天早上再各奔东西。然而，就在我上一次去看她时，她准备了一只火鸡，并发现我咀嚼起来有些困难。她比我小 10 岁，正处于她牙科事业的中期，对自己工作的重要性深信不疑。每碰到一个人，她就想给别人补牙。为了避免争论，我同意了第二天早上去拍几张 X 光片。

但我已经不觉得疼了。“我的牙齿根本没问题。”我告诉她，“我刚顺顺利利地吞了大半只鸡呢。你听到了吗？”我在电话里磕着牙齿，就像解剖学演示时的骨骼标本下颌那样。

“那肯定是发生奇迹了。”我妻子说，“请不要再固执了，回家来，接受治疗吧。”

我立刻就明白了她的意思。她不是关心我的牙齿，而是想引诱我回到我们的公寓，好打扰我写书。她从未放弃过让我再次回去的希望。

“我一点也不觉得疼。”我重申道，“晚安。”

但即便挂了电话，我还是无法集中精神工作。有什么东西在我的脑海里时隐时现。人格分裂的卡拉不是许诺过我会得到“奖赏”吗？她指的到底是什么？

我望向窗外，邻居家的窗子还亮着灯。就在我苦苦思索时，我再次走到冰箱前，拿出一只大苹果。我没用小刀，而是用我那无可救药的门牙咬了一口。

还是没觉得疼。牙齿轻而易举地就将果肉咬成了薄片，如同兔子啃食生菜一样容易。苹果汁欢快地淌过我的嘴唇。

看来，我有必要去问上几个问题。于是我关灯下楼。

邻居家的房子是镇上最古老的房子之一，被人们称作“巫巢”——这自然是村民们愚蠢的老观念。柯克在来我们镇时之所以选中它，其中一个理由便是，他认为一个崇尚理性的人，住在一座流传着怪奇故事的房子里再合适不过了。没有人知道故事起源于何时，因为在整个村子里，与这座房子历史同样悠久的就只有按照14世纪哥特风格建造的教堂和政府大厅了，而那些传说似乎就和这座房子一样古老。当时，附近的一座银矿声名远播，尽管谣言模糊不清、不足为信，但似乎都与住在那里的一位女巫有关。据说她经历了酷刑，并因此屈从，承认了自己与魔鬼本尊的共谋。时至今日，镇上的人依然会向来客们炫耀教堂前那块据传是女巫被活活烧死的地方。当然了，如果那些故事是真的，这座房子的准确称呼应该是“女巫之巢”，然而作为一个要流传经年的称谓，它无疑太难发音了。

邻居很快便开了门。他看上去既紧张又担忧，立刻无所顾忌地说了起来。“当然，”他说，“我几年前就该把一切告诉你的。对于我可怜的妻子来说，这可能要比把她关在这座房子里好得多。你本可以帮到她的，我确信这一点。”他把我领进他过世的妻子曾居住过的那个大房间——在今晚之前，我从没有来过这里。

我说：“你觉得，你应该告诉我什么？”

“一切！”柯克大喊道，“因为她有过和卡拉一模一样的症状！如果我不是一个理性主义者，我会说这座房子被诅咒了。五年前，我的亡妻开始用如出一辙的命令口吻、同样深沉的女低音说话。发作的时间并不规律，起初是一年一次，后来有时会频繁到一个月一次。到她去世之前，她已经完全不再用她原本的声音说话了。”

“可我对此一无所知！”我惊叹道。

“你当然不会知道。我做不到让别的任何人知道，而且情况甚至比我说的还要糟很多。她坚持要我相信她所说的一切，并要我遵从她的指示——那是什么荒唐的指示啊！她要求我组建一支军队，向塔勒镇进军，去征服它——‘解放它。’她说。她还要我带她去教堂——就好像她自己不认识路一样——并把她介绍给信徒们。好吧，当然了，在我们举办那么多的心理健康推广活动之后，附近的信徒已经所剩无几了，而那些仍想参加礼拜的人，只消在星期天搭公车去塔勒镇就行。所以，为了让人们来教堂，她坚持要弹奏管风琴，特别大声——事实上，演奏得还相当好。可这一招并没有招来什么信徒。如今人人都沉迷于看电视，他们只是抱怨她妨碍了自己听见电视节目的声音。终于有一天，就在她弹了足足一个小时仍没有人来教堂后，她越过二楼琴台的栏杆纵身跳了下去，一头栽倒在地上，当场就咽了气。”

“太可怕了。”我仔细打量着他，开口说道。他把这个故事讲得如此引人入胜，几乎就像是经过了事先排练一样，又或是已经讲过很多遍了——但不可能是后者，因为他对所有人都隐瞒了这个秘密。

“是啊，太可怕了。”他点头称是，“一出惨痛的悲剧，而这都是我自己亲手酿成的。我不该装成一个醋意十足的寻常丈夫，我应该老老实实地来找你，请求你的帮助。但我太懦弱了。我羞于让别人知道我的妻子是一个疯婆子。”

“是啊，没错。”我低声说，同时环顾起了四周。姑且不论我邻居的妻子有没有疯，至少我邻居本人看上去相当怪异。这间屋子的每一面墙上都挂着同一幅画的复制品。这幅画名叫《圣母升天》，正是挂在我们那座废弃教堂祭坛正上方的那一幅。画上是一位圣母……忽然，我发现这幅古画中殉难的圣母与我邻居美丽的第一任妻子有着惊人的相似之处——就这一点而言，甚至与他的现任妻子卡拉也没有什么不同。我随口指出了这一点，校长听完点点头。

“是，我自己也这么想过。”他同意道，“我不清楚你是否熟知我们镇的历史，但当年休斯蒂就是以这位圣母的名义攻打塔勒镇的。当然，他们失败了……”

他犹豫了一下，随后下定决心。“稍等。”他说。他打开角落里的壁橱，拿出一张旧画给我看。

“你注意到什么没有？”他问。

这样的他令我感到十分不安。“当然，”我说，“这是另一幅圣母画像。”

“但它并不是，”他摇着头说，“这是女巫本人。我家的房子就是以她命名的。你看画里她的身后，正是我们教堂的内部，除了圣坛和十字架什么也没有，跟两百年前的情况一模一样……当时女巫就是被绑在那里的刑架上，遭受拉伸四肢和鞭打的酷刑。”

我说：“的确是很像。”

他沮丧地看着我。“像？是啊，当然了。谁也不会说这是同一个女人，那是不可能的。不过奇怪的是，这两个女人竟然长得如此相像，几乎就像是同一个女人，而她能……”

他的话戛然而止。“嗯？”我追问，“她能什么？”

然而他只是再次摇摇头。“据说女巫说话的声音很奇怪。”他若有所思地说，“她说捷克语，而巴洛克圣母说的是德语。她们率领的军队中，有新教徒、天主教徒、捷克人和撒克逊人，甚至还有瑞典人和西班牙人。他们都想争夺这座小镇和附近的贵金属矿藏。”

“而他们全都是由一个女巫指挥的？”我试探性地问道。

“女巫？”他直起身子，愤怒地看着我。“我们不该相信有什么女巫！甚至连圣母都不该信。不，不该。是癔症驱使了她们所有人，没错，就是癔症！”他得意扬扬地说着这一切，仿佛通过说出“癔症”二字，他就诊断了这种疾病，而我，作为一名医生，必定知道如何去治疗它——仿佛他说的是“扁桃体炎”一样。

我想测试一下他。“我的助手谈起过银河系的智慧种族。”我试探着说。

邻居苦笑。“我们永远都无法从迷信的余毒中解放出来，”他断言道，“即使它们现在换上了新的名字。噢，医生，我真是太感谢你了！眼下，就在今晚，我第一次感觉自己开始活得像一个理性的人了，而这全仰仗于你的医学帮助。”

最后，我总算找了个借口，心神不宁地离开了他家。听起来，我所在的休斯蒂镇似乎已经经历了相当多的人格分裂案例，且历时很久。我能肯定的是，医学文献中没有任何证据表明以前出现过这种情况，然而这件事本身并不是一件坏事，至少就我的个人利益而言。我很快就意识到，若能就此在精神病学领域取得新的发现，即便我已处于职业生涯的暮年，依旧会受益匪浅。而在专业期刊上发表这一发现，则将令我声名鹊起，甚至名扬整个西方。文章还可以配上柯克的画像复制品和旧画作为图示。一切都在我的脑海中变得清晰可见。

我一边思忖着这一无比诱人的前景，一边慌忙向那位病人赶去——她才是这个发现的中心。

她不在病房里。病房本身已经失去了功能：为了让她逃出去，门上的铁栅栏被扭开了。而病房内静静坐着的，是我可靠的男护士弗朗蒂塞克。

“发生了什么？”我嚷道，同时想象着种种可能。柯克太太个子不高，显然也没有足够的力气掰弯那些栅栏，尽管癔症病人有时确实会表现出远超于常人的力量。这个病例也是如此吗？这会是人格分裂的典型症状吗？一旦我进行过文献检索，核实了这种症状的独特性，我便可以在我的论文中加入另一个论述维度了。想到这里，我不禁窃喜起来。

但并不是柯克太太掰弯了铁栅栏。“是你的助手，”弗朗蒂塞克平静地解释道，“当时他正和病人隔着栅栏谈话，然后就决定放了她。他没钥匙，所以只好把栅栏掰弯了。你知道的，他是个举重运动员。”

“但他的力气大不如前！”

“他现在恢复了。”弗朗蒂塞克说，“我想他这会儿正在后院练习呢。”

我匆匆冲出大楼，来到小院子里，他果然就在那儿。他只穿了条内裤，肚子凸着，的确是又在作举重练习了。当然，他没找到像样的杠铃杆和杠铃片，但他从储藏室里拿了一些折叠钢丝床。此时他正左右手各举着两张床，脸上还带着极其愉悦的表情。

“柯克太太？”他稍停片刻，对我说道，“是呀，我当然要放了她。这很重要，她把一切都解释给我听了，她是来这儿阻止因争夺塔勒镇而产生的冲突的。他们已经决定要在太平洋上的某个小岛把事情谈清楚了——停止争斗，利益均分……”

“什么争斗？”我勃然大怒，“你在胡说什么？”

他严厉地说：“医生，您不应当发火。柯克太太正在做的事比我们在这里的工作重要得多。难道您没看出来她把我的脊椎治好了吗？我马上就可以重返举重台了。我已经把我们邻居留在这儿的那辆旧车搬回他家门口了，至少有 1 800 公斤呢！”他放下折叠床，开始环顾四周，想找些更重的东西来举。他转过头继续说：“医生，您必须相信卡拉·柯克，她将为我们带来一个全新的世界。这一点就连救护车司机都立刻意识到了。”

“救护车司机？他怎么了？”

“呃，”我的助手一边说，一边端详着几个装废油的大桶，“她说她需要去一趟日内瓦，于是他当然就答应了开车送她去。”

“去日内瓦！难以置信！”

我的助手耸耸肩，开始举那些大桶。“哦，起初他也有些怀疑，”

他边举边轻喘着气说，“然后他接到了他岳母的电话，说她已经决定离开他家，搬回她自己在城里的公寓去住了——这正是他几个月来一直祈盼的事！这是他最隐秘的愿望……所以他立刻发动了救护车，然后他们就开走了。”

我彻底生气了。“这种事竟然发生在精神病院里！”我大喊道，“你们都应该被收容在这里，而不是做这里的员工。至于你，你被解雇了。拿上你的东西，马上给我滚出去。”

当我走开时，我听到他在后面喊着什么，但我没去理会——听那些卡拉告诉他的事，只会让事情变得更加愚蠢。他说我错了，因为我没有相信我的整个脑子，我受了右脑的支配，而右脑并不公正。柯克太太已经使他摆脱了这种控制……真是些疯话。我不想去操心这些，我必须决定下一步该怎么办。

当然，眼下最合逻辑的做法是通知警方“有一名病人逃走了”，但我犹豫着要不要这样做。首先，让柯克的妻子像一名普通罪犯那样被追捕，会使他感到难堪。此外，通知警方可能会让我那篇基于她病例的精彩论文泡汤——在我有机会完成自己的研究前，过早曝光这件事，将意味着其他精神病学家会收到消息，并可能跑到这里来研究她……

幸运的是，我没必要给警察打电话了。我听到外面有警笛声，急忙跑了出去，结果看到我们那辆破旧的救护车正在两名身着皮衣、骑着摩托车的警察的护送下缓缓驶回来。是摩托车上的警笛在响。

卡拉已经到了边境，但当然了，她拿不出必需的出境文件。于是他们把她送了回来。“送到你这儿来，医生，”其中一位警察说，“她坚持如此，而不是把她送到她丈夫那儿去。那个女人真是习惯了发号施令……顺便问一句，”他看似尴尬地补充道，“她真的能使愿望成真吗？”

我惊讶地望着他。“你们警察也这么迷信吗？”我问道，“没有人能使愿望成真！”

他看上去既犹豫，又有点愤愤不平。“就是，她给了我一点儿周日足球赛的内部消息。在我下注前，我想知道是否值得这么做。”他犹豫了片刻，随后恢复到警察应有的姿态。“总之，”他最后说道，“我把她留给你看管了。自然啦，我们会向有关当局提交关于这一事件的完整报告。”

“那是自然。”我说，并答应为他的报告提供一份简短的医学病例描述。接着，我转向卡拉·柯克。

就在警察骑上摩托车离开时——这次它们的警笛没有响——她悄无声息地走进了大楼。我跟在后头，有些担心，但她只是回到了那间拘束病房，再一次坐到坐垫上，腿交叉着，露出了她漂亮的膝盖。她直勾勾地望着我的双眼。

“我明白了，你是这儿的老大。”她说，用的依旧是那种低沉的女低音，声音里充满了自信与权威，“所以你必须安排我尽快离开这里，去日内瓦，那儿有一个办事处可以把我送到夏威夷；或者事情能更简单点儿，你让我直接飞去夏威夷。这件事办得越快越好，对你们来说大有裨益，你们的那些矿一直就是麻烦的根源，从来都是。”

“我明白了。”我并不诚实地说道，同时认真观察着她，“我们那些银子的重要之处，你能跟我说说吗？”

“银子！”她轻蔑地说，“银子不过是垃圾，你们的矿山里蕴藏着大量的铀——在居里夫妇着手研究它之前，你们这些人曾用它来染绿玻璃。”

“没错，是这样。你想要的是铀。我明白了。”

“不，不是！铀就跟泥土一样常见，只是恰巧，它存在一种罕见的形态，这种形态即便放眼整个银河系都极为稀有，而你们的矿里却藏着为数可观的这种铀。许多种族都想要占有它，恐怕这已经给你们这儿的人带来了相当的不便——战争、革命，甚至还有你们所谓的宗教或巫术。一旦我出席了夏威夷的会议，我就可以提出这个问题，要求按章程决议。这样，你们就能在这儿太平无事地生活了。你明白我的任务有多重要了吗？”

“我明白。”我重复道，试图让自己保持冷静。那个女人一动不动地坐在她的枕头上，但她的姿势，她的神情，看上去就像一只想要飞走的笨重母鸡。我走到窗前，拉下网罩，接着坐到窗台上。

“柯克太太，”我保持着一种职业自信的氛围，说道，“我想我们应该详细地讨论一下你的病情。人格分裂症并不罕见，我们可以治好它，所需做的仅仅是查明病症的根源。通常来说，和你有着同样病情的病人是在对严重的童年创伤做出反应。他们躲进白日梦里，是因为他们的现实生活痛苦不堪。他们的父母有时会对他们进行身体剥削，打他们，让他们挨饿，用种种方式虐待他们。这种对父母的怨恨，导致了他们日后的人格分裂。”

她蹙起眉头，说：“但我们并不认识我们的父母啊，我们是从公共卵群里孵化出来的。”

“够了，柯克太太！”我告诫道，“我手头有你的资料，你父母的名字很容易就能查到。为了你自己的心理健康，请你合作。”

“但我是在合作啊。”她惊讶地说，“你不是已经得到一个奖赏了吗？另一个也快了。”

显然，此时的她正耽于妄想，我根本无法深入到她心智的核心。我草草向她道了句晚安，没做任何承诺就离开了。

弗朗蒂塞克站在大楼的正门口。我命令他锁好门，整晚守在门外盯好它，以防柯克太太再次逃跑。

“好吧，”他说，“有个客人在等您。”

客人？我猜只能是某位高级警官，准备就这件令人费解的怪事问一大堆烦人的问题，好让我睡不成觉。但在这一点上，我错了。当我走到院子里时，我看到我妻子的小型跑车停在那儿，而她已经擅自上楼，闯进了我的小房间。我进去时发现她正坐在床上等我。

“晚上好，芭芭拉。”我客气地说道。

她一脸关切地看着我。我的妻子很俊俏，任何时候都是，此时，她穿着一身迷人的旅行服，看上去竟比平时还要明艳动人。我不止一次地希望自己没有年长她那么多，若是如此，我们的婚姻本可以是另外一副模样。

她说：“你在电话里听起来怪怪的，我就想我应该马上过来一趟。”随后，她有些诧异地问道：“你是染头发了吗？”

“当然没有。”我惊讶地说。接着我瞥了一眼冰箱旁的小镜子。事实是，我又有了一头乌黑的头发，甚至连鬓角都变黑了。

“你肯定干了点什么，”她断言道，“说不定你还把牙补了。”她的声音有些颤抖，我起初不明白她为什么会这样，直到她突然开口道：“你做这些，是为了另一个人吗？”

过了一会儿，我才明白她话里的意思：我妻子怀疑我有了外遇！

这个想法太离奇了，以至于我一时找不到合适的词句来作答。她几乎没给我申辩的机会。她将我拉到床上，拉到她的身边，摆出一副要哭出来的样子，说道：“噢，亲爱的！这就是你离开我的原因！这就是你再次让自己看起来年轻的原因！但她不可能占有你。我最亲爱的，为了你我要和她一较高下……”

她说干就干，用她再熟悉不过的方式。在经历了多年的婚姻生活之后，她清楚地知道怎样的爱抚，怎样的身体小动作，怎样的面部表情最能起效。

我没有做到完全地坦诚，所以我现在必须得说，我隐居到休斯蒂并不仅仅是为了专心完成我的巨作。实际原因要比这私人得多——或许从某种意义上讲，要比这高尚得多吧。我的年事渐高，这一点对于我们夫妻二人都变得日益明显，于是我决定给我年轻的妻子以自由。我并不讨厌她，恰恰相反，我对我们每月两次的相聚充满了期待，分手时则心存遗憾。无论是对她还是对我，这种团聚并不总能令人满意，而我不能接受这种因年岁增长而带来的羞辱。

当然，如果我给自己看病，我可能会给出截然不同的意见。成熟和谐的性生活就像面包一样，是我们天生渴求、不可或缺的，在演讲中我也正是这样教导听众的。但当我的牙齿开始使咀嚼成为一件苦差事时，面包对我来说就不再甜美了。我太骄傲了，以至于我无法让他人见证我生命中令人悲哀的时刻，见证那名为“老去”的时刻。休斯蒂成了我解决问题的方法。

但问题似乎不再那么严峻了。看起来，奇迹般恢复健康的不仅仅是我的牙齿。过了一会儿，当我们一丝不挂地躺在单人毛毯下时，妻子用一只手肘支起身体，看着我。“我以为你不再爱我了。”她喃喃低语道。

我无法回答，至少无法用言语来回答。但我找到了一种更好的方式。事后，她重新躺下，宣告道：“我的愿望已经实现了。”

我深情地亲吻着她，几乎没听见她说什么……忽然，我僵住了。

愿望实现了！不仅仅是芭芭拉的愿望：我的牙齿，我助手的脊椎，救护车司机的岳母，警察对赌赢球赛的渴望……

我从床上跳了起来。“你要去哪儿？”芭芭拉吓了一跳，大声叫道。但我无法告诉她。

“去看一个病人，”我说——毕竟这只算半句谎话，“我会尽快回来的。”我光着身子套上一件外套，赤着脚摇摇晃晃地走下楼梯，来到邻居柯克的家。

他衣冠楚楚地开了门，像是正在等我似的。他紧绷着脸，显得很疲惫，当我说话的时候，他几近绝望地点点头。“奇迹？”他缓慢而忧郁地说，“是，是有过奇迹，如果你硬要把它们称作奇迹的话。我还能看出来，这些奇迹也发生在了你身上。”

“你什么意思？”我问道。

“你的脸，你的头发，”他说，“你看上去年轻了，不是吗？而我20年来不也一直和现在一样吗？——没有变老，没有病痛，甚至没有掉头发。但有理性的人是不会相信奇迹的，你明白吗？所以我不得不——”

他陷入了沉默，忽然显得很害怕。

“她不是从管风琴台上摔下来的。”我震惊不已地猜测道。

他喃喃低语道：“没有人能证明这一点！可你又能让我怎么办呢？我，一个毕生致力于理性和科学的人，我又能怎么办呢？理性和科学是我们整个社会的基础，我绝不能让它们被一人所毁。”他盯着我，眼神炽热，“我已经无能为力了！现在必须要有另一个人担负起这个责任！”

“你什么意思？”我低语道，而他没有回答。

但我已经明白了。

回到房间，妻子提了一堆我无法回答的问题。“有点事我必须去处理一下。”我心情沉重地说道，同时飞快地穿好衣服，并从冰箱里拿出一支注射器和一个装有吗啡的安瓿瓶。我离开了她。我可以听到她在我的身后喊我——求我留下别走，求我和她一起回首都，再一次以夫妻的身份一起生活。“是钱的问题吗？”她喊道，“但是，我们可以靠我的薪水生活啊。难道你不明白吗？我爱你！”

是的，她爱我……但她的爱是因我而生吗，还是受到另一个“奇迹”驱使，才爱我的呢？

我的自尊心不允许我去验证这个问题的答案。

卡拉已经不在那间铺满软垫的房间了。大楼的大门洞开着，周围一个人也没有。“弗朗蒂塞克！”我大喊道。见他没回答，我决定自己去找他。我很清楚他会在哪儿。

弗朗蒂塞克是个尽职尽责的男护士，尽管如此，可还是有几项规矩不去遵守。其中之一便是和一些病人赌博。当然了，他们不赌钱；他们赌火柴棍。但所有参与其中的人，无论是护士，还是病人，都玩得非常起劲、非常认真，仿佛下的是几百万的赌注。我一早就察觉了这件事，但没去管它，因为病人对待赌博的态度可能有助于诊断，而且对于病人的某些症状也不失为一种不错的疗法。虽然弗朗蒂塞克一心扑在赌博上，他却很少能赢。

他确实就在我料想的那个地方——住院部的公共休息室里，而且也的确有两名病人和他一起围坐在桌边。与以往不同的是，今晚的弗朗蒂塞克脸上挂着灿烂的笑容，他的面前堆了一大堆火柴棍。我进去时，他几乎没有抬头。“哦，柯克太太？”他一边洗牌一边说，“她说她必须去趟教堂。我想她现在已经到那里了。”

没时间好好教训他了。坦白说，我也没有这么做的欲望。发生的事太多了，而我要做的事远比处理这单纯的冒犯重要。我立刻赶到教堂，推开吱吱作响的大门，向里面望去。

古老的建筑里漆黑一片，但即便如此我还是循着她的哭声找到了她。但挂在管风琴台栏杆上的是另一个卡拉，夹在两幅巨大的巴洛克圣母肖像画中间，脚下是大理石制的羊毛般的云团。“求你了，让我离开这儿！”她用她人类的声音哀求道，嗓音因哭泣而变得沙哑，“我很害怕！我是飞到这儿来的——可现在只有我一个人了，我不敢自己下来。”

我用尽量冷静的语调说：“好的，卡拉，我会带你离开这里。”我一边慢慢爬上管风琴台，一边说着安慰她的话。“你需要休息，”我说，“需要睡上一觉，我这儿有些东西可以帮到你……”

然后，我拉起了她的袖子。

静脉注射吗啡是最人道的杀人方式，早在呼吸停止之前病人就会失去意识。再也不会有痛苦，再也不会有巫术，也再也不会有恐惧……

当我走出教堂时，天已经快亮了，而弗朗蒂塞克正在准备下班。他高兴地吹着口哨，手里抓着一大把火柴棍。“天气真好，医生！”他叫道，“您现在要去哪儿？”

“去我的新家。”我答道。我走进那间铺满软垫的病房，并关上了身后那扇铁栏七扭八歪的门。弗朗蒂塞克跟在我身后，他脸上的笑容消失了。

“医生，您这是要干什么？”他问，“再过一会儿您就该晨间查房了，您应该去做准备。”

我说：“我已经不再是一名医生了。这里没有什么医生，只是又多了一名病人。我会自己写自己的病历的，但仅此而已。找个人来给我看病，弗朗蒂塞克。我疯了。”

既然我已经完成了我的报告，我也就没什么别的要说的了。

噢，当然，在那之后又发生了一些奇怪的事。就在我进入病房后不到一个小时，我见到了卡拉本人。她看上去没受什么伤，正轻快地登上一架政府直升机，护送她的两名外交官毕恭毕敬地向她鞠着躬……又或者，是因为我发了疯，才会觉得自己看到了这些事发生。我甚至觉得几分钟后，我的前任助手来到了我的病房。

"您身体不舒服，我感到很难过。"他颇为谦恭地说道，"政府很快就会派几位专家过来帮您了。是卡拉让他们许下的承诺。"

"卡拉已经死了。"我对他说。

"死了？她当然没有死！噢，您是指您给她打的那一针吗？您得理解，这种东西对她这种具有神力的人是不起作用的！不起作用，她的意见已经上达了。她现在在去夏威夷参加会议的路上，宇宙的智慧种族将会解决他们之间的分歧。休斯蒂也不会再因为他们争夺我们的矿而受到滋扰了！所以，医生，您可以从那间病房里出来了，回到您妻子的身边，生活在一个正常的世界里。"

一个正常的世界！

我不想回应他。我躺在铺了软垫的地板上，闭上眼睛，把头扭向了一边。我的幻觉是多么地真实啊！我忧愁地想，这要不是我自己的病历，我会有多乐意把它写下来啊。

"我得去赶火车了，"助手看了看他的表，喊道，"我很抱歉我得把您就这样丢下。您还不明白吗？您没有疯。那些女巫、圣母、所谓的'奇迹'，还有藏在所有这一切背后的银河系的智慧种族，它们都是真的，医生！"

我执拗地保持了沉默，直到我听到他发出一声长叹。他的脚步声慢慢离我而去。

我的幻觉是真的？

我想到了，我要把一切仔仔细细地检查一遍，就像检查我在科学研究中的数据那样。有没有可能它们确实是真实的，而不是功能障碍的大脑产生的臆想？有没有可能我真的返老还童了？我的妻子一如20年前那样爱我？那个我以为我谋杀了的女人复活了？

我在那儿躺了很久很久，从方方面面分析了整件事。随后我起身，继续写起了我的病历，快速概述了最新的进展。最后我写道：

“如果我疯了，我就必须留在这间病房里，直到我得到治疗。但依据我的专业意见，预后并不会很好。但假如我没疯，我还是必须留在这儿。因为这意味着这个世界疯了，为了这个世界着想，我这个唯一神志清醒的人必须被关押起来。”

之后，我就坐在那儿，手里依然握着笔，呆呆地凝视远方。不是我疯了，就是这个世界疯了。

而我又如何能分辨是哪一个呢?

（非淆　译）

罗马尼亚的特例

就科幻小说而言，尤其是就本卷收录的科幻小说而言，用特例而非惯例来加以界定，往往更行之有效。科内尔·罗布将罗马尼亚科幻小说的发展整整齐齐地划分成三个世代，但是这样的划分方式却容不下米尔恰·伊利亚德，更容不下奥维德·S. 克罗赫马尼恰努。仅就出生年月来说，克罗赫马尼恰努与罗布所划分的体系中的老一辈科幻作家属于同一代人，而且作为布加勒斯特大学的罗马尼亚文学教授，他还记录了战后罗马尼亚科幻的发展。但他还出人意料地写出了两卷被罗布称为“大师级”的短篇科幻小说集，第一部是《不寻常的故事》（1980），其中收录了《诺伊霍夫协议》（“The Neuhof Treaty”），另一部是《其他不寻常的故事》（1986）。

《诺伊霍夫协议》体现了东欧科幻作家面对类似理念时不同于美国科幻作家的处理方法，两种方法之间的比较很有益处。比如，西奥多·斯特金的《微宇宙的上帝》（“Microcosmic God”，1941 年发表在《惊异》杂志上）和菲利普·K. 迪克的《记忆公司》（“We Can Remember It for You Wholesale”，1966 年发表在《奇幻与科幻杂志》

上）都涉及了这一题材，前者考虑了科学家（和人类）对微观智能生命的反应，后者考虑了让一个惹麻烦的人保住性命的必要性，以及他的秘密如何遭到揭露。虽然这三个故事几乎在每个细节上都有不同，但它们却相互评论了彼此的假设、发展和关注重点。

（万年看客　译）

诺伊霍夫协议

［罗马尼亚］奥维德·S. 克罗赫马尼恰努 著

［罗马尼亚］伊万娜·罗布 英译

《诺伊霍夫协议》和历史上所有已知的外交协议都不一样。它那奇怪至极的性质在几个方面完全不同寻常，所以立即引起了注意。例如，它不是在两个或者多个国家之间缔结的：签约的一方是整个人类。此种实体以前在此类事务中从未出现过。真正惊人的事情由此而来：整个世界参与签订一项协议是一件史无前例的事情，但毕竟也是可以想象的；可是协议的另一方实际上完全是未知的，因为没人能准确地说出大家一致采纳的“诺伊霍夫们”这一词语指的到底是谁。非常微小、具有理性的非人类生物？有智能的细菌？拥有只属于高级生命形式的特性的病毒？酶、纯能量、超心理波？——地球上没一个人知道。

有一个事实是确定无疑的：无论它们是谁或者是什么，它们都居住在诺伊霍夫之中。

但是在这方面，我们也面临一个前所未有的情况。

诺伊霍夫不像有人可能会以为的那样，是一个地方，就像乌得勒支、哈德良堡[1]、巴黎、南京、布列斯特-立陶夫斯克[2]、里加、蒂尔

1. 土耳其城市埃迪尔内的旧称。——编注
2. 白俄罗斯城市布列斯特的旧称。——编注

西特[1]、洛桑或者凡尔赛一样，几个世纪以来，各种协议就在这些地方签署。它还有可能是个省（例如威斯特伐利亚），或者某些著名的地方（如特里亚农宫）的大厅——你可能会列举这些地方。哎，你错了！

诺伊霍夫是一个人的名字。一个和我们大家一样的人，但是严格来说仅限于此，因为很快你就会发现，即使这种说法也是大有争议的。

18 世纪也有个叫这名字的人。他是一个著名的冒险家，就像特伦克、夏尔·德·博蒙或卡里奥斯特罗一样：1694 年生于科隆的诺伊霍夫男爵。他自称科西嘉之王，甚至还以西奥多一世的名义有效地统治了两年之久，他死于 1756 年。

不过，我们的主人公和诺伊霍夫男爵毫无共同之处，唯一可能的相似点就是他的名字所引起的骚动，虽然很长时间以来他一直是个相当乏味的人。他出生在奥地利格拉茨一个受人尊敬的家庭里，父亲是化学家，母亲是家庭主妇。他的一个哥哥继承了父业，这个职业已经连续传承了七代之久。马丁·诺伊霍夫毕业于商学院，成绩并不突出，在林茨保险公司找了份工作，在那儿认真工作了很长时间。虽然他已经 34 岁了，但依旧孑然一身，不过他不是打定主意要做独身主义者，只是理想的妻子要花上很长时间才能进入他的生活罢了。马丁·诺伊霍夫身高 1.76 米，略有点发胖的倾向（爱吃甜食！）。他有一双棕色的眼睛，一头蓬乱的金发，留着适度的胡须，鼻子笔挺，颧骨上有淡淡的雀斑，喉结突出。他衣着整洁，偏爱深色。他给人信心。他即使在冬天也光着脑袋出门，身体非常健康，从未想过去看医生。直到有一天……

1. 俄罗斯城市苏维埃茨克的旧称。——编注从现在起我们就要开始讲述历史了，因为《诺伊霍夫协议》的故事就是从这儿开始的，所以应该提一下这个时刻。

一切都是从一个事故开始的。马丁·诺伊霍夫静悄悄地穿过街道去咖啡馆吃早餐的时候被一辆车撞了。这全是那个疯子的过错，他超速驾车，不尊重行人过斑马线的优先权，没有估算距离，刹车刹得太晚。不过，他头脑还算清醒，把受害者送进了最近的医院。诺伊霍夫还算走运，受伤的地方仅限于下肢。

诺伊霍夫左腿上有三处骨折，右腿股骨上有一处骨裂。医院决定第二天就给他做骨整形术，把断骨接好。但是第二天早上，放射科医生（一位女性）被主刀医生狠狠地骂了一顿，因为主刀医生刚刚发现，一系列刚拍好的 X 光片显示，手术毫无必要。骨头重新回到了正确的位置上，而且——不可思议的是——骨折也消失了。

“年轻的女士，”主刀医生对拍出这些 X 光片的医生（她本来是个极有魅力的女人）咆哮道，“你白日做梦做糊涂了吧，你把病例表搞混了。你从哪儿拿来的这张该死的胫骨和腓骨骨折的片子？这个男人根本就没有骨折！你把他送上手术台，就为了给我们找更多的麻烦吗？要是我没有触诊他的腿的话，现在就已经开始开刀了。你就没有责任心吗？就因为这儿的每个人都围着你转，你就以为我也是个大傻瓜，会对这种过失视而不见？放清醒点，听明白了吗？否则就打包滚蛋！”

女医生哭得死去活来，脸都花了，不停地说这完全不是她的错。那张有问题的 X 光片上印着马丁·诺伊霍夫住院表上的日期和时间：2189 年 6 月 27 日，13 点 45 分。断骨看上去很像没断的骨头。这几个月来他们还没有过类似的病例，而且旧的 X 光片保存在另一个地方。她还让两位护士做证。她们花了很大力气才把病人抬进 X 光室，因为他的左腿显然是断了好几处。

主刀医生一个字也听不进去。“女士，”他继续怒吼，“我是一个科学家，不会相信一面之词的。这两张相隔一天的照片说明了什么？你看到了吗？睁开你的眼睛仔细看看！你把眼睛哭出来就能说服我，这两张照片是同一个人的？如果是这样，不是我疯了，就是病人在一夜之间自愈了。惊慌失措地眨巴你那长睫毛也没有用。我可不会被你迷住。”

过于频繁地提到女医生的魅力，泄露了主刀医生心中某些压抑着的情欲冲动，甚至是某次企图赢得年轻女士欢心的不成功的尝试，这番声色俱厉的斥责正是由此而来。

不过他是对的。这两张 X 光片为他做证，它们指向了一种不可能的情况，因此人们必须接受唯一可能的说法：这两张片子不是同一个人的。

马丁·诺伊霍夫很快就出院了，连拐杖都不需要。

不过，几个月之后，他身上又发生了别的事。他哥哥银婚纪念日的时候，他前往格拉茨祝贺。一大帮家族成员（37 人）庆祝的喜事差点以悲剧告终。化学家心不在焉（她女儿坚持说他老了），把妻子订购来制作一种特制蛋糕的粉末和另一些有毒的粉末混在了一起。吃完精致大餐几个小时后，客人们开始出现剧烈的胃痉挛。幸运的是，主人及时发现了自己的错误，立即给他们服用了对症的解毒剂，此外还给他们洗了胃，大家都平安无事。

马丁也吃了倒霉的蛋糕，甚至还吃了第二块（爱吃甜食的老毛病）。一开始他也感到了胃痉挛，但奇怪的是，他刚一察觉到此事，疼痛马上就消失得无影无踪，不用解毒剂，也不用接受其他任何治疗。“你肯定是遗传了一种天生的免疫力。我们的曾祖父就像万能解毒药一样。这对我们的职业来说太了不起了！你应该代替我成为化学家。”马丁的哥哥富有哲理地总结道，一边羡慕地拍拍他的肩膀。

次年年中，诺伊霍夫——终于——遇到了他生命中的那个女人。这段感情很快变得热烈起来，婚礼定在 8 月 15 日圣玛丽日那天，这一天也是新娘的命名日。因为时间紧促，两人不得不匆匆忙忙地做些必要的准备工作。

马丁去拿婚姻健康证明之前，一切都很顺利。看到马丁的血检结果时，医生瞠目结舌，眼睛死盯着那张小纸片。他笨拙地掩饰着明显的困窘，想知道诺伊霍夫最近做没做过体检。医生在后者做出了否定的回答，并且得知了检查的目的之后，建议马丁去找另一个医生，还给了他地址。

我们的主人公走出房间的时候十分担心自己的健康，脑子里充满了悲观的念头。他一回到家就查了一本医学百科全书，这是他父亲留下的纪念物。他的白细胞计数为每立方厘米 456 000 个，而在 500 000 个的水平上，他读到了“白血病”这个可怕的字眼。他一整晚都没有睡着，第二天早上，第一件事就是去找推荐的医生。这位医生看了检查报告，摇着头，开了张单子，让诺伊霍夫去医院的化验室做进一步的检查。他告诉诺伊霍夫，第二天无论如何都要再来一趟。“你必须接受治疗，可能要输点血。”——他说着这些模棱两可的暗示，陪诺伊霍夫走到门口。

诺伊霍夫又度过了一个不眠之夜。他甚至没有勇气给未婚妻打电话，现在结婚计划对他来说就像一个不切实际的幻想。

第二天，他进入诊疗室的时候，发现医生目瞪口呆。“我能问一下吗，第一个愚蠢的检查是谁做的？”他一打开门就听到这句话。诺伊霍夫急忙做了各种必要的解释。“难以置信，”医生嘟囔道，“那里还是有认真负责的人的！现在数值只有 200 000 了，鬼知道这到底是怎么回事？明早过来再做一次检查。我要亲自监督，请不要吃任何东西。”

这次，诺伊霍夫走的时候有了一点勇气。下一次检查显示，白细胞计数为 50 000。医生迷惑不解，问他是不是有感染，现在正在使用抗生素治疗。“噢，没有，绝无此事！”诺伊霍夫否定道。

然后他被要求留下住院。“就一晚，”医生坚持道，“这样我们就能再做一次检查了。”

检查结果是白细胞数值为 7 000。“完全正常。”医生惊叫道，这让诺伊霍夫大喜过望，但他的化验员就没这么高兴了，化验员手里摆弄着化验单，简直不敢相信自己的眼睛。“这可以说是一个奇迹！我一点也不明白。帮帮忙，”他请求道，“在这里多住几天，这样我们就可以做一个全面的检查。这可能会给我们带来启发。”

诺伊霍夫太高兴了，没法拒绝。检查非常全面，使用了最现代化的技术设备，结果没有发现任何特别的东西。医生们看到的是一个非常健康的机体，没有任何异常之处，只是无关紧要的松果体明显肥大。

圣玛丽日那天，诺伊霍夫如期举行了婚礼。他的妻子果然非常友善、愉快、忠诚，但是花钱有点大手大脚。她想要的东西越来越昂贵，可怜的诺伊霍夫亲身体验到这句话是千真万确的：“得到的越多，想要的也就越多。”他不得不从保险公司辞职，打算自己赚钱。

他在金融界有几个熟人，在他们的帮助下，他参与了一些小规模的股市投机。因此他把大量的时间都花在了银行营业所里。结果，他在林茨房地产银行的大厅里碰到了一桩血腥的抢劫案。出纳员用脚踩响了警报，劫匪们惊慌失措，狼狈逃窜，胡乱开枪。他们很快就被抓获了，但他们也让银行血流成河。警方统计发现有 8 人死亡，11 人受伤。

不同寻常的事情再次发生在了诺伊霍夫身上。他躺在那儿没了呼吸的时候，大家都以为他已经离开这个世界了，但是当警察来到他身边的时候，他却自己站了起来。他的衣服前后两面都有明显的枪眼；至少有两颗子弹肯定穿过了他的身体，一颗穿过胸部，另一颗穿过腹部。诺伊霍夫称自己感到猛烈的一击，然后就失去了知觉。大约一刻钟之后，救护车到来的时候，他身上就什么伤都没有了。医生脱下他的衣服，洗掉他身上的血迹（显然当时他血流如注），给他做了全面的检查，他毫发无伤。虽然人人都发誓说有几颗子弹直接击中了他，但他身上连一处擦伤都没有。一个完全无法解释的事实是，他那千疮百孔的外套和衬衫上有他自己的血迹（化验证明了这一点）。

警探们在重现抢劫案的确切情形时遇到了很多麻烦，因为作案者得到了一名银行职员的帮助。结果，有关“无伤的受害者”——报纸上是这样说的——的情况说明没有引起人们的注意，最后，探长由于对太多的神秘事件感到厌烦，索性让它从脑海中消失了。

要不是上面某些部门对这个人物非常感兴趣，使他成为秘密且非常全面的调查的对象的话，诺伊霍夫档案中的这些细节至今还不为人知呢。第一项调查是由维也纳市保险公司最精明的侦探约瑟夫·金茨尔所做的，当时诺伊霍夫所做的一笔交易在他看来十分可疑。诺伊霍夫把他的人寿保险单以 50% 的价格卖给了维也纳市保险公司。这是笔好买卖，但是谁会愿意预支这么多的现金给一个相对年轻健康的男子，来换取很可能十分遥远的回报呢?

在精心挑选的中间人的帮助下，金茨尔狡猾地打探到了买主的想法。这个人确信诺伊霍夫最多只能活一年了，这一期望是他的急性肝炎所带来的。诊断是由买主的哥哥——一位经验丰富的内科医生亲自确认的，为了确保万无一失，他还找了两位同事来给病人做检查。

金茨尔秘密监视着诺伊霍夫，吃惊地发现他看上去容光焕发

（他不顾死刑判决书，放开肚子大吃大喝，好像没有任何不适）。侦探通过计谋，成功地取得了这个不久就要一命呜呼的人的复查结果。不出所料，诺伊霍夫根本没病，他的肝脏好得就连一匹马都会嫉妒。

此外，他还发现，这个假装要死的人还买了另外八份人寿保险，以同样的方式半价出售。他曾被诊断患有各种各样的致命疾病，死亡不可避免，死期指日可待：淋巴肉瘤、心源性休克、心肌梗死、主动脉夹层动脉瘤、急性传染性肾炎等等。

结果诺伊霍夫身体好得要命。他过着令人陶醉的生活，成功地满足了愿望多多的妻子的某些梦想。夫妻俩在因斯布鲁克附近买下了一座可爱的别墅，把大众汽车换成了最新款的蓝旗亚跑车，还出去度假，一次在科西嘉，另一次在圣特罗佩。

毫无疑问是诈骗——金茨尔确信这一点。但是，尽管他对此类案件经验丰富，却无法解释诺伊霍夫是怎样做到的。他开始收集越来越多有关诺伊霍夫的资料，希望用这种方法能够发现诺伊霍夫的诡计。

很快，无论他情不情愿，都不得不承认，给诺伊霍夫做检查的医生们是有能力而且恪尽职守的，更糟的是，他们的诊断准确无误。他请了一位专家，他们一起核对了所有的化验单、X 光片、CT 扫描图和心电图。他询问了做检查的医护人员。他没有发现错误：所有人工作起来都极其认真负责，有着廉洁正直的道德楷模的名声。

查找诺伊霍夫的档案时，金茨尔偶然看到了有关林茨房地产银行袭击事件的故事。他聚精会神地把分类档案重读了一遍。他把自己的手指伸进“无伤的受害者”的外套和衬衫上的枪眼里面（这两件溅有干涸血迹的衣物和记录保存在了一起）。他与负责此案的警探有过一次长谈。大约一个小时之后，后者看出了金茨尔的来意，说道：“老兄，这件事也困扰过我。最后我得出结论，最好还是放下它。要不然我就要相信奇迹了。如果你喜欢这样，就继续吧，但我可是亲眼看到这个诺伊霍夫一丝不挂地从浴室出来，身上连一处擦伤都没有——我向你保证，我对这一点连一丝怀疑也没有。他的外套和衬衫上的这些枪眼是怎么来的？天晓得——我才不在这些大人物身上花时间呢！”

金茨尔凭着经验丰富的警察的嗅觉，还追踪了白血病奇迹般地痊愈一案。这里医生的回答十分肯定：“第一个分析结果是错的。谁都可能会碰上，你知道的！”

金茨尔在他的报告中提到，医生无法解释，为什么其他的检查一开始也给出了糟糕的结果，然后也逐渐好转，就像白细胞计数减至正常一样。诺伊霍夫的病症有没有可能是假装的？

金茨尔建立的档案中还包含了四位著名病理学家的信件——他询问了他们的意见，他们的回答排除了上述假设。

“有些手段可以人为引发心力衰竭。如果干扰计算机的运转，那么某些检查——如超声波检查的结果也可能是假的。但是淋巴肉瘤是无法假装的。”海德堡肿瘤研究中心主任赫尔曼·沃尔夫·麦丁格尔教授兼博士声明说。

“在很长的一段时间里反复检查，消除了误诊的风险。在这种情况下，装病成功的概率几乎为零。”达拉斯无氧代谢中心的托马斯·劳伦斯教授兼博士指出。

“无论疾病是怎样产生的，如果操作准确的医学检查证实了其存在，像心肌梗死或白血病之类的疾病就已经扎下根了。就像我们已经发现的，机体有时可能会拥有不可预测的防御机制。但是那样的话，问题就完全不同了。”这是2185年诺贝尔奖获得者、曼海姆的免疫学家塞缪尔·格卢克斯曼教授兼博士的观点。

“像传染性肾炎或急性肝炎一类的疾病是可以确诊的。如果病人接受了各项检查，而且检查是根据已经确立的标准来操作的，那就不存在疑问。”居里研究所放射科主任杰罗姆·列维-布莱斯教授兼博士坚持说。

因此，金茨尔在他的第一份报告中声明，诺伊霍夫疾病的真实性是不容置疑的。

“然而，由此产生了两个问题，”这位老侦探指出，“第一个问题是，诺伊霍夫是怎样引发这些严重疾病的？这些显然都是他干的，都是为了同一个目的：靠出售人寿保险来赚钱。在短短一段时间内一个接一个地患上大量的疾病，只能引出这个结论。”

在这方面，以慎重著称的金茨尔一再仔细检查他的假设是否站得住脚。档案中还包含另一组专家的声明，他们都证实，故意引发疾病的可能性是存在的。病毒或者微生物性的疾病只需通过污染或者传染就能轻而易举地染上。另一些疾病，如急性肝炎，可以通过摄入某些有毒的物质引发。过度的体力劳动也有可能给心脏带来致命的危险。

因此，存在某些方法，使诺伊霍夫可以自己给自己造成疾病，这样他就能轻而易举地售出自己的人寿保险了，金茨尔断定。

他只对白血病和银行抢劫案导致枪伤的案例有所保留。前者对诺伊霍夫没有任何好处；相反还妨碍了他结婚——他显然十分渴望结婚。后者是意外发生的，还有可能带来麻烦，因为它有泄露某些可疑的金融事务的危险。

金茨尔无法回答的第二个问题是：引发各种致命疾病之后，诺伊霍夫又是怎样如此迅速地成功治愈它们的呢？

侦探在报告中承认，他没有给这个至关重要的问题找到一个满意的答案。他只是大胆地提出了一个假设：

“很有可能，诺伊霍夫对于某些在很短时间内就能要了别人命的疾病拥有一种天然的免疫力。我所收集的资料显示，该人一开始并未意识到自己的这一特点，但是在有了某些经历之后，他终于发现了。他确实得了白血病，这才有机会发现，他的身体以自己的方式奇迹般地战胜了疾病。

“我认为，他在林茨房地产银行抢劫案之后才认识到了这种防御能力的功效和用处，因为我敢肯定，当时有一枚子弹穿过了他的肺部，还有一枚穿过了他的腹部。由于必须紧急干预来避免死亡，因此免疫系统闪电般发动，止住并且吸收了大出血，然后修复了组织。

“随后，诺伊霍夫认识到了他的自愈能力，或许还秘密试验了一段时间，并且计划用自己的人寿保险来行骗。他产生这个想法不足为奇。这都是他在这一领域的经历所致。

“行动的总方案如下：

“诺伊霍夫投了一大笔钱来买人寿保险，他的年龄和健康状况使他很容易就能做到这一点。然后他在自己身上引发一种无可救药的疾病，不久就会产生致命的后果，并不忘获得诊断书。然后他转让自己的人寿保险，一旦售出就迅速治愈自己。我想他找到了一种方法，可以主动激活自己的免疫系统，但是一旦过了某个危险的时间点，免疫系统还是会自动开启。所有的犯罪行为都要赶在疾病对身体造成不可逆的损伤之前的短短一段时间中进行。

“我没能成功地发现他是如何做到的，事实上，这个问题超出了我的能力。

“我想用以下几条笔记来作为总结，以实际排列为序：

“诺伊霍夫的交易无疑是欺诈，但并未伤及本公司，也未伤及同行。唯一的受骗者是保险单的买主，毕竟是他们的投诉促使我进行调查的。

“不管怎样，诺伊霍夫的外貌应该通报给所有的保险公司，以防止该人继续进行诈骗。

“考虑到这一案件不可思议的性质（这已经成为我的调查对象）”——金茨尔的报告总结道——“我建议将其通报上级其他部门。诺伊霍夫可能会产生某些想法，或许会对公共安全甚至国际和平有所影响。

“其次，找到迅速根治如此之多给人类带来严重灾难的疾病的方法，对人类来说是头等重要的。

“因此，我认为密切监视马丁·诺伊霍夫符合公众需要。”

此后，这一包含陈述、专家报告、秘密记录和其他文件在内的档案被列为最高机密。

诺伊霍夫事件进入了奥地利国家安全警察的调查范围，很快就成为该国最高的政治、行政和军事部门的头等大事。事主的名字与重大的间谍活动联系在了一起。有人成功地偷取了一块不透钢，并把它卖给了一个尚未拥有它的国家，此事导致了《萨格 16》协议的修改，该协议在经过了大量错综复杂的谈判之后，才被一个新协议(《萨格 17》) 所取代。

怀疑落到了诺伊霍夫头上，理由如下：用这种稀有钢铁做实验的基地四周围着一圈宽阔而且极其强烈的辐射带。因为小偷没有使用控制辐射的方法（有迹象表明他穿过了一个致命区域），只有免疫力超强的人才能做到此事而又不受伤害。此外，有某些证据显示，窃案发生当天，诺伊霍夫就在附近的某个地方。更不用说的是，收到的秘密报告显示，嫌犯的收入就在差不多同一时期开始猛增了。该人在瑞士、英国和美国的银行里有几笔大额存款，还持有若干国际保险公司的大量股份（鉴于诺伊霍夫以前的职业，这一事实已经引起了关注）……

很快，他也引起了据信得到了被窃钢铁样品的一方的怀疑。一位著名的数学家马上就要给他们提供一种新的、轰动性的概率计算方法——该方法能够把预测的准确性提高到近乎精确的程度（98.7%），可是他却突然在离奇的情况下死亡了，而且没人（至少当时没有）能继续他的工作了。一种能抵抗所有抗生素的致命的病毒性流感在几天内就要了他的命。他是从一位同居的舞女那里感染上的。她的病情相当轻，但同样非常难治。这位舞女喜欢猫，她的一只猫不久之前也得了同样的病。情报人员发现，这只动物与邻居的一个孩子大约同时患病。他们的病都很容易就好了。小男孩过去经常和猫一起玩。前一天，他曾在附近的场地上踢足球，还因为一些娴熟的进球而得到喝彩。喝彩者是一个成年人，他给了小男孩一瓶清凉饮料（瓶子是他带来的，只喝了四分之一）。据描述，这个球迷就是诺伊霍夫本人。

专家们断言，这一疾病由一种未知的病毒传播，该病毒有一个特点：随着其所通过的生物体数量的增加，其毒性和对抗生素的耐药性会以惊人的比率倍增。

数学家之死激怒了某些国家集团，却令另一些敌对的国家集团十分满意。再次陷入危机的世界均势得以维持。对一方造成的损害对另一方有利，这实现了某种平衡。诺伊霍夫小心翼翼地将双方的得失平均分配，确保自己拥有相对的政治免疫力。

四名一流的特工人员在企图绑架他的时候死亡——原来是敌对势力在严密地保卫着他，并迅速采取了行动。轮到后者给诺伊霍夫设圈套的时候，第一次想抓获他的那一方的代表警告他有危险，倒成了保护者。

最后，诺伊霍夫成了被反复行刺的对象，同时也成了受到小心谨慎而又卓有成效的保护的人类，他受到的保护是世界上最严密的。

他也因为他那神秘的天然免疫力而从更多次的行刺中得救。他在六次爆炸中毫发无伤，有人发誓说他们把他炸成碎片了。他抵抗住了 53 次下毒。他从一场持续了将近两天的毒气行刺中死里逃生。每次失败的行刺企图都引来了措辞非常激烈的外交照会。涉嫌制订行刺计划的各方轮流相互威胁，甚至到了这个程度：他们发出郑重警告，诺伊霍夫最终被消灭可能意味着宣战。

还有一件事：由于事主的免疫力是不容置疑的，揭开他的秘密可以给全人类带来相同的机会，这一想法正在普及开来。消灭诺伊霍夫就会消灭这一虚无缥缈的希望。

如果这个人仍然活着，把他交给科学家做一次彻底的研究，又没有错综复杂的外交问题，这是最理想的。

这是《诺伊霍夫协议》的漫漫征途上的第一站。

调查、监督、数不清的会议，然后是两次首脑会议，最后是一个协议。一个由感兴趣的各方代表组成的混合委员会负责对诺伊霍夫进行有条不紊的详尽检查，调查结果由各方分享，一视同仁。

“由此建立的机构”——协议规定——“将安排必要的手段来履行其使命。它将支配所有收集到的需要验证和确认的有关诺伊霍夫的资料。最资深的专家们将有可能对该问题进行活体研究。由调查过程或者进一步的发展需要所引出的所有决定，只有经过一致同意方可做出。”

马丁·诺伊霍夫于 2198 年 8 月 16 日被抓捕，并被带到了“哥特兰岛上的某个地方”，住进了一所安装了各种设备，可以进行各种检查，同时又能保守秘密的住宅里面。对囚犯所做的 X 光和超声波检查显示，除了已知的松果体肥大之外，他没有任何异常之处。其他各项分析也没有什么结果。从全套的生物样品检查中也没有得到更多的蛛丝马迹。

两周之后，调查还在原地踏步。他们什么也没做出来，只是证实，诺伊霍夫的机体确实能够以惊人的效率抵御任何病理改变。以什么方式做到的？专家们——著名的科学家们都不明白。疗愈是通过身体自身的资源实现的，不用任何额外的药物。抗体、吞噬细胞和抗毒素大量出现。这是怎么发生的？没人能找到一个讲得通的解释。

奇怪的是，在同样的情况下，补救反应有着不同的速度。同样的微生物注入体内，一次几秒钟就被摧毁，另一次则要过上一天才行。专家们说，或许诺伊霍夫有能力在一定的限度内控制有益反应的速度。

一次试验让调查者们大惑不解。他们在诺伊霍夫的组织中植入了一个外来物体。由于物体最初放置在不影响任何重要功能的地方，X 光片显示，它只是被完全隔离了。接着，选择了一个危险的位置（在肾脏中）之后，机体在体内完成了一个真正的外科手术，把外来物体清除了出去，就像那是块结石一样。但是切口很难察觉。物体排出时所通过的伤口在几秒钟之内就愈合并消失了，不留一丝痕迹。

委员会举行了一连串没完没了的磋商，会议给了与会者们一个捕风捉影的公平机会。在某个时刻，有人提出了一个建议，这可真是个神来之笔，因为它就像个明摆着的白痴问题一样简单："既然咱们找不到诺伊霍夫的秘密，因此使用他的能力来造福人类的希望就是一场空，那咱们就除掉他吧。他给咱们带来的麻烦已经够多的了。实验中有发生事故的风险是在预计之内的。"

讨论这个显而易见的提议又花了 14 天的时间（进行一些额外的实验并获得各国政府的同意需要时间）。

9 月 15 日，委员会一致决定处决诺伊霍夫。

但是第二天早上发生了一件轰动全城的事情。诺伊霍夫被麻醉之后，主刀医生想双倍确保协助他的团队知道他们必须要做什么。"好，先生们，"他用略显严肃的口吻说道，"我们将控制病人的心脏，不让它跳动，直到引起临床死亡为止。当然，这只是另一个实验，评估他对‘心搏停止’的抵抗能力。”

突然，诺伊霍夫赤裸的身子上出现了皮疹。这是一些红色的斑点，但是很快就呈现出一种完美的对称，形成了一个奇怪的图案，几秒钟之后，图案变了，但是仍然保持着惊人的规则性。更多其他的图案接连出现在医生和护士们那僵住了的面孔下面。诺伊霍夫的身体就像霓虹灯招牌一样一闪一闪的。“这是一个……一个信号。”有人设法发出了声音，他的声音因为激动而哽咽了起来。

这一点毫无疑问，因此大家决定停止处决诺伊霍夫。委员会得到消息之后赶到现场——皮疹图案继续在他们的眼皮底下表演着，令人神魂颠倒。

现场举行的快速讨论撤销了之前的决定（也是一致通过），虽然把诺伊霍夫杀了才是亚历山大大帝式快刀斩乱麻的解决方法。（看来与简单的方法相比，人类注定更喜欢复杂的解决方案，因此历史进程是不可预知的。）

一整支由语言学家、符号学家和逻辑学家组成的大军被紧急召至哥特兰。在他们抵达之前，图案的变化已经被小心翼翼地拍摄了下来。事实证明这是明智之举，因为麻醉的效力开始消失，诺伊霍夫恢复知觉之后，信号就停止了。

语言学家、符号学家和逻辑学家们在最完美的计算机帮助下，工作了大约一个半月。12 月 3 日，他们宣布成功地解码了图案的语言，翻译出了以这种极不寻常的方式传送的信息。

信息只有几句话，不断重复，但是委员会知道了它的内容之后，惊讶得瞠目结舌。

信息（专家们解释说，由于对方所使用的表意语言在性质上绝对不同寻常，他们难免要使用有点像电报体那样的近似翻译）如下：

“停止杀害诺伊霍夫，否则我们制造毁灭性的病毒。你们都像戈里诺[1]一样死掉。如果你们放过我们，我们不会伤害你们。”

信息没有署名。发送信息者不想为人所知——这一点很清楚。

收到信息之后，委员会中的讨论变得激烈了起来，专家们无法就主要问题的答案达成一致：发出威胁的是谁？

调查不再保密：事实公开了。“情况太严重了，”——政府做出决定——“人们不能置之不理。”人们提出了许多假设，据此出现了大量的文献。为了避免读者陷入细节之中（虽然在很长一段时间内，这件事吸引了公众的全部注意力），我们只提最重要的推测。

应该指出的是，在进行不必要的讨论期间，在诺伊霍夫身上做的实验完全停止了。他留在哥特兰，待遇像个国王一样，岛周围竖起了一道屏障，以防止外界与这个危险地点有任何接触。

第一个也是最流行的假设，来自著名的天体物理学家鲁道夫·米尔斯。他在一次采访中将其透露给公众，世界上几乎所有的大报都转载了这篇采访，可以说，他在众目睽睽之下坚持这种观点。信息来自居住在诺伊霍夫体内的外星智能生物，它们竭尽所能保护诺伊霍夫的身体，因为诺伊霍夫的身体是它们至关重要的生存环境。

“这样，对于‘无伤的枪击受害者’那不可思议的机体免疫力，我们就有了解释。”科学家说道，“诺伊霍夫们——让我们暂且用这个名字来称呼它们，直到我们对它们有了更多的了解为止（这一称呼是合乎道理的）——掌握一种非常先进的技术，在很多方面都超过了人类，例如，它们在极短的时间内完成的生物物理合成和超高难度的手术都证明了这一点。它们确实是从人体内部完成手术的，这是一个相当有利的工作条件。”米尔斯的另一个结论涉及“诺伊霍

1. 死于病毒性流感的数学家的名字。——原注

夫们”的大小：“它们当然一定是超微生物，可能比病毒还小；这就是为什么它们能够毫无困难地到达选作住处的机体内的任何一点。正因为它们如此之小，X 光检查才看不见它们，它们甚至还避免进入从诺伊霍夫身上抽出的任何一滴血液，逃脱了化学分析。”

“但是，它们是怎么到那儿的呢？”——这是采访者提出的其中一个问题。“还有，它们为什么选择诺伊霍夫？”

米尔斯对此有自己的答案。外星人来自一个平行世界，是通过一个“空间纽结”渗透进我们的宇宙的。“你知道曲线的逆转点是什么，不是吗？现在想象空间中有这么一个东西，”科学家补充道，“当然，我说得非常简单，这样大家都能明白。或许在某时某地，这样一个点状的门出现在了诺伊霍夫的体内。”

“那为什么诺伊霍夫的身体有死亡危险的时候，入侵者们不离开它，去占领别人的身体？”记者刨根问底。

在这里，米尔斯不那么肯定了，但他仍然能够找到一个解释。“或许，”他回答道，使用了由于科学上的怀疑而不得不有所保留的说法，“诺伊霍夫们只能居住在一个生物体内，一旦离开就会死亡。只要考虑一下它们的大小，”科学家温和地笑着，请采访者想想，“穿越两个人体之间的距离，对它们来说是一个艰巨的任务，就像我们去另一个星球那样。”

米尔斯还提供了另一种可能的解释：“我们不能排除这样一种可能，即诺伊霍夫具有某些形态功能方面的特征，使他成为唯一适合居住在其体内的生物生活的地方。”他举了松果体肥大作为例子。或许在它们找到合适的环境之前，类似的远征失败了无数次。“关于这一点，”科学家谦虚地补充道，“病理形态学家可以告诉你更多的东西。”

米尔斯的论点遭到了年迈的遗传学家阿拉姆·基穆尔吉恩的强

烈反对。他在一次通过卫星对全世界转播的电视新闻发布会上提出了反对意见。

“我杰出的同事鲁道夫·米尔斯把自己推到了一个危险的假设上面，把智能——还是高等智能——归于超微生物，”遗传学家开始说道，“脑物质或者其他任何能够承担其功能的物质，”他止住一阵令人窒息的咳嗽之后，继续说道，“都意味着要发展到相当的尺寸。地球生物的整个进化史就是证据。但即便如此，如果诺伊霍夫们是智能生物，已经达到了如此之高的技术水平，它们一定也建立了相应的文明。那么，它们的工厂、实验室、机器和车辆在哪里？我们的设备没有一样能探测到它们。它们藏在诺伊霍夫身上哪个看不见的洞里面？”

基穆尔吉恩又咳了起来，咳了很长时间，然后他继续自己那被打断了的论证：

“而且，我杰出的同事的假设没有解释微小生物与其宿主之间的关系。如果它们只是把他的身体当作住所，我们就不会看到它们帮他实现愿望（在一定程度上）的事实了。诺伊霍夫是怎样让小客人们听到他的想法的？而且，如果它们拥有这样的力量，为什么不让诺伊霍夫听它们的呢？”

轮到基穆尔吉恩提出解释了。据他说，诺伊霍夫们只是某些特殊的细菌或者病毒，是基因事故的结果。其天然栖息地就是机体，它们在机体中生长，还能进一步增殖。别处缺乏它们生长增殖所必需的条件。这些微生物的独特之处是能够接收和传送特定的信息。因此，具有这一特征的细菌或病毒可能受到了一个中心的指挥，该中心可以以这种方式知道体内正在发生什么事，诺伊霍夫也就有可能立即对全身进行干预。

“承担领导角色的可能是肥大的松果体。谁知道它可能具有哪些不可思议的特性？不管怎么说”——基穆尔吉恩试图让大家听得更明白点——“它运转起来就像一个装备齐全的车间一样，立即派遣一支携带了超精良工具的服务队前往发生故障的地方。

“我认为，它利用诺伊霍夫的大脑接收外界信息；这就是为什么它在一定的条件下会通过自我保存的本能力量来执行他的命令。

“不管怎样，一切都来自同一个具有特殊的解剖结构的个体。信息只能来自诺伊霍夫，他自己发现了这一逃脱死亡的独特方法。一个确实很严重的事实是，他不是在开玩笑，他有能力把威胁付诸实施，他的身体能够制造出无懈可击的病毒来。”

另一位闻名遐迩的科学家哈里·麦克劳德在许多方面都同意基穆尔吉恩的观点。信息是如何接收和传送的，是这位来自费城的超心理学家争论的要点。“指挥中心与受其指挥的载体之间的通讯一定容许超心理波的存在。如果我们说到这个的话，特殊的细菌或者病毒就不再是绝对必需的了。诺伊霍夫可能只是拥有第六感，可能是由于松果体肥大造成的，其基础是一种非常高频的超心理波。换句话说，‘事主’可以清晰详尽地看到体内发生的一切。这还不是全部。超心理波还让他能够干预这个享有特权的空间中的任何地方，能够非常迅速地消除疾病的根源。他是怎样做到的？非常简单！当然是通过调动天生的防御资源，但是这些反应通过灵力集中的方式得以大大加强和加速了。

“还有一种可能性，”麦克劳德补充道，轮到他证明自己拥有健全的科学谨慎性了，“即诺伊霍夫本人左右了对他所做的初步观察。也就是说，他似乎患上了重病，但实际上根本没有，检查者受到了催眠术的影响。即使用了复杂的设备，最后的分析结果不也是由人来做出的吗？而且，”他继续说，“诺伊霍夫让他们看到他自己向他们暗示的东西，这难道不是可能的吗？即使是著名的信息——我们怎么能如此肯定它不是集体幻觉呢？”

这些相互对立的理论的支持者们被邀请出席一个电视“圆桌会议”。节目引起了观众巨大的兴趣，甚至给全世界提供了目睹几桩令人难堪的事件的机会。因此，米尔斯对他杰出的遗传学家同事完全不知道微粒晶体管的存在表达了惊讶（这与诺伊霍夫们的大小有关）。在他看来，松果体的强制行为——如果可以原谅他的用词的话——相当“荒唐”。说诺伊霍夫本人以完全相同的方式胁迫了智能微生物，难道不是更容易想象吗？至于超心理波，他拒绝任何心灵致动能力、招魂术、神秘主义和其他诸如此类的“臆想”。

最后一句话被麦克劳德当作“即使是著名的科学家，也会因片面而导致无知”的证据。此外，他明确表示，“膨胀的宇宙”“类星体”“黑洞”和天体物理学家们想象出来的其他东西看起来并不比超心理波更加合理。

米尔斯问他，诺伊霍夫是不是也催眠了照相机。基穆尔吉恩想知道，能够即刻重建受到严重伤害的有机生命的智能生物为什么不能没有伤亡地跨越两个人之间的距离。或者，是什么阻止了它们使用这种方式来旅行呢——“怎么说呢，”他结结巴巴地说，又咳嗽了起来，“诺伊霍夫和妻子自然的身体接触？”

尽管他们互相嘲讽，但是“圆桌会议”的与会者们在一点上达成了一致：不管诺伊霍夫们可能是什么，它们都给宿主带来了一种如此强大的免疫力，全世界最好把它是不是不想死这件事纳入考虑。在公众被报纸、广播、电视，以及各种会议和示威搅得焦躁不安的时候，一次高级别的秘密外交活动正在热烈进行之中。各国政府之间举行了无数次的磋商，研究了各种有关预防可能的危险的建议和提案。哥特兰委员会严格按照上级的命令，播出了即将和诺伊霍夫们展开谈判的命令。

主要的困难似乎在于和它们建立联系，但是问题解决起来却比任何人想的都要简单：马丁·诺伊霍夫大致知道它们想从他身上得到些什么，但不是很明确。一听到“谈判”一词，我们的英雄突然陷入一种半睡眠状态，就像轻微的麻醉一样。他的脸上出现了图案。他被人脱了个精光，躺在床上，遍布全身的信号都被小心地拍摄了下来，并被传送给计算机进行翻译。

这只是一个邀请，措辞生硬——说清楚：你们想要什么？你们有什么提议？（由此可见，诺伊霍夫们并没有把自己的利益和宿主绑在一起，因为在谈判期间，它们让他在事实上失去了知觉。它们还——似乎如此——有可能利用了他的大脑，因为它们能直接接收人类的语言。）

谈判花了两年多的时间，艰苦而又富有戏剧性。谈判过程中时有间断，因为需要中断谈判进行磋商（许多国际条约中必须引入一条新的特殊条款，名叫《马·诺》）。对话不止一次变成威胁，采用诅咒的方式，在虚情假意之中表达新的背信弃义。但有一件事是肯定的：听指挥的细菌、超心理波或者智能微生物们除了维持生存和宣布其领土——宿主的身体之外，并无其他基本诉求。它们还同意，在不久的将来，诺伊霍夫不应再做任何不道德或是危及世界政治和军事平衡的事。作为交换，它们要求得到非常确实的证据，以保证永远不会有人试图征服代表其家园的生命，或者侵犯他的安全和独立。

《诺伊霍夫协议》于第二年春天签订。哥特兰岛解除了隔离，接待了得到全世界的授权来签订这一重要法案的杰出客人们。

当然，那个使诺伊霍夫们得名的人也出席了，他兴高采烈，身着节日盛装。报纸和电视自然不能错过这一次机会。根据协议的规定，诺伊霍夫代表他那些看不见的保护者们签署了协议。这份历史性文件生效时用过的自来水笔仍然珍藏在斯德哥尔摩的斯堪森博物馆里。

以下就是协议的文本，用全世界通用的主要语言写成：

“兹证明，人类与诺伊霍夫们庄严承诺，保持和平的关系，不给对方造成任何性质的任何伤害。

“为了实现这一目标，双方将严格遵守以下十项条款：

“1. 马丁・诺伊霍夫将受到世界各国政府的保护。世界各国政府要采取适当的措施，保护其免遭任何人所施加的人身或道德上的伤害。

“2. 他可以自由地居住在自己所选择的任何地点，可以随意旅行，不受干扰，还可以从事他所喜欢的工作。

“3. 任何人不能试图通过中间人（妻子、孩子、父母、兄弟姐妹）来约束他。

“4. 该人的所有行为都要严格遵守现行法律及人类的道德原则，注意不要在某些特殊的帮助下钻空子。

“5. 马丁・诺伊霍夫将得到 200 万美元的免税终身年金，可以随意使用。

“6. 严禁以任何借口刺探该人的机体，违者将受到最严厉的惩罚。

“7. 诺伊霍夫们将约束自己，不越过领土边界，该边界由所附的人体测量和射线照相来确定。

“8. 它们承诺不传播任何种类的微生物（细菌、病毒、弧菌等）或人类未知的化学品，以免危及人类生命。

“9. 本双边协议每隔七年须重新修订，如果科学发展需要，也可以提前修订，加入相应的变化。

“10.《协议》于今日，即 2200 年 3 月 3 日 11 时 30 分生效。”

马丁·诺伊霍夫今天仍然健在。他看上去跟《协议》签订的时候完全一样，一点也没老。正如诺伊霍夫们所证明的，他严格遵守了十项条款。不管诺伊霍夫们是什么，它们都享有了真正的自治，也有能力实现自己的愿望。

所有关于它们的推测都停下来了，以免受到各种苛刻法律的惩罚。

协议经多次续订，没有任何困难。目前它已经有 200 多岁了，这个年纪是值得尊敬的。

一切顺利。然而世界陷入了与日俱增的恐惧之中。这是一位悲观主义哲学家的一个老念头所带来的：如果有一天，马丁·诺伊霍夫厌倦了如此漫长的人生而实施自杀，会怎么样呢？

（舒文　译）

俄罗斯篇

俄罗斯科幻小说的发展历程在某种程度上和欧洲科幻小说的一般情况类似，但是又有几个因素使之更为复杂。首先，俄罗斯一直以来都遭到封锁，某些时候的封锁程度比其他时候更强，因此并未充分受到席卷西方的智识与文学思潮的影响。其次，工业革命到达俄罗斯的时间很晚，以至于俄罗斯在共产主义革命之前一直是一个以农业为主的国家。再次，很长一段时间内在俄罗斯文学也要为国家服务。

像其他欧洲国家一样，俄罗斯早在 18 世纪就有了几部乌托邦小说，如米哈伊尔·谢尔巴托夫（Михаил Щербатов）公爵的《奥菲尔之旅》（*Путешествие в землю Офирскую*，在 1785 年左右开始为人传阅，但直到 1896 年才出版）。在一个将农奴制和强大的君主专制保持到 20 世纪的国家，大多数乌托邦作品都主张改革。从尼古拉·果戈里到费奥多尔·陀思妥耶夫斯基都曾抨击过社会制度。亚历山大·库普林和亚历山大·博格丹诺夫在 20 世纪初都预见到俄罗斯将会迎来革命，并且主张社会主义，其中博格丹诺夫的火星乌托邦题材小说《红星》[*Красная звезда*，1908；1984 年与其续作[1]合为《红星：第一部布尔什维克乌托邦》(*Red Star: The First Bolshevik Utopia*)出版英文版]被认为是最早的正宗俄罗斯科幻作品。

俄罗斯的硬科幻可能始于 18 世纪，最早的作品是瓦西里·廖夫申(Василий Лёвшин)的星际小说《最新的航行》(*Новейшее путешествие*，1784)。但是要说起俄罗斯硬科幻的最大动力，还是要归功于自学成才的物理学家兼数学家、苏联太空飞行之父康斯坦丁·齐奥尔科夫斯基(Константин Циолковский)。此人在科研之余出版了 3 部长篇科幻小说和 4 部短篇小说集，其中充满了奇妙的发明，可惜情节与文学价值稍逊一筹。苏共政权下很早就产生了有特色的科幻，尤其是阿列克谢·托尔斯泰(Алексей Толстой)的《阿埃莉塔》(*Аэлита*，1922)，这部脱胎于巴勒斯火星系列的小说将约翰·卡特这一角色改成了俄罗斯工程师，还将主人公与火星最高委员会主席的女儿以及火星上的马克思主义革命牵扯到了一起。此外托尔斯泰还写了《工程师加林的双曲面体》(*Гиперболоид инженера Гарина*，1925—1926)，这部作品被归类为“红色侦探故事”(красный детектив)，是一种苏联特有的类型文学分类。

苏联科幻小说必须克服一道难关：苏联官方设想了一个不可能发生任何变化的理想社会，在这样一个社会当中，唯一可以接受的发展是将这一社会形态向其他国家乃至其他星球扩散。弗拉基米尔·马雅可夫斯基不能认同这一理念，他的剧本《臭虫》(Клоп，1928)讽刺了极端神圣化的未来；叶甫盖尼·扎米亚京也不能认同这一理念，他的《我们》(*Мы*，1920)灵感来自 H. G. 威尔斯的《未来日子里的故事》(*A Story of the Days to Come*)，反过来又启发了日

1.《工程师门尼》(*Инженер Мэнни*，1912)。

后赫胥黎的《美丽新世界》与奥威尔的《1984》。《我们》在苏联被列为禁书，直到20世纪80年代末才解禁。

俄罗斯杂志也为科幻发展起到了一定作用。首先是1924年创刊的冒险杂志《世界之战》（*Борьба миров*），第二年又出现了《世界先锋》（*Всемирный следопыт*）和《青年科技》（*Техника-молодежи*）。在第一次世界大战之前，最著名的俄罗斯科幻作家是阿历山大·别利亚耶夫（Александр Беляев），他是一位多产的作家，不仅很会讲故事，而且身段灵活，总能让作品适应政治潮流，例如20世纪30年代的苏联对于意识形态正确性的要求。他的作品情节都发生在苏联境内，强调集体努力而非个人奋斗，并遵循所谓的“近期目标”规则，只预测近未来的情况。

也许，最配得上现代俄罗斯科幻之父称号的作家当属伊万·叶夫列莫夫（Иван Ефремов）。1957年他在《青年科技》杂志上发表了《仙女座星云》（*Туманность Андромеды*）——汉密尔顿短篇小说也正是在这一年得到了翻译。按照弗拉基米尔·加科夫等人在《科幻小说百科全书》中的说法，这部作品开启了苏联科幻的黄金时代。叶夫列莫夫还写了《蛇之心》（“Cor serpentis”，1959）、《剃刀之刃》（“Лезвие бритвы”，1963）和《公牛的时辰》（“Час быка”，1968）。叶夫列莫夫最早开始创作时，恰逢苏联发射了人类第一颗人造卫星。帕特里克·麦奎尔（Patrick McGuire）在《惊异剖析》一书中指出，卫星上天对于苏联科幻起到的提振作用就像原子弹和V-2火箭在美国起到的作用一样。科幻从此在苏联蓬勃发展起来，不仅涌现了大量本土作家，阿西莫夫、布拉德利、克拉克、莱姆、谢克雷等人的作品也纷纷得到了译介。

苏联科幻黄金时代的最杰出代表人物是阿尔卡季·斯特鲁加茨基（Аркадий Стругацкий）和鲍里斯·斯特鲁加茨基（Борис

Стругацкий)。加科夫认为，这对兄弟的作品堪称“苏联最有趣、最可读的科幻作品”，而且其中大部分都被翻译成了英文。斯特鲁加茨基兄弟就像波兰的莱姆一样在世界范围内享有盛誉，与他们同时代的苏联科幻作家还包括根里赫·阿利托夫[1]（Генрих Альтов）、德米特里·比连金、基尔·布雷乔夫（真名是伊戈里·莫热伊科）、米哈伊尔·叶姆采夫和他的合作者叶列梅·帕尔诺夫、谢韦尔·甘索夫斯基、维克多·科鲁帕耶夫、弗拉基米尔·萨夫琴科、瓦季姆·谢夫涅尔、叶夫根尼·沃伊斯昆斯基和他的合作者伊赛·卢科季亚诺夫等等。这个时代还产生了叶夫根尼·布兰迪斯、弗拉基米尔·德米特里耶夫斯基和尤利乌斯·卡格尔利茨基等科幻学者和批评家。

苏联黄金时代的许多科幻作家的本职工作都是科学家，他们的作品也都是硬科幻。但近年来，俄罗斯科幻已经“软化”了，逐渐远离政治和社会问题，转向了人物、哲学、美学和宗教问题。俄罗斯导演——其中最著名的是安德烈·塔可夫斯基——拍摄了许多科幻影片，最著名的是《仙女座星云》（*The Andromeda Nebula*，1968）、《索拉里斯星》（*Solaris*，1971）、《潜行者》［*Stalker*，1979，改编自斯特鲁加茨基兄弟的《路边野餐》（*Roadside Picnic*）］等等。

新的俄罗斯科幻作家不断涌现，但苏联解体对俄罗斯科幻的影响还有待评估。俄罗斯科幻作家们是否会把创作重心从变革的文学转向朝着新兴民主体制的过渡、适应资本主义的斗争或者政治冲突呢？科幻小说有赖于变革的意识，但是俄罗斯的变革似乎消耗了太多的日常精力，以至于科幻创作与阅读都可能遭受挫折。俄罗斯科幻可能会在一段时间内失去方向。批判知识分子在苏联时期遭受的

---

1. 俄罗斯作家、工程师、发明家根里赫·阿利特舒列尔（Генрих Альтшуллер）发表科幻小说所用的笔名。

压迫很容易，可这个靶子至少眼下已经不复存在了。通过地下出版物或者狡猾的反话正说来摆脱体制禁锢的需要已经消失了，征服阅读市场的欲望能否取而代之呢？

只有未来才能给出答案。

（万年看客　译）

斯特鲁加茨基兄弟

阿尔卡季和鲍里斯·斯特鲁加茨基兄弟在俄罗斯科幻界的地位就相当于斯坦尼斯瓦夫·莱姆在东欧。一部分原因是他们的作品在国内得到了交口称赞，另一部分原因在于他们的作品在国外也得到了认可，还有一部分原因在于他们的作品超越了科幻门类的界限。在科幻小说并非由廉价杂志演化而来，因而与主流文学之间的区分并不那么显著的地区，优秀文学作品的标准往往要等同于甚至超越门类标准。

离西方越远，人物经历及对其写作的影响就越成问题。阿尔卡季·斯特鲁加茨基于 1925 年出生于格鲁吉亚的巴统，曾在苏联军队服役 12 年并且参加了第二次世界大战，1949 年在外国语学院获得日语和英语学位。鲍里斯·斯特鲁加茨基比他哥哥小 8 岁，1933 年出生于列宁格勒，在列宁格勒大学获得天文学学位。1959 年至 1964 年，阿尔卡季在莫斯科担任编辑，后来成了专职作家和翻译。鲍里斯从 1956 年至 1964 年在普尔科沃天文台担任天文学家、天体物理学家和计算机数学家，后来也成了专职作家。这兄弟二人的生平当中有一项显著事实：他们起初投身写作的理由和莱斯特·德尔雷伊（Lester del Rey）一样，是为了应对“批评容易但创作困难”这项挑战。

到1964年，兄弟俩把所有的精力都转向了写作，此时他们已经出版了六部长篇小说。他们的译者之一帕特里克·麦奎尔在《惊异剖析》一书中写道：“几乎从20世纪50年代末兄弟二人创作第一个故事开始，这个二人团队的写作技艺就远比其他苏联科幻作家更加熟练。到了20世纪60年代初，他们已经找到了值得他们发挥技艺的题材——在此期间，他们从相当硬的硬科幻转向了强调社会和道德问题的软科幻。”

达科·苏文在《科幻小说百科全书》中将斯特鲁加茨基兄弟的创作生涯分为四个阶段。第一阶段是“乐观主义的未来历史”，这一时期的代表作是《绯红云之国》（*Страна багровых туч*，1959）、《二十二世纪的正午》[*Полдень, XXII век*（*Возвращение*），1962]、《太空学徒》（*Стажёры*，1962）。上述作品“信奉探索的浪漫以及人类对于自然伟力发起的乌托邦式猛攻，并由可信的、具有本国特色的主角来表现”。

第二阶段的代表作是《远方的彩虹》（*Далёкая Радуга*，1963）和《为神不易》（*Трудно быть богом*，1964）。这些作品揭示了人类的痛苦，乌托邦的前景变得黯淡。接下来到了第三阶段，“兄弟俩倾向于通过伏尔泰式的虚构来表达他们的黑暗愿景。在这一阶段，兄弟二人高超地掌握了表现主义的情节形式，狡猾地暴露了他们的祖国俄罗斯的社会困惑与日益严重的官僚主义僵化”。人们普遍认为这一时期的小说最具兄弟二人的独有特色：《来自火星的第二次入侵》（*Второе нашествие марсиан*，1968），《星期六始于星期一》（*Понедельник начинается в субботу*，1965），《三套车的故事》(*Сказка о Тройке*，1968)，《路边野餐》[1](*Пикник на обочине*，1972)，《斜坡上的蜗牛》(*Улитка на склоне*，1966 和 1968[2])。

根据苏文的说法，斯特鲁加茨基兄弟的第四个创作阶段始于 1969 年的"马克西姆三部曲"——《可居住的岛屿》(*Обитаемый остров*，1969—1971)、《蚁穴里的甲壳虫》(*Жук в муравейнике*，1979)和《浪遏风》[3](*Волны гасят ветер*，1986)。"在这些作品当中，原本还能时而抚慰人心的寓言光辉被无情剥去，暴露出了突如其来的暴力故事。时而与环境不协调的少年主人公们面临着越发疏离与绝望的场景。"斯特鲁加茨基兄弟的《丑陋的天鹅》[*Гадкие лебеди*，1966—1967(杂志版)；1972 年出版德译本；1979 年出版英译本(*The Ugly Swans*)]在出版成书前的最后一刻被叫停，后来的译本也被兄弟二人否定[4]。《世界末日前一百万年》(*За миллиард лет до конца света*，1976)也属于这一阶段的作品。

到了戈尔巴乔夫公开性改革时期，斯特鲁加茨基兄弟出版了《蹩脚的命运》(*Хромая судьба*，1989[5])、《注定毁灭的城市》(*Град обреченный*，1989[6])和《被邪恶所累，或四十年后》(*Отягощённые злом, или Сорок лет спустя*，1989[7])。尽管他们的作品出版了 200 个版本，翻译成了 20 多个国家的语言，给苏联的授权机构带来了可观的收入，但是兄弟二人似乎在长达 10 年的时间里都处境尴尬。但到 1989 年，他们所有的作品又有了合集。然而此时他们已经很少发表新作品了。阿尔卡季于 1991 年去世。没有人知道鲍里斯是否

1.《路边野餐》从情节上是《星期六始于星期一》的续集，英译本将两者结集出版。
2. 该书分为两个部分，第一部分发表于 1966 年，第二部分发表于 1968 年。
3. "正午世界"系列的最后一部。
4. 德文译本的出版未经作者许可。该书单行本于 1987 年才在苏联出版。
5. 写于 1971 年至 1982 年间，1986 年出版过节略本。
6. 实际完稿于 1972 年。
7. 写于 1986 年至 1988 年间。

会继续写作。

斯特鲁加茨基兄弟就像莱姆一样都是世界级的作家。尽管他们的许多作品可能反映了苏联生活的独特体验，而且译本的质量也并不总是很高，但是他们的作品代表了一大批立意严肃且写作技巧高超，因此质量得到提升的科幻小说。苏文和吉娜·麦克唐纳在《圣詹姆斯科幻小说作家指南》中总结道："斯特鲁加茨基兄弟能够将乌托邦式的愿景与现代科学哲学结合在一起，捕捉到一切政府体制中固有的黑色幽默。因此他们能够超越俄罗斯国界，赢得一批国际追随者，并且在世界科幻小说与文学领域占据应有的地位……但二者最终走向的显然都是远离科幻这一形式……"

《外来者》（"The Strangers"）是他们创作早期一个鲜为人知的短篇科幻小说，作于兄弟二人 1959 年发表第一部长篇科幻小说之后，在《知识就是力量》（*Знание — сила*）杂志上发表，后来被扩展为长篇小说。这部作品预示了兄弟二人随后将要取得的成功。

（万年看客　译）

外来者

［俄罗斯］阿尔卡季·斯特鲁加茨基、鲍里斯·斯特鲁加茨基　著

［美国］威妮弗雷德·格林伍德 英译

讲述人：康·尼·谢尔盖耶夫

“阿皮达”考古队成员

不久前，一本通俗科学杂志上刊登了一篇文章，讲述了去年 7 月至 8 月在杜尚别[1]附近发生的异常事件。文章刊出后得以广泛传播，但遗憾的是，作者显然使用了二手甚至三手的信息，其信源远称不上可靠，因而文章所陈述的情况以及核心问题自然也就谬以千里。文章关于“远程破坏者”以及“硅怪兽”的推论经不起检验，至少并不比所谓的“目击者”所提供的关于燃烧的山脉和卡车，以及被整头吞噬的牛之类自相矛盾的证据更经得起检验。相比于这些纯粹的虚构，事实本身更为简单，同时也更为复杂。

随着时间的推移，杜尚别委员会明显不打算在未来相当长的一段时间里公布关于事件的官方报告，于是尼基京教授邀请我，作为极少数的真正目击者之一，发布有关“外来者”的真相。

“写下所有你亲眼所见的东西，”他说，“写下你的印象，正如同

1. 塔吉克斯坦首都。

你为委员会做的那样。你也可以使用我们的材料。不过，如果你只写你自己的印象，那会更好。还有，别忘了洛佐夫斯基的日记。你有权使用它。”

在我的故事开始之前，我想要提醒大家，在我的叙述中，我将尽全力遵从教授的指示——尽可能试着只给出我自己的印象——而且我将从我们自己的角度来叙述事件，“我们自己”，指的就是在彭吉肯特[1]东南方50公里处挖掘所谓的“阿皮达城堡”的考古队。

考古队共有六个人。其中三位是考古学家——队长鲍里斯·扬诺维奇·洛佐夫斯基，我们称之为“头儿”；我的塔吉克老朋友杰米尔·卡里莫夫，以及我本人。另外还有两个来自当地的工人以及我们的司机科利亚。

“阿皮达城堡”是一座高约30米的土丘，位于群山环绕的狭窄溪谷之中。一条清冷的小溪从谷地流过，河床底部满是光滑的卵石。小溪的岸边即是通往彭吉肯特绿洲的公路。

当时我们正在土丘顶部挖掘古代塔吉克人的居所。我们的营地位于土丘的底部，共有两顶黑色的帐篷，以及一面绘有一枚古代粟特钱币（圆形方孔钱）的血红色旗帜。公元3世纪的塔吉克城堡与拥有石墙和吊桥的欧洲中世纪城堡毫无相同之处。在挖掘基本完成后，能看到的只有两三个方形平台，边缘有高5厘米的墙。事实上，所谓的“城堡”遗留下来的就只有地基而已。在这里，你可以找到烧焦的木头、陶土器皿的碎片、与现代蝎子一模一样的蝎子，如果运气好的话，可能还会有一枚泛满铜绿的古老钱币。

考古队拥有一辆可随时使用的嘎斯51卡车，我们利用它在险恶的山路上长途旅行，以进行考古调查。在“外来者”出现的前一天，

1. 塔吉克斯坦边境城镇，位于中亚著名古城撒马尔罕附近。

洛佐夫斯基开着这辆卡车前往彭吉肯特采购食品，他原本应该在8月14日这天早上回来。然而卡车并没按时出现，而它的神秘失踪正是一连串令人惊异而又难以理解的事件的开端。

我坐在帐篷里吸着烟，等着溪水把我之前放在盆里并投入水中的陶片冲洗干净。尽管时间已经到了午后3点，但太阳似乎仍然高悬在头顶上。杰米尔正在土丘顶部工作——你可以看到那里有黄色的尘土正在空中旋转，还有工人们的白色毡帽。便携式煤油炉发出嗞嗞声——有一锅燕麦粥正在炉子上面煮着。天气又热、又闷、又有扬尘。我一边吸着烟，一边琢磨着洛佐夫斯基为什么会滞留在彭吉肯特：他已经迟到了至少六个小时。我们的煤油快用完了，食物只剩下两个罐头和半包茶叶。要是今天洛佐夫斯基还不出现的话，那就糟了。我又想到了一个更加不可能的原因——洛佐夫斯基决定给莫斯科打电话——我站了起来，伸了个懒腰，然后第一次见到了一个“外来者”。

他站在帐篷入口处，一动不动，黑沉沉的，大约有一只大狗那么高，看起来像一只巨大的蜘蛛。他的身体又圆又扁，像是闪星牌手表，腿上有关节。我没法更详细地描述了，因为我当时太过于震惊以及迷惑。一小会儿之后，他突然摇摇晃晃地朝我走来。我目瞪口呆地注视着他一步一步地前进，在泥土上留下一个个像洞一样的痕迹——在阳光照射下，黄色的黏土碎裂了，形成一个充满恶意的形状。

要知道，当时我还根本不知道这是一个“外来者”。在当时的我看来，它是一种不知名的动物，以一种古怪的方式扭动它的腿，没有眼睛，也没有声音。我向后退去。就在这时，一声轻柔的咔嗒声响起，随之而来的是一道耀眼的闪光，我不由自主地闭上了眼睛，等我再睁开双眼的时候，透过模糊的红色斑点，我看到他又向前走了一步，已经进入帐篷的阴影中了。“上帝啊！”我喃喃自语道。他站在我们的食品箱旁边，似乎正用两只前腿在里面翻找着什么。一罐罐头在阳光下闪闪发光，然后瞬间消失，不知道到什么地方去了。然后那只“蜘蛛”向侧面移开，离开了我的视野。煤油炉的咝咝声突然停了下来，并发出金属的咯嘣声。

我不知道一个理智的人处在我这个境地会怎么做。我已经失去理性思考的能力了。我记得自己大喊大叫，或许是为了吓唬蜘蛛，又或许是为了给自己壮胆。我跳出帐篷，向外跑了几步，然后停了下来，气喘吁吁。外面没发生任何变化。四周的山峦在烈日下打着瞌睡，溪水微波粼粼就像是液态的银，土丘顶上的云彩仿佛是它白色的毡帽。然后我再一次看到了那个“外来者”。他在山坡上快速地行走着，绕过土丘，动作轻捷无声，仿佛是在空气中滑行。他的腿几乎让人注意不到，但我清楚地看到一个奇怪的尖锐影子在他身边坚硬的灰色草地上奔跑。随后，他不见了。

一只马蝇咬了我一口，我用恰巧在我手中的一条湿毛巾把它拍了下去。土丘顶部传来叫喊声——杰米尔和工人们正从那里走下来，他们在叫我把煮粥的锅从煤油炉上拿下来，再把烧水壶放上去。他们丝毫没有感到一点异样，因此当我开口的时候，他们全都震惊了：“一只蜘蛛搬走了煤油炉和一个罐头。”我告诉他们。杰米尔说后来的情况很吓人——我坐在帐篷旁边，往煮粥的锅里弹着烟灰。我的双眼发白，而且不断地左顾右盼，那模样活像是被什么东西吓坏了。我看得出我的老朋友已经把我当成了疯子，连忙断断续续地给他讲发生了什么事，而这只是进一步证实了他对我的看法。工人们从发生的一切中只得出了一个结论：没有茶，也不会有茶。失望之余，他们默默地吃着几乎没有暖意的粥，然后开始玩塔吉克人最喜欢的纸牌游戏——比什图库塔。杰米尔也吃了些东西，我们点燃香烟，他耐心地听着我重新讲述事情的经过。

他思索了一会儿，然后得出结论：这一切都是我想象出来的，是轻度中暑的结果。我立即表示反对：首先，我只要出帐篷就会戴上遮阳帽；其次，煤油炉和罐头到哪里去了？杰米尔说，这些丢失的物品可能在我神志不清的时候都被我扔到河里了。我对这个说法感到十分气愤，但我们还是站了起来，走到齐膝深的清澈河水里，开始摸索河床底部。我找到了一周前杰米尔遗失的手表。在我们放弃搜寻之后，杰米尔再次开始思索。你有没有闻到什么奇怪的气味，他突然问道。没有，我回答道，我没闻到什么气味。你有没有看到蜘蛛是否有翅膀？没有，我没看到什么翅膀。你还记不记得今天是几号、星期几？我发了脾气，我说今天很可能是 14 号，我不记得是星期几了，但这没有任何意义，因为毫无疑问，杰米尔自己也不会记得今天是星期几。杰米尔承认自己也只记得年份和月份，这没什么好奇怪的，因为我们被困在这个没有日历也没有报纸的穷乡僻壤。

然后我们又到处看了看。除了帐篷入口处地面上那些已被抹去一半的洞之外，我们没发现什么别的痕迹。另一方面，我们确实发现，除了煤油炉和罐头之外，那只“蜘蛛”还带走了我的日记本、一盒铅笔以及装有我们最有价值的考古发现的袋子。

“这该死的猪！”杰米尔沮丧地说。

夜幕降临了。层层叠叠的雾气爬满山谷。天蝎座的恒星在山脊上方明亮地燃烧着，像一只有三个趾头的爪子。我们能嗅到凉爽的夜风。工人们很快就睡着了，但我们躺在营地的床上，一边左思右想，一边用廉价香烟的臭味填满帐篷。在漫长的沉默之后，杰米尔怯怯地再次向我确认我真的没有在捉弄他，紧接着，他发表了自己的看法：他认为“蜘蛛”的出现与洛佐夫斯基的久久未归有一些联系。我也在考虑这个问题，但是我没有回答。他又重新检查了一遍丢失的东西，提出了一个可怕的假设：那只“蜘蛛”是一个狡猾伪装的小偷。我迷迷糊糊地睡着了。

我被一种奇怪的声音吵醒了，就像是某种强力的飞机引擎的声音。我躺在那里听了一会儿。不知为何，我感到惊慌。也许是因为我们在这里工作的一个月时间里从来都没见过一架飞机。我站起来向帐篷外看去。时间是午夜，我的手表显示是1点30分。天空中布满了锐利而又冰冷的星星，群峰上只剩下深深的阴影。然后，在我们帐篷对面的一座山的山坡上，出现了一个明亮的光点，它向下滑动了一下，离开山坡，然后又在右侧较远的地方出现。噪声更响亮了。

“那是什么？”杰米尔从我身边挤了过去，惊恐地问道。

噪声是从相当近的地方传来的，突然间，一道耀眼的蓝白色光束照亮了我们那座土丘的顶端。它看起来像一座闪闪发光的冰峰。这持续了几秒钟，然后光束消失，咆哮声也停止了。黑暗与寂静再次降临到我们的营地。工人们住的帐篷里传出被吓坏了的惊呼声。在黑暗中我无法看到杰米尔，但他用塔吉克语喊了几句什么，随后我听到粗糙砾石上匆忙的脚步声。强烈的咆哮声再一次响起，越过山谷，迅速减弱，最终消失在远方。我似乎看到一个黑色的细长的身躯在东南方向的星星之间滑行。

杰米尔和工人们都过来了。我们围成一圈坐了下来，陷入漫长的沉默，吸着烟，仔细聆听着周围的动静。老实说，所有的这些都让我感到恐慌——“蜘蛛”、无月之夜难以穿透的黑暗，还有那神秘的沙沙声，似乎是透过潺潺的溪水声传来的。而且我想其他人也有同样的感觉。杰米尔小声地说，我们无疑是被什么东西困住了。我并不反对。最后，我们都感觉自己快被冻僵了，于是返回各自的帐篷。

“现在怎么说？中暑？伪装小偷？”我问道。

杰米尔什么都没有说，过了一会儿之后，他问：

“要是他们回来怎么办？”

“我不知道。”我回答道。

但他们没有。

第二天，我们去了我们的挖掘场，发现前一天挖出来的碎片一个也不剩：所有的陶器都不见了。挖出来的那些平坦光滑的地基上覆盖着孔状的痕迹。我们之前挖出来的那堆土已经被推平了，就像有一台压路机从上面碾过似的。墙上有两处被砸了。杰米尔咬着嘴唇，非常认真地看着我。工人们低声互相交谈，向我们靠得更近了。他们吓坏了，我们也是。

洛佐夫斯基和卡车还是没有回来。我们早餐吃了些轻微发霉的面包，喝的是冷水。面包吃完了之后，工人们表达了一种“让这工作见鬼去”的渴望，捡起他们的锄头，朝土丘上面走去。在与杰米尔商量了一番之后，我坚定地戴上帽子，果断地沿着通往彭吉肯特的道路出发，指望能遇到路过的车辆搭个便车。

我平安无事地走过了最初的几公里，甚至还两次停下来歇口气、吸支烟。峡谷两侧的群山一会儿互相靠拢，一会儿又分开，轮流交替；风吹起蜿蜒道路上的尘土，小溪在道路旁哗哗流淌。我看到过几次羊群或是牛群在吃草，但附近没有人。当黑色直升机出现在空中时，我距离最近的居民点还有10公里。直升机飞得很低，沿路前进。它低沉地咆哮着，飞过我的头顶，消失在峡谷的转弯处，后面留下一股热气。我们的军用直升机是绿色的，而民用直升机则是银色的。它的颜色不是这两种之中的任何一种，而是一种哑光的黑色，在阳光下泛出暗沉的光泽，就像一支步枪的枪管。它的颜色、不寻常的外形以及强烈而又模糊的振动声都令我立刻就想起了前一天晚上发生的一切，想起了“蜘蛛”，而这让我感到惊慌。

我加快脚步，然后跑了起来。跑过转弯处之后，我看到一辆吉普车，车旁边站着三个人，他们正仰头望着空无一物的天空。我害怕他们可能会马上把车开走，所以我大喊一声，全力向他们跑去。他们转过身，然后其中一个人立刻扑倒在地，爬到车底下。另外两个人，都是膀大腰圆、留着胡须的小伙子，一看就是搞地质勘探的。他们一言不发地盯着我。

“你们能载我去彭吉肯特吗？”我喊道。

他们继续默默地盯着我看，我觉得他们根本就没有听懂我的问题。

“早上好，”我继续向他们靠近，“平安归于你[1]……”

高个子那位转过身，默默地上了吉普车。矮一点的那位闷闷不乐地打了个招呼，然后继续抬头望着天空。我也朝天上看了一眼。什么都没有，除了一个一动不动的大风筝之外。

我轻咳一声，询问道：“你们不去彭吉肯特吗？”

“你是谁？”矮个子问。

高个子站了起来，弯腰趴在座位上，我看到他的宽腰带上有个枪套，里面插着一把手枪。

“我是个考古学家。我们正在挖掘‘阿皮达城堡’。”

“你刚才说你们在挖掘什么？”矮个子以礼貌得多的语气问道。

“‘阿皮达城堡’。”

“那在哪里？”

我告诉了他。

“你为什么要去彭吉肯特？”

我告诉了他洛佐夫斯基的事，以及营地现在的情况。我没有透

1. 原文为阿拉伯语中的常用问候语。——编注

露“蜘蛛”的事以及昨晚发生的事件。

“我认识洛佐夫斯基。”高个子突然说道。他坐在吉普车边上，两腿岔开，吸着一支烟斗。“我认识洛佐夫斯基。是叫鲍里斯·扬诺维奇吗？”我点点头。

“他是个好人。我们当然可以带你去，但你自己也能看得出来，我们被困在这儿了……”

“格奥尔基·帕利奇，”吉普车底下传来一个责备的声音，“麻烦大了。”

“你真是个无能的混蛋，彼得连科，”高个子懒洋洋地说，“我要解雇你。我要解雇你，而且不会付给你一分钱的报酬……”

“格奥尔基·帕利奇……”

“看啊，那东西又来了！”矮个子说。

那架黑色直升机从山坡后面冲了出来，沿着公路直直地飞向我们。

“真他妈该死！那是个什么东西？”矮个子喃喃自语着。直升机飞向天空，高悬在我们头上。我一点儿也不喜欢它，而且我已经张开嘴准备这么说了，但是那高个子突然用紧张的声音说：“它下来了！”并且下了车。

那架直升机正在降落，一个阴森森的圆洞在它的机腹打开。它冲着我们的方向，越来越低了。

“彼得连科，赶快滚出来！”高个子大声喊道，抓着我的袖子冲向旁边。

我跑了起来，矮个子地质勘探员也一样。他在喊着什么，他的嘴巴张得很大，但是发动机的咆哮声突然间抹去了其他所有的声音。我发现自己躺在公路旁的排水沟里，眼睛里全是灰尘。我只来得及看到彼得连科手脚并用地向我们爬来，而黑色直升机已经着陆了。强大的旋翼桨叶掀起的飓风扯掉了我的帽子，并且把所有的东西都笼罩在黄色的尘埃里。接着，同样的白光闪过，我眼睛里的疼痛让我尖叫起来。当尘埃落定，我们看到了一条空旷的道路。吉普车不见了。黑色直升机正朝峡谷上方升起。

我再也没见到过“外来者”或是他们的飞行器。这一天，杰米尔和工人们见到了一架直升机，在 8 月 16 日又见到了两架。它们都飞得很低，并且同样是沿着公路飞。

我后续的冒险与“外来者”只有间接的联系。地质勘探员们和我以搭便车的方式回到了彭吉肯特。高个子的那位一路上盯着天空，而矮个子的那位一直在骂骂咧咧地念叨着，假如“这是那些飞行俱乐部的小子们搞的把戏”，他就要好好地收拾他们。司机彼得连科则完全陷入了困惑。有好几次他突然开始解释吉普车损坏的原因，但是没有人在听他说什么。

在彭吉肯特，人们告诉我说洛佐夫斯基是在 14 日早上离开的，但是考古队的司机科利亚在当天晚上返回，而洛佐夫斯基则不见了。他被民兵拘捕了，因为很显然他造成了车祸并导致了洛佐夫斯基的死亡，但却不肯透露车祸的地点和具体情况，而无耻地编造了一场可怕的空袭作为借口。

我冲向当地的民兵组织。科利亚坐在一张木板凳上，在值班人员的眼皮底下，深深地体会着人类的不公。据他的描述，在离彭吉肯特约 40 公里的地方，“头儿”下车检验一座路旁的土丘，那下面掩盖着一座古代定居点的遗址。20 分钟之后，一架直升机飞过，将卡车抓走了。科利亚追着直升机跑了将近 1 公里，但追不上，于是又回过头去找洛佐夫斯基。但是洛佐夫斯基也莫名其妙地失踪了。然后科利亚返回彭吉肯特，如实地做了供述，情况就是这样……

“谎话连篇！”办公桌后的人生气地说，但就在此时，那两位地质勘探员和彼得连科也冲进了民兵驻地。他们带来了一份关于他们的吉普车失踪事件的声明，然后冰冷地询问该向谁控告这种空中的流氓行为。半小时后，科利亚获释。

不得不说，科利亚的霉运并没有就此结束。彭吉肯特检察院就“鲍·扬·洛佐夫斯基失踪并确信死亡”一案对科利亚提起了公诉，杰米尔、工人们和我都成了目击证人。对这一“案件”的刑事诉讼程序是在以尼基京教授为首的委员会到来后才终止的。我不想谈论此事，因为我写的这份材料是关于“外来者”的，而且在那个时候每一天都有各种各样的新信息涌来。但我们的“头儿”鲍里斯·扬诺维奇·洛佐夫斯基本人留下的信息却是最为有趣的。

很长一段时间以来，我们都沉浸在猜测中，试图去理解“外来者”来自哪里，他们又是什么样的生物。各种各样的看法互相矛盾，直到9月中旬，人们终于发现“外来者”的着陆点和鲍里斯·扬诺维奇的日记时，一切才开始明朗起来。根据众多目击者对黑色直升机路径的描述，边防卫兵终于找到了它。着陆点在一座群山环绕的谷地里，位于“阿皮达城堡”西边15公里处。这里的地面平滑得像是被压路机压过一样，四周以大块烧焦的石头为界，直径约有200码[1]。许多地方的土壤似乎都被烧焦了，至于植被——杂草、荆棘和两棵桑树——也被烧毁了。人们在这里发现了其中一辆被偷走的车，擦洗得很干净，但是里面没有任何燃油。此外，还发现了一些材料不明、用途也不明的物品，这些都被送往一间实验室进行检查。这其中最重要的是“阿皮达”考古队的工作日志，鲍里斯·扬诺维奇·洛佐夫斯基亲手在上面写下了他至关重要的笔记。

1. 1码约为0.914 4米，200码约182.88米。

日志放在那辆车的后座上面，没有受到潮气或是阳光的损坏，只是蒙上了一层灰尘。在这个棕色纸板封面的普通练习本上，三分之二的页数已经写满了关于“阿皮达城堡”的挖掘过程、对周边乡村的调查记录等内容，但在最后的12页上有一个短小的故事，我确信这个故事远胜任何小说，甚至胜过许多科学与哲学论文。洛佐夫斯基是用铅笔写下这个故事的，他写得很匆忙（从笔迹能看出来），内容常常不连贯。其中有些地方是难以理解的，但大部分内容揭示了这一系列事件中尚未弄清楚的细节，而且所有的部分都非常有趣，尤其是洛佐夫斯基对于“外来者”所做的结论。在洛佐夫斯基“失踪”一案因“犯罪事实不存在”而撤案之后，我成了“阿皮达”考古队的临时代理队长，因此彭吉肯特地方检察院将这个练习本交给了我。以下我将抄录洛佐夫斯基笔记的全部内容，并在内容无法完全理解的地方加上一些注释。

鲍·扬·洛佐夫斯基日记，8月14日

【这里有一幅画，看起来像是一个蘑菇的伞盖，或者一个扁圆锥体。它旁边画着一辆汽车和一个人，意在表示这个物体的大小。在它下面写着“太空船?”，旁边写着“入口”的箭头指向圆锥体上的几个点。在圆锥体的顶点上写着“装载舱口”，旁边写着“高度14米，底部直径40米”。】

一架直升机带来了另一辆汽车，是一辆嘎斯69吉普车，车牌号ZhD-19-19。好几个“外来者”【是洛佐夫斯基第一个使用了这个词。】爬到它的上方，检查它的引擎，然后把它装载到飞船上。舱门很狭窄，但车还是装进去了。目前，我们的车还在下面没动，我把所有的食品从车上拿了下来，他们对此并无什么表示。实际上，他们根本对我丝毫不加注意，这简直是侮辱。看起来就算我直接走开

也没关系，但目前我还不想那么做……【此处后面有一张画得很糟的画，似乎想要描绘“外来者”的外形特点。】

我画不出来。直径约 1 米的黑色碟子形状的身体。八条腿，其中有些有十条。这些腿就像蜘蛛的腿那样又细又长，且有三个关节。这些关节可以向任意方向扭转。我看不出这些生物的眼睛和耳朵在哪里，但他们显然有着极佳的视力和听力。他们可以飞快地行进，就像一道黑色的闪电。他们像苍蝇一样在垂直的山崖上跑上跑下。值得注意的是，他们的身体是不分前后的。我曾看到其中一个正在奔跑——没有任何的停顿或是转折，他便突然冲向侧面，然后是后面。当他们经过我身边时，我能闻到一点清新的味道，就像臭氧。他们会像蝉那样吱吱地叫。这些智慧生物……【未写完的句子。】

一架直升机带来了一头奶牛。一头愚笨、肥胖、满身花斑的牲畜。当它被放到地面时，立刻就开始啃食烧焦了的荆棘。六个“外来者”聚集在它身边，不停地发出吱吱声和闪光。他们强壮得令人震惊——其中一个用他的腿抓住了那头牲畜，轻松地把它翻了个身。他们把奶牛装进了舱内。可怜的牲畜！他们是在储藏食物吗?

我试着和他们说话。我走到他们面前。他们根本不看我。

一架直升机带来了一个干草堆，把它装进了飞船……

至少有九个“外来者”和三架直升机……

他们确实看见我了。我试着走到石头后面。一个“外来者”追上了我，发出吱吱声，然后回去了……

毫无疑问，这是一艘太空飞船。我正坐在悬崖的阴影里，突然间，所有的“外来者”都从飞船旁边四散跑开。然后飞船突然间升起了几英尺，悬浮在空中，随后再一次降落，就像羽毛一样轻。没有噪声，没有火焰，没有任何表明发动机在运转的迹象。只是岩石裂开了……

其中一个“外来者”原来是有眼睛的——在它身体边缘五个闪亮的按钮状物。它们的颜色各有不同，从左至右依次是：蓝绿色、深蓝色、紫色和两个黑色。不过，它们也可能不是眼睛，因为大多数时候，它们并没有对着其主人正在移动的方向。在昏暗的光线里，这些眼睛闪闪发光……

8 月 15 日

我几乎一夜没睡。直升机反复飞来飞去，“外来者”到处奔跑，发出吱吱声。这一切都处于完全的黑暗中。偶尔会有明亮的闪光……

第四辆车被抓来了，又是一辆嘎斯 69，车牌号 ZhF-73-98。而且又是没有司机。为什么？他们是否特意选择了司机不在车上的时机？……

一个“外来者”抓来了几只蜥蜴——非常灵活。他利用三条腿奔跑，用他的另外几条腿同时抓住两三只蜥蜴……

是的，如果我愿意的话，我可以离开。我刚从悬崖边返回。那里离通往彭吉肯特的公路相当近，步行不超过三个小时的路程。但我还不能离开。我必须要看看这一切最终将如何结束……

他们将整整一群的羊——共有 10 只——装进了飞船，同时装船的还有大量的干草。他们已经知道羊吃什么东西了。聪明的家伙！很明显他们打算把活的牛羊带走，或者他们可能是在储存新鲜食物。令人无法理解的是，他们为何如此明显而又固执地无视人类呢？难道他们对人的兴趣还不及奶牛吗？？他们还带走了我们的车……

……他们能理解吗？如果我和他们一起飞走会怎样呢？我要试着和他们达成某种协议，或者秘密登上飞船。他们会阻止我吗？

……两个旋翼，有时是四个。我数不清有多少桨叶。机身长度大约 8 米，全部都是用某种黑色的哑光材料制成，看不出有接合点。

我认为它的材质不是金属，有点像是塑料。我不知道该怎么进去。从外表上看并没有舱门……【这一段很可能是对直升机的描述。】

显然我是曾到过此处的唯一一个人类。这让我十分恐慌。但除此之外，我又能做什么呢？我必须起飞，这是绝对必要的……

“刺猬”又出现在飞船的顶部。【无法理解的内容，洛佐夫斯基从未在其他地方提起过“刺猬”。】它们转着圈，发出闪光，然后消失了。浓烈的臭氧气味……

一架直升机返回时，两侧有拳头大小的凹痕。它着陆后折叠了起来，立即就有两架我们的喷气式战斗机从山脉上方飞到了另一边。发生了什么事？

“外来者”继续跑来跑去，好像什么事也没发生似的。一旦发生冲突……【未写完的句子。】

理论上……【无法辨认的字迹。】我应当解释一下。他们显然不明白，或者他们认为这有损他们的尊严……

太神奇了！我仍旧惊讶不已。他们实际上是机器？？？就在1分钟之前，在离我两步远的地方，两个“外来者”将另一个拆散了。我简直不敢相信自己的眼睛。极其复杂的结构。我甚至不知道该怎么去描述它。遗憾的是我不是一位工程师。不过即使我是，很可能也不会有什么帮助。他们移除了背部的装甲板，那下面是一个星形的……【未写完的句子。】腹部下方是一个储物槽，相当巨大，但各种各样的物品是如何放进去的仍然让人无法理解。机器！……

他们把它重新组装起来，只留下了四条腿，但却加上了一个类似巨大爪子的肢体。改装工作完成之后，“新生”的“外来者”就跳了起来，跑进飞船里……

身体的很大一部分由一个白色的星形物体所占据，其材质类似于浮石或者海绵……

这些机器的主人又是什么人？也许这些“外来者”是由飞船里的某物控制的？

会思考的机器？简直是胡话！控制论或是远程操控？应该是某种奇迹。另一方面，谁又能阻止这些主人公开露面呢？……

它们能够理解人与动物之间的不同。因此它们没有捕捉过人类。它们有人性。它们捕捉我可能是一个错误……我妻子将永远不会原谅……

……我绝对不应该看到——那太恐怖了。但我是一个人！……

继续活下去的希望十分渺茫。饥饿、寒冷、宇宙射线，以及其他的无数种危险因素。这艘飞船显然没有适合搭乘“偷渡者”的设备。

总的来说，百分之一的机会。但我没有权利错过这个机会。我们必须与他们联络！

现在是晚上 12 点。我利用手电筒的光线写字。当我打开电源时，一个“外来者”跑了过来，发出闪光，然后又跑掉了。整个晚上，“外来者”们都在建造一座类似高塔的建筑。首先，宽阔的舷梯从三个舱门处伸展出来。我以为是控制着这些机器的人终于准备出来了，但从舷梯上送下来的是大量的零件和金属（？）。六个“外来者”开始工作，带有巨大爪子的那一个不在其中。我长久地注视着它们。它们所有的动作都是极为精准和可靠的。它们在四个小时之内建成了那座塔。它们的工作是多么和谐啊！现在什么都看不见了，因为天色已经很黑，但我能听到“外来者”们在周围跑来跑去。它们可以在无光的情况下工作，它们的工作从不会停止哪怕一分钟。直升机一直在空中……

假设我打算……【未写完的句子。】

8月16日，上午10点

致找到这本笔记的人。请将它送到以下地址：列宁格勒[1]，冬宫博物馆，中亚分部。

8月14日，本人，鲍里斯·扬诺维奇·洛佐夫斯基，被一架黑色直升机抓走并带到此处，也即“外来者”的营地。我尽我所能记录下了到今天为止我的所有观察结果……【几行无法辨认的字迹】……以及四辆汽车。基本结论：（1）这些“外来者”是来自外太空——火星、金星或是其他行星的访客。（2）“外来者”是一种非常复杂精妙的机器，且它们的太空飞船是自动控制的。

“外来者”对我做了检查，脱掉了我的衣服，并且我认为它们对我拍了照。它们没有伤害我，在以上事情完成之后，对我也没有特别地加以注意。我有完全的人身自由……

从各种迹象来看，这艘飞船已经做好了离开的准备，因为在今天早上，我看到三架黑色直升机和五个“外来者”被拆除。我的食物也都上了飞船。这里仅剩下那座塔的一部分，以及一辆嘎斯69。两个“外来者”仍旧在飞船下面跑来跑去，还有两个则在附近不远处游荡。有时我能看到他们在山坡上……

本人鲍里斯·扬诺维奇·洛佐夫斯基，已经决定登上“外来者”的飞船并随他们一同起飞。我已经考虑过所有的可能性。飞船上至少有足够我吃一个月的食物。我不知道在那之后会发生什么，但我必须起飞。我寄希望于上飞船之后能找到那些奶牛和羊，并与它们待在一起。首先，那会使得旅途更加欢乐；其次，它们将成为事情不顺时的食物储备。我不知道飞船上是否有水。另一方面，我有一把小刀，如果有必要的话我会喝血……【划去。】如果我活着——我

1. 今圣彼得堡。

几乎肯定自己能够活下去——我会尽一切努力与地球联系，并带着“外来者”的主人一起回来。我想我应该可以同他们达成协议。

写给玛丽亚·伊万诺夫娜·洛佐夫斯卡娅。最亲爱的玛申卡，我真的希望当你收到这些留言时一切都好。但如果最糟糕的事情发生了，请尽量不要责备我。我没办法不这样做。请记得我一直爱着你，并且原谅我。替我亲吻格里沙。当他长大后，告诉他我的事。毕竟，我不是一个坏人，至少没有坏到我儿子不能以他的父亲为荣的程度。你觉得呢？就这些。其中一个在山崖上奔跑的“外来者”刚刚返回了飞船。我要走了。吻你。永远只属于你的鲍里斯……

就在我写下这些的同时，“外来者”已经收回了两架舷梯。他们留下了一架。我必须……【整段内容都无法辨认。看起来似乎洛佐夫斯基在写下这些的时候并没有看着本子。】是时候动身了。如果他们不让我上飞船，那我可就尴尬了。我必须上去！另一个“外来者”已经从山崖上返回并爬上舷梯。还有两个仍然坐在飞船下面。好吧，洛佐夫斯基，前进！是有点可怕。但那不重要。它们只是机器，而我是一个人……

笔记至此便结束了。洛佐夫斯基再也没有回到那辆车上。他没有回来，因为飞船飞走了。怀疑论者谈论灾难，但那就是他们之所以是怀疑论者的原因。从一开始，我就深深地、发自内心地相信，我们这位出色的“头儿”还活着，并见到了我们在梦中都未曾见过的事物。

他会回来的，而我会一直羡慕他。就算他没能回来，我也仍然会一直羡慕他。他是我所知的最勇敢的人。

绝非每个人都能像他那样跨出这一步。我曾询问过许多人。有些诚实地回答道：“不会。我会感到害怕。”大多数人回答：“我不知道。你瞧，一切都得看当时的实际情况。”我绝不可能那么做的。我见过一个“蜘蛛”，而且即使是现在，我知道它只是一台机器，我也绝不会对它产生一丝一毫的信任感。还有那些阴森可怕的黑色直升机……想象一下你自己身处于外星太空飞船之中，被无生命的机器所环绕，想象你自己在冰冷的虚空中飞行，没有任何希望，没有任何确定性，就这样飞行几天、几个月，也许是几年——想象这一切，你就会懂我的意思。

就是这些了。再稍微谈谈后来发生的事情吧。9 月中旬，尼基京教授的委员会从莫斯科赶来，而我们所有人——我本人、杰米尔、司机科利亚以及两个工人——都被迫填写了几十张纸的表格，回答了成千上万个问题。

我们为这事儿花了一周左右的时间，然后返回了列宁格勒。

怀疑论者可能是对的。我们也许永远都无法发现外太空来客的真实面目，无法得知他们的星际飞船、他们送到地球上的神奇机器是如何设计出来的，以及最重要的——他们突然来访的原因。但不管怀疑论者怎么说，我认为“外来者”一定会回来。鲍里斯·扬诺维奇·洛佐夫斯基将是第一位翻译。他必须掌握我们这些远邻的语言。只有他才能够向他们解释，为什么在 1 600 年前的陶水壶碎片旁边能够找到完全现代的、非常适合山区崎岖道路的车辆。

“飞翔的荷兰人号”

讲述人：鲍·扬·洛佐夫斯基

“阿皮达”考古队前队长

我为什么要上船呢？这是个难以回答的问题。我发现自己现在很难回忆起当时的动机和感受。我似乎只是觉得我必须跟着他们起飞，我忍不住要这样做，就是如此。好像我是联结地球人类与“外来者”主人的唯一纽带。那些主人十分轻易地信任他们的机器，而我却不得不纠正他们的错误。差不多是这样吧。当然，我也的确十分好奇。

我清楚地意识到自己只有千分之一的机会，也许只有百万分之一的机会。我知道自己很可能会永远失去我的妻子、我的儿子、我心爱的工作，我会失去我的整个世界。想到妻子让我尤为心痛。但这一目标的无限感……我不知道你能否理解我的意思。这个极其微小的机会支配着我的想象力，它开启了令人难以置信的广阔前景。如果当来自另一个世界的太空飞船起飞之时，我只能张开嘴凝视着它，那我将永远不能原谅自己。那是背叛。背叛地球，背叛科学，背叛我毕生信仰并为之奋斗的一切。但尽管如此——要下定决心是多么困难！

如你所知，我在 8 月 16 日写下了最后一篇笔记。很明显，“外来者”不打算带走最后一辆车，很可能是因为他们已经带上了一辆一模一样的。我把日记放在车后座上，扔下铅笔，环顾四周。周围已空无一物，只有两个“外来者”还在太空飞船巨大的暗灰色圆锥形船体下方活动。四周耸立着黄色或是红色的岩石，天空在我的头顶闪耀，是我一生中从未见过的明亮与蔚蓝。我必须做好准备。不远处，一股纯净的冷水从岩石的裂缝中奔流而出。我把水瓶装满，塞进衬衫里。我有一瓶水、两个鱼罐头、一个手电筒和一节备用电池。不太多……但我寄希望于能马上找到太空飞船中分配给奶牛和羊的那个船舱，然后一直待在那里。因为“外来者”没有给牛带上很多食物，所以我猜测我们最多一个星期就会到达另一个星球。我错得多么离谱啊！但我们稍后再谈这个。

当我走上舷梯时，那些在飞船底下忙碌着的“外来者”全都愣住了，并且盯着我看——至少在我看来就是这样的。他们就是这样的——当你靠近他们时，他们会停止工作，僵持在最为尴尬的位置。即使退一步说，这也不是一个非常常见的情况。我几乎没法让自己对此感到习惯。我也停下脚步盯着他们。我觉得他们似乎猜到了我的意图，并且不喜欢它。我不想承认，但我当时确实感到了一种解脱。早晨的阳光太温暖、太奢侈，而这些长着细长腿的黑色东西又实在太令人感到陌生，难以置信地陌生；还有那坑坑洼洼、烧焦了的土地；还有那宽阔而又坚硬的舷梯，完完全全地通往另一个世界……

尽管如此，"外来者"只是看了我一眼，似乎便已心满意足。它们继续忙碌着什么，没再理会我。道路再次开放，光荣撤退的机会不复存在。

我记得那时候我试图说服自己，我得回去找到那件半小时前太阳刚刚开始释放热量的时候被我丢下的西装外套。我一只脚踏在舷梯上，环顾四周，希望能找到它。我越是仔细地观察现场的每一条车辙，就越是清楚地意识到，西装外套是必不可少的一件衣服——穿着脏兮兮、松松垮垮的法兰绒裤和一件颜色如泥泞春雪一般的衬衫去见"外来者"的主人，那将会相当失礼。只有老天才知道一个男人的脑子在这种时候能想到些什么。我漫无目的地扫视四周，陷入了沉思。四周一片寂静，除了"外来者"发出的吱吱声。随后，一只马蝇飞到我面前，嗡嗡作响，我这才清醒过来，开始飞快地朝着舷梯上方走去。

舷梯陡峭而又富有弹性，所以仅仅走了几步之后，我就有了一种无法抑制的想要用四肢爬行的冲动，但出于某种原因，我感到羞愧。也许是因为我十分清楚，即便不四肢爬行，我的外表也已经够可笑的了：松垮的裤子、鼓鼓囊囊的衬衫（我已经把罐头和其他零散的物件都塞了进去），以及一个冻僵在我三天没有刮胡子的脸上的微笑。当然，除了那些“外来者”之外并没有人在看着我向上爬，而且他们显然对此毫不在意。我佝偻着身子，用颤抖的双腿蹲伏着，终于征服了最后几英尺的舷梯，随着我携带物品的叮当作响，我跌进了舱门。

我发现自己身处于一条相当狭窄的走廊里，略微向下倾斜，指向飞船深处的黑暗之所。漫射的阳光从舱门照进来，微微照亮灰色的墙壁。那墙壁摸起来很粗糙。我坐在地板上，它十分冰冷，并且似乎在轻微地搏动。这里阴暗、凉爽而又十分安静。

我调整了一下衬衫下面塞着的物品，系紧裤带，伸长脖子往外看了一眼。外面没有任何变化。太阳照耀着那仅剩的一辆汽车，从这里望去，它像是小孩的玩具一样小。我认为舱门的实际高度比在下面估计的要高出很多。

突然，我看到了一个“外来者”。它慢慢地走到舷梯边，并且停了下来，就好像正准备瞄准然后突然一枪把我打死那样。我靠在走廊的墙上，把脚缩了回来。想到他马上就会从离我很近的地方经过，甚至有可能会碰到我，就让我感到害怕。但什么都没有发生。从舱门处射进来的光线短暂地消失了，我沐浴在温暖的空气中，嗅到如同臭氧般清新的味道，而那个“外来者”飞快地从我身边经过，丝毫没有停顿。我听到它在黑暗中远去的声音，那种柔和的吱吱声和腿落在地上的敲打声。然后我跟着它走，不停地告诉自己这时候转身回去将会铸成大错。我害怕自己不能坚持下去等到起飞。那将是一种不可容忍的耻辱，我很清楚这一点，也正是它约束住了我。一开始我弯着腰走路，但后来我觉得这很愚蠢，于是直起了腰，但我的肩膀和后颈撞到了看不到的天花板，它与墙壁和地板一样又冷又粗糙。然后我冒险转过身。在我的上方是一片天空，我就像是躺在一口井的底部。我拿出手电筒，想看看前方的情况。我的调查结果令人吃惊。走廊已经到了尽头。我面前是一堵墙，灰色、粗糙，摸起来有些温暖，并且上面空无一物。

我感觉到某种类似失望的情绪，其中明显夹杂着一种责任履行完毕的愉快感觉。我多么希望耸耸肩，转过身，脸上带着一种高贵的痛苦表情走向出口，正如一个备受尊敬的人经过意志卓绝的努力之后，下定决心去诊所治疗疼痛的牙齿，却发现牙医今天无法接待他那样。但我想不通刚才从我身边跑过的那个“外来者”到哪里去了。我又把手电筒照在墙上，立刻发现墙的下部有一个巨大的圆形开口。我可以发誓一分钟之前它不在那里，但现在它的确在。我爬了进去，用我的手电筒照着路。

如果说走廊里就像地窖那样又冷又黑，那么这里就和坟墓一样黑，但要暖和得多。我站了起来，并且突然间感觉到自己可以挺直身子了。天花板不见了。手电筒的光渐渐消失在头顶的黑暗中，左右两边都显示出某种奇怪的凸起。前方什么都没有。我走了几步，开始环顾四周。一开始，我无法理解这里的任何东西——我似乎身处于堆积如山的大量汽车轮胎之间。这里看起来像是个仓库。我慢慢地沿着堆积物之间的狭窄通道前进，不停地将手电筒转向左边或是右边。几分钟后，我才下定决心，用手触摸离得最近的一堆东西。他们是“外来者”！准确地说，并不是像蜘蛛一样的机器，而是他们扁平而又圆滑的身体。他们一个挨一个地叠着，一动不动，丝毫不能让我联想起那些曾以其机动性和灵活性让我大为惊讶的黑色机器。我看不到他们的腿，它们一定是被拆下来或是缩回身体内部去了。那真是一个巨大、黑暗而又安静的储藏室。这些堆积物至少有三四米高。在它们上面，形状奇特而又锋利的杆子从黑暗中一束束地垂下来。

当我站在那里观察周围、四处打着手电筒的时候，身后响起一种金属的砰砰声。我转过身，看到了一个“外来者”，很可能是之前留在外面的最后一个。它正沿着通道向我走来。在离我几步远的地方，它停了下来，在光线的照射下一动不动，然后它灵巧地向上攀登，笔直地爬上堆积物，再也看不见了。我的头顶上响起沙沙声和咔嗒声，一分钟后，全然的寂静降临了。我纯粹出于本能地感觉到，在所有这一切之中，在可能是非常巨大的空间里，除了我自己之外，再没有任何一个有生命的物体存在。

奇怪的是，就在这个时候，我感到自己孤独得可怕。

我跑了起来，字面意义上地跑了起来，然后撞到了墙上。我发狂似的把手电筒照在墙上，试图找到我之前爬进来的那个一人大小的洞。这次它真的不在那里了。我大喊起来。我的声音在温暖的空气中颤抖，消散在黑暗里。就在那一刻，我脚下的地板开始摇晃并向上移动。我的身体被一种无法抵抗的沉重感淹没了，我跌坐在地，然后又平躺在又热又硬的地板上。

一切都结束了。事情已经发生了。飞船正在起飞，把我带到未知的地方去。据我所知，我是第一个突破大气层的限制而离开地球的人类。我记得我想到了这一点，并产生了一种奇怪的解脱感：当前我未来的命运并不取决于我自己的意愿。然而，我的思想很快就混乱起来。我的体重增加了一倍（顺便说一句，我的体重在通常情况下为 90 公斤），我感到自己又热又重，非常难受。

这种情况持续了至少一刻钟。我像一只被压扁的青蛙那样四肢摊开，用手捂着脸，开始数数。我数到了 100、1 000，然后忘了自己数到多少，因此又重新开始。塞在我衬衫里的罐头压得我很痛，就像要把我的肉挖出来似的，但我没有力气把它们推到旁边去或者摆出更舒服的姿势。

突然间，我飞向空中。我似乎是在坠落，以不可思议的速度飞到黑暗和空虚之中的某处。显然，飞船的加速已经停止，失重也随之发生。当我搞明白这一点之后，我开始感到十分轻松自如，我想我甚至笑出了声。我真的成为一个星际“偷渡者”了，不是吗？就像小说里写的那样，失重还有其他所有的一切？但这种快活的感觉很快就消退了。

我飘浮在离地板 7 英尺的地方。一堆堆被拆解的形状不明的黑色机器无声地围绕在我身旁。燥热的黑暗在我身边摇曳，而就在我身边，离我不到一臂之远的地方，我的手电筒也同样飘浮在空中。我就是抓不到它，尽管我能以令杂技演员嫉妒的方式扭动身体。手电筒的光直射我的脸，让我头晕眼花，简直要把我逼疯了。但是我什么都做不了。与此同时，我产生了一种类似晕船的感觉。也许失重与重量增加一倍一样，都让我的身体无法适应。

我感到头晕、恶心，最后我开始咒骂，直到我意识到自己正坐在地上、手电筒躺在两步远之外为止。“我们到了。”我想道。手电筒仍然与之前同样明亮，因此从我们起飞时开始计算，时间最多也就是刚过了不到一小时。尽管我对天文学所知甚少，我仍然无法想象居然只用了这么短的时间。

但没有时间思考或是惊奇了。我周围的黑暗开始移动。有些东西在我头上噼啪作响，我抓起手电筒，借助它的光亮看到了“外来者”自行装配的一幅奇妙景象。在我眼前，那些黑色的机器长出了连成一排的腿，头朝下跳了下去，发出金属与金属之间的碰撞声。他们一个接一个地从我面前经过，使得空气中充满了臭氧和暖风，然后消失在黑暗里。他们的数量并不是很多，最多不超过 12 个。其余的身体仍然堆放在原处，一动不动地躺着。一股刺鼻的臭味从某处传来。这时我突然想到，外星的大气或许是无法呼吸的。但对此我毫无办法，所以是时候考虑我与另一个世界的智慧生命即将进行的会面一事了。如果说我作为一个星际旅行者的经历显然不算成功的话，我仍然希望自己身为一个地球文明的代表不会失败。

我站起来，提了提裤子，尽量让自己看起来更为体面，然后坐下来等候“外来者”的主人。我毫不怀疑他们一定会来。我兴高采烈，几乎算得上欢欣鼓舞了。毕竟我成了地球人类的代表，这可绝非小事！但时间一分一秒地过去，没人出现。和以前一样，我被死寂和令人窒息的黑暗包围着，鼻子里满是刺鼻的难闻气味。后来，我觉得十分烦躁，于是决定找到那扇门离开这里。

我不停地走着，用手电筒照着前方或是脚下，但始终没有找到门。突然间，我发现自己已经不在“外来者”的储藏室里，而是身处于一条宽阔的拱形走廊之中。令我吃惊的是，我根本没注意到那一排排的堆积物是什么时候没有了的。显然我走错了路，尽管在我看来那些“外来者”是从这个方向离开的，因此通向飞船外的舱门也一定就在这附近。这时再走回头路也没有意义了。“早晚能找到的，”我想道，“我肯定还是会和‘外来者’的主人面对面的。”另一方面，据我计算，我已经在飞船的另外一边了。当我沿着隧道又走了几十步之后，我终于发现了舱门，并沿着一道倾斜的粗糙装甲板走了下来。

我期望着见到天空中全新的星座、广阔如沙漠的火箭发射场、迎接自动星际飞船的生物。完全没有这样的东西。前方是手电光束无法穿透的黑暗，脚下地面的触感温暖而又粗糙。此外别无一物。我开始思考，比较着事实——如果在这混乱之中的任何东西可以被称为事实的话——最后得出了结论：我很可能是在一个巨大的星际飞船机库之中。可以肯定的是，这一结论几乎没有解释任何问题，但毕竟我不可能对未知星球上居民的风俗习惯了如指掌。而鉴于穆罕默德显然不会走向山，那么山自己去找穆罕默德也是一样。

我开始行动，使用我空着的右手帮助自己（我的左手紧紧地抓着手电筒）向下爬去。无论有多么奇怪，此时的我不再感觉到任何的恐惧或是兴奋，甚至连此前强烈的好奇心也没有了——只剩下一种不耐烦的、恼火的情绪，渴望尽可能快地见到任意一个活着的人。人真是一种奇特的生物！我好像忘记了自己经历过的苦难和眼下的奇妙处境，反而表现得像一个迟到的旅客，在一条没有灯光的走廊里迷失在其他人的外衣之中。我记得自己甚至开始低声咕哝，又或者朝星际飞船那不友善的主人大声喊叫。

就在此时，我一脚踏空，摔倒了。我清楚地记得飞船的侧舷是倾斜的，从上面掉下来是件不可想象的事。尽管如此，我还是从一个相当高的高度掉下来了，我的脚后跟摔得很痛，两个罐头一阵叮当乱响，摔到了我的身边。我本能地将珍贵的手电筒举得高高的。光束穿过一个平滑的网格，照亮了星际飞船那平坦而又粗糙的底部。

“噢，好吧，事情本来可能会更糟糕的。”我站了起来，庆幸地想道。突然间，我看到一点光芒——它十分微弱，几乎看不见，但我的心兴奋地跳了起来。我关掉手电筒，将目光探入黑暗之中，生怕看不见这暗淡的绿色光点。然后，我小心但却快速地朝它走去，不时打开手电筒，以免掉到什么洞里去。所幸“机库”的地面与飞船里的一样平整坚硬，我一次也没有被绊倒过。很快，我发现自己正沿着一堵有些倾斜的高墙行走，墙上每隔10码或15码就有一个圆形或是方形的舱门。我本想透过一个舱门看看里面的情况，但从那里面伸出了一条“外来者”的腿，这让我觉得最好不要在这里耽搁，于是尽可能快地往前走去。现在，那道光变得越来越明亮，突然间，它似乎就在我的脚下。光芒是从一条劈开墙壁、高而狭窄的通道中泼洒出来的。我挤进那条通道，顿时在惊奇中停下了脚步。

正在我面前的是一条宽阔的隧道，相当明亮，但照明的方式却不同寻常。最初的一分钟，它看起来就像是不同颜色的商店橱窗一点不差地沿着墙壁伸展开来，就像夜间的涅瓦大街，黄的、蓝的、绿的、红的……隧道的远端笼罩着一层朦胧的磷光烟雾。墙壁像是玻璃一样透明，不过那肯定不是玻璃，而是某种未知的金属或塑料。墙后是面积大约 15 平方米的隔间，隔间之间用同样的未知透明材料隔开，而在隔间里面……

那是个博物馆。或者更确切地说，是个巨大的动物园。我从第一个隔间旁躲开了，就像一个小孩躲开了一个怪物。在那个隔间里，一个梦魇般的生物在绿粉色的黏液中载浮载沉，那模样就像蟾蜍和乌龟的杂交种，个头儿却有一头牛那么大。它那沉重的扁平头部朝我转过来，大张着嘴，它的下颚下面有一个湿乎乎的包囊抽搐般地摇晃着。这恶心的场景让我窒息。可以肯定的是，后来我就习惯了，我能够完全出于好奇、毫无反感地注视着它。

对面的隔间里，有一个总的来说无法形容的东西。它塞满了整个隔间，是黑色的，巨大而又沉重。一个抖动着的胶质物体，覆盖着肉质的活动嫩枝，在浓厚得如同汤汁般的空气中游动，一会儿闪烁着发出不均匀的紫光，一会儿又像个坏掉的霓虹灯似的彻底熄灭。

在这条令人惊奇的动物园走廊的每一个隔间里，都聚集着、爬行着、反刍着、悸动着翻来覆去又或是目瞪口呆的某种生物。那里有如同大象一般大的披甲蟑螂，长到不可思议的红色蜈蚣，尺寸接近汽车、长着大眼睛的半鱼半鸟，一种有着难以置信的鲜明色彩的翅膀和大牙齿的生物，还有一些形状不明的绿色半透明水母散落在地板上。一些隔间里面是黑的。不时地，不同颜色的光在里面闪烁，有些东西会躁动起来。我不知道是什么东西坐在那些笼子里。想象这一切已经极为困难，但要描述它们则更加困难。另一方面，你可以很轻松地想象，鲍里斯·扬诺维奇·洛佐夫斯基，一位冬宫博物馆的工作人员，一位考古学家，一位已婚男人，在这条隧道中辗转徘徊，饱受震惊，双眼圆睁，穿着宽松的法兰绒裤子和塞得满满当当的衬衫，佝偻腰身，在他那毛发旺盛的面庞和左顾右盼的双眼上，都落下了一些不寻常的颜色。

这条通道似乎无穷无尽。我一开始数了数隔间的数目，不过数到 50 便放弃了。隧道似乎成了螺旋形。不时会有新的狭窄通道从左面或者右面的墙上开出来。当我看向它们时，我看到了同样连续的一排窗子，有些五颜六色，有些则漆黑一片。有时，一个“外来者”跑过去，在我面前停下，他的腿可笑地抬了起来，放出一道白色闪光，然后继续前进，发出吱吱声和嘀答声。

我突然间感到极为疲惫。我的双腿似乎无法再站直，我的头痛得像要裂开。很久之前我便已感到口渴，但由于我始终没找到那些牛羊，我决定尽量避免使用我那稀少的水源。现在，干渴已经令我无法忍受了。毫无疑问，我已经开始对炎热和难闻的气味感到有些习惯了，而过去几个小时的兴奋感也逐渐退去。

从起飞到现在，时间只过了最多不超过 12 个小时，但我感觉自己就像是好几个晚上都没睡过觉那么疲劳。而当我漫无目的地来到走廊中“无人居住”的区域时——这整个区域的隔间都没有生物在居住，干净、干燥、完全黑暗，而且透明的隔板已经移除了——我决定停下来。为了使我的意识更加清醒，我喊了起来。我仍然觉得主人们能够听到我的声音。但是没人回答。只有“外来者”在隧道中的某处突然开始敲打他们的腿。

我满心欢喜地在地面上躺了下来，从衬衫下面掏出我的宝物。当我把它们掏出来之后，用手电筒的光照着好好地看了它们一番——然后，我感到浑身冰冷。我把开罐器忘在西装外套口袋里了！这真是一场灾难。我从未想过一个饥饿的人有罐头却没有开罐器是多么可怜。首先，我试着用我的皮带扣打开罐头。失败之后，我开始在地板上和隔间拐角的墙壁上敲打它们。罐头的形状改变了，并且布满了裂缝。我设法使用皮带扣将这些裂缝加宽，以便能够从中吮吸出罐头里的东西。

我一边思考，一边吮吸着被裂缝割成薄片的罐头食物，出乎意料地注意到，开罐器的问题比“外来者”的主人以及动物园的神秘之处更令我困扰。我叹了口气，从我的水瓶中喝了几口水，睡着了。

第二天——或者第二天晚上，或者当天晚上，我不知道——我开始再一次寻找主人。此外，我希望我能找到“外来者”捕获的那些车辆放在哪里。我认为我从彭吉肯特带到营地的食物很可能仍在车上。我既没有找到车，也没有找到食物，但在“动物园”的其中一条走廊里，我找到了那些牛羊，这让我欢欣鼓舞。在一个装着巨大的蚂蚁形状生物的隔间对面，一堵厚厚的透明隔墙之后，那头褐底白斑的奶牛斜倚在隔板上，而羊群则挤在隔壁的一个隔间里。这一发现令我极为开心，而对于事实上我无法接触到这些“地球生物”一事则完全没放在心上。它们看起来都相当舒适，尽管羊群可能会有点拥挤，我必须承认这一点。另一方面，我很快就意识到这是因为什么了。在相距不远的一个笼子里，我见到了一只巨大的老虎，另一个笼子里则关着一些不停移动的黄色动物，模样非常像狗。显然，这些是草原上的土狼。这些掠食者所在的隔间里，地板上散落着一些看起来比较新鲜的碎骨和碎皮，毫无疑问，它们来自一只绵羊。从这一现象之中，我得出了三个相当明显的结论。首先，“外来者”大量捕捉绵羊是为了给这些掠食动物提供暂时的食物来源；其次，“外来者”的星际飞船不仅仅去过塔吉克斯坦，因为众所周知，当地并没有老虎或是土狼；第三，也是最后一点，在这个动物园里展示的是几个——也许是很多个不同行星上的动物群，这些行星很可能有许多并不在我们的太阳系之内。

我决定使用一定的方法论，因此我开始沿着这些隧道、通道和走廊前进，遇到岔路口，就向右转。这种方法对于地球上的迷宫非常有效，但在天体迷宫中却毫无用处。这个天体迷宫是移动的！在我本应见到熟悉的片段时，取而代之的是空白的墙壁。舱门出现、消失，就像被施了魔法一样。我看到一大片的隔间缓慢无声地挪开，打开了一条通道，一分钟之后，一个“外来者”从那条通道中跳了出来。

很快我有了一个令人惊奇的发现。在此之前，我认为我像是一个古代的哲学家，拿着提灯寻找人类，寻找另一个星球上的一座建筑，寻找停放星际飞船的机库，寻找一座博物馆。最终，我发现我对这个世界的这种理解是完全错误的。

事实证明，这个世界是不稳定的。我能感觉到它在空间中移动。有些时候，我会有超重的感觉，有些时候地板会从我的脚下移开，我会被抛起来撞到侧面的墙上。有时候又会出现失重。我笨拙地跨出一步，结果反弹到了空中，在那里左摇右晃，晕眩到筋疲力尽，直到失重状态结束。每当这种时候，“动物园”的隔间里就会出现可笑又可怕的景象。

想象一头奶牛，一头完全普通的动物，四脚张开倒立在空中。简直是个奇观。不过，奶牛和绵羊似乎能够平静对待这种状况。老虎可就不一样了！它扭动着身躯，在空中旋转着，试图用它那尖利的爪子抓住任何坚硬的东西。而一只飘浮在地板与天花板之间的巨大蟾蜍则更像是一个病态的梦，而非清醒的现实。总的来说，失重对于动物似乎并没有什么特别的影响。随着重力恢复正常，一切都回到其原有的轨道。

一些蛇被失重逼疯了。我刚巧见到一个巨大的蛇形动物的反抗。

它将自己的身子盘成一个紧绷的球，然后伸直身体，用它那覆着鳞片的尾巴大力地拍打着隔壁房间的墙壁。它有一种令人敬畏的美丽：在闪烁的蓝色雾气中，一条巨大的龙在扭动着。地板在它的撞击之下抖动。在我眼前，墙壁泛出了一条条裂缝，就像一个迷宫。我看到蓝色的烟雾从这些裂缝中渗出，进入旁边的那个隔间，那里有两个大型生物，模样像长了眼睛的蘑菇。"蘑菇"开始扭动，在笼子里狂乱而又无助地奔跑起来。突然间，反抗者的笼子里蓝光熄灭了，在随后的半黑暗中，一股股白色的蒸汽缓慢而又沉重地飘了下来。强力的打击立即停止了。反抗结束了。后来我碰巧又看到了这条蛇。它被移到另一个隔间里，安静地躺着，很有秩序的样子。但我再也没见过那些长了眼睛的蘑菇。它们的隔间空了出来，里面的灯光也熄灭了。我往里面看，看到了快速移动的影子。我想那些是"外来者"，它们在修墙。

我扯远了，简而言之，我很快就开始怀疑自己正置身于一个在太空中运动着的极其巨大的星际飞船上。一件事让我对这个想法更加确信了：有一次，我在一条有"舷窗"的走廊上被惯性甩出了20多米，我绝望地挥着手试图保持平衡，直到我被地上的某个东西绊了一下并且摔倒在地为止。此事让我联想到了一个发生在列宁格勒公交车上的类似案例，当时我正以同样的方式沿着座位之间的过道飞下去，把所有坐着的乘客戴的帽子都碰掉了。这个比喻简直不能更恰当了。把我绊倒的那个东西是地面上的一个"外来者"。它能够抓住地面，尽管我仍然不知道它是怎么做到的。

当我注视着那个"外来者"兴高采烈地沿着走廊飞奔而去，并且揉搓着自己的瘀伤的时候，我开始盘腿打坐，思考问题。一切都在以一种令人不安的方式展开。

如果这里是一座停靠星际飞船的机库（像我一开始想的那样），

又或者是一座动物博物馆（像我后来想的那样），我最终一定是能够走出去，到达外星球的天空之下的。但事实不是如此，这里是一艘运动中的星际飞船，其飞行模式一直在不停地发生变化，且它的内部结构也在以一种我不能理解的方式不断重新排列组合。它的外界或许只有虚空。

有两个问题依然存在：第一，这艘飞船上是否还有其他的智慧生物？第二，这个星际漫游者（我是指这艘飞船）打算在太空中盘旋多久？当然，这两个问题都没有答案。

我手头还有四分之一瓶水和最后一个罐头。这个罐头还得想办法打开，而水已经开始腐坏了。不管怎么说，它闻起来就像沼泽里长了蝌蚪的水。我盘着腿坐在走廊中间。右边，在一个半黑暗的隔间里，有一种异域的奇观闪烁着奇异的光芒；左边则是一头眼神愚蠢的奶牛，专注地舔舐着笼子透明的墙壁。

周围非常安静。走廊的尽头被黑暗笼罩，地板上有一些斑驳的亮点。我第一次注意到走廊的天花板也是透明的，有一个地方有一条明亮的光带穿过，我分辨出一个"外来者"投下的巨大影子正沿着这条光带滑动。我试着去想象这极为巨大的理性创造物——这艘由机械大脑控制的星际飞船，充满了最为复杂的机器，从我的位置开始，向上下左右各延伸出数百米。"这里真的没有活着的智慧生物吗？"我想道，"这不可能。成千上万吨的透明金属，数百只像蜘蛛一样的机器，但却没有一个人？"可以想象，但很难相信。大约10天之前，我原本是可以想象这样一艘巨大的星际飞船的，但没有什么可以让我相信它真的存在。而现在，我可以看到无尽的透明走廊，用手触摸粗糙而略带暖意的地板。我相信自己的手，但我无法想象这里除了我之外，可能一个人都没有。

奶牛吸引了我的注意力。它突然停止舔舐墙壁，而是走到隔间的后部，开始从一个透明的水槽里舔水喝。我敏锐地意识到自己干涸的喉咙和烧灼般的饥饿。就在此时，我的灵感一闪而过。我跳了起来，沿着走廊开始奔跑，用我最大的声音咒骂着自己，说自己是个傻瓜、白痴。我应该早就想到这个的，非常非常早。我需要一个“外来者”。任何一个都行。而且要尽快：我已经没有耐心等待了。

我很快就找到了。这只“蜘蛛”站在一个半暗的大厅墙边，用它的前腿挖掘着一个狭窄的黑色开口。它看起来很忙也很不友好，但不论如何，我还是喊了它几声，由于它没有回答，我就拍了拍它的背，手差点烫伤。“外来者”抬起两条腿，摆出它惯常的姿势，与此同时还在不停地挖着洞，洞里则不时闪现出蓝色的长长火花，随后又马上熄灭。很难分辨出哪边是它的前腿，哪边又是后腿，因此在犹豫了一小会儿之后，我下定了决心。我把手伸进自己的衬衫里，把剩余的那个罐头拿了出来放在地上。我说：

“看。拿上那个，伙计。把它放到仓库里去。”

我指望着那个“外来者”会把罐头拿走，把它和其他来自地球的物品放在一起，而就算那意味着得在飞船上到处追赶它，我也会找到那一间仓库，从而使事情变得更加简单。但是“外来者”一动不动地站了一会儿，然后拿起罐头，在手里翻转了一下，把它重新放回地上了。我感到很失望。

“拿起来呀，马上！”我说。

“外来者”保持沉默。

“它是什么？”我问。

“外来者”发出类似电铃般的声音，关上了一扇门又或者其他什么东西，然后离开了，没有回头看一眼——可以这么说。然后我拿起罐头，立刻就意识到它已经被打开了。更确切地说，它被从中间切成了两半，所以我拿起的只是上面的一半，而底下的那一半仍然在地面上。空气中弥漫着令人陶醉的三文鱼香味，我无法抗拒。我拿起一半的罐头，一口气把它吃完。然后我从水瓶里喝了一口微咸的水，感觉到自己是全宇宙最为满足的人。我可以再次开始搜索了。

首先我沿着墙行进，因为根据方才的分析，往哪个方向走对我来说其实都是一样的。很快我遇到一个“外来者”，就是刚才那个，我认为。至少这一个也在挖一堵不时冒着蓝色火花的墙。我走到它跟前说了声“谢谢”。我表达的谢意是真实的，尽管要是它能带我找到仓库，我会更为感激。然后我盘腿坐下，开始观察它。“外来者”咔嚓咔嚓地响了几下，又放出闪光，我试着猜测它在做什么，但却一点儿也没有头绪。它完成了工作，我们互相对视着。应该说是我在看着它。很难判断它究竟在看着什么。然后我开始对它说话，就像一个无聊的人跟一条狗说话那样。一开始我只是闲聊，你真是聪明啊，你真棒啊，这一类的话，然后我开始问你叫什么名字之类的。它没有走开，因此在一些灵感的刺激之下，我开始向它讲述关于地球、关于人类、关于我自己以及考古学的事。我讲了很长时间，它一直在那里听着，一动不动，像一座雕像。突然间，我注意到又有五个“外来者”不知什么时候围在我们身边。

这时我就明白过来了。他们在录音。我站了起来。我稍微集中了一下注意力，然后再一次开始讲话。这不是我第一次举行讲座，但我从没有举行过这样的讲座。几天来，我第一次感觉到自己在做一件有用的事情。是的，没错——因为，我正在通过这些“外来者”向这些机器的陌生主人讲话。我告诉它们关于地球和人类、关于战争和革命、关于艺术和考古学、关于在建工程和未来的伟大计划等等所有事情。我试图描述我们在实践科学方面的成就，但我担心在这一点上，我的讲座显得模糊不清，因为我没法允许自己谈论原子弹和毒气。不知为何，我感到羞愧……我充满热情地将其他所有事情都详细地告诉了它们。我想，如果主人们破译了这段录音，他们一定会感到满意，没有理由怀疑这一点。至少他们会知道，他们的机器遇到了一些与他们一样具有理性的生物。

我讲完了之后，说了一句“就这么多”。“外来者”们又呆站了一会儿，然后一起放出闪光。正在我揉眼睛的时候，它们全都不见了。

有一段时间，我兴奋地在走廊里走来走去。我对自己感到非常自豪，因此也不再小心翼翼地看着那些“外来者”。对于我来说，它们现在就像是接受了我的委托，是向另一种人类传递信息的信箱。当然，这并不意味着我不再欣赏这些非凡的机器。我突然间意识到，它们只是机器，非常聪明，但与所有的机器一样不可避免地受到限制。

尽管我完成了自己的使命，但我的处境却没有任何改善。我似乎已经走遍了整个地方，没有任何新的发现。我甚至没有办法爬到更高层去，而且我已经吃完了那罐三文鱼，很快就开始真正地挨饿。

我在地球生物的隔间附近徘徊，在它们面前站了很长时间，饥渴地注视着那些土狼撕碎一些白中带红的东西，用舌头舔舐着水。是的，飞船上有食物和水。绵羊只剩下了三只。很可能他们已经决定保留它们，而现在，掠食者们在吃其他的食物，也许是合成的。飞船上有食物和水。我非常明确地知道这一点。

有一次，我落到了一条宽阔而又低矮的走廊里，在这儿你只能弯着腰行走。我沿着它爬了很长一段路，突然听到前面传来熟悉的吱吱声和金属碰撞声。两个“外来者”正向我跑来。通常它们都是单独行动的，但这并不是让我如此激动的原因——它们正抬着某种东西，是颜色很浅的长方形物体，看起来就像刨花板。这块板子发出一种气味。我不知道该怎么形容这种气味，而且我甚至都记不起来那是一种什么气味了——但那是一种食物的气味。这两个“外来者”在搬运食物。当那散发着食物芳香的浅色物体从我面前经过时，我跳了过去。我把它拉向我，摸它揉它，把整个身体压在了它上面。“外来者”没有理会我，继续往前走，把我拖行了大约 10 米。然后我掉了下来。一大块白色芳香的东西留在我手里，像白干酪。

“外来者”继续跑走了，而我则留在原地，大吃了一餐。我认为它的味道非常不错。

后来我又干了几次这种盗窃行为。前两次，我感觉吃的东西还不错。第三次，我拿到了一种非常糟糕的东西。它很显然不是为“地球生物”准备的。它散发着氨和原油的味道。不管怎样，我已不再因饥饿而感到特别的痛苦。但干渴……

我一直节约着最后一口水，就像我的掌中珍宝。但那一刻仍然来了，我忍不住把它给喝干了。我将水瓶扔到黑暗里。我想它很可能还在那儿。根据我的计算，这大约是第十天或者第十一天。我只剩下手电筒了，里面装着的是用了一半的电池，还有一大块合成食品，是从“外来者”那里抢来的。

很快我便开始头晕眼花。我就快要因为干渴而死去了。另一方面，合成食品也不是很有营养。在当时的情况下，我并不想吃那个散发着臭油味的东西。简单地说，我的膝盖再也承受不住地弯了下去，我的头旋转着倒在走廊的正中央。

就在这个时候，一件奇怪的事情发生了。从一开始，就有这样一个问题一直在扰乱着我的心神：在把我从土丘上抓下来，好好检查了一番之后，“外来者”就不再对我加以任何注意了。在我手脚并用地爬坡的时候，直升机把我抓了起来。我没有时间去理解这一切。突然间引擎轰鸣，我的背部遭到重击，残忍的钳子夹住了我的身体，然后就是一片黑暗。我只能以窒息般的声音大叫，并且嗅到了臭氧的气味，等到再一次见到光明的时候，我已身处“外来者”的着陆点了。

但在这艘巨大、空旷、没有生机的飞船里，我认真思考了这个问题。显然，“外来者”只会收集那种——如果可以这样说的话——非理性的生物，任何一种会使用四足爬行、攀爬或是奔跑的生物。若非如此，我就无法解释这一事实：尽管“外来者”对于两足直立的我丝毫没有兴趣，但一旦我虚弱倒下，四肢着地，它们就会以惊人的效率活动起来。透过我耳边的嘈杂声，我能分辨出它们发出的嘀嗒声和吱吱声。在手电筒的光线之下，我看到一小群“外来者”聚集在一起，突然间，它们扑到我身上。它们抓住我的体侧，开始把我拖到某个地方。它们的手让我感到很烫，但臭氧的味道使得我舒服了许多。我挣扎着试图站起来。我成功了，立刻双脚站立，对它们说了些话（我不记得我究竟说了些什么，我认为是“够了，小伙子们！”），于是它们放开了我，在我身边围成一个圆形，充满活力地发出吱吱声。这个时候，我开始有点明白过来了。只要我能够两脚站稳，我就是它们的主人，一个直立智人，一个不受它们支配的人，所有生物的统治者。但如果我四脚着地，马上就变成了一只动物，必须被抓住、拖到笼子里进行研究，并给予……食物以及饮水。最后的这个想法令我陷入深思。

我没有那样做。我快渴死了，而且也很饿、很虚弱，但我还是没有那样做。坐在奶牛旁边，一边反刍一边长胖？尽管这个想法十分有诱惑力，但它还是让我充满了恐惧和厌恶。在那一刻，我从未如此强烈地感受到自己是一个人类。我挺直身子，挺起胸膛，朝着那些“外来者”吼叫。我命令它们马上离开。它们的确这样做了。它们注视着我，发出吱吱声，然后全都离开了。

口渴、神经衰弱、难闻的气味和致命的疲劳依旧在折磨着我。我想我开始变得神志不清了。我突然想到，自己正处于一艘巨大的

"飞翔的荷兰人号"[1]之上，那些"外来者"是它们早已死去的主人留下的机器残魂，那些主人曾经因其犯下的大罪而被诅咒，他们船长的灵魂在这艘飞船的深处潜伏着，一个火星版的范德戴肯[2]，因他可怕的罪行而注定要永远在太空深处游荡。这是我在这艘飞船上的最后几天。也正是在这最后几天之中，我有了最为了不起的发现。

在我徒劳地寻找智慧生物和水源的过程中，我走进了一个空的隔间。我记得那是在一条几乎没有生物居住的隧道里。那里又黑又热。手电筒的光滑过墙壁，我如遭雷击般呆立当场。我以为自己终于完全疯了。在墙壁上，我看到一幅简陋的画，一只鸟正展翅飞翔。画的下方有一行简短的铭文。铭文由七个标志组成，连成一行，写得歪歪扭扭。那只鸟被涂上了一层厚厚的干颜料。它在灰色的墙上非常显眼。那些字母是用一种尖锐的东西在墙上刻下的。你能想象我那时的感受吗？我冲了出去。我带着新的活力与希望在走廊上跑来跑去。我开始寻找这个和我一样的人。我不知道为什么，但我确信自己可以找到他，尽管那些铭文和图画可能是几千年前遗留下来的。很快，我变得虚弱，失去意识而倒地，而当我再次醒过来的时候，我无法再找到那个隔间了。我被它吸引了，但是……另一方面，还有一个更为古怪、也更为重要的发现在等着我。

我不记得我是如何进入了那条长而低矮的隧道的。它通往竖井，一个真正的无底洞。我躺在它的边缘，怀着沉闷的好奇心望向黑暗的深处，一股滚烫的臭气正从那里升起。我似乎看到那下面有光线在移动，亮白色的火花在闪烁。我挪动了一下身子，支起手肘，把下巴抵在拳头上以便于观察。我的手肘突然软了下来。我艰难地站起来，用手电筒照了一下。我的身边躺着一具尸体。更准确地说，是

---

1. 一艘传说中的幽灵船，它永远无法靠岸，注定要永远航行在海洋中。
2. "飞翔的荷兰人号"的船长，《渔人岛》中的反派。

一具干尸，一具干燥、发黑的人类遗骸。它躺在竖井的边缘处，蜷缩成一个球，膝盖顶着下巴。极小、脱水、烧焦……

我注视着它，想分辨出这是精神错乱的结果还是现实。然后我下定决心，伸出自己因虚弱而颤抖着的手，碰了碰尸体的手。它立刻化为灰尘，在黑色的灰尘之下，一样东西闪闪发光。那是一个奇怪的护身符，一个沉重的白金小雕像，一个长着三根手指的人。我将它捡起来，仔细拂去上面的灰尘，把它放进自己的衬衫里面。在那个时候，我对它并不怎么在意。我坐了下来，注视着那具黑色的干尸，仿佛看到了自己的宿命。我意识到再没有什么可指望的了。在我的脑海里，我见到了这个小家伙还活着时的样子，他充满了力量以及人类的好奇心，像我本人一样，他试图揭示外星星际飞船的秘密。也许这是在很久很久以前发生的。什么时候？他是什么人？他这双眼睛曾见到过什么？谁曾经徒劳地等待着他的归来？

我对于我在飞船上的最后几天或者几个小时只有模糊的记忆。很可能当时我已经太虚弱了。我现在要说的事情或许只是我因精神错乱而产生的错误记忆。

我好像坐在一个很大的大厅里，里面满是一些发着光的复杂机器。我有一种奇特的感觉。我听到说话的声音，响亮的不合韵律的音乐。我感觉到有人在盯着我的眼睛看。我不知道该怎么解释——我没有看到什么眼睛，但我就是感觉到有人在看着我。我不知道为什么我没有看到他们：也许他们身处数百万英里之外，也许他们根本就不存在。但是我能很清楚地感觉到那种热切、专注而又惊奇的凝视。我不知道这持续了多久。然后“外来者”出现了，小心地把我抱了起来。我没再挣扎。我虚弱得几乎站不起来了。它们把我带到了某个地方。接着是黑暗、引擎的轰鸣声，还有无比可爱的清新微风吹到我的脸上，是我非常熟悉的、地球上的那一种。

就在那时，我清醒了过来，纯粹本能地意识到发生了什么。我知道我正要被送回地球。根据主人的命令，“外来者”准备将这个两足的理性生物，这个没有权衡过自己的力量和能力就闯入飞船的不速之客送回地球。我深知我的一切计划和目标都被毁掉了。我开始挣扎。噢，我的挣扎是多么地猛烈啊。我叫喊着，我乞求着，让它们把我带回飞船，让我去见它们的主人……我记得的最后一件事是直升机的轰鸣声，一道耀眼的闪光，以及一种潮湿和寒冷的感觉。

后来发生的事大家就都知道了。我被一队恰巧在附近的士兵发现并送往医院。此后直到恢复意识、完全康复的时候我才知道这一点。我昏迷了六个月。我被诊断出了严重脱水、双肺炎症、脑膜炎和其他疾病。医生无法确定病原体。我怀疑自己是在飞船上感染的。但我还是康复了。故事讲完了。

我的冒险并非全无收获。他们说我帮了杜尚别委员会的大忙。与此同时，他们让我相信我的妻子爱我，我的朋友尊重我，而机器则不能理解我。我希望这些信息将来会有用，如果我有幸再次降落在一个圆锥形飞船中的“外来者”之间的话。另一方面，我现在无论走到哪里都带着开罐器。这东西非常有用。除了它的本职工作以外，它还可以非常方便地切割书页。

但它们只是机器，多么遗憾啊！

（梁宇晗　译）

冒险与科幻

科幻小说往往与儿童文学归为一类。在美国，科幻小说源起于19世纪“两角钱”小说中的“神奇机器”故事，经由世纪之交的少年杂志、廉价杂志、各类专门廉价杂志、漫画书一路演化，进入了当今的图书、漫画、各类杂志、电影以及电视当中。在中国，科幻小说被视作具有教育意义的儿童文学，并且因此挺过了周期性的消亡威胁；在不同时期的德国、东欧部分地区以及苏联，科幻小说也曾以同样的方式遭到贬低。苏联作协曾将科幻小说部门与“冒险小说”部门合并在一起。

不过话又说回来，科幻小说的确具有吸引青少年的力量，通常也的确具有教育意义与冒险精神。传统上，科幻小说的主要读者的确是青少年。在20世纪40年代，《惊奇科幻》杂志社对其读者进行过一次调查，发现大多数读者年龄在30岁以下，许多人不到20岁，其中80%是男性。在过去几十年里，所有这些人口统计数字都发生了变化，但读者仍然一般要么在青少年时期就喜欢上科幻小说，要么从来都不喜欢。“科幻小说的黄金时段是12岁”这句话（经常被

归功于大卫 · G. 哈特韦尔，因为他在他的《奇迹时代》一书中使用了这句话，但它其实是皮特 · 格雷厄姆所创）或许确有几分道理。罗伯特 · A. 海因莱因曾为斯科里布纳公司写少年小说长达 15 年左右，这些作品培养出来的终身科幻读者数量远远超过了日后他全部的所谓“成人书籍”（有一次他曾经告诉杰克 · 威廉森，这些青少年小说中的任何一部每年为他赚取的版税，都要超过他别的任何一部小说所赚取的总版税——不过说这话的时候他还没创作《异乡异客》以及其他后期作品）。

这样说来，俄罗斯科幻小说的主要作家之一是一位儿童科幻小说作家也就不奇怪了。伊戈里 · 莫热伊科（Игорь Можейко）是俄罗斯历史学家兼作家，写小说时用的笔名是基尔 · 布雷乔夫（Кир Булычёв）。他通常笔触轻松幽默，创作了许多未来主义小说，其中的情节大都是一位名叫阿莉萨的少女如何卷入各种科幻困境。这一系列的早期作品收录在《来自地球的女孩》（*Девочка с Земли*，1974）中。他笔下的其他少年读物包括《百年之后》（*Сто лет тому вперёд*，1978）、《百万历险记》（*Миллион приключений*，1982）和《躁动》（*Непоседа*，1985）。最后一部已被改编成电影。

布雷乔夫也发表过“成人”作品，其中有许多故事被收入合集，还有一部分被翻译成了英文：《古斯利亚尔奇迹》（*Чудеса в Гусляре*，1972），《像样的人》（*Люди как люди*，1975），《夏日早晨》（*Летнее утро*，1979）和《关隘》（*Перевал*，1983）。一部英文小说集的名字是《半生》（*Half a Life*，1977）。

布雷乔夫的一部短篇小说曾发表在美国的领军科幻杂志《类比》上，文中涉及针对某个群体心理发展的推演，以及一个陌生人因无法“同甘共苦”而产生的无力感，但它也可能隐喻了作家的孤独生活，或者隐喻了科幻作家被归类为“冒险”作家而非更广泛的主流文学作家的生活体验，甚至还可以说隐喻了在苏联社会中的生活体验。但可以肯定的是，这篇作品陈述了人类需求，并且从两方面的角度辩证地重述了帕梅拉·萨金特笔下讨论类似心理发展的故事《采撷蓝玫瑰》（“Gather Blue Roses”）。

（万年看客　译）

同甘共苦

［俄罗斯］基尔·布雷乔夫

我无比渴望回去，但我知道那绝不可能。我知道我的余生将被嫉妒所咬噬……

当初，我压根没有怀疑过什么。电梯门咔嗒一声，嗡嗡作响，我走下陡峭的斜坡，来到色彩明快的太空港通道，停下脚步，努力想要确定等候的人群中哪位是来接我的——我的东道主事先就得知了我即将到来的消息。

一个男人向我走来，他身材很高，瘦削而又结实。他修长的手指因长期接触赫素[1]被染成了绿色，我因而立刻得知他是我的同僚。

“旅程怎么样？”当我们的车开出太空港大门时，他问道。

“很好，谢谢。”我回答道，“平安无事。”

实际上，我的言辞中包含着一个礼貌的谎言：这段旅程令人厌倦，中途还屡屡在臭气熏天的货运太空港停下来转乘；最要命的是，途中的加速过载尽管对银河系这一区域的居民来说完全无足挂齿，我却因此几乎昏厥，现在都还头痛欲裂。

1. 作者虚构的化学物质。

我的东道主没有答话，只是皱了皱眉，就好像他正苦于慢性牙痛，在等着下一波阵痛袭来。大约过了三分钟他才开口。

“我估计，我们飞船的过载很难忍受吧。你大概不习惯这种程度的过载。”

“是的，不习惯。”

“你是不是头痛？”

我看到他似乎又在忍受疼痛的袭击，因此没有回答。

“你是不是头痛？”他又问了一遍，然后以一种几乎像是在道歉的语气说，“不幸的是，很少有你们的飞船到这边来。”

太空港被甩在身后几公里外，我才感觉出自己身处异乡。在此之前，我只看得到太空港，而交通站场这种地方只要你见过一个，也就等于见过了全部。所有的站场——无论是火车的、飞机的还是星际飞碟的——它们全都一个样，毫无个性风味。

我们的车开得越远，我们周围的环境就越显出自己的特色。这座城市的中心为银河系的最新时尚所感染，但那之外的一切则是按自己独特的模式在发展。只有一些小细节能让我联想到我在其他地方看到过的东西。但，正如往常一样，足以吸引眼球的正是那些小细节。

令人心醉。我甚至忘记了自从着陆以来就伴随着我的头痛和晕眩感。我的心情变好了，从车窗中飘入的清新、芬芳的空气预示着我会面对一场热烈的欢迎。

在城市边缘，我的同伴放慢了车速，穿行于被花园围绕的低矮建筑之间。

“希望你感觉好点了。”他说。

“好多了，谢谢。我喜欢你们的星球。阅读文字和看照片始终不能代替身临其境。你必须体验色彩、气味和差异，才能感受新的环境。”

“的确如此。”他表情痛苦地宣布，“顺便说一句，你就住在我家。你会发现我家比宾馆更为舒适。”

“哦，不了。我不想给你添麻烦。”

“一点都不麻烦。”

汽车拐进一条绕过一个陡峭山坡的道路。几秒钟之后，我们停到了一栋深深埋藏在花园之中的二层小楼前。

“在这儿等我，”我的同伴说，“我马上就回来。”

我一边等，一边打量着花草树木。我感觉很不自在——我似乎是一个闯入者，对于此处来说我的存在是多余的。

二楼的一扇窗户猛然打开，一位苗条的年轻女子向窗外望过来。她聚精会神地扫了我一眼，向站在她身后的某个人点了点头。然后她就从窗前离开了。

突然间我感觉安心了。那个姑娘的表情、她打开窗子的方式、她的那惊鸿一瞥，其中的某种东西深深打进了我的心灵。旅行带来的不适、东道主多少有些冷漠的接待造成的失望，以及未来不得不在一个陌生的星球度过两三个月才能回家的烦恼，统统被一扫而空。

我深信，那姑娘会到楼下来迎接我，而这期待很快就成了现实。她从一株巨大的植物后面蓦然现身。

“你好！是不是等急了？”她微笑着询问道。

“一点儿也不，我完全不急。而且你们的花园棒极了。”

那女孩衣着单薄，举止有些大大咧咧。

“我叫莉娜。来吧，我带你去看你的房间。爸爸太忙了，因为奶奶病得很厉害。”

“请你务必要原谅我的贸然闯入。你父亲没提这事。听着，我会去找一家宾馆——”

“你不可以做那种事。”莉娜立即阻止。她的眼睛颜色很特别，像是古老的银器。“那里没有人照顾你，你会很痛苦的。别担心，你不会碍事。爸爸说他和奶奶在一起的时候由我来照顾你。”

我当时也许应该坚持去住宾馆的。但我无力拒绝：由于某种古怪的原因，我觉得我已经认识莉娜、这栋房子和这座花园很久很久了，我就像是这个家庭的一员。我身上的每一个细胞都在抗拒着不住在这里，而是去住冷漠的宾馆的想法。

“好吧，那就这么定了。”莉娜说，“来吧，我们进去。”

莉娜带我去了我将要居住的房间，并帮我收拾行李。然后她把我带到了一丛茂密的树冠遮掩下的游泳池，温热的池水中冒着气泡。

从那里出发，我们又去了屋顶，拜访她那喧闹的动物园。那里有他们引以为傲的带条纹的多嘴蚱蜢、长着六只翅膀的鸟、在花丛中打盹的蓝色小鱼，还有最为普通的家猫——在我看来普通，但在他们看来则格外稀有。那只猫不理我。莉娜大失所望。

“我还以为她见到你肯定会很高兴呢。真叫人失望！”

莉娜整个白天都和我待在一起。除了她，我几乎见不到其他人。她时不时会道个歉，然后跑开。“你一定非常忙，”我会这样说，“请不要在意我。”但每次我一个人留下的时候，孤独和身体上的不适就全都回来了。我会走到书架前，抽出一本书，又迅速放回去。然后我会去花园，再返回房子里，一直竖起耳朵聆听着她的脚步声。莉娜会跑着回来，轻轻碰碰我，然后问：

“无聊吗？”

“有一点。”我会这样回答。

有一次，我甚至鼓起勇气告诉她，只要她在我面前，我所有的病痛就都消失了。莉娜笑了。她说，她哥哥会在晚餐前带着缓解我飞行不适的药物回来。

“到了明天早上，你就会焕然一新。所有的症状都会消除。”

“那你呢？”

“我？我怎么了？”

“你会不会也消失呢？就像好心的仙子那样？”

“别担心，”莉娜坚定地说，“我明天还会在这里的。”

晚餐时间，家里除了奶奶之外的全部成员，都聚在了长餐桌周围。

我惊讶地得知，在这座看似无人居住的房子里竟住着十多个人。家主脸色苍白、疲惫不堪，他坐在我旁边，看着我把他学医的儿子带回来的所有药品都吃下去。药吃起来很是令人痛苦，毕竟药物本来就是这么一种东西，但我还是乖乖吃下了药。我也并没有告诉任何人，莉娜才是唯一能治愈我的良方。莉娜似乎对我的状况感同身受——当我服下一颗特别苦的药片时，她皱起了眉。

我的东道主说，他母亲好多了，已经睡着了。尽管他十分疲惫、脸色也很差，但他还是谈笑风生，与在太空港接站时的那种闷闷不乐形成了鲜明对比。那时他一定在为他母亲的病情不安。但现在……

“她醒了。”我的东道主忽然宣称。

我的耳朵差点竖了起来。我一点声音都没听到：在这一片寂静之中，没有一声咳嗽、一声叹息。

“你很累了，爸爸。”东道主的儿子说，“我上去看她。”

“别这么做！”他父亲反对道，“你明天还要上学。”

“那你呢？你明天不也要上班吗？”

“好吧，我们一起上去。”他父亲说，“请见谅。”

晚餐后，莉娜将我带回我的房间。

“希望你不会失眠。”她说。

“我相信不会，如果那些药片之中有一粒是安眠药的话就更不会了。”

“当然，确实有。”莉娜说，“晚安。好好睡吧。”

我果真是立刻就睡着了。

第二天早上醒来时，我已经完全恢复了。我急忙赶往花园，希望能在那儿找到莉娜。她在游泳池边等着我。我正打算告诉她我睡得有多么熟、我对这美丽的早晨有多么喜爱，还有我见到她有多么高兴，但我甚至都没有机会开口。

“我太开心了，”她说话的样子就好像她读出了我的所想，“奶奶也感觉好多了。爸爸现在会带你去研究所。今晚我等你。你的工作，你的见闻，我很想听，简直要等不及了。”

“哦，我相信你自己能搞清楚。”

“什么意思？”

“你可以读到人们的心思。”

“不是那样的！”

“我知道我说的没错。比如说，你都不用等我告诉你我的感受。昨天你父亲离开了餐桌，因为你祖母醒了。但屋子里一点声音都没有。他不可能是听到了声音才知道的。”

“没那回事。”莉娜坚持否认，“我为什么要去读别人的心思呢？你的也一样。”

“我想你是没理由要那么做。”莉娜似乎对我心中那些讨好她的念头不感兴趣，这让我有点失落。

“早上好。”莉娜的父亲一走进花园就冲我打了个招呼，“你今天状况很好。我很高兴。”

“瞧，我没说错吧。”在跟着莉娜的父亲上汽车之前，我低声对莉娜说。

“我为什么要去读你的心思呢？”她重复道，“你的脸就像一本翻开的书，全都在那上面写着呢。”

“全都？”

“太多了，我大概该说。”

几天过去了。我白天在研究所里工作，晚上则在城市里闲逛，在田野和树林中漫游，或是沿着盛产盔甲鱼的大盐湖岸边散步。有时是我自己一人，有时则和莉娜一起。我和我的东道主渐渐熟络，还遇见了另外两三名工程师。然而，尽管我每天的日子都平平无奇，我却一直有种感觉：我身边的这些人一点都不平常。我几乎可以肯定，他们具有心灵感应的能力。

我和莉娜在一起的时候，时不时就会感觉不自在，因为我会发现自己在想一些不想要和她分享的事。就好像她会听到那些无声的话语，并因此对我发出嘲笑。

有一天，我正沿着一条街道步行，这条街道与城市里其他街道一样，弯弯曲曲，绿树成荫。我前面有几个男孩在踢球。当我走在他们身后的时候，我突然产生了一种想赶上他们的冲动，最后决定试上一试。

我没注意到一条凸起的树根；我被绊到，摔倒了，膝盖被石头撞伤了。剧烈的疼痛骤然袭来，让我惨叫了一声。男孩们似乎被我的喊声吓住了，停在原地一动不动。球滚下了斜坡，但孩子们没去管它，而是转向了我。我挤出个笑脸，挥手让他们离开。“走吧，孩子们，去追你们的球。没事，一点都不疼。”我说。但他们还是站在那里看着我。

我从地上撑起身子，但没能站起来。很显然，我的一条韧带拉伤了。男孩们向我跑来。一个比其他孩子稍微大一点的开口说道：“疼得厉害吗，先生？”

“不怎么疼。”

“我去叫医生。”另一个男孩说。

“快去！”年长的男孩说道，“我们在这儿等你回来。”

“不用管我了，孩子们，”我说，“没那么严重。只是拉伤了韧带。几分钟之后我就会好的。”

“当然，你肯定会好的。”年长一点的男孩回答道。

疼痛立刻减弱了，而后消失了，就像是听命而行。男孩们安静地站在那里，以关切的眼神注视着我。但其中年纪最小的一个突然间哭了。年长的男孩叫他回家去，他也确实这样做了。

医生来了。原来他就住在旁边的一栋房子里。他检查了我的腿，给我打了一针，孩子们立刻就消失了。只有从远处传来的球在地上反弹的声音才让我想起他们曾经在这里。

医生帮助我回到了我的住所，尽管我一直坚持我能自己一个人回去。

“已经不疼了，医生。只有最初的一分钟左右才疼。孩子们可以做证。”

“你是最近来这里的吗？”医生问。

“是的。”

“嗯。那就能说得通了。”

但我还是不明白。

尽管天色尚早，但全家人已经聚在了一起。祖母病情恶化，不得不紧急送往医院，进行手术。

我走向莉娜。她的眼睛下面出现了黑眼圈，脸色苍白，显得十分紧张。

“不要担心，一切都会好起来的。”我说。

她似乎没听懂我的话，茫然地环顾四周。

“一切都会好起来的。”我重复道。

“谢谢。哦，你摔倒了吗？”

“不严重。已经不疼了。”

“奶奶疼得厉害。”

“为什么他们不给她打一针呢？对我很有效。”

“他们不能那么做。已经没有什么帮得上她了。”

“我希望能做点什么，帮上点忙。”

“那就先离开这里吧。”她柔声说道，尽力不让我感觉受到了冒犯。她的语气十分平淡，就好像她在让我帮她拿一杯水来。“你挡住我们了。”

我走出房子，到花园里去了。我要尽力体谅他们。毕竟，这对她、对整个家庭来说都是难以接受的事。

我注视着他们离开，独自一人上了楼，到动物园那儿。猫认出了我，啪嗒啪嗒跑到纱网旁，卷起尾巴在上面蹭来蹭去。在我来的那个地方，猫不是住在笼子里的，但在这儿，它们是一种少有的外来动物。我也和它一样，是一种少有的动物，既不能理解这里正在发生的一切，也不能指望自己能理解。然而，我觉得我和这里的人们之间已经产生了一种温暖的友谊。在这最不合时宜的时候，我性格中某种神秘的缺陷或者漏洞浮现出来。茫然无措间，我意识到我必须前往医院，找到答案。在那里，我会得知一些非常重要的事情。尽管我并未受到邀请，而且我的到场很可能不受欢迎，但我还是觉得我不能不去。

入口处没有人阻拦我。接待台的女孩问我是否需要她的帮助。我将奶奶的名字告诉她，然后被送上了电梯。

我沿着一条长长的走廊步行，这里感觉完全不像是医院。两侧的墙边都摆满了座椅。椅子上坐着人。完全健康的人。他们正安静地承受着巨大的痛苦。

我在靠近手术室的磨砂玻璃门附近找到了我的朋友们。莉娜、她的父亲，还有她的兄弟。在相邻的座椅上坐着的是共同的朋友、同事和邻居。莉娜瞥了我一眼。她充满痛苦的目光从我脸上掠过。

我悄悄坐进一张空椅子。看着众人对我的存在视而不见让我感到很不舒服。但现在，我已经明白了那个在一小时之前对我来说还是谜题的事实。

我没等太久。突然间，好像有一个看不见的巫师向他们挥了挥手，所有来看望奶奶的人全都喜形于色，恢复了活力。有人说："她现在处于麻醉中。"他们自己做了安排，一些人留下来守候，另一些人则暂时离开，等手术结束、麻醉失效后再返回。

莉娜向我走过来。我站起身。

"请原谅我，"她说，"我真的非常抱歉，但我相信你能理解……"

"我当然理解。我怎么能在这样的时候生气呢？我只是为自己是个外人感到难过。"

"请别这样。这完全不是你的错。"

"你知道吗，我昨天摔倒的时候，孩子们跑过来陪着我，直到医生赶来。"

"这并不奇怪。"

她父亲插了进来。

"谢谢你能来。"他说，"带上莉娜一起回去吧。我们这儿没有她也能行。医生保证手术肯定能成功。"

"我要留下，爸爸。"莉娜说。

"如果你愿意的话。"

"请试着理解下吧。"莉娜的父亲离开后，她说道，"一开始就向你说明这一切是很难的。这对于我们来说就像是吃饭、喝水和睡觉一样地自然。孩子们一来到世间就会学到的。"

"一直都是这样吗？"

"不是。我们是几代人之前学到的。但潜能一直都在。你很可能也有，只是被埋藏在你的大脑深处了。我相信任何智慧生灵都会希望有这样的能力。你不这么想吗？"

"是的，我想你是对的。"我说，"如果你身边有人在遭受痛苦，特别是如果那是一个你爱的人，你会想要分担那份痛苦。"

"不仅分担痛苦，"莉娜回答，"也共享欢乐。还记得你刚来的第一天吗？你感觉糟透了。爸爸帮不上你什么忙。作为奶奶的儿子，她的痛苦主要由他来承担。即使是在太空港迎接你的时候，他仍然必须帮助奶奶。你和你想要帮助的人之间距离越远，帮助就越困难。你认为爸爸很粗鲁，不是吗？"

"呃，不完全是，但——"

"奶奶的痛苦还不算，他还得承担你的痛苦。毕竟，你是我们的客人，而你在忍受头痛。"

"而且是剧烈的头痛。"

"有时候我简直奇怪爸爸是怎么顺利回来的。他到家之后，立刻就接替我守在奶奶床边。我在窗子那里看到了你，而且我喜欢你，所以我整个白天都和你待在一起。然后因为你，我的头整个白天都痛得厉害。"

"对不起，"我说，"我不知道。"

"这样更好。想想看，要是你知道的话该有多么难过啊。"

"如果我知道，我肯定会离开的。"

"我知道。我很高兴你没那么做。现在请回家去吧。明天早上我回来的时候会去找你的。到时候我们再继续谈这事。"

我又一次穿过医院长长的走廊，那里坐着病人们的亲朋好友。他们聚集在一起分担痛苦。这不是读心术的问题：人们确实知道他们需要彼此。

我步行回家。我的腿还有点痛，但我尽力忽略疼痛。有时它会突然加剧，仿佛要让我无法承受。从我身边经过的路人会环顾四周，然后看着我，于是我立刻就感觉好多了。但我加快了脚步，以免麻烦这些善良的人。途中我遇见一群拿着花的年轻女性，她们正在说说笑笑。她们都没注意到我的阴郁表情，就用自己的容光鼓舞了我的精神。一股不属于我自己的欢乐之情从我的心头流过。从公园长凳上的一位老人那里，我收到了另一份礼物——安详的心态。这样的事我以前也遇到过，但我从未注意到我与其他人之间的感情联系。

对他们来说，生活比我们的更容易，也更艰难。他们可以给予，也可以接受快乐和悲伤。或者，我应该说，他们必须分享他们的幸福和痛苦。他们无法离弃他们的同胞：我们只会看到人们流泪，他们却能够感受到。而心灵远比眼睛敏感得多。

从那一天起，我成了一个嫉妒的人。是的，我嫉妒他们。有时我甚至感觉到某种类似敌意的情绪。对于他们来说，我将永远是一个外人，像一个身处于一群慷慨的富人之中的乞丐。我可以接受馈赠，但永远无力给予他们任何回报。

我返回地球的日子到了。按照事先的安排，只有莉娜陪着我前往太空港。

“我想和你一起回去。”莉娜说。

“你不可以，而且你也明白这点。地球上的生活对你来说太艰难了。你不可能只分享我的快乐或者痛苦，不是吗？”

“你说得对，我做不到。”莉娜说，“真是遗憾。”

“你在那里将会非常孤独，而且我也无法在你最需要的时候提供任何帮助。我知道这个，所以我不可能让你去。”

“那么，也许你可以留在这里？和我们在一起？和我在一起？”

她的声音里渐渐掺入了一丝怀疑。

“还记得你祖母接受手术的那一天吗？”我说，“我去了医院，但我就像是有视力的人当中唯一的瞎子。不，我不能留下来。”

我们的这一番谈话好多天前就开始一再重复。我们早已知道了最后的结局，只是在重复自己的台词。但我们情难自已。我们仍在希望着能有侥幸，能达成妥协，能解决我们的困境，能随便发生点什么事情，只要能让我们继续在一起就好。

我们走到登机坡道旁时，莉娜靠近我，近得我能看清她银色眼睛里的暗点。

“尽力记住我现在的样子。”她说。

强烈的感情让我开始头晕目眩。我抓住她的手臂，想要得到一点支持。但飞船上的乘客没人来帮我，没人试图分担我的痛苦。是啊，有些时候，帮助别人的冲动必须得到抑制。

然后是起飞、过载和颠簸，在臭气熏天、令人难受的货运太空港停留等候中转，在没有人情味的宾馆里过夜，在千篇一律的闪亮柜台上吃着差劲的食物。但我的身心状态都好得出奇。我知道那是因为什么。在无数公里以外，莉娜正坐在二楼她的卧室里，头痛欲裂。我对她感到恼火。“忘了我吧，我的爱人。至少让我的痛苦只属于我自己。”

我无比渴望回去，但我知道那绝不可能。

（梁宇晗　译）

意大利篇

在意大利，主流文学与科幻小说之间的鸿沟要比在欧洲其他国家更广更深，也许是因为意大利的主流文学传统几乎没有中断过，可以一直追溯到罗马帝国时期。即使在中世纪时期，教会与修道院依然守护着古典知识与昔日过往，绵延不断。另一方面，工业化、传统文化向人们期待的新文化的转变、民族身份的形成，这三者对于意大利来说都比较晚。卡洛·帕杰蒂在《科幻小说百科全书》中写道："要追溯意大利的科幻传统并不容易，因为科学语言和'文学文化'之间存在着既定的分裂。"

尽管如此，与想象有关的意大利文学一直以来都很强大。尽管但丁的《神曲》（约 1304—1320）在今天被视为幻想作品，并对后来的想象之旅题材产生了重大影响，但中世纪的人却把其对于地狱和天堂的描述当成了现实。另一方面，马可·波罗关于他在印度和中国的旅行记述（《马可波罗行纪》，1298）在入迷的读者眼里一定像科幻小说一样神奇。卢多维科·阿里奥斯托（Ludovico Ariosto）在他的文艺复兴史诗《疯狂的奥兰多》（*Orlando furioso*，1506）中写到了前往月球的航行，而托马索·康帕内拉（Tomaso Campanella）则将《太阳城》（*Città del sole*，1623）献给了当时的乌托邦文学。根据贾尼·蒙塔纳里在《惊异剖析》中的说法，该时期的其他作品包括：桑纳扎罗的《阿卡迪亚》（*Arcadia*，1501—1504）、福伦戈的《巴尔杜斯》（*Baldus*，1517）、弗拉卡斯托罗的《西菲利斯》（*Syphilis*，1530）、多尼[1]的《世界》（*I Mondi*，1552—1553），以及阿戈斯蒂尼的《无限对话录》（*I dialoghi dell'infinito*，1583—1590）。

18世纪的著名意大利幻想作品包括扎卡里亚·塞里曼（Zaccaria Seriman）的《恩里克·万顿前往未知的南方大陆以及猴国和狗头人国之旅》（*Viaggi di Enrico Wanton: alle terre incognite australi, ed ai regni delle scimmie, e de' cinocefali*，1764）和贾科莫·卡萨诺瓦（Giacomo Casanova）的《二十日谈》（*Icosameron*，1788）。意大利争取民族独立的斗争占据了19世纪意大利文学的大部分精力，而1861年意大利完成统一大业又让一部分作家对未来充满了梦想，如保罗·曼泰加扎（Paolo Mantegazza）的《公元3000年：梦想》（*L'anno 3000. Sogno*，1897）和埃米利奥·萨尔加里（Emilio Salgari）的《2000年代的奇迹》（*Le meraviglie del Duemila*，1907）。

蒙塔纳里注意到，除了19世纪的其他乌托邦作品和幻想之旅，以及20世纪初的冒险与神奇机器题材的青少年小说之外，两次大战期间的意大利杂志上的科幻作品数量很多，不过美国与英国的科幻杂志作品在这一时期完全没有流传进意大利。当时只有几部以漫画为载体的美国科幻作品得以与意大利读者见面，例如《布里克·布拉德福德》（*Brick Bradford*）、《巴克·罗杰斯》（*Buck Rogers*）和《闪电戈登》（*Flash Gordon*），后来这些作品也被法西斯官僚们查禁

1. 全名安东·弗朗切斯科·多尼，意大利作家。他在文艺复兴时期的乌托邦作品《世界》被认为是意大利早期奇幻科幻小说之一。

了。1952 年，意大利的读者第一次接触到美国科幻小说的翻译版本，不过遭到了独断的删减和改编，而且还是以意大利受众欣赏不了太复杂的科幻作品为借口。

早在 1884 年，《旅行画报——海陆历险》（*Giornale Illustrato dei viaggi e delle avventure di terra e di mare*）等杂志就开始出版。1952 年，意大利出现了第一本科幻杂志《奇妙科学》（*Scienza fantastica*）和第一套科幻系列出版物“乌拉尼亚”（Urania），出版商是蒙达多利（Mondadori）。该系列杂志和丛书由乔治·莫尼切利（Giorgio Monicelli）主编，他首创了意大利语的“科幻”（fantascienza）一词。根据蒙塔纳里的说法，在接下来的 15 年时间里，意大利科幻通过“71 种不同的科幻系列丛书与 20 种杂志”获得了大量发表与出版。这些杂志包括《未来》（*Il Futuro*）、《伽马》（*Gamma*）和《机器人》（*Robot*），都是昙花一现。当时美国模式占主导地位，甚至有意大利作家采用了美式笔名。1968 年泡沫破灭后，只有“乌拉尼亚”和《银河》（*Galassia*）存活了一段时间（与 20 世纪 50 年代美国科幻的繁荣与萧条并无不同）。在 20 世纪 90 年代后期，意大利主要的科幻出版商是北方出版社（Editrice Nord）。

意大利科幻界的著名人物有路易吉·门吉尼、维托里奥·卡塔尼、里诺·阿尔达尼、山德罗·山德雷利、伊涅赛罗·克雷马斯基、吉尔达·穆萨、罗贝塔·兰贝利、乌戈·马拉古蒂、贾尼·蒙塔纳里、罗贝托·瓦卡以及维托里奥·库尔托尼［他在 1977 年出版了一部现代意大利科幻小说史《未知的边疆》（*Le frontiere dell’ignoto*）］。佩斯卡拉大学的学者帕杰蒂和科幻作家蒙塔纳里都对这些受到美国模式深切影响的本国科幻作家们无话可说。帕杰蒂呼吁人们多多关注 20 世纪 80 年代涌现的包括达妮艾拉·皮耶垓在内的新一代年轻女性科幻作家，而且他还更看好短篇小说——“毫无疑问，这一体裁是帮助意大利作家将科学想象力与幻想主观宇宙结合在一起的合适工具……”蒙塔纳里评论说：“意大利作家倾向于从‘更软的’角度来处理预测和推想，而忽略了大多数‘硬性的’写作方法……技术与硬科幻……被忽略，他们偏向于强调社会秩序和人类的变化，包括政治价值和心理价值的变化。”

意大利科幻有一个较为耐人寻味的方面：许多不愿被视为科幻作家的主流作家都为其贡献过作品。在这方面意大利就像拉丁美洲一样，科幻的最大进步来自主流作家的推动，而且这些主流作家当中有几位在国际上也享有盛誉。帕杰蒂写道：“在那些通常被视为主流作家的战后小说家中，有几位最优秀的人物在处理科幻主题和符号象征时表现出了别出心裁的想象力。”其中最著名的可能是伊塔洛·卡尔维诺（Italo Calvino），他的两部作品集《宇宙奇趣全集》（*Le cosmicomiche*，1965）和《时间零》（*Ti con zero*，1967）代表了其想象力的巅峰时期。卡尔维诺的前辈托马索·兰多尔菲（Tommaso Landolfi）可能为他的创作开辟了道路；与托马索同时代的作家是迪诺·布扎蒂（Dino Buzzati），其作品大多是简短的超现实主义寓言。翁贝托·艾科（Umberto Eco）是另一位著名的意大利历史学家、哲学家以及文学批评家，他没有写过像卡尔维诺、兰多尔菲或布扎蒂那样的科幻小说［《福柯的摆锤》（*Il pendolo di Foucault*，1988）可能是他笔下最接近科幻的作品］，但根据尼尔·特林汉姆和菲尔·瑞恩斯的说法，“他与科幻体裁中的佼佼者颇有些共通之处：双方的核心关切是一样的，既包括创意点子的本质，也包括我们用来评判真理的方法具有怎样的道德意义”。

比起那些以“科幻”名义出版的相对传统的故事，这些主流作家的作品可能更能说明意大利人对科幻的独有态度。

（万年看客　译）

平凡与神奇

意大利主流文学对于科幻的贡献之一来自新闻行业。迪诺·布扎蒂作品的字里行间带有一丝世俗气息，这使他的幻想作品充满了日常现实里大事迫近的气氛。布扎蒂认为，“幻想作品应该尽可能地接近新闻报道……幻想故事的实际性取决于讲述故事的措辞是否简练到了极致。”即使在20世纪30年代，当他以儿童文学开始他的小说创作生涯时，焦虑元素就已承载了他的貌似简单的情节，因此经常有人将他与弗朗茨·卡夫卡相提并论。

布扎蒂的短篇小说集《灾难》（*Catastrophe*，1965）收录了他在1949年至1958年期间发表的短篇小说。其中，与小说集同名的短篇小说讲述了一位旅行者乘坐火车穿越意大利乡村，看到了十分离奇的景象——车窗外的人全都惊慌失措。但即使当他抵达终点，来到了一个废弃的车站之后，也没有人知道已经发生或将要发生的究竟是什么灾难。黛西·福纳加曾评价说：“布扎蒂总是让我们心悬半空、身处悬崖边，听凭我们一头雾水——这种缺憾是无法摆脱内心煎熬的后果。”

布扎蒂一生的绝大部分时间都在米兰度过，在那里他作为《晚邮报》的编辑和记者工作了大约 40 年。他的职业生涯涉猎很广，从战地记者到艺术评论家，再到特约撰稿人都干过。正如劳伦斯·韦努蒂在布扎蒂选集《无眠之夜》（*Restless Nights*，1984）的序言中所说，为了满足自己对于幻想的品味偏好，这一时期的布扎蒂经常撰写灵异与超自然题材的新闻报道，内容包括“巫术、目击 UFO、收到来自外星的心电感应的灵媒，以及一位被恶魔附身并且在布扎蒂本人——以及读者——眼前接受驱魔的受害人”。

虽然布扎蒂在早期出版了几本书，但他第一次在国际上获得的认可，来自他的长篇小说《鞑靼沙漠》（*Il deserto dei Tartari*，1940），其主人公是一位驻扎在边防哨所的年轻军官，终日担心鞑靼人可能入侵。他耗费了毕生时间操练驻军，准备迎接敌袭，但是敌军却始终无影无踪。不过，就在他刚刚去世之后，前方就出现了敌军集结的迹象。这种海市蜃楼般的灾难感就像那一代人对于核爆浩劫的恐惧一样，弥漫在布扎蒂的所有小说当中，包括他的第三部作品集《塞壬》（*The Siren*，1984）。

20 世纪 50 年代，布扎蒂写了一篇短文章，其中描述了一种罕见的人。这种人尽管从表面看来循规蹈矩，但是内心却充满了各种“仿佛”：“仿佛战争正在进行，尽管实际上一片太平。仿佛天大的好消息即将到来……仿佛暴风雨正在门外愈演愈烈，屋里却没有人提及。仿佛在场的人中有一个人不得不离开，可能要动身前往月亮，不过讨论此人的行程是禁忌之举，就连拐弯抹角地提一句都不行。仿佛爱就在这里。”这一切都充满了布扎蒂特有的梦幻感，而他那平铺直叙的新闻报道式笔法又将幻想带到了人间。

福纳加写道：“在《鞑靼沙漠》以及其他故事中，人们感到某种可怕且不可理解的力量正在主宰着人类的生活……布扎蒂更喜欢见微知著，而不是平铺直叙……从而营造持续的不确定感……布扎蒂的真理是无所不在的无助以及对于未知的恐惧。他本质上是一个战后作家，面对的是如何适应生活这一永恒的问题……这个问题在我们这个时代至关重要，因为我们看到，所有被珍视的传统都面临崩塌，社会陷入了混乱，个人毫无机会找到人生方向……在布扎蒂的作品中，善良、温柔，以及犀利的拉丁式机智抵消了挫折感与愤世嫉俗的情绪。”

弗朗茨·罗滕施泰纳在《圣詹姆斯科幻作家指南》中评论说：“布扎蒂通过非常简单的手法，在情节转折优雅的故事中设法轮番交替地传达出惊异感、恐怖感、荒诞的存在感，体现了现代社会的复杂莫测与命运的莫名其妙。”韦努蒂总结说：“布扎蒂的故事反映了读者们的恐惧和希望，他们对战争的恐怖记忆犹在眼前，现在他们又面临着科学技术、城市生活质量，以及掌控我们命运的社会机构所带来的威胁……他文字里的这一方面使他成为我们这个时代最富有人性的小说家之一。”

（万年看客　译）

时间机器

[意大利]迪诺·布扎蒂 著

[美国]劳伦斯·韦努蒂 英译

第一台大型时间减速器建于马利斯加诺的格罗塞托附近。其实，它的发明者、著名的阿尔多·克里斯托法里是格罗塞托本地人。这位克里斯托法里是比萨大学的一名教授，致力于这一问题的研究至少有二十年，而且，他还在实验室中做了许多不可思议的实验，特别是有关豆科植物发芽的实验。然而，在学术界，他被视为一名空想家。后来，在他的拥护者、金融家阿尔弗雷多·洛佩斯的赞助下，“迪亚科斯亚”建造协会才得以成立。自那以后，阿尔多·克里斯托法里又被视为一位天才、一个造福人类之人。

他的发明包括一个叫作“C场”的特殊静电场，在其中，各类自然现象完成其生命周期所需的时间都长得出奇。但在最初的一些关键实验中，时间的延迟都不超过千分之五六；也就是说，这在实际操作中几乎无法察觉。然而，克里斯托法里一经发现实验原理，就取得了飞速进展。通过马利斯加诺的这台机器设备，延缓时间的速度达到了近一半。这就意味着，一个平均寿命为十年的有机体，在置于“C场”之后，其寿命可以达到二十年。

这台机器设备建在一个山区，超过八百米的半径范围则会失效。

在直径一点五千米的圆环范围以内，动植物的生长及衰老速度比地球上其他地方的动植物要慢一倍。现在，人也有望活到两百岁了。因此，这台机器设备便以“迪亚科斯亚”——希腊文中表示“两百”的词——来命名。

实际上，这一区域还无人居住。原来住在这里的一些农民，面临着两个选择，要么继续留在这儿，要么整体迁往别处安置。

他们都选择搬出去。于是，这一整片区域便被不可攀越的栅栏给围了起来。只留有一个入口，还被严密看守着。在很短一段时间内，在一片林立的别墅群中，一幢幢摩天大楼、一家大型疗养院（专门接收绝症患者，他们渴望延长所剩无几的生命），还有电影院和剧场拔地而起。此外，正中间耸立着一个高四十米的圆形天线，类似雷达上使用的那种。那就是“C 场”的中心。发电厂则完全建在地下。

时间机器建成之后，这座城便向全世界宣告，它将在三个月内对外敞开大门。要想进入这里，特别是想要取得居住权的话，就得花上一大笔钱。尽管如此，世界各地成千上万的人还是跃跃欲试。可用住房很快就被申请预订一空。但没过多久，恐惧开始侵袭，于是，申请者的人数也比预期减少了。

究竟有什么好恐惧的呢？原来首先，凡是在这座城住过一段时间的人，在离开时都不可避免会受到损伤。想像一下吧，一个有机体已经适应了这种新的、生长较慢的物理环境。如果突然将它从“C 场”移至一个生命运动速度快两倍的地方，那么，它的每个器官都必须即刻加速运行。一个奔跑的人突然减速可能还较为容易，但一个运动缓慢的人要猛地一把冲刺出去，可就没那么容易了。剧烈的失衡会造成有害，乃至致命的后果。

因此，凡是在这座城里出生的人都严禁离开。这也正合乎逻辑，我们可以推测，一个诞生于缓慢时间速度下的有机体，在被移至一个时间速度快两倍的环境之后，是不可能不遭受毁灭性重创的。为了防止出现这种问题，“C 场”周围将会建造一些用来加速和减速的特殊隔离间，这样一来，任何进入或离开这里的人，都可以让自己逐渐适应新的速度，以避免由于骤然剧变而造成肌体损伤（这些隔离间类似于深海潜水员所使用的减压舱）。然而，隔离间属于精密设备，目前还在设计阶段。得等到很多年之后，它们才能投入使用。

简而言之，迪亚科斯亚的居民比其他地方的男男女女都要长寿，但他们过着流亡的生活。他们被迫背井离乡，舍弃老友，放弃旅行。他们也不能再有形形色色的恋人和新交。尽管这里的居民享受着所有能够想象到的奢华与便利，但他们像是被判了终身监禁一样。

还远不止如此。要是时间机器有任何损害，它也会招致和擅自逃离同样的危险。发电厂里的确有两台发电机，要是其中一台停止工作，另一台会自动开始发电。但是，如果两台发电机同时发生故障呢？如果停电了呢？如果飓风或闪电击中了天线呢？如果发生一场战争或一些暴乱呢？

迪亚科斯亚的落成典礼即是它迎接第一批居民——共计一万一千三百六十五人——的庆祝仪式。其中大多数人，都已年过半百。克里斯托法里并不打算在城中定居，因此他本人不在场。代表他出席的是一个名叫施特默的瑞士人，他是时间机器的主管负责人。典礼仪式十分简单。

正午时分，在位于公共花园的发射天线脚下，施特默宣布，即刻起，迪亚科斯亚男男女女的衰老速度将精确减缓至从前的一半。天线发出一种特别柔和的嗡嗡声，而且这种声音也很悦耳。一开始，没人注意到环境状况已经改变。直到夜晚来临，才有人感到有些无精打采，仿佛他们被什么东西拖拽着。很快，人们在谈话、走路和吃饭时都恢复了以往的镇静。紧张的生活松弛了下来。做任何事都要费更大的力气。

大约一个月之后，诺贝尔奖得主埃德温·梅迪内在布法罗的《科技月刊》杂志上发表了一篇文章，它将被证明是给迪亚科斯亚敲响了丧钟。梅迪内坚称，克里斯托法里的时间机器有着重大危险。在这里，我们用通俗易懂的话来概括一下他的论点：时间总是向前奔流不息，如果没有遭到任何物质阻挡，它的速度会逐步加快，并加速至接近无限。因此，凡是阻滞时间流速都需要付出艰辛的努力，但加快时间速度却毫不费力——这就好比是，在河水里逆流而上非常困难，但顺流而下则很容易。据此观察，梅迪内提出了以下定律：如果人想要延缓自然现象，那么所需的能量与获得的减速度的平方成正比；相反，如果人想要加速自然现象，那么加速度则与所需能量的立方成正比。例如，十个单位的能量足以产生一千个单位的加速度；但是，同样十个单位的能量应用于相反的目标时，甚至都很难产生三个单位的减速度。实际上，在第一种情况下，人类的干预与时间的运行方向一致，也就是说，它们期望一致。梅迪内认为，“C 场”就是这样，它在两个运行方向都能起作用；机器维护中出现任何一个差错，或某些机器小零件的一次故障，都足以倒转它的运行效果。在这种情况下，这台时间机器非但不能将生命延长至它平均长度的两倍，反而会断崖式地将生命急速吞噬殆尽。在迪亚科斯亚城中，只消几分钟，其居民就会衰老几十岁。随后，文章附上了数学证明。

在埃德温·梅迪内阐发了这一观点之后，恐慌便席卷了这座长寿城。有些人甚至不顾仓促重返“加速环境”中带来的危险而逃之夭夭。但克里斯托法里向人们保证，这台机器运行良好，加上事实上也的确没有发生任何意外，人们的焦虑这才得到缓解。迪亚科斯亚的生活又恢复了它往日的节奏，千篇一律、平静安稳且黯淡无趣。快乐在这儿既微不足道又寡淡无味，以往那令人心跳加速、如痴如狂的爱情，也失去了其不可抗拒的魔力，连外界传入的新闻、声音乃至音乐，现在都由于速度太快而让人不悦。总之，尽管这里娱乐消遣不断，但生活并不那么有趣。不过，这种单调乏味跟以下这个想法相比也就不值一提了。一旦人们想到，在未来，当他们的同辈人一个接一个地离世，而迪亚科斯亚的居民依旧年轻强壮；接着，当他们同辈人的子女相继死去，迪亚科斯亚人还充满青春活力；甚至当他们同辈人的孙辈及曾孙辈离开人世时，他们也仍然健在，还有几十年的好日子可以享受，那他们就能心平气和地读讣告。这就是这座城中甚嚣尘上的想法，它抚慰了焦灼不安的灵魂，也平息了嫉妒与争吵。这也是为什么随着时间流逝，人们不再像原来那般痛苦，因为未来在眼前铺陈出的是一片余裕的广阔前景。每当遇到糟心事，城中的男男女女也会告诉他们自己：为什么要担忧？我可以明天再想，根本无需着急。

两年以后，迪亚科斯亚城的人口增至五万两千人，第一代迪亚科斯亚人也已经诞生。他们完全成年要到四十岁。十年之后，超过十二万人口将那一平方公里的土地挤得满满当当，摩天大楼的天际线也升到了令人眩晕的高度，尽管其建造速度要比在时间稍纵即逝的其它城市里慢很久很久。如今，迪亚科斯亚成了世界第一大奇迹。一队队游客挤满了它的四周，人们从门口观察这些与众不同的居民，他们就像多发性硬化症患者似的，因麻痹无力而行动迟缓。

这种现象持续了二十年。它毁于一旦则只需几秒钟。这一悲剧是如何发生的呢？它是人为，还是偶然？也许，某位不堪忍受爱情之苦或疾病折磨的技术人员，想要缩短他的痛苦，于是制造了这场灾难。抑或是，他只是被这种空虚利己、只关心自我保存的生活激怒到发疯，所以，他才故意倒转了机器的运行，释放出了时间的破坏性蛮力。

那天是五月十七日，一个温暖和煦、阳光灿烂的日子。“C 场”周围环绕着栅栏，沿栅栏站着成百上千名好奇的围观者，他们的目光都聚焦于那些极像他们、但生命却延缓了一半的人。城中传来天线发出的微弱却和谐之音，带有钟声般的共鸣效果。那天，笔者也在那儿，我还看到有四个孩子在玩一只球。“你多大了？”，我问其中最大的那个孩子。“上个月，我刚二十岁。”她彬彬有礼地回答，可她说话的速度却慢得夸张。他们跑动时的样子也很奇怪，所有动作都轻柔、滞缓，像电影中的慢镜头。连他们玩的球也弹不起来。

栅栏后面是一处花园的草坪和小径，再往后五十米，是环绕大楼的路障围栏。一阵微风拂过树木，树叶无精打采地摇曳着，像铅做的一样。下午三时许，远处突然传来天线的嗡嗡声并继而尖锐起来，像越来越响的警报声，像令人难以忍受的刺耳汽笛声。我永远忘不了那天发生的事情。时至今日，哪怕隔了这么多年，我还是会在静谧的午夜惊醒，眼前浮现出那幅恐怖景象。

四个孩子在我眼前恐怖地拉抻。我看着他们拔高、变壮，长成了大人模样。胡须从男孩们的下巴上飞长出来。他们身上的童装在闪电般成长的压力之下撕裂开来，将他们身体的一半都裸露在外，如此骤然剧变，他们也被恐惧攫住了。他们张开嘴想说话，但发出的却是一种我闻所未闻的怪异嗓音。在被释放出来的时间漩涡中，所有音节都被挤压在一块，像唱片在以疯狂的高音高速播放着。那种咯咯声很快就变成了喘息声，继而变成了绝望的呐喊声。

四个孩子到处张望，想要求助，看到我们后，他们便朝着栅栏处奔来。但生命在他们体内急速燃烧；只七八秒过后，奔到栅栏处的竟已是四位老人，他们白发银须、枯槁虚弱、瘦骨嶙峋。其中一位老人还设法用他枯骨似的手抓住了栅栏。但随即，他和几位同伴便一起瘫倒在地。他们死了。这些可怜孩子们的老朽身体立刻散发出了一股恶臭。尸体正在腐烂，血肉消融、白骨现出，就连骨头——我眼睁睁地看着它们——也化作一抔苍白尘土。

直至此时，机器那致命的尖厉之声才慢慢消退，最后，一切都归于死寂。梅迪内的预言成了真。由于某些永远无法获知的原因，时间机器倒转了它的运行，几秒钟便吞噬掉了生命中的三四个世纪。

如今，一片阴森、幽暗的死寂冰封了这座城。曾经闪耀着荣光与希望的摩天大楼，顷刻间笼罩在悲惨凄苦的老年暗影之下。墙体起了裂缝，现出一道道不祥的线条和褶痕，它们在破败的蜘蛛网边缘渗出黑色的液体。四处皆是尘土。尘土，静默，死寂。那二十万想要长命几百岁的富有、幸运之人，现在都只剩了些白色尘土，这里一把、那里一抔，仿佛千年古墓上的白色齑粉。

（汪丽　译）

写给我们这个时代的童话寓言

伊塔洛·卡尔维诺堪称意大利现代文学，乃至世界现代文学的伟人之一。他出生于古巴，1943 年至 1945 年参加意大利抵抗运动，1947 年从都灵大学毕业，此后他在埃伊纳乌迪出版社担任编辑直到 1983 年，两年后死于脑溢血。

卡尔维诺的第一部长篇小说和他的第一部短篇小说集分别于 1947 年和 1949 年出版，书名分别是《通向蜘蛛巢的小径》（*Il sentiero dei nidi di ragno*）和《最后来的是乌鸦》（*Ultimo viene il corvo*）。他还出版了其他 5 部短篇小说集和 4 部长篇小说，其中包括 2 部科幻小说。其中之一是《看不见的城市》（*Le città invisibili*，1972），该小说想象了马可·波罗和忽必烈汗之间的对话，对话的缘由则是马可·波罗造访过的超现实城市。卡尔维诺认为这是他“最完整、最完美”的作品。另一部长篇小说是《命运交叉的城堡》（*Il castello dei denstini incrociati*，1973），故事基于塔罗牌在不同的解牌环境下得到不同的释义而展开。

卡尔维诺对于科幻的兴趣主要体现在他在 3 年内出版的 2 部作

品集中：《宇宙奇趣全集》（1965）和《时间零》（1967）。这两部作品集都以散文式的短篇小说为主，讲述了一个理性宇宙的某些方面如何影响了生活在其中的生物。故事里的叙事者是一个与宇宙一样古老的名叫 Qfwfq 的生物。小说集中的大多数作品都以一条陈述事实的简短引言开始，其中包含了某些科学评论，然后想象这些评论成为现实之后会如何。例如《宇宙奇趣全集》的开篇故事《月亮的距离》（"The Distance of the Moon"）从乔治·达尔文爵士的一句话开始——从前月亮曾经离地球很近，根据 Qfwfq 的说法，站在梯子顶上就能够到。这篇小说的结尾像童话寓言一样，解释了月亮上为什么会有女人的形象。

卡尔维诺不仅写童话寓言，而且还编纂了一部不朽的意大利童话故事集。约翰·加德纳称他为"世界上最好的寓言家之一"。玛丽安·贡西尔写道，对于卡尔维诺来说，任何叙事都是童话创作。她指出，童话寓言以儿童的视角来讲述，并且寓道德教诲于其中；卡尔维诺笔下的主人公并不都是儿童，但却都具有儿童般的视角。

萨拉·玛丽亚·阿德勒在《卡尔维诺：寓言制作家》（*Calvino: The Writer as Fablemaker*）一书中写道："无论作家的幻想性质如何，在每一种情况下，他笔下的人物都面临着一个充满敌意与挑战的环境，而且人们还期望他们能将其战胜。"艾伦·舒斯在《纽约时报书评》上提到卡尔维诺具有"化平凡为神奇的才华"，萨尔曼·鲁西迪在《伦敦书评》杂志上称赞卡尔维诺"不费吹灰之力地看到了俗世中的神奇"。约翰·厄普代克和约翰·加德纳都认为卡尔维诺笔下的幻想与现实并存，足以与豪尔赫·路易斯·博尔赫斯以及加布里埃尔·加西亚·马尔克斯相提并论。

然而最主要的是，正如特蕾莎·德劳雷蒂斯在《科幻小说研究》（*Science-Fiction Studies*）中指出的那样，"卡尔维诺在 20 世纪六七十年代的作品充满想象与科学知识，风趣幽默，启发人们思索一个由来已久的问题：生而为凡人、生存与亡故、繁衍与创造、欲求与置身，究竟意味着什么？”约翰·克卢特在《科幻小说百科全书》中写道：“卡尔维诺对科幻题材的使用以及将其与全系列当代文学装置的混合使用，使他成了一位对于科幻小说的未来发展而言相当有意义的人物。”玛丽安·贡西尔总结说：“卡尔维诺儿童般的想象力让他抛开了新现实主义的信条，为他的小说开辟了无限的可能性。”《现代意大利文学指南》中写道：“卡尔维诺的故事是一种手段——对于一位厌倦了纤毫毕露地痴迷于现代生活的作家来说，也许是唯一的手段——借以重现一个人仍然可以成为人的世界，在那个世界里人们仍然可以做梦，但又能理解。”

这听起来似乎很像科幻小说。

（万年看客　译）

螺旋体

[意大利] 伊塔洛·卡尔维诺

对于大部分软体动物，同一个物种成员可见的机体形态在其生命中并不重要，因为它们彼此看不见，或者说它们对其他成员和环境只有很模糊的感知。但即便与其视力没有任何关系，它们照样具有看上去五颜六色的形态极美的外形（比如许多股足纲的贝类）。

一

就拿我来说吧，当我贴在那块礁石上的时候，你说的是它吗？Qfwfq问，那海浪一起一落，我停在那里，平平的，吸吮着能吸吮的东西，全部时间都在想它。你若想知道关于那个时候的事，我可以讲的就很少了。我没有形态，就是说我不知道有什么形态，或者说我不知道自己可以有一种形态。我各部分都长了一点，长成什么样就是什么样；你们要说那是辐射对称式，就是我有辐射式对称，可我实际上并没有注意过。我为什么该在某一部分比别的地方长得更多点？我既没有眼，也没有头，身体各部位之间也没有任何区别；你们一定想说，我有两个孔，一个是嘴，一个是肛门，那就是双方对称，比你们所说的三叶虫也多不了什么；可是在记忆中那两个孔并无区别，东西的进出都在于我，我想让它经过哪里就经过哪里，进与出是一码事，只是后来才有了区分和过多的讲究。我时时幻想，这却是真的。比如我在腋下搔痒时，在腿搭腿时，还有一次让我的须子长成刷子式。我说这些都是为了给你们做解释：当时许多细节我都无法料到。我有一些细胞，它们大致相同，也都做着差不多一样的工作，无非是一张一弛一紧一松。由于我没有形态，我觉得自己就在所有形态中，能做所有动作、怪样和弄出点动静。总之，我的思想没有什么限度，而且不是思想，因为我没有一个可以思维的大脑，我的每个细胞都想自己一次可以想的，而且不是通过形象思维，因为我们没有任何形象，只是以一种不确定的方式感到自己在那里，并不排除其他方式的感觉。

我那时的条件是丰富的、自由的、满意的，但跟你们所想象的条件截然相反。我是光棍汉（那时的生产繁殖并不需要交配），健康而没有过分的奢求。一个人年轻时，自己面前的全部进化之路都敞开着，同时也可以尽情享受软体动物在礁石上那样平平的湿湿的美美的滋味。跟后来的种种限制相比，再想到要以一种形态排斥另外一种形态，会觉得突然那么身不由己，所以说还是我那时的生活最美好。

当然，我那时的生活全部集中于自身，真是无法与现在有种种关系的生活相比。我承认，或许是由于年轻，或许是由于环境影响，我当时有些自我欣赏。总之，我待在那里，全部时间都在观察自己。我看到身上的所有长处和短处，我喜欢我自己，不论优点缺点都喜欢；还应当注意到，我没有可供比较的对象。

可是我还没有落后到不晓得除了我之外还有其他事物存在：我

趴着的那块礁石，还有时时涌来的海水，还有其他的东西，世界。水是一种最可信赖的准确的信息工具：它给我带来可食之物，我用我的全部表面去吸食。其他不可食之物我也去吸食，它们能让我对周围的事物有所了解。办法是这样的：来了一股浪，我贴在礁石上，稍微抬起一点身子，但这是很难捕捉的感觉，只要我放松一点压力，哗啦一下，水从我身下过去，留给我的是实质、感觉和刺激。这种刺激你们可没有体验，有时痒得我要笑破肚皮，有时是一种寒战，有时是火辣辣的，有时又是渴望，总而言之，是一种不断的开心与激动的交替感受。你们不要以为我只是被动地张着嘴接受送到身边的一切：我很快就有了自己的经验。我能迅速分析出来，送到跟前的是什么东西，应该做出什么举动，以便最好地利用它，或者避免最不幸的后果。一切都在于收缩，或者凭借我的每个细胞，或者适时放松：我可以做出选择，拒绝吸吮或把吸入物吐出来。

这样，我知道，还有其他的生物存在，在我身边的东西都留下了痕迹，它们有的和我截然不同，有的跟我相似到让我讨厌。不，我现在正让你们觉得我的脾气是古怪的，这不是真的；每个个体当然都有自己关心的事，但其他个体的存在使我安然，向我表明我周围是一个可供居住的空间，让我不再怀疑只有我存在，否则我会觉得在被流放。

也还有异性者。水传来一种特别的振动，我记得我第一次发觉，或者说不是第一次，我发现，好像我一直就知道她们存在。发现了她们的存在，我有了一种好奇心，倒不是为了看她们，也不是要让她们看到我，因为首先我那时没有视觉，其次我们也没有区别：每个个体都与其他个体一样，看我看他或看她感觉都是一样的。我的好奇是要知道，我和她们之间是否会发生什么事情。我在受一种折磨，不是做什么特别的事，我知道没有什么事可做，更无特别之事可言，但要以某种方式对那种振动给予答复，回报以一种相应的振动，或者就是我自己的一种振动，让这种振动表现出确实与众不同，你们现在称作荷尔蒙的东西在当时对我是极美的。

喏，她们中的一个排卵了，嘶呋哩呋，嘶呋哩呋；而我就嘶呋噜呋，嘶呋噜呋，给卵子授精：一切都在大海里进行，混合在一起，在阳光下温和的水里，我还没有告诉你们，我感受到了太阳，它使水变暖，也使石头变热。

我说的是她们中间的一个。因为那些海水拍打在我身上带来的女性的信息，一开始，像味道相同的好汤一样对我没有什么区别，我并未注意到她们之间有什么不同。后来我明白了谁更适合我的口味，而这种感受是从前所没有过的。总之，我热恋上了，就是说，我开始识别出她，她们中间的一个不同于其他个体的她的信号。我等待着她的信号，而且对我期待的她的信号回报以我的信号，也就是说，我爱上了她，她爱上了我，今生还有比这更值得期望的吗？

现在的习惯变了，你们可能不理解一个人竟可以爱上某一个异性，却从未与之交往。她发给海水一种不容混淆的信号，海浪把信号传到我这里来，让我收到我想象不出的她的信息：不是表面的泛泛的信息，不像现在那种可以看得见、闻得着、摸得到、听得见的信息，而是实质性的信息，凭那些信息，我便能长时间地想象，我可以想象到细微之处，而不是想她的长相如何，这太庸俗，我想象她是如何从没有形态变成千姿万态，但始终还是她。换句话说，我想象的不是她的形态，而是她的特性，抓住其特性再赋予其形态。

我很了解她，但我对她又并没有把握，时时有所怀疑，有所焦急，有所渴望。我不泄露任何情绪，你们知道我的脾气，可是在我那副不动声色的面具之下，却有些我现在也不好坦白的虚假。我不止一次怀疑她背叛了我，她的信息不只发给我，也向其他个体传递，我不止一次认为捕捉到或发现了，她给我的信号中有不诚挚的调子。

我吃醋，可以说这倒不是对她不信任，而是对我自己没有把握：谁能保证她能明白我是我？她晓得我的存在吗？这种通过海水的两性关系，这么充分的完全的关系，我还能指望得到什么更多更好的吗？这种关系绝对是个性的，是两个又有别又结合的个体间的关系，而对于她呢？你能向我保证她不在其他一个两个三个或十来个上万个个体身上找到与在我身上相同的感觉吗？谁能保证她参与跟我的关系之前不曾对其他个体心醉神迷，不曾不分青红皂白草率了事，转而欣喜若狂地抛弃过初恋对象？而下一个又该轮到谁呢？

这种怀疑并不符合事实，我从她私下里发出的细声细气的振动中得到了确认，她在我们交换信息时始终那么焦急，那么腼腆。但是如果因为害羞和缺乏经验，她会不会不善于掌握我的特点，那么会不会有别人趁机混入呢？而她，不成熟的她，还以为第三者是我，不知道加以区别，结果我们之间最贴心最亲密的游戏不就要扩展到在一伙陌生的同类之中进行了吗？

我那时开始分泌一种钙质，我想做些什么，好让我的存在变得不可混同于别的个体，以我的有特点的存在保护她的忠贞。现在试图罗列词汇对我这种做法的新鲜独创性大加解释也没有什么用，我只用一个字就足矣，甚至还富裕："做！"我想做，我从未做过什么，也从未想过可以做什么，而现在做本身就是一件伟大的事。于是我开始做第一件事，就是给自己做贝壳：通过一定的腺体，从我身上那件肉披风的边缘部分吐出分泌液，这种液体形成一圈弧形，直到围着我成为一个坚硬的色彩斑斓的盾，其外表粗糙不平，里面却又滑又亮。我当然无法控制我自己的形态：我蜷缩在自己内部，悄然无声，动作缓慢，我继续着，在一扇贝壳覆盖我全身后，再开始做另外一扇。就这样，我长上了螺旋形的贝壳，你们会认为那是无比困难的事，其实只要坚持不懈，慢慢吐出那种黏液，不间断地始终如一，它就一圈一圈长大起来。

这个贝壳做成后成了一个必不可少的容身之处，一个让我得以生存的屏障，如果没有它可就糟糕了。可是我制作它并非因为它有这些用处，相反，正像一个个体想喊一声，并非他喊出的声音有多好听，喊“哇”或者“啊”也都一样，我做贝壳只是为了表示自我。在这个自我表示中，我注入了对那边的她的全部思念，我倾泻了她给我带来的所有恼火，我爱心眷眷地想着她，为了她使我成为我，为了我使她成为她，可以说，我的一切都注入了那个螺旋状的贝壳之中。

我分泌的钙质物有规则地出现了色彩，构成了螺旋形盘绕的连续不断的美丽色带。这个贝壳是一个不同于从前的我的东西，但也是我最真实的部分，是对我是何种人的最好解释，使我的肖像变为有节奏的、坚硬的、彩色的、螺旋形盘绕的样子。而这也是她的肖像，因为她也同时制作了一个跟我一模一样的贝壳，我不知道我当时在抄袭她的作品，她也不知道在模仿我的制作，其他所有同类都在仿照他人制作着全都一样的贝壳，使事情又回到原来千篇一律的起点。不过，这些贝壳说起来一样，细看就能发现许多微小的差别，而这在后来就可以变成很大的差异。

可以说我的贝壳是自己做的，我并没有特别注意让它成为这样或那样，当然这不意味着我三心二意，恰恰相反，我在进行分泌时一刻也不曾分心，从未想过别的，或者说我从来都在想别的，因为我绝不会想贝壳，而其余的又没有什么可想。但是伴随着这种制作贝壳的努力，我也在努力去想什么，或者说我在做的过程中努力想以后做什么。于是我的工作不单调无味了，因为我随之进行了思维上的努力，每个行动又分化出很多想法，每个想法又变成很多行动，每个行动又可以做成许多事情，而这一切都包含在贝壳的增长之中，一圈接着一圈的增长……

二

（现在又过了五亿年，我环视四周，看见礁石旁的斜坡上已经修了一条铁路，火车驶过，车上一位荷兰姑娘向窗外探望；最后一节车厢只有一个旅客，他在读一本两种文字对照的英雄史诗。火车消失在隧道里，上面的公路旁有一块牌子上写着“飞翔吧，埃及！”，画着金字塔。一辆摩托冰淇淋货车想超过一辆满载百科全书的卡车，可又突然刹车，排在卡车后边行驶。原来有一群蜜蜂飞过，使道路能见度骤降。这群蜜蜂是从地里的一排蜂房里飞出来的，一定是蜂王迁居，致使身后黑压压一片蜂群追随，从隧道另一端像火车的黑烟一般冒出来。这一阵蜂群和煤烟让人什么也看不见，只有一个农民还在地里抡着锄头干活，根本就没察觉他一锄头下去翻上来一块新石器时代的土，而他的菜地正围绕着一个天文观察站，望远镜对着空中，旁边坐着看门人的女儿，她正看一份周刊里关于星占的文章，周刊封面上是电影《埃及女王》女主角的脸。我看到这一切却毫无惊奇之感，因为做贝壳也含着蜜蜂在蜂巢里酿蜜，煤炭，望远镜，克莱奥帕特拉的王国，关于她的电影，英雄史诗中的战争与帝国，英雄史诗所用的文字和用所有语言译成的作品，包括荷兰的斯宾诺莎和百科全书里关于斯宾诺莎生平与作品的十四行概述介绍。这辆卡车终于被摩托冰淇淋货车超过，而我在做贝壳时也觉得做了和想了这些。

我四下张望，找谁？找我的她，我爱了五亿年的她。

我看见海滩上有一个荷兰女子，一位救生员晃动着一条金项链向她示意空中的蜜蜂。我认出来了，是她！从她耸肩时右肩几乎碰到脸颊的动作上看，可以肯定就是她，绝对肯定！只是那个天文观察站门卫的女儿也有点像，埃及女王的照片也似乎像是她；也许克莱奥帕特拉真有其人，就生存于对克莱奥帕特拉的表演中；或者她是那个带头飞行的蜂王；也许是那辆摩托冰淇淋货车挡风玻璃上贴着的剪纸女人，她身上穿的正巧跟海滩上的姑娘的泳装一样！海滩上的姑娘正在听半导体收音机里播送的一位女歌手的曲子，而那个运送百科全书的卡车司机也在听同一首歌。我肯定听了五亿年，当然是她的歌。我找寻的就是她，而我看到的是海鸥在海面上擦水而飞，水面上露出一群沙丁鱼的闪闪鳞光。我有一阵曾相信在一只母海鸥身上看到了她的影子，又有一阵怀疑她是一条沙丁鱼，但同样可能是英雄史诗里提到的女王或者女奴，是把书放到火车车厢位子上去跟荷兰游客聊天的那个乘客，也许她是荷兰姑娘中的哪一个，我几乎爱上她们中的每一位，同时又肯定是始终如一地爱着她一个人。

我越专心于对她们每个人的爱，就越不能下决心对她们说“是我啊！”。我害怕自己弄错了，更怕她弄错了：把我当成什么其他人，把其他什么人当成我，比如那个戴金项链的救生员，那个天文观察站的主任，或一只公海鸥，或英雄史诗的作者荷马，或那个已经来到海滩、身边围了一群荷兰姑娘的卖冰淇淋的人，或斯宾诺莎，或那辆载运百科全书的卡车的司机，或一只完成延续本种族使命后正濒于死亡的雄蜂。）

三

……这并不排除贝壳首先是贝壳，有其不可能另有别样的特殊形态，因为是我赋予它这种形态，是我能够并且愿意赋予它的唯一形态。贝壳有了一个形态，世界的形态也就发生了变化，就是说现在世界上又多了这种原本没有的形态。

这就产生了很大后果：因为光线的波浪式的颤动冲击到身体后引起特别的效果，首先是颜色，就是我用以做成贝壳的条纹的那些东西，它的振动就不同于其他；其次还有容量进入一种与其他容量形成特殊关系的状态；最后还有其他我尚未意识到的现象。

这样，贝壳能产生贝壳的可见形象，据知贝壳们彼此十分相像，但只是在这里，若在别处，便可能是在视网膜上生成，那么就是以视网膜为基础的另一种形象，而该形象又以脑为前提，这个脑又有它的视神经，视神经把外面的振动一直传送到里面，而神经的另一端是专门看外面有什么东西的眼睛。现在想起来还觉得可笑，一个有脑子的个体有一根神经分布着，像一根钓鱼线投入黑暗中，而这位只要不睁开眼睛就不知道外面有没有可看的事物。我当初还没有这种东西，还无权谈论它，但我有我的想法，重要的是建立一种可视形象，以后自然会随之产生眼睛。于是我集中精力于我的外部（当然我的内部也制约着外部），使它形成一种形象，一种后来说成是美好的形象，与别的形象比起来它们会相形见绌：不漂亮，有点丑或丑死了。

我想，某个躯体能够以一种可辨认的特殊方式发出或反射闪光的振动，那么，这种振动会产生什么样的结果呢？把它装进口袋里？不。接收后把它再发射给自己身边最近的地方？那种在振动面前不能利用振动的人，接收了振动就有些不舒服了吗？把头藏在一个洞穴里去？不，他会向那个地方探出头，直到那一点展示在他的视觉面前，使之感觉、发展有关的器官，将它作为形象接收下来。总之，眼、蛳脑的联系就是那个变成形象的外力，加上要捕捉任何形象的意愿的内力，形成从外面通到内部的一个通道。

我没有错，我现在还肯定这个设计在总体上是正确的，可我的错误在于以为视力既然会生在我的身上，也就会在她的身上。我制造了一个我自己的和谐的彩色的形象，为的是进入她的视觉接收系统，占据其中心地位并在那里长期稳定住，使她可以持续不断地享有我，除了在视觉上，再加上梦想与记忆中的占有。我感到在那同时她也发出了自己最美的形象，迫使我雾蒙蒙慢吞吞的感觉在自己视野里发展，成为后来的明亮清晰的视觉。

于是我们的努力使我们变成了在一定意义上完美的物体，那时还不知道是什么，我们变成了以自己形体而自我完美的完美者。我说的是视觉，是眼睛，但我没有预料到一点：最终要睁开眼睛彼此相望，但那时我们看到的却不是我们两个人，而是很多其他人和事物。

四周充满了无形无色的、内脏尽可能各就各位的长得好好的家伙，它们根本就不想着自己要做什么，如何表达自我，如何形成一个稳定的完美的形态，给看到自己的人一个丰富视觉的可能。它们来来去去，时而沉下，时而浮上，在空气、水和礁石之间无忧无虑地转悠着；而我们，我和她以及那些想从自身形成一种形态的人在那里暗中努力。由于我们的努力，那块从来没有区别的空间变成了一个可观的世界：谁利用它？这些外人，这些从前自己也没想到过看的可能（因为样子丑陋，即使互相看望，谁也不会有什么收益），这些原来对形态的爱好最麻木的人。而我们埋头做了大部分的工作，制造出可以看的事物，它们竟悄悄地占了最舒适便利的地位：适合于它们的懒惰，长出可以直接接收我们制作的形象的器官！可别说它们也付出了好一番辛苦劳动：它们头上长满那种黏稠的液体，可以因此而生成任何器官，何况它们已经有了感光器官，再升华也不难。但要完善已有的器官，我倒要看看它们会怎么个做法！如果没有可观看的物体，没有可视物，又怎么办呢？一句话，它们花费了我们的辛苦才有了视觉！

结果，视觉，我们一直期待着的视觉，却成了别人的视觉，发生了一场大革命：突然，在我们周围有人睁开了眼睛，有了角膜、虹膜和瞳孔。真蛸和墨鱼的肿大而乏味的眼睛，虾和龙虾的突出的眼睛，苍蝇和蚂蚁的复杂肿胀的眼睛，海豹那双又黑又亮小得像大头针一样的眼睛，蜗牛长长的触角尖上露出的球眼，海鸥毫无表情的眼睛探索着海面……一位潜水渔民戴着玻璃面罩在探索海底，一位船长的双眼在望远镜后面观望，一位女游客在那副大墨镜后把目光集中在我的贝壳身上，然后目光跟她的他相遇，就把我全然忘却。我被一副老花镜观察着，我觉得那是一个动物学专家的老花眼，他想看清我时，有一群刚出生不久的小沙丁鱼从我身前游过，它们小得每个小身体只能容下一只小黑眼，像一颗颗一只眼的黑微粒在大海里游动。

所有这些眼都是我的，是我使它们成为可能；我凭着自己的积极主动，给它们提供了基本的物质形象。有了眼就有了一切，所以凡有眼的一切东西，都是从我的工作成果变成的，它们各有其形态和职能，而其中都有我一份贡献。它们都与我有着关系，与我当初在那里的努力有着关联。总而言之，我预见了一切。

说到底，我就在那些眼底，或者说那些眼底有另外一个我，一个我的形象。而我的形象能与她的形象相遇，那是她的最忠实的形象。我穿过虹膜的半液体化球体、瞳孔的暗室、视网膜的镜宫，再漫无边际地向我们真正的元素扩展。

（张密　译）

西班牙及拉丁美洲篇

说到科幻小说，西班牙和拉丁美洲的共同点并不仅仅在于语言：双方都以农业为主，工业化进程缓慢，以至于来自传统的影响更胜于产生变化的力量，因此在科幻小说中几乎找不到任何符合自身状况的内容。也许是因为受到了欧洲邻国的影响，西班牙还有一些早期的科幻小说经验，而拉美则比较孤立。毛里西奥-何塞·施瓦茨和布劳略·塔瓦雷斯在《科幻小说百科全书》中写道："虽然深受美英科幻的影响，但拉丁美洲的现代科幻也受到了印第安人时代以及殖民时代的幻想传统的影响，在某些情况下还受到了刻意背离英语世界传统的主观决定的影响。"拉美对科幻与奇幻（以及文学本身）的主要贡献在于"魔幻现实主义"（magic realism）。

西班牙内战（1936—1939）以及从内战结束一直延续到1975年的弗朗西斯科·佛朗哥保守政权一度致使西班牙与欧洲其他国家之间隔阂渐深。内战前的西班牙有一本早期科幻杂志《科学小说文库》（*Biblioteca Novelesco-Científica*，1921—1923），总共发行了10期，每期都刊登了伊格诺图斯上校（本名何塞·德埃洛拉）（Coronel

Ignotus / José de Elola）的长篇小说，都是些“老式的推想与幻想小说”。该期刊的其他作者包括弗雷德里克·普胡拉、埃利亚斯·塞尔达和多明戈·本塔略。

现代科幻通过阿根廷发行的杂志《更远》（*Más allá*，1953—1957）及其出版方米诺陶洛出版社（Minotauro）传入了西班牙。西班牙出版商几乎马上就创办了“未来”（Futuro）和“太空战士”（Luchadores del Espacio）系列丛书以及第一家专门的科幻出版社“星云”（Nebulae）。米格尔·巴尔塞洛·加西亚（Miquel Barceló García）和马克西姆·雅库博夫斯基在《科幻小说百科全书》中估计，从那时起西班牙出版了大约 1 300 种科幻书籍，其中约有 50 种是西班牙作者的作品，其余作品都是译自英文。

20 世纪 60 年代创刊的杂志《期望》（*Anticipación*，1966—1967）是富有影响力的杂志《新维度》（*Nueva Dimensión*，1968—1983）的前身，后者由塞巴斯蒂安·马丁内斯、多明戈·桑托斯和路易斯·比希尔担纲主编。桑托斯（本名佩德罗·多明戈·穆蒂诺）（Domingo Santos / Pedro Domingo Mutiñó）被认为是“当代主要的西班牙科幻作家”。他写过长篇小说，但他最好的作品是短篇小说，例如《陨石》（“Meteoritos”，1965）、《不完美的未来》（“Futuro Imperfecto”，1981）和《离地球不远》（“No Lejos de la Tierra”，1986）。其他作家包括加布里埃尔·贝穆德斯·卡斯蒂略、卡洛斯·塞伊斯·希东查，以及最近的埃利娅·巴塞洛、拉斐尔·马林·特雷切拉、哈维尔·雷达尔、胡安·米格尔·阿吉莱拉和安赫尔·托雷斯·克萨达。

西班牙科幻前途光明的原因之一在于加泰罗尼亚理工大学为最佳中篇科幻小说奖提供了丰厚的奖金，该奖项向所有语言的参赛作品开放，由此为西班牙引介了许多著名作家。原因之二在于科幻大会的复兴。1990年，巴尔塞洛出版了一本关于西班牙科幻的书《科幻：阅读指南》（*Ciencia Ficción: Guía de Lectura*）。

至于在拉丁美洲，施瓦茨和塔瓦雷斯评论道："出版商们还没有开发出科幻作品的商业潜力……科幻小说种类相对较少，往往以短篇小说的形式出现……作者通常是社会科学家或职业作家，只有极少数人来自硬科学的行列……由于南美大陆拿不出多少科技成果，但同时却是技术进步的消费者（有时也是受害者），这里的科幻更加注重强调进步的社会代价、经济代价与政治代价。阿根廷评论家、作家克劳迪奥·奥马尔·诺盖洛尔（Claudio Omar Noguerol）曾写道："盎格鲁-撒克逊科幻（即英美科幻）通过盎格鲁-撒克逊人的所思所感进行探索，拉美科幻则通过只有熟谙拉丁美洲动荡的人才能做到的方式进行探索。"这里所指的动荡有一部分源于政治。在当时的情况下，科幻有时是唯一可用的社会批评媒介。然而，所有这些差异因素都意味着很少有西班牙文或葡萄牙文的科幻作品被翻译成英文。

在阿根廷，最早出现的科幻杂志是《更远》（1953—1957），之后还有存在时间很短的《科幻奇幻杂志》（*Revistas de Ciencia Ficción y Fantasía*，1977），再后来又有了《秒差距》（*Parsec*）、《米诺陶洛》（*Minotauro*）以及一些科幻爱好者杂志，此外还创立了阿根廷科幻奇幻协会（Círculo Argentino de Ciencia Ficción y Fantasía）。最著名的作者有阿道夫·比奥伊·卡萨雷斯、安赫莉卡·格罗迪斯彻、爱德华多·戈里戈尔斯基、卡洛斯·加迪尼、马格达莱纳·穆翰·奥塔尼奥、埃米利奥·罗德里格、阿尔贝托·巴纳斯科、达尼尔·巴比埃里、马夏尔·苏托和塞尔吉奥·高特维尔·哈特曼。当然，还有豪尔赫·路易斯·博尔赫斯（Jorge Luis Borges）。

古巴科幻作家包括安赫尔·阿兰戈（Ángel Arango）、米格尔·科亚索（Miguel Collazo）和达伊娜·查比亚诺（Daína Chaviano）。在墨西哥，宗教裁判所曾在18世纪指控方济各会修士作家曼努埃尔·安东尼奥·德·里瓦斯（Manuel Antonio de Rivas）是异端，罪名之一就是他创作了一篇奇幻之旅的故事。现代科幻小说在20世纪60年代传入墨西哥，催生了一份存在时间不长的科幻杂志《时空领航员》（*Crononauta*），以及马努·多恩比尔雷、玛莉亚·埃比拉·贝穆德斯、多玛斯·莫哈罗、马塞拉·德尔里约和阿古斯丁·科尔特斯·加比尼奥等作家。还有几位主流作家也创作过科幻作品，包括卡洛斯·富恩特斯（Carlos Fuentes）。

由于使用葡萄牙语，巴西在一定程度上与拉美其他国家较为疏远。巴西的早期主流文学作品曾经加入过些许讽刺与科幻元素，之后，热罗尼穆·蒙泰鲁（Jerônimo Monteiro）在20世纪30年代以一套类似科幻的侦探广播系列剧将美式科幻带到了巴西，后来又用罗尼·威尔斯（Ronnie Wells）这一笔名将其改编成了系列短篇小说。此外他还成立了巴西科幻协会，并为巴西版*F&SF*，即《科幻小说杂志》（*Magazine de Ficção Científica*）担纲了一年编辑。古梅辛督·霍夏·多雷亚（Gumercindo Rocha Dorea）在20世纪60年代被称为“巴西的坎贝尔”，当时他创办了以他名字的首字母命名的GRD出版社，并且交替出版了一批美国科幻译本与巴西本土作品。阿尔瓦卢·马利耶卢斯（Álvaro Malheiros）则主办了另一家出版社EdArt。巴西科幻作家包括蒂娜·希尔薇拉·德凯罗斯、安德烈·卡内罗、胡本斯·T. 斯卡沃尼和法乌斯图·库尼亚。此外1969年与国际电影节联合举办的经典科幻研讨会也为巴西科幻界带来了重大的国际影响。该研讨会将许多英文科幻界的重要人物带到了里约热内卢。

根据施瓦茨和塔瓦雷斯的列举，拉美地区还有以下几位值得一提的科幻作家：智利有爱德华多·巴雷多、雨果·科雷亚，以及安托万·蒙塔涅；哥伦比亚有安东尼奥·莫拉·贝雷斯、阿尔贝托·加维利亚·科罗纳多，以及马里奥·洛佩拉；哥斯达黎加有阿尔贝托·卡尼亚斯；厄瓜多尔有阿伏栋·乌维蒂亚；萨尔瓦多共和国有阿尔瓦罗·梅讷恩·德斯里亚尔；秘鲁有何塞·B. 阿道夫；多米尼加共和国[1]有胡安·波什；乌拉圭有萨乌尔·伊巴戈坚、卡洛斯·玛莉亚·费德里希、埃尔维奥·E. 甘多尔夫和马里奥·莱夫雷罗；委内瑞拉有路易斯·布里托·加西亚、佩德罗·贝洛埃塔、大卫·阿利索、伊莲娜·戈麦斯和阿曼多·何塞·瑟盖拉。

不过，关于拉丁美洲文学最值得一提的事实或许还得算魔幻现实主义。期刊《魔幻现实主义》（*Magic Realism*）将这一术语的起源归功于一位名叫弗朗茨·罗（Franz Roh）的德国艺术评论家，他使用这一术语来形容某种特定的现实主义艺术，即以前所未见的视角观察普通的日常物体，从而将其浸染一层魔幻色彩。当罗的文章被翻译成西班牙文之后，这个词开始应用在了文学领域，1948 年又具体到了拉美文学。学者安赫尔·弗洛雷斯（Ángel Flores）于 1955 年在《西班牙》（*Hispania*）杂志上发表文章，普及了这一术语。

大卫·杨在他与基思·霍拉曼合著的选集《魔幻现实主义小说》（*Magical Realist Fiction*）的序言中写道："理解'魔幻现实主义'的方式之一是将其视作针对'现实主义'的善意玩笑。魔幻现实主义创造了一类全新的小说，旨在针对现实主义的局促假设发起反动。说到'魔幻'，我们通常会想到神话、民间故事、无稽之谈以及藏在我们每个人内心深处的那个特别喜欢让此类叙事施展魔咒的小家伙——或许它正是我们童年时代的自我——即使这些叙事听起来完全不可思议。魔幻现实主义小说则暗示我们，可以将现实主义

1. 原文为圣多明各，多米尼加共和国的首都。原作者误用首都代替国家。

的‘真实性’以及‘可验证性’与综上所述的‘魔幻’效果相结合，形成某种奇异的混血儿。”

杨指的是文化或文明的大规模碰撞，一方是与魔法关系密切的“原始”文化或文明，另一方则是“开化的”“大抵立足于现实的”。换句话说，魔幻现实主义与其说挑战了现实主义，不如说挑战了“实证主义思想的基本假设，也就是令现实主义文学得以发扬光大的土壤”。杨推测这可能是魔幻现实主义在拉丁美洲蓬勃发展的原因，因为“土著文化与殖民文化在这里……一次又一次地碰撞……原始文化与现代文化至今仍在此地耳鬓厮磨地共存”。他还指出，“现代文明在文明之外的人看来也很魔幻”。

杨写道，与其他类型的故事不同，魔幻现实主义拒绝为它所描写的现象给出“合理的”解释。“当然，当我们读到一个故事时肯定知道，总体来说这故事是虚构的。但我们大多数人哪怕进入一个虚幻的迷宫，也依然希望能牵着一根带领我们走出迷宫的细线。科幻故事中的细线告诉我们，科学终将能够解释宇宙可能摆在我们面前的一切事物，我们所面临的挑战是如何去证实。鬼故事中的细线告诉我们，人们常常相信鬼魂的存在，我们要是暂时搁置一下不信鬼神的理念，将会很有趣。”有时，故事的情节“与宗教信仰的传统体系有关”。魔幻现实主义也对心理学解释产生抗拒。

尽管魔幻现实主义似乎与科幻小说的立场不一致［大卫·G. 哈特韦尔在《纽约科幻评论》(*The New York Review of Science Fiction*) 中指出，虽然魔幻现实主义文学可能看似奇幻，但并不属于奇幻类型］，不过却往往会导致类似的效果——或许是因为两者都涉及事物存在的惊异感，也都会在现实范围内延伸想象力。两者都将幻想与现实相结合：科幻小说将幻想——太空飞行、时间旅行、物种和宇宙的演化——视为日常现象，魔幻现实主义则在日常存在中发现神奇。科幻小说并不总会将陌生的事物熟悉化，有时也会将熟悉的事物陌生化。这种做法往往与魔幻现实主义非常相似。

在这个过程中，魔幻现实主义为科幻小说作家们提供了新的可能性，吉恩·沃尔夫、迈克尔·斯万维克、特里·比森等作家，也包括他们的读者在内，都因此而大受裨益。

（万年看客　译）

此处有虎[1]

《新维度》杂志在发行期间（1968—1983）创办了年度最佳科幻短篇故事奖。1977 年，该奖项颁给了特蕾莎·英格列斯（Teresa Inglés）的《雪花石膏园》（“The Alabaster Garden”）。人们对于英格列斯知之甚少。马克西姆·雅库博夫斯基翻译了她的故事，并且收录进了他的欧洲科幻小说选集《驶向 ε 星》。他说她是一位女权主义记者，也曾是芭蕾舞演员，目前住在巴塞罗那。

（万年看客　译）

1. 标题原文为 *Here There Be Tygers*。“tyger” 语出 18 世纪英国著名诗人威廉·布莱克的诗作《虎》（*The Tyger*）。“tyger” 作为 “tiger” 的变形，表明了作者并非歌颂 “虎” 本身，而是用 “tyger” 隐喻进步和变革的伟大力量；而 “此处有虎” 的句式，化用了 “此处有龙” 的典故，即中世纪时期在地图上用以标明此地未被探索的句子。故本文标题的含义是：（西班牙）在科幻地图上尚未被探索，但蕴含（科幻）进步和变革的力量。

雪花石膏园

[西班牙]特蕾莎·英格列斯 著

[英国]马克西姆·雅库博夫斯基 英译

……但是我们这些孤独的旅行者非常清楚，人类是多么虚荣，以为自己已经征服了宇宙。

我们在两个港口之间建立了一条摇摆不定的泡沫之路，我们自称是海洋的主人。

我们用金属双轨把两条海岸线连接在一起，我们以为自己拥有大陆。

我们在亚马孙黑色的皮肤上开辟了一条薄薄的柏油路，我们假装自己已经征服了原始森林。

但我们所能做到的就是像蜘蛛一样，沿着预制的线移动：沥青线、金属线、海图与航空图上的墨水线。无聊在我们的大脑中沿着神经线路移动。这些贫瘠的图表无法展现景色的丰富与无垠，让一切都变成了由某个官僚所撰写的、粗糙无趣的剧本。

是时候绘制空间图了：在一维的太阳系地图上只有可怜的100条直线，在三维模型上只有19条单独的虚线，它们代表着银河系的一小块区域（我们已经探索过的）。

在这些线条之外，就像古老的羊皮纸地图一样，是一片看不见的虚空，充满了未知的恐怖。此处有虎[1]。

19 条单独的线；总有一天，会有 20 条……

手稿读到这里，我抬起眼睛，端详了一下坐在我面前的这个人：奥拉姆·杜马，大约 40 岁，瘦高个儿，面容俊朗，是著名的生物学家和考古学家，最重要的是，他是已故的里格尔·瓦兹的密友。

“这是什么意思，19 条，很快就会有 20 条？”我问他。

“字面意思，”他苦笑着回答，“有一条 20 世纪的超空间航线，航行图上没有标明。”

“关于这条路线你还知道什么？你能告诉……”

“我可以告诉你。”他礼貌地打断我的话，“我是否有确凿的证据，这是不是一个疯老头胡编的故事，你是不是想问这些？”

“你知道我很欣赏瓦兹，”我反驳道，“实际上，这不正是你来找我的原因吗……”

“只是原因之一。还因为，你是个备受赞誉的宇航员。”

“谢谢。我非常尊敬你与瓦兹的精神伙伴关系，但我希望看到一些更具体的证据。”

“你知道那首叫作《雪花石膏园》的诗吗？”他问我，似乎在转移话题。

“每一个爱诗的人都知道。”我回答道。我背诵了著名的第一节：

时间是你的王国，
穿梭如影梦境，

1. 原文“Hint sunc tigres.”是拉丁语，化用了在地图上表示某区域未被探索的常用语“此处有龙”。

静止的花园，

玫瑰生长不息……

“很好。”杜马说，“在瓦兹去世的前几天，我最后一次见到他，当时我们正在谈论《雪花石膏园》。当我问他这首诗的象征意义，还有其中所使用的隐喻，他回答道：‘那些不是隐喻，奥拉姆。雪花石膏园确实存在。我去过那儿，这首诗只不过是对那里的拙劣描写罢了。’”

“对不起，我不想显得多疑，瓦兹是一个有远见的天才，但他诗歌中耐人寻味的语句不能被视为无可辩驳的证据；他年纪大了，几乎快要走到生命尽头……”

“我就是这么想的，我的朋友。”杜马打断了我的话，突然变得异常兴奋，“这就是为什么我没有特别重视他说的话。但当瓦兹去世时，我已经被指定为他的遗嘱执行人，我在他的笔记中看到‘静止的花园’或‘雪花石膏园’反复出现。最重要的是，我发现了瓦兹到达那里所使用的超空间路线数据。”

如果杜马是想给我留下深刻的印象，他现在成功了。“但这说不通啊！”我抗议道，“如果瓦兹真的到过什么地方，他为什么不把相关数据传送给航天部？你肯定知道，现有的5条超空间航线，以及许多星际航线，都是由独立运营商发现并绘制的，航天部一直对我们的活动和研究非常感兴趣。”

“是的，”他轻蔑地回答，“傻瓜也可能是有用的，请原谅我下面刻薄的发言：那些冒着巨大风险尝试超空间跃迁的疯子，至少可以说是被他们自己的热情和薄弱的天文知识这两个相互矛盾的东西所控制。所以，久而久之，疯子们跨越时空实现了自己的梦想，而官方航天科学也获得了一条条新的路线。这样表达如何？”

“好吧，好吧。我没必要相信航天部的机会主义政策。事实上旅行家和独立运营商已经探索到了超出目标 1 光年以上的地方，而航天部一如既往地吝啬，始终没有偿还这些费用。根据你的说法，瓦兹登上了一颗未被发现的行星。但是，如果是这样的话，为什么航天部没有地图呢？为什么直到瓦兹死去，他一直保守着这个秘密？那么，是什么导致了他的奇怪行为？”

“他没有保守秘密。我这儿有一份他给航天部的报告。”杜马回答说，指了指他两膝上的那本闪光的文件夹，现在我手中的手稿就是早先他从里面拿出来的。

“然后……”

“然后，按照处理这类案件的常规程序，该部门调查了瓦兹提供的这颗行星的星体坐标，发现太空中该坐标对应的位置压根儿什么都没有。航天部表示，瓦兹发现的只是一片巨大的空白，随之而来的失望使他产生了一系列补偿性的幻想，这在很大程度上受到了他诗人气质的影响。他们说瓦兹梦见自己发现了一个美丽的世界，并为他们提供了不存在的坐标，那个坐标只是他梦到的。”

“我必须承认，”我谨慎地说，“这个推断并不过分。他不是第一个在太空中产生幻觉的人。还有想象力更贫乏的男人报告说，他们曾看到半裸的女巫在大象的翅膀上跳舞……”

“我了解，”杜马说，“我不否认这可能是幻觉。但我很了解瓦兹，坦白来说，我相信他神志清醒，所以我愿意亲自重走一遍。”

“但如果计算结果表明，瓦兹所说的坐标点上什么都没有……”

“我们的仪器无法探测到 40 光年之外的任何物体，而 40 光年正是我们与这颗行星之间的距离。对航天部的笨蛋来说，这相当于宇宙深渊。但是，对我来说不是，我希望对你来说也一样。”

“所以你认为我们可能是在谈论一个不可见的恒星系？”

“当然。如果你不介意通读一下你手里的笔记，以及我手头的其他文件，你会发现瓦兹发现的行星围绕着一个中心太阳公转，比我们的太阳稍微冷一点。一颗红色的恒星……”

“但那是不可能的！”我叫道，“我们的仪器在40光年之外不可能探测不到这样的恒星。”

“这件事难道不会让整个探险变得更加有趣吗？”他回答道，轻轻耸了耸肩，表示鼓励，“如果真的有这样一颗太阳，它既证实了瓦兹的说法，又躲过了探测，找出其中的原因不是很有趣吗？你不这样认为吗？”

里格尔·瓦兹是他那个时代最伟大的诗人之一，也是最著名的独立旅行家之一。

宇航员诗人，一代梦想家的年轻偶像，尤其是一群像我这样的疯子，将我们的命运和生命塞进狭小而脆弱的宇宙飞船。

但是，瓦兹不仅是一位诗人和宇航员，他还是一位密码学家和考古学家，就像他的朋友奥拉姆·杜马一样，奥拉姆·杜马是一位孜孜不倦的侦探，他对档案和图书馆的探索热情丝毫不亚于对银河系深处的好奇。

而且，显而易见，瓦兹并不是随意地踏上他最后的探险之旅，而是受到一系列神秘资料引导，这些都是他在一些古老文献中偶然发现的。事实证明，杜马不可能完整地重现瓦兹的全部调查，也不可能确定他的资料来源，但毫无疑问，选择路线不仅是宇航员的工作，也是考古学家的工作。

这其中隐含的内容足以令人惊叹。超空间旅行仍处于起步阶段，充满了理论上的未知。当你跃迁时，如果你仅仅遵循幸存者的既定路线，只能到达一个预定的地点，因此，人们经常随机绘制路线。只有通过这样的实验，一个勉强值得信赖的超空间航线网络才得以建立起来。一条由点组成的虚线，每一个点代表着在宇宙中的短暂飞行，每一个空隙代表着在未知空间中不可思议的跃迁。瓦兹可能是在一些古老的文献中偶然发现了一些参考资料，这些资料使他能够画出一条新的超空间之路，这不仅令人惊奇，而且令人敬畏。

不论瓦兹此番行为的起源多么令人兴奋，真正最让我们感兴趣的是他的最终目标，如果真的有这样一个目标的话。因此，在第一次相遇的几个月后，我和杜马迅速建立了友谊，一起登上了我那吱吱作响的宇宙飞船“小叮当”，准备按照瓦兹的路线进行第一次超空间跃迁。

“至少，”我说，“我们不用冒着撞向新星的危险。对我们来说，最坏的结果就是我们在太空中发现了一个洞——和我们口袋里的洞一样大！”

“这肯定是一个革命性的发现，”杜马笑着说，“你也知道，自然界中不存在完全的虚空……”

还剩下一次跃迁，附近只有一颗恒星。

在一片寂静中，我们完成了所有的例行检查，回到座位上准备最后一跳。

“你的遮光板准备好了吗，杜马？”我问，然后拉了开关。

“没必要，别忘了那只是一颗红巨星。”他回答，试图露出一丝微笑。但是他的声音并没有掩饰住他显而易见的紧张。我自己也没有平静下来。

“我们走吧。”我说。

超时空跃迁时，嗡嗡声如影随形般游走在我们的潜意识中，当那声音停止，表明我们又回到了正常的空间，我们就像自动烤面包机里的面包片一样从座位上跳了起来。

“跟我们的口袋一样空。”我从嗓子里挤出几句话，“嗯，我想航天部的家伙们有时候是对的。”

杜马并没有表现出明显的不安，这让我很吃惊。为了解答我的疑问，他说：

“我们还没有失败，兰。如果有什么东西阻止了一颗红巨星在40光年之外被探测到，那么同样的原理也就说得通了，甚至在几亿公里以外的地方也适用。你应该比我更清楚，在超空间旅行中，大多有接近1光时的误差……如果瓦兹说的那颗星存在——虽然我仍然没法确定它是存在的——那么它周围一定有某种障碍，限制着它的一切辐射……”

“但是，离恒星这么近，”我反驳道，“那必须是一种能把整个星系包围起来的屏障，一种围绕着它的……壳层……”

“为什么不呢？一个巨大的星蛋，红星代表蛋黄。”

这种可能性让我不寒而栗。我们先前推测，阻止瓦兹的恒星在太阳系被探测到的原因可能是一个巨大的宇宙尘埃云团，或者是某种位于两个星系之间的自然障碍。但是像杜马所说的障碍，更像是一个为某种目的而特别设置的人为障碍，要是有人有能力做到这些事情，那是相当令人生畏的。

“知道吗？”我说，“如果我们发现它就和看起来一样空空如也，我会更开心点。”

“无论如何，我们很快就会知道真相。”他说，“如果能延伸到这里，屏障的尺寸一定非常大。我们要搞清楚，如果屏障位于太阳系与我们之间，我们就无法看到太阳系。但如果我们的飞船正停在屏障和太阳系之间，我们在这部分空间里就看不到地图上的大部分星星，这就证明这部分空间的一个特定区域被屏障遮住了，让我们看不到屏障后的一切。现在，如果在太阳系和小叮当之间绘制一条线，这条线没有穿过屏障，那么，我们的线不是高于或低于它（以太阳系为最低点），就是……在它旁边。我们必须把数据输入计算机，让计算机来确定恒星的分布，我们应该能够从其中识别出可能与我们实际看到的不符之处。如果我们理论上应该探测到的任何一颗恒星在我们的全景图中消失了，那么我们就知道该去哪里了。”

“感谢你的天文学课，”我说，“但我以为我才是这次探险的宇航员。”

并没有什么“高于”或“低于”我们。但是，经过长时间的吱吱声和嘟嘟声，计算机发现了理论恒星分布和可见恒星分布之间的差异。

“我们必须记住一件事，”杜马紧张地说，明显在努力克制自己的兴奋，“我们不能排除瓦兹直接从超空间进入屏障的可能性。如果是这样的话，他就没有必要像我们一样穿过它了。据我们所知，这个屏障似乎阻止了电磁辐射的渗出。很可能那也是通行的一种方式，屏障是透明的……在这种情况下，我们也无法知道固态物体是否能通过。”

“我们可以先送一个探测器过去。”我建议道。

“是的，当然，但这并不能证明什么……除非它不能成功地穿过恒星的屏障，这样的话，我们就知道我们也不能通过。如果探测器穿过屏障，我们应该能够监测它的信号，这样我们就能知道它是否发生了什么变化。我们可能需要给探测器编程，而且……”

“等一下！”我打断了他，“有两种可能：一种是瓦兹在最后一跃时，重新落到了屏障外面——像我们之前那样——在这种情况下，他必须设法穿过屏障，这样的话就说明屏障是无碍的；另一种是他落到了屏障里面，这表明屏障是不透明的——因为如果不是这样，他怎么能发现他在纸上写出的恒星坐标呢？所以，如果这个屏障允许电磁波在内部和外部之间移动，我们也应该能够接收信号。”

“谢谢你教我基本逻辑。”轮到他讽刺了，“但我以为我才是这次探险的科学家。你说得很对，我想我们很快就会有确凿的证据。然而，这并不能涵盖所有的可能性。假设探测器不返回。我们该怪谁呢？屏障还是别的什么？”

探测器穿过了屏障。或者说，至少从我们的视线中消失了。但它没有回来。

“很好，至少我们没把自己炸成碎片。”我说，“这是一种解脱。”

杜马一直盯着我看。他看起来很紧张。最后，他说：

“你是宇航员，兰。我不能强迫你这么做，我不能施加任何压力……”

“每次我乘上这艘破船到太空去探险，”我打断他的话，“我都是冒着生命的危险，而且我是为了许多比这儿的东西更乏味的东西去冒险的。你可能觉得到此为止也没什么，但我不会放弃去看看另一边的样子，就这么返回的。”

黎明时分，有一颗像太阳一样红彤彤的恒星出现了，还有一颗孤独的行星懒洋洋地依照轨道环绕着它。这颗行星有可呼吸的大气层，重力略低于地球，虽然它不太自转。它看似缓慢的自转实际上是源于它围绕恒星的奇怪轨道，恒星在行星的天空中位置变化很大：这个行星的一天和一年的时间长度是一样的——事实上，它们就是同样的东西——相当于10个地球年。

“五年前，瓦兹曾来过这里，”杜马说着，环顾了一下四周，尽管在这片红色沙漠里几乎看不见什么东西，“而且，在他所有的笔记中，他都把雪花石膏园置于一片朦胧之中。”

“依照他的说法，”我说，“我们很快就会找到花园……如果花园真的存在的话。”

“的确。”

“那么，我们是不是应该往看起来朦胧的地方走呢？”我问，“我受够了这些沙子。”

这是一个残酷的悖论：这个星球与地球如此相似，可放眼望去，不过是一片没有风、没有云、没有水的荒漠……只有沙子静止不动，红色的天空静止不动，太阳静止不动。

在我们真正看到它之前，我们就已经感觉到它的存在，它是沙漠单调景观中一点小小的不同：沙漠世界中形状各异的绿洲。

当我们最终到达那里时，我们很快就明白了为什么里格尔·瓦兹——那个时代最伟大的诗人之一——在他最后一次太空旅行后如此崩溃……而人们又为什么认为他疯了。

那真是一座雪花石膏的花园。而且，毫无疑问，尽管它很陌生，但它也是一个适宜人类生存的花园。0.8 G 的重力，可呼吸的空气，平均温度 20 摄氏度……这些巧合是如此让人难以置信，但它们确实有可能仅仅是巧合。但这座花园，一定不是巧合。

这是一个玫瑰园。一个奇妙的石化玫瑰园，在那里，静止不动的雪花石膏花冠被静止不动的晨光照耀着。

当我们走进花园时，一种奇怪的睡意袭来，一种强烈的忧郁感……还有内心的平静。虽然我从来都不是一个好斗的人，但在那一刻，我甚至连一只准备蜇我的蜜蜂都赶不走。

然而没有蜜蜂飞来品尝雪花石膏园中的玫瑰。

只有一次，在我们梦游般的漫步中，我碰了碰一朵花来确定它的存在。从远处看它们时，我在脑海中觉得我们可以挑选一些样本进行分析。但一走进花园，我就觉得无法扰乱这个美丽世界的自然秩序。

我想，在正常情况下，我会吓得尖叫。

但当我发现这尊雕像时，我被这种奇怪的、舒缓的睡意迷住了，我只是站在那里惊奇地看着它，仿佛是一个魔咒的俘虏。我甚至不能和杜马说话，尽管他也一样不可置信地站在我身边，看着那不可思议的景象。

这尊雕像和它所在的花园一样精巧，展现的是一个一丝不挂的裸体女人，双腿交叉站在一个白色的底座上，旁边是一片死水（这是我们在这个星球上第一次看到水）。她闭着眼睛，双臂微微地离开身体，掌心朝向太阳。

时间是你的王国，
穿梭如影梦境，
静止的花园，
玫瑰生长不息……

我们没有碰她，甚至不敢接近她。我们被她迷住了，在相当长的一段时间里，我们继续欣赏着她，两人屏气凝神。最后，我们一言不发地走开了。我们还没来得及对话，就又上了飞船。

"我想我不应该自己离开，把你一个人留在这儿。"

"理智点，兰，这是我们唯一能做的事。这里有某种未知的力量在起作用，控制着我们的意志……我们还能做什么呢？到目前为止，这股力量还只是阻止我们触碰花园中的东西……如果我们继续待在这里，它可能会毁了我们。我们不能一起冒这个险。如果你现在离开，及时回来，你可能会在家里发现一些东西，比如能解答这一切的关键线索。"

"即便如此，我们至少也要抽签决定谁留下来。"

"兰，你是这次探险的宇航员，而我是科学家。让宇航员去处理飞船的问题，让科学家负责我们即将在这里开展的实验……这不是更合乎逻辑吗？”

这更合乎逻辑，所以我把杜马留下，把他的有机合成器和所有必要的科学仪器放在一个充气帐篷下，离雪花石膏园大约 30 米远，然后回到了地球。

我在杜马的房子里安顿下来，忙着仔细检查瓦兹的笔记，想找到点什么东西，或许能帮助我弄清这颗距我们 40 光年之遥的神秘星球和人类历史之间的关系。

但是瓦兹的笔记还远未完成。它们似乎被故意弄得残缺不全，以防止任何人准确地重走这段让他有了这一奇妙发现的考古探索之路。

耐心的缺乏和对杜马的担忧弄得我心力交瘁。那股奇异的力量让他消失了吗？还是把他逼疯了，在他内心深处不停地催促他逃跑？

杜马要求我离开一年，他坚持认为时间再短的话，对他的实验来说是不够的。然而，我立刻拒绝了离开这么久，后来我们很快就确定了六个月。不管怎么说，我得需要些时间才能筹集到足够的资金来进行第二次旅行，因为我们已经决定尽量不去求助航天部（而且，他们也不太可能听我的）。

那是我人生中最漫长的六个月。

我们第一次发现的那座雪花石膏园，它原本处在朦胧之中，现在被红日完全照亮了。那里的一天相当于地球上的十年，地球上的六个月只相当于不到一小时，可无疑已足够花园中的黎明变成早晨了。

杜马没像约定的那样在帐篷里等我，我也没有找到任何实验信息。一个糟糕的开始。我手足无措。

他也没有回应我越过屏障时发出的信号。所以，当我走向花园时，心里充满了恐惧。

我没有特别担心自己的安全，一部分原因是我太担心杜马，另一部分原因是，即使他被杀了，也不是在我刚离开的时候。实验室里有十分明显的、长时间活动的痕迹。

尽管我鼓起勇气走进了花园，但我对所看到的一切却毫无准备。

这里不只有一尊雕像，而是两尊。在那个女人的旁边，有一个男人的雕像，他一动不动地站在基座上，在写着什么。这是杜马。不是一个以他为原型塑造的雕塑，那就是被石化了的杜马。我能认出他的手表和破旧的衣服。

我必须做出超越常人的努力来克服我对这个地方的恐惧，但我终于设法靠近了我曾经的朋友——奥拉姆·杜马的雕像，泪眼朦胧地越过他的肩膀，盯着他放在雕像底座上的笔记本。

他打算在新的一页上写些什么，只有四个字：兰，我很好。

铅笔仍然靠在那张纸上，就在最后一个字母写完的时候，铅笔动也不动了。他的僵硬似乎让他感到意外，而就在此时，命运的讽刺转折让他给我留下了安慰的话语。

就在此时，我完全明白了这个美丽但可怕的地方的重要性。某个邪恶而强大的存在，在这个宇宙的角落里，至少是在某种实验里，把自身变成了一个可恶的游乐场。那个女人的雕像很可能是一个几百年前被它从地球上绑架回来的女孩，它把她变成了一尊雕像，用来装饰它那巨大的花园。这一定是瓦兹在搜寻有关花园的建造者（或建造者们？）造访地球的古老文献时发现的一部分线索。

它为什么没有立即抓住杜马和我，它的动机有理可循，抑或仅仅是一种疯狂？在目前的情况下，我并没有太担心。也许这一切都是某种复杂的仪式，包括用这种特殊的方式困住它的受害者，就像一个专业的渔夫会用一根钓竿而不是吸盘那样。我现在完全清醒了。目前我最关心的是我最好的朋友已经变成了一尊雪花石膏雕像。

控制这个地方的奇怪力量正试图让我冷静下来，并建议我离开，但我已经做好面对它的准备，我的心里充满了野蛮的愤怒。我像着了魔一样在这寂静的神殿中尖叫着，扑向华丽的玫瑰花丛，开始随意地毁坏那些精致的花朵，而先前，我甚至不敢碰它们。僵硬的花瓣散落在我周围的地面上，疯狂地跳动着，在清晨静止的红光中，像鲑鱼的鱼鳞一样闪闪发光。

但这股精神力量很快就压制住了我的愤怒，征服了我。加强我的负罪感，让我觉得是我让杜马在这个美丽的地狱变成了现在的样子（我也在害怕落得和杜马一样的下场），我现在感到一种无法抑制的冲动，我要逃走或者更加接近疯狂。

当我恢复知觉，再次意识到自己在做什么的时候，我又一次进入了太空。

我从雪花石膏园逃走已经四年了。四年来，我一直在努力克服这次可怕的经历。

我亲自去通知了航天部，但当我准备讲述整件事时，我的脑子仿佛受到重击，他们不得不把我关了几天。航天部的技术人员得出结论，在瓦兹路线的某个地方可能有影响大脑的辐射带。因此，现在获得官方帮助的可能性比之前更加渺茫。

我曾多次想回到那里，但直到现在我都没有搞清楚那股力量究竟是什么。有时候，它不仅仅是害怕，而是一种真正的恐惧；有时候，它是一种更微妙的东西，就像花园的建造者或某种精神上的主宰在我的脑子里植入的一种持久的恐惧：正是这种力量阻止了瓦兹重复他的旅程，让他撕毁了他的笔记。一个有名望的人可以依靠公众影响力，很容易地找到富有的赞助人，为他资助一个装备齐全的探险队；但是，在向航天部提交了一份不连贯的、非常片面的报告之后，他放弃了这个项目。只有通过诗歌的力量，他才能谈到雪花石膏园，直到他去世的那一天，他一直在说这个花园是真实的。

但是，不管是什么在拖我的后腿，我还是设法克服了它。

我不需要像前两次那样跨越屏障：在最后一次跃迁之后，我发现自己置身于巨大屏障和瓦兹星球之间的正常空间。

在这颗星球上，沙漠里的沙粒在过去的四年里似乎没有一点变化。但是，今天，这个雪花石膏园坐落在黄昏的地带，就是瓦兹第一次发现它的地方。

当我看到充气帐篷时，我屏住了呼吸。在它银色的表面上，用红色的大字写着：欢迎你，兰。

我走了进去。我还能做什么呢？如果这是花园主人设计的一个聪明的陷阱，那又怎样呢？不管怎样，我始终在他们的支配之下。

但这不是陷阱。

在杜马的书桌上，我发现了他的笔记本，就是他被石化时抓着的那本。我认出了开头的几个字；那时候他已经写过的几个字："兰，我很好"，但这一次，语句没有到此停止。

我的腿在发抖。我在椅子上坐下，读了起来：

兰，我很好。

亲爱的兰，你刚刚离开，我没有足够的时间为你写出一个满意的答案。你看到的只是第一行，我知道这不会有多大帮助。但我知道你一定会回来，所以我现在写下这些话时，心里很平静。

那女人还活着，兰。她不是雕像。在我们看来她是，因为她的时间节奏比我们慢得多。我是在监测了她的呼吸和心跳节律后计算出来的。这并不是一件容易的事，因为我一直都要克服身处花园里时的心理阻力。这种力量的性质对我来说还是很陌生的。

我花了很长时间才确定这个女人的生命节奏比我们慢4 000倍。也就是说，对我们（或者你）来说，我们眼里的一小时不过是她的一秒钟。

当我们到达这里遇到她的时候，她陷入了沉思（也许这是她睡觉的方式）。六个月后你回来的时候，对她来说，只过去了一个小时，她仍然处于同样的睡眠或冥想状态。但我确信她会醒过来。当她睁开眼睛，她会发现我就在她身边，已经习惯了她的时间节奏。

当然，我是想为你写一份完整的报告，但是花园所产生的精神力量，或者可能是那个女人本身，让我完全忘记了。

事实上，作为一名生物学家，我过去专门研究过新陈代谢时间和生命节律的变化（瓦兹知道或是猜到了真相，所以他才对我的实验如此感兴趣，我们成了很好的朋友）。在过去的几个月里，我开发出了一种治疗方法，能够让我自己的生理和主观时间与花园里的女人一致。我不确定这种方法是否会起作用（我是这里唯一可以充当实验品的豚鼠），但我认为值得冒这个险，很可能会成功。

你来的时候，我的生命节奏已经慢了将近一个月（尽管这对我来说只有几分钟）。当我看到你的飞船时（完全是靠运气，因为你的抵达对我来说就像陨石的瞬间坠落），我意识到我没有给你留下任何信息。原谅我，兰。我能想象得到看到我变成雕像是多么可怕的经历。但是花园的抑制力量把我禁锢住了。它并不是一种不可战胜的力量，兰，你一定已经注意到了（我看到了你毁掉的花瓣），我认为它的力量一直在减弱。在你的飞船的短暂视觉刺激下，当我试图做些什么时，已经太晚了。我的生命节奏比你慢了4 000倍，在你来到这里，检查实验室，发现我之前，我只抽出笔记本写了四个字。

现在你已经走了，我可以心平气和地把这一切写下来，因为我不指望你几个月后就会回来。

我希望你再来的时候，那个女人已经醒了，我能设法和她进行某种形式的交流。我希望有一天，我们能够理解这个花园和这个世界的意义，以及它与我们的地球曾经的联系。

如果这个女人是被强行关在这里的，我相信我会找到办法把她从禁锢她的时间牢笼中解救出来。我有充分的理由相信这不是她的正常生活地带，也不是她与生俱来的生物节奏。这个女人意识中的时间似乎与地球的昼夜长度相对应，但与地球的引力并不相符。我可以给你很多合乎逻辑的科学解释来支持我的理论，但我不会告诉你那些无聊的细节。

从根本上来说，我们不能用自己的标准来判断这样一个超乎寻常的情况。很可能这个女人在这里真的很快乐，可以想象，围绕花园的力量和保护屏障可能是她为了保护自己的隐私而设置的障碍。但是，另一方面，这里有太多与地球相似的东西，虽然不能排除它们是巧合的可能。但如果这个女人真的来自地球呢？如果这个封闭的星球和这个女人的时间节奏不是别的，只是一个监狱或者是一种惩罚，是一种借助高度先进的技术形式所设计出来的可怕的咒语呢？

无论如何，我们只能知道我是否能成功地和她沟通，为了做到这一点，我必须跨越我和她之间的时间障碍。

我不知道你什么时候会来，但我相信你会来的。我希望这些话能让你安心，即便我失败了，也能对你有所帮助。

我心惊胆颤地走向第一片玫瑰花丛，但令我吃惊的是，那股力量似乎不再向我扑来。事实上，被暮色的火焰疯狂点燃的雪花石膏玫瑰，似乎对我诉说着欢迎。

我慢慢地走进花园，生怕自己笨拙的动作打扰了这地方神圣的宁静。

紧邻着静止不动的水池，白色的底座上，放置着两尊雪花石膏雕像。他们手牵着手，面带微笑。

（胡晓诗　译）

魔幻现实主义魔术师

豪尔赫·路易斯·博尔赫斯尽管平生仅仅写过诗歌、散文和短篇小说，本职工作是图书管理员，而且后半生几乎失明，但却依然成为世界闻名的作家。值得注意的是，他这样一位名作家却从没有写过长篇小说。博尔赫斯认为，“编纂篇幅浩繁的书籍是奢侈之举，不仅劳神费力，而且还会令人陷入贫困”。安德烈·莫罗亚（André Maurois）在博尔赫斯的《迷宫》（*Labyrinths*）序言中写道：“博尔赫斯是一个伟大的作家，他……只写篇幅不大的散文或者短篇小说，然而这些作品足以令他当得起伟大二字，因为其中蕴含着精彩的智慧与丰富的内心世界，并且体现了严密的、几乎是数学般精确的写作风格……”博尔赫斯的创作涉及了自我与自我、自我与环境、过去与未来之间的混淆，而他处理这些问题的方式也混淆了诗歌、散文与小说。在博尔赫斯逝世之际，奥克塔维奥·帕斯（Octavio Paz）写道：“他的散文读起来像故事，他的故事就是诗，而他的诗就像散文一样让我们思考。”

所有这些都是魔术师的杰作。博尔赫斯通过他的魔术表演把拉美作家从现实主义和区域主义的束缚中解放了出来。卡洛斯·福恩特斯曾说，假如没有博尔赫斯，现代拉美小说就根本不可能存在。而乔治·R. 麦克默里在《豪尔赫·路易斯·博尔赫斯》一书中写道："博尔赫斯不仅帮助拉美文学挣脱了文献，而且还恢复了想象力作为小说主要成分的地位。"他是拉美魔幻现实主义得以发展壮大的关键因素。

博尔赫斯的父亲是一名律师、教师兼作家，母亲是一名翻译。与他们家一起生活的外婆是英国人。因此博尔赫斯从小就会说英语和西班牙语，并且先学会的是英语阅读。博尔赫斯身体虚弱，在父亲的藏书室里度过了许多时间，他认为这是"我一生中的主要事件"。身边人总是心照不宣地认为他必定会走上文学道路。1914 年，博尔赫斯再次得到了幸运的眷顾。他们家进行了一次不合时宜的欧洲之行，正好赶上第一次世界大战爆发，致使全家人都滞留在了瑞士。在此期间博尔赫斯学习了法语和拉丁语，自学了德语，并且开始阅读德国哲学和表现主义诗歌。

战后，一家人在西班牙定居了数年才回到阿根廷。此后博尔赫斯参与了各种文学运动，其间主要创作诗歌与学术论文，直到 1930 年才转向短小、紧凑、准确的创意叙事，创作出了一批让他声名鹊起的作品。1938 年，他被任命为布宜诺斯艾利斯一家小图书馆的图书管理员。1955 年，庇隆政权被推翻后，他被任命为国家图书馆馆长，第二年又被任命为布宜诺斯艾利斯大学英语和北美文学系主任。

1961 年，他终于被阿根廷之外的世人所发现。这一年他（与塞缪尔·贝克特共同）获得了福明托文学奖，他的《虚构集》（*Ficciones*）在次年被翻译成六种语言，他本人也被得克萨斯大学邀请到美国讲学，这是他第一次进行国际巡回讲学。1962 年他出版了另一部作品集《迷宫》，1970 年出版了第三部作品《阿莱夫和其他故事，1933—1969》（*The Aleph and Other Stories, 1933–1969*）。

博尔赫斯最著名的幻想小说有《巴别图书馆》（“The Library of Babel”），这部作品将宇宙想象成一个巨大的图书馆，管理员在其中寻找着一本并非仅仅记载了无意义句子的书籍；《小径分岔的花园》（“The Garden of Forking Paths”）深入探讨了或然世界的可能性；《特隆、乌克巴尔、奥比斯·特蒂乌斯》（“Tlön, Uqbar, Orbis Tertius”）讲述了一群人如何创造了一个想象世界，后来这个世界却变得比现实世界更真实；《环形废墟》（“The Circular Ruins”）的主人公梦见自己有了儿子，然后发现自己也是别人的梦中人；《博闻强记的富内斯》（“Funes the Memorious”）的主人公偶然获得了完美记忆的能力，以至于过去的记忆对他来说比现在更真实；《巴比伦彩票》（“The Babylon Lottery”）描述了一个基于偶然性的游戏如何变得像现实生活一样复杂（也一样没有意义）。

在这些细致入微、宛如宝石一般璀璨的叙事当中，博尔赫斯评论了人的本质，以及人在一个奇诡而无法理解的宇宙当中的存在与自我认知有多么复杂。博尔赫斯喜欢利用想象中的世界、想象中的书以及想象中的人来玩头脑游戏，这些游戏往往不仅看上去像是科幻小说，而且还彰显了某一类特殊的、内省的科幻小说可以营造出怎样的推想宇宙。

（万年看客　译）

巴比伦彩票

［阿根廷］豪尔赫·路易斯·博尔赫斯

正如所有的巴比伦人一样，我当过总督；正如所有的人一样，我当过奴隶；我有过至高无上的权力，也受过屈辱，蹲过监狱。瞧：我右手的食指已被剁掉。瞧：从我袍子的裂口可以看到一个橙黄色的刺花，那是第二个符号贝特。在月圆的夜晚，这个字母赋予我支配那些刺有吉梅尔记号的人，但是我得听从有阿莱夫记号的人，而他们在没有月亮的夜晚则听从有吉梅尔记号的人支配。[1] 拂晓的时候，我在地窖的一块黑色岩石前面扼杀圣牛。有一个太阴年，我被宣布为无形：我大声呼喊，却无人理睬，我偷面包，却不被抓住砍头。我经历过希腊人所不了解的事情：忧惧。那是一间青铜的秘屋，面对默不作声的披着头巾的绞刑刽子手，希望始终陪伴着我，不过在欢乐的长河中也有惊慌。赫拉克利德斯·本都库斯[2] 赞叹不已地说毕达哥拉斯[3] 记得他前生是皮洛斯[4]，是欧福尔波[5]，再前生是另一个人；我

1. 阿莱夫（א）、贝特（ב）和吉梅尔（ג），依次为希伯来字母表前三个字母。
2. 希腊哲学家、天文学家，柏拉图的学生。
3. 希腊哲学家、数学家，主张灵魂转世，传说他能回忆自己的几世前生。在数学方面，他主张数字是宇宙的起源，传说他发现了勾股定理。
4. 希腊神话中阿喀琉斯之子，又名涅俄普托勒摩斯（意为新战士）。
5. 希腊神话中的人物，特洛伊战争的参加者。

回忆相似的沧桑变幻时却不需要投生轮回，甚至不需要假冒欺骗。

我的异乎寻常的多样性要归功于一种制度：彩票，那是别的共和国所不知道的，或者不够完善、不公开的。我没有调查过彩票的历史；我知道巫师们在这件事上未能取得一致；我从彩票强有力的意向中得知一个不懂占星学的人观察月亮时领悟的东西。我的国家纷纭复杂，令人眼花缭乱，彩票是那里的现实的重要组成部分：直到今天，我很少考虑彩票的问题，正如很少考虑神祇莫测高深的行为和我自己变幻不定的心思一样。如今，我远离巴比伦和它亲爱的风俗，颇为惊异地想到了彩票和熬夜的人亵渎神明的喃喃猜测。

我父亲说，从前——几世纪还是几年以前？——巴比伦的彩票是带有平民性质的赌博。他说（我不知道是否真实），理发师发售彩票，收的是铜币，给的是绘有符号的长方形骨片或羊皮纸。大白天抽签开彩：中彩的人凭票领取银币。显而易见，手续非常简单。

很自然，那种“彩票”失败了。它毫无精神特点。除了针对人的希望之外，不考虑人的聪明才智。面对反应冷淡的公众，创办那种彩票的商人开始亏损。有人试行改革：在中彩的号码中插进少数几个背时的号码。这么一改，买彩票的人有了双重冒险，要不就是赢一笔钱，要不就是付一笔数额可能很大的罚款。每三十个好运的号码搭配一个倒霉的号码，这个小小的风险自然引起了公众的兴趣。巴比伦人纷纷参加。不参加的人被认为怯懦、低人一头。后来这种不无道理的蔑视变本加厉。不玩彩票的人固然遭到白眼，买了彩票被处以罚款的输家也被人瞧不起。彩票公司的名气响了，开始为赢家的利益操心，因为如果罚款不能基本收齐的话，赢家就领不到彩金。公司向输家提出诉讼：法官判他们缴付罚款和诉讼费用，或者折成监禁天数。为了让公司落空，被告都选择监禁。由于少数人的倔强，公司有了教会和玄学的性质，获得了至高无上的权力。

不久之后，抽签的公告发表罚款额时只说每个倒霉号码的监禁天数。这一简化当时并没有引起注意，它具有极大的重要性。那是彩票行业中第一次出现非金钱因素。效果好得空前。在赌徒们的一再要求下，公司不得不增加倒霉号码的数量。

谁都知道巴比伦人热衷于逻辑甚至对称。吉利的号码用叮当响的钱币支付，不吉利的号码用监狱里的日日夜夜折合，这种现象不合情理。某些道德家认为拥有钱币不一定表示幸福，另一些幸运的形式也许更为直接。

贫民区里动荡不安。教士团的成员成倍地增加赌注，尽情享受恐惧与希望的变迁；贫民们（带着不可避免的、可以理解的妒忌）觉得自己被排斥在这种特别惬意的转化之外。所有的人不分贫富都应有参与购买彩票的平等权利，这一正当的愿望激发了愤怒的骚动，声势之大，多年之后人们记忆犹新。一些顽固的人不理解（或者假装不理解）这是一种新秩序，一个必然的历史阶段……有个奴隶偷了一张粉红色的彩票，抽签结果是持票人应受烙舌之刑。法典规定偷盗票据的人恰巧也应受这种刑罚。一些巴比伦人推断说，作为小偷，烧红的烙铁是罪有应得的处罚；另一些人比较宽容，主张以烙舌之刑还治刽子手其身，因为这是天意……

发生了动乱和可悲的流血事件；尽管富人反对，但是巴比伦老百姓的目的终于实现。人民宽宏大量的要求得到充分满足。首先，公司被迫承认公众权利。（考虑到彩票发行新办法的广泛性和复杂性，由公司统一经营还是必要的。）其次，彩票改为秘密、免费、普遍发行，取消收费出售办法。自由人已经了解比勒[1]的秘密，自动参加神圣的抽签仪式。抽签仪式每隔六十夜在神的迷宫里举行，决定人在下一次抽签之前的命运。后果是无法估计的。抽到吉签能擢升

1. 美索不达米亚宗教信仰中的主神，巴比伦诸神之一，其名本意为“主”。

到巫师会议，或者把公开的或隐秘的仇人投入监狱，或者在幽暗安静的房间里发现一个使我们动心的或没有料到能再看见的女人；抽到凶签会遭到肢体伤残、身败名裂、死亡。有时候三四十个签中只有一个绝妙的结局——某丙在酒店里遭到杀害，某乙神秘地被奉为神明。作弊是很困难的，但是要记住公司里的那些家伙过去和现在都是狡猾和无所不能的。在多数情况下，知道某些幸福只是偶然的机遇会减少幸福的魅力；公司的代理人为了避免这种弊端，便利用暗示和巫术。他们的步骤和手法是秘而不宣的。他们雇用了占星术士和间谍去调查每个人内心的希望和恐惧。有几个石狮子，一个叫作加夫加的圣洁的厕所，一座灰蒙蒙的石砌引水渡槽有几道罅隙，一般人认为是公司专用的；恶意的或者好心的人把告密的材料放在那些地点。按字母编排的档案收集了这些可靠程度不一的信息。

难以置信的是，背后议论不少。公司处事一贯谨慎，并不正面回答。它在一座废弃的制造假面具的工厂涂抹了一段简洁的文字，如今已收入《圣经》。这段说教指出彩票是世界秩序中插进的一种偶然性，承认错误并不是驳斥偶然性，而是对它的确证。还指出，那些石狮子和圣洁的容器虽然未被公司否认（公司不放弃参考的权利），它们的作用是没有正式保证的。

这个声明平息了公众的不安。但也引起了始料未及的效应。它深刻地改变了公司的精神和活动。我所剩的时间不多了，已通知我们的船快起航，我尽可能解释一下。

虽然听来难以置信，但到当时为止谁都没有探讨过赌博的一般理论。巴比伦人生性不爱投机。他们尊重偶然性的决定，捧出自己的生命、希望和惊恐，但从未想到要调查其扑朔迷离的规律和揭露规律的旋转星体。然而我提到的那份冠冕堂皇的声明引起了许多带有法学和数学性质的讨论。其中之一产生了如下的假设：既然彩票是偶然性的强化，在宇宙中引起定期的混乱，那么让偶然性参与抽签的全过程，而不限于某一阶段，岂非更好？既然偶然性能决定某人的死亡，而死亡的条件——秘密或公开，期限是一个小时或一个世纪——又不由偶然性决定，岂非荒谬可笑？这些合情合理的疑窦最终导致了重大的改革，几个世纪的实施增加了它的复杂性，只有专家能理解，不过我试着归纳几点，哪怕是象征性的。

我们设想首次抽签决定一个人的死刑。第二次抽签决定死刑的执行，比如说，提出九名可能的执行者。九名执行者中间，四名进行第三次抽签，决定刽子手是谁，两名可以用吉利的指令（比如说，发现一处藏镪）替换不祥的指令，另一名可以加强死刑的程度（也就是说，凌迟处死或者焚尸扬灰），其余的可以拒绝执行……这是一个象征性的轮廓。事实上抽签的次数是无限大的。任何决定都不是最终的，从决定中还可以衍化出别的决定。无知的人以为无限的抽签需要无限的时间，其实不然，只要时间无限地细分就行，正如著名的乌龟比赛的寓言所说的那样。这种无限的概念十分符合偶然性的错综复杂的数字和纯理论派酷爱的彩票完美典型……我们巴比伦人的惯例似乎在台伯河引起扭曲的回响。埃勒·兰普里迪奥在他写的《安东尼努斯·赫利奥加巴卢斯[1]传》中指出，这位皇帝赐宴时向宾客分发写有凶吉祸福的贝壳，有的人可以领到十磅黄金，有的人则是十只苍蝇、十个睡鼠，或者十头熊。人们不由得会想起赫利奥加巴卢斯是由小亚细亚信奉图腾神道的巫师教养的。

也有不针对具体个人的、目的不明确的签文：比如说把一块锡兰岛的蓝宝石扔进幼发拉底河，在塔顶放飞一只鸟，每一百年在沙粒无数的海滩上取走（或加上）一粒沙，等等。有时候，这类签的

1. 又称埃拉加巴卢斯或赫利奥加巴卢斯，罗马帝国塞维鲁王朝皇帝，218 年至 222 年在位，以骄奢淫逸和残忍著称。

后果十分可怕。

在公司恩赐的影响下，我们的习俗充满了偶然性。顾客买十二坛大马士革葡萄酒，如果发现其中一坛装的是一个护身符或一条蝰蛇，并不会感到意外；拟定契约的抄写员几乎没有一次不塞进一个错误的数据；我本人在这篇草草写成的东西里也做了一些夸张歪曲。或许还有一些故弄玄虚的单调……

我们巴比伦的历史学家是全世界最明察秋毫的，他们发明了一种纠正偶然性的办法，众所周知，这种办法的运用一般来说是可靠的，但自然也免不了掺进一点欺骗。此外，虚构成分最大的莫如公司的历史了……

从寺庙遗迹中发掘出来的一份用古文字写的文件可能是昨天，也可能是几百年前一次抽签的记载。每一版书籍，本与本之间都有出入。抄写员宣誓必须删节、增添、篡改，也采用含沙射影的手法。

彩票公司谨小慎微，避免一切招摇。它的代理人自然都是秘密的，公司源源不断发出的指令同骗子层出不穷的花招没有区别。再说，有谁能自诩为单纯的骗子呢？醉汉心血来潮发出荒唐的命令，做梦的人突然醒来掐死了睡在他身旁的老婆，他们岂非是执行公司的秘密指示？这种默默无声的运转可同上帝的旨意相比，引起各种各样的猜测。有一种猜测恶毒地暗示说公司已经消失了几百年，我们生活中的神圣的混乱纯属遗传和传统。另一种猜测认为公司是永恒的，声称它将持续到最后一位上帝消灭世界之前的最后一个夜晚。还有一种猜测说公司无所不能，但只干预一些微不足道的小事：鸟鸣、铁锈和灰尘的颜色、破晓时的迷糊等。再有一种猜测借异端创始人之口说，公司以前没有，以后也不会有。还有一种同样恶劣的说法认为，肯定或否认那个诡秘的公司的存在无关紧要，因为巴比伦无非是一场无限的赌博。

（王永年　译）

哥伦比亚奇迹

《百年孤独》(*One Hundred Years of Solitude*，1967)不仅是1982年诺贝尔文学奖得主加夫列尔·加西亚·马尔克斯(Gabriel García Márquez)的名作之一，而且还在全世界掀起了一场风暴。这本小说的初版首印甫一面世便在一周内售罄，而后续的重印也被拉美读者买光，这种情形持续了数月。另一位诺贝尔文学奖得主、智利诗人巴勃罗·聂鲁达称这部小说为"西班牙语文学自从塞万提斯的《堂吉诃德》以来最伟大的杰作"，而威廉·肯尼迪则写道："《百年孤独》是《创世纪》后第一部应当成为全人类必读书目的文学作品。"雷吉娜·简斯在她对马尔克斯的研究中把这本书描述为"一部整体性的小说，涵盖了拉丁美洲的社会、历史、政治、神话和史诗"，而且这本书还"既易懂又复杂，既栩栩如生又充满了自我觉察且自我参照的虚构"。

这部作品也和他的其他作品一样走的是魔幻现实主义路线。简斯将魔幻现实主义的起源归功于古巴作家阿莱霍·卡彭铁尔(Alejo Carpentier)，他"发现了历史的重复性，并且阐述了'lo real maravilloso'[1]，即'神奇的现实'这一批判性概念，认为从地理上、历史上和本质上来说，拉丁美洲是一个令人惊奇而梦幻的空间……而呈现这种真实就是呈现惊奇"。加西亚·马尔克斯在《巴黎评论》（*Paris Review*）的一次采访中证实了现实世界在他的作品中的地位，并表示说："……我所有的作品中没有一行字是没有现实基础的……"。而在《花花公子》杂志的采访中，他说道："在加勒比地区，我们有能力相信任何事情，因为我们受到了所有这些混杂了天主教和本地信仰的不同文化的影响。我认为这赋予了我们足以超越显然现实的开放心态。"

加西亚·马尔克斯于1928年出生于哥伦比亚的阿拉卡塔卡，1947年开始工作，成了一名记者，曾在哥伦比亚的多家报社工作，还在巴黎担任过自由撰稿人。之后他回到波哥大，并于1959年成立了"拉丁美洲新闻社"，之后派驻哈瓦那以及纽约担任通讯记者。1965年，也就是《百年孤独》出版前两年，他转向了全职写作。他出版了六部长篇小说以及许多中短篇小说集，还有十几部非虚构作品集，其中几乎有一半是他记者生涯里采编的新闻稿件。

加西亚·马尔克斯曾被比作威廉·福克纳，因为他在小说当中一以贯之地利用小镇马孔多的方式就像福克纳利用约克纳帕塔法县一样，而且这位哥伦比亚作家还曾尊称福克纳为"我的师父"。但彼得·S. 普雷斯科特在《新闻周刊》中认为，在《百年孤独》中，加西亚·马尔克斯的"想象力成熟了，不再满足于仅仅围绕一个拉丁美洲的约克纳帕塔法县创作暗黑奇幻的故事。他挣脱了束缚，投向了奔放、机智与欢笑的怀抱"。索尔·维尔希亚尔姆松在《海外图书》杂志中评论道，虽然"加西亚·马尔克斯每每总会描写黑暗的力量，

1. 原文中西班牙语短语"lo maravilloso americano"表述有误，应为"lo real maravilloso"，即后文的"神奇的现实"。此处与原文不一致，特此更正。

或者让读者感到每一个人的生活或早或晚都该以悲剧告终……但是他也展示了充溢着每一个瞬间的图像、色彩与气味，这些元素请求在这一瞬间逝去之前将它们排列成富有意义与内涵的模式”。

《出售奇迹的好人布拉卡曼》(“Blacamán the Good, Vendor of Miracles”)最初发表于 1968 年，1972 年收录进《枯枝败叶和其他故事》(*Leaf Storm and Other Stories*)。它以魔幻现实主义（以及加西亚·马尔克斯本人）密切关注日常经验细节的典型风格，讲述了一个伪装成能行使神迹的骗子如何虐待他的仆僮，以及这名仆僮获得神奇能力（或者没有——故事的叙述者不一定可靠）之后针对主人施加可怕报复的故事，就像欧·亨利与爱伦·坡的故事经由福克纳之手得到了改编一样。

哈利·马克·佩特拉基斯在《芝加哥论坛报——图书世界》上如此评价加西亚·马尔克斯对文学的贡献：“神秘而魔幻，充分意识到生命的转折，他的故事营造了鬼魂与不得安息的灵魂栖身的界域，这些魂灵通过幻想和梦境回到那些被它们留在身后的人们身边。这些故事看似单纯，其实却探索了生命的奇迹和神秘。”

（万年看客　译）

出售奇迹的好人布拉卡曼

［哥伦比亚］加西亚·马尔克斯

自从第一次看见他的那个星期天起，我就觉得他像是斗牛士助手骑的骡子。他的天鹅绒肩带上露出金线的针脚，十根手指上戴满了五颜六色的宝石戒指，辫子上还拴着一条响尾蛇的尾巴。在达连的圣马利亚港口，他站在一张桌子上，脚边是他自己配制的一瓶瓶特效药，还有些安慰人心的草药。那段时间他扯着破锣嗓子在加勒比沿岸的村镇到处叫卖，只不过那一回他并不打算向那群脏兮兮的印第安人兜售什么，而是让他们去找一条活蛇来。他要在自己身上检验他发明的解毒药，独门奇药啊，女士们，先生们，蛇咬的，蜘蛛咬的，蜈蚣蜇的，任何种类的毒物，它都能解。有个人像是被他的决心打动了，不知道从哪儿弄来一条毒性奇大的马帕纳蛇，就是那种直接麻痹呼吸系统的家伙，装在玻璃罐里给他拿了过来。看他急不可待地打开盖子的样子，大家都以为他是要把那条蛇一口吞进肚子里。可是，那畜生刚意识到获得了自由，便从玻璃罐里蹿了出来，照着他的脖子来了一口，他的演讲立马中断了。这江湖郎中勉强来得及吞下一片解药，就一头栽倒在人群中，高大的身躯在地上滚来滚去，像是一具空壳子，但他一直在笑，露出满口金牙。港口停泊着一艘来自北方的装甲舰，说是来友好访问的，一停就停了差不多二十年。舰上这时一阵喧嚣，宣布实行隔离，以免蛇毒蔓延到舰上去。那天是复活节前的星期天，人们做完弥撒，带着被祝福过的棕榈枝往外走，谁都不想错过这场中毒的好戏。他身上开始肿胀，比先前胖了一倍，散发出死亡的气息，嘴里溢出胆汁的泡沫，浑身的毛孔都在张大，但他还在笑，笑得那么起劲，那条响尾蛇的尾巴在他身上甩来甩去，发出啪啪的声响。他身上肿得连绑腿的带子和衣服的接缝都崩开了，手指头被戒指勒成了腌鹿肉的颜色，屁股底下流出了临死之际的粪渣，凡是见过人被蛇咬的都知道，他在死之前会浑身溃烂，不剩一块好肉，到最后人们将不得不拿铲子把他铲起来丢进麻袋，但是大家同时也在想，哪怕是烂成了一堆锯末，他也会继续笑下去。这情形太离奇了，海军陆战队的士兵们纷纷登上舰桥，举起带长焦镜头的相机，想给他拍些彩色照片，但那群刚做完弥撒出来的女人没让他们得逞，她们用一床被子盖住了这个垂死的人，又将被祝福过的棕榈枝压在被子上，有几位是因为不喜欢海军陆战队的士兵用他们异教徒的机器亵渎这具躯体，另外几位是害怕眼睁睁看着这个崇拜偶像的家伙大笑着死去，还有几位是想至少这样可以让自己的灵魂得到净化。所有人都以为他死定了，这时他拨开了棕榈枝，因为刚才那番折腾，他依然有些迷迷瞪瞪的，没有完全恢复过来，但他没要任何人帮忙，像只螃蟹一样爬上桌子，重新开始叫卖：各位都亲眼看见了，解毒的灵药正是装在这个小瓶子里的上帝之手，只卖两个夸尔蒂约，因为我发明这种药不是为了挣钱，而是为了人类的福祉，谁要来一瓶，女士们先生们，别挤别挤，人人都能买到。

人们自然挤成了一团，他们做得对，因为到最后并不是人人都能买到。连那艘装甲舰的司令官都买了一瓶，他也被说服了，相信这药对于无政府主义者用毒药浸过的子弹也有效，军舰上的其他人没拍到他死亡的照片，这会儿不但拍了许多他站在桌子上的照片，还纷纷请他签名留念，一直签到他手臂抽筋为止。天快黑了，码头上只剩下几个最呆的家伙，他用目光搜寻着，想找一个面带傻气的家伙帮他把瓶瓶罐罐收起来。自然，他把目光停在了我身上。那就像是命运的一瞥，对我对他都是如此，因为从那时起已经过去一百多年了，我们两个人一想起来都还觉得就像是上个星期天发生的事情。我们把他用来变戏法的那堆东西装进那个紫色包边的箱子，那箱子看上去更像学者的棺材了，当时，他一定是在我身上看到了某种先前没有看到的灵光，因为他没好气地问了我一句，你是干什么的。我对他说，虽说我爸爸还没死，但我是这里唯一一个没爹没妈的孤儿。他哈哈大笑，笑得比之前中毒的时候还厉害，然后问我平常都做些什么。我告诉他我什么也不做，只是活着，因为别的事都没意义。他笑得流下了眼泪，又问我在世上最想学什么本事。这是我唯一一次丝毫没有开玩笑，说的是大实话，我说我想当个算命先生。这下他不笑了，像是在思索什么，然后大声告诉我，当算命先生我已经差不多够格了，因为我具备了最基本的素质，长了一张傻瓜的脸。就在那天晚上，他去找我爸爸谈了谈，花了一雷阿尔加两夸尔蒂约，外加一副能算出谁跟谁通奸的扑克牌，就把我买断了。

这就是那个坏蛋布拉卡曼。这么说是因为还有一个好人布拉卡曼，那就是我。他那张嘴能让一个天文学家相信，二月份不过是一群看不见的大象，但当运气离他而去，他也会变得铁石心肠。在最风光的岁月里，他曾经给好几任总督的尸体做过防腐处理，大家都说，他把他们的脸装扮得如此庄严，以至于他们在死后好多年里把这里管理得甚至比他们生前还要好，在他把他们的脸恢复成死人模样之前，没有人敢把他们埋进土里。但后来他的威望遭遇挫折，因为他发明了一种永远下不完的象棋，一个教士下着下着疯掉了，还有两位有名望的人自杀了，他从占梦师沦落为生日宴上的催眠者，从有灵力的拔牙师沦落为集市上的江湖郎中，到了我们见面的时候，连那些海盗都不屑于正眼看他了。我们四处游荡，兜售骗人的把戏，整日处心积虑地推销能让走私犯隐身逃遁的秘方，教那些受过洗礼的妻子悄悄在汤里滴几滴药水，好让她们的荷兰丈夫对上帝心存畏惧。女士们先生们，你们想要买任何东西都出于自愿，因为这不是命令，只是一种建议。归根结底，幸福也并不是人生义务。虽然我们经常为他的种种好主意笑得死去活来，但事实上我们几乎连肚子都填不饱，于是他把最后一线希望寄托在我算命的天分上。他把我装扮成日本人的模样，拿船上用的铁链拴住，装进那个棺材般的大箱子里，当他在搜肠刮肚想词儿说服大家相信他的新玩意儿时，我可以给人算命。女士们先生们，看看这个饱受埃塞基耶尔萤火虫折磨的家伙吧，那边那位，看您一脸不相信的样子，您敢不敢问问他您的死期是什么时候。问题是我从来就没算准过，我经常连当天是几月几号都不知道。最终，他对我干算命先生这一行的前途彻底绝望，因为饿得头昏脑涨，就算我的某个器官能未卜先知，也早被搅得乱了套。为了转运，他用棍子教训了我一顿，之后，他决定把我送回我爸爸那里，把钱要回来。但那些天他正在寻找一种实用的方法用疼痛来发电，他造了一台缝纫机，靠吸附在疼痛部位的吸盘来带动。我被他打得整夜叫唤个不停，他因此把我留下来测试他的新发明，这样一来，我回家的事就被延后了，他的情绪也渐渐好转了，最后，那架缝纫机运转得太棒了，不但比一般新手缝得好，还能根据疼痛的位置和程度绣出各种花鸟来。正当我们确信自己时来运转，陶醉在胜利中时，突然有消息传来，说那艘装甲舰的司令官想在费城重现那场解毒实验，结果当着全体参谋人员的面变成了一摊肉泥。

在很长一段时间里，他都没再笑过。我们顺着印第安人的峡谷小道逃走了，逃亡中传来的消息越来越清晰，海军陆战队打着消除黄热病的旗号入侵了我们国家，杀光了一路上遇到的所有陶器贩子，不管是长期从事这一行的还是偶一为之的。他们不光出于戒备杀当地人，也杀中国人作为消遣，杀黑人是他们一贯的做法，而杀印度人则是因为看不惯他们玩蛇，之后，他们把我们的动植物资源一抢而空，还尽其所能掠走了我们的矿产资源，因为他们那些研究我国问题的专家教导过他们，加勒比这一带的人能够改变自然，要弄美国佬。我一直不明白他们这股疯劲儿是从哪儿来的，我们又为什么这么怕他们。直到我们安全脱险，沐浴在瓜希拉长年不断的和风之中，他才打起精神告诉我，他那些解药不过就是大黄加松节油，他给了那个托儿两夸尔蒂约那家伙才给他弄了条没毒的马帕纳来。我们在一幢废弃的殖民地时期的传教士的房子里住了下来，无望地等待走私贩子从这里经过，这是我们唯一指望得上的人，只有他们才会顶着烈日冒险进入这片不毛之地。一开始我们吃的是熏蝾螈配瓦砾间的花朵，把他的皮绑腿煮来吃的时候，我们也还笑得出来，最后，我们连水池子里的蜘蛛网都捞出来吃了，到这时我们才明白外面的世界对我们有多重要。我那时候丝毫不知道怎么对付死亡，只会找块平整一点儿的地方躺着等待死神降临。而他却满嘴胡话，回忆起一个娇柔的女子，她叹口气就能穿墙而过。这些编造出来的回忆也是他的一种策略，为的是用爱的遗憾骗过死神。然而，当我以为我们可能已经死了的时候，他却活蹦乱跳地出现在我身边，整夜看护着垂死的我。他想心事的时候特别使劲，常常让我弄不清楚那断垣残壁之间呼啸而过的究竟是风还是他的所思所想。天亮之前，他用一如既往的声音带着一如既往的坚定对我说，他总算想明白了，是我扭转了他的好运，所以呢，把裤子系好，你扭转的，你还得给我弄顺了。

从那时起，我对他曾经有过的那点儿好感消失了。他扒掉了我身上最后几片破布，用带刺的铁丝网围住我，拿硝石在我的伤口上来回蹭，把我泡在自己的尿里，拴住我的脚踝把我吊在太阳底下暴晒，嘴里还嚷嚷着，说那些折磨不足以平息他的怒火。最后，他把我扔进当年传教士们用来惩戒异教徒的地牢，让我自生自灭，又用还没忘的那点儿口技学动物吃东西的声音，学成熟的甜菜地里沙沙的风声，学泉水潺潺流动的声音，他就是想用幻觉来折磨我，让我觉得自己正在天堂里潦倒地死去。当走私贩子们终于来接济他的时候，他下到地牢里，随便扔了点儿吃的给我，免得我被饿死了。但接下来我得为他的这点儿好心付出代价，他用钳子拔掉我的指甲，用磨石敲掉我的牙齿，我唯一能宽慰自己的是，只有活下去，才会有时间和运气用更严厉的折磨回敬我遭受的恶行。连我自己都感到吃惊，在我的屎尿、他倒下来的剩饭剩菜，以及他丢在角落里的腐烂的蜥蜴和雀鹰的包围下，在地牢里毒得死人的空气中，我居然挺了过来。不知过了多长时间，有一回他给我带来一只死兔子，为的是表明他宁愿让它烂了臭了也不愿给我吃。我的忍耐到了头，心里只剩下仇恨，我一把抓住兔子的耳朵朝墙上扔了过去，心里幻想着将要在墙上摔烂的不是兔子而是他，然后，就像在梦里发生的一样，那兔子发出一声尖叫，居然活了过来，还在空中踏着步子走回到我手中。

我的好日子就这样开始了。从此以后，我满世界转悠，收两个比索就能让打摆子的人不再发烧，收四个半比索就能让瞎子重见光明，收十八个比索就能让人消除水肿，残疾人要想重获健全肢体，如果是天生的，我收二十比索，如果是事故或是打架落下的，收二十二比索，如果是地震、战争、陆战队登陆或是别的什么天灾人祸造成的，一律收二十五比索，一般的病人通过某种特殊安排按批发价收费，给疯子看病依具体情况收费，小孩儿只收半价，傻子免费，看谁敢说我不是个慈善家。女士们先生们，现在，说您呢，第二十舰队的司令官，让您的小伙子们把路障撤了，好让那些生病的人过来，得麻风病的靠左，得癫痫的靠右，残疾的哪儿不碍事待哪儿，不是急病的全都给我往后退，请各位都别挤，要是病情被弄混了，治的不是你得的病，我可不负责任。乐队呢，接着吹打，到铜管烫手为止，放鞭炮的接着放，到天使们觉得烫为止，酒尽管上，喝到不省人事为止，帮工的、走钢丝的、屠夫、照相的，全都过来吧，账都算在我身上，女士们先生们，布拉卡曼的坏名声从此一笔勾销，接下来大家开始狂欢吧。我施展出议员们惯用的手段麻痹大家，以防万一我出了岔子，有些人变得比先前更糟糕。我唯一不干的就是让死人复活，因为他们一睁开眼睛，就会气冲冲地把改变他们存在状态的家伙打个半死，到最后，他们不是自杀，就是失望而死。刚开始的时候，有几个聪明人在我身后穷追不舍，调查我干的这些事是否合法，确认没有问题之后，他们用术士西门的地狱来吓唬我，建议我过苦修的生活，说这样就能超凡入圣，我没有蔑视他们的权威，我告诉他们我正是从苦修入门的。事实是，死后封圣对我毫无益处，我是个艺术家，唯一想要的就是活着，好继续像朵落在驴身上的纯洁的花，坐在我这辆六缸敞篷车里，这是我从海军陆战队的领事手上买来的，给我开车的特立尼达司机过去在新奥尔良海盗歌剧院唱男中音，我穿着真丝衬衣，用着东方护肤品，镶着黄玉牙齿，头上戴着鞑靼式的帽子，脚上穿着双色靴子，睡觉的时候不用定闹钟，跳舞的舞伴总是各地的选美皇后，我满嘴的华丽辞藻每每让她们意乱情迷。万一哪个圣灰星期三我的能力消失了，我也不会太过担心，因为只要拥有这张傻瓜的脸蛋，我就可以继续过着部长一样的生活，更何况我还有数不清的店铺，从这儿一直排到比天边的晚霞还远的地方。过去游客来我们这里花钱参观旗舰，现在，他们挤破头想要得到我的花体签名照片、印着我写的爱情诗的日历、有我肖像的纪念章、用我的衣服裁成的布条，这还没算那尊白天晚上都矗立在那里的我骑着马的大理石雕像，和那些祖国之父的雕像一样，身上落了不少燕子屎。

可惜那个坏蛋布拉卡曼不能把这个故事再讲一遍，否则人们将会看到其中毫无虚构的成分。最后一次在这个世界上被人看见的时候，他早已没了当年的神采，沙漠里恶劣的自然环境让他失魂落魄，骨头也快散架了，但他仍旧保留着几根响尾蛇的尾巴，以及那个永不离身的棺材似的大箱子，以便重现当年达连的圣马利亚港的那个星期天，只不过这一次他不卖解毒药了，而是用他那破锣嗓子请求海军陆战队的士兵当众给他一枪，他要用自己的肉身来证明我这个超自然的造物拥有让死人复活的能力。女士们先生们，你们完全有理由不相信我，因为长期以来我这个骗子和造假者屡屡让你们上当，我以我母亲的骸骨起誓，今天的实验没什么玄乎神秘的，只是再普通不过的事实，为了不留下任何疑问，各位请睁大眼睛看好了，这次我不会再像从前那样笑了，而是会尽力克制着不哭出声来。为了使他的话更有说服力，他两眼含着泪水，解开衬衣扣子，用力拍打着自己的胸膛，指出哪儿是最合适一枪毙命的地方，但海军陆战队的士兵们没敢开枪，星期天人太多，他们害怕败坏了自己的名声。有个人也许是对从前上当受骗的经历仍旧耿耿于怀，不知道从哪儿弄来些巴巴可鱼毒草的根须，就是能让加勒比海的石首鱼全都漂上水面的那种草，装在罐头盒里递给他，他急不可待地打开盒子，像是真的要把它们吃下去，他确实吃了，女士们先生们，请不要激动，也不要祈祷让我安息，这次的死亡不过是趟旅行。这回他没有捣鬼，连那种唱戏一样的喉音都没有，他像螃蟹一样爬下桌子，在人们怀疑的目光中，在地上找了个最合适的位置躺下来，他看着我，就像看着一位母亲，眼睛里仍旧含着男人的泪水，身体因为痉挛弯过来又扭过去，最终双臂环抱着咽了气。当然，这是我唯一一次失手。我把他装进那个尺寸颇有预见性、足以容纳他整个人的大箱子，让人给他唱了三天弥撒，花了我五十枚面值四比索的金币，因为主持仪式的神父穿的衣服是用金线绣的，且有三位主教出席，我还让人给他建造了一座帝王般的陵墓，在一处山冈上，面对着安详的大海，旁边有一座专门为他建的礼拜堂，还有一块铁铸的墓碑，上面用哥特体大写字母刻着：这里安息着布拉卡曼，所谓的坏人，捉弄过海军陆战队的人，科学的牺牲品。当我觉得这些荣光对他的美德已经足够公平时，我开始对他的恶行实施报复，我让他在封得严严实实的棺材里复活，让他在那里面惊恐地翻滚。这是发生在达连的圣马利亚港被蚁群吞噬之前很久的事了，但山冈上那座陵墓依旧完好无损，遮阴的龙口花直直向上，睡在大西洋的风中。每次经过那里，我都会给他带去满满一汽车的玫瑰花，我的心也会因怜惜他的美德而隐隐作痛，但接下来，我会把耳朵贴在墓碑上，听他在那个已经破烂不堪的大箱子的碎片中哭泣，如果他又死了，我会再让他活过来，这个惩罚最有意思的地方在于：只要我活着，他就得在坟墓里活下去，也就是说，永远。

一九六八年

（陶玉平　译）

过去、现在与未来

加西亚·马尔克斯曾为自己过去参与政治的经历辩护，认为这是他从事新闻工作的一部分。他主张“我从来都是一名记者”，而且“作家要为全社会的现实负责，而不仅仅是对社会中的一小部分人负责”。卡洛斯·富恩特斯在《巴黎评论》的一次采访中引用巴勃罗·聂鲁达的话说：“每个拉丁美洲作家走到哪里都拖拽着沉重的身体，拖拽着同胞的、过去的，或是民族历史的身体。我们必须将过去的重负融入自身，唯此才不会忘记赋予我们生命的东西。如果你忘记了过去，你就失去了生命。”

富恩特斯于 1928 年出生于巴拿马的首都巴拿马城，父亲是墨西哥的职业外交官。他的作品主要关注墨西哥，“从某种意义上说，我所有的小说都属于同一本书的各个篇章。《最明净的地区》（*Where the Air Is Clear*）是墨西哥城的地方志；《阿尔特米奥·克罗斯之死》（*The Death of Artemio Cruz*）写的是这座城市里的一个人；《换皮》（*A Change of Skin*）写的是这座城市及其社会，在直面世界的过程中逐渐意识到如下事实：自己是文明的一部分，而外面的世界正在侵入墨西哥”。墨西哥在富恩特斯的小说《我们的土地》（*Terra Nostra*，1975）中也有明显的体现，富恩特斯称这本书是其技艺的完美之作；拉里·罗特在《华盛顿邮报——图书世界》上这样评价这本书：“富恩特斯比以往任何时候都更深入地探究了墨西哥的起源以及作为一个墨西哥人的意义。”而富恩特斯的《美国老人》（*The Old Gringo*，1985）又重新探索了墨西哥如何看待与美国的关系这一议题。

根据何塞·多诺索在《西班牙语美洲文学的繁荣：一段个人历史》中的论述，富恩特斯的创作历程使得他成为“第一位主动且自觉地推动了西班牙语美洲文学国际化的推手”。《美国老人》是第一部登上《纽约时报》畅销书排行榜的墨西哥长篇小说。

富恩特斯很早就参与了国际事务。他在墨西哥国立大学获得法学学位后，曾先后担任过墨西哥驻国际劳工组织代表团成员和干事、外交部新闻处副主任、墨西哥国立大学文化传播事务处干事和副处长，以及文化关系局局长，1975 年至 1977 年他担任了墨西哥驻法国大使。他的第一部长篇小说《最明净的地区》于 1958 年出版，两年后被翻译成英文。他的作品之所以与众不同，是因为他惯于采取创新手法，通过不同的人物视角将现实与幻想结合在一起。

安东尼·韦斯特将富恩特斯的技巧比作“在角色之间紧张切换的快速摄影机运动”。埃文·康奈尔在《纽约时报书评》上表示，富恩特斯的“叙事风格——除了少数例外——依赖于不同类型的意识的穿插和并置”。罗伯特·库弗指出了《我们的土地》中第二人称的使用：“富恩特斯的第二人称叙事不是那种在舞台上无意中听到的叙述内容：书的本身而非作者或者书中角色成了发声者，至于读者，或者说闻声者，则成了一名书中角色或者前后连续的几名书中角色。”有些批评家认为这使得富恩特斯的作品“晦涩难读”，不过就算事实的确如此，富恩特斯也依然愿意承担这一风险。“我相信书籍不应该迎合现成的读者群体，”富恩特斯在接受《华盛顿邮报》采访时说，“我在寻找的读者是我想要去塑造的……去赢得他们……要创造读者而不是单纯满足他们的期待，否则我将会厌烦至死。”除了剧本与六部非虚构作品集之外，他还出版了十几部长篇小说与六七部短篇小说集。

1980年，《查克·莫尔》（“Chac Mool”）被翻译成英文。这篇作品召唤出的阿兹特克神祇打开了一扇门，让读者得以体会过去——以及人们的恐惧——对现在的影响。

（万年看客　译）

查克·莫尔

［墨西哥］卡洛斯·富恩特斯

前段时间，菲利韦托在阿卡普尔科淹死了。就在圣周的时候。他被水利部开除了，但还是没经住官僚气的诱惑，像每年一样去了那家德国小旅馆，吃热带厨房的汗水加甜的腌酸菜，圣周六到戈布拉达跳舞，在奥尔诺斯海滩暮色笼罩的陌生面孔中自我感觉是个熟脸儿。是，我们知道他年轻的时候很会游泳，但现在，上了四十，身体每况愈下，想游过这么长一段，还是半夜里！穆勒太太不让在旅馆里守灵，说是老主顾，只在拥挤闷热的小天台上搞了个舞会。就这样，一脸惨白躺盒子里的菲利韦托为了等早班车，在各种背篓包裹的陪伴下度过了新“生”活的第一夜。我早早赶来给棺材装车的时候，菲利韦托正在一座椰子堆成的坟头底下，司机让赶紧挪到车顶上去用帆布盖起来，免得把其他乘客吓着，还担心我们给他招来晦气。

从阿卡普尔科出发的时候还有一丝微风，等到了迭拉科罗拉达，热和光都上来了。就着鸡蛋香肠早饭，我打开菲利韦托的公文包——头天跟其他东西一起从穆勒旅馆领回来的：二百比索、一份在墨城被禁的报纸、几张彩票、去程车票（只是去程？），还有那本廉价笔记本，画成小方格的内页，大理石纹封面。

在一个个大弯、呕吐的恶臭和对已故朋友私生活某种自然的尊重之中，我鼓起勇气读起他的日记来，似乎想起了——没错，从这儿开始——办公室里那些日常的工作，也似乎理解了他为什么越来越颓废、忘事，为什么发些没意义、没编号、没“有效投票”的公文，为什么有那么老的资历还最终被踢走，退休工资也泡汤了。

“今天去办了养老金。办事员那人真不错。我很满意，决定去咖啡馆花上五比索，就是当年我们老聚、现在我再也不去的那家，因为它总提醒我二十岁能比四十岁允许自己更多地挥霍。那时候我们还都在一个水平上，会正义凛然地反驳任何对同学的轻视，而且跟那些说谁出身不好或者没气质的人还真干过架。我以为很多人（可能是最低微的）会爬很高，在这儿，学校里，可以结下长久的友谊陪着渡过汹涌大海，然而不，事情没有发展成那样，无所谓规则定律，不少穷酸的依然穷酸，很多比在友好热烈的聚谈上预言的更有出息，另外我们这种当时看着前程远大的半路抛锚，给个补考弄得整个人都掏空了，被一道人生赢家和一事无成者之间看不见的鸿沟隔绝开来。总之，今天我又坐到那些椅子上——更现代了，还有自助饮料机，像一场侵略中的街垒——准备好好看看档案。我望见好些人，变样了，健忘了，被霓虹灯照亮了，飞黄腾达了。他们跟我几乎认不出来的咖啡馆一起，跟城市本身一起，用一种跟我不同的节奏逐渐雕琢着自己。不，他们已经不认识我了，或者不想认出我，最多——有那么一两个吧——用一只又肥又快的手在肩膀上拍拍。慢走啊您，招呼不周。他们和我中间横亘着高尔夫乡村俱乐部那十八个球洞。我把自己藏进档案里。充满期待、乐观预测的岁月鱼贯而过，阻碍其实现的所有缺憾也一一陈列。我突然很着急，急不能插手过去，也粘不起扔开了好久的拼图块，玩具箱总会被逐渐忘记，最后谁知道小锡兵、头盔和木剑给丢到哪里，再心爱的面具也都一样。有过确信、纪律、对责任的坚持，不够吗？还是太过了？有时候，对里尔克的回忆不断纠缠我。死亡是青春冒险的巨大报偿，年轻人，何不带上所有秘密出发？今天，我将不用再回望那些盐城。五比索？加两个当小费吧。”

“佩佩除了特别热衷于研究商法，还喜欢把事情理论化。他看见我从主教座堂出来，陪我一起走到国家宫。他已经不信教了，这还不够：走半条街就得制造一个理论，比方说，他要不是墨西哥人才不会信基督呢，而且——不是，你看哈，很简单，西班牙人来了，叫你拜这么一位上帝，肋旁被刺，血肉模糊，钉在个十字架上。被牺牲的人，被敬献的人。一种跟你全部仪式、整个生活这么接近的感情，可不就自然而然接受了吗？反过来，要是墨西哥被佛教徒或者穆斯林给征服了呢？让我们的印第安人崇拜一个死于消化不良的人，想象不出来吧。但是一个不光要人给他献祭，还让人把他心挖出来的上帝，嘿，真把威奇洛波奇特里将了一军！从狂热、血腥、注重奉献和仪式的角度看，基督教是土著信仰一种新奇但又自然的延伸，悲悯、仁爱、另一半脸的方面则被屏蔽了。在墨西哥就是这样：要信什么人，先得杀了他们。

“佩佩知道我从年轻的时候就喜欢一些墨西哥原住民艺术，收集小雕塑、神像、盆盆罐罐，周末都在特拉斯卡拉和特奥蒂华坎转悠。大概就因为这样，我花钱他总结，还老跟这些话题扯在一起。对了，我好长时间一直想找尊满意的查克·莫尔复制品，今天佩佩告诉我说拉古尼亚有家店在卖，石质的，要价也不高。我星期天去一趟。

“有个人真讨厌，把办公室饮水桶的水染红了，大家全乱套了。

我去跟主任汇报，他居然乐得不行，结果那个元凶整整一天都在到处张扬，挖苦我，水来水去的，切……！”

“今天星期天，我抽空去了拉古尼亚，在佩佩说的那家小店找到了那尊查克·莫尔。确实漂亮，真人大小。店主说保证是真品，我不信。石料很普通，不过不影响造型的优美和整体的紧凑。狡猾的卖家在他肚子上抹了番茄酱，好向游客吹嘘他血腥的真实性。

“把那玩意儿搬回家可比买还贵，好在总算是送到了。暂时放地下室，收藏间得重新摆放给他腾地儿。这种神像需要太阳，直射的、火热的，这是他的元素和条件。地下室黑咕隆咚真埋没他了，模糊一团、奄奄一息的样子，好像还做出鬼脸怪我不给他光。之前卖家有一盏射灯正好垂直打下来，把所有棱线变得柔和，给我的查克·莫尔一副更和善的表情，我也得学学。”

“一早醒来发现水管坏了。糊里糊涂地，我让厨房跑着水，漫出来流了一地，直灌进地下室都没发现。查克·莫尔扛住了湿气，可旅行箱都毁了。偏偏还是个工作日，搞得我上班都迟到了。”

“终于有人来修水管了。箱子彻底废了，查克·莫尔底座也长了青苔。”

“半夜一点，醒了，有种痛苦的呻吟，听着毛骨悚然。是不是进贼了。瞎想。”

“夜里的哀号还在继续，不知道什么东西，总之弄得我很紧张。更烦的是水管又坏了，雨也浸进来，地下室全淹了。”

“水管工不来，我绝望了。墨城的水务局真别提了。雨水不走地漏直往地下室灌，这还是第一次。不过呻吟声倒没了：一样换一样。”

“地下室抽干了，查克·莫尔长满了苔，样子很恐怖，全身像中了绿色的丹毒，只有两只眼睛除外，保留了石头的质感。星期天我来把苔刮掉。佩佩建议我换个公寓，住顶层，免得再发这种水灾。但是我不能扔下这座宅子，一个人住是大了点，波菲里奥时期的建筑风格也有点阴森，可这是对我父母唯一的继承和回忆了。要是街边半地下室是带自动点唱机的冷饮店，一楼是家装修店，我还真不知道是什么感觉。”

“我去用刮刀刮查克·莫尔身上的苔——像长进石头了，弄了一个多小时，下午六点才完事。光线不好，收工的时候沿着轮廓仔细摩挲，感觉每摸过一遍石料就变软一些。我不愿意相信：简直像面团一样了。拉古尼亚那人把我蒙了，什么前哥伦布时期的雕像，纯粹是石膏，一受潮就完了。我给他盖上几块布，趁还没全坏，明天搬楼上去。”

“布在地上。难以置信。我又摸了摸查克·莫尔，变硬了，但还没恢复成石头。我都不想写下来：躯干有某种肌肉的质地，按一按，橡皮似的，感觉有东西在这斜卧的雕像里流动……夜里我又下去一次，没错：查克·莫尔手臂上有汗毛。”

“我从来没这样过，办公室的事儿弄得一团糟，汇了一笔还没授权的款，主任都提醒我留神了；对同事可能也不礼貌。我得去看医生，问问是我想象力太丰富还是神志不清或者别的什么，另外还得把那该死的查克·莫尔处理掉。”

到这里，菲利韦托的字还是他平常的样子，宽宽的，有点椭圆形，我经常在备忘录和表格里看见；八月二十五日那天却像是另外一个人写的，有些地方像小孩，费劲地把每个字母分开，有些又显得紧张，轻得认不清。断了三天，故事重新开始：

“一切都是那么自然，然后人就信以为真了……但这确实是真的，不光是我信的问题。水桶是真的，开玩笑把水染红就更真，因为这会让我们更好地注意到它的存在，或者说‘在’……真实是倏忽即逝的雪茄烟圈，是哈哈镜里的怪物形象，所有死去的、活着的、被忘记的，难道不真？如果一个人梦里穿过天堂，有人给他一朵花作为到过那里的证明，醒来的时候花就在手上……那怎么说？……真实：有一天被打碎成一千片，头落在这儿，尾巴掉在那儿，我们看到的不过是她巨大身躯上散失的碎片之一。海洋自由虚幻，只有囚进海螺的时候才变得真实。直到三天前，我的真实还停留在今天被抹除了的那个层面：条件反射、例行公事、会议纪要、公文包。之后，突然像某天震动起来的大地（让我们想起她的伟力），或者总有一天会来的死亡（谴责我对人生的渐忘），另一种真实昭示出来，虽然从前也被感知，但一直无主似的游荡，现在重来震撼我们，试图恢复生机和话语。我再次以为是我的想象：柔软优雅的查克·莫尔一夜之间变了颜色，黄色，几乎是金色，似乎指示我他是一位神，目前还隐忍不发，但膝盖已经放松了不少，笑容也更和善了。昨天，我突然惊醒，慌乱地确定夜里有两个呼吸声，黑暗里跳动着我自己之外的更多脉搏。是的，楼梯上有脚步声。噩梦。继续睡……不知道努力了多久，再睁眼的时候天还没亮。房间里一股恐怖、树脂熏香和血的气息。我摸黑把房间巡查了一遍，最后停在两个闪光的小孔上，两个冷酷发黄的三角旗形状。

“差点背过气去！我打开灯。查克·莫尔站在那儿，挺直了，面带微笑，赭黄色，肚子肉鼓鼓的；两只细眼睛都把我看木了，斜吊着，跟三角形的鼻子贴得特别近；下排牙齿紧咬着上嘴唇，不动，只有大得过分的头上那个方形冠的闪光透出一丝活气。查克·莫尔朝床走过来，雨开始下。”

我记得菲利韦托是八月底被部里解职的，主任当众批了他，还有传言说他疯了，甚至偷东西。我不信。是有一些混乱的文书，他问处长水有没有气味能闻见，向部长主动申请去沙漠降雨。我也不知道他在干吗，是不是那个夏天雨太多让他脑子进水了，或者住那座老宅子造成了什么精神上的抑郁，毕竟一半房间都锁着落灰，没有仆人也没有家庭生活。接下来的日记就到了九月底：

“愿意的时候，查克·莫尔还是可以相处的……让人陶醉的汩汩水流声……他知道很多神奇的故事，季风啦、赤道雨啦、作为惩罚的沙漠啦；他神话级别的父神地位也由每种植物揭开：柳树，离经叛道的女儿；荷花，宠儿们；仙人掌是岳母。我不能忍受的是他的气味，出离人类，在这身不是肉的肉体和闪烁远古气息的拖鞋上挥之不去。带着尖利的笑声，查克·莫尔讲述他是怎么被勒普隆荣发现、跟崇拜其他偶像的人混在一块儿的。他的精魂经历过水罐和暴风雨，那很自然，但他的石身是另外一回事，把他从隐藏的地方挖出来是人为的、残酷的。我想查克·莫尔永远不会原谅这件事。他知道美学事件的急迫性。

“按理我该给他准备萨波利奥牌肥皂，卖家以为他是阿兹特克人的，往他肚子上抹了那些番茄酱，得好好洗洗。问他跟雨神特拉洛克的亲缘关系好像让他不怎么高兴，生气的时候，那本来就很恶心的牙齿露出来锃亮发光。头几天他还回地下室去睡，昨天开始，睡到我床上了。”

“旱季开始了。昨天，从我现在睡的厅，又开始听见最初那种低沉的呻吟，然后是一片稀里哗啦的声音。我爬上楼，把卧室门推开一半：查克·莫尔正在砸灯和家具；他张开被划伤的双手扑过来，我赶紧关门躲进浴室……后来他喘着粗气下来要水喝，让各处水龙头整天开着，屋里找不到一厘米干的地方。我睡觉都裹得紧紧的，求他别把客厅弄得更湿了。”[1]

“查克·莫尔今天把客厅淹了。我气坏了，说要把他送回拉古尼亚。他狞笑起来，不同于任何人或动物的尖利声，更可怕的是他给了我一巴掌，举着满臂的粗大手环甩过来。必须承认：我成了他的俘虏。我最开始可不是这么想的：我以为是自己占据了查克·莫尔，就像占有一个玩具，大概是小时候那种安全感的延续吧，但是童年——谁说的来着——是被岁月吃掉的果子，我没注意罢了……他穿上了我的衣服，长出绿苔的时候就换成罩袍。查克·莫尔习惯被顺从，时时处处，而我不是发号施令的那种人，只能一再屈服。只要不下雨——他的神力呢？——他就总是狂躁易怒。”

“今天我发现查克·莫尔晚上老出去，每天天黑的时候，哼起一首走调的歌，很古老，比歌唱本身还要老，然后突然没声。我敲

1. 菲利韦托没有解释他跟查克·莫尔用什么语言交流。——原注

了几下门，没有回应就壮胆进去。那个卧室我从差点被攻击那天起就没再进去过，现在几乎成了一片废墟。渗透整座房子的那股血和熏香的气味在这里尤其浓烈。门后一堆骨头，狗的、猫的、老鼠的，这是查克·莫尔晚上出去偷的给养。难怪每天清早都有那让人心惊肉跳的叫唤。”

“二月，天气干燥。查克·莫尔盯着我的一举一动，还让我给一家餐馆打电话，叫人每天送鸡肉饭来。但是我从办公室弄的钱已经不剩多少，不可避免的事发生了：一日开始，因为欠费，断水断电。结果查克又发现了离家两个路口的一座公共喷泉，逼我每天给他提十到十二趟水，他在阳台上监视着，说要是想逃的话就当场劈死我。他也是闪电神。他不知道我已经知道了他的夜行活动……因为没电，我八点就睡觉。按理说我应该习惯查克·莫尔的存在了，可不久之前，在一片漆黑的楼梯跟他撞上，我还是差点没吓得喊出来，他手臂冰凉，焕新的皮肤上长着鳞片。

“如果再不快下雨，查克·莫尔会重新变成石头。我发现他近来行动开始吃力，经常一连几个小时斜躺着，一动不动，好像又是尊雕像了。不过这些休息又给了他新的力气折磨我，抓我，好像能从我肉里挤出什么汁儿来。从前给我讲老故事的友善间隙已经没有了，我只注意到加剧的怨恨。还有一些别的迹象让我更不放心：酒窖快空了，他把我晨衣的绸子摸来摸去，想叫我雇一个女仆，还让我教他用香皂和乳液。我觉得查克·莫尔正在一步步陷入人世的诱惑，曾经看上去永恒的脸几乎出现某种老态。这或许是个得救的办法：如果查克·莫尔变成人，说不定活过的几百年积压成一个瞬间，他也会被雷电劈死。不过这或许同时酝酿着我的死亡：查克绝对不会想让我看见他的崩溃，他可能要杀了我。

“我今晚要趁查克夜游的时候逃掉。去阿卡普尔科，看怎么找个工作吧，等查克·莫尔死掉。快了，他头发灰白，身子都浮肿了。我得去晒晒太阳游游泳，恢复一下体力。还有四百比索。住穆勒旅馆，便宜还舒服。就让查克·莫尔占着这儿：我倒想知道没有一千桶水他能撑多久。”

菲利韦托的日记到这儿就完了。我不愿再想他的故事，直睡到库埃纳瓦卡，从那儿到墨西哥城的路上，才试着把记录理出些头绪，跟工作太忙联系起来，或者加点心理问题。晚上九点到站的时候，我还是想象不出他到底发了什么疯。我雇了辆车把棺材运到菲利韦托家，准备在那儿安排葬礼。

没等我把钥匙插进锁孔，门就开了。面前一个黄皮肤的印第安人，穿着家居服，戴着围巾。他的样子恶心得不能再恶心了，廉价花露水味儿，扑了厚厚一层粉想掩盖皱纹，嘴上拙劣地抹了些口红，头发像是染过的。

“抱歉……您可能不知道菲利韦托已经……”

“没关系，我什么都知道，请让他们把尸体抬到地下室去。”

（于施洋　译）

印度篇

根据一些历史学家的说法，科学在印度的源头可以追溯到公元前 1500 年至 1000 年之间，当时雅利安入侵者带来了《吠陀经》，这些宗教哲学书籍将自然界人格化，并且提供了处理生命与自然现象的哲学与仪式方法。例如，在日食期间人们要禁食并且将全身浸泡在河流中，孕妇也不得观看日食。但是讲究实用主义和实验主义的西方科学直到 19 世纪末才在印度产生了影响。

1897 年，著名的自由斗士[1]贾格迪什·钱德拉·鲍斯（Jagadish Chandra Bose）发表了一部用孟加拉语创作的长篇小说《驯服风暴》（*Agosh*），其中描述了用某种毛发油来平息海上风暴的情节。这是将化学与自然联系起来的早期尝试。大约在儒勒·凡尔纳的《从地球到月球》也得译介的同一时间，S. B. 拉纳德（S. B. Ranade）用马拉地语出版了《星星的欢笑》（*Tarache Hasya*），另一位作家纳什·马德哈夫（Nath Madhav）也用马拉地语出版了《斯里尼瓦萨·拉奥》[2]

1. 原文如此。实际上印度著名的自由斗士是另一位，即苏巴斯·钱德拉·鲍斯（Subhash Chandra Bose）。
2. “斯里尼瓦萨”是印度教神话中毗湿奴的化身之一；“拉奥”是印度婆罗门贵姓，意为“王”。

（*Srinivasa Rao*）。但是就像许多其他国家的情况一样，早期印度科幻作品的情节看起来很像印度的神话故事，因此印度人往往将其视为青少年文学，这种声誉至今仍然在阻碍印度科幻的发展。

印度的历史就是一部漫长的文明统治反复遭到入侵征服者打断的历史，印度的国情因此尤为复杂。例如，英国人从 1612 年开始以东印度公司的名义在印度展开了军事行动，在 1760 年打败了法国与伊斯兰教的对手，在 1857 年将印度的行政管理权收归英国王室，最终在 1947 年商定了《印度独立法》。这段历史的遗迹就是如今印度使用的 203 种语言，其中最常见的是印地语、孟加拉语和马拉地语，官方语言则是印地语和英语。因此，印度的科幻小说史必须按照不同语言来各自表述。

印地语作家杜加普拉萨德·卡特里（Durgaprasad Khatri）在 1925 年和 1926 年出版了几部浪漫与冒险科幻小说，另一位印地语作家桑普尔纳兰德博士（Dr. Sampurnanand）在 20 世纪 50 年代初写了《从地球到大熊星》（*Prithvi se Saptarshi tak*）。其他印地语作家还包括流行科学杂志《向科学进军》（*Vigyan Pragati*）的主编普拉喀什·夏尔马、纳瓦尔·比哈里·米什拉博士、哈瑞·克利须那·德夫雷沙博士［曾让儿童杂志《帕拉格》（*Parag*）发行了科幻特刊］、拉结什瓦尔·甘加瓦、拉梅什·达塔·夏尔马和普雷马南德·昌多拉。

著名电影制作人萨蒂亚吉特·雷伊（Satyajit Ray）创作了一部科幻漫画，主人公是“瞬库”教授，由此为孟加拉科幻增添了光彩。孟加拉的科幻杂志《神奇》（*Fantastic*）曾发表过尼兰詹·辛纳、纳拉扬·桑亚伊、埃纳克希·查托帕迪亚雅以及杂志主编阿德里希·巴尔德班等人的作品。

但是英文科学杂志《2001 年》（*2001*）的编辑穆库尔·夏尔马却认为用英文创作的印度科幻作品一文不值，尽管他出版过译成其他语言的印度科幻，他本人也创作过英语科幻作品。他持这一观点的原因在于用英文写作的印度科幻作家数量太少，而且印度的世界观“充满了幻想内容（神灵、驱魔、驱邪、安抚亡灵等），以至于我们觉得没有必要创作更多的虚构作品”。迪利普·M. 萨尔维（Dilip M. Salwi）是一个例外，他从科学家转型成了科学记者，一直在为儿童和青少年创作科幻故事。

马拉地语是包括孟买在内的印度西部和中部地区的印度人所使用的语言。这种语言为印度科幻研究提供了不同的视角。据马拉地语作家巴尔·篷达克（Bal Phondke）观察，印度科幻在 20 世纪 70 年代得到了重生，因为人们认为需要用许多地区性语言来普及科学，并将科幻小说当成了科普媒介。这一努力只在马拉地语、孟加拉语和泰米尔语这三个语种中取得了成功。为了进一步了解科学知识而成立的组织包括大约 20 种时常发布科幻作品的期刊，孟买的几家杂志也会在排灯节之类的节庆日出版科幻特刊。

20 世纪 50 年代，G. R. 蒂凯卡、加扬南·克什萨迦和 D. C. 索曼用马拉地语创作了一批短篇科幻，B. G. 巴格瓦特翻译了儒勒·凡尔纳与 H. G. 威尔斯的作品。1974 年，天体物理学家贾南特·纳拉利卡尔博士（Dr. Jayant Narlikar）效仿他的导师、英国天文学家弗雷德·霍伊尔（Fred Hoyle）的先例，也投入了科幻创作之中，给科幻领域带来了显著的声望。篷达克曾将阿西莫夫的科幻创作划分为四个阶段：冒险阶段，侧重科学阶段，社会阶段以及侧重个人风格阶段。他认为马拉地语科幻在 20 世纪 70 年代从第二阶段起步并且迅速进入了第三阶段。他在 1993 年出版的一本文集的序言中写道，印度科幻的独特之处“并不取决于它的地域源头，而是取决于赋予其灵魂的文化与社会氛围”。

他继续主张，虽然科学具有普遍性，但是“一旦开始勾勒科学对于人的属性、反应和情感的影响，情况就要完全取决于包容个体的文化结构……即使在印度科幻这个大类当中，我们也可以看到马拉地科幻与孟加拉科幻不同，孟加拉科幻又与泰米尔科幻不同。这是因为科幻体裁在这些不同语言当中发展出了不同的样貌，并且取得了高下悬殊的不同地位。无论是从数量上还是从质量上来说，最强的科幻潮流都存在于马拉地语当中……”

篷达克认为马拉地语科幻繁荣的根源在于“堪称印度的约翰·坎贝尔的敏锐天才阿南特·安塔卡尔（Anant Antarkar）参与了一份非主流期刊《纳瓦尔》（*Naval*）的编辑工作，为其提供了持续、一贯且富有同情心的客观支持”，而且马拉地科学大会还会组织年度科幻小说大赛。马拉地科幻的主要作者之一拉克斯曼·隆德（Laxman Londhe）正是通过获得这一奖项开始了创作生涯。虽然他是一名律师，也是一名金融主管，直到不久前退休后才开始从事全职写作，但他的作品涉及多个不同领域，特别是广播电视与科普。其他的马拉地语科幻作家包括尼腊扬·甘地、苏博赫·贾瓦德卡、索布哈德拉·各各缇、G. F. 乔西以及同时身为科普作家的篷达克。

篷达克还认为，孟加拉语科幻并没有在萨蒂亚吉特·雷伊这位先驱者的基础上充分发展。喀拉拉邦民众科学运动组织倒是很受欢迎，但“几乎没有用马拉雅拉姆语这种邦内官方语言创作的科幻小说”。

虽然印度没有专门的科幻组织，但是住在孟买的马拉地语作家每月都会在马拉地科学大会办公室举行一次会议，讨论彼此的故事。至少有一次全国科普作家会议举办了关于科幻的讨论环节，约有200名科学家参加。M. H. 斯里纳拉赫利在那次会议上发表了一篇报告，题目是印度科幻中的机器人题材。他把印度科幻发展之缓慢归因于工业革命的姗姗来迟、农业的主导地位以及低廉的劳动力成本。但这一切都在改变。篷达克在作品集序言中总结道："需要将印度的贡献与世界各国的贡献进行交叉授粉。要做到这一点，就必须对印度科幻小说的全部内容进行反思，这样才能认识优点并且找出不足。"很多迹象都能表明印度科幻小说的自我意识正在日益增强，例如斯里纳拉赫利正在计划举办一次国际研讨会，并成立了由韦洛尔市一所大学的英语教师兼科幻小说学者 K. S. 普鲁肖萨曼博士领导的印度科幻小说研究协会。

（万年看客　译）

马拉地语经验

在第二个千禧年即将到来之际，印度科幻小说的处境很类似于当年苦苦等待着雨果·根斯巴克与《惊奇故事》的西方科幻界，换言之，正在为了获得定义与认可而苦苦奋斗的印度科幻需要一个焦点，从而使得自身的各种元素得以融会贯通。同时，西方科幻小说的榜样使印度科幻小说跳过了若干早期发展阶段。就作家的处境而言，印度科幻小说的发展状况与 20 世纪 30 年代末甚至 40 年代的情况类似：很多兼职作家都在创作科幻小说，但由于出版机会有限，他们不得不从事其他工作，包括创作其他类型的虚构与非虚构作品。而且巴尔·篷达克还曾提出，就主题发展而言，印度科幻小说从侧重科学的层次开始，很快就进入了美国科幻小说在 20 世纪 40 年代末 50 年代初达到的侧重社会层次。

拉克斯曼·隆德代表了印度科幻中的许多典型且大有前途的特色。他出生于 1944 年，主修化学，获得了理科学位，然后又获得了法学学位。他曾在孟买某家得到世界银行援助的金融机构担任经理，但在 1995 年提前退休并且继续从事写作。

他的创作历程始于1978年，这一年他翻译了一部关于越南战争的小说，随后他又在1980年出版了一部描写少男少女恋爱的小说《希多里》。在投身科幻创作之前，他发表了30多篇短篇小说。但是后来他参加了马拉地科学大会主办的年度科幻小说比赛并且获奖，然后以此为契机与C. D. 德希穆克（C. D. Deshmukh）共同创作了他的第一部长篇科幻小说《众神被杀》（*Devansi Jive Marile*，1983）。这部小说标志了他写作道路上的里程碑，其灵感来自埃里克·冯·德尼肯（Erich von Däniken）的作品，并被翻译成印地语在全国各地出版。

隆德的第一部科幻短篇小说集《1995年7月22日》（*22 July 1995*）于1984年出版。1985年他又出版了一部非科幻短篇小说集，1987年出版了独幕剧《生命保险万岁》（*Ayurvima Zindabad*），以及报纸专栏文集《阿兹鲁卡》（*Azroka*）。他的第二部科幻小说、与卡萨利卡博士（Dr. Kashalikar）合著的《豚鼠》（*Guinea Pig*）于1987年出版并且被孟买电视台改编成了连续剧。他的第二部科幻小说集《爱因斯坦第二》（*Dusara Einstein*）于1989年出版并获得邦文学奖。此后他又出版了一部侦探小说集《烙印仪式》（*Taptamudra*，1994）、一部科普文集《沙之颂》（*Valucha Gaan*，1995）、一部收录了两则短篇小说的《阿拉尼雅卡与克阿姆》（*Aranyak ani Koham*，1995）、一部关于未来学的《在千年纪念前夕》（*Navya Yugachya Umbarthyavar*，1996）、一部关于臭氧层耗竭的《天空撕裂》（*Abhal Phatlay*，1997）。

但是，隆德出版的作品只是他的创作经验的一部分。他写了一部科学剧《一小时五十五分钟》（*One Hour and Fifty-five Minutes*），由马拉地科学大会出版，并由多个实验剧团演出；他的许多儿童科幻故事得到了广播并且被制成录音带；他多次参加了全印度广播电台“科学小组”节目；他参加了以科学为主题的讨论活动；他写的广播剧既以印地语出品，又以马拉地语出品；他曾现场为听众表演了二十多场“Vigyan katha kathan”，即传统的口述故事，他认为以这种方式向广大农村文盲人口进行科普大有可为。

从某种意义上说，隆德很像 A. E. 范·沃格特。就像范·沃格特一样，他在开始科幻创作之前就已经写了 30 多篇短篇小说，并且能够将获得的经验运用到新的兴趣当中。另一方面，身兼科普作家身份的隆德也很像艾萨克·阿西莫夫。他从阿西莫夫、卡尔·萨根、阿瑟·克拉克等作家的身上，以及苏联的米尔（Мир）等出版社出版的低价科普书[1]中学会了如何使用通俗易懂的语言来传播科学知识。而他的科幻作品则侧重于科学对于人的伦理与心理的影响——正好对应了巴尔·篷达克所描述的西方科幻发展的第三阶段。

《爱因斯坦第二》正是反映这一创作路线的范例。这个故事彰显了科学的目标与人类承受的后果之间存在着怎样的鸿沟。是否应该通过激进的医学技术来保存一个世界级天才（一位“爱因斯坦”）的潜能，不惜为此付出巨大的牺牲，甚至违背科学家本人的意愿呢？如果当真这样做，最终实现的又是谁的目标呢？

（万年看客　译）

---

1. 苏联一批出版社曾在印度发行了大量的廉价科普书籍，其中尤以米尔出版社为著。

爱因斯坦第二

［印度］拉克斯曼·隆德 著

［印度］阿伦达蒂·迪奥斯塔勒 英译

全印度医学科学研究所是一家庞大的研究机构，共有三间重症监护病房，分别位于一楼、三楼和八楼，其中八楼的那一间是专门为收治超级贵宾预留的。上周整整一周的时间，八楼的那间重症监护病房都颇为喧闹。

当总理的私人顾问斯里尼瓦桑博士被推进来的时候，病房里就热闹起来了。他得了肺癌。八楼的这间病房由齐塔莱医生负责。即便经过了一周的治疗，斯里尼瓦桑博士也仍然没有表现出明显的好转迹象，他右肺里的那团癌瘤正在缓慢地增大。齐塔莱医生再清楚不过了，好转的希望微乎其微，这种可怕的疾病将会夺去斯里尼瓦桑博士的生命，而且这一天已经不算太远了。齐塔莱医生对此了如指掌。

现在是早晨八点钟，医院里拥挤的人群每时每刻都在不断扩大。眼看就要换班了，外面卖水果的小贩生意兴隆得很。

齐塔莱医生的车在八点整准时开进了研究所。他在入口处下了车，他的司机把车朝着停车位开去。

门口的守卫向他行了个礼。

齐塔莱医生沉浸在自己的思绪中，径直朝电梯走去。有人悄悄地说："主任医师来了。"电梯操作员对其他人不理不睬，让齐塔莱医生进了电梯。他向医生轻言细语地打了个招呼，走到角落里，启动了电梯，往上开去。

电梯一路上升，在八楼停了下来，这时电梯操作员把门打开，站到一旁，为齐塔莱医生让路。

当然了，八楼装着中央空调。重症监护病房大门旁边的守卫也恭敬地向齐塔莱医生鞠躬，将他让进门内。

踏进大门时，齐塔莱医生注意到了两件事：首先是宜人的凉爽，其次是有一支黑猫突击队[1]也在现场。凉爽的空气令他精神一振，但国家安全卫队的出现却让他觉得扫兴。不过他对此基本上无能为力。斯里尼瓦桑博士是位相当重量级的人物，他不仅是位科学家，同时还是总理的技术顾问。他固然是在研究所接受治疗，但军方却似乎承担起了挽救他生命的责任。假如他果真已是奄奄一息（当然，他确实也离死不远了），那么军方的职责就是要将他的身体和灵魂捆在一起。这个想法让齐塔莱面露苦笑。身为医生，齐塔莱医生对于灵魂和死后灵魂离体这些迷信思想并不买账；但是，在重症监护病房附近部署国家安全卫队，似乎只有这一目的了。

医生来到了他的病房。护理人员向他行了个礼。护士站在那里，他的秘书跟他打了个招呼。护士将斯里尼瓦桑博士的病历表递给他，上面记录着过去这十个小时的病情进展，然后便安静地站在一个角落里。

"我过会儿再去巡视，如果需要你们的话，我会叫你们的，不过请让我单独待上半小时，我要思考。"医生对她们说，于是两人都走

1. 印度的反恐部队"国家安全卫队"的昵称。

出了房间。

眼下，齐塔莱医生身边再无旁人。他飞快地扫了一眼斯里尼瓦桑博士的病历表，目光转向角落里那瓶新鲜的玫瑰。玫瑰是他的心头所好。

“该死的。”他一边嚷嚷着，一边用拳头捶打放在桌上的斯里尼瓦桑博士的病历表。

斯里尼瓦桑博士年事已高，他已经六十七岁了。他的恶性肿瘤无论是对化疗还是放疗都没有反应。在这样的高龄，他也禁不起肺部外科手术。肺移植在全世界无论哪个地方都尚未获得成功，在印度就更不用说了。

“他只能死，我没办法。”齐塔莱医生自言自语地说，这句话就像是法官在宣判死刑一样。事实上，这是大自然做出的决定，齐塔莱医生无法将其逆转。

卡纳准将的话突然在齐塔莱医生的耳中清晰地大声响起，仿佛这人此刻就在眼前似的：“可是他不应该死，他必须活着，你必须得让他活着。”

昨天曾经举行过一次高层会议。当然了，齐塔莱医生对这次会议并不算太重视，这正是因为除了卡纳准将和他本人，与会众人没有一个是来自医疗领域的。参会者多数都是来自不同领域的要人，比如政治、军事和医学以外的其他科学领域。

科学家们认为，事实证明，斯里尼瓦桑博士是继阿尔伯特·爱因斯坦之后最伟大的一个人。在物理学研究领域，牛顿和爱因斯坦被视为两大高峰，而斯里尼瓦桑博士或许即将成为第三大高峰。爱因斯坦提出了相对论，证明了物质与能量密不可分。唯有在这一理论的基础之上，人类才形成了原子能的概念。直到生命走到尽头之前，爱因斯坦一直在相当努力地钻研另一门理论——统一理论。他曾想通过这一理论证明，电能、磁能和万有引力都是某种作为鼻祖的单一作用力的若干表现形式。一旦证明了这一点，就可以进行消除引力的实验。又或者人们就能以电磁能作为基础，开发出一种与之极为相似而方向相反的反重力。如此一来，人类就有可能消除引力的影响，将物体送到宇宙中的任何一个地方。换言之，这样便可为人类去四面八方闲逛一番铺平道路。不幸的是，爱因斯坦去世时，这项理论仍在研究当中，他的这项任务迄今仍未完成，因为自他之后，还没有出现过与他的水准相媲美的人来继续他的研究。当然，有些物理学家兼数学家曾经尝试过，不过最终还是由于力有不逮而放弃了。

正是斯里尼瓦桑博士在爱因斯坦尚未完成的研究中发现了线索，而且似乎找到了正确的方向。作为一名崭露头角的科学家，他发表的论文显示出了巨大的成功的希望，印度政府对此给予了应有的重视。自从那些日子以来，斯里尼瓦桑博士的安全便得到了关照，就如同总理或者总统那样。他进一步的研究工作得到了最大限度的保密。从此，斯里尼瓦桑博士就成了极为重要的人物。

正因为如此，他身患绝症并被全印度医学科学研究所收治一事也始终处于保密状态。

因此，在这次会议上达成了如下共识也就不足为奇了：“这样的天才千百年才诞生一次，人类不得不等待许久，才能碰上一位这么才智卓绝的人物。斯里尼瓦桑博士出生在我国，实在是我们福星高照。务必不惜一切代价让他活着。”

唯有齐塔莱医生——或许还有卡纳准将——才知道，要挽救一个癌症病人几乎是不可能的事，更何况癌症已经侵入了像肺这样生死攸关的器官。但他肩负的是挽救斯里尼瓦桑博士的性命这项至关重要的任务。卡纳准将早就知道，这是在要求奇迹出现，不过既然要为此负责的是齐塔莱医生，那他就正好乐得跟众人一起异口同声地大谈挽救斯里尼瓦桑博士性命的重要性了，这样还可以讨上司的欢心。

这确实让齐塔莱医生陷入了困境。“我们正付出巨大的努力，以免产生哪怕是一点点微小的失误。”他当时试着用这种话来做出含糊其词的保证，不过与会者没有一个人对此感到满意。

他自己也不满意！

过了一会儿，齐塔莱医生站了起来，去看一眼斯里尼瓦桑博士。

癌症患者有这样一种特性：在癌症发展到末期之前，在体内没有并发症的情况下，患者似乎处于正常状态。他能说话，情绪也不错。但即使斯里尼瓦桑博士看上去还算健康且心情愉快，由于他超级贵宾的身份，他还是被送进了重症监护病房，并被建议最大限度地休息。

斯里尼瓦桑博士大体上是位坦诚而直率的人，有着讨人喜欢的幽默感。齐塔莱医生认为这算是个优点，因为总体而言，一旦得知自己身患绝症，人们的精神就会开始崩溃。他首先会在心理上死亡，然后才是在身体上一病不起。另一方面，如果一个人热爱生命的话，他就会很快痊愈——当然了，前提是他所患的疾病并不致命。

斯里尼瓦桑博士正躺在床上，由于发际线后移，他本就宽阔的前额显得更宽了。发间有一绺绺雪白如阿尔卑斯山的白发，与他的年龄很相称，蓄起的胡须也已然变白。他面露倦色，却一眼就能看出与生俱来的调皮气质和翩翩风度。

当齐塔莱医生走进房间时，斯里尼瓦桑博士微笑着表示欢迎，说道：“来吧，医生，请进。你看着有点累啊。像我这样的病人确实让医生们觉得讨厌吧。医生总会躲着讨厌的人，对不对？”

齐塔莱医生发觉自己在笑，他第一次觉得松了一口气。斯里尼瓦桑博士轻松愉快的话达到了理想的效果。

“你打算宽限我多久呢？我可不会当一个冥顽不灵的佃户，执意要求太长的宽限期。”

“斯里尼瓦桑博士，我有什么资格给你宽限期呢？但愿你长命百岁，我们所有人都是这么希望的，不过当然了，不是住在这儿，也不是像这样活着！说实话，我是来请你尽快搬出这个地方的。我不希望你出院时还跟入院时一个样。回去的时候成了个健康的人才好，充满活力！”

“是啊，确实如此，我得走了。有那么多工作要做，而现在我只能待在这里，处于这种状态。”

斯里尼瓦桑博士的口气听着就像被迫与心上人分开了似的。他对他的研究工作还真是全神贯注啊。

“斯里尼瓦桑博士，这一切的原因都在于你吸烟，过度吸烟。”齐塔莱医生抱怨道。

“我能怎么办呢？不管做什么事，我都不会马马虎虎的。一旦投入其中，就会全身心地投入——无论是对女人也好，对研究也罢，或者是对抽烟，我都是这个态度。你说呢？”

齐塔莱医生开始喜欢斯里尼瓦桑博士那令人放下戒心的单纯了。闲聊的时候，他没什么架子，也几乎意识不到自己身为国际知名科学家的身份。他的行为举止简单而活泼。即便癌细胞正在一点点蚕食着他的肺，有时候他也还是会问：“眼下你觉得加瓦斯卡尔[1]怎么样？这回他该破百分了，不是吗？咱们打个赌吧！要是我输了的

1. 印度板球运动员。

话……呃，在我真的输掉以前，我可能已经翘辫子了。所以自个儿先想清楚了再跟我赌！”

齐塔莱医生目露钦佩地说：“你说我看着很紧张，对吧？我之前是觉得紧张。要知道，你被世人称为爱因斯坦第二呢。”

“哈！这不算什么。等我结束了关于统一理论的研究，人们就会开始称爱因斯坦为‘斯里尼瓦桑第一’了。”

斯里尼瓦桑的话充满了对自己智力的极端自信。事实上假如可以将自己生命中两三年的时间让给另一个人的话，此时此刻，齐塔莱医生就会欣然这么做。

但是那不可能。

“他非死不可，我没办法。”齐塔莱医生对自己说。他并没有将心里的恐惧宣之于口，但这让他觉得很惨。

他朝护士和护理员吩咐了一些必要的话，便回屋去了。

他觉得，斯里尼瓦桑博士迫在眉睫的死亡意味着他自身的失败。他心里一清二楚，就算斯里尼瓦桑果真死了，他也不会被追究责任。大家都知道，死亡是不可避免的，毫无疑问，就算是军方那些愚蠢的官员也明白这一点。他知道，自己正在打一场胜算极小的必败之仗。但他真心诚意地希望斯里尼瓦桑博士能再多活一段时间。

次日早晨，齐塔莱医生兴高采烈地跟斯里尼瓦桑博士打招呼道：“早上好啊，爱因斯坦第二。”

“早上好。”

他将一张椅子拉到病人床边，坐下来跟他聊天。其实他早就打定了主意，要跟斯里尼瓦桑博士认真地谈一谈。

“斯里尼瓦桑博士，小时候，我参加过很多回齐颂圣名的活动。在那些宗教演说中，曾经翻来覆去地讲到过‘梵’（真相）和‘摩耶’（幻相），也就是用灵魂和身体来解释存在的本质……”

“老天爷啊！你是来跟我宣讲灵性的吗？看来我的末日就快到了。我听说过，人们会让判了死刑的罪犯听《薄伽梵歌》里面的歌。这是不是跟那个差不多？”

“不是！不是！斯里尼瓦桑博士，请别误会我的意思。我是想让你变成不灭之身。我们的传统告诉我们，有七位长生不死的人。我想，这样的人还可以再多一个，不是吗？”

“好吧，好吧，说给我听听。你刚才说到齐颂圣名……”

“就是说……领颂者会问观众：‘当你说我的手、我的腿、我的心时，你指的是什么？当你说我的手时，意思就是你和你的手并不相同。你就在那里，就算你的手被毁掉了，你也并没有被毁掉。当你说我的脑袋、我的耳朵、我的眼睛时，这个第一人称单数指的是谁呢？’停顿一会儿之后，领颂者自己就会回答：‘那就是灵魂——是神圣宇宙之魂的一颗微粒’……”

“齐塔莱医生，你说的这些话你自己真的相信吗？我看，咱们俩都是科学家，而科学家还没有接受灵魂的存在。”

“没错，没错，我还没说完呢，让我先把想说的话说完。我只是拿领颂者来举个例子。我想表达的是完全不同的意思。”

“好吧，请接着说……”

“在领颂者的宣讲当中，如果把‘灵魂’这个词换成‘大脑’的话呢？”

“医生，你想说什么？”

接下来，齐塔莱医生便开始热切地向斯里尼瓦桑博士诉说自己的想法。昨晚，当他躺在床上时，他忽然冒出了这个耸人听闻的主意。他越是琢磨，这个想法就显得越是可行，越是具备实际操作的可能性……只是还没有获得过实验的证明。或许，像斯里尼瓦桑博士这样的先驱科学家注定要参与到另一项神奇理论的假设中去。他会在医学领域这次革命性的实验里充当小白鼠，不过在这一点上，征得他的事先同意绝对是有必要的。一旦这次实验取得成功，那么，斯里尼瓦桑博士就会真正地活下来。他可以继续活着，完成他的使命，揭开大自然之谜。他可以证明爱因斯坦就是“斯里尼瓦桑第一”。

齐塔莱医生说：“斯里尼瓦桑博士，我们俩都是物质方面的科学家。我之所以要用精神方面的论证来开头，是因为我想把自己的思想表达得更清晰一些。明明白白地说起来，我们所指的‘人’并不是‘灵魂’。‘人’其实相当于‘大脑’。只要这团半公斤重的棕色物质还在头颅里搏动，还在正常地发挥作用，那我们就还活着。一旦它不再运转，我们就死了。我们体内的所有器官都仅仅是为它服务的，所以，大脑在一定程度上可以被替代或改变。就算甲被填上了乙的心、丙的眼睛或者丁的肾，他也不会变成甲乙丙丁。甲还是甲。其余所有的器官就像是大脑的仆人，只是执行大脑下达的命令而已。”齐塔莱医生停顿了一下，卸下了思想当中一个巨大的包袱，他觉得如释重负。

“好吧，好吧，你用不着再跟我解释了。医疗领域我并不精通，不过我能理解你的目的是什么。”斯里尼瓦桑博士冷冷地答道。或许他已经想到了跟齐塔莱医生相同的想法。

“不是这么回事，斯里尼瓦桑博士。对于你掌握某种思想的能力，我没有丝毫的怀疑——就算仅仅是跟你提一提建议，对你来说也是种侮辱。其实我想跟你进一步讨论一下这个问题，可以吗？”

“请讲。”斯里尼瓦桑博士带着一丝让人放下戒心的微笑，说道。

“斯里尼瓦桑博士，你有一侧的肺部失去了功能，我们无法将其修复或是更换。但你的存在并不需要依赖于某个单一器官的功效。

你的大脑才是你。你受癌症影响的肺部会夺走你的身体，这个我挽救不了，但我可以挽救你的大脑，你可以以大脑的形式存在于这个世界。”

“可是你怎么会觉得这种形式的存在对我或者对世界有所帮助呢？”斯里尼瓦桑博士说。

“这一点我考虑过了。你并非实验科学家。那些基于实验基础来进行研究的人必须要用到肢体和身体器官，而你的整个研究完全是基于抽象的计算和基本的思考，对吧？当然了，在研究当中，你还会思考其他科学家提出的理论和所做的计算，但这是可以解决的。我已经跟位于德里的印度理工学院电子系的巴特纳加尔博士讨论过这个问题了。我们的眼睛具有感光性，看见的一切景象通过电波的形式传递给大脑。关于信息是如何从眼睛传递给大脑的，巴特纳加尔博士做过广泛的研究，他认为，借助于电子设备，我们就可以用人工方式向你的大脑发送电子脉冲。简单来说，就是你可以保留部分视力。而且只要你的大脑还活着，连你的思维过程也会不受阻碍地继续下去。难道你还需要什么别的吗？”

斯里尼瓦桑博士静默了片刻，然后说道：“不行，不行，齐塔莱医生，你摆在我面前的是一幅残酷的画面。你把我当成什么了？一台电脑吗！你来安排内容输入，让处理单元保持运作，这样，信息输出就可以不受阻碍。不，这我可不喜欢。我是个普通人，不是对生命中的悲欢毫不在乎的圣人。”

“等一下，这么说，你是想体验快乐吗？你想体验痛苦。即便是在你目前这种状态下，我们也可以给你愉快的感受；你无须这具身体也可以感觉到快乐。我们知道大脑中有几个中枢，可以在上面安装电极，通过它们的外部刺激，可以给你带来独特的愉悦。我们会为你安排的。”

"哈！所以你连我的快乐都要加以控制啊。就像上学的孩子们有不同的课时，分配给了不同的科目，你也会分给我一个快乐的时段。等到了那个时间，你就会说：'来吧，斯里尼瓦桑博士，现在三点钟了，到你体验快乐的时间了！'对不对？"

尽管接下来又讨论了许久，齐塔莱医生还是没能说服斯里尼瓦桑博士接受他的主意。

最后当他起身离开时，他说："斯里尼瓦桑博士，我们不会强迫你做违背你意愿的事，不过我还是建议你再好好考虑考虑。至少让大脑活下来总比同时失去身体和大脑强。"

"齐塔莱医生，请你设身处地替我想一想，告诉我，你要是我，会不会同意这样的提议。"

"是的，我会同意的。"齐塔莱医生回答道。

"齐塔莱医生，你的话并不足信。"

那天下午的例会上，齐塔莱医生向高层委员会提出了他的想法，告诉委员们斯里尼瓦桑博士拒绝接受他的提议。

卡纳准将向齐塔莱医生表示了祝贺，他说："斯里尼瓦桑博士让情况变得很麻烦。他应该知道，人们对这项研究的需要有多么迫切，这不仅是为了我们国家，也是为了全人类的利益。考虑到他目前所处的情况，不可能有比这更好的办法了。顺便说一句，齐塔莱医生，我们怎么知道斯里尼瓦桑博士已经完成了研究呢？他有可能跟我们沟通吗？"

"当然！实际上，假如不能的话，这整个实验就都没用了。可以进行安排，让他能够跟我们说话。"

"怎么做？"

"我们知道语言中枢在大脑中的确切位置。人是怎么说话的呢？

声带振动这种独特的运动产生了某种特定的声音，也就是语言。他的话被记录在大脑当中，通过控制声带运动的语言中枢来表达。如果你想表达什么，喉部就会收到信息。”

“那要是不想表达呢？”

“那声带就不会收到信息。”齐塔莱医生直截了当地说。

“如果是这种情况的话，那你的实验可能就没有多少值得夸耀的了，你所有的努力都会白费。我们是可以向斯里尼瓦桑博士的大脑提供所有必要的信息，他会在脑子里完成他的研究，他的大脑会得出统一理论。可是如果我们的行为违背了他的意愿，他可能就不会把这项理论透露给我们。我们只能指望他赞同这个主意。”克里希纳穆尔西将军插话道。

最初，就连齐塔莱医生本人也并不赞同违背斯里尼瓦桑博士本人的意愿，让他以大脑的形式活着。不过后来，这个主意成日萦绕在他心头，到了令他心驰神往的地步。这会是一次先驱性的实验，从来没有在人类身上进行过。来自克利夫兰的怀特博士曾经成功地让一只猴子的大脑活了下来，但那并非人类的大脑。一旦这项实验能够在人类的身上取得成功——再加之还是在像斯里尼瓦桑博士这样一位极具智慧的人身上——它成就的成功故事就会是双份的。世人会收获统一理论，而齐塔莱医生则会让自己在科学发展的世界里永垂不朽，甚至还能将梦寐以求的诺贝尔奖收入囊中。如今，对他来说，在斯里尼瓦桑博士身上进行这项实验已经变成了一桩绝对有必要的事情，也符合他自身的利益。

当这种想法掠过齐塔莱医生的心头时，他的眼中露出了一丝怪异的残忍光芒。齐塔莱医生劝说道：“将军，您错了！人的思维属于其个人所有的程度并不像大家以为的那么高。除此以外，人在清醒状态下没有透露的信息，在催眠状态下就会脱口而出。”

“可是，如果斯里尼瓦桑博士不肯配合的话，我们又怎么催眠他呢？催眠术也是需要整具身体的……”

“不，那也是只需要大脑就够了。我们有药物，可以使他进入一种催眠状态。假如不是这种情况，我们反倒无法使用药物了，因为颈部的血液屏障会阻止药力达到大脑。但在斯里尼瓦桑博士这种情况下，我们会消除这种屏障，这样一来，药力就可以安全地上达他的大脑。当然了……”

“当然什么？”

此时，齐塔莱医生眼中那道灭绝人性的光芒变得相当显而易见了：“大脑有两个体验快乐和痛苦的中枢。借助对体验痛苦的恐惧，我们就可以让他开口。警察依靠这种措施来逼迫罪犯招供……”

“这种办法并不是在所有人身上都那么有效。有些囚犯——尤其是政治犯——曾经成功地进行过抵抗。在我们获得独立之前的那段时期，曾经有过若干例子，英国官员们尝试过采取这种措施，结果一无所获。就连纳萨尔派分子[1]也曾经证明过这个理论没用。”

齐塔莱医生事先没有料到军方和政界领袖会对他的实验表示反对，所以他稍做犹豫，重新考虑了一下：“当然了，我会再见斯里尼瓦桑博士一面，要求他予以配合。不过，如果他拒绝配合的话，我就需要你们允许我开展实验了。既不准我进行实验，同时又要我让他活下去，这很难算得上公平吧。我请求允许我去做任何我有可能做到的事情。假设你们对赋予我这样的自由有所犹豫的话，嗯，那你们也就不必非得让我实现不可能办到的事了。这根本不合逻辑。”最后齐塔莱医生坚决地作结道。

这次会议到此为止。

---

1. 印度一支强大的反政府武装。

自从保存斯里尼瓦桑博士大脑的想法冒出来以后，齐塔莱医生已经被这个主意迷了心窍。眼下他在朝着两个方向努力：一是让斯里尼瓦桑博士同意进行实验；二是请总理准予进行实验，以防斯里尼瓦桑博士是块难啃的骨头。没过多久，这件事便传到了总理的耳朵里。

齐塔莱医生向总理保证，在研究结束之后，万一斯里尼瓦桑博士不肯心甘情愿地交出信息，那就可以借助电子设备，通过在纸上草草记下的脉冲这种形式，从他的记忆中找回他的想法和研究内容。虽然这样的保证为他赢得了总理的批准，但他却没能说服斯里尼瓦桑博士同意这项提议。

实施这场历史性外科手术的一天来临了！

斯里尼瓦桑博士的大脑被成功取出，安上了人造血管，以便为大脑提供血型相同的新鲜血液，又安排了特别的办法将污血抽出，通过血液为他提供养料和新鲜空气。在他大脑的记忆库以及其他感觉中枢内装上了特殊的电极，好为他带来愉快的感受。他的语言中枢连接到了一个人工喉上。斯里尼瓦桑博士的大脑漂浮在液体中，就像人的大脑漂浮在颅骨内那样。大脑被放置在一个圆形玻璃罩底下，通过这种特殊的处理方式来确保其处于无菌状态。通过温度调节，让斯里尼瓦桑博士以大脑的形式活了下来。

“齐塔莱医生，你终于笑到了最后。”斯里尼瓦桑博士的大脑通过人工喉说道。

齐塔莱医生高兴坏了。他说：“我很抱歉，斯里尼瓦桑博士，我不得不违背你的意愿这么做，可你也明白，我们别无选择。这项研究关系到整个人类的未来……”

“得了，得了！你用不着跟我说这些话。我不是早就知道了吗？”

“斯里尼瓦桑博士，你刚刚睡了一觉，现在我们给你个机会来细看一下你的研究材料。”

“行啊！我现在就只能干这个了，不是吗？”斯里尼瓦桑博士讽刺地问。

齐塔莱医生能够理解斯里尼瓦桑博士的怨恨，但他确信，斯里尼瓦桑博士很快就会抛开怨恨，沉浸在他的研究中了。

齐塔莱医生的想法是对的。

很快，斯里尼瓦桑博士便全神贯注地研究起来。

有一天，他终于宣布，他已经完成了该项研究，并将以公式的形式提出统一理论。

当天，贵宾们秘密聚集在全印度医学科学研究所的八楼。甚至就连总理也到场观看这项实验。

斯里尼瓦桑博士将要对统一理论进行介绍。整个场地到处都乱糟糟地摆放着扩音器，好让每一个人都能清晰地听见他的讲话，也安排了对活动过程进行同步录音。

得知所有人都已聚集在此，斯里尼瓦桑博士用平稳的声音慢吞吞地开始说道：“我知道，你们所有人都正急切地等待着听我阐述统一理论。我已经完成了我的研究，但我不愿意讲。因为就像爱因斯坦那样，即便是我也得出了这样的结论：人类尚且没有成熟到足以掌管这样的发明创造。人类会如何来运用这些发明呢？他会到处旅行，与其他文化相遇。在这么做的同时，他带着上路的是怎样的一种文化呢？在这样的文化当中，就算大自然为我们提供了充裕的食物，我们也会任凭自己的同胞挨饿，我们会剥削，会相互虐待。我们的每一种新发明都让我们变得越发残暴。这样的文化没必要传播到任何地方去，因为在我看来，人类的修养还没有达到足以接受统一理论的水平。没错，我清楚得很，我的思想已经被储存在了我大脑的记忆库里，如果我不配合的话，你们就会急不可耐地将其取出来。你们会用某种方法挖出我的思想，对不对？但你们是不会得逞的，因为这些东西会以图形的形式出现在纸上。你们也知道，对于后来发现的爱因斯坦的那些草稿，世人理不出任何头绪。世人该怎么来解读这些图形呢？要想解读的话，你们兴许只能等爱因斯坦第三，或者甚至爱因斯坦第四的出现了，到那个时候，你们已经做好了接受这种理论的准备。”

“有两件事情我想对齐塔莱医生表示感谢——首先是他让我以这种形式活了下来，可以活着开展研究，给了我一个完成研究的机会；不过我更想感谢他让我认识到了人心鬼蜮，他向我展示了一个科学家能够堕落到怎样的地步！说实话，这些帮助我做出了决定。”

从人工喉里传出的声音戛然而止了，从此再也没有响起！

（罗妍莉　译）

中国篇

中国是地球上最古老的连续文明，具有源远流长的奇幻文学历史（就像中国的几乎其他所有一切事物一样历史悠久）。事实上，中国的飞出地球的故事可以追溯到萨摩萨塔的琉善[1]之前（公元2世纪），例如《山海经》（公元前500年）、《天问》（公元前300年）、《淮南子》（公元前120年）中收录的《后羿射日》与《嫦娥奔月》——讲述的是男女主人公或从天上射落多余的太阳，或是喝下偷来的长生不老灵药后飞向月亮的神话故事。

中国古代就出现了关于机械构造的男男女女的故事。16世纪的著名小说《西游记》的主人公美猴王孙悟空能够施展超人的绝技。1904年，以章回体连载于《绣像小说》杂志的长篇小说《月球殖民地小说》标志着中国现代科幻小说的开端，这部作品讲述了地球人殖民月球的故事。但是西方风格的科幻小说直到世纪之交才被引入

1. 周作人曾按琉善的希腊语名发音将其称为“路吉阿诺斯”，并将其游历月球题材的奇幻短篇《信史》译作《真实的故事》。

中国，此时的中国刚刚经历了一系列灾难性的交战，在技术力量远远更加先进的西方列强（以及日本）面前节节败退，最终以1898年至1900年间的义和团起义遭到粉碎和中国遭到外国的势力瓜分而告终。尽管如此，正如科幻学者吴定柏所指出的那样，“年轻的知识分子把中国的落后与列强的强盛与财富一比较……禁不住羡慕其科技上取得的巨大成就”，他们发现科学小说是“激发人们对科学技术产生兴趣”的途径之一。

从那时起，中国的科幻小说就开始在政治和教育这两个世俗极端之间挣扎。这番挣扎的最早成果是凡尔纳作品的译介，因为他是将科技直接应用于人类需求的首要预言家。中国在1900年就出版了《八十日环游记》(《八十天环游世界》)，1903年出版了《月界旅行》(《从地球到月球》)，1906年出版了《地底旅行》(《地心游记》)，后两部由“中国最伟大的现代作家”鲁迅译就。在《月界旅行》的前言中，鲁迅呼吁道：“惟假小说之能力，被优孟之衣冠，则虽析理谭玄，亦能浸淫脑筋，不生厌倦。”还说道：“而独于科学小说，乃如麟角……导中国人群以进行，必自科学小说始。”

从那时起，凡尔纳的所有作品都被翻译成了中文，20世纪五六十年代还再版了一批。凡尔纳由此成为中国最知名的外国科幻作家。相比之下，H. G. 威尔斯的作品在20世纪50年代之前主要通过杂志发表，直到1980年，他的主要科幻作品才几乎都有了译本。时至今日，中国依然更偏好凡尔纳模式的，而非威尔斯模式的科幻，换句话说，就是近未来题材压倒远未来题材，即刻应用压倒长远推想，技术压倒哲学。吴定柏在《来自中国的科幻小说》(*Science Fiction from China*，1989，与帕特里克·D. 墨菲合著）的前言中写道：“作家们通常会把目光投向未来几十年，读者则似乎期待着故事当中的想象会在他们的有生之年实现。因此中国科幻小说大多描绘的是即将到来的、可预见的未来。在中国，科幻小说的主要功能在于实用价值，而非美学意义，其目的是用简练的文笔创作出有趣的故事。这些小说还会传授道德教训，往往是以告诫的形式在故事结尾明白无误地表达出来。”郑文光在《飞向人马座》（1979）的后记中写道：

> 我们歌颂科学，歌颂高度发展的科学给人类生活带来光辉的未来，歌颂劳动群众借助科学而创造出来的一切美好的事物，歌颂千百万人民为了实现四个现代化而进行的英勇斗争。

20世纪30年代，中文科幻小说开始较为频繁地出现。当代中国文学的重要人物之一老舍在1932年至1933年间发表了《猫城记》，另一位主要作家许地山则在1941年发表了《铁鱼的腮》。但是要说起这一时期专门创作科幻作品的作家，还是要数顾均正[1]，他将凡尔纳与威尔斯当成榜样，到1937年已经发表了六篇科幻短篇小说。在一本册子[2]的序言里，他这样写道：

> 在美国，科学小说差不多已能赶上侦探小说的地位。无论在书本上，在银幕上，还是在无线电台，威尔斯的关于未来战争的科学小说，都使整座城市骚动不安，纷纷逃向乡间避难。这足以说明科学小说之深入人心，也不啻于纯文学作品。那么我们能不能，并且要不要利用这一类小说来多装一点科学的东西，以普及科学教育呢？我想这工

1. 自1939年起，顾均正陆续创作了六篇科学幻想小说，发表于自行创办的《科学趣味》杂志上。其中《和平的梦》《在北极底下》《伦敦奇疫》三篇结集成册，于1940年由上海文化生活出版社出版，书名为《和平的梦》。
2. 即1940年出版的《和平的梦》，下文引用自《和平的梦》的序言。

作是可能的，而且是值得尝试的。

1949年，中华人民共和国成立之后，也采纳了科幻文学以及利用科幻针对青少年开展科学教育的目标。在20世纪50年代及60年代初，中国的科幻文学几乎都由儿童文学杂志发表或由儿童出版社出版，被中国作协接纳为会员的科幻作家也被归到下属的儿童文学委员会。郑文光于1954年开始发表作品。于止（本名叶至善）[1]在1957年创作的科幻短篇获得了儿童文学奖，肖建亨则在1962年获得同一奖项。这一时期的科幻作者还有迟叔昌、崔行健、郭以实、嵇鸿、鲁克、苏平凡、童恩正、王国忠、赵世洲等。这一时期中国的科幻文学就像世界其他地区一样蓬勃。根据吴定柏的统计，1950年至1965年期间，有60篇科幻短篇小说在中国发表。

1979年，第四次中国文学艺术工作者代表大会的召开带来了新的创作自由。1978年，童恩正的《珊瑚岛上的死光》在一家著名主流杂志上发表，并获得中国最佳短篇小说奖。接下来五年里，中国的科幻小说创作数量成倍增长：1978年32篇，1979年80篇，1980年120篇，1980年270篇，1982年约340篇。许多杂志和报纸都刊登了科幻小说，出版社也出版了大量科幻书籍，其中包括当代英美作家的翻译作品，数量可观。

刘兴诗在1962年发表了他的第一篇小说，童恩正在1960年，叶永烈在1976年，宋宜昌在1978年，魏雅华在1980年，缪士（本名稽伟）在1978年，金涛在1980年，严家其在1978年。中国的科幻作家大多是科学家或者从事科普工作，利用业余时间写作。他们中的大多数人都是1979年成立的中国科普创作协会的成员。

---

1. 叶圣陶之子，曾任中国科普作协理事长。

1983 年，针对“精神污染”的呼声再一次打击了科幻小说在中国的声誉，原本就不高的科幻作品产量更加萎缩。然而随着杨潇[1]主编的科幻杂志《科幻世界》的创刊，世界科幻大会于 1991 年在成都以及 1997 年在北京召开，新的科幻作家不断涌现，再加上主流作家偶尔也会创作科幻题材作品，科幻文学又悄然回到了中国。在中国台湾，计算机科学家张系国（在美国匹兹堡大学任教）创办了《幻象》杂志。中国台湾最著名的科幻作家是黄海。倪匡在中国香港出版了大量科幻作品，虽然他主要走的是“剑与魔法”的路线。

1979 年，作为来上海的客座教授，菲利普·史密斯（Philip Smith）开设了一门科幻课程，并引荐了几位中国作家加入了世界科幻协会。此后，其他科幻课程也纷纷在中国涌现，中文科幻被翻译成了德文、法文与英文。中国科幻小说研究协会于 1980 年成立，众多英美科幻作家和教师都曾来华访问。两位中国科幻教师吴定柏和郭建中曾经在堪萨斯大学参加了科幻教学英语集中培训班（Intensive English Institute on the Teaching of Science Fiction）。詹姆斯·冈恩基于科幻历史所著的丛书“科幻之路”的前五卷已由郭建中为首的小组翻译成了中文。

（万年看客　译）

1.《科幻世界》杂志社首任社长及主编，2019 年获中国科幻银河奖终身成就奖。

中国的科幻先驱

中国第一部现代科幻小说的作者郑文光于1929年出生于越南海防，并在越南生活到18岁。被迫辍学的他曾当过小学教师，也在工厂里当过学徒，1947年归国，考入中山大学天文学专业。

1949年至1950年，他在香港培侨中学任教，同时担任《新少年》月刊主编。这一时期他开始在两家日报[1]上发表政治散文和讽刺诗。他曾任中国科普作家协会与中国科普出版社的编辑，以及《科学大众》杂志副主编。后来他成了中国作协成员，自1957年起任《文艺报》与《新观察》杂志记者，后被聘用为中国科学院北京天文台研究员。

1953年，郑文光发表了被视为新中国第一篇科幻小说的《从地球到火星》。他最著名的小说是《飞向人马座》(1979)。其他长篇小说有《第二个月亮》(1954)、《寻找太阳》(1955)、《海姑娘》(1979)、《鲨鱼侦察兵》(1979)、《大洋深处》(1981)、《古庙奇人》(1981)、《神翼》(1982)、《战神的后裔》(1984)，以及几卷本的短篇小说集。

(万年看客　译)

1.《大公报》和《文汇报》。

地球的镜像

［中国］郑文光

一

远远望去，这个星球是黄色的，就像一只柠檬浮现在紫黑色天鹅绒般的宇宙空间。因此，“探索号”上的宇航员们以为它的上面只是一片裸露的沙漠。当宇宙飞船接近它时，才发觉到，这个星球有一层稠密的、黄色的大气，微微发绿的云块就像一个个岛屿那样，飘浮在大气的海洋之上。

宇航员小心地勘察着这个寂静的星球。他们很快就发现，大气层的主要成分是氧——这就是说，可供人类呼吸；这儿的河水也可以饮用。不过，虽然星球上到处是郁郁葱葱的植物，却并没有发现飞禽走兽，更没有高级的文明。只有在最后，他们攀上了云霞掩映的高山，才发现隐隐约约露出一些宫殿式建筑的飞檐和角塔，但是阒无人迹。

作为在银河系中巡航的宇宙飞船，“探索号”飞走了。宇航员们建议，第二批到来的人当中，应该包括一位宇宙考古学家。

崔一宁就这样地，于三年半之后，乘坐“百花号”在这个柠檬般的星球上着陆——这个星球，第一批宇航员称之为“乌伊齐德”。

二

“喂，老崔，你知道它为什么叫作乌伊齐德吗？”“百花号”的船长，年轻的生物物理学家令狐申喊道。他们已经踏上了那富于弹性的草地。两个女宇航员却还在舷梯上，东张西望，察看着陌生的星球上瑰丽而醉人的风光。

崔一宁回过头来，迟疑地摇了摇头。

“你把这几个字母倒过来念——对，Diqiu——Uiqid，意思很清楚：地球的镜像。”

崔一宁好奇地环视着火箭四周的自然景色。他们降落在一片苍茫无际的草原上。草的颜色是品红的——虽然有些斑驳，但是品红色的基调使得大地像是着了火。远处，波光粼粼的，大概是一个湖泊？不过湖水却不是蓝色的，而是像绍兴花雕一样，泛着明亮的黄色。更远的地方，有一片青色的、连绵起伏的山。宇宙飞船的那一侧，有一片稀稀疏疏的树林子，好像杨树的那种乔木长得十分高大，不过树干是棕色的，而叶子却像玫瑰花一样红，香山静宜园的红叶远远赶不上这些叶子的火辣辣的美丽。

“我可看不出这儿与地球有什么相似的地方。”崔一宁咕哝道。

“真的吗？”令狐申快活地说，“叫你的夫人来看看。喂，杜英玲！”

叫作杜英玲的女宇航员是一位纤瘦、举止敏捷而秀气的女人，她的职业是地质学家兼摄影师——宇航员们都得接受两个以上的专业训练。她站在丈夫身边激动地察看着这片陌生的土地。忽然，她抓住崔一宁的手，嗫嚅道：

“补……色……”

令狐申得意地笑了，又把聪明的眼神投到第二个女宇航员、他的未婚妻子古明慧的脸上。化学家兼医生古明慧的一双妩媚的大眼睛一眨也不眨地被这色彩斑斓的自然景观强烈吸引住了。

令狐申迅速地抓过挎在杜英玲肩上的照相机，也不对准什么目标，立刻揿动了快门。五秒钟之后，冲洗好的照片——彩色负片从暗盒中退出来了。令狐申捡起照片，迎着亮光，刚投上一瞥，便大声喊起来：

“可不！就跟在十三陵或者西山拍的照片差不离儿……”

由于光学上的补色原理，乌伊齐德上用彩色负片拍的照片，竟和地球上用彩色反转片拍得的照片十分相似，这点深深激动着宇航员们。

“真是……镜像……”崔一宁喘着气说。

“瞧吧，我们会发现乌伊齐德人的，像你我一样，只是浑身上下，一片蓝色……”令狐申狡猾地眨着眼，嚷着，他很快又钻到飞船肚子里，开出一辆气垫车来。

“你真相信，有蓝色的人吗？”一直不曾开过口的古明慧问。她年轻，漂亮，一双大眼睛就像两爿深深的湖——当然是地球上的湖。

“我相信……一切都相信！”令狐申快乐地说，摊开一只手，“请吧，地球使者们，我们是宇宙空间的爱丽丝，对吗？”

他们一个个跨进气垫车。杜英玲想，可不，他们就像爱丽丝一样，来到镜中世界——不过这是一个实实在在的世界，而不是英国小姑娘爱丽丝的梦境……

三

气垫车时速为180千米。他们开上这片不很陡峭的山地，费了四个半小时——当然是按照他们手腕上佩戴的、地球的手表。这期间，乌伊齐德上空的太阳几乎一点儿也未曾移动过，这颗星球的白昼一定是非常长的。

他们停下来休息了两次，吃点东西，拍些照片，采集点岩石和植物标本。的确，他们一次也没有遇到过哪怕一只昆虫，甚至一个昆虫的躯壳。看来，第一批宇航员的估计是正确的——乌伊齐德上没有动物。但是，那些飞檐和角塔又是什么生物建造的呢？

他们按照第一批宇航员绘制的地图去找寻据说的高大的宫殿式建筑，又白白浪费了两个小时。地图没有错，山、湖泊、树林子，方位都一样，只是……

“也许，是他们的幻觉，”崔一宁喃喃说，“就像地球上的海市蜃楼……”

令狐申轻轻地摇着头。作为生物物理学家，他很清楚，在一个自然条件跟地球如此相似的星球上，生命发展的进程应该是差不多的。乌伊齐德的什么地方，一定有动物，有人——当然，形体、颜色、生活方式都不一样，但是，毕竟是有理性、有感情、会创造文明的生物……

唯一的解释是：在这三年半的期间，乌伊齐德上发生了重大的变故。

但是，断壁、残垣，一点儿痕迹都没有。难道真是海市蜃楼吗？不，就是海市蜃楼，那也不是毫无依据的幻觉，海市蜃楼仍然是实际的影像，不过是……歪曲了的影像。

气垫车猛烈地喷着气，继续爬坡。他们要登上最高的山峰。这座山，在第一批宇航员绘制的地图上，叫安娜鲁穆支峰，这又是珠穆朗玛峰的反写。不过它并没有地球上的珠穆朗玛峰那么高峻。此外，它也不是白雪皑皑的，而是披上一层威严的黑色。

一个巨大的火山口张开在他们面前。

“也许火山爆发，把宫殿摧毁了？”古明慧说，她的声音像银铃一样悦耳动听。乌伊齐德着陆以后，由于大气中富含氧气，她的脸色出奇地红润和鲜亮。令狐申每看她一眼，都感到一阵心跳。

地质学家杜英玲摇摇头。只有三年半的岁月，什么样的火山爆发，能够不留一点儿痕迹？她用带点儿疑问的眼光看着丈夫。崔一宁正以考古学家的精明的目光观察着火山口；然后果断地说：

“我得钻进去——里面曲曲折折，气垫车怕不行吧？令狐，咱俩？”

“我们都进去。”杜英玲庄严地说。她立刻从气垫车上拿下一盘细细的，但是非常坚韧的玻璃钢索具。

四个人身上都背着小型喷气发动机——这是为了往上爬时帮助一下体力，然后他们攀着绳索鱼贯而下。弯弯曲曲的火山通道提供了天然的阶梯。他们只休息了一次，喝了点水，就到了火山底部。令狐申看了看手表，他们只费了一小时又十分钟。

“这边，”崔一宁用一种压抑的激动的声音说，“那儿有亮光。”

的确，一种神秘的光从熔岩壁上反射出来——一种场致发光现象。淡淡的，宛如紫色的轻烟，把火山底部照亮了。这是一个奇幻得有如童话的世界，杜英玲紧紧攥住丈夫的手。古明慧依傍着令狐申，后者则一动也不敢动。他只听见自己的心跳——就像非洲的战鼓一样。

“这儿有通道，”崔一宁靠近令狐申，轻轻说，“我们进去看看？”

他们又鱼贯地穿过那条只能容一个人的甬道，十几分钟以后，便来到一个很大的洞窟。从拱形的顶部，投射出一种若隐若现的微光。洞窟的四壁很平滑，好像是人工修整过的，在它的一侧，甚至还有几扇门。

四个人就站在其中一扇门的面前。乌伊齐德上有理性的生物，是不是就要跟地球使者会面呢？他们屏息敛气，用眼神互相商量着，每个人的眼神都是惶惑不安的。门，不是木头制的，好像是一种不透明的黑色的有机玻璃。门，也像中国古代建筑的大门一样，一排排、一列列嵌镶着突出的门钉，不过要小一些，密一些。

令狐申伸出手，摸了一个门钉。啊……他惊呆了，张大了嘴。

这一切都是突如其来的：洞窟消失了，他们面前竟是无边无际的大海，蓝色的、荒凉的大海，涌起滔滔白浪；接着，海上出现了巨大的张着满帆的楼船，一艘、两艘、三艘……

波浪向宇航员们袭来的一瞬间，古明慧惊叫了一下，令狐申立刻扶住了她。他是首先醒悟过来的人。他用低低的、但是果断的声音说：

“别动，这不过是……全息电影！”

真的，十分逼真的图景，却没有声音：海的吼叫，船上的喧闹的生活——正有一些穿着明代战士装束的人在船上走来走去哩。但是宇航员们除了自己的心跳，什么也没有听见。

然后，在一艘高大的楼船甲板上，出现了一群人。这艘楼船驶近了——不，不是驶近，是电影镜头拉近了。一个高大魁梧、面白无须的人立在船上，离宇航员们似乎只有十步之遥。他的嘴翕张着，在说些什么，却一句话也听不见——转眼间，海面上露出一条蓝鲸的背脊，像喷泉一样的水柱，蓝鲸的尾巴拍打着海水，不久又消失了。

“这是……”崔一宁在他妻子耳朵边上悄悄说，“这是郑和下西洋……”

大家恍然大悟了：这当然是地球的镜头，海水、船、鲸鱼、人物……那个人，就是声名赫赫的三宝太监郑和，虽然谁也没看见过他的照片，但这是毋容置疑的。场景是这么真实！宇航员们却一点儿也不曾想到：为什么反映地球上 15 世纪的历史事件的全息电影竟然会在一个陌生的星球上放映出来……

船消失了，海消失了，四面依然是空旷旷的、被淡淡的神秘光源照亮的洞窟。宇航员们这才从白日梦中醒过来，他们谁也不想说话。

“我是不是再揿一个别的门钉？”令狐申怯生生地说，目光从三个伙伴身上掠过。他还是称之为“门钉”，但实际上，他已确凿无疑地弄明白了：这是放映全息电影的一个个按钮。

没有人回答。令狐申把哆哆嗦嗦的手又伸向另一颗“门钉”，他自己立刻又惊得往旁边一跳。

眼前是残酷的战争和屠杀。不，不是在战场上，而是在院落里一身甲胄的战士向着宫装的女子举起明晃晃的战刀；血，像喷泉一样……突然间，什么地方着火了，火势迅速蔓延，转眼间就充溢了整个空间，他们没有听见喊叫，也没感觉到火的灼热，但是四个人的心都在战栗。啊，火光中隐隐约约的，不是雕梁画栋，亭台楼阁？

“火烧……阿房……宫。”崔一宁结结巴巴地说。谁知道他猜得正确不正确呢？不过，作为考古学家，他已经看清楚，甲胄、宫装、兵器，都是秦代的款式。

令狐申没有再征求意见，立刻又揿了另一个按钮，啊，这回谁也不用怀疑了：竟是几十个胳膊上缚红布条的少年齐刷刷地站在那儿，向看不清楚的一个什么地方，接二连三地挥舞着一本本红色封面的小书；然后又是另一伙同样年龄的少年扑向他们；转瞬之间，皮鞭飞舞，刀光闪闪，砖头乱飞，一场混乱的搏斗；一个小伙子，额角滴着血，脸上在抽搐，一双眼睛失神地瞅着宇航员们……

崔一宁大口大口地喘着气，他摇晃了一下，倒在地上。

“一宁！”杜英玲尖声叫着。令狐申和古明慧七手八脚地把崔一宁扶起来，只见他嘴里不停地喃喃自语：“我可怜的哥哥啊……”

20 世纪的一场愚昧而野蛮的武斗，崔一宁那个在武斗中伤重致死的哥哥的形象，竟然出现在这陌生的星球上，真是不可思议的怪事！现在，每个宇航员心里都明白：这些是全息电影，并不是摄影棚里拍摄的，而是历史的实录，是在地球上的现场拍下来的！

但是，谁拍下的这些镜头？谁又把它们运送到若干光年以外的这个乌伊齐德星球上，贮存在洞窟中呢？而且，而且……

在火烧阿房宫或郑和下西洋时代，地球上根本还没有发明电影，更不用说全息电影了。

这些念头使宇航员们深深感到惶惑而迷乱，他们都是科学家，他们不相信神力，也不相信奇迹，可是……如果不用神力或奇迹，这一切，又该怎样解释？

他们面面相觑，呆若木鸡。

四

过了半个钟头，崔一宁才恢复了平静，他对三个伙伴说：

“这里一定贮存了地球上若干历史场面的全息影片。怎么拍的？我想，答案的钥匙一定也在这里。我们把按钮一个个揿过去吧？”

“我可不愿再看那些残酷的屠杀场面了。”古明慧的声音还带着明显的战栗。

“并不总是战争和武斗的。”令狐申安慰她说，“我们也许会看到一些有趣的场面，例如唐明皇的歌舞伎演出霓裳羽衣舞，或者哪一个朝代的宫廷宴会，或者结婚大典，诸如此类叫人高兴的事情……这就像看电视一样，不爱看的可以快些拧过去。”

全息电影一个镜头一个镜头掠过去。虽然不全是战争，却也没有令狐申所设想的那些喜庆场面，大多数镜头是普通的。单调而贫困的古代乡村生活，在激流中奋斗的小艇的大特写，人和野兽的搏斗，大雷雨中瑟缩地战栗着的渔人……崔一宁认真地、细细地看着，对于一个考古学家来说，有什么东西比看见复活了的古代历史画面更珍贵呐？在别的人看来全都是一样的衣服、器皿、工具、房屋式样……他却能分辨得出是盛唐或晚唐的，是南朝或北朝的，是汉族或少数民族的，仿佛这个不知名的摄影师存心拍摄各个朝代、各个地区、各种不同生活的镜头……

有一个画面，是求雨：脱得赤条条的人扮作旱魃，在烈日下跳舞。望着那些被干渴和疲乏折磨得面黄肌瘦、筋骨裸露的人，古明慧转过脸去，小声对杜英玲说：

“这就好像把我们放在兽笼子里让人参观一样。”

崔一宁一震。他又听见杜英玲说：

“看来，宇宙人几千年来一直在观察、研究我们……可是，为什么只有中国的镜头？地球上的别的地方，那么多国家，宇宙人都没有看见？”

“唔，”虽然声音很低，却仍然听得出令狐申的快活腔调，“一定是我们中国这个舞台演出的戏最好看——在宇宙人眼里看来……”

崔一宁又一震。他这个考古学家从来不曾想过这些问题，如果地球以外的理性生物要研究地球历史，他们将要怎样做？自然，这些镜头，未必是经过精心选择的——就像人们去参观笼子里的动物，未必总是选它最威武、最美丽、最生气勃勃的一瞬间……

人类研究自己的历史，能够这样客观、这样头脑清醒、这样铁面无私吗？我们是不是总在有意无意地给历史做些打扮和修饰？而当我们看见别人给我们拍下的历史镜头时，就像在镜子中看见自己赤身露体、满身疮疤一样……

突然间，令狐申喊起来："看呐，飞碟！"

真的，是地球上蓝澄澄的天空，一个发着荧荧绿光的东西迅速掠过去，它就像两只扣合在一起的碟子一样。"飞碟！"是的，古代的镜头。为什么不可能是飞碟拍摄的呢？如果外星人要研究地球，这可是最聪明、最直截了当的办法……

看来，在这个乌伊齐德星球上，至少几千年前，已经发展了高度的文明，而且，他们一直注视着遥远的地球上发生的一切。

而在地球派出使者到达这个星球的时候……

这样的画面真的出现了：在乌伊齐德上，黄澄澄的天空和火烧一样的大地，一眼就可以看出跟地球景色大不一样。"探索号"宇宙飞船降落了，走出了第一批宇航员……

崔一宁猛地抓住令狐申的手。

"我明白了！"他的声音透着一种突如其来的激动，"他们从第一批宇航员中认出了中国人，因此，他们把几千年间摄制的有关中国的电影准备好了，等着我们来看……"

令狐申赞许地点点头，他又揿下一个按钮。

这是在乌伊齐德的山上，就在刚才他们进来的火山口旁边，一座奇特的华丽的宫殿，走出几个……啊，蓝色的人！看，他们转过身子来了，脸朝着宇航员们，眼睛大而深邃，额角高高的，脸上挂着谜一样的笑容，蓝色的皮肤晶莹光洁。他们挥挥手，不知咕噜些什么，然后进入宫殿旁边一架待命出发的宇宙飞船里面。蓦然间，飞船起飞了，发射架倒下，这一刹那，宫殿也坍塌了，化为灰烬……

画面，消逝了。在宁静的、始终笼罩着一片紫色微光的洞窟中，只听见四个人沉重的呼吸声。

过了好大一会儿工夫，令狐申才说——带点儿忧伤的调子：

“他们走了，到别的星球去了，他们不愿意和我们相会……”

“为什么？”古明慧小声——非常小声地问。

“也许，他们了解我们，比我们自己更清楚。”崔一宁意味深长地说。

“难道，”杜英玲急促地说，“宇宙间各个星球上的人类不能友好地交往吗？”

崔一宁沉重地摇了摇头。

“他们跟我们不是一个文明阶段的人。当我们还在焚书坑儒的时候，他们就掌握了激光全息摄影技术和在空间中远距离传送讯息的方法。他们至少比我们早发展了几千年。在他们眼里，我们还是野蛮人。他们凭什么相信这些野蛮人不会举起机关枪，驾驶坦克车，或者用什么火枪、长矛、砍刀、砖头来对付他们？……”

“我们呢？”令狐申冷笑说，“我们相信自己吗？”

“但是，”杜英玲又说，“如果他们的文明比地球人早了几千年，他们还怕什么坦克车和机关枪呢？”

她的丈夫立刻回答道：“噢，历史上并不总是先进文明取得胜利的，成吉思汗就是一个例子，他的落后的游牧部落扫荡了亚欧两洲一切繁荣的文化……”

“现在，我也明白了。”令狐申的聪明的眼珠闪着光，“为什么这颗星球上没有动物？乌伊齐德人把它们全撤走了，他们是现代的诺亚……”

“难道我们地球人真像洪水那么可怕？”古明慧伤心地说。

“当然，地球人跟地球人也不一样。我们大家都明白，对于有些地球人，最恰当的比喻是——洪水猛兽。”崔一宁一字一顿地说。

五

后来宇航员们在各个星球上，都没有找到移居出去的乌伊齐德人。

当然，这不是说，他们像超新星一样爆炸了，或者像辐射一样消失了。他们只是到达了我们到达不了的角落。不是吗？人类无论怎样向宇宙进军，永远也不能穷尽这个丰富多彩的、无边无际的、神奇莫测的宇宙！

1980年10月

中国的职业科幻作家

中国最著名的科幻作家可能是叶永烈了。他于1940年出生在浙江南部的港口城市温州，11岁开始发表诗歌，20岁时出版了自己的第一本书，1963年毕业于北京大学。

叶永烈的早期创作专攻科幻小说，尤其是“小灵通”系列小说。《小灵通漫游未来》（1978）获得了第三届全国儿童文学奖一等奖。这一时期他还创作了以“中国的福尔摩斯”金明为主角的科幻侦探系列小说，代表作是《黑影》（1981）。其他长篇小说有《丢了鼻子以后》（1979）、《飞向冥王星的人》（1979）、《世界最高峰的奇迹》（1979）、《未来世界漫游记》（1979）、《碧岛谍影》（1980）、《乔装打扮》（1980）、《神秘衣》（1980）、《暗斗》（1981）、《国宝奇案》（1981）、《秘密纵队》（1981）、《球场外的间谍案》（1981）等，还有许多其他作品，包括最近的《耳中人》（1994）。他已出版了多部短篇小说集，并编辑了多部科幻选集。

（万年看客　译）

腐蚀

[中国]叶永烈

一

一架雪白的直升机，机身上漆着巨大的红十字，正在中国西北部的大沙漠上空匆匆飞行。飞机离地面只有四五百米。

机舱里，人们穿着白大褂，戴着白帽子，神情严峻。除了发动机发出单调的轰鸣声外，人们沉默不语。

半球形的舷窗玻璃像金鱼眼般突出在舱外，一位姑娘抻长脖子，正透过玻璃细细地察看着脚下的大地。沙漠，无边无涯的沙漠，有的看上去像木纹，有的像一大张平整的砂纸。盛夏的烈日喷射着明亮的光芒，在沙漠上可以看到一个清晰的移动着的黑点——直升机的影子。姑娘那对黑宝石般的大眼睛一直望着窗外，充满青春的活力。她的脸色红润，鼻子小巧挺直，嘴唇微微噘起，显得十分自信。白帽下，露出一绺棕黄色的烫发。

此刻，她双眉紧蹙，无心欣赏窗外的沙漠景象，而在那里搜寻着什么。

突然，姑娘像哥伦布发现新大陆似的，大叫起来："在那里！

在那里！”也就在这时，坐在机舱左边的另外几个人，也不约而同地喊了起来。姑娘发现了什么？在直升机左前方，那浅黄色的沙漠上有一团醒目的红白相间的东西，旁边，斜卧着一只黑褐色的锥形物体。直升机朝左前方飞去，姑娘又大声说道：“是降落伞！是‘银星号’！”“银星号”飞船是中国发射的，它在太空中做了漫长的遨游之后，坠落在大沙漠上。飞船中载有一名宇航员。不知什么原因，在归途中，宇航员与地面站失去了联系。这意味着他发生了意外。直升机降落在离“银星号”飞船一百多米的地方。降落时，螺旋桨像巨大的风扇，搅起弥天黄沙，弄得天昏地暗。机舱里开放着冷气。当舱门一开，一股炙人的热浪立即扑面而来。人们戴上墨镜，在松软的沙漠上一脚低、一脚高地奔跑着。每踩下一脚，都立即扬起一股尘沙。走在最前面的是宇航救护队队长。他来到指令舱前，十分熟练地打开了舱门。这时，姑娘和几位救护队员都气喘吁吁地赶到了。他们朝里一瞧，一股刺鼻的蒜臭味直蹿脑门。宇航员穿着宇航服，歪着身子，斜躺在指令舱的角落里。头盔、宇航椅都已经碎裂。显然，宇航员早已不幸地被死神夺去了生命。

队长爬进舱里。当他的脚一踩进去，就几乎惊叫起来：地板变得像沙漠般软绵绵的，一脚下去就踏出一个深深的凹坑，扬起一股细尘！舱里凌乱不堪。队长随手拿起宇航椅的坐垫，谁知就像豆腐似的松散，裂成许多碎屑从手中掉了下去。队长走向宇航员，他的手一碰宇航服，宇航服竟然马上被碰破一个大洞。要知道，宇航服是用十多层坚固的合成纤维做成的，如今却变得像草纸做成的一样！

“腐蚀！腐蚀！遭到了极为严重的腐蚀！”队长做出了这样的判断。他退向舱门，正好踩在姑娘的脚上。原来，姑娘也爬进舱里，忍着奇臭，蹲在地上拾取碎屑，装入样品瓶……

二

无线电波把来自大沙漠这令人震惊的信息，迅速地传递到中国宇航中心的总指挥部。

“‘银星号’内部遭到严重腐蚀，原因不明。宇航员早已遇难。”这短短的电文像一颗猛烈的炸弹，在总指挥部爆炸了。是啊，自从1957年10月4日人类第一次征服太空以来，从未发生过这样的事情！是啊，中国的宇宙飞船曾多次访问各个星球，也从未发生过这样的事情！

总指挥部立即召开了紧急会议。

腐蚀？腐蚀？严重腐蚀？特别是“内部遭到严重腐蚀”，令人百思不得其解。宇航材料专家手持电文，两道浓眉几乎拧在一起，自言自语道：“跟‘银星号’一样的飞船，不知道在太空中飞行过多少次，从来没有发生过‘内部遭到严重腐蚀’的呀！”

尽管原因不明，总指挥部仍然做出了决定：宇航救护队立即返航——因为宇航员已经遇难。

队长把“银星号”指令舱的舱门重新关上，迈着沉重的步伐走向直升机，准备让全队返航。

这时，姑娘却突然要队长把返航时间推迟半小时。

“请允许我用半小时时间，把腐蚀的原因查一下。”

飞机的舱门敞开着。姑娘闷在火炉般的机舱里，正在用显微镜观察着从“银星号”上取到的样品。队长虎彪彪地站在旁边，用急切的目光注视着姑娘的一举一动。

姑娘叫李丽，大学微生物专业的毕业生。她眯着一只眼，睁着一只眼，屏气敛息地专心观察着。

一刻钟过去了，驾驶员跳上了座位，准备起飞。

“怎么样？”队长又问道。

“再给我五分钟。”李丽连头也不抬，答道。

五分钟终于过去了，李丽霍地站了起来。她的神情非常严肃，一字一顿地说道：“韩队长，我们不能返航！”

“为什么？”

“你看看。”

队长蹲了下来，把眼睛凑近显微镜的目镜，在他的视野中，蓦地出现了许许多多呈“X”形的鲜黄色的小东西，还在不停地蠕动着。

“这是什么？”

“这……连我也无法说清楚。”李丽说道，“这是一种地球上没有出现过的微生物，可能是从太空中带来的。据我推测，‘银星号’就是被它腐蚀掉的。这是一种腐蚀力非常强的微生物。如果确实是这样，我们就不能返航——因为我们的救护队员、我们的飞机，都沾染了它。我们飞到哪里，就会把它带到哪里，把那里的一切都毁灭！”

队长没有马上答话，他又把眼睛凑近目镜。过了一会儿，他猛然抬头，对已经坐在那里做起飞准备的驾驶员大声说道：“推迟起飞！”

队长召开了全队紧急会议。李丽的话，使队员们都感到意外。

“队长同志……”驾驶员说道，“李丽同志的意见，我同意。如果确实是从太空来了一种可怕的微生物，我们的飞机绝不能带着它到处飞行，污染祖国，污染地球。不过，现在正是中午。根据我的经验，在沙漠里，几乎每天下午三点钟之后都要起风，到了傍晚便飞沙走石。这里一马平川，无遮无挡，狂风会摧毁飞机的！”

“即使明知飞机被摧毁，我们也不能动身返航！”队长刚说完，就觉得浑身发冷。在热浪滚滚的沙漠上，这位关东大汉居然冷得发抖，上下牙齿磕碰起来。

“队长可能感染了太空微生物——烈性腐蚀菌！”李丽做出了这样的判断。正当李丽打算弯腰扶起队长，忽然觉得自己的手也在发抖！顿时，李丽一点也不觉得热，反而一股寒气从脚底蹿向脑门。李丽深知自己也受了感染。她推开了试图搀扶她的队员，赶紧从衣袋里掏出笔记本，用颤抖的手写下这样的话：

总指挥部，请立即转告杜微老师，我在“银星号”内查出来自太空的烈性腐蚀菌，鲜黄色，X形，从未见过。全队受感染，无法返回。请不要组织营救，以防烈性腐蚀菌扩散。

李丽

李丽写完，吃力地撕下笔记，抖抖索索地递给发报员。此刻，她已精疲力竭，倒在火辣辣的沙漠上，居然一点也不觉得烫。就在发报员发报的时候，李丽猛然间又记起什么，咬紧牙关挣扎起来，在笔记本上补写了一行字：

烈性腐蚀菌似乎不能腐蚀飞船外壳——金属钛。

李丽写毕，像虾似的蜷曲着身体，即使用双手紧抱脑袋，依然冷得全身直打寒战。发报员的手也开始发抖。他意识到，生命已经非常有限。他伸手拿起李丽补充的几句话，准确无误地发了出去，刚发完，已经没有力气接收总指挥部的回电了。

无线电波在沙漠上空嘶哑地呼叫着，然而，救护队员一个个倒在沙漠上，蜷曲着，颤抖着，没人理会远方的呼唤。

渐渐起风了。风越来越大，裹挟着沙粒漫天飞舞。一阵狂风袭来，吹断了直升机的螺旋桨。

紧接着，势头更大的一阵狂风，猛地推倒了直升机……

三

就在李丽生死攸关的时刻，杜微却正在葡萄架下一边喝着龙井绿茶，一边下围棋。

杜微，瘦小的老头儿，五短身材，花白的小平头，一点也没有教授的派头。他的眼睛右大左小，左眼角有很深的鱼尾纹，据说这是一种“职业特征”——长期眯着左眼看显微镜所造成的。杜微是国内首屈一指的微生物专家，曾给李丽上过课。

他的对手是个三十来岁的青年，身材像绿豆芽似的，又高又细。大抵由于脸色白净，两颊瘦削，眼珠像围棋黑子似的，显得又大又黑又明亮，一望便知是一个绝顶聪明的人。他穿着长裤、长袖衬衫，手中的折扇不停地挥摇着。他叫王璁，外号“小白脸”，杜微的得意高足。

就在这时，响起了急匆匆的脚步声。杜师母领着一个年轻人来了。这个青年中等个子，三十来岁，国字脸，粗眉大眼，嘴唇显得有点厚。他穿着短袖衬衫，短西装裤，露出黝黑、发达的肌肉。他叫方爽，是杜微的另一位助手。

“杜老师，系里刚收到的加急电报。”方爽说着，把电报递给了杜微。王璁见方爽满头大汗，马上把手中的折扇递给了他。杜微拆看了电报，眉间皱起了像幕布的褶皱般的竖纹。

“太疏忽了！”杜微长叹了一口气。他记得，在宇宙航行初期，他的老师和另几位微生物学家曾预言过，在太空中，在其他星球上，可能存在着某些可怕的微生物。那时候宇航员天外归来，总是要用“碘氢氧化钠”之类的消毒剂严格消毒。后来，经过多次宇宙航行，从未遇上什么“可怕的微生物”，人们大意起来，取消了消毒手续，宇宙飞船上也撤掉了消毒设施，很多人甚至嘲笑杜微的老师是杞人忧天！杜微的老师虽然早已成为故人，但他的真知灼见如今却被事实所证明。不过，不幸中的万幸，“银星号”是坠落在沙漠上，烈性腐蚀菌在极度干旱的环境里难以迅速繁殖、扩散。如果飞船坠落在大海里，那这小小的天外怪物将吞噬地球，变万物为齑粉……杜微把李丽的电报递给两位助手。

方爽看了电报，这位习惯于未开口先笑的人，脸色变得呆滞起来，肌肉仿佛僵化了似的。方爽已是讲师，也曾教过李丽。此刻，他的脑海中闪现出这位爽朗而又执着的姑娘的形象。他仿佛看到，一朵含苞待放的鲜花，在火辣辣的沙漠上干枯了，焦萎了，凋谢了。他的心，像灌了铅似的，变得异常沉重。

王璁看了电报，脸色惨白，双眼变得无神。他同样曾教过李丽，这位迷人而又聪颖的姑娘，让他另眼相看。即便是李丽毕业后，他们之间依然有书信来往。如今，这份突如其来的电报，给王璁迎头泼了一盆冷水，顿时也使他感到浑身发冷。他仿佛看到，李丽倒在沙漠之中，狂风夹带着弥天黄沙，正倾泻在她的遗体上，把她深深地埋掉……沉默了一会儿，杜微用缓慢而严肃的语调，说出了自己的意见：“这是一个关系到全人类安危的重大问题。我马上飞往宇航中心，然后赶往现场。

“我认为，必须建立专门的实验室，深入地研究这种天外微生物，而实验室必须建立在沙漠深处，以防烈性腐蚀菌扩散。

“我要亲自去那里建立实验室，从事研究。不过，我已经年老体弱，希望你们两人之中去一个，和我一起工作。这一去，恐怕要在沙漠里‘隔离’三年五载。谁去谁留，我想听听你们的意见。”杜微说完，用期待的目光望着王璁。在老教授的心目中，论才华，王璁在方爽之上。面临着如此重大的研究课题，他当然希望带最得力的助手去。

“我去！”方爽快人快语，抢先答道。

“由老师决定吧！”过了一会儿，王璁答道，“去是工作，留下来也是工作。我不论去留，都可以。”

“好，等我向杨校长请示以后再定。”杜微说道。

四

五年过去了。

杜微和方爽过着与世隔绝的生活，在茫茫沙海之中，度过了五个春秋。

五年前，杜微和方爽坐着直升机，在“银星号”坠落点上空款款低飞，亲眼看到许多穿白大褂的人蜷曲着身体，倒毙在黄沙上，有的遗体已被黄沙埋掉了一半。他们俩的视线模糊了。泪水沿着杜微眼角深深的皱纹滚了下来，轻易不挥泪的方爽，也止不住热泪纵横。

直升机继续向前飞行，杜微选中了沙漠中心作为实验基地。直升机一次次在那里降落，宇航中心调派了一批年轻人，在几天之内，就建造起一座实验室。实验室一半埋在地下，一半露出地面，整体是圆形的，看上去像座碉堡。

实验室银光闪闪，四壁、天花板、地板、器具，绝大部分都是用金属钛做的。钛，是一种具有英雄气概的金属，银亮、轻盈、坚固。在化学上，大名鼎鼎的强腐蚀剂“王水”能够吞噬白银、黄金，甚至把号称“不锈”的不锈钢侵蚀，使之变得锈迹斑驳，面目全非。然而，“王水”对钛却无可奈何。在“王水”中浸泡了几年的钛，依旧锃亮，光彩照人！在十八世纪，当人们发现钛的时候，就把它当作英雄，用希腊神话中巨人族中的英雄——泰坦（Titan）来命名它。在古希腊，“泰坦精神”就是勇往直前的同义词。由于李丽临终前的提醒，杜微选用了这种英雄的金属来对付来自天外的恶魔。

银亮的碉堡建成之后，杜微要年轻人坐着直升机一批批撤离。最后，那里只剩下杜微、方爽，还有一架微型直升机。

一切准备工作都已经就绪。杜微和方爽穿上特制的保护衣。这种保护衣的样子像宇航服，表面镀了一层金属钛，就连头盔上也镀了钛——尽管从外面看过去像镜子一般，从里面却能看见外面的一切。杜微和方爽相视而笑，他们浑身闪耀着银色的光芒，杜微说像中世纪披着铠甲的武士，方爽则用大白话来形容——像只热水瓶胆！

方爽平素喜欢体育运动，会开汽车、摩托车、摩托艇，也能驾驶直升机。他在驾驶椅上坐定之后，忽然回头对杜微说，他忘了带水壶，请老师替他去实验室里拿一下。

方爽从来没有支差过他的老师。杜微以为他真的忘带水壶，便下了飞机，朝实验室走去。这时，杜微猛地听见身后传来轰鸣声，回头一看，微型直升机的螺旋桨在急速转动，扬起一股黄沙。一转眼，微型直升机腾空而起，把杜微孤零零地撇在沙漠里。

方爽讲话从来都是实打实的，这一次怎么撒起谎来呢？望着逐渐远去的直升机，晶莹的泪花又一次从杜微的眼角落下来。杜微心里明白：方爽怕到坠落点取样很危险，故意把老师支开，独自以“泰坦精神”赴汤蹈火去了！

渐近中午，寸草不生的沙漠上热不可耐，真的像《西游记》里所写的，“就是铜脑盖，铁身躯，也要化成汁哩”。可是，杜微没有躲到地下室去，只是呆呆地望着连一只飞鸟也没有的万里碧空。

过了两个多小时，终于响起了隐隐约约的轰鸣声。杜微循声望去，只见小黑点渐渐变大，果真是方爽平安归来。

杜微忐忑不安的心放下来了，急切地朝飞机奔去。谁知方爽刚下飞机，就像怒狮般朝老师猛吼道：“闪开！”方爽穿着银光闪闪的保护衣，拿着一只银光闪闪的样品瓶，朝实验室的消毒间走去。他随手把门反锁，消毒液朝他上上下下喷洒。按照沙漠的“惯例”，下午三点以后起风了。呼啸的狂风吹毁了那架轻盈小巧的微型直升机。直到傍晚五点多，方爽经过极为严格的消毒，这才脱掉那件甲壳似的保护衣，走出消毒间。

“菌种取来了！”方爽见了老师，马上报告道。不过，他的脸上没有笑意，而是浓眉紧锁，两道眉毛差不多拧在了一起。沉默了半晌，才长长地叹了口气：“全都牺牲了！”

方爽讲述了现场目击的惨烈情景：他从“银星号”指令舱里取出烈性腐蚀菌菌种，放入用金属钛做成的样品瓶，然后去看望救护队员。他们都遭到了强烈腐蚀，连面目都难以辨别，有一具尸体的白帽下露出一绺棕黄色的烫发，他认出是李丽，捧起黄沙把她掩埋了……

长时间的缄默，耳边只响着狂风的呜呜声，只响着沙粒打在实验室金属钛墙壁上的噼里啪啦声。

“如果刚才消毒不彻底，我们会遭到和李丽同样的命运。”杜微一边这样说，一边闪动着明亮的目光，他的声调并不低沉，“科学研究就跟打仗一样，有时要以生命为代价才能换取胜利的成果。当年诺贝尔研究炸药，他的弟弟被炸死，他自己受了重伤……趁现在还活着，你赶紧把现场所见所闻写下来。万一我们遭到不幸，这些白纸上的黑字也许会给后人以启示。”

从那天起，他们每天都会做详细的工作记录，随时都做好了与这个世界“告别”的准备。

方爽兼任报务员，用无线电波与宇航中心保持日常联系。他们需要什么，就请宇航中心派直升机空投。不过，杜微决不允许任何一架飞机在这里降落，也不许任何人前来访问，以杜绝任何造成烈性腐蚀菌向外散播的机会。当然，他们俩也绝不离开那里。

沙漠里的生活，就像沙漠本身一样枯燥。这里的水比金子还贵，全靠空投。杜微和方爽除了把水用于实验之外，差不多把每滴水掰成几瓣用！每天临睡前，师生俩总是光着脚在沙漠里散步，以沙“洗”脚，去掉臭味，以省掉洗脚水。

他们的唯一消遣，就是在实验之余，杀上一盘象棋或者围棋。

地球不断地打滚，日子一天又一天飞快地流逝。杜微和方爽小心翼翼地把天外恶魔囚禁在金属钛容器里，研究它的形态、构造、习性、生活史、繁殖方式。花费了一年多光阴，初步查清了这些问题。

紧接着，一个颇为棘手的问题耗费了他们许多精力：烈性腐蚀菌为什么具有那么强烈的腐蚀性？能不能利用它为人类服务？

辛勤的耕耘，会获得丰硕的果实；汗水和不眠之夜，会铺平通往科学之巅的道路。杜微和方爽经过几年苦斗，终于查明：烈性腐蚀菌的秘密，在于它能分泌出一种烈性腐蚀剂。它的腐蚀本领就来自腐蚀剂。尽管烈性腐蚀菌会传染，毒害人类，而它所分泌的烈性腐蚀剂除了会腐蚀许多物体之外，却并不会贻害人类。这正如青霉菌分泌的青霉素，能够作为药剂，治病救人。

历尽千辛万苦，杜微和方爽提取到纯净的烈性腐蚀剂——一种淡黄色的油状液体。用水稀释几百亿倍之后，在岩石上喷了一点点，好端端的岩石便被腐蚀，变成一堆细土！喷在保险柜上，马上就将其腐蚀成一堆铁锈！它也不能盛在玻璃瓶中，转眼之间，玻璃瓶便化为乌有！就连白银、黄金，都无不被腐蚀，失去光辉。夜间，杜微和方爽在那“碉堡”里，望着天幕上历历可数的星斗，浮想联翩：在不久的将来，要拆除水泥钢筋大厦，只消喷一点烈性腐蚀剂，便能把它化为一堆细土；筑铁路遇上大山，用烈性腐蚀剂可以化峭壁为通途；成千上万吨城市垃圾已成为一种越来越重的负担，一旦化为细土，便可以用来垫平低洼田；要开采地下深处的宝藏，也不必凿竖井、挖坑道，只消用烈性腐蚀剂腐蚀表面岩层，便可以露天开采……

憧憬着美好的前景，杜微和方爽忘记了因干燥而皲裂的嘴唇、手和脚，忘记了沙漠的单调和寂寞，忘记了他们的生命随时可能“报销”……他们争分夺秒，连“杀一盘”的闲暇也没有了。

五

这五年，王璁是在滨海大学度过的，是在非常愉快的气氛中度过的。然而，不久前的一件小事，却使王璁感到莫大的不快。

那一天不比往常，杨校长在几天前就通知他，有一个重要的外国科学代表团前来访问，要他参加接待。在与外宾见面时，杨校长介绍道：“这位是生物系代系主任王璁副教授。”

一刹那间，王璁的脸上闪过不愉快的神色。虽然他很快就露出了笑容，与外宾一一握手，可是这一天他的内心一直闷闷不乐。

一个“代”字，一个“副”字，刺痛了他的心！

这五年间，王璁一帆风顺：发表了好多论文，从讲师提升为副教授，当上了生物系代主任——这“代”字，是由于系主任杜微教授还在人世。

王璁记起了已经被他渐渐淡忘了的系主任杜微教授……

五年前，当杜微和方爽初到沙漠，他们与王璁之间的联系是非常频繁的。杜微三天两头到宇航中心发电报，请他们转告王璁要往沙漠里运什么仪器，要代查什么文献，或者询问系里的工作情况。那时候，王璁常为自己未跟杜微一起奔赴沙漠而感到一种隐隐约约的负疚，所以他对杜微的托付总是尽力去办。特别是在杜师母病倒的时候，王璁日夜守候在她身边，劝慰师母，请她宽心。

随着时间的流逝，当王璁知道杜微和方爽困守在沙漠之中，没有多大进展，与他们的联系就慢慢减少。在王璁当上代系主任之后，工作忙碌，就很少顾及杜微和方爽了。杜微仍不时通过宇航中心转来电报，要查阅文献，王璁忙不过来，把这些事儿交给了自己的助手。尽管这样，每逢过年过节，王璁总是记着杜微。公务再忙，他无论如何也要抽空去拜访师母，问候一番，以尽师生之礼。

在杜微的“桃李”之中，杜师母最喜欢的，莫过于王璁了。她觉得王璁文质彬彬，既聪明，又很懂人情。这天，当王璁拎着一盒月饼来看望时，杜师母不由得记起六年前的往事：在中秋之夜，王璁和方爽一起来了，杜微请他们吃“团圆饭”。杜微自己动手，做了一盘红烧鱼，而她则做了一碗清炖鱼汤。杜微问起助手们的“食后感”，方爽说红烧鱼太咸，清炖鱼太淡；王璁则说红烧鱼肉美，清炖鱼汤鲜……

王璁放下月饼，关心地问候师母的身体情况，问起系里的会计是否每月把杜微教授的工资送来。想不到，师母告诉他：杜微在几天前来过电报，说是研究工作有了重大进展！

尽管杜师母说不出“重大进展”的具体内容，然而，王璁马上意识到这是不平常的信息。

在回家的路上，月明如洗。王璁望着银球般的月亮，那上面出现的不是嫦娥的形象，而是杜微的形象。王璁暗自思忖道：“难道他们是‘几年不鸣，一鸣惊人’？”

王璁已经走到自己家门口了。不知怎么搞的，他突然转过身子，朝自己助手的家走去。

王璁细细翻阅着助手收到的宇航中心转来的杜微的电报，他明白了：杜微和方爽正面临着重大的突破！

回到家里，已经很晚了。妻子和三岁的小女儿，正在清凉的月光下等着他吃“团圆饭”。妻子是个俊美而贤惠的女性，生物系的助教。王璁无心赏月，吃了几口月饼，就独自到书房里去了。他背剪着双手，来回踱着方步——这是他陷入沉思的习惯性动作。王璁的心情是复杂的。这几年，他一直暗暗地为自己没有陷身沙海而庆幸。如果当年跟随杜微去的话，今天他不会成为代系主任、副教授，也没有温暖的小家庭。

然而，如今他猛然发觉，经过几年苦心经营，沙漠深处已经竖立起高高的发射架，即将把一颗震惊世界的科学明星发射出去！王璁是很懂得科学“行情”的人，他相信自己从电报中所得出的判断是准确无误的。他明白，如果天外恶魔真的在沙漠深处被制服，这将意味着什么。

王璁对那颗科学明星一旦发射成功以后的形势，做了这样的估计：对于杜微教授来说，倒没什么，因为他本来就已经是国内微生物界坐第一把交椅的人物，新的胜利将会提高他的国际声望。俗话说，“名师出高徒”，老师名望的提高，将会使王璁也沾光。王璁最担心的是方爽，他俩本是“脚碰脚”，同班毕业，同时留校，同时成为杜微的研究生，同时当助教，同时提升为讲师。王璁深知，论业务，论才智，他在方爽之上。正因为这样，杜微教授喜欢他胜过喜欢方爽。这几年，王璁发表的论文接二连三，已经是副教授，再这样继续下去，过几年教授的桂冠自然会戴到他的头上；方爽呢，这几年一个字也未发表过，依旧是个讲师而已。要知道，从助教升到讲师并不算难，从讲师到副教授却不那么容易——许多人在学术上没有成就，一直到退休，也只是个讲师呢！然而，一旦方爽“一鸣惊人”，那样重大的学术成就会震惊世界微生物界的。到了那时候，方爽从沙漠凯旋，不仅可能被越级擢升为教授，甚至当个学部委员也不在话下！

黑格尔说过这样的话：“嫉妒便是平等的情调对于卓越的才能的反感。”一股强烈的嫉妒感，冲击着王璁的心扉。他的心跳怦怦加快了，他的耳根热了，他的眼睛也红了。

第二天上午，王璁向沙漠深处发去一纸电文：“欣悉进展神速。如需助战，当尽绵薄之力。”

想不到，当天中午，宇航中心就转告了来自大沙漠的信息：杜微教授很欢迎王璁参加到征服烈性腐蚀菌的行列中去！杜微教授认为，他能够很快弄清楚烈性腐蚀剂的分子结构，下一步便是如何用化学方法人工合成它。然而，在沙漠之中，人少力单，限于条件，不能开展这项规模宏大的工作，希望王璁组织一个班子，邀请化学系的教师参加，着手这个重要项目的研究。由于烈性腐蚀剂是非生命物质，不会像烈性腐蚀菌那样传染、繁殖，因此在滨海大学开展这样的研究工作是安全的，不会造成污染。王璁满脸愁云一扫而光，立即复电：“照办。”

六

为了便于随时联系，滨海大学生物系也设立了专用电台，与沙漠深处进行对话。从此，电文不必请宇航中心代转了。

在生物系实验大楼里，出现了一间特殊的实验室——天花板、地板、四壁、门窗、桌椅、仪器，全用银光闪闪的金属钛做成。

王璁到底是富有才华的人，在他的领导之下，经过一年努力，人工合成烈性腐蚀剂的工作很快就有了眉目。也就在这个时候，一批外国同行前来参观，王璁穿着笔挺的西装，用流利的英语向同行们介绍生物系的情况。当他陪着同行们走过一间实验室，那银亮的紧闭着的门窗，引起了他们的注意。

尽管杜微曾一再关照过王璁，“不到火候不揭锅”，切不可过早向外介绍研究情况，然而此刻面对着那么多外国同行投来的期待的目光，一种无法抑制的炫耀的感情，使王璁开了口，透露了这一惊人的研究工作。

这消息当然使外国同行们目瞪口呆。他们把王璁团团围住，无论如何要参观实验室，王璁只得以“防止传染”为借口挡驾了。

半个月后，世界微生物学会主席约翰逊先生发来了电报，邀请中国派出学者前往讲学，介绍第一次被人类擒获的太空微生物——烈性腐蚀菌。《世界微生物学报》编辑部也发来电报，愿意立即发表中国学者的这一研究论文，并告知将按该刊最高稿费十倍的标准付给酬金。编辑部认为，能够发表这样的论文，将使《世界微生物学报》增光。说出去的话，像泼出去的水，无法收回。两份电报都是拍给王璁的，不过，约翰逊的电报中并未指出邀请王璁。王璁本来想马上把电报转交给杨校长，但是细细一想，觉得还是先电告杜微的好。

杜微的回电很快就发来了。当然，他批评了王璁过早地“揭锅”。不过，话既然讲了出去，国际上又这样重视，就应当派人出国讲学。派谁呢？唯一的人选，就是王璁！因为杜微和方爽不能离开沙漠——万一身上或飞机上沾带了烈性腐蚀菌，后果不堪设想。

杜微的电报，正是王璁想得到而果然得到的答复。王璁匆匆来到杨校长办公室，把国外来电都放在杨校长面前。于是，王璁又得到了他想得到而果然得到的答复："既然国外来电邀请，而杜微教授提议你出国讲学，校领导也同意。"

轻轻松松，顺顺利利，王璁出国讲学就这么定了下来。王璁那白净的脸上，泛起了喜悦的红晕。

紧接着，王璁着手办理另一件大事——写论文。

王璁有点踌躇起来，荡漾在嘴角的笑意也消失了。因为这项研究工作是杜微和方爽花了多年心血所做的，王璁对于详尽的情况并不了解。尽管王璁文思敏捷，然而巧媳妇难为无米之炊。

王璁只做了化学合成方面的一部分工作，只能写这一小部分。

怎么办呢？唯一的办法是请杜微和方爽写论文。王璁在给杜微和方爽发去电报之后，又习惯性地背剪双手，踱起方步来了。

他们会不会留一手？会不会不把关键性的数据写上去？——特别是方爽，跟他"脚碰脚"，也许会留一手。根据他的经验，在科学界，留一手是常有的事。不留一手，怎能在关键性的时候胜人一筹呢？

王璁不断踱着方步，又担心起另一个问题：论文该怎样署名？署名，是件大事儿，表明论文发表后所带来的学术荣誉应该属于谁，这就像在专利权证书上签名一样神圣。王璁认为，这篇论文的作者，当然是三个——杜微、方爽和他。署名的顺序，可能是杜微、方爽、王璁。把杜微这样的权威放在首位，是理所当然的，是科学界的惯例。关键是他与方爽的排名顺序，如果把方爽排在他的前面，那么……杜微曾说过王璁"聪明过人"，但又"聪明过度"。此刻，王璁不停地来回踱步，内心正在受着聪明过度的折磨。

一个多星期以后，长长的电文从收报机中泻出。不言而喻，发来的是论文电稿。王璁迫不及待地看着电文。在论文标题之后，照例是作者的姓名。尽管王璁聪明过人，这一次却万万没有料到，名列首席的不是杜微，不是方爽，不是王璁，竟然是李丽！

像闪电一般，在王璁的眼前浮现出一位姑娘的倩影：脸色红润，鼻子小巧挺直，嘴唇微微噘起，一对黑宝石般的大眼睛，一头棕黄色的波浪形烫发……王璁对她是那么熟悉，一度把她视为最优秀的学生和接班人。然而，经过六个春秋，他淡忘了……王璁的眼睛睁得大大的。他没有想到，杜微和方爽还一直牢记着她，把她的名字放在第一个。

王璁的视线重新落在电文稿上。在李丽之后，写着另外三位作者的名字，顺序为杜微、王璁、方爽。

这又使王璁的心猛烈地颤动了一下。尽管他很希望自己的名字能够排在方爽之前，但是他很难置信从沙漠中发出的论文稿上会是这么排列的！

王璁一字不落地读着长长的论文。他是内行，一看就知道论文的内容很扎实，条理清楚，数据详尽，没有“留一手”的痕迹，这使王璁深感满意。论文中以显著的方式提到了李丽，称颂她是烈性腐蚀菌的发现者，世界上第一个明确描绘了烈性腐蚀菌形态的人，第一个指出了烈性腐蚀菌不能腐蚀金属钛。她的这些发现，为之后的研究工作开辟了道路。论文建议把烈性腐蚀菌命名为“李氏菌”，以纪念这位为此而献身的中国青年女科学家。

王璁把论文一连看了三遍，论文的执笔者是方爽。王璁除了根据杜微教授的意见，补充了化学合成部分的内容之外，其余的一字未改。他把论文译成英文，送去打字。

论文的英文打字稿送来了，王璁的目光久久地停留在那行作者名字上，自言自语道：“李丽已成故人，放在首位无碍。杜微放在第二位，理所当然。至于我放在方爽之前，原文如此嘛！”

王璁一边得意，一边自我安慰。

一切，都如愿以偿。

尽管王璁也曾出过国，不过，由于他资历浅，在国际会议上只是一名普通的代表而已。然而，这一次今非昔比。他，成了红极一时的新闻人物。他的形象，出现在报纸上、电视荧屏上、电影银幕上。

“王——征服太空恶魔的英雄”“王——像钛一样不畏腐蚀的人”“王——开创了微生物学的新纪元”“王——太空微生物学的奠基人”……国外报纸用大字标题，向读者介绍了尊贵的王璁先生。王璁看到这些报道，心花怒放，他从未享受过这样高的荣誉。然而，当他一想到沙漠，他炽热的心一下子就冷了，他有一种说不出的空虚感。荣誉与虚浮，交织出一张花色复杂的感情之网。多少年来，王璁日日盼，夜夜盼，期待着有朝一日能够闻名世界，想不到这一天果真到来时，他的内心却又隐隐地感到痛苦。

雪花般的宴会请帖，向王璁飞来。王璁一天出席三次宴会，还应接不暇。

在世界微生物学会主席约翰逊举行的私人宴会上，他在跟王璁频频干杯之后，半开玩笑地对王璁说：“王先生，你考虑过没有，也许，你们的这一成就，会获得世界科学奖金！”

“哦？”王璁吃了一惊，这是他从未想到过的。

“真凑巧啊。”约翰逊眯着碧蓝的眼睛，双眉一扬，笑嘻嘻地说，“世界科学基金会规定，如果某项获奖成果是由许多人做出的，至多只能有三人获奖。获奖是莫大的荣誉，可是常常由于只能三人得奖而引起一场纠纷。用你们中国人的话来说，叫作‘摆不平’。你们这项研究，正巧是你和杜先生、方先生三人合作，将来三人一起获奖，不会有什么纠纷。王先生，让我冒昧地为预祝你获得世界科学奖金而干杯！”

真是“言者无意，听者有心”，学会主席随便说说的话，深深地印在王璁的脑海之中。尽管王璁也了解，一年一度的世界科学奖金是由 S 国科学院在极为秘密的会议上评定的，不仅获奖者本人事先不知道，其他科学界人士也无从知晓。约翰逊的话，当然是酒后闲聊罢了。不过，这几句话却提醒了王璁——那篇还没有交出去的论文打印稿上，印着四个作者的名字！王璁在作学术报告时，虽然谈到了李丽为此而牺牲，但是谈到研究工作时，只提到了杜微和方爽。这样，约翰逊当然以为论文的作者是三个。

深夜，王璁穿着羔皮软底拖鞋，在宾馆打蜡的地板上来回缓缓踱着。他低垂着脑袋，紧皱眉头。

桌上，摊着论文打印稿，还有一瓶刚买来的褪色灵药水。

讲学将于明天结束，论文必须在明天交出。王璁很庆幸，约翰逊在今天提醒了他。

王璁收住了脚步，在桌子前坐下。论文上，清楚地印着四位作者的姓名：

李丽　杜微　王璁　方爽

王璁手里拿着褪色灵药水，瓶塞下插着一支毛笔。这支笔朝谁的名字上一涂，转眼之间，谁的名字顿时就会从纸上消失。

去掉谁的名字好呢？

去掉杜微，去不掉，也用不着去掉；去掉自己吧，当然不可能；去掉方爽吧，嗯，这正是自己所希望的。不过，方爽去不得！去掉了方爽，显得自己太露骨了，会惹麻烦的。把方爽的名字排在自己的大名之后，已经算是很委屈他了。

想来想去，唯一可以去掉的，只有李丽！

看到李丽的名字，王璁的脑海中又浮现出那姑娘爽朗而迷人的形象。

王璁记得，当李丽考入滨海大学生物系的第一天，他就非常欣赏这位聪敏的学生；王璁记得，他和李丽共同泡在实验室的日日夜夜。甚至还想过，如果两个人可以一辈子一起搞科研，会是一种怎样的光景……

王璁记得，在李丽毕业的时候，他曾千方百计想让李丽留校，而李丽却坚持要到边疆的宇航中心去工作，要他在留校名单上擦去自己的名字。难以忘怀的往事，使王璁犹豫了。要去掉李丽的名字，使他受到良心的责备！然而，不久，王璁又终于找到了去掉李丽的理由：第一，李丽并没有参加研究工作，何必把她作为论文的作者；第二，在论文中已经很郑重地提到她，并建议用她的姓来命名烈性腐蚀菌，这很够了……

王璁拿起了小毛笔，手显得有点颤抖。当他的手朝“李丽”两字伸去时，抖得更厉害了。他咬紧了嘴唇，竭力镇定下来，终于用褪色灵刷掉了李丽的名字。

王璁顺手拿起一张报纸，遮掉那只剩下三个作者姓名的论文。谁知报上的赫然大字，又深深刺痛了他的心：“王——征服太空恶魔的英雄！”

七

王璁回国不久，就收到《世界微生物学报》编辑部寄来的三本杂志。一打开，论文刊登在首页，赫然印着“杜微、王璁、方爽”的大名。

杜微和方爽仍不断来电，报告新的信息：他们正在着手研究一种“抗腐蚀剂”。这样，在使用烈性腐蚀剂时，凡是不需要被腐蚀的部分，涂上抗腐蚀剂，就不会化为齑粉。这是降服天外恶魔的重要武器。杜微和方爽在荒漠里开始度过第六个冬天。

雪花飞扬，朔风呼啸。上午八点整，王璁来到温暖如春、窗明几净的系主任办公室里，习惯性地沏好一杯龙井绿茶，把台历翻到新的一页——十一月十日。

电话铃声响了。

一上班就来电话？王璁随手拿起了耳机。

从耳机上传来了接线员清脆的声音："滨海大学生物系吗？S国通过通信卫星打来长途电话，请杜微、王璁或方爽接电话。"

这突如其来的长途电话，使王璁的心一下子提到了嗓子眼。

"S国？世界科学奖金？"王璁那灵活的脑子中，在一刹那间，马上闪过这样的念头。王璁意识到这是很重要的电话，按下了电话机上的录音键。这样，录音机就能把通话录下来。王璁屏气敛息听完了电话，以为自己在做梦。他按了一下复读键，从电话中传出刚才通话的录音，从头至尾重听了一遍，方知不是梦。

电话是S国科学院秘书打来的，通知他，为了表彰中国微生物学家杜微教授、王璁副教授和方爽讲师在研究天外微生物李氏菌方面所做出的杰出贡献，决定授予本年度的医学和生理学世界科学奖金。授奖仪式在十二月十日。秘书还委托王璁，把这一通知转告另外两位获奖者——杜微教授和方爽讲师。

王璁的目光重新落在台历上，他这才意识到：今天是十一月十日，离十二月十日正好还有一个月。

按照惯例，S国科学院总是在授奖前一个月，把获奖消息用长途电话通知获奖者本人。台历也证实不是梦，绝不是梦！

王璁克制着内心的极度兴奋，把录音磁带复制了一份。他带了复制磁带，驾驶着轿车，直奔校长办公室。他心里想：等请示杨校长之后，再通知杜微和方爽。看来，去掉李丽的名字这件事，还得向杜微教授做一番解释工作。不过，杜微也许不会责备他，因为不去掉李丽，名列第四的论文作者——方爽，就不会成为世界科学奖金获得者呀。就用这样的理由向杜微教授解释吧……

王璁连敲门都忘了，一把推开校长办公室的门。他一眼就看见，杜师母正坐在那里，跟杨校长谈话。

王璁机灵的脑袋中，立即猜测道：难道S国科学院通知了杜师母？她已经知道了这消息？

杨校长站了起来，对王璁说道："你来得正好。我正让秘书打电话找你！"

王璁在杜师母身边坐了下来，这才发觉气氛不大对头，杜师母的眼眶里噙着泪花！发生了什么事情？王璁仿佛又坠入梦境，对于眼前急剧的变化感到莫名其妙，不知所措。

杨校长见王璁呆呆地坐着，便说道："你还不知道？听听这长途电话录音……"

杨校长一按电话上的重复按钮，便传出了通话录音，语调是低缓而沉重的："杨校长吗？我是宇航中心。对，对，我是宇航中心。向你报告一个不幸的消息。

"今天是十一月十日。我们在每月十日、二十日、三十日，总是按时给杜微和方爽同志空投给养，一月三次。今天凌晨五点，当我们用无线电联络时，对方没有回电——这在六年中是第一次。

"喷气运输机按时起飞。七点五十分，飞临目的地上空，没有人出来接货——这在六年中也是第一次。

"喷气运输机无法在沙漠中降落，只好一边照旧空投物品，一边发急电告知我们。估计是杜微和方爽同志出了意外。

"我们准备立即派出救护队。总指挥部认为，救护队中必须配备微生物学专家，指导这一抢救工作。

“我们等待你的回电。”

这突如其来的意外消息，像一盆冷水，浇在王璁那发热的脑袋上。王璁抬起头来，看到杨校长正用恳切的目光注视着他。王璁明白这目光中所包含的意思——希望王璁能够奔赴现场。显然，王璁是唯一最合适的人选，因为他既是杜微教授的高足、方爽的同事，又是熟悉烈性腐蚀菌的专家。

如果说，在六年前，当李丽发生意外时，杜微决定带一名助手奔赴现场，是从两人之中选一个，那么，如今却没有任何选择余地了。面对着校长，面对着师母，王璁张口说出这样的话：“由校领导决定吧。”

“那你马上出发，奔赴现场！”杨校长像指挥官似的，下达了命令。王璁站了起来，杜师母紧握着他的手，用有点颤抖的声音说道：“王璁，千万小心。从飞机上看看就行了，别下去，你的家里，请放心，我会照料。”

王璁走出校长办公室，忽然又折了回来。他从衣袋里掏出复制的录音磁带，交给了杨校长。

八

一架雪白的直升机，机身上漆着巨大的红十字，正在中国西北部大沙漠上空匆匆飞行。飞机离地面只有四五百米。机舱里，人们穿着白大褂，戴着白帽子，神情严峻。除了响着发动机单调的轰鸣声外，人们沉默不语。

沙漠，无边无涯的沙漠。王璁平生还是第一次亲眼看到荒凉、单调、乏味、寂寞的沙漠。

午后，直升机飞临目的地上空。那银光闪闪的“碉堡”孤零零地矗立在一片黄沙之上，在灿烂的阳光下显得格外醒目。

尽管飞机的轰鸣声在空中响着，地面上却毫无反应。人们注视着“碉堡”，没有一个人从里面出来迎接。

由于情况不明，飞机不敢在沙漠上降落。万一毒菌在那里蔓延，将会使救护队遭到与六年前同样的悲惨命运。

总指挥决定放下直升机的绳梯，先派一个人下去探明情况。

这样的人选，当然只有王璁最合适。

没有任何选择的余地，王璁只得穿上镀钛的保护衣，一步一步走下绳梯。他与总指挥约定：当他走进实验室，一切都正常的话，发射绿色信号弹，直升机马上接他回去；如果需要其他救护队员下去帮忙，则发射黄色信号弹；只有在万不得已的情况下，他发射红色信号弹，这表明他已经受到传染，不能回去，请直升机撇下他直接返航。

王璁的脚，第一次踏在沙漠之上。他这才发觉，沙漠上是那么松软，在沙漠上行走是那么吃力。

王璁颤颤巍巍朝银光耀眼的实验室走去。每走一步，都在沙上留下了清晰的脚印。

王璁走进实验室。三分钟过去了，五分钟过去了，十分钟过去了，一刻钟过去了，竟毫无动静！

直升机停在空中，救护队员们用焦急的目光，注视着“碉堡”。

总指挥着急了，穿上了镀钛保护衣，准备亲自下去。队员们也穿上了保护衣，争着要下去。

二十分钟过去了，仍然没有动静。总指挥沿着绳梯，朝下走去。就在总指挥快要到达沙漠的时候，突然，从“碉堡”的窗口发出响亮的“啪”的一声，一颗鲜红的信号弹出现在明净的碧空之中。

总指挥不得不折回去，沿着绳梯回到机舱。

直升机返航了，沙漠上起风了。

王璁为什么会发射红色信号弹？他发生了什么意外？人们猜测着，焦虑着。

当天晚上，宇航中心指挥部收到了来自沙漠深处的长长的电报。电报是王璁发来的，终于详尽地报告了情况——

宇航中心并速转滨海大学杨校长：

我已查明原因。当我走进实验室，在实验桌前，有人坐在那里，低垂着脑袋，仿佛靠在桌上睡着了。我赶紧走上前去，使劲摇着他的身体，想把他叫醒。这时，我才发觉他浑身僵硬，早已离开了人世！

他是谁呢？我几乎不认识他了。他的头发又乱又长，已经夹杂着许多白发。他的脸呈紫铜般的颜色，满腮胡子。如果不是前额左上方有一块明显的疤，我几乎无法相信他就是方爽同志！在我的印象中，他如犍牛般壮实，一副运动员的派头，眼下竟皮包骨头，双眼深凹！

我可以断定，他并不是受烈性腐蚀菌的感染而死，因为他的遗体没有遭到腐蚀的迹象，从方爽同志死去的姿势来看，他在临死前夕还在坚持工作。他是死于过度劳累！

我挂念着杜微老师，奇怪的是，在小小的“碉堡”里，从上至下，都不见杜微老师的踪影。他到哪里去了呢？

我在方爽的实验桌上，看到厚厚的工作记录本，用端端正正的字记载着他们到达沙漠之后的每一天的工作。

我从记录本上获知，杜微教授一年多以前——去年夏天，因年老体衰，在天气奇热的一天里突然中暑而死。我这才明白，从沙漠中发来那篇论文电稿时，杜微老师早已不在人世了！

方爽在记录本上这样写道：“请组织上原谅，我没能把杜微教授不幸逝世的消息立即报告你们。因为我担心报告之后，你们会另派别的同志到这里工作。这里是一个只进不出的地方，条件恶劣。虽然我也极想有一个人来做伴，但是考虑到我一个人能够胜任这儿的工作，所以我决定不向你们报告。”

说实在的，我从飞机上下来，是想看一下就回去的。所以我在手枪里，已预先装好了绿色信号弹。只消一扣扳机，就可以发射出去。然而，进入“碉堡”以后，我深深地被杜微老师和方爽同志的无私献身精神所感动。我决定留下来，接替他们的未竟之业。我从手枪里卸下绿色信号弹，装上红色信号弹，发射出去。

在飞机远去之后，整个下午，我忙着安葬方爽同志。从笔记本上获知，杜微教授就安葬在实验室旁边。我找到了他的墓，墓前竖着一块亮闪闪的金属钛做成的牌子，刻着这样的字：“吾师杜微教授之墓　学生方爽敬立”。我把方爽安葬在杜微教授旁边，在墓前也立了一块金属钛制成的牌子，刻着这样的字：“挚友方爽同志之墓　王璁敬立”。现在，屋外响着呼呼的风声。在这大沙漠，只我孤身一人。

我在灯下详细地翻阅着实验笔记。我一边看，一边感到深深的内疚：尽管我的肌体健全，但是一种无形的“烈性腐蚀菌”已经腐蚀了我的灵魂！这是用显微镜所看不见的“烈性腐蚀菌”。

我早已受到感染，却不觉得。尽管李丽、杜微、方爽都已离开了人世，但他们的灵魂是完美的、纯洁的，他们的科学道德是无比高尚的。他们是用特殊材料——金属钛制成的人。他们是真正的“泰坦”，真正的英雄。

我决心留在这儿长期工作。我要在这里制成抗腐蚀剂。它将不仅用于对付天外来的烈性腐蚀菌，同时也将使我的灵魂不再受到腐蚀。

请不必给我派助手。我的身体很好，能够独立完成工作。

最后，请杨校长立即打长途电话给S国科学院秘书，做如下更正：论文作者应为李丽、杜微、方爽、王璁。世界科学奖金获得者应为论文的前三名作者，即李丽、杜微、方爽。

王璁

日本篇

日本的起源和书面文字都与中国难解难分，日本的想象文学——神话、传说与奇遇记——同样也与中国颇有相似之处。1964 年，东京大学教师兼评论家石川乔司（Takashi Ishikawa）主张《古事记》（*Kojiki*，712）和《竹取物语》（“Taketori Monogatari”，800）是日本科幻的先行者，后一部作品的女主人公就像中国神话《嫦娥奔月》中的嫦娥一样飞向了月球。但有两起事件改变了日本人对科幻小说的态度：1853 年马修·佩里准将率领舰队驶入浦贺港的“黑船事件”，以及第二次世界大战后美军占领日本。

这两件事带来了类似的后果。黑船开国之后，日本接受了西方的社会变革，而没有像中国那样与之对抗。被美军占领之后，日本经济则迅速实现了现代化。于是日本也就成了除美英两国之外世界上最主要的科幻小说生产国与消费国。到了 20 世纪 90 年代初，日本每年出版的本土科幻作品约有 400 种，译作约有 150 种，这个数量与英国每年出版的大约 500 种新书相比还稍占上风，甚至可以与美国出版的 1 100 到 1 200 种新书相媲美。日本有《科幻杂志》（*SF*

Magazine)、《科幻冒险》(*SF Adventure*)、《奇想天外》(*Kiso Tengai*)三种科幻杂志,《阿西莫夫科幻杂志》(*Isaac Asimov's SF Magazine*)也发行了日本版，发行量可能达到了50 000册，足以匹敌美国本土的发行量。此外，日本还有两种半专业的科幻杂志，以及相当多的科幻迷自办刊物。

西方科幻在日本得到普遍接受的部分原因无疑在于日本在工业领域取得的巨大成功。工业化，尤其是与交通和电子领域的新产品联系在一起的工业化，使得变革成为显而易见的社会因素，这似乎是变革文学——科幻小说——得到广泛接受的必要条件。尽管如此，日本科幻还是保留了自己的特色。这些因素综合起来，使日本成为为本卷收尾的最恰当国家。

佩里迫使日本开国对这个封闭的社会造成了极大影响，使得儒勒·凡尔纳的科技探索冒险作品在日本得到了广泛接受。还有一批乌托邦作品也得到了翻译和模仿，代表作是爱德华·贝拉米的《回顾》(*Looking Backward*, 1888)。但是，在日本最受欢迎的科幻作家还要数H. G. 威尔斯。日本人专注于从西方文化中吸取他们认为有用的东西，因此威尔斯在日本读者中几乎和莎士比亚一样受欢迎。

1890年，日本开始出现类似凡尔纳的原创小说——矢野龙溪(Ryukei Yano)的《浮城物语》(*Ukishiro Monogatari*)。押川春浪(Shunro Oshikawa)于1900年出版的《海底军舰》(*Kaitei Gunkan*)一经问世就成为畅销书，之后押川春浪又创作了许多科技军事冒险题材的小说，甚至在1908年创办了杂志《冒险世界》(*Boken Sekai*)。到了1920年,《新青年》(*Shinseinen*)和1923年的《科学画报》(*Kagaku Gaho*)接替了它。1929年，日本出版了本国第一份纸浆杂志。这一时期的科幻作者包括小酒井不木(Fuboku Kosakai)

和海野十三[1]（Juza Unno）。

美国在第二次世界大战之后占领了日本，也带来了美式科幻。约翰·L. 阿波斯托洛在《日本科幻精选》（*The Best Japanese Science-Fiction Stories*，1989）的导言中指出："许多美国大兵带来了科幻杂志和平装书，这些书刊后来在东京和其他主要城市的二手书店里都能找到。"《科幻研究》（*Science-Fiction Studies*）上有一篇山野浩一（Koichi Yamano）写的文章，达科·苏文在文章导言中如此归纳美国科幻大量涌入日本的原因："为了供应福利社，美军将大量科幻书籍送进了日本，这些书籍后来被归国美军士兵留在身后，并且纷纷流落到了痴迷的日本读者手中……"大卫·刘易斯在《惊异剖析》一书中提及日本科幻收藏家野田昌宏（Masahiro Noda）的经历，此人曾经在一家旧书店里看见一张桌子，上面堆满了被丢弃的美国纸浆科幻杂志，色彩斑斓的杂志封面当即吸引了他的注意，其他人则是受到了杂志里的故事的吸引。刘易斯总结道："就在日本科幻开始形成自己的传统时，战争和美军占领将其重新打回了模仿阶段，日本人花了将近四分之一个世纪的时间才得以克服这个阶段。"山野浩一也在 1969 年的文章中感叹日本特色科幻失去了的发展机会，以及日本科幻界对于海因莱因、阿西莫夫，甚至雷·布拉德伯里与弗雷德里克·布朗等美国作家的粗劣模仿。

上述几位作家的翻译作品在 20 世纪 50 年代与 60 年代初的日本大受欢迎。1950 年，有七本选自《惊奇故事》杂志的小说选集在日本出版，1956 年至 1957 年元元社（Gengensha）出版了 20 卷《最新科学小说全集》。早川书房（Hayakawa）在 1957 年推出了第一套成功的科幻丛书，到 1974 年已出版 318 卷，除去其中 50 卷外均为译

1. 原名佐野昌一，日本科幻作家、推理作家，人称"日本科幻的始祖"，同时亦是日本"科幻推理小说"的开创者。代表作有《俘囚》《地球盗难》《十八小时音乐浴》《漂浮的飞行岛》。

作。1970 年开始发行的“早川科幻文库”（Hayakawa Bunko SF）全部为译作，至今仍在出版。东京创元社（Tokyo Sogensha）也有译作系列；朝日音画社（Asahi Sonorama）出版了日本原创系列；三丽鸥（Sanrio）出版了“三丽鸥科幻文库”（Sanrio SF Bunko，1978—1984）；其他出版社也有过小规模的出版。

1957 年，也就是“早川科幻系列丛书”（Hayakawa SF Series）开始发行的同一年，日本科幻作家俱乐部的创始人柴野拓美（Takumi Shibano）创办了堪称传奇的日本科幻同人杂志《宇宙尘》（*Uchujin*），至少有一半以上的日本科幻作家借助这份刊物发表了自己最早的作品，其中有半村良、星新一、小松左京、筒井康隆、眉村卓、丰田有恒、田中光二、矢野彻等。柴野拓美本人也是小有名气的作家及全职翻译。半村良、星新一与小松左京被合称为日本科幻界的“御三家”。半村良在 1962 年出版了他的第一部小说，他在科幻领域著作颇丰、广受赞誉，而且还写过历史小说。星新一写了 1 000 多篇短篇科幻小说、许多微型小说，以及一些被归类为奇幻小说或悬疑小说的作品。小松左京是日本科幻界的代表人物（他被称为日本的海因莱因，有时也被称为阿西莫夫），创作了多部长篇小说，1973 年出版的畅销书《日本沉没》，后来被改编成电影。矢野彻是日本科幻的元老级人物，创作了不少脍炙人口的小说，也翻译了不少相关作品。较年轻的科幻作家有山田正纪、梦枕獏、新井素子、大原麻里子等。

一些日本科幻界的评论家，例如山野浩一，很不满意日本科幻受美国影响的现实，鼓吹“英国新浪潮”式的运动。另一些人，例如阿波斯托洛，则指出了日本科幻偏离美国（甚至英国）模式的各种表现。他写道：“对于大多数日本科幻作家来说，未来并不具有很大的吸引力。相反，他们利用科幻体裁来审视过去和现在，试图理解迅速变化的社会。”不过，刘易斯也指出，到了 20 世纪 70 年代末，日本作家的知名度开始在本国超过美英两国的作家。他还写道，日本人对于未来和科学几乎没有什么兴趣，因此日本几乎没有“硬科幻”。根据他的分析，“日本科幻作家们注重个人角色而非人物所处的环境，注重现代日本人所面临的道德困境而非他们的后代将要怎样生活”。他这样分析道：

> 社会学家们经常会注意到日本人对自己的身份问题极为着迷。日本是一个高度同质化的国家。与其他任何国家相比，日本或许有一点独特之处：这个国家从来没有在古代遭受过侵略，没有接纳过各路移民，没有受到过外来文化的影响，除非首先引进。日本民族之所以将自省当成消遣方式，部分原因或许正在于此。当然，日本科幻也继承了这种国民性，惯于利用各种技巧在越发受控的环境里探讨‘我们现在是谁？’而不是‘我们将成为谁？’的问题。

日本科幻电影中最引人注目的门类可能当属怪兽电影。从 1954 年的《哥斯拉》开始，之后还有《空中大怪兽拉顿》（1956）、《摩斯拉》（1961）、《大怪兽卡美拉》（1966）等。其他著名日本科幻电影包括《地球防卫军》（1957）、《美女与液体人》（1958）、《日本沉没》（1973）等，此外还有以《铁臂阿童木》为代表的动画片连续剧。

和美国一样，日本主流作家也涉足了科幻领域，也许影响还要更大。其中最著名的是安部公房（Kobo Abe），他的《第四间冰期》（*Dai-Yon Kampyoki*，1959）在 1970 年得到了英译。其他创作过科幻作品的主流作家还有井上厦、椎名诚，尤其是村上春树，村上有两部科幻长篇小说被翻译成了英文。

第一届日本科幻大会于1962年召开（1983年大阪第四次举办的日本科幻大会约有4 000人参加）。1970年星云赏设立（相当于日本的雨果奖）。1978年，石川乔司在东京大学开设了第一门科幻课程。1989年，罗伯特·马修出版了《日本科幻小说：观察变化中的社会》（*Japanese Science Fiction: A View of a Changing Society*）。阿波斯托洛指出，日本主要的科幻作家都经历过第二次世界大战与美军占领时期，“他们的作品中常常提及那段艰难时期”，但是，他接着说，“富有独创性与天赋的人们并不满足于模仿美国和英国作家的作品”。

受到美国影响的同时又有本国的特质，这是国际科幻的一体两面。在日本，这种两面性表现得最为明显。

（万年看客　译）

日本的海因莱因

小松左京（Sakyo Komatsu）被许多日本读者认为是日本科幻作家中的佼佼者。由于他是许多科幻迷眼中的日本科幻的象征，所以他也被尊称为“日本的海因莱因”，不过从作品的形态与多样性来看，他也很像阿西莫夫。当然，这些称号很可能会激怒小松，因为当年 H. G. 威尔斯就曾因为自己被人称为“英国的儒勒 · 凡尔纳”而大动肝火。他抱怨说，他那个时代的评论家们总爱检查每个新作家是否具备其他作家的灵魂，就像检查转世灵童是否具备上一代活佛的灵魂那样。小松左京有自己的灵魂。

小松左京毕业于京都大学，做过工厂经理、喜剧作家等各种工作。和海因莱因一样，他在而立之年开始了科幻创作，于 1961 年发表了第一部短篇小说《在大地上建立和平》。这篇小说后来得到了日本最负盛名的文学奖的提名，并被其用作 1963 年出版的自选文集的标题，小松左京的科幻事业由此开始。他出版了数部长篇小说，包括《复活之日》（1964）、《日本阿帕奇族》（1964）、《无尽长河的尽头》（1966）、《继承者是谁？》（1970）、《再见，朱庇特》（1982）、

《首都消失》(1985)、《虚无回廊》(1987)。

不过，小松左京最著名的长篇小说还要数《日本沉没》(1973)，这部小说被拍摄成同名电影，并以《日本淹没》(*Submersion of Japan*) 为名以英语上映，后来又上映了更名为《潮汐》(*Tidal Wave*) 的改编版电影。和安部公房的《第四间冰期》一样，这部作品也讲述了日本在一年内滑入日本海沟被淹没的过程，但是安部公房的小说着重描写了生活在水下的准备工作以及日本人对于这种准备工作的反应。而小松左京的小说，按照柴野拓美和约翰·克卢特在《科幻小说百科全书》中的说法，是“一曲悼念日本脆弱的实体与文化的哀恸挽歌：故事当中没有英雄或反派，我们关注的焦点是这个国家的死亡过程”。这部小说在日本销售了 400 万册，并被翻译成多种语言。

小松左京也是一位多产的散文家和国际问题评论家。1977 年，他在《日本文化的死角》一书中探究了日本文化，并为《H. G. 威尔斯与现代科幻小说》一书撰写了《H. G. 威尔斯与日本科幻》一文。1983 年，他与加藤秀俊 (Hidetoshi Kato) 合著了《未来科技与人类社会》(*Future Technology and Human Society*) 一书。1985 年，他出版了一本关于历史与批评的散文集《阅读与叙事的乐趣》(*The Pleasure of Reading and Narrating*)。他还出版了悬疑小说、侦探小说、游记等作品。1970 年，他在日本组织了第一届“国际科幻研讨会”。

不过，他写的科幻小说主要还是涉及一些重大的问题。弗兰克·H. 塔克在《圣詹姆斯科幻作家指南》中评价说：“重大灾难与天灾人祸是小松左京科幻小说的主要命题，因此他可以与那些思考过‘已知文明的终结’、地球毁灭或者人类灭亡的科幻作家相提并论。所有这些主题都为作家提供了绝佳的机会来探讨国家、人性和命运的本质。对于这种挑战，小松左京应对得十分自如。”

（万年看客　译）

选择未来

［日本］小松左京 著

［日本］田村秀郎、［美国］格拉妮娅·戴维斯 英译

起初，他以为自己一直在按照指示沿街行走，但当徘徊在错综复杂的小巷和偏僻的街道之间时，他似乎错过了沿途某个地标。现在他迷路了。

既然想不出别的出口，他决定离开肮脏混乱的后街，回到主街，在那里他可以从头再来。但他刚一抬脚，地标就出现了。

可他面前的店铺看起来和别人告诉他的完全不同。那人描述说，这里经营水下游泳器材，但这显然是一家二手商店，里面摆满了老式机器人和现在几乎被认为是古董的平面电视机。

不管怎样，他还是决定和店里的那位老人谈谈，那人似乎就是店主。

“我可以做个选择吗？”

老人头发油亮，无疑是顶假发，他把暗淡无光的眼睛从正在观看的立体电视上转过来。他的一只眼睛是灰白色电子玻璃眼，怪异地斜向一侧。

“有人介绍吗？”年迈的店主冷冷地问。

他从口袋里掏出一张纸，上面有一个奇怪的标记，这是他从介

绍人那里得到的引荐凭证。他还掏出了一张五元纸币。

老店主看了看纸上的标记，而后把它放在一台类似支票检测仪的机器下面，又把那张五元纸币放进口袋，站起身打开房间尽头的门。

“请……”老店主努努嘴，给他指了路。

“你在改造商店吗？”他问，“我听说这是一家水下游泳器材店。”

“哦，那个嘛！街区的另一边还有个入口，”老店主解释道，“就在下一个街区对面——所以你是误打误撞来到这里的，但进了商店都一样。”

门后是向下延伸的陡峭楼梯。老店主指着楼梯底部的门，说：“就在那扇门里面。下面很黑，但只有一条过道，你要一直往前走——当心脚下。”

他给出这样的警告，完全可以理解，因为如果你仔细查看的话，就会发现楼梯是由建筑工地上用来搭脚手架的次轻量级预制构件做成。他想，这看起来很不结实，哪怕指甲不小心勾住任何突出框架的部分，楼梯都很可能会散架。

墙上没有照明，但天花板上挂着一盏过时的荧光灯。他每走一步，每动一下，楼梯都在摇晃，发出响亮的嘎吱声。楼梯带有轮子，入口是最近才安装的，因此他断定，如果有必要，整个结构可以随时拆除。

他一打开楼梯底部那扇像舱盖似的古怪铁门，就闻到了周围令人讨厌的潮湿空气的味道。他猜想，某处一定隐藏着一台正在工作的离子空气净化器，但即使这样，这个地方也骗不了他，因为他闻到了下水道的气息，尽管地上铺了红地毯，墙壁颜色淡雅、非常悦目。从地板的触感来判断，他确信这个过道是预制结构。

他想，这儿闻起来太臭了——但如果真的可以……过道的尽头又是一扇门。敲门时，他觉得自己听到了相机取景器的“咔嗒”声，然后门庄严开启——这扇门显得异常沉重。

门内是一间长方形接待室，仿佛仍是过道的延续。它看起来很像一节老式火车的休息车厢。地板上铺着深绿色地毯，乍一看非常华丽，但家具品味很差，墙上还挂着一台华而不实的三维立体电视。尽管如此，这儿看起来仍像是一个特殊的私人火车包厢。如果他很久以前造访过红灯区，这里会让他想起妓院的待客室。他看着那些家具，闻了闻，轻轻蹙起眉头——他犹豫了片刻，思忖着是否要在一张肮脏的椅子上坐下，却又不敢。他还站在椅子旁边时，隔壁房间的门被一个目光呆滞的小个子男人打开了，招呼他进去。“这边请。”

他跟着那人走进隔壁房间，一边在想自己还要穿过多少道门。乍一看，他以为自己来到了刚才穿过的那条过道的尽头，但后来他注意到，在他面前一张大桌子另一边的墙上又有三扇门。仔细观察一下，他发现每扇门的顶部似乎都是某种显示屏。

“请坐。”那个神情呆滞的小个子男人对他说，声音跟刚才一样含混不清。

他面朝桌子在椅子上坐下，以为会看到一位办公室经理从其中一扇门内走出，但没有一扇门打开。相反，带他进来的那个神情茫然的小个子男人绕过桌子，舒适地坐在了椅子上。

“有人给你做过……介绍吗？”小个子男人表情空洞——部分原因是由于他那双灰白的眼睛明显向内斜视。

当他提到自己在酒吧认识的那个陌生人的代号时——他从那人处听说了这个地方，小个子男人懒洋洋地点了点头。

“我明白了——看来没问题。是的，他是我一个值得信赖的朋友。”小个子男人说，“顺便问一下……你准备在这里付清全部费用吗？”

“是啊，我把钱带来了，”他说，“二百五十万，对不对？”

“支票还是现金？”

“现金——小面额现金。”

“很好，”小个子男人点点头，但却阻止他从口袋里掏出钱包，“不，现在没有必要，你可以稍后再付。这么一大笔钱，你应该在确实要行动时再交。”

他认为这不过是这个寒酸之人故意做出的一种姿态——但当然没有必要急于付款，于是他把手从口袋里抽了出来。

“嗯……”小个子男人双手托着下巴，狡黠地看了他一眼，“对于这件事，你了解多少？”

“我听说，一个人可以选择自己的未来，或是类似的事。”

“就这些吗？”

“嗯——就这些……”

小个子男人站起身，一只手摩挲着脑袋，同时咬着指甲。“这有些困难，”他说，“我不知道你到底在想什么，但这不会像你想得那么玄幻。它只会对你即将到来的生活产生微妙的影响。这并不是什么令人兴奋的发现，因为未来的发生纯属偶然。”

“不管怎样，你可以……给我解释一下吗？”他急切地说。事实上，这个小个子男人不情不愿的态度激起了他的好奇心——尽管这也许是个骗局。

“既然这样，那我就实话实说吧。我——还有我的搭档——并不是当今这个世界的人。”

“那你们是……”在开口之前，他不得不做了个艰难的吞咽动作，“你该不会是……？”

“是的，你说对了。可以这么说，我们来自未来。我们进行时间旅行，以那个世界的逃犯，或者时间之旅管理法违反者的身份。”

他目不转睛地盯着小个子男人，不知道自己刚才听到的究竟是不是真的。从外表来看，除了说话含混不清和举止粗俗外，他和我们没有什么明显的不同。

“然后呢？”他催促道。

“因此，通过在这个世界上创造一种功能更强大、输送能力更持久的时间旅行装置，我们可以飞到一个超出我们时间管理当局所控制的时间和地点。我们会一下子消失在错综复杂的时间网络之中。”

“稍等片刻！”他打断小个子男人的话，“你为什么会惹上麻烦……？”

“不管我怎么解释，你都无法理解时间旅行的严格规定。”小个子男人忧伤地摇了摇头，“为了获得许可，我们必须办理各种繁琐的手续，而且需要通过最严格的检查。最重要的是，我们必须始终与时间旅行管理部门的官员保持联系。在我们的社会，单独进行个人时间旅行是头等罪行。”

“好吧，这就够了，”他点点头，“我不理解你们的社会规范。那些生活在无车时代的人永远也无法理解在高速公路上超速行驶是一种犯罪。但是，利用你们的时间装置——可以选择一个人的未来？”

“哦，不，不完全是这样。严格来说，这是通过使用该装置的某些功能来实现的——只需要时空隧道选择器和时光镜。”

“我没明白你的意思。”

“如果你不了解时间旅行的基本原理，是很难向你解释清楚的。无论如何，我们不能随便使用该装置的驱动能量。简而言之，我们承担不起把你塞进机器送去未来或过去世界的后果。如果我们那么干了，该装置运转中产生的冲击波会引起时间巡逻队的注意。”

“我明白了。然后呢……？”

“因而我们可以使用时空隧道。也就是说，我们只需将多维空间的一部分看作一个整体——这样就没有什么困难了。”

“你能不能解释得更简单一些？”他说，感觉有些恼火，“这跟我对未来的选择究竟有什么关系呢？”

“这和人们为什么可以穿越时空有关，”小个子男人带着一丝同情的微笑说，“恐怕任何解释你都无法理解，所以我会用更具象征意义的方式来说明。你知道吗，我们的世界和历史并不是唯一的可能，过去和未来都有无限的可能性并存。”

“不……我不知道，”他闪烁其词，“但我想，我以前听过类似的话，从某种程度上说，构想出这样一个主意并非不可能。”

“你看，这类似于非欧几里得的几何理论，你可以画出无数条直线，使其平行于一条经过某点的直线——可它们并不在这条线上。因此，在时间旅行的早期，发生过很多事故，旅行者们在去往未来或过去之后没有返回出发时的时空点。举个例子，假设你从 P 点出发，去往未来中的某个 A 点，这个从 P 点延伸出的 A 点并不是唯一的可能性，未来还有 A_2、A_3、A_4 等无数的可能性。总之，你去了其中一个未来的 A 点，但当你试图从时光梯道下行到过去、返回起点时，你往往会发现自己做不到，因为从 A 点回到过去的路线也被分为了无数的 P_2、P_3……直到 P_n。”

“我明白了，”他假装听懂了，露出厌烦的表情，“那又怎样？”

“为了避免这种迷宫效应，我们发明了时空通道选择器，它利用的是一种共振现象。通过利用 A 点和 P 点之间的时空共振，沿着共振通道驱动时间装置，你可以从 P 旅行到 A，再从 A 返回 P，而不会迷路。但是，你无法用这种方法进入那些散布在无数分支上的未来或过去世界——你只能访问共振结合处的几个通道，这取决于振荡器的功率。振荡器的功率越大，你可以进入的通道就越多。我们的时间装置只有三个通道。”

他终于开始有点明白了。“因此，”他说，“我可以选择自己的未来。是这样吗？”

“是的，在一定程度上可以这样说，”小个子男人点点头，“这个通道选择器将为你指明一个路径，从这个时点、这个世界的这个房间，通向未来三个可能的方向。但这只是给你指出一个方向，因而你对未来的选择不会马上实现。你可以在我们提供的未来世界中做出选择，我们会把你送入你选的通道。从那时起，在我们可以进入的所有可能的未来世界中，你、你周围的环境，以及整个世界的历史，都将朝着某个特定的方向发展。”

“换句话说……”他有些语塞，“这个房间有三条通往不同未来的通道，是吗？”

“正是这样，”小个子男人往他身后指了指，“那三扇门后面装了一个振荡器，一旦你穿过其中一个通道之门，就会进入一个时空世界，有一个明确方向通往它的未来。”

“这三个未来世界是什么样的？我能提前了解一下吗？”他身体前倾，感到自己的声音因激动而开始颤抖。

“请稍等……”小个子男人把手伸到桌子底下，“我将操纵各个通道的时光镜，向你稍稍展示一下未来世界。”

房间突然变黑了。那三扇门顶部的显示面板开始发出幽淡的亮光。“从右边开始，是一、二和三号历史路线，”小个子男人说，“那就从一号开始……”最右边那扇门的面板比之前更亮了。“门的顶部是时光镜……”

有什么东西在光线中移动，然后慢慢成形——就像一台三维立体彩色电视机，他想。

屏幕上出现的场景是一座正以惊人的速度热火朝天建设着的未来之城。气泡穹顶之下是形状各异的建筑物：圆锥形、蜂巢状、圆柱体和球形——它们本身就是城市，彼此之间通过管道相连，就像蜘蛛网一般。

在没有任何可见装置辅助的情况下，人们自己在空中飞来飞去——也许使用了重力控制装置——还有一个巨大的火箭，也是一座城市，正在驶往一颗行星或恒星。工厂、建筑物和人造土地遍布地球表面，大量人造卫星城市在环绕地球运行。

“看够了吗？”小个子男人问。

“好吧，”他喃喃道，“请展示第二条路线……”

第二扇门上的面板开始发亮。这是一幅复古风格的场景。这座城市的设计比第一个场景简单得多，建筑物并没有高耸入云，而是和谐地分布在风景优美的自然之中。大地之上，宽阔的道路纵横交错，道路两旁点缀着美丽的花草树木。设计优雅的汽车在宽阔的路面上缓慢行驶，却不产生废气、噪声和灰尘。

人们的着装也很朴素，但是男人们像阿多尼斯[1]一样英俊，所有的女人都有着仙女般的外表。太阳闪耀着金光，似乎是人造的，气候似乎也由人为控制。尽管大部分机器和设备隐藏在这座城市的典雅外表之下，不过似乎都设计得很协调。城市的外观表明，它已达到历史上最美丽的时刻。

运动会在体育场和游泳池举行，音乐在室外音乐厅连续播放。公共沙龙里正在举行诗歌朗诵，任何路人都可以自由加入。天上白云间，悬着一架装有重力控制装置的天鹅形飞机，像一只水鸟漂浮在湖面上……

“古典艺术的和谐之美……”他喃喃道，“他们肯定做了一些大胆的人为改造。”

“下一个——我可以开始吗？”小个子男人问。

“请吧……”他答道。

第三扇门板上的屏幕有一阵子没亮起来——但感觉有什么东西

---

1. 希腊神话中一位掌管植物生死的俊美之神。

在昏暗的灯光后匆忙移动。不久，屏幕上出现了一座城市，茫然的人们东奔西走。在他看来，这座城市的面貌与当今世界没有太大不同。灰尘、烟雾、熙熙攘攘的街道、昏暗肮脏的高楼大厦、已经沦为贫民窟的破败公寓楼……

但城市上空弥漫着一种不安感。人们因莫名的期待而满脸紧张，夹杂着焦虑、烦躁和无奈。突然，在街道拐角处有人抬头看向天空，大声喊叫起来。恐惧的人们立刻把紧张的面孔转向同一个方向。

紧接着，屏幕上闪过一道刺眼的亮光，他不得不转过脸去。光线太强烈了，在他眼中留下一些红红绿绿的模糊影像，他一时别的什么也看不见。

“就这些吗？”他问道。

“不，还没完，还有一些，”小个子男人的声音从他身边的黑暗中传来，“好戏马上开始。”

起初，他看不出那是什么，就像是一个巨大的黑色污点。过了一阵子，他才意识到那其实是一个巨大的黑洞，覆盖了整座城市。烧焦的黑洞周围都是废墟——看起来就像一堆堆熔化的玻璃，绵延数英里，甚至远处的群山也变成了成堆的熔岩。在方圆几百英里的火山口内，没有花草树木，甚至可能连细菌也没有存活下来，更别提鸟类和动物了。该地区所有生命迹象都消失了。红褐色的放射性尘埃云挂在高空，随风飘荡。

海啸在各处肆虐，千千万万的台风横扫一切。没有任何人类幸存的迹象，好像他们从来就没有存在过。他们似乎已经变成了一堆碳，或轻飘飘的灰烬，其中大多数肯定正飘浮在空中，成了一团致命的放射性物质。

灯亮了，屏幕上的图像随即消失。

“可以了，”小个子男人以他一贯冷漠、单调的声音说，“这就是我们的时空通道选择器可以连通的三种可能的未来。无论你想要哪一种——请做出选择吧。”

“我有个问题，”他说，声音有些沙哑，“刚刚在你称作时光镜的屏幕上看到的那个时代，在时间上距离现在有多远？”

“这三种未来，距离现在的时间几乎相同。它们并不是多么遥远的未来。这个时光镜所涵盖的时间范围不尽相同，但大致介于未来几年到十几年之间——可能最多也就涵盖未来二十年吧。”

“还有一件事，”他说，“我还能回来吗？”

“恐怕不能。要想回到这个世界，你需要一个时间装置，”小个子男人边说边轻轻打了个哈欠，“好啦，现在请你做出选择……”

他想了一下，然后说：“二号似乎是个不错的选择。”

“那么，我们要向你收取固定的费用，”小个子男人说，“你也许认为这是很大一笔钱，但是你可以把它视作对未来世界自由主义者的一种捐赠——用以帮助他们逃离。”

他掏出鼓鼓囊囊的钱包，向小个子男人支付了应付的金额。

“我现在就去打开第二条通道的大门……”小个子男人把钱放进一个抽屉，站起身来，“在你选择了自己的未来之后，还有一些事，我们希望你有所了解。”

他感觉自己的额头冷汗涔涔。他用手背擦了擦，又依次打量那三扇门，仔细比较着。

“正如我多次告诉你的那样，这只会给你的未来指出一个方向，但你不会马上被送到你刚刚在屏幕上看到的未来世界。你看，我们必须确保你没有误解这一点。因此，这扇门后面的世界与你眼下所处的当今世界没有任何不同。你的日常生活、这个城市、家庭和朋友，所有这些都会和这个世界完全相同。但未来当然会发生一些变化，随着时间的推移，它会变得不同于所有其他世界，也肯定会朝着你刚刚看到的未来发展……”

“恕我冒昧……”他支吾着，声音很小。

“而且你必须答应我们一件事。对于你来自这个世界，并在这里见过我们这个事实，我们希望你在另一边的世界闭口不谈。如果你把详情讲出去，虽不会对你造成什么伤害，却也不会给你带来任何好处，但如果有哪个时光巡逻员偷偷混在那个时代的人当中，知晓了这次行动，那我们必定会惹上麻烦。请你答应我，这事一个字也不要提，好吗？接下来……”

“请稍等……”他说，“我还能改变自己的选择吗？”

“噢，我想你可以，不过……”

“让我再看看这三个未来的世界，好吗？”

小个子男人重又打开机器。看着三个门板上同时出现的场景，他使劲咽了口唾液。

“好吧，”他痛苦地说，“我决定了，就选三号。”

“你是说三号吗？”小个子男人的回应有些惊讶，“这是一个奇怪的选择。如你所见，这只是……”

“我知道，”他答道，一边擦去脸上的冷汗，“另外两种未来很容易预测，即使我不花费一大笔钱去努力创造，也迟早会实现。”

“第三个很可能也一样，你不觉得吗？”

“不……”他痛苦地清了清嗓子，“与其生活在一个大毁灭随时有可能发生的不确定世界里，我认为还是生活在一个大毁灭肯定会发生的世界更令我心安。更重要的是，我觉得这样的未来没有那么容易通过其他方式来获得。一个我有生之年肯定会看到其毁灭的世界——这样一个世界……”

“随你的便……”小个子男人耸耸肩，“很多客户说过同样的话。那么请你到三号门前来吧。”

他朝三号门走去，感觉口干舌燥。

一想到自己正在迈出这么不可挽回的一步，他全身都紧绷起来。回去！内心有个声音喊道。你做的选择多么愚蠢！现在还不算太晚。回去！

他的整个身体——每一个活着的细胞，都在竭力抗拒必然会给他带来死亡的选择。尽管如此，他仍然站在第三扇门前，紧张地搓着双手。现在，他全身都被汗水浸透了。

“现在请吧……”小个子男人用一种冷冷的声音说，“门那边是一条通道。当你进入时空通道时，可能会感到有些不适，但我向你保证，那并不是无法忍受的。一直往前走。在通道的尽头还有一扇门，门的另一边是一个房间，和现在这个一模一样。外观是一样的——但不再是这个世界了。你在那边不会有什么麻烦。你将过上和这个世界同样的、你一直在过的生活。也就是说……暂时会这样。好吧，祝你好运。”

伴随着轻微的吱呀声，门开了。他颤抖着，像发高烧一样，走向展现在眼前的黑暗——仿佛被一根无形的绳子牵拉着。

回去！这样的话仍然回荡在他体内某个地方，可他继续往前走。他没有意识到自己何时穿过了入口，但他突然听到门在身后“砰”的一声关上了，现在，他完全处于黑暗之中了。他在黑暗中疯狂摸索着，回头望了望他刚才进入的那扇门。

但周围一片漆黑，他甚至不知道这个地方有多大。他开始一步一步慢慢挪动。通道是一个向下倾斜的缓坡。他走着走着，过道的地板骤然变得同果冻一般柔软。这太突然了，他失去平衡，撞在了墙上。他感觉周围有奇异的震动，一阵头痛和眩晕使他忍不住感到恶心。

他感觉黑暗开始在他周围旋转，但他咬紧牙关继续行走，尽管在他努力前行时常常失去平衡，不时地磕磕碰碰。

当他终于恢复清醒时，他正靠在一个冰冷的物体上。他用手摸了摸，好像是一扇铁门。他终于走到了通道的尽头。

他按照被告知的次数敲了敲门，门无声无息地开了，有那么一阵子，他什么也看不见，因为房间里充满刺眼的光线，他只好摇摇晃晃地站在那里。门的另一边，正如小个子男人告诉他的那样，是一个看上去与之前那个一模一样的房间。

起初，他误以为自己回到了原来的房间，但很快就意识到这个房间属于另外一边的世界，因为这个房间只有一扇门，而先前他刚刚离开的那个房间有三扇门。

“欢迎来到这个世界……”一个小个子男人说道——实际上不是同一个小个子男人了，而是属于这个世界的小个子男人——但声音与原先那个一样沉闷。“这是出口，请吧。”

“在我离开之前，我想问你一件事，”他最终有些吃力地说，“我刚从另一边的世界过来。如果真是这样的话，那么，原本在这个世界上的另一个‘我’和现在的我之间将是什么关系呢？我们会不会发生冲突？”

“哦，没关系的，别担心……”小个子男人有些厌烦，“如果非让我解释，那说来话就长了，但不管怎样，我们已经通过一种方法把属于这个世界的另一个‘你’送入了你以前生活的那个世界。”

“可你是如何……”

“这是出口，请吧。”小个子男人说，“再见。”

他意识到，再也没有机会得到进一步解释了，于是毫无异议地离开了房间。同样的过道，同样的楼梯和二手店——他穿过所有这些地方，来到了他之前走过的、同样脏乱的后街。

这个地方和他刚刚经过的一模一样。现场的每一处细节都相同，甚至连围墙上的涂鸦和天空中云层的厚度也是一样的。

但……他知道，这个世界注定会在某个时刻被一场不可避免的大毁灭与其未来隔绝。这个事实只有他——还有那些从三扇门之中选择了三号门的人知道。这个秘密是大多数人做梦也想不到的事情。

我是唯一一个，他一边抬头看着城市被污染的天空，一边自言自语。**除了我，没有人确切地知道这个世界的命运。再过几年，或者十年以后—我将看到这座城市上空那耀眼的闪光，一切都将终结。这是多么确凿无疑！**

与那两扇门之后的另外两个世界不同，这个世界在那之后是没有未来的。不会有冗长乏味的岁月被记录为日常生活的无限重复。从这个角度来看，这座城市的每个角落：散乱的垃圾、流着鼻涕的顽童、四处游荡的流浪狗，甚至是闪烁的招牌，一切都笼罩着悲惨的色调。在他眼里，它们仿佛是由死亡和毁灭鲜明生动的线条所勾勒出来的。十年来，他第一次感到内心充盈着清晰、快活和悲剧性的满足感。

他迈着稳健的步子，开始朝着市里一个地方走去。这座城市一无所知——但正在痛苦地走向那不可避免的未来大毁灭……他的未来。

“我们发财了，我的朋友。”说着，小个子男人从桌内拿出一本现金分类账，“现在接近十亿了。我们还要继续吗？”

“当然，”另一个人——他的朋友说道，“我们的老板对这个结果也很满意。不管如何，没有比这更赚钱的骗局了，对吧？时间装置和时间通道……编造出这样的故事，我们不是很聪明嘛！我们可以利用下水道的一根管子，万一遇到麻烦，就溜之大吉。但我相信，在相当长的一段时间内都不会有问题。”

“没错，”小个子男人含混不清地说，“我们的客户会一天天多起来，如果坚持这种方法，没有人会怀疑我们。既然每个人都相信自己在另一个世界，那就不会有人开口。最重要的是，如果他们试图把这样的经历讲出去，他们恐怕会被看作十足的疯子。”

“时空通道……”他的同伴轻声笑着说，“仅仅用没有什么特殊价值的普通门板，和老套的科幻影片——你不觉得这样很酷吗？让他们神气活现地走进门。他们一来到隔壁的小房间，就用麻醉气体和震动装置把他们弄得晕晕乎乎，等他们从同一扇门出来，我们确保他们认为自己身处另一个世界。你知道，人总是如此可笑。当他们进入下一个房间时，我们让他们看到三扇门；当他们出来时，我们用帘子把其中两扇门遮挡起来，只需要这样他们就相信自己进入了另一个房间。没有人怀疑或想要查看房间。”

“但是，我的朋友，”小个子男人压低声音说，“有件事让我有些苦恼——”

“我们的老板说，他要在世界各地建立更多的分店，”他的朋友傲气十足地说，“只要有顾客，我们就能赚钱。全球已经有四百家‘门店’，将来还会有更多。你有什么可苦恼的？”

“前几天，我在总部看了一下统计数据，”小个子男人皱着眉头说，“一个接一个，大多数顾客都选择了三号门。这是为什么？这里也是一样——片刻犹豫后，几乎每个人都会选择三号。”

“这说明，与预期相反，人类有着强烈的毁灭意愿，”他的朋友笑着说，“尽管他们一开口就谈论和平与人道主义，但在他们心里——有意识或无意识地——他们都想目睹世界的终结——最后的惊人毁灭，而不是单调乏味的繁荣，且最好是自己能与其他人一起消失而不受痛苦。在某种程度上，人类是非常卑鄙的。他们忍不住想要偷窥。为了满足这种隐秘的偷窥欲望，他们不在乎世界是否会毁灭。所以他们就是这样——但是没关系。要过很久很久，他们才能最终意识到自己被骗了。大概十年内都不会，对不对？”

“但是，我的朋友啊，”小个子男人用空洞的声音说，“仅仅在我们店，就有几千人从三号门走了出去。在未来几年，如果这样的人按此速度增长，世界将会怎样？如果相信这个世界必然会在十几年内完蛋的人在全球大量增长……？你知道，我们的顾客当中有很多政府官员、高级职员、政客……”

（刘小落　译）

从西方垃圾到日本折纸

如果矢野徹（Yano Tetsu）当初没有在战后美军基地丢弃的垃圾中发现了美国科幻书刊，日本科幻小说的发展也许会大不相同。矢野徹1923年出生于爱媛县松山市，在工业港口城市神户长大。他在中央大学就读了三年，之后应征入伍，加入第二次世界大战时期的日本陆军。他服役了两年，担任坦克指挥官。

战后，矢野徹在美军基地做了一份收集与焚烧废弃物的工作。他在垃圾堆里发现了一些军方刊印的科幻小说，并且爱上了这些小说的封面和插图。通过研究这些书刊，他学会了阅读英语，从此发现了一个与自己所熟悉的世界截然不同的世界。这个新世界对于未来充满了乐观的态度，以至于他觉得有必要与他人分享。

矢野徹在20世纪40年代末开始为日本读者翻译美国科幻。到了20世纪50年代初，他已为日本引进了一种牢牢吸引读者与作家想象力的文学形式。当时的日本正在从全面战争与核浩劫的蹂躏中恢复过来。日本人民如果想要重建，就必须意识到未来的丰富可能。矢野徹翻译了许多罗伯特·A. 海因莱因的作品，西奥多·斯特金（Theodore Sturgeon）的《超人类》（*More Than Human*），弗兰克·赫伯特的《沙丘》系列，弗雷德里克·波尔的许多作品，以及一些非科幻小说家的作品。

由于矢野彻的翻译，日本诞生了一个全新的文学体裁。这一体裁启发了日本年轻的科幻作家，如光濑龙、小松左京、星新一等人。反过来，这些人又奠定了科幻作为日本出版业重要组成部分的地位。矢野彻因此被誉为“日本科幻的泰斗”。

但是矢野彻并未就此止步。1953 年，应福莱斯特·阿克曼[1]（Forrest J. Ackerman）的邀请，他成了第一位访问美国的日本科幻作家。20 世纪 50 年代末，他帮助成立了日本科幻作家俱乐部，后来短暂地担任过主席一职，并于 1980 年卸任。他翻译了 360 多本书，也创作了许多长篇和短篇小说以及他本人的自选作品集。和小松左京一样，矢野彻因带领同胞进入了新的世界而被比作海因莱因，也因高产而被比作艾萨克·阿西莫夫。他的长篇小说代表作有被改编成电影的《卡姆伊之剑》（*Kamui no Ken*），以及《地球 0 年》（*Chikyu Reinen*，1969），后者讲述了日本在超级大国间的核战争中幸存了下来，尽管东京不复存在，但日本仍然是少数几个政府尚在运行的国家，而残存的联合国则要求日本向美国西海岸派兵，从而恢复当地的法律与秩序。大卫·刘易斯评论说，这部小说代表了日本人的普遍幻想，也反映了日本人更关注的是“假若发生的事”，而不是“将要发生的事”。

矢野彻还写过另一部长篇小说《纸飞船的传说》（*Origami Uchusen no Densetsu*，1978），本书接下来收录的《纸飞船传说》就取自其中。矢野彻率先将西方科幻小说的意象翻译成了日文，凭着日本人的经验对其加以改造之后又将其还给了西方。

（万年看客　译）

---

1. 作家、编辑、文学经纪人，以及公认的世界头号电影纪念品收藏家。他成立了世界上第一个科幻迷圈子，为包括 H. P. 洛夫克拉夫特、阿西莫夫、约翰·坎贝尔在内的 200 多名作家做过经纪人。

纸飞船传说

［日本］矢野彻

在太平洋战争激战正酣的时期，我被我所在的陆军某部队派遣至某个平静山坳中的村落，在那里度过了数月。我依然能清晰地记得通向村落的小路，以及路边的竹林里那始终飞翔着的纸飞机，还有追逐纸飞机的美丽裸女。许多年后的今天，我仍会禁不住地想，她用纸折的并非这世上的飞机，而是宇宙飞船。在遥远的过去，坠落在那大山深处的宇宙飞船……

1

纸飞机轻轻地滑过地面，穿过青青翠竹的缝隙，掠过落叶堆积腐烂的泥土，乘着白雾形成的气流扶摇直上，越飞越高，越飞越远。

竹林中的雾气越来越浓。山里的暮色总是来得很早。那纸飞机就像是航行在云海中的船只，在雾气中持续飞翔。

逃啊逃，同无所知的卫门一起逃。

流啊流，白头偕老。

女人的歌声在雾气中响起。那纸飞机便像是受到声音催动一般，开始了永无止境的航程。歌声的主人是个赤裸的女人，白皙的胴体穿梭在摇曳的竹林间。

（杀！杀！）

刺耳的尖叫中夹杂着警报的响声。

（把所有人杀光！这是命令！）

（别放一个人上船！有个人跑了！）

（开枪！开枪！）

浓雾中回荡着种种声响，但却无人听见。那仅仅是回响在女人脑海中的声音。

流动的雾气中，丛丛修竹仿佛泼墨山水，在经历了几重浓淡色彩变化后，渐渐没入雾色之中。落叶在女人的脚下发出沙沙的响声。雾气仿佛活物一般追赶着女人，拂过她的双肩，打开了她的视界，让她得以窥见眼前这小小的泥池。

姥入之沼，即辞世之沼。据说对此世再无留恋的老人会到此投身泥沼，了却残生，此沼因之得名。不知为何，投入泥沼之人的尸体从来不会浮起，有人说是沼底有一种叫赤腹的生物吃掉了尸体，也有人说沼底是一条通往海底的隧道，尸体都被冲入了海里。

总而言之，当地的迷信认为，姥入之沼中充斥着死者的亡灵。于是，山里的村民为了抚慰亡灵，在泥沼附近的小空地上垒了许多石堆。他们称其为“赛之河原”，即通往冥界的河流此岸。他们每年都聚集于此，举行祭祀，奉上供养，焚香合掌，祈愿能将祝祷送往冥河彼岸。

传说中，无论你在三途川的此岸搭建了多少石塔，鬼都会将之尽数毁掉。此间的“鬼”，或说是沼中死灵也同样孜孜不倦地毁弃那些石碑。起初，此处也曾有些纪念无名死者的墓碑，但不知从何时起，这里竟变成了一副乱石堆积、复被毁弃的模样。于是，这里成了那些赴死之人最后的栖身之所，而对尚且愿意享受生之欢愉的男男女女而言，也成了绝佳的密会之地。

说起密会，山野村夫之乐无过于此，除此无他。而“姥入”之名也可理解为“就连老妪都爱藏身于此”，围绕此地产生的可怖传说，同样可以认为是那些男女为了方便幽会而刻意编造出来的。

无论如何，因为这些可怖的传说，村里的孩子从不试图接近泥沼。青苔包裹的圆石，雨水浸湿的纸人，刻着难解文字的木札。对孩子而言，这些东西恰恰暗示了幽灵和鬼怪的存在。

唯有一种情况会让孩子们在不觉间接近这片泥沼，那便是在他们追逐玩纸飞机的疯女人阿仙之时。

“哟喂！阿仙又光着身子到处跑呢！”

“唉！阿仙！看这儿！你想要红衣裳，还是白衣裳呀？”

孩子们竞相开口嘲弄阿仙。无论对大人还是孩子，阿仙都不过是个玩物。而阿仙自己的玩物则是那纸折的飞机，像长枪枪头一样尖尖细细的纸飞机。

像乌贼一样的纸飞机。

远处的星星有一颗。

近处的星星有两颗。

她在雾气中唱着，梦着。她梦见自己放飞纸飞机的原因，还有对人类的憎恶……。

疯女人阿仙，夏天始终赤身裸体，冬天也仅着一件浴衣。

2

村里流传着这样一首稚童拍球时唱的童谣：

它若不飞再等等。
它若能飞就不再等。
我始终独自在此等。
青苔的石阶还能不能飞？
远处的星星有一颗。
近处的星星有两颗。

夏天她始终赤身裸体，冬天也仅着一件浴衣。

阿仙永不衰朽的肉体踏着青苔走向了那片泥沼。她的纸飞机飞在前头。从来没人问过，那飞机缘何能飞得这么持久。只要阿仙放飞那纸飞机，它便不会停歇，人们所知的仅此而已。

多数大人对小孩子嘲弄阿仙的行为视而不见，但也不是全然无人制止。

“你们适可而止！都不觉得阿仙可怜吗？”

面对大人的斥责，小孩子会毫无顾忌地顶嘴，坏心眼儿的小鬼甚至会将訾言配上当地跳绳歌的调子反唇相讥。

“源哥迷上了阿仙！源哥昨晚睡了阿仙！”

“别说鬼话了！”

虽然大人们嘴上如此怒斥，但孩子们的说辞其实与事实相去不远。毕竟，昨夜、前夜、前前夜，甚或刚刚，必然都有个村里的男丁与阿仙发生了肉体关系。这一点大家心知肚明。

阿仙……应当是年近四十了。有村民说她的年岁比这还要大得多，但没人相信。从外表上看，她依然是个不出二十的水灵灵的小姑娘。村里的年轻男丁都借由这具身体由男孩长成男人。她是村里的公娼，也是所有人投射优越感的对象。

大人们之所以会保护这个白痴阿仙，还有一重缘由。阿仙是这村中某个颇具声望的旧世家仅剩的独女。在这些世居深山，至今依然信奉犬神的村民心中，世家的家格等级极受重视。而阿仙身为旧世家仅存于世的独女，不仅是个白痴，现又沦为村中所有人的玩物，这令村民们感到一种说不清道不明的优越感。

阿仙的家建在一座能远远望见姥入之沼的小山丘上，比起“建在”，“残存于”似乎更为合适。石阶下的长屋门[1]破败不堪，屋檐上的瓦片摇摇欲坠，从前看门下人烤火的小屋，地板剥离，杂草丛生。

进入大门后便是青苔满布的绵延石阶。不可思议的是，这石阶的中央未被踏平，反而是两侧有些凹陷。据说是因为从前从没有人踩着石阶中央走路。村中有个古老的传说，在世代传唱的除夕夜迎新颂词中，有一节话，说什么“守卫门之清闲讲行石阶中央”，人们不解其中之意，索性在行走时避开这石阶中央。

总之，顺着这段石阶向上走一段，便能看到一片铺满黑色石头的平地。那里有一口古井，井边四根柱子支撑着眼见要塌的棚顶。在这样的深山里，况且还是山顶之上，井中却从来水流不绝。若说

1. 日本传统宅邸中长屋形式的大门。始见于近世大名之家。后通行于家格较高的武士之家。明治之后，富农也开始为宅邸建造长屋门。长屋门两侧一般设有门卫和用人的居所以及工作空间。

附近有高山流水，尚能解释井中水源从何而来，但此处却也无高山。或许是因为这口井的存在违背了物理法则，抑或是因这里曾发生过什么怪事，人们将此井称为“无理之井”。村里的男人在与阿仙行了事后，多会在这清洗身体。

曾有一回，为供奉犬神而群聚至此的村中老妪们聆得神谕，称只要将阿仙沉入井中，她的疯病就会好转。若细想想，这定然是那些嫉妒阿仙美貌的女子为了作弄她而编出的话。但可怜的旧家千金阿仙，就这样在十二年前的某一天被扒光衣服，在众女注视下，被沉到了那口古井里。一小时后，阿仙浑身发紫，失去意识，才被拉了上来。但阿仙的疯病却并未好转。而当初那个喝了供奉犬神的甘酒后醉醺醺地传告神谕的始作俑者，不知是否因为醉得厉害，据说是掉入姥入之沼死掉了。

自那以后，阿仙只要被人扒掉衣服，就会一直赤着身子，若有人给她穿上衣服，她便一直穿着。然而只要入夜，就总有人来扒掉她的衣服，所以天亮后阿仙也总是裸着身子。

无论在男人眼中那胴体是多么美好，被小孩子看见总归不好，所以也就会有人去帮她穿上衣服。此时，阿仙总是乖乖地任人摆布，时而也开心地笑笑，一边低唱童谣，一边折她的纸飞机。

折起一只说声喷。

折起两只道声翻。

折起三只喊声轰。

飞吧，飞吧。

飞到我的星。

然而，神不知鬼不觉间，阿仙的肚子竟大了起来。这在奉神的人群中引起了巨大的骚动。谁也不曾想到，阿仙竟会怀孕。

阿仙腹中的孩子无疑是村中某个男子的。孩子的父亲既可能是尚未婚娶的青年，也可能是有妇之夫。

女人们聚在一起商议起来。大家绞尽脑汁，想叫阿仙千万不要生下这个孩子。但向来痴傻的阿仙，却在此时第一次明确地表达出了自己的意志，着实地将众人吓了一跳。

“阿仙呀，跟我们上城里去看看大夫吧。”

“听我们说，阿仙，就算让你生下了这个孩子，你又养不活他……这孩子多可怜啊。”

阿仙闻言蓦地红了眼眶，眼泪夺眶而出划过她的脸颊。村中妇人还是第一次见到阿仙流泪。

“阿仙……想生宝宝……”

阿仙一边温柔地捧着自己鼓胀的腹部，一边不住地流泪。

见状，那群如苍蝇见血似的涌入阿仙独居之地的妇人终于也忍不住流下了眼泪。

“阿仙啊，你想抱着就抱着，但这孩子，还是不生的好。”

阿仙终于哭累了，又折起她的纸飞机来。

“飞——机，飞——机，飞呀飞。飞到父亲那里去……”

妇人们面面相觑，莫非阿仙怀了孩子，疯病竟也好了？

于是有妇人开口问道：“阿仙，孩子的父亲是谁？”但阿仙并未作答。仔细想想，这也实在是个蠢问题。

阿仙手上的纸飞机终于折好了。那飞机才一离开阿仙的手，便从屋里飞入庭院，然后又飞回屋内。挺着大肚子的阿仙站起身来，那飞机在她身边盘旋片刻，又飞入庭院，阿仙追着纸飞机跑进庭院，边唱着歌边跑下石阶，隐入了竹林之中。

一个满面阴沉的妇人也学着阿仙的样子折起纸飞机，但她的纸飞机离手之后，只飞了一张榻榻米的距离，便落了下来。

“为什么阿仙的纸飞机就能飞得那么好呢？”

另一个妇人摆出一副博闻多识的面孔，说道：“就算是傻子，也总有一点儿长处嘛。”

3

一月鲷鱼。

二月贝。

三月远虑。

四月留客。

留客到何时。

留而复留到六日。

六日的星星看得见。

七颗星星也看得见。

数到八是山野姑娘。

数到九，姑娘哭得惹人怜。

数到十，她在山里安了家。

日子照常过着，阿仙依旧不停放飞她的纸飞机，村里的男人依然不时去找阿仙求欢，妇人们也依然在担心她的身孕。直到某天夜里，一个青年男子踏着阿仙宅邸的石阶跑下来，一边大吼：“生了！阿仙生了！”

阿仙生下了一个男孩儿，取名为“卫门”。因为母亲阿仙是全村男子共用的女人，起初他差点被叫作“阿共”，但接生婆适时地低声插话：“孩子出生的时候阿仙一直喊着 Ei-mon，也不知是什么意思。莫不是那首清闲讲之歌里说的？”

“Ei-mon 啊……”

“不如去问问阿仙，阿仙啊，孩子的名字，你是想叫阿共还是 Ei-mon？”

阿仙毫不犹豫地回答道：“Emon。”

一位还记得那首古老迎新颂词的老者附和道：“这名字好。这名字与阿仙宅邸的大门有渊源。”

人们向老人询问此言何意，老人于是写下文字。

“Emon 写出来是‘卫门’二字，即是‘守卫大门’的意思。从前有一首辞旧迎新的颂词，据说只会在阿仙宅邸吟唱。那首颂词里有一段没人能解其意的词句，其中就出现了‘卫门’二字。卫门，Ei-mon，那段话说的是什么‘守卫门之清闲讲行石阶中央，莫上行，都退下’。我也不知道这里说的‘清闲讲’又是什么东西。”

人群中又有一人开口：“这一说，除夕宵祭歌的歌词里也提到了这个卫门。你们瞧……卫门来又死，卫门来又死。卫门从何来，遥远他乡来。酒足饭饱后欲飞天……好像是这样唱的。”

“嗯……这么说来确实是呢。我先时一直以为那歌词里唱的 Emon 是‘衣纹’,那句话唱的是‘穿着衣纹死’[1]。原来说的是一个叫卫门的男子来了又死了吗？这人是来守大门的？？这又是什么话？”

宵祭之歌究竟是何含义姑且不论，这远离城区十数里的山坳里，虽不时有野猪黑熊出没，但到底也算是个好地方。

村民们对阿仙之子心怀怜恤之情，发愿共同将他养大。然而卫门却始终不会说话。除了刚降世时发出过健康的啼哭声，卫门此后竟再没发出过声音。

“太可怜了，终归还是犬神大人降下了惩罚啊。一个傻子，又生

1. 原文中“emon”为表音的平假名，此处“卫门”谐音“衣纹”。

了一个聋哑的孩子。”

“早说了不该让她生的。”

阿仙对这些同情视若不见，听若不闻，自顾自地唱着她的摇篮曲：

逃啊逃，同无所知的卫门一起逃。

流啊流，白头偕老。

“这不就是那首清闲讲之歌？卫门的名字就是从这歌谣里取的。”

众人听着这疯女吟唱的摇篮曲，都不禁感到怜悯，不觉间红了眼眶，与她一同吟唱起来。

逃啊逃，同无所知的卫门一起逃。

流啊流，白头偕老。

深山之地希望尽。

油尽讲中皆霜冻。

清闲诸行难奉承。

卫门死去孤身在。

恋恋怀乡泪涟涟。

虽然村民对卫门充满怜悯，但孩子对此无知无觉，径自长大。于是所有人都理所当然地以为卫门是个哑巴，也继承了他母亲的血统，成了个痴呆儿。

然而卫门脑海中却是另一幅情境。只要睁开眼，他便总能听见人们的声音。那声音并不是我们所说的一般意义上的声音。我们所谓的声音、语言，指的是声带发声传到空气中形成的振动。而卫门听到的声音却是伴有画面的有形之声。

譬如有个男子说出“山”这个词来，那字音便会在我们耳边响起。但对卫门而言，在音声传来的同时，他心中便会形成一个模糊的山的图像。这图像会因发声之人不同而略有差别。

“进到山里去”这句日文的发音听起来只有五个音节。但对幼小的卫门而言，这句话却伴有一个模糊的影像，他能感觉到图像中有个或男或女的人抑或是其他的生物，在朝着一座山一般的东西移动。

对纯白如纸的孩童而言，这能力是巨大的负担。所以卫门脑中总是充斥着痛苦和无数杂音。身边的人心好似无数纠缠在一起的万花筒，又像信号混乱的电视机，嘈杂的声音和影像一齐涌入他的意识。

卫门没有发疯或许是个奇迹。就这点来说，他的母亲是阿仙，委实是件幸事。阿仙的心如白纸般纯洁清明，偶尔冒出一两个词语，音声影像都很分明，卫门能清楚地领会其中的意义，并从中习得一些知识。然而周围的人都不知卫门具备这种能力。村中男子依然像往常一样出入阿仙的住处。

终于，卫门的心智达到了蹒跚学步的阶段。那些难以宣之于口的想法，投射成了相对清晰的形状和意义。卫门自己并没意识到，这代表他的读心能力已经发展到了第一阶段。

“卫门啊，给你个烤红薯，去外面玩儿吧，他们说河里来了一头大鲸鱼……”

男人们嘴上说着这样的话，但卫门能凭心智读出他们的想法。尽管每个人的所思所想开始时会有些出入，但最终的落点都是在里屋推倒阿仙，脱掉阿仙的衣服，暴露出阿仙雪白的胴体和乳房。

五岁那一年，卫门突然开口向一个村民发问：“为什么大家都要跟阿仙睡觉？”

或许是因为卫门一直以男村民的视角看待阿仙，不知从何时起，他竟将母亲阿仙视为了一个女人。

“卫门小子，你会说话啊？”

既然这孩子会说话，就不能再让她跟村中公娼阿仙住在一起了。村民们还未无耻至此。

商议之下，村民决定将卫门送到村里唯一的杂货铺里去。

这也意味着卫门要加入到村中孩童的小社会里。然而对于闻言便能解意的卫门而言，同龄孩子的智识与会说人话的鹦鹉无异，全然不配做他的玩伴。而其他孩子则因他是阿仙之子，而视他为人下之人，肆意欺辱。于是卫门的乐趣便只剩阅读村里为数不多的书籍，以及窥视人心这两件事了。

4

我曾盯着阿仙清澈美丽的眼睛，同她讲过一回话。

“你其实只是在装傻，对吧？”

我下此判断，只因她的眼睛过于澄澈美丽。

阿仙没有回答，而是唱起了她折纸飞机时常唱的那首歌。那首疯女的抒情歌。

逃啊逃，同无所知的卫门一起逃。

流啊流，白头偕老。

深山之地希望尽。

油尽讲中皆霜冻。

这当然就是那首清闲讲之歌。但现在我要根据自己的猜测，置换歌词中的一些字，经过这番置换，歌词所暗指的东西与之前截然不同，俨然是一幅宏大图景。

锡兰与卫门一起飞。

飞着飞着坠落了。

在深山里机体尽毁，

宇航图也被烧毁，

星际航行难以为继。

卫门死去孤身在，

恋恋怀乡泪涟涟[1]。

那不可思议的村落究竟坐落何方，如今我已不能十分确定。毋宁说，我也不想确定。不知是否因为这个缘故，我对于那村子的记忆也逐年模糊，仿佛蒙在一层雾气之中。然而那村子的氛围却始终留存在我的记忆之中，很久很久以前，在太平洋战争日本战败前，我曾在那里住过半年之久……

老旧的破卡车每周一次地从距村落四十公里远的河川下游颠簸上山。卡车的停靠点是被村民们当作聊天之所的杂货铺前。杂货铺旁的房子是村中青年男女的寻欢之所。欢场的主人是年过六旬的阿竹婆。她身材高大、皮肤黝黑，据说从前曾在远方大城市的风月场所做过营生。无论真假，她对这些来欢场寻乐的青年是十分热情的。

此间的夏季傍晚十分热闹。就连小孩子都会坐到屋宇廊边，甩着小腿加入青年的游乐之中，孩子们会唱跳绳歌、拍皮球，到了薄暮时分，聚集的人群便会发生轮换，幼童们回家去了，取而代之的是形形色色的女人，从豆蔻年华的少女到孀居的寡妇，都会趁着夜色到此寻求刺激的欢愉。

有妇之夫和有夫之妇们不会到这儿来，这是此处不成文的规矩。但青年男女星夜偷欢却是公开的秘密。此处与大城市的欢场不同，

1. 此处置换汉字用了多个双关语，大意为人名“锡兰”谐音“不知道”，“偕老”谐音“坠落”，“讲中皆霜冻”谐音“宇航图也被烧毁”，“清闲讲行”这个没意义的词谐音“星际航行”。

在夜色掩映下赤身交媾就是欢愉的高潮。

在没有任何其他乐趣可言的深山里，这就是唯一的娱乐。年轻姑娘们压低的笑声，扯乱的汗湿浴衣，被触碰时的含羞容色，房中充斥的酸甜气息，都令人心醉不已。

偶尔会有好事的登徒子来到长廊下，远远地打开手电筒往屋子里照。这时就会看见姑娘们娇声尖叫着扯紧衣领，用浴衣遮住大腿。

有人为了缓解尴尬的气氛而故意扬声询问：

“阿里，你家儿子也到了来这儿玩的年纪了吧。”

“说什么呢。”

“他已经经人事儿啦？”

“怎么会！不可能！他才十二岁。”

“你在这个年纪的时候，早已经经人事儿了吧。”

“你这，别瞎说！”

这番话逗得某个小姑娘笑出了声。尽管发育状况良好，终归还是个小学六年级的孩子，那笑声多少有些作态。一个青年伸手去摸她，小姑娘便猛地倒吸了一口气。

“是吧。也该到时候了，再不上心该染上坏习惯了。我劝你趁早拜托阿仙教教他。”

“是啊，明儿我就给他打扮打扮送过去。”

闻言，屋里的男子出了声。

“阿盘啊，晚啦。晚啦。”

“你说什么？”

“如果是说你家阿源那小子，他早就已经去过阿仙那里了。事儿都过去一个月了，也就只有你这当妈的还不知道。”

“嚯，我还真不知道。”

这个尚不满三十的寡妇是个人所共知的老好人，不觉就说出了自己的真心话："说真的，要是有个男版阿仙就好了。卫门年纪又太小了。"

边上的青年听了这话，调侃着说："怎么着阿盘，我们这些人还不够你用的了？"

"说什么呢，你这个人！"寡妇一边惺惺作态地埋怨着，一边朝青年扭了扭屁股。

卫门就站在人群附近听着这些话，也间或窥探一下众人暗地里蠢动的心。

（要是把她肚子弄大可就麻烦了。找这丫头当老婆可太亏了……这种水性杨花的货色我受够了。）（这人也太大了。肯定会疼的。要是他硬要用强可怎么办？）

（究竟是谁带我家小子去的阿仙那儿？难不成是孩子自己去的？明儿就让他给我去割草干活儿。什么呀这小子，连老子都忍着呢，他倒先去了。）

日夜浸淫在这些乐天知命却又猥琐下流的村人脑海里，卫门的读心能力渐渐增强。如今他能无比清晰地读取村人的想法，就像在画展上观览画作一样。就这样，他对村民的了解也与日俱增。

令人难解的是，唯有他的母亲阿仙是个例外。曾几何时，卫门觉得自己几乎就能窥见母亲的想法了，但如今却越发不能。或许是傻子的心智里就没有正常的人类思维。村民的想法就像清空里的白云，轻易便能洞察。但阿仙的心却蒙着一层白雾，白雾掩盖下的一切都难以窥测。

那里既无言辞也无形状。只有在被男人求欢的时候，才有一抹类似恐惧的情绪以色彩的形式飘浮在那儿。而当卫门试图窥探阿仙的内心时，她总会试图逃离那片色彩。这让她看起来好像始终都处在跟男人交欢的状态之中。

于是卫门放弃了窥探母亲内心的想法，又回到了一边看书一边探视村民内心的生活。

村民们不禁感佩："这孩子还真是个了不得的书虫。"

"可不。他把我家的书也全读了，真是不可思议，那个阿仙倒生出这么个爱读书的孩子来。"

卫门遍访全村，逐户借书，顺便探视村民的心绪，以此来了解母亲的过去。他想知道阿仙是否打出生就是个傻子。然而全体村民都只知她是个绝户的旧家千金，没有一个人能准确还原出她真正的出身信息。男人们只是痴迷于她美丽的脸庞和胴体，对她本人毫不关心。

不知是否因为智力欠佳，阿仙似乎容颜永驻，肉身不衰，这也正是那些男人们唯一在意和需要的东西。

村中的男人都把她视为尤物，就连小学刚毕业的男孩儿都想了解她的身体。这似乎是村中男丁成人路上的一道仪式。男人们对阿仙产生的欲望和疯狂是卫门所不能理解的。或许这就是这个寂寞的小山村得以留住男丁，生生不息，不致分崩离析的动力所在。美艳动人的阿仙，就是这个没了记忆的娼妇抓住了男人的心，才让他们不致全都跑到大城市里去。

5

幼童们在村中青年面前一边欢快地唱歌一边跳绳，这场景深深地印刻在我的脑海之中，让我回忆起自己的青春时代。而在我心中，那首跳绳歌的歌词也发生了变化：

一月鲷鱼

二月贝

三月远虑

四月留客

只消改一下音节的划分方式，它的意思就变成了：

数到一，机体

数到二，机体

数到三，燃料

数到四，能飞吗

何时才能飞。

终于到了卫门上小学的日子。虽不知缘起，但村中古来就有一份供给阿仙宅邸和其中所居之人的清闲讲之募金。靠着这笔钱，卫门购置了新校服和书包，开开心心地到离村子老远的小学分校去上学了。学校的图书室里有许多可供他阅读的书籍。

从青年的欢场出发，沿着山川向下游走二十分钟，山路旁便会出现一处洼地，小学的校园就建在那里。校园深处是一座小小的校舍。这就是山里的小学分校。

分校的老师是个三十好几的老姑娘，长相丑陋，早在很多年前就已放弃了结婚的念头。她身形比枯木还瘦，脸长得不能更滑稽了。但心地善良，也是全村最富于想象力的一个人。

而且，村中之人不论少长，都将卫门视为人下人，只有这位吉村老师对他平等相待，像爱护其他孩子一样爱护卫门。老师的心智比所有人都来得有趣，她读过许多书，比别人更明事理，脑子里还有好几个极有趣的小说脉络，这些脉络在她的想象里千变万化，灵动的好像是真实的世界。于是卫门开始从早到晚地粘在老师身边。

在村民会里资历颇深的杂货铺主人对老师说："老师啊，卫门这小孩儿脑子跟正常人不一样。所以啊，太早就春心蠢动不是什么好事……”

“嗯……”

“毕竟是阿仙的亲生儿子，还打小儿就在那种地方长大，看村里年轻人干那事儿，要是他变得像阿仙一样可怎么好，村里姑娘们的肚子可是会被搞大的啊。”

老师羞得满脸通红，反问道：“那您说该怎么办呢？”

“依我看他那么喜欢老师您，您能不能把他带去宿舍那边住？住宿费嘛，就从清闲讲的募金里出。”

“这样啊，我倒是不介意，若是那孩子愿意也好。这孩子也是怪可怜的……”

话音未落，吉村老师便在脑海中幻想出了一幅未来图景——我没结婚，但是收养了卫门这个孩子。我要把他当作亲生的儿子，过不了多久，他就会长到开始犹豫还能否跟我共浴的年纪。跟长大了的卫门过二人世界。他既像情人，又像儿子，我会让他抱我，我会让他要我，我会教他变成男人。毕竟，你是不可能去睡阿仙的啊——老师在心里暗暗幻想着，不经意间羞红了脸。

就这样，卫门跟老师住到一起，过上了一阵快活日子。最令他欢喜的是，别的孩子不再轻视他。另一点可喜之事，便是老师这里同阿仙家不同，不会有男人前来寻欢作乐。

老师回避着所有男性。她的心叫嚣着那些成年男性都是脏东西，冷漠地拒绝所有人。卫门也对此深有同感。但不知为何，对男人深恶痛绝，避而远之的老师心里，却也有着同其他人一样压抑且阴暗的欲望，不时地便会像沸水的蒸汽一样喷涌而出。

这时的吉村老师好像要窒息一般，在榻榻米上痛苦地蜷成一团，紧紧地抱住小卫门。这时，老师的脑海中涌现出赤身裸体的男女交合在一起的巨大影像。她试图驱走这些影像，于是走上前去伸手揪斗，倾身抱住，来回磨蹭，又张大嘴巴试图吞噬。性爱、肉欲，所知的所有与性有关的词汇充斥了老师的意识空间，在那里渐渐膨胀，终于彻底炸裂。

老师重重地喘息着，呓语般地在心中念着。

（不行，那种事是不行的。）

然而这心语很快变了味儿，又成了那个充斥着性爱词汇的气球，这气球越胀越大，朝着阿仙宅邸飞去。老师想象着自己就是阿仙，与前来找她的男子颠鸾倒凤翻云覆雨。她的意识保持着这个状态又平移到了青年的欢所，她被男欢女爱的声音包围其中，终于爆发出来，在黑暗中大声呼喊："我也是个女人啊。"

老师的意识又回到了月光轻泄的房间，她紧紧抱着卫门不住呻吟。

"老师，我喘不上气来了。"

卫门的声音陡然将老师唤醒，但她马上就又跌入了幻想的世界。

"卫门，你何时才能长大？"

老师试着将自己的脸映在心中幻想出的那面镜子里，窥看中她的容貌开始反复变换，她逐一尝试着那些她认为好看的面容，终于选了一个让自己满意的。她枯瘦干瘪的身材也随之凹凸有致地丰腴起来，还换上了一件时髦大胆的服装，优雅的姿态令城里的姑娘都投来了艳羡的眼光。这样的她可以随意挑选自己的共浴对象，倒要为挑花眼而感到烦恼。（什么嘛！汗毛这么重。）老师的气球又胀大了，许久的叹息后，她的身体终于不再紧张，放松下来。身心稍感疲惫之中，幻想与现实重叠，她在爱人怀中深深睡去，徒留一片灰色的空白。

卫门的心中涌出大大的疑问。为什么所有人，包括老师，心里都潜藏着这种肮脏的想法？为什么所有人都对他人的肉体怀有异常的好奇心和欲望？只是卫门并没意识到，他所能窥探到的仅仅是他所想要看到的东西罢了。

人们的欲望。正是那些欲望带来了新的生命，这点我已经明白。那我的父亲又是谁呢？

为了解开这个谜团，卫门继续探视着村民的内心。尽管始终没能找到答案，但在此过程中收集到的碎片信息，却使卫门得以拼凑出母亲阿仙的过往。他开始觉得，母亲是为了逃避什么可怕的过去才躲进了疯子的世界。

举例来说，杂货铺主人的内心是这样说的：

（阿仙宅邸……从前的流言都说阿仙宅邸是个鬼宅。我小的时候，阿仙总是在那里哭……啊，不，从年纪上看，那应当是阿仙的母亲吧，她外公是被杀了，还是怎么着就死了，或许她就是为这个疯的吧。）

欢场的阿竹婆这样说着：

（我听过世的婆婆说，阿仙家以前藏过脑子有问题的外国人。有人说阿仙被那人糟蹋了，也有人说是阿仙把那人杀了……）

砍柴的阿德则是这么说的：

（我爷爷说他是亲眼瞧见的。那时阿仙家里到处是血，全家都被杀了。听说那家人世代都出疯子，阿仙的父亲是，兄弟也是，都疯得不轻。总之阿仙呢，全家被灭门的时候还在那儿拍球呢……你说哪个爷爷？当然是我的爷爷了。哎，话说回来会不会是阿仙的母亲做的？）

源爷爷也知道个古老传闻：

（据说很久很久以前，那所宅子所在的山丘上，降下过一个红色的火柱。打那之后，那家人世代都能生下漂亮的姑娘，但这些姑娘全都不会说话……）

总而言之，很久之前，那宅子里定然发生过极为可怕的事，只有阿仙幸存下来，但是却变成了疯子，沦为了全村人的玩具。

6

都说岁月会淹没记忆，但在我身上，似乎恰恰相反。那个山村里发生过的事，虽像谜团一样尘封至今，但我凭借自己的想象力已猜到一二。为了证实这些猜测，我只能回到事发地，进行调查。

事实上，我至今已数度尝试重回那个山村，但每次快到目的地时就再难继续前进。有几次，我已经到了离村子五六十公里远的地方，却不知为何就掉转方向去了别处。

仿佛心里被施加了催眠暗示一样，我无法靠近那村子。仔细一想，在我的记忆中，那村里除了偶尔经过的小贩，似乎便只有我一个外乡人，对村民而言，我可能也是这几十年间他们见过的唯一一个外乡人。若不是我有日本陆军的背景，他们想必也不会放我进村。而那些土生土长的村民中，有过离乡外出经历的似乎也只有两个人：曾在大城市做过欢场营生的阿竹婆，以及在去师范学校求学时离过村的分校老师。这也着实罕见。是不是也有一股力量控制着他们不能离开村子呢？究竟这个人口不过两百上下的村子，真的处于日本政府的管辖之下吗？

如果说真的有这样一股神秘力量控制着全村，给村民进行集体催眠，那掌控力量的人又是谁呢？是欢场的阿竹婆，还是分校的老师？若这两个人离开村子也是受到某个人的指令，那发号施令的谜之人物又会是谁？这人可以是任何人，有可能是疯女阿仙，当然，就算是砍柴的阿德，或者行为怪异的阿彦也是有可能的。

每到夏日傍晚，我总会回想起在那山村中听到的种种童谣。那些童谣里隐藏的暗示，和村民们所知的村庄历史全然不同。他们说村里人不能离村，是因为这里是从前的平家落人村[1]，但这个夹在梯田里的小山村中流传的古老传说，却没有一样与平家的故事有关。

阿仙宅邸那青苔覆盖的石阶之下，想必隐藏着些什么东西吧？那是许久之前，“无所知的卫门”断念死心放弃了的东西。那或许是“无理之井”的抽水装置？还是那首拍球歌里暗示的东西之一？

青苔的台阶还能不能飞？一个空石阶。

若能起飞就变俩，飞来给你看……。

如果真到了能飞那日，石阶会不会真的打开？或者说，为了能够起飞，石阶是不是必须得打开？——“无所知的卫门”之谜，会永远沉睡在那片土地之下吗？

卫门重拾了已经放弃的挑战，再次尝试读取母亲阿仙的内心。然而阿仙的心依然隐藏在那片诡异的白雾之下。卫门对着眼前的这片白雾，心里怒吼道：

（退散吧！白雾！）

卫门本人并未意识到，这样的做法可以说是向她的母亲施加了一道力量巨大的精神冲击。

不知是因为卫门的读心能力变强了，还是那白雾本身就时聚时散，抑或是经过长期的图像伴生式听力训练，在喊出有意义的词语

---

1. 平家落人指在日本平安世代末期的源平合战（1180—1185）中败北，隐遁到偏僻地区的平家难民。源平合战是平安贵族源氏与平氏的政权争夺之战。记录源平之争的军记物语《平家物语》被誉为“日本的《伊利亚特》”。

时，卫门已经能够将其化为声波式的物理性力量……总之，遮盖着阿仙心智的迷雾，一时间仿佛被风吹散，趁着雾散的间隙，卫门得以窥见阿仙的真实内心。

那是一片深不见底，仿佛要将人吸纳其中的深渊，但底色却是一片青空。卫门数度窥探，从中拾取阿仙过往的记忆碎片。这些碎片不足以复原出一段完整的往事，脉络也不够清晰，它们显然没有被梳理过，有的只是像破损零件般的关于过去的记忆。

只有一个画面无比清晰：背景是一个损坏的庞然大物，似机械又似建筑；在这个背景下，阿仙被一个男子抱在怀中，这一刻她的心中爱恨苦痛交错纠缠，心绪激荡。

与阿仙有过肉体关系的男子遍及村中少长，但在众多男子之中，只有这一个被深深烙印在阿仙内心深处。

那男子的身量面容和年龄都十分模糊。但他的身形看起来就像海底摇摇晃晃的海草或者幽灵。或许是因为事件发生在一个月光如水的夜晚，他的身体反射着蓝色的光芒。这场景是阿仙的心里仅存的鲜明记忆。

在阿仙的记忆迷雾里出没的其他男子身上，没有任何阿仙主观意志的显现，唯有这个男子身上伴着阿仙强烈且明确的意志。但阿仙为何会把他烙印在了记忆里，其中缘由却无迹可寻。

卫门大抵猜测到，阿仙记忆中的这个男子才是自己的生身之父。

在卫门持续探寻乡民和母亲心智的这段时间里，吉村老师依然徜徉在自己的幻想世界里，抱持着对阿仙的好奇心。

卫门已经习惯被老师抱在怀里睡觉。某天夜里，老师心里那个愿望突然强烈地迸射出来。她想像阿仙一样跟村里随便哪个男人上床。

察觉到的卫门冷不丁地开了口："你爱怎样就怎样不就好了。"

听到这话的瞬间，那老姑娘惊讶得浑身一抖，朝卫门的屁股上打了一下。

"别说这种肮脏的话，卫门。"

但老师马上意识到卫门的话并不是她所想的意思，于是涨红了脸。

"对不起啊，卫门，你是说梦话了吗？"

老师自觉卫门不可能读取她的心思，于是又自顾自地坠入了幻想世界之中。

卫门不为人知地积累着关于村民们的种种知识。在此过程中，他开始感到除却幼儿，村中所有人都肮脏不堪，而他和母亲阿仙又尤为肮脏。他常会通过男性的意识看到母亲与人交合时的丑态，身为阿仙之子的痛苦与不快渐渐涌上心头。

而阿仙呢，明明终日食不果腹，但身体却益发健康美丽，那美丽的胴体成日地暴露在村民眼前。卫门憎恶她，憎恶村里的所有男丁，那憎恶很快就发展为对全人类的沸腾恨意。

一日，一个上门找阿仙求欢的男子不巧遇见了偶然回家的卫门，被卫门丢来的石头砸了个正着。于是那男人怒斥道："滚开臭小子！你就是个添乱的杂种！也不看看你这条小命是仗着谁才能活下来！"

那人走后，卫门回到屋里，紧紧盯着母亲令人炫目的迷人胴体，他的身体因怒意而震颤不已。

（我要杀了他，杀了他，杀了他们所有人！）

这时，阿仙朝卫门的方向伸出手，低声呢喃道："孩子，你要试着去爱人类。若非如此，我们是难以生存下去的……"

卫门扑进母亲怀中，肆意地哭了起来。这是他有生以来头一回伏在母亲的怀里哭泣。

阿仙很快起身，卫门的体验也随之迅速结束。然而卫门禁不住生出这样的疑惑和期待来，或许阿仙神志清明，或许她只是装疯卖傻。可那似乎终归只是疯劲儿暂退的瞬间清明，在那一瞬之后，阿仙痴傻的心就没有了恢复神智的迹象。

对于阿仙的那番话，年纪尚幼的卫门根本未加深思，他对人类的恨意依旧与日俱增，不过同从前相比，他回到阿仙身边的次数多了起来。某天，阿仙罕见地穿好了浴衣。与她并排坐在房檐下眺望山谷的卫门听到了某种不可思议的声音。

那并不是经由声波传来的寻常意义上的声音，也不是以形状或内容的形式传播到他意识里的声音，那是一种意图召唤他的声音。像是一种无形的捉鸟诱饵、套兽绳索。

“你是谁？”

阿仙茫然地看着忽然起身喊话的卫门，脸上忽然显出可怖的神色来。那神色渐渐消失，最后留下了一副凝固的表情。

“你在哪儿？”

卫门又大喊了一句。

阿仙似是被那声音催动，梦游般地站起身来，伸出一只手，指向山的远方。

“在那里呢。”

卫门瞥了阿仙一眼，便跑下石阶，再也没有回头看母亲阿仙一眼。

时间仿佛被瞬间冻结，随后又融化开来。阿仙茫然地走着，不觉间走到了村中的水车小屋里，疯女在小屋里压低了声音啜泣不止。尽管她失去了思考的能力，但身为母亲，果然还是会为与孩子生别而感到悲伤的吧？

远远注意到阿仙的一个村民，堆出一副假笑的嘴脸，走到近前亵玩起阿仙的乳房。

“别哭了，阿仙。你看这样是不是就好了？心情好多了吧。”

然而阿仙看向他的视线却是前所未见的锐利，有一瞬间，这穿着农服的男人竟感到了隐隐的恐惧。但他很快就为自己这愚蠢的想法笑出了声，一边口出污言秽语一边拉过阿仙，把她压在了身下。

疯女阿仙挣开了他的手，清楚地喊道：

“肮脏的人类！像你这种东西，去死吧！”

这声音在水车小屋里反复回荡。

于是，就在年仅九岁而身量看着总有十二三的卫门沿着河边向山的彼岸走去时，这个遭到了阿仙咒骂的男子满脸梦呓的样子，不徐不疾地走到姥入之沼边上，投身泥淖。

而竹林之中白雾又起，纸飞机永无止息地穿梭其中，后面还跟着一个赤身裸体的凝脂美人。

赛之河原边上衰朽不堪的木札里，有一个木札上的文字断续可见——千万年的等待亦不觉苦，恋恋怀想我的母星怎不令人疯狂……

（韶光　译）

附录

美国科幻与我们

[法国]伊丽莎白·沃纳尔博格

影响，是学术界最热衷于争论的问题之一，也理应如此，因为这个问题永远无法一劳永逸地得出结论，而且还远比任何其他问题都更能将构成文学的一切因素集合在同一个节点——文本中——来加以考察；这些因素包括作者与读者，双方所属的过去与现在的时代，以及他们所处的位置。作为一名作者而非学者，我要是想试着描述我的作品可能怎样受到了或者没有受到盎格鲁-撒克逊科幻的影响（我必须用这个词来囊括所有讲英语的作家，比如说英国作家），那就只有一种方式：我必须首先讲一下我最初在何时何地以及怎样接触到了科幻小说。

我很幸运能在“黄金时代”之后首次接触科幻，时间是20世纪60年代中期（更确切地说是1964年），那时我大约16岁。当时我的文学品味已经层次很高了，读过许多神话、童话、经典恐怖和超自然故事，读过雨果、波德莱尔、加缪、陀思妥耶夫斯基（还读过一点莎士比亚与英国浪漫主义小说的英文原著），而且还至少写了两年小说，虽然并不是科幻。作家，哪怕仅仅只是有志于成为作家的人，阅读习惯肯定与普通读者不一样。我的另一项幸运之处在于早在“星球大战”系列问世之前很久就接触到了科幻，而且我从小家里就没有电视机（事实上，在我 22 岁结婚之前都没有过电视机。当时我们觉得这是思想解放的体现，而且在 20 世纪 70 年代末之前，我从未经常性地接触过视觉化科幻作品）。

但我真正的幸运在于通过断断续续的 30 多期法国杂志《小说》发现了科幻。那天我在上学路上（那一年是我的“哲学年”，在法国相当于大学一年级）路过市场，一时兴起买下了这堆杂志。《小说》主要刊登来自《奇幻与科幻杂志》的翻译作品，形式兼容并包，将科幻、奇幻和“幻想”（恐怖和超自然故事）作品放在一起。因此我也将这三个文学体裁当成了表亲而非对头，也不认为这三者之间应当有什么高低之分。

这就是我最早发现的科幻——并不是当时（以及至今依然）更受欢迎、纸浆风格更重（但却非常法式：都是原创，没有翻译作品）的黑潮出版社“期望”系列科幻丛书。相反，我一次性发现了许多科幻主题，许多不同的叙事方式与写作模式，以及许多不同的作者。当时法国的另一本科幻杂志《银河》也是如此，我后来也订阅了这份杂志。顾名思义，这份杂志主要刊登来自美国版《银河》杂志的译作。于是在我面前打开了不止一扇门，而是许多扇门，通向了“科幻”这栋扭曲怪楼中所有可能存在的房间……

但真正重要的因素在于，《小说》还发表了许多足以与 20 世纪 40 年代、50 年代和 60 年代的英语科幻作家相提并论的法语作家的作品，而且他们的成绩的确很出色。他们是弗朗西斯 · 卡尔萨克、皮埃尔 · 瓦尔桑斯、勒内 · 巴雅维尔、皮埃尔 · 布尔、夏尔 · 亨内贝格、克里斯蒂娜 · 勒纳尔、热拉尔 · 克莱因、菲利普 · 屈瓦勒、雅克 · 斯泰亨贝格、米歇尔 · 德穆特，每一位都是非常出色的作家，都非常了解推想文学（虽然当时还没有这个称谓）当中的法国传统（以及世界传统），也非常了解英语科幻。当时我一边阅读他们的作品，一边阅读英语科幻译文，但却并没有感受到两者之间有什么不同，反而觉得所有这些同样有趣的声音共同组成了一道令人着迷的连续谱系。总之，也许与我的一些年轻同事们（以及很多现在的读者们）相反，从来没有人让我认为或觉得法语科幻不如英语科幻。事实上，那时候我觉得法语科幻远比英语科幻写得更好，因为当时的翻译质量和现在一样，充其量只能算是差强人意。我只有在阅读了斯特金、E. E. 史密斯、奥尔迪斯和勒古恩（以及其他许多人）的英文原著之后才发现，他们不仅是讲故事的好手以及创意不俗的写手，而且还是出色的作家与文体学家，甚至当得起诗人二字；但是意识到这一点需要时间，因为我必须更充分地体会到"文笔出色"的英文作品究竟是什么样子。

因此我首先以母语接触到了科幻译作（所有非英语国家的科幻读者都一样）。今天，英语科幻翻译作品已经淹没了 95% 的法语科幻市场，但是那时候还并非如此。英语科幻作品在 20 世纪 70 年代初才开始大量涌现，当时市场上骤然爆发出无数全新作品（这是我当时的感觉，现在想想大概能有 20 多部）。首先得到翻译的自然是经典作品，随后则是新浪潮。无论是在主题还是风格上，新浪潮都在法国科幻中肆虐，以至于倒了胃口的法国读者们最终对其敬而远之，直到今天这一情况都未能好转。但是在当年，在黑暗的 20 世纪 80 年代，我却并不太在意，我的科幻口味在那时就已经定好了。斯特金、克利福德·西马克、科德威纳·史密斯、迪克、巴拉德、奥尔迪斯、杰克·万斯、泽拉兹尼、海因莱因、赫伯特、布鲁纳、克拉克……还有我手头能拿到的几本朱迪思·梅丽尔的选集。我确实在 20 世纪 60 年代末开始读英语科幻，因为法语译本我都看完了，可是依然觉得不过瘾。（当然，我的科幻阅读量在我移民加拿大之后突飞猛进，我的英文科幻与奇幻藏书也与日俱增……）

然后在20世纪60年代末，我和同代的许多作家一样，终于迎来了勒古恩。我记得自己是在1969年首次读到了《黑暗的左手》的译本（要知道法语非常讲究阴性与阳性之分，这使得这个故事被扭曲得既有趣又骇人），当时我就决定要继续创作与阅读科幻小说。在此之前的一段时间里，我对科幻小说的态度有些冷淡，因为我莫名其妙地觉得科幻并没有完全解决我感兴趣的所有问题，或者说解决这些问题的方式似乎变得越发受限。这种感觉越发频繁，尤其是当我阅读《小说》、《银河》或者《梅里尔选集》中为数不多的出自女性作家之手的科幻故事，并且把它们与男性创作的水平一般的科幻作品相比时。多亏了勒古恩的小说，这种感觉才变成了切实的理念：我想成为，我可以成为，我能够成为，没有任何理由不允许我成为——女性科幻作家。接下来我发现了"小詹姆斯·提普奇"的作品（时间是在20世纪70年代，首先遇到了法语译作，然后是英语原著），然后在1978年得知"小詹姆斯·提普奇是女的"。至今我仍能感受到这则顿悟对我造成的深远震撼：这一事实促使我作为一名作家，更作为一名人类女性重新审视了我的整个人生。

但是当我阅读这些作家——无论男女——的作品时，我首先并未将他们当成美国（或者盎格鲁-撒克逊）作家，而是将他们当成了科幻作家。直到我来到距离美国更近的魁北克之后，才开始意识到，美国科幻小说（重点在美国二字）究竟可以多么的——怎么说呢——"美国"。很长一段时间以来，作为一名六零后，作为一名"世界公民"，作为一名不敢暴露身份的乌托邦主义者，我一直想将科幻视为某种"无国界文学"。即使到了今天，我也依然相信科幻小说——其中科学想象力总是扮演着不可忽视的角色——就像科学本身一样，至少能够部分超越文化障碍。诚然，今天的科幻首先是美国的产物，如今全世界也确实正在经历着一往无前的美国化进程，但是这绝不是科幻得以超越文化障碍的唯一原因。不过我可以说，当初我还在法国的时候，甚至在我刚刚来到魁北克省的最初几年里，我对英语科幻的理解在文化层面上大抵是个误会。话虽如此，即使到了现在，我对于所谓的“文化特殊性”路线依然严重存疑：谁来评判呢？从怎样的假想特权立场来评判呢？比如说有这样一位法国女性，她从小生长在法国，她的母亲有一半亚裔血统，如今她已经移居加拿大20多年，并且住在魁北克省——远离国际大都市蒙特利尔。请问她的“文化特殊性”究竟是什么呢？

如果我想考虑一下英语科幻对我自己的作品的影响，我首先会意识到，像所有非英语科幻作家一样，我的写作既与这种科幻相伴，又与这种科幻相悖。当然，世界各地的每一代作家们都要一边借鉴，一边悖逆前人和同辈的作品，但是非英语科幻作家对待这种二重关系的态度更暧昧，也更矛盾。对于他们来说，这种二重关系比起一般作家更为深入，更为严肃，利害干系也更重大（涉及我们自身的身份认同感……）：我们的写作不仅要借鉴与悖逆一整套文本库（顺便说一句，法国科幻传统正在随着时间的流逝越发消退，未能得到年轻一代作家们的充分振兴），而且还要借鉴与悖逆另一整套与我们的本土文化迥然有别的另类文化——其中包括历史渊源、意识形态、幻象意象以及重大地点。比如说，以法语为母语的魁北克科幻作者，从小通过（来自法国的）译作与英文原著（再加上美国电视的连番冲击）密切接触了英语科幻，像这样的三重身份认同问题应当如何解决？

我曾在其他场合描述过这样的窘境，即当一位作家的作品被翻译成英文，并且在一定程度上受到了英语科幻体制的出于某种善意的热烈欢迎。为什么会这样？她的某些同胞们不假思索地声称原因在于她的风格“活像美国人”，他们这话有道理吗？倘若当真如此，她是否因此而成为变节者甚至叛徒呢？或者说她受益于美国对于异国情调的一时追捧，那么她的“异国情调”究竟由什么构成？是她的“法国风格”吗？“法国风格”对于北美英语读者来说又意味着什么？最后还有一条最能满足作家的自我意识，因而也最值得怀疑的假设：莫非她“仅仅只是写得好而已”吗？但是这句话又是什么意思？是谁认为她写得“好”，她究竟写了什么，又要与什么相比？某些人随随便便地就会丢出一个“好”字，不过就我个人而言，我对于这个形容词的态度已经变得极为谨慎了。好比有人说“不存在男性作品与女性作品，只存在好作品”，或者“不存在女性科幻与男性科幻，只存在好科幻”——那么是不是也可以说“不存在英语作家与非英语作家，只存在好作家”呢？反正我觉得未必。反过来说，如果我要考虑英语读者如何阅读我的故事，那么实话实说，我首先会认定这些故事肯定遭到了误解，就好像我在青少年时期同样误解了英语科幻故事一样。而且那又怎样？这并不妨碍我对这些故事的喜爱！但问题依然存在：这些故事究竟如何影响了我？

对我来说，评价英语科幻对于我的写作的影响殊为不易。在其他方面推卸责任则要容易得多……我最初对于科幻体裁的热爱以及我对于在科幻框架下写故事的渴望来自一整套出自许多作者之手的文本，其中有英语作者，也有法语作者，还有其他语言的作者（包括德语、瑞典语、波兰语——莱姆！——罗马尼亚语、俄语等等）。是的，美国的女性作家帮助巩固了我创作科幻的愿望（C. L. 穆尔，梅里尔，乔安娜·罗斯，勒古恩，提普奇），但是其他女性作家——

包括法国女性作家——也给了我很多启发和鼓励（比如说在 20 世纪 70 年代去世的作家克里斯蒂娜·勒纳尔）。至于科幻的理念与意象，其调制的确与所处的时点和地点有关，但是另一方面，它们也的确属于人类集体想象力的深层幻想，无论是飞行的梦想、永生的渴望，还是强力道具主题的各种变体。不过，就写作本身而言……我真的相信我本人没有受到任何一位特定的科幻作家的影响。我肯定从未试图模仿任何人。如果一定要说的话，甚至直到现在，我也依然还在尝试着逐渐舍弃我的文学初恋，例如冗长的雨果式语言风格！在叙事方面，我喜欢科德威纳·史密斯那样的爆炸式、马赛克式未来历史，也喜欢像赫伯特那样一丝不苟地构建生机勃勃的架空世界与社会，但是我在阅读史密斯或者赫伯特之前，首先读过希腊神话、普鲁斯特和乔伊斯，这些作品才是我学习讲故事的地方。我喜欢像菲利普·迪克那样变易现实，但我在接触迪克之前很久就读过奈瓦尔和法国幻想大师们的小说……

读者和书评人惯于寻找不同作品之间的主题相似性，这很正常，也很公平。但是如果说他们——无论是用法语读我的故事的法语读者，还是借助译本读我的故事的英语读者（虽然我总是和我的译者密切合作）——能够确定英语作家影响了我本人的写作风格，我反正是不太相信。此外，尽管我在上文中不太认可“文化特殊性”，但是无论在英语还是法语当中——或者说在英法两种文化当中——韵律、音律、句子结构等被统称为“风格”的事物，都会因人而异。而且我深深地相信，每个作家的声音在她或他的母语当中都具有基本的独创性和独特性（我认为这句话本身就是一种深刻的法国式说法，因为自 18 世纪以来，我的出身文化就并不觉得模仿别人的写作风格是什么光彩的事情，而盎格鲁-撒克逊作家则认为这是某种天赋能力）。至于这种独特的声音经过翻译之后会变成什么样又是另一回事，必须另起一章进行讨论。在这个问题上，就像在所有关于影响的问题上一样，作者的观点只是众多观点中的一个。她可以提供一定量的信息供人们分析，就像我在本文中尝试的那样，但是归根结底，唯有文本才算得上直接相关的材料。

（万年看客　译）